HUANJIE

张 平

——著——

人民文学出版社

四川文艺出版社

图书在版编目（CIP）数据

换届／张平著. --北京：人民文学出版社；成都：四川文艺出版社，2023（2025.6重印）
ISBN 978-7-02-018267-1

Ⅰ.①换… Ⅱ.①张… Ⅲ.①长篇小说-中国-当代 Ⅳ.①I247.5

中国国家版本馆 CIP 数据核字（2023）第 181924 号

策划编辑　胡玉萍
责任编辑　黄彦博
装帧设计　刘　静
责任校对　刘佳佳　杨益民
责任印制　张　娜

出版发行　人民文学出版社
社　　址　北京市朝内大街 166 号
邮政编码　100705

印　　刷　河北延风印务有限公司
经　　销　全国新华书店等

字　　数　531 千字
开　　本　890 毫米×1290 毫米　1/32
印　　张　18.375　插页 3
版　　次　2023 年 10 月北京第 1 版
印　　次　2025 年 6 月第 10 次印刷

书　　号　978-7-02-018267-1
定　　价　69.00 元

如有印装质量问题，请与本社图书销售中心调换。电话：010-65233595

治政之要在于安民,安民之道在于察其疾苦。

——张居正

一

临锦市市委书记徐帆看完省里的新闻联播,思索良久,还没等播出省天气预报,就给市委秘书长高志杰拨了个电话。

"志杰,你马上查一下,刚才省电视新闻采访的那个雨润公司的基本情况,包括这个公司的背景人物和资金来源,了解得尽可能详细一些,最好连夜整出一份文字材料来,能让我明天上午八点前看到。"

"明白。明天一早送到您办公室。"

"记住,雨润公司的董事长叫夏雨菲,很年轻。"

"我看到了,讲话很自然、很得体,也很精干。省电视新闻播出的时间足有两分钟,您来电话前,我刚给市委宣传部陈刚部长打了电话,陈部长说他也不了解情况。省电视台什么时候来采访的,还有采访的原因,宣传部门也一概不知。"

"你让部长马上了解一下,一会儿让他给我来个电话。"

"好的。"

"一点儿敏感性也没有。宣传口那么多部门和人员,都干什么去了?"徐帆像是自言自语地问了一句,"知道吗?这个新闻的分量很重,感觉是带有方向性的问题。"

"是。"高志杰随声附和地回应着。

"那你也问问程靳昆市长,看他知道不知道。"

"问过程市长了,他也不知道。市长说,临锦几千家民营企业,这个雨润公司,他一点儿印象也没有。"

"直接给区委书记和区长打电话,如果他们也什么都不清楚,那就不要客气,该提醒就提醒,该批评就批评。也不看看现在是什么形势,总是松松垮垮、浑浑噩噩的,能不出事吗?当领导只想权力不想责任,大事小事都不当回事,有这么稀里糊涂的吗?不出事个个都是英雄好汉,出了事问责的时候哭天喊地、上蹿下跳,唯恐与自己有半点关系。不想干、干不了就挪位子,别占着这个看着那个,真正应该干的事情什么都不上心。换届越是临近,越要注意这些导向性的问题。这能是小事吗,全都一问三不知,像话吗?如果真有了什么问题,岂不是当着全省人的面打我们市委的脸!"

"书记放心,我马上就去了解。"高志杰感觉书记的语气很重,不好再说什么。

啪的一声,书记直接把电话挂断了。

高志杰心里清楚,其实徐帆书记对自己这个秘书长的失职也非常不满。

这么大的事情,你这个市委常委秘书长,竟然也一无所知。

徐帆书记放下电话,突然觉得脑子有些乱。看看时间,晚上七点差一分,央视的新闻联播马上就要开始。

揉揉眼睛,理理思绪,他要尽快让自己平静下来。

作为一个人口近六百万城市的市级主要领导,市、省、中央台的电视新闻每晚必看。即使当时有事看不了,再忙也必须当晚补回来。尤其是央视的新闻联播,更是每天必看,即使是出国访问,也尽可能不错过。

中国的新闻,其实是政治、经济、社会、文化的集合体。方向、目标、大局、热点,肯定什么、批评什么、采访什么、表现什么,都上下相连,事关重大。否则,央视第一频道晚上七点的新闻,凭什么叫新闻联播?

即使是省、市的电视新闻,也直接涉及本省市工作布局的落实和进展,涉及省市各个领域、各个地区、各个阶层、各条战线、各行各业当日发生的重大事件,包括涉事人物和部门,这些对市委下一步工作的思路和决策,都是不可或缺的补充和参考。

省、市新闻联播,尤其是央视的新闻联播,雷打不动,不允许任何人打扰,每一则新闻报道,徐帆都看得很认真、很仔细。

中央电视台今晚的新闻联播,没有什么特别重大的事件。

国内新闻一如平常,没有什么必须记的。

看到后来时,徐帆突然"哦"了一声,紧接着他一下子坐直了。

刚才省电视台新闻播出的关于雨润公司的采访报道,又再次出现!时间居然也足有两分钟!

中央电视台新闻联播!

徐帆顿时愣住了,久久回不过神来。

雨润公司!

夏雨菲!

一个十分年轻的面孔,侃侃而谈,不亢不卑。讲话时很自然,很自信。

她讲到的事情涉及上万亿的资金规模,一个宏阔的项目运作。

这种爆炸式的重大新闻就出现在他当市委书记的临锦市,而他这个市委书记对此居然一无所知!

新闻联播播完好久了,徐帆书记依然怔怔地坐在那里。看着电视里的画面,他的脑子里突然一片空白。刚刚阳历六月天气,晚上还算凉爽,额头竟然冒出了一层细细的虚汗。

嘀一声打开了空调,房间里顿时清凉了许多。

这算是失职,还是失察?

今年是个重要年份,干部包括老百姓都知道,今年是换届之年。县、区、市、省的领导班子,都将有重大调整。因此今年各县、区、市、省的表现也就格外引人注目,上上下下、方方面面也都铆足了劲头,在所有的领域都不能让自己的成绩和表现落在后面。绝不能拖后腿,尤其是县里不能拖市里的后腿,市里不能拖省里的后腿,省里更是不能拖中央的后腿。

首先经济不能下滑,至少不能有大的波动,这是硬性任务,实打实,很难作假,看得见摸得着的重大任务,最好的目标就是同比环比只能增长不能降低。第二思想认识方面不能出岔子,尤其不能在观点和观念上有什么偏激出格的言行,包括经济问题上也一样,必须与中央高度一致。第三在人事问题上,不能有任何闪失。用人失察是最大的隐患,这是坚决不能允许的,必须时时警惕,须臾不可松懈。对那些有可能升职的后备干部、年轻干部,更要明察暗访,严防死守。带病提拔,是干部人事第一大忌。一旦出问题,轻则名声扫地,重则免职撤职,自己的前程也就到此为止了。就算自己没有直接责任,不问责追责,但事情出来了,一把手是脱不了干系的。不免职撤职,给一个闲职让你坐冷板凳就算很不错了。第四不论是在哪个领域,安全生产是重中之重,一旦出现重大事故,所有的努力和成绩统统归零。第五绝不能发生严重的、大面积的、经济政治方面的要案大案,一旦发生,对县、市甚至省里的整个干部队伍,打击都将是毁灭性的……

当然,最好的局面就是不断出成果、出成绩,在之前的基础上既有提高又有创新,还应有好的思路和点子,有新的举措和值得全省乃至全国推广的好经验、好办法、好典型。

不出事,不折腾,但也绝不能死水一潭。要有活力,有生气,有鲜活的先进人物,有接地气的模范事迹。

这个难吗?

真的很难。

当上市委书记的第一个月,他去给省委书记龚一丰汇报工作。龚一丰书记见了他第一句话就说,怎么样,知道干事情的难了吧?不管你权力有多大,位置有多高,要真正干成一件事,也没那么容易。

龚书记太厉害了,一句话就说到了要害,他只有点头的份儿。

徐帆今年四十三岁,在整个省里,即使是整个中国,在地市一级的领导班子里也算是最年轻的一批书记。

今年年初,徐帆正式就任临锦市市委书记。

徐帆自己非常明白,让他来临锦担任市委书记,就是让他挑起临锦的换届重任。

徐帆的履历十分清楚,高校毕业后在国家部委任副处长、处长、副司长,而后在地方挂职副市长,两年后正式任职副书记,三年后也就是五个月前,被正式调任临锦市市委书记。

四十三岁,市委书记,名副其实的年轻干部。

一个大市的市委书记,四十三岁的一把手,面对着整个市里上上下下的干部群体,这样的年龄优势无论对谁都是无形的威慑。只要是在他视野内的,没有哪个干部想在这样年轻的市委书记面前捅娄子、栽跟头,落下不好的印象。

所有想提拔、想调动、想调整、想顺顺利利有所作为的干部在这样年轻的书记面前,都会感到如履薄冰,战战兢兢。

太年轻了,你根本不知道他的下一步会走到哪里。也许不到五十岁他就会成为中管干部,成为省级领导。以至成为省长、省委书记,甚至走得更高更远。

即使是上一级、上上一级的领导干部,对这样的年轻书记,也会刮目相看,肃然面对。因为中国政治的未来,其实就在这样的一批领导干部身上。

在这样的年轻书记手下或者身旁工作,你的政治资源必然会无限扩大。相反,如果你犯了低级错误,让领导看出你的毛病,看出你的问题,看出你不尽如人意的品行、能力和水平,那你的前程就算到头了,所有的路都会变得越来越狭窄,甚至被彻底堵死。

在一个县市,书记的权力实在太大了。

这点,干部们很清楚,徐帆当然也很清楚。

当然,徐帆更清楚,权力越大,责任越大,压力也越大。

一个高级领导干部,他的上级和更上一级,对这种权力的监管也同样是严密的。你干了什么事情,你做了什么工作,包括你的每一次讲话,每一个举动和措施,上面也同样都会清清楚楚。

当了这么大的领导,有了这么大的权力,你自己的一切也就完全公开化了,无数双眼睛都在盯着你,你不再会有任何隐私,你走的每一步,你的每一个举动,都会是人们关注了解考查的焦点。

任重道远,任重如山,不能有一点儿差池,一点儿闪失。

在中国,一旦进入这样的领导层,后退和撤出都不是你的选项,想都别想。

只有一条路——埋头拉车,拼力前行。

临睡前,快十一点了,电话突然又响了起来。

床头座机,这是省级领导专为市级主要领导配备的紧急情况电话。徐帆没有迟疑,一个激灵就拿起了电话。

"您好!"

"徐帆书记吗?"

"我是徐帆。"

"我是杨鹏。"

"杨副省长好!"徐帆不禁松了口气,主管生产安全教育科技的副省长杨鹏与他关系一直甚好,尽管这么晚给他打来电话,但肯定不会是什么紧急的重要事件,所以他顿时轻松起来。

"是不是已经休息了?打扰了。"

"嘿嘿,欢迎打扰。真的还没有休息,你也知道的,眼下办好什么事情都不容易,七七八八,整天瞎忙,每天能睡五个小时已经很奢侈了。"徐帆实话实说。虽然是朋友,但毕竟是领导,不说客气话,也不能没分寸。

"一把手不忙谁忙,我要是在你那位置上,肯定焦头烂额。过不了五关,也斩不了六将,说不定还得走麦城,让领导挥泪斩马谡。"杨鹏也是实话实说,虽然现在是副省长,但他并没有当过市委书记一把手。

客套了几句,徐帆言归正传,认真起来:"这么晚了,肯定有大事,有什么指示,请吩咐。"

"我也是下午快下班了才接到书记和省长的通知,说下个月初,总理要来省里考察,第一个去的地方就是你们临锦市。"杨鹏说的书记和省长,徐帆自然明白,就是省委书记龚一丰和省长李铎。

"总理?"徐帆吃了一惊,想了很多,却根本没想到是这个消息,这可是件天大的事情!

"对,总理。"杨鹏的话音很轻,但也一样让徐帆感受到了压力,"据说是总理自己定的时间和地点,书记、省长的压力也很大,感觉好多事情都来不及准备。"

"总理来主要考察什么?"徐帆一边问,一边计算着,下个月初,离现在也就十天左右,确实够紧张。

"转型综改,安全生产,还有中小学教育。"

6

"这不都是你分管的领域和范围吗?"

"所以我才半夜给你打电话。"

"明白了。我们明天马上开常委会研究,你有什么具体指示?"徐帆困意全无,满脑子全是总理要来临锦市的筹划和安排。

"我感觉主要是安全生产,你在这方面多考虑考虑。我明天一早见了省长后就去你那里,大约十二点前赶到,省里的安排我们明天见面再说。"

"好的。"

"这是件大事,尽管总理不会让省里的主要领导陪同,但我估计书记、省长都会一起下去。你一定要提前做好准备,确保万无一失。"

"明白,放心!"

放下电话,徐帆从床上慢慢坐了起来。

这时候,秘书长高志杰的电话也打了过来:"书记,雨润公司夏雨菲的情况大致了解清楚了,要不要我简单给您汇报一下?"可能是因为这么晚了打电话,高志杰解释了一句,"刚才打电话,阿姨说您正在接电话。"

"雨润公司的事情暂时先放一放吧。你现在通知程靳昆市长,让他马上去我办公室,你也一起过来。"

"现在?"秘书长有些吃惊。

"现在。"嗓音不高,但清清楚楚,徐帆的口吻不容置疑。

"好的。"秘书长感到吃惊,不知道究竟发生了什么事情,不禁又机械地问了一句,"带秘书吗?"

"不带。就咱们三个人。"

徐帆下床一边收拾东西,一边给司机挂了个电话。

徐帆知道,周末晚上想放松睡一觉的想法,基本算是泡汤了。

二

副省长杨鹏正在办公室翻看文件,接到党校同学任月芬的红机电话时,已经晚上十二点多了。

总理要来省里考察,考察的内容是他分管的范围,这是他任副省长以来的第一次。

省长、书记分别连夜把他叫过去,嘱咐的话题和内容几乎一模一样:全力以赴,认真对待,确保万无一失。这也是第一次。

万无一失,而且要确保!足见事关重大和两位领导重视的程度。

能源大省,因为是最年轻又是刚当选不久的副省长,省政府压力最大、责任最重的工作,都压在了他的肩上。当然,不论是省政府还是市政府,这也是一条不成文的规矩,凡新上任的副职,分管的范围一般都是最难管理、问题最多、责任最大的领域和部门。年纪轻,又是新官上任,不考验你考验谁?什么是历练,什么是磨炼,什么是器重,什么是委以重任,这就是。

分管教育,这是杨鹏没有料到的。

杨鹏是个纯粹的理工男,让他分管教育,主要是原来分管教育的副省长视网膜脱落,两次手术后,医院要求他必须停止用眼,否则就有完全失明的可能。而分管教育和科技的副省长,每天翻阅的资料、媒体、讯息和文件,确实是最多的。省长也没有什么好办法,还不到换届时间,中途也不能因此就免了那位分管的副省长。这位副省长又确实是个拼命三郎,干什么都一丝不苟,兢兢业业。其实省长也是舍不得,加上不久就要换届,于是就暂时减免了他的几项分管工作,把他分管的教育和科技,压在了年轻的副省长杨鹏身上。

杨鹏也没有办法拒绝,因为省长说了,你要是实在不想管,那就我来管吧,你协助我就行。其实副省长分管的都是协助省长的工作,所谓的分管就是协助,协助也就是分管,没什么区别。杨鹏想了想,只好答应。杨鹏以前就是省政府的副秘书长,再后来被任命为工信厅厅长、发改委主任,一直都是省长手下的兵。老领导的话,说一不二,不听不行。

杨鹏分管教育两个月不到,时间这么短,说实话,对教育方面的工作也才刚刚开始了解,没想到总理马上要来,而且考察的项目里面,中小学教育竟然是个重点。

他又不能给总理解释,我刚刚分管教育,很多都不了解。不了解你当什么副省长？还分管什么教育？你能说这是省长硬分给我的,纯粹是赶鸭子上架？

政府的工作大原则就是分工不分家。政府班子里的任何一员,都没有理由说我不了解是因为我不分管,或者因为我不分管所以不了解。

失职渎职,这一点也包括在里面。

有些人说你们政府上管天下管地,中间管空气,实在管得太宽了。整天说什么市场化,小政府,全是假话,天底下的事还有没有你们政府不想管的？

其实这还真是冤枉了这些大大小小的政府官员。

在中国,不论任何地方、任何领域、任何范围、任何业务、任何工作,包括老百姓的吃喝拉撒、柴米油盐,上上下下,方方面面,只要出了事,第一个问责的就是政府。如果出了什么大的事件、大的问题、大的灾情、大的伤亡,第一个被处理的就是政府官员,就是分管领导。不管是什么问题,先把你分管领导免了再说。如果确实有失职渎职行为,降级、撤职,甚至判刑入狱,那也是免不了的。你是分管领导,在你管辖的范围出了这么大的事,不处理你处理谁？

这些七七八八、犄角旮旯的事情,只要列入你分管的范围,你就别想跑。你分管的工作,能说与你没有关系？在你分管的范围里那些大大小小的事,你以为你敢放手不问不管？

何况是总理要来,要考察教育,到了学校,谁也不知道总理会问出什么问题。总理一旦问起来,即使省长、书记在跟前,你也必须冲上前去回答。你分管的工作,不能让省长、书记替你回答。除非省长、书记主动去回答,主动去介绍。

其他都可以准备,唯有总理提问什么、想了解什么,谁都不知道,谁都不清楚。

杨鹏连夜给教育厅厅长张傅耀打了个电话,整整四十分钟。

张傅耀是位老厅长,自然清楚总理来省里考察的事情重大,在电话里信誓旦旦地说:"杨省长你放心,我马上把厅里的分管副厅长叫过来,连夜给你整理一份材料。临锦市那里你也放心,那里的中小学教育没有问题,局长和分管的副市长都是一把好手,肯定给咱们省丢不了人。"

厅长的电话刚放下,任月芬的电话就打了过来。

红机。保密电话。而且是在深夜里。

杨鹏主管安全,最怕的就是半夜的电话。一般来说,半夜的电话,不是重大事故,就是紧急情况,所以电话铃声一响,他吓了一跳。

任月芬现在是国务院副秘书长,同时协助负责分管教育、科技、文化、卫生副总理的办公厅工作。

杨鹏在工信厅当厅长时,任月芬也刚刚在教育部被任命为政策法规司司长。像他们这样三十多岁的年龄,被提拔到重要岗位,一般来说,都是要在党校学习的,而且大都是长修班,半年到一年不等。

杨鹏和任月芬都是半年的长修班,而且在一个班。

在中央党校进修,是所有干部最为关注,又最为看重的一个学习机会。

党校的课程除了党课政治课,还有经济、文化、科技、教育、卫生、军事、工业、农业、历史沿革、体制改革等方面的课程,来讲课的都是高级专家,甚至是各个部委主管的部长、副部长。还有各个门类的大课,专题讲座等学习机会。总而言之,党校学习一次,会对整个国家政治、经济、科技、文化、民生各个领域的现状都有一个大致的了解。还有,党校学习的氛围其实更宽松更活跃,国家和社会哪里有进步,哪里还有差距,主要矛盾和问题是什么,大家相互之间还可以激烈讨论,甚至可以同老师辩论。

再者,党校同学与同学之间的关系会非常亲密融洽,因为大家彼此都是政治资源,都是领导干部,都是未来的人脉关系,都是难以估量的国家栋梁。谁都前景无限,谁都不可小觑。个个马中赤兔,人人海中蛟龙,鹏程万里,一马平川。一二十年后,谁也不知道谁会走到哪一步。也可能这拨人中间会出现未来的中央委员、书记省长,甚至更高。

这样的际遇,都是可遇而不可求的缘分,大家都格外珍惜。

杨鹏与任月芬前后座,年龄又相仿,任月芬是班里的班长、临时支部书记。杨鹏是副班长,临时支部委员。经常在一起商量策划班里的活动,两人的关系自然就更亲近一些。

任月芬是一个名副其实的学霸。毕业于北师大,主攻教育学,熟悉四门外语,写得一手好文章,已经出版了七部著作,三十出头就被聘任为教授。而后被调至教育部工作,三年后便被任命为教育部政策法规司副司长,很快又被提拔为司长。

任月芬长得十分漂亮,个子不高不低,身材不胖不瘦。尤其是在她身上看不到一点干部身份的矫厉和凌傲。逢人见面说话总是喜盈盈的一副笑脸,再加上南方女子特有的细腻和柔和,党校的女同学又少之又少,她自然也就成了大家都关注喜欢的对象。

有一次课余聊天,杨鹏打趣地对任月芬说:"如果早遇十年,我肯定会拼命追你。"任月芬笑笑:"你呀,我早看出来了,别看长得高高大大,一表人才,其实就是个假象。想入非非时,有心无胆,近在眼前时,又坐失良机,你这性情,再好的姑娘也会错过了。"

任月芬的话,让杨鹏一时语塞,愣了好半天。他没想到任月芬会这么看他。说实话,任月芬的话很毒,一针见血,真让她说到骨子里去了。

还有一次,班里有个活动遇到一些麻烦,杨鹏担心活动出问题,便去找任月芬商量。任月芬听了他的想法,看了他一眼笑笑说:"我要是嫁给你,真会让你折腾死。啥事都不负责任,不想担当,有你这么当夫君的吗?"

这话说得杨鹏脸上一阵红一阵白。看上去像是玩笑话,其实绵里藏针,批评得相当尖锐。

也正是这些话,让杨鹏对任月芬更是刮目相看。而两个人的关系,也就更靠近了一些。

六个月的时间,让他们之间结下了紧密的关系。

回来后,两个人仕途确实都是一马平川。

时过不久,任月芬被调至国务院主管教育、科技、文化、卫生的副总理办公厅工作。两年后,她被任命为国务院副秘书长,具体负责协调教育、科技、文化、卫生、体育、妇女儿童、教育扶贫等方面的相关工作。同时负责主管教科文卫副总理日常事务的各项活动安排。

不到十年时间,任月芬完成了由教学到行政,由教授职称到部级职务的完美过渡和成功跨越,成为一个人人看好,前程不可限量的女性领导干部。

这期间,杨鹏也从工信厅调至发改委,而后在年初的两会上,被增选为副省长。四十出头的杨鹏,一举而成为国内最年轻的一批副省级干部中的佼佼者。

这些年,尽管杨鹏与任月芬之间很少直接联系,但逢年过节,简短的问候是必有的,而且不是那种群发的短信和祝福语。任月芬被任命为国务院副秘书长时,杨鹏发了一条几百字的短信表示祝贺。而杨鹏当选为副省长的当晚,也接到了任月芬的真切祝福:"老同学,可真有你的!好好干,展翅高飞,鹏程万里!"

这两行字,一直到现在,杨鹏还珍藏着。党校期间,任月芬极少给他说过这种大加夸赞的话语。

他们在党校毕业分别的时候,杨鹏曾很真诚地问任月芬:"你看我今后都应该注意些什么?"

任月芬想了想,第一次十分严肃地对杨鹏说:"你处事讲原则,大是大非上没有问题。我们是这些年国家进步的受益者,必然也会是这个社会经济变革的捍卫者,这个我也毫不怀疑。我觉得你我一样,今后都应该注意一点,我们都是平民子弟,绝不能在小节上出问题。尤其是不能犯低级错误,不能在小阴沟里翻船……"

当天晚上,杨鹏把这段话记在了日记里。

这么多年来,这些话几乎成了杨鹏的座右铭,以此时时对自己的所作所为认真反思。

任月芬说得太精辟了,小节问题,对平民子弟出身的干部,其实是天大的问题。阴沟里翻船的人,其实犯的都是低级错误……

任月芬这样的人才真正是人中豪杰,家国栋梁。所以当任月芬的电话打来时,杨鹏一是感到突然,二是惊喜,三是立刻觉得任月芬一定是有重大事情要对自己谈。

任月芬在电话里没有任何寒暄,只问了一句:"没睡吧?"

"没有。你知道的,我在十二点以前从不入睡。"杨鹏故作轻松地回答,但明显感到任月芬话里的不苟言笑和慎重。

"接到通知了吧?"任月芬开门见山,"总理下月初要下去,第一站就是你们那里。"

"下午刚接到通知,接待工作和计划安排书记、省长也都布置了,我们正在研究落实。"果然是大事,杨鹏不由得坐直了身体。

"我查了一下,分管教育的也是你。"任月芬话很随意,但说话的口气一点儿也不轻松。

"是。原来分管的那个副省长眼睛出了点问题,要做手术,省长把他分管的工作临时交给了我。"

"这个工作刚接上,那你怎么向总理汇报情况?"任月芬直来直去。

"我正在准备,总理考察的是中小学教育,有关这方面的政策条文还有省里的基本情况,已经汇总了二百多个问题,我想把这些尽快全部背下来。"杨鹏毫不遮掩,也是实话实说。老同学,犯不着说假话虚话。

"总理不会问你那么多问题。"任月芬依然不苟言笑。

"这个我明白。问题是,我怎么知道总理会问我什么问题。"杨鹏的用意很明显,希望任月芬能给他透露点内容。

"那倒也是。"任月芬立刻给他堵了回去,"不过杨鹏我提醒你,一定要搞清楚,总理这次下去是要了解实情,不是听你的朗朗背书声,听你唱赞歌。"

杨鹏愣了一下,顿时感到了这句话的分量:"那你说怎么办最好?"

"你别只想着总理问你什么,要多想想给总理汇报什么。还有关键的一点,你能给总理拿出什么有用、有价值、有分量、可以大面积推广的做法。这些做法不只是成绩,还有经验,还有教训,还有如何防范问题和错误的思路。"任月芬话语依旧很轻,但让杨鹏感到字字千钧,"如何给总理留下一个好的、深刻的印象,不能只说好话,更不能说套话说空话,甚至说假话。"

"谢谢,老同学就是老同学。"杨鹏有些语无伦次,但却是他的真情流露。任月芬的这些话,实在太中肯了。

"你一定提前下去走走、看看,把下一步要去的地方选好、选对。只有下去了,掌握了第一手材料,总理问你才会胸有成竹,心里不慌。"

任月芬的话似乎就是对他刚才说法的直接反驳。

"好的,好的,一定按你说的做。"末了,杨鹏赶忙问了一句,"秘书长,这次你会来吗?"

"估计不会,但我真想跟着去一趟。"任月芬仍然轻轻地说,"不瞒你,副总理也想让我跟着去,争取吧。"

"哎呀老天保佑,你千万来吧。"杨鹏言真意切地说,"教育你是专家,你来我也正好补补课。总理问到什么事,有你在我也有底气。"

"想也别想,我可救不了你的大驾。"任月芬一副公事公办的口吻,"不过还是要提醒你一句,总理这次下去,是要得到最真实的情况,千万不要做表面文章、摆花架子,净搞一些虚假的东西。你现在属于新生代干部,一定要显示出新生代干部的特征,注重实际,实事求是,勇于担当,善于作为。凡事都要认真考察研究,过去大家天天讲,不调查就没有发言权,现在更是这样,凡事不调查,不发言。老百姓现在最烦的就是我们的一些领导干部整天说假话、说空话,离开稿子什么都不会说,整天浮在上面,下面什么情况也不了解。'领导干部,全靠秘书,先拍脑袋,后拍屁股',这是现在干部群体中最普遍的官僚主义、形式主义恶风,也是我们面临的最大风险。"

"明白。"杨鹏正襟危坐,"这个你放心,中央的精神我们都清楚。书记、省长也多次强调,成绩就是成绩,问题就是问题,该怎么汇报就怎么汇报。再说了,我要是说了假话,迟早会让人察觉,有了这种印象,今后还怎么在政府工作。"

"我今天给你打电话,也是这个意思。"任月芬的语气顿时严肃起来,"副总理也是这个意思。这次总理下去,有关教育大纲工作的制定落实,总理想得到翔实合理的数据,这关系到国家的大政方针,我们必须认真对待。"

"明白。"

"今晚的新闻联播你看了吗?"任月芬突然问。

"新闻联播?"杨鹏回想了一下,"今晚有接待任务,吃饭时就看了个开头,有什么重要新闻?"

"总理这次要去的临锦市,有一个雨润公司,今天央视新闻联播对这个公司做了重点报道。"

"是吗?"杨鹏吃了一惊。

"这个公司你了解吗?"任月芬继续问道。

"不了解,没听说过。"杨鹏实话实说。

"科技转型、安全生产,是不是也都是你分管?"

"是。"

"那你一定看看,央视四频道凌晨两点有转播。"

"很重要吗?"杨鹏感觉到任月芬话里有话。

"我觉得很重要。"任月芬说得很肯定,"应该是方向性的,否则央视新闻联播怎么会重点报道一个地级市的民营企业。"

"今晚一定看。"

"不仅要看新闻,我建议你还要尽快到这个公司实地看看,刚才国务院办公厅也打电话了解了,说总理也看了这个报道,对此很重视。还有,中办也同样很关注,估计总书记也看到了。"

"……哦!"

"现在是信息社会,很多重要的信息,我们自己不关心不支持,就会被别人所利用。"任月芬说得十分认真,总结得十分仔细,"你分管科技转型、安全生产,像这类具有典型意义的信息,一定要提前抓到手,并能将其扶持壮大,做好了,对整个北方、对全国都会有借鉴意义。"

杨鹏默默地听着,一个深刻的印象,就是任月芬确实站位高,视野宽。他突然感觉自己自从当了副省长,整天忙的都是应急的事情,头疼医头,脚疼医脚。几个月过去了,也不知道都干了些什么。让任月芬这么一点拨,如醍醐灌顶,顿时醒悟了过来。要有大方向、大目标,应从国家的角度,着眼省里发生的事情。你身为副省长了,不能再这样整天瞎忙穷应付了。前头的路还很长,胸无大局,必然碌碌无为。一定要振作起来,顶住压力,排除一切干扰,正儿八经地去做几件事。就像任月芬说的那样,及时总结出几个对全国都有借鉴意义的好做法、好经验。想到这里,杨鹏十分感激地说:"月芬,听你一番话,真是胜读十年书,太感谢你了,我知道该怎么做了。"

"我们是同学,千万别说那些见外的话。其实你已经做得很好了。

大家都看好你,说你是一匹沉默的黑马,正在扬鞭奋蹄。"任月芬笑了一笑。

"哈,这么多年了,第一次听你这么夸我,你要是在跟前,肯定看得到我的脸都被你夸红了。"杨鹏故作轻松地说。他知道,任月芬这么晚打来电话,绝不只是因为这些事。

其实任月芬比杨鹏就大那么几个月,但杨鹏自始至终,包括当时班里所有的同学都把任月芬当大姐看。一是任月芬确实有水平有眼光,看问题独到又全面。二是有大局观,政治意识十分敏锐。三是对大家关心体贴,嘘寒问暖,总让人心怀感激。还有最重要的一点,同学之间有什么就说什么,有什么问题就谈什么问题,从不藏着掖着。在整个班里,任月芬不知不觉就成了大家的主心骨,只要她一说话,大家基本认可。

反过来也一样,大家有什么心事和不解的事情,也都常常找她。她也认真替你想办法出主意,总能让你感到满意。

即使是批评,大家也心服口服。大姐嘛,该指点就指点,该批评就批评,大姐的指点批评自然都是为了大家好。

果然,这时任月芬清了一下嗓子,郑重地说道:"杨鹏,有件事我得提前给你打个招呼,这是副总理特意嘱咐的。因为副总理这次很可能不随同总理一起下去,所以希望我能把总理这次下去考察的主要意图提前通知到你。其实从大处讲,从感情讲,并不是什么秘密,这也一直是国家和人民多年的期盼。"

"明白。"杨鹏一边回应一边拿起笔,并把身边的便笺拉了过来,"放心,我会记住的。"

"这件事你知道就行了,我觉得暂时用不着给别的领导说,包括书记、省长,免得市里、县里知道了,曲解了总理的本意,一通轰轰烈烈或者改头换面的操作,反而把好事办成坏事。"

"好的,你放心。"

"你也应该知道的,抗战期间,副总理的父亲曾在你们那里打过游击,好像就是在临锦地区,在那里的山上参加过多次战斗,曾两次受伤。

副总理对老区、对老区的父老乡亲感情很深,所以特别希望总理这次下去,能看到老区基本建设的现状和基础教育方面的真实情况,最终给予老区的基础设施和中小学教育政策上的倾斜。还有,这里面也有我的一个心愿,我爷爷的大哥,也就是我的大爷爷,也在你们那里战斗过,最后牺牲在那块土地上。大爷爷的儿子,也就是我的伯伯,现在还健在,也时时想念那个地方,我和他们对那里都有着深厚感情。副总理说了,现在基层有些地方的浮夸风气很盛,领导下去了,看到的往往都是好的一面,很难看到真实的情况,尤其很难发现存在的问题。大都是虚头巴脑,百般遮掩,让领导看到的都是处处莺歌燕舞,一片歌舞升平。这次总理下去,我们一定要想办法把这种风气扭转过来,一定要让下面的情况得到如实反馈。这也是中央一再的要求,有什么说什么,真真切切,确确实实,成绩不拔高,差距不护短,问题不掩盖,讲真话,报实情,敢担当,让总理能切实看到老区山区客观真实的一面。你是分管教育的副省长,总理这次下去考察基础建设和中小学教育,事关重大,尤其是如何保证落后山区的经济发展和教育的公平公正,对下一步经济建设和教育规划的制定落实会有很大影响……"

放下电话,杨鹏久久地坐在那里。

任月芬的话,让他越想越感到不安。

这件事要真正做到,还确实不容易,真的很难。

否则,任月芬不会连夜给他打来电话。

确实,现在领导下来,说假话很容易,说实话很难,说真话更难。让上面的领导看到下面的真实情况和存在问题,更是难上加难。

对这种风气,杨鹏何尝不知晓,又何尝没吃过苦头。

他当上副省长的时候,一个前任的老领导专门过来同他坐了坐。

杨鹏当时问老领导:"副省长究竟该怎么当,我心里一点儿谱也没有。您给我支支招,我以后都应该注意些什么?"

老领导只表露了一个意思,你位子越高,听到真话就越不容易。

老领导一字一板地说:"……你慢慢就会明白,在下面工作,你最想做的事是什么?不就是想方设法让领导看到你最打眼的成绩和成果,不就是想让领导看到你最好的一面,不就是想让领导高兴满意,给领导留下积极深刻的好印象。那么,等你提拔了,到了上面工作,再到了上面的上面工作,你一级一级的下属如果都是你当初的这种想法、这种做法,你还能听到什么,看到什么?"

对老领导的话,杨鹏久久无语。

政绩是任何一个领导干部都想得到的,成绩越突出,得到重用和提拔的机会就越多越大。在这样的一种环境里,你想听到看到真实情况,确实就像老领导说的那样,成了一件十分困难的事情。

记得有一次,杨鹏下去调查一起事故。其实是一起不算太重大的事故,一个煤矿发生坍塌冒顶,造成两名矿工当场死亡,还有一名重伤,一名轻伤。按规定,死亡九名以上的事故属于重特大事故,必须上报中央,也必须见诸媒体。其他的一般伤亡事故,及时上报省委,做内部处理通报即可。

这起事故发生在杨鹏副省长刚上任不久,也是杨鹏对安全生产提出进一步加大整顿力度之际,有人说这是新副省长上任三把火的第一把火,所以对杨鹏来说,自然不能不当回事,务必严肃对待,严肃处理。

杨鹏调查了整整一天,没想到差点连真正出事的现场都没能走到。直到他怒火中烧翻了脸,才算看到了出事的现场。

这是一个国有煤矿下面的一个分矿,出事的地点在矿区最下一层的工作面上。

真正到了工作面上,才发现现场的安全条件比他二十年前暑假期间去小煤窑拉煤的那种环境还要差。偌大的工作面上,几十个工人在挖煤,别说那种U形钢支架了,就是木头的临时支架居然也没能及时安装。

其实这个分矿不久前还是一家民营煤矿,由于安全不到位,以股份制形式被合并了过来。矿领导本来要对其进行安全整顿,但由于煤价近来大涨,且供不应求,挖煤就像挖黄金,于是矿长就临时做了个决定,一边生产一边整顿。所谓的整顿,就是抓紧安装支架,但不停工不停产。

恰恰就在这期间,煤矿出了这起事故。

当然是人为原因。至少也是三分天灾,七分人祸。

尽管事后杨鹏对这起事故进行了严肃处理,但今天想来,依然感到这里面的水太深了。

千方百计,软磨硬泡,就是不想让你知道事情的真相。

杨鹏分管安全,但工业和矿业两个重大生产部门并不由他直接分管。这两个业务部门,由其他副省长分管。杨鹏也不分管煤矿安监局,省煤矿安监局直属国家煤监局管理,这类机关,只是杨鹏协调联系的单位部门。人事权和生产权都与他没有直接关系,这就是人们常说的垂直管理。这种分工,也就是人们常说的只管安全不管生产,本身就具有极大风险。

省长李铎当时给杨鹏谈副省长分工的时候,特意解释说,这次的分工暂时就这样吧,你先干干看。省里很快就换届了,换届以后再考虑给你调整。

后来杨鹏听别人说,这样的分工,其实李铎省长也有他自己的考虑,煤矿监管是个无底黑窟窿,特别是那些大大小小的民营煤老板,个个都身怀绝技,十八般武艺样样精通,看你这么个年轻领导下来,还不把你当作唐僧肉争着给吃了。

若是既管生产又管安全,那权力将会无限放大。眼下全省又正准备搞煤炭资源整合,就是要把那些最容易出事故的小煤窑大批量兼并关闭。煤老板对这样的消息高度敏感,个个使出浑身解数,想把自己的煤矿保留下来。现在煤炭价格如此居高不下,老百姓宁可拾煤渣也不拾麦穗。假如找到关系,有了保证,确实能保住自己的煤矿,不管什么人,只要你敢要,三五个亿也敢送。

保住自己的煤矿,就相当于保住了自己的私家银行。

这一点,杨鹏当然也清楚。

想把安全工作真正做好做实,确实难上加难。

安全问题对分管省长是个天大的问题,但下面的大大小小的煤老板们,并不太把安全生产当回事。安全与生产比起来,生产当然放第一位。在一些煤老板心里,即使死一个人,花费几万、十几万就解决了,弄一套安全设备,则需要上百万、几百万,而且还需要停产整修很多天,完工了还得验证,还得勘查通过,事后还得花费大笔的钱维修,这种开支完全就是一个无底洞。加上这些年的市场规律,煤、铁、铝、铜的价格都是过山车行情,市场时好时坏。好的时候,大都时间很短。价格一旦转入低谷,能保本经营都非常不易。如果不抓住时机,如何能确保自己的企业不亏损、不倒闭、不破产?所以安全工作在煤老板包括铁老板、钢老板、铝老板、沙老板、建筑老板们眼里,就是能糊弄就糊弄,只要不是天大的娄子,能蒙混过关就万事大吉。

老领导对他说,中国的领导干部,只要在位的,几乎都是终身为官,很多都是从乡镇干部一直当到市长、省长,从学生会主席一直干到市委书记、省委书记。能上不能下,一辈子都是在做领导工作。对国家和社会治理来说,有利的一面就是久经历练,经验丰富,解决矛盾、解决问题的水平和能力会越来越高越来越强。不利的一面,就是权力越大,听到的赞美声就越多;职位越高,听到的真话就越少。时间久了,距离基层老百姓的生活就会越来越远。这也是一些领导干部决策失误,很容易陷入形式主义、官僚主义的一个重要原因。

对此,杨鹏也深有体会,一个权高位重的领导干部,下去考察调研、检查督促,通常得到的信息和情况往往都是最好、最圆满的,当然也是领导最希望看到的和最终要达到的目标与结果。如果你不加甄别,不做思考,就很容易被迷惑蒙蔽了。时间长了,会让你对很多问题和情况做出偏颇甚至完全相反的判断,这些虚假的信息往往会让你做出错误的决策。而那些敢于说真话、实事求是的干部,反倒会让你觉得不满意不喜欢,甚至很扎眼很厌烦。于是,说真话干实事的干部就越来越少,说假话、空话、奉承话的干部就越来越多。你想要什么,下面就能给你提供什么。你想要哪方面的做法经验,下面就能给你找出哪方面的典型和标杆。会让你觉得处处艳阳高照,莺歌燕舞,尤其会让你感觉到自己确实有本事、有水平、有能力、有魄力、有经验,自己定下来的事,一定就是最正确最英明最应该办的事,而那些真正需要解决的困难、矛盾和问题,就很难碰到很难发现了。在基层工作处处都能看到的问题,当了领导干部后,反而很少看到了。

这次总理下来,科技发展、安全生产、基础设施、中小学教育都确实事关国计民生。

责任重大，压力山大。

如何让总理看到下面的真实情况，才是汇报工作的重中之重。

任月芬的提醒太及时了。

与此同时，杨鹏再次感到，这太难太难了。

但不管如何，这次非同寻常，一定要倾尽全力，把总理的这次考察调研每一项都落到实处。

三

凌晨两点，杨鹏一个人在客厅悄悄打开了电视并将声音调到最低。

四频道是央视国际频道，凌晨两点重播新闻联播。杨鹏平时很少看这个频道，除非有特别重要的新闻才会打开这个频道。

杨鹏家不算大，一百多平方米。副省级的住房杨鹏还没有分到，即使分到估计也暂时住不进去。因为没有时间装修，也不想让别人给自己装修。如今给领导装修房子是个黑窟窿。领导一旦分下房子，立刻就有无数亲朋好友找来要给你装修。他们知道你没有时间装修，也不知道该怎么装修，都会大包大揽，什么也不用你操心。装完了，如果坚持要给钱，顶多让你象征性地给一笔。第一你根本不知道究竟花了多少钱。第二会给你装得豪华如五星级宾馆。第三你欠了这份情，将来会索要十倍、百倍，甚至数百倍、上千倍的回报。第四你根本不知道给你装修的这些材料环保不环保，给你挂上去的字画，究竟是真是假。

什么是低级错误，这就是。

杨鹏已经多次告诫自己，绝对不能干这样的事。

除了中央领导的外事活动，今天的新闻联播并没有什么重大新闻和重要消息。一直等到二十三分钟左右的时候，才看到了有关临锦市雨润公司的报道。

前面是对公司的简单介绍，紧接着是对这个公司项目的前景评析，最后出现的是对公司负责人的直接采访。

当看到女董事长的画面时,杨鹏忍不住叫出声来:

"……呃!夏雨菲!"

怎么会是她?!

夏雨菲!

杨鹏像被人抽了一鞭子似的僵在了那里。

居然会是她!她怎么会在临锦?

快十年了,杨鹏一直挂念着她,从来也没有忘记过她。

没错,就是夏雨菲。

就是她,夏雨菲!

终于知道她在哪里了!

杨鹏是地地道道的农家子弟。他高考的分数并不高,比最低录取线只高了两分。省理工大学尽管是所一本院校,但同国家重点院校相比,毕竟还差得很远,所以他从入校的那一天起,就发誓要刻苦努力,一要有好成绩,二要考研考博。

杨鹏知道自己没有其他选择。他上大学是有代价的,代价就是弟弟妹妹因为他上大学而只能放弃上高中考大学。

其实弟弟妹妹的学习成绩始终很好。妹妹一直是班里的尖子生,也是老师非常看好的学生。让妹妹上完初中辍学回家务农,几乎是活生生地斩断了她的大好前程。

父亲的决定严厉无情而又没有任何回旋余地,即使老师来家里苦口婆心地劝了两个多小时也没能让父亲回心转意。

杨鹏至今也忘不了妹妹那一整夜的哭泣声,让他压抑、窒息、无奈而又揪心。而妹妹的哭泣声,也就成了他这么多年发奋拼搏的原动力。

从杨鹏上高中开始,一直到上大学,一家人节衣缩食,起早贪黑,就是为了给杨鹏一个不尴尬、不落魄、不太拮据困窘的大学生活。

弟弟到了农闲时节,就跟着父亲外出打工。妹妹和母亲在家操持家务,种地养猪养羊,服侍苍老多病的爷爷奶奶。

就在杨鹏上学考研读博的这些年间,爷爷奶奶相继过世,老迈的父亲不能继续外出打工。弟弟独自留在城里,成了一家南方民营企业的合同工,而妹妹则长成了一个朴实硕壮的农村大姑娘。

杨鹏虽然没有考到国家一流大学读研读博,但作为省里为数不多的"文革"后前几批全日制在校博士生,没出校门就被各行各业、各级政府部门所争抢。那时候还没有真正实施公务员制度,学校毕业就可以直接分配到各级行政部门和企事业单位。那时候杨鹏的父母希望杨鹏能到央企国企工作,没有别的,就是因为央企国企待遇好,工资高。当时行政部门普遍的工资水平就是千把元,而省城的一家央企的年薪居然达到了三万左右。那时候的"万元户",即是富豪的标志。三万元对一个地地道道的农民家庭来说,简直就是一个天文数字。

但最终的结果,杨鹏听从了老师的建议,报名选择了省委组织部。老师的一句话打动了他:"眼光放远点,大丈夫胸怀天下,心雄万夫,只盯着钱如何成就大业?"

在婚姻问题上,杨鹏也确实像党校同学任月芬说的那样,有心无胆,坐失良机。

大学期间,杨鹏为了省钱,从来没给自己置过一身像样的服装。二十多块钱一双的皮鞋,对他来说就是天价。从一年级开始,整整四年,一直穿着妹妹千针万线纳鞋底做成的粗布鞋。食堂的饭菜,五角钱以上的他极少吃。那年暑假打工,杨鹏用在小煤窑拉煤打工的钱买了一件的确良衬衣,一直穿到博士毕业都没舍得扔。

杨鹏后来回忆这段时光,自己在婚姻观念上的自卑感,完全来自家庭的困窘和生活上的拮据。

谈恋爱对杨鹏来说,简直是一件奢侈无度、自不量力的事情。家境是绕不过去的坎,妹妹的啜泣声也无法让他有此奢想。

他不知道是缺乏自信,还是过于自卑,直到考上了本校的研究生,才暗恋了一个女生,一直等到读完了研究生,直到第三年又考上外校的博士生时,他才鼓足勇气给对方写了一封信。

杨鹏在农村上学晚,这个女生比他低四届。女生因为上学早,转学时又跳了一级,所以年龄比杨鹏小了七岁。女生一口标准的普通话,个子不高不低,衣服整洁而又舒服,脸庞清纯而又俊秀。

在大学期间,杨鹏不论是读本还是读研,每天准时凌晨三点半起床,在学校公园的凉亭里背诵外语两小时,锻炼身体一小时,回宿舍洗漱半小时,七点钟准时吃饭。每天午睡半小时,晚上九点半宿舍熄灯准时睡觉。

刚开始时,杨鹏的这种作息时间只是一个暂行计划,当时自己也没想到能一直坚持下去,以至于坚持了整整四年,一直到考上研究生时,仍然是四点前起床。这个作息时间已经成了他的生物钟,倒头就睡,准时醒来,前后误差最多不会超过十分钟。

杨鹏三点半起床,当初只是为了能占住一个背记单词的好位置,因为只有学校的凉亭里才有灯光,才能让他看清笔记和书本上的内容。但这个地方如果来晚了,就没了位置,上大学尽管不像高中那样拼死拼活,但刻苦用功的学生依然不在少数。只有四点前,这里才会非常清静,才会让自己占到最合适的位置。

一直到了读研的时候,杨鹏才遇到了一个有力的竞争者,就是那个让他看一眼就暗恋上了的女生。她每天都来得很早,四点左右肯定会站在凉亭的灯下。于是他能很清楚地看到她的一举一动,包括她的衣着和容貌。她并不像农家子弟,也不像官二代富二代,但有一点可以肯定,她不会出身贫困家庭。刚开始杨鹏以为她不会坚持很久,第一这样的女孩子不会长期住校,第二也不会这样勤奋吃苦,第三她犯不着这样拼命攻读,像她这样的女孩子将来要啥有啥,颜值就是女孩子的通行证,只要不犯低级错误,她的前程一定会鲜花遍地。还有,女孩子的发奋努力,是会毁容的,漂亮的女孩子会把面容的保护当作生命大事。北方的天气冬天干燥寒冷,夏天高温酷热。尤其是数九寒冬,朔风刺骨,杨鹏站在这里不到半小时就会冻得手脚冰凉,一个细腰秀发、轻柔纤弱的女孩子绝不可能长期坚持下去。

但他错看了她,除了狂风暴雨,即便是冰天雪地,她都准时来到这个凉亭之下。他们之间极少说话,不是一个专业、一个系、一个年级,也不是同龄人,而且是异性,一个漂亮的女孩子,以杨鹏这样的个性和家庭背景,更不会主动搭讪人家。

除了偶尔打个招呼,或者面对面时礼节性的问候,两个人从来没有认真交谈过,一次像样的对话也没有。

杨鹏唯一清楚的是,这个女孩子看他时的目光十分柔和。同他打招呼时,总让他感到那么暖心和温情。

也许就是那么轻轻一眼,那么简简单单的一句话,便让杨鹏很快如痴如狂地偷偷地喜欢、迷恋上了她。

杨鹏一直利用各种机会关注她、了解她,并且知道了她的名字:夏雨菲。

夏雨菲,一个让他感到温馨而又让他心跳的名字。

三年时间里,他们只有为数不多的几次接触。最令他动心的一次是那天刚刚下过大雨,天气晴好,但处处积水,她上台阶时,由于穿着胶底鞋,不慎滑倒在凉亭上。那天他正好就在近处,瞬间就把她扶了起来。没想到她那么轻,一用力,几乎把她整个人抱在了怀里。他和她的脸那么相近,他闻到了微微的发香,也看到了她耳旁一绺细细的鬓发和脸颊两旁淡淡的娇羞。还有那轻轻一声"谢谢",让他看到了她那一排亮亮的细牙和柔柔的红唇。

杨鹏对夏雨菲产生了刻骨铭心、异样感觉的一次,是他的一次挨打,也是他此生唯一一次在学校打架。

以夏雨菲的容貌和气质,学校里对她疯狂追逐的男生自然不在少数。

那一天不到凌晨四点的时候,一个夏雨菲同级的男生居然也来到了凉亭。其实那个男生长相很差,一看就像个赖小子,估计顶多也就是个一般的富二代或官二代。但这样的男生胆子大,缺家教,行为粗野,在学校里称王称霸,无人敢惹。他看上了谁,就一定要追到手,时间长了,女生的拒绝在他眼里就成了挑战和对抗,也就成了他教训和惩罚的对象。

夏雨菲是他的一个目标。

"你躲在这里,以为我就找不到你了?"那个男生一到凉亭就来了这么一句,根本没有把四周的人当回事。

夏雨菲没有理他,仍然在默默地背着英语单词。

那个男生见夏雨菲不理他,不禁恼羞成怒:"装什么蒜!没听到吗?"甚至要上来动手动脚。

一般来说,碰到这种情况,大多数人的反应都是避之唯恐不及,躲得远远的,一声不吭。

但这次不同,夏雨菲是杨鹏心仪的女生,也是在凉亭时间最久的校友,还有一点,此时夏雨菲就在杨鹏身旁。这时夏雨菲也靠得很近,几乎与杨鹏身贴着身。

"你想干什么?"杨鹏一声断喝,声音不高,但很有力量。

"少管闲事,这事与你没关系!"那男生见杨鹏高高大大,孔武有力,便说了这么一句。

杨鹏没有吭声,继续把夏雨菲挡在身后。

"闪开!你是她什么人?"那男生吼了起来。

那天杨鹏也不知从哪里来的气魄和悍勇,一挺身就回了一句:"我是她男朋友,你再这么为非作歹,小心我不客气!"

"呵呵!"那男生一听这话,上来就要扯杨鹏的衣领子,"你他妈的鬼扯什么,是她男朋友?我早打听过了,哪里蹦出来你这么一个男朋友,老子怎么没听说过?"

小时候杨鹏在村里学过一些拳脚,爷爷和那个拳师颇有交情,什么梅花拳、通背拳,都练过不少时间,还算学到了一些真功夫。后来虽然不练了,但毕竟是童子功,对付一般人,还是绰绰有余。看到这小子真的这么不识好歹,一甩胳膊,一拧一拉,顺手一个招式,就将那小子摔出去两米多远。

那小子看了一眼杨鹏,自知不是对手,骂咧咧地就走了。

三天以后,在学校大门外,那小子叫来了六七个壮汉,看见杨鹏劈头就是一顿臭骂:"你他妈的村里的一个狗崽子,癞蛤蟆也想吃天鹅肉。夏雨菲什么样的人家,能让你这种东西做男朋友!"

那天杨鹏寡不敌众,尽管也还手了,但最终还是被打得躺在地上好久没能爬起来。

直到三天后,夏雨菲才知道了这件事。

夏雨菲在宿舍里泪汪汪地看着杨鹏头上的伤口说:"你为什么要和他们硬拼?我又不是没办法治他们。"

一个星期后,那个男生和那些打人者均被公安部门传讯拘捕,一个月后那个男生被学校勒令退学。

倒不是仅仅因为这一起案情,而是那个男生实在太恶劣太张狂了,交代出在学校做的很多令人不齿的事情。

此后,整个学校几乎都知道了夏雨菲和杨鹏的事情。

杨鹏却再未提及此事。

夏雨菲的身旁也终于清静了。

这是杨鹏此生此世为夏雨菲挺身而出唯一的一次,至今让他历历在目,感觉是如此刻骨铭心。

当杨鹏拿到博士录取通知书时,夏雨菲也即将大学毕业。

杨鹏清楚自己离开这个学校的时候,也可能就是与夏雨菲永久分别的时候。他想给这个女孩子说几句心里话,尤其是想要到她的家庭地址。那时候还没有像今天这么多的联络方式,BP机之类的东西还没有成为大学生的宠物,刚刚出现的大哥大只是富豪的象征。家庭电话的普及也才刚刚开始,所以最牢靠的联系方式唯有手写的家庭地址。

拿到博士录取通知书那些天,杨鹏本可以不再去那个伴随了他七年的凉亭。但不知为何,他还是忍不住去那里。下意识里,他就是想再多看一眼她,这个伴随了整整三年的她。这个一辈子注定让他魂牵梦绕的地方,实在难以割舍。

但每一次见到她,他真的开不了口,也不知道怎么开口。

尽管每天见面都会问候一声,有时候也会说几句有关学校和学习方面的话,但从未涉及别的,那些男女之间个人方面的悄悄话,更是一句也没说过,连想也不敢想。

就在杨鹏寝食难安坐卧不宁的时候,让他做梦都没想到的是,在那一天清晨,夏雨菲开口了。

"我看到公布的名单了,你考上博士了?"晨曦如雾,凉风习习。那天清晨夏雨菲和他在一起时,凉亭四周就他们两人。好像知道杨鹏一直在身后盯着她,夏雨菲并没有回头,只轻轻问了一声。

杨鹏愣了一下,有点无法相信似的赶忙说:"……是,接到通知书了。"

"是个好学校,什么时候报到?"夏雨菲依旧没有回头。

"还好吧,主要是专业对口。"杨鹏机械地回了一句,"你呢,不计划考研?"

"不考了,工作单位都联系好了。爸爸妈妈也不同意我考全日制研究生,说如果考研,最好还是将来考在职。"

"为什么?"

"爸爸身体不好,妈妈希望我多陪陪爸爸。"

杨鹏愣了一下,没想到是这个理由。看来她爸爸的身体不太好,甚至极有可能是重症大病,否则以她的毅力和刻苦,不会放弃考研。"那太可惜了,你学习那么好,成绩一直是系里第一,他们都说你要考研的。"

"……我想过了,考在职研究生也可以。"夏雨菲有些木然地说。

良久,杨鹏才说:"我能帮什么忙吗?"

"不用。我的忙你也帮不上,我之所以决定回去,是因为爸爸妈妈就我一个女儿,我回去了,妈妈就安心了。谢谢。"

"你家住哪里?"杨鹏小心翼翼地问。

"你不是打听到了吗?"夏雨菲说,"就那个地址。"

顿时,杨鹏感觉脸上火辣辣的,好半天不知道该说什么才好,原来他打听她的那些事,她都知道。

第二天杨鹏再去凉亭的时候,夏雨菲没有露面。第三天、第四天,依然没有再来。

杨鹏没有再去找她。那时候,他仍然觉得两人之间几乎没有可能。还有,她虽然没有直接给他地址,但事实上已经默认了那个地址,对杨鹏来说,这已经足够了。

一直到杨鹏读博的第三年,马上要毕业了,连工作单位都找好了,他才鼓足勇气给夏雨菲写了一封信。

夏雨菲很快就给他回了一封信。

信很长,他连着读了无数遍,温声细语,情意绵绵,让他感到字字戳心。

"……我也喜欢你,但我不知道,为什么这么多年,没能等来你一个字。

"……你为什么到了这个时候才给我写信呢?爸爸的病越来越重,妈妈每天忧心如焚,一直到上个月,我才认识了一个人,他是水利工程师,前几天也答应让他见了爸爸妈妈,并且和妈妈敲定了准备这个月结婚。这么急着准备结婚,就是想让爸爸放心,不再为我的事情操心。我之所以接受了他,就一点,他长得与你差不多,高高的个子,身体健壮,高挑的眉毛,鼻梁直挺……

"……我知道你是农民家庭。你家里的情况,我也大致了解。一直到今天,你家里连个像样的住房也没有。……我并不在乎这些,如果在乎,我在大学期间早就有对象了。我在乎的是你,在乎的是你性格温和,为人低调善良,学习刻苦用功。你的成绩在系里一直保持在前三名,除了英语,你还自学了日语、法语。我知道你眼光高远,志在千里。在学校整整七年,天天风雨无阻,三点半起床在校园灯下苦读……

"……我明白,你不会屈服于各种苦难和压力,一个人如果没有远大的志向,绝不会有这样的耐力和毅力。

"……寒假暑假,你都出去打工。回到学校时,变得又黑又瘦,但你始终精神饱满,回来的第一天,依旧三点半起床来到校园灯下攻读。食堂吃饭,你总是出现在价格最便宜的窗口。

"我知道你的母亲得了癌症,晚期,已经两年了。你家里负担很重,你妹妹刚十七岁就订了婚,对象是村里的一个还算富裕的人家,所有的彩礼都是为了给母亲治病。有你这样的哥哥,也一定有你这样的妹妹……

"……说了这么多,一句话,如果你是认真的,深思熟虑的,我也会认真考虑,决定是否推掉这门婚事。

"我一直记着你对那个男生说过的话,'……我是她男朋友!'

"还有你脸上头上的伤口,你默默地忍受了,都是因为我,却从来没有对我诉说过,埋怨过……

"……你千万不要勉强,我知道你的志愿理想,你有抱负,未来的路还很长,以你的勤奋和努力,目标应该都能实现。不论如何,我都会理解你,也不会埋怨你,因为我清楚,在婚姻和理想发生冲突时,你一定会选择理想。你值得这样去做,因为你确实非常优秀,那年你们系考上博士的学生,只有你一个是农村的孩子。而我,其实就是一个平平常常的女孩,普普通通的家庭。母亲是老师,父亲是国企的普通干部……

"……杨鹏,我们之间能否相处,不管结局如何,成与不成,我都会等你,等你的回复。"

一封信,足足七页。

看着这一行行娟秀整洁的字体,夏雨菲柔和温馨的身影再次浮现在杨鹏的眼前。让杨鹏感到万分惊讶的是,她对自己的家庭是如此的了解,而他对她,对她的家庭,直到现在可以说仍然一无所知。在信里她没有说自己大学毕业后被分配到了哪里。那时候所有的大学毕业生,只要是服从分配,工作基本上都有保证。但她只字未提自己的工作,也只字未提自己的所在单位、所在地区和城市,还有父母亲的工作单位,包括家里目前的情况,这些统统没有告诉他。

杨鹏愣愣地看着眼前的这些文字,久久回不过神来。

她居然知道这么多!他的家、他的家庭成员、家里的生活状况,包括具体地址,明明白白,一清二楚。

尤其是她居然知晓母亲得了癌症,晚期,已经两年多了,而杨鹏对此竟然一无所知!

夏雨菲的这封来信,才让他得到了母亲患癌的消息。

这让杨鹏感到无比震惊。

母亲的癌症两年多了,全家都瞒了他。真是晴天霹雳!

当天杨鹏就买了回家的车票。

家并不远,今天看,也就是一天的路程。或飞机,或高铁,上午动身,晚上就能到家。可那时候不行,至少也得两天一夜。坐火车,再坐长途汽车,再坐短途汽车。两天一夜,赶到家里时,已经是深夜了。

因为寒暑假打工,三年多没有回家了。一家人都没有想到他会回来,他也没有想到弟弟妹妹和父亲都在家。

杨鹏第一眼看到母亲时,就知道母亲来日不多了。

母亲的样子杨鹏几乎认不出来了。两眼塌陷,嗓音嘶哑,面如灶灰,形容枯槁。原来一米六多的个子,现在蜷缩在炕上不足一米三。卵巢癌转移为肺癌,已经扩散到肝、淋巴。

他止不住失声大哭,一家人哭作一团。

一个月后,母亲病故。

这一个月,杨鹏一刻不曾离开母亲。他把对母亲的感恩,全都浓缩在一个多月对母亲的服侍上。

母亲的墓地也是杨鹏选的,整个墓穴都是他一铲一铲铲出来的。墓地不大,他尽其所能把母亲的墓地铲得宽敞一些。母亲生前没有住过一天宽敞的房子,他不想让母亲死后也住得这么憋屈。他让母亲的墓地朝着他学校的方向,让自己在任何时候回望家乡时,都能看到母亲的眼神和面庞……

由于这场重大的家庭变故,杨鹏没有给一直思念的夏雨菲立刻回信,尽管他眼前会时时浮现出她的影子和那封来信。

杨鹏至今想不明白,夏雨菲为什么恰恰在那个时候告诉他母亲的病情。可能她根本没有想到杨鹏并不知道母亲得了癌症,也没想到他母亲的病情会如此严重,当然也没想到杨鹏一接到她的来信就立刻赶回了老家。更没有想到,杨鹏的母亲会这么快去世。今天看来,夏雨菲给他的回信,情意切切,字字贴心,但也可能恰恰就是这封情真意切的来信,让杨鹏没能及时给她回复。

还有,夏雨菲在信中并没有告诉杨鹏回信地址。这当然是她有意为之,她可能想让杨鹏认真考虑一下自己的决定,所以没有告诉杨鹏具体的回信地址。

当然,对杨鹏来说,找到她的地址,并不是什么难事。对此,夏雨菲也肯定清楚。只要杨鹏做了决定,就一定能查到她的地址。

总之,他没有立即给她回信。一是没心情,二是没时间,三是在那一段时间容不得他考虑自己的这些事,还有,他也没有办法离开家去打听去找她的地址。

悲切、嘈杂、忙乱、劳累,晚上连个像样的住处也没有。从回家到办完母亲的丧事,一眨眼又过去了两个多月。

等杨鹏回到学校再次翻出她的那封来信时,他才意识到时间实在过去得太久了。

她在信中说,他们已经商定了结婚的准备,就是下个月。而今天,已经是几个月之后了。

这还用回信吗?如果回信,不觉得无聊吗?不觉得太不真诚、太不慎重、太不像话、太无视对方、太儿戏、太虚伪了吗?

而且,如果人家已经成婚,如果让她的爱人看到了,岂不是制造事端吗?

还有,你如何给她解释?还可以解释,还解释得了吗?

好几次杨鹏都忍不住想给她回封信,但当他拿起笔来,脑子里立刻就是一片空白,一片暗淡,无言以对,无话可说。

一个月过去,两个月过去,三个月过去,半年过去了,他还是没有给她回信。

他越来越觉得没法回信,也越来越不知道该怎么回信。

杨鹏也多次打听她的情况,问过几个同学,大家都毫不知情。其中有一个认识夏雨菲的同学还调侃了他一句,人家那样的姑娘哪能留得住,估计孩子都有了,你就死了那份心吧。

后来又打听到一个同学,居然言之凿凿地给他说,看来你啥都不知道,夏雨菲根本就不是咱们省里的人,早回老家去了。

言外之意,人家连地址都没有给过你,剃头担子一头热,你这纯属单相思。

那时候正是博士毕业,分配到省委组织部的关键时刻,他无法安下心来考虑自己的事情。

组织部很忙,忙得脚不沾地。他根本没想到组织部会是这样忙的一个部门,那一段时间,他什么都顾不上,确实没时间。

杨鹏在学校里一直是团干部、学生会干部。考上研究生的时候,他的班主任老师被任命为学校的团委书记,一年后,杨鹏就担任了学院团委书记和学院学生会副主席。朴实、听话、能干、学习好、形象好、人品好,让杨鹏成了众多老师和学校领导喜欢的学生楷模。

任何一所大学,像这样的学生都会被树为励志的标杆,成为大家学习的榜样。

正是由于这些原因,他也就成了一个被领导、被上上下下高度关注的对象。

杨鹏读博的院校,尽管也是在省内的院校,但这所学校属于部属院校,与全国高校相比,也算名列前茅。

由于都是在省内,学校之间相互的交流和活动也比较多,团委之间、学生会之间也比较熟悉。当然,关注他的人也渐渐多了起来,他的阅历和身份,也让更多人看好他的未来。

于是,他在读博期间,终于碰到了一个发现他未来价值的伯乐。

这个伯乐就是杨鹏大学班主任老师的同班同学,当时省委组织部副部长王宇晨。

在王宇晨副部长的运筹帷幄下,杨鹏在读博期间,破格担任了学校的团委书记。

杨鹏分配到省委组织部时,已经是名正言顺的处级干部。

杨鹏分配到省委组织部不久,很快就有了一个意外发现:王宇晨部长有一个女儿叫王瑞丽,今年研究生毕业,比杨鹏小两岁。几乎与杨鹏同时,王瑞丽也被分配到省委宣传部文艺处工作。

还有,王瑞丽也没有对象。很快,他们就认识了。

三年之后,他们结婚了。

如今已经有了孩子的杨鹏,还会常常想起大学凉亭旁那个让他魂牵梦绕的身影。

此时的杨鹏早已没有什么别的想法,妻子温和贤惠,小鸟依人。孩子明眸皓齿,聪明伶俐。家庭温馨和谐,其乐融融。

十多年间,杨鹏从大学团委书记、学生会主席,一跃而成为年轻的副省长。

但不知为什么,杨鹏的脑海里常常会突然间浮现出夏雨菲的面庞,还有那封长长的来信。

是顾念,还是珍爱,还是那段难以割舍的情意,成了刻骨铭心、难以忘怀的眷恋?

青春岁月,纯洁无瑕,虽然清苦,但回忆起来,总是那样温馨而隽永。

日月如梭,一眨眼就过去了十年之多。

但突然之间,对夏雨菲的思念还是那样的浓烈,那样的直撞心扉。

夜深人静时,在这种让他感到刺心的思念中,还卷裹着深深的愧疚和不安。

十年了,他居然没有给她回复过一个字。

也没有再打听过她任何消息。

自己的表现是不是太冷漠,太不合情理,太欠考虑了?

做梦也没想到的是,今晚竟然在新闻联播里见到了那个令他朝思暮想的夏雨菲。

她依然那么年轻和干练,柔和的嗓音和标准的普通话还是那样的动听和清晰。

如今她的爸爸妈妈怎么样了?她结婚了吗?有孩子了吗?

雨润公司董事长,这是一个多大规模的企业?

她干得究竟怎么样?

听介绍,这个企业应该搞得不错,像她这样的一个女性,是怎么闯荡出来的?

这些年,她又是怎么过来的?

一大堆疑问汹涌而至。

任月芬说了,你要尽快下去看看这个公司。这类新生事物,一定要及时抓住。

言外之意,如果是好的事物,就要尽快将其树为典型,总结他们的经验,在全省甚至全国推广。

一种强烈的冲动,杨鹏好想立刻见到夏雨菲。

然而突然间,杨鹏又觉得此时此刻竟然无法面对她。

在一个女子面前,杨鹏第一次感到了窘迫和无力。

电视机的荧光,一明一暗地在杨鹏沉思的面容上闪烁着。

杨鹏僵直地坐在沙发上,久久不动。

四

一大早还没来得及吃早饭,副市长刘绍敏就接到了秘书的报告,副省长杨鹏和教育厅厅长张傅耀要专程下来了解临锦市的中小学教育,并要听取他和临锦市教育局局长的小范围汇报。也就是说,这次汇报,除了他和市教育局局长,其他人不参加。

"什么时候?"

"今天中午就到。"秘书急切地说,"已经出发,估计十二点以前就到。"

"什么情况?为什么不早点通知?"刘绍敏觉得十分意外,副省长带厅长下来,他这个分管副市长事先居然一点儿也不知情。

秘书愣了一愣,赶忙说:"杨副省长秘书小丁说,杨副省长到了就知道了,具体什么情况他没说。"

这两天刘绍敏正在下面规划中小学校舍安全工程,这是硬任务,必须一个县一个县地落实,一个县一个县地考核。

他看了看时间,赶回市里,大约需要四十分钟,还来得及。但让他感到蹊跷的是,什么事这么突然这么紧急,不打招呼就直接来了?

临锦教育系统是不是出什么事了?

刘绍敏副市长有些紧张地思考着。

刘绍敏五十多岁,干了一辈子教育。先是当教师,后来当校长,再后来当局长,快五十岁的时候,当选为分管教育的副市长。

这次刘绍敏主抓全市的中小学校舍安全工程,才发现全市大大小小的中小学暴露出来的问题确实太多太多了。

35

特别是山区的一些中小学,不论是教学楼、办公楼,还是宿舍、餐厅,建筑质量实在令人触目惊心。陈旧、残缺、破损、老化,特别是八十年代急急忙忙兴建的一些校舍,很多都已经成了危房。即使不是危房,有很多都是老式预制板结构。老大的一个教室,两排薄薄的砖墙上面撑着几块水泥预制板,相连的缝隙,有的连石灰都没有抹,看上去比危房还糟糕,稍有个风吹草动,立刻就会整块塌下来。这种状况,让刘绍敏心惊肉跳,寝食难安。

别说是汶川那样的大地震了,就是来个三四级地震,都保不准会出大事。一旦出了大事,他这个当过校长、局长的副市长,就是跳了楼、上了吊也不能免责。

整个市的校舍安全工程,中央、省里和市里的拨款,总共算下来给了将近二十个亿。这在临锦市教育口的历史上,是前所未有的一笔巨款。

但经过这些天的摸底,刘绍敏经过认真测算,如果所有的校舍都按八度设防,那这个工程至少也得二十六七个亿。

再加上那些七七八八的开支,缺口至少七八个亿。

九百多所中小学,摊到每所学校,也就一两百万。而一两百万,要完成整个学校建筑的八度设防,特别是那些山区学校需要重建的旧房危房,这是根本不可能完成的任务。如果资金无法到位,唯一的结果就是逼着人造假。

但这次又有所不同,每所学校的重修重建,是要登记在案的。校长是谁,施工队是哪家,监理是哪个单位,都要一笔笔记录在册。如果真的出了什么问题,一查一个准,谁也别想跑,谁也跑不了。

就是这种硬性规定和要求,让他这个分管副市长度日如年,每天像只热锅上蚂蚁。下面的局长、校长天天往上跑,天天找他倒苦水。

一句话,没有钱,你让我怎么做?

学校又不是企业,也不是权力机构,现在都是义务教育,什么都免费,连学杂费也不准收,你让局长、校长到哪里找钱去?

而他这个副市长也是处处找他要钱的官,可他除了找市长要钱,又能在哪里找到这么大一笔钱!

他去找市长程靳昆,市长摊开两手对他说,今年市里总共能用的钱就那么多,额外拨给教育的款项已经大大超出预算了,再给你拨款,其他口你让我怎么应付?我这个市长还干不干了?

市长阴沉着脸,没发脾气已经很给他面子了。

到底该怎么办,他现在也没辙。

真是困坐愁城,度日如年。

稀里糊涂吃了顿早饭,不到七点半,刘绍敏就已经坐在了车里。

血糖高,又不想吃药,所以饭后他都要在外面走走。但今天没时间了,吃了饭就登车,窝在车座上,昏昏沉沉,迷迷瞪瞪。

刘绍敏和杨鹏不太熟。过去杨鹏在工信厅、发改委工作,虽然认识,但很少打交道。

这次杨鹏分管教育,完全出乎刘绍敏的意料。所有的副省长里面,就数与杨鹏陌生,没想到却是最陌生的杨鹏分管了教育。

他好几次想上去找找杨鹏副省长,看能不能给临锦市的校舍安全工程再拨点钱。临锦老区多,贫困区县多,虽说是能源大市,但国贫县、省贫县几乎占了一半。而这些贫困区县,又大部分是老区山区,很多都是结构性贫困。穷山恶水,农田瘠薄,人多地少,十年九旱,有时候颗粒无收。一旦下雨,又必然伴随洪涝水灾。像这样的地方,除非大面积移居,否则很难从根本上解决贫困问题。所以这里的老百姓,只能把下一辈子的希望,寄托在孩子们的身上。全家受苦受累,省吃俭用,一分钱恨不得掰成两半花,就是为了能让孩子读书上大学。

教育,几乎成了这些山区乡镇干部的头等大事。再穷也不能穷教育,再苦也不能苦孩子。如今重建重修学校校舍,他们的要求自然更高,何况又是在汶川地震之后,如何确保校舍安全工程质量,上面三令五申,层层严厉告诫。从村落、乡镇到县里,各个负责干部,各个对口单位,胆子再大也没人敢偷工减料,草率从事。

这一切,让他这个分管副市长,压力更大。

现在的乡镇干部、县区干部,要钱筹款,办法有的是。最重要最有效的一条,就是款项不到不动工,款项不够不竣工。

37

这可是学校,拖个三五天可以,两三个星期可以,一两个月也可以,如果拖三五个月,拖到九月份开学,拖到全省要求的国庆节前全部竣工之后,如果那个时候只剩下你的学校还没能全部建好修好,那别说你了,就是书记、市长也一样会被啪啪打脸,在全省市县面前丢人现眼。至于什么优质工程、一类工程、五好工程,更是想也别想。

干了一辈子教育的刘绍敏副市长,在临锦市的口碑一直不错。平时走在街上,常常不是被人叫刘老师,就是叫刘校长,反倒是叫刘局长、刘市长的人少之又少。

桃李满天下,百里桃花红,如今又当了分管教育的副市长,这让他感到十分充实和知足。一个寻常百姓子弟,如今成了几百万人口大市的副市长,除了鞠躬尽瘁,就是肝脑涂地,不好好干又对得起谁。

自从当了分管教育的副市长,刘绍敏常常觉得力不从心。除了分管教育,还有科技、文化、卫生、体育、科协、知识产权局,包括作协、记协、文联、社科联等等,全都是不会生钱只会花钱的部门。分管的部门里面还有一个城联社,这个部门居然"担负着改制企业历史遗留问题,维护社会稳定,化解上访的工作任务和重要职责"。以前他根本不知道还有这样一个部门,现在才知道,这个城联社管理的全是过去城镇工业改制后的大批下岗工人。也就是说,他们原来的单位没了,就给他们设了这样一个部门,有什么遗留问题,需要纾忧解困的问题,就去找这个部门解决。而这个部门只是一个自收自支单位,无职无权无钱无拨款,每天除了那些过去的下岗工人找来要求解决问题、解决困难,其余的所有工作就是找政府、找领导要钱。

这样的一个副市长,确实比校长、比局长,要难当多了。

有时候他觉得,自己这个副市长,纯粹就是一个大债户。

而他这个大债户,既不能临阵脱逃,也根本无处可逃。

虽说债多不愁,但即使没一点办法也得尽力想办法,谁让你是副市长呢?

杨鹏副省长下来,也许是件好事,正好可以向他汇报这方面的问题和困难,争取让省政府再拨点钱下来。

尽管副市长刘绍敏主管的工作面临来自省政府主管领导杨鹏的压

力,但这种压力是单一的,没有直接的紧迫感。

表面上看,分管教育领域的杨鹏副省长,与市政府分管教育的副市长刘绍敏在工作上有着直接关系。但事实上,刘绍敏最忌惮的是市长而不是副省长。市长和副市长这种上下级关系,更是直接关系,决定性关系。资金、项目、计划、人事、审核、预算、结算、指标等等,都在市委市政府手里,与分管副省长的关系并不大,或者没有直接关系。你的顶头上司是市长,而不是副省长。决定你命运、评价你好坏、落实你需求、确定你年终考评能不能过关的是市委市政府,是市长而不是分管副省长。只要你在省政府布置的工作任务上与分管副省长没有直接冲突,没有置之不理,没有漠然视之,那一般来说,分管副省长都不会与你过不去。退一万步来说,就算你得罪了分管副省长,只要市长支持你,那分管副省长对你这个副市长也一样没辙。除非分管副省长翻了脸,直接把你告到书记、省长那里去。但即使告到了书记、省长那里,只要市长想保你,仍然可以为你辩解和提供保护。当然,这样的情况一般不会发生。

对下面的对口副市长来说,分管副省长就像财神爷,就像观世音,你若能接待好了,让副省长满意了,认可了,那就好比搬来了一座资源库,既可以为你雪中送炭,也能为你锦上添花。既可以帮你解决问题,还可以给你添加解决问题的渠道和关系。所以在感情上,对口副市长和副省长的关系会更亲近、更温暖、更轻松。

刘绍敏赶到市里时,市教育局局长汪小颖的手机也打了过来。

汪小颖是临锦市为数不多的正处级女干部,性格泼辣,说话高频率大嗓门,与刘绍敏的内向性格正好互补。有人说,刘绍敏之所以同意汪小颖接他的班当教育局局长,就是看上了她这种直来直去,什么话也不藏着掖着的性格。

一接通汪小颖的手机,嗓音就直冲耳门:"刘市长啊,他们上面也不能这样啊,说是要下来考察中小学教育,事先一不通知,二不说内容,就说只让我们小范围汇报。汇报什么呀?巧妇难为无米之炊,连内容都不知道,让我们怎么汇报?听说杨省长原来就不想管教育,不管你愿不愿意管,但至少得有点起码的尊重吧,不知道我们下面的事情有多难办……"

"张傅耀厅长事先也没有给你打招呼吗?"刘绍敏打断她的话问了一句。

"我问过傅耀厅长了,他说昨天晚上杨省长还与他通过电话,当时并没有说他要下来。傅耀厅长也是今天一大早接到杨省长秘书的电话,让他一起下来。他和杨省长不在一个车里,也没有通过电话,也不知道杨省长具体要考察什么。只说可能上面有领导要下来,杨省长提前下来了解了解情况。"

"上面领导?什么级别的领导?"刘绍敏追问了一句。

"厅长没说,他只说见面就知道了。"汪小颖答道,"市长,我觉得会不会是校舍安全工程方面的内容?"

刘绍敏想了想,说:"不会吧,如果是考察校舍安全工程,还用得着这样突然、这样着急、这样小范围的汇报?"

"不管是啥,教育口的事情,有什么值得保密的啊?"

"小颖,最近教育方面没有什么出格的事吧?"刘绍敏还是担心有别的事情。

"……没有啊!"汪小颖好像怔了一下,赶忙又说道,"今天上午我上上下下细细查看了一遍,整个市里,没有接到任何学校有问题的报告。市长啊,不会是这方面的事吧,如今什么年代了,有点狗屁大的事情,网上早就炒成一片了,能有什么事情瞒得住!"

"……嗯。"刘绍敏吭了一声,没说话。

"市长,你看我要做些什么准备,需要带些什么材料?"

"我想过了,你就多准备点校舍安全工程方面的材料,既然是小范围,就主要谈问题,特别是资金短缺的问题。"

"市长啊,我们想到一块了,我也是这个意思。这次杨省长下来,咱不把问题摆出来,那不等于白来一趟?他要不给咱说个子丑寅卯,那我就跟着他到省里要钱去!"

"嘿嘿。"刘绍敏止不住笑了一声,很满意,转而又十分严肃地说,"别唐突,注意方式方法。"

"刘市长,我芝麻大的官,年龄大了,又没有什么想法,如果再不努力给老百姓争点好事,我当这局长还有啥出息。杨省长那么年轻,听说很有魄力、很能干,想干事,也能干成事。这次下来,应该是个机会,如果真能给咱们再拨一笔钱,那咱们的校舍安全工程就能有点眉目了……"

……

刘绍敏把杨鹏一行接到宾馆时,才发现书记徐帆和市长程靳昆已经在宾馆门口等候多时了。

下了车,杨鹏和几个人一一握手,然后就跟徐帆一路走一路相互问候,亲切交谈。

市长程靳昆和副市长刘绍敏跟在后面,尾随的有厅长张傅耀和局长汪小颖,后面跟着的还有市接待办主任、宾馆经理和一帮服务员,前前后后大约有二十个人。

看着杨鹏和徐帆两个人喜笑颜开的样子,大家都明白,这两个人才是未来的栋梁之材。一个年轻的市委书记,一个年轻的副省长,双方在工作业务上没有直接联系,也不会产生摩擦矛盾,相处起来自然十分轻松。

市长程靳昆就不同了,他默默地跟在后面,显得心事重重。作为市政府一把手,他的压力要大得多。

市长是一把手,是省委省政府的重要成员。在省长眼里,市长这个位置是整个盘子的一个强支撑,甚至比副省长更重要,也更能体现自己的意图和政绩。这一点,大家心知肚明,市长的压力自然就大很多。

其实所有的领导都一样,要想获得上级的认可,就必须把自己的工作做得漂漂亮亮、有板有眼,既能体现上级的思路和想法,又能给上级争光,让上级领导有面子有底气,同时还能让所在市委市政府方方面面、上上下下心悦诚服,异口同声地赞扬,齐心协力地支持。也就是所谓的口碑,领导想启用重用某个干部,口碑是十分重要的因素。

能让省级领导听到这样的口碑,认可这样的口碑,更是至关重要。

杨鹏分管的所有领域,与程靳昆都有着直接的关系和重大责任。副省长是协助省长工作的,副省长工作完成的好坏,市长的努力与否至关重要,举足轻重。副省长对市长的印象和评价如何,也同样至关重要,举足轻重。

因为副省长可以直接影响到省长,省长是省委副书记,省长的印象和评价,对一个市长来说,同样是决定性的,极其重要的。如果有了重大差池和失误,对一个市长的政治生涯,将是无解的、致命的。

今年是换届之年,市长程靳昆的压力尤其大。

程靳昆五十多岁,比徐帆大整十岁。程靳昆在市长的位置上已经干了五年多,在大家都以为他会接任市委书记的时候,没想到年轻的徐帆突然被空降到临锦市,接任了在省人大被增补为副主任的老书记。

这对程靳昆来说,应该是重大的变故和冲击。

其实在此之前,从来没有任何领导对程靳昆直接说过临锦市今年换届的人事安排,程靳昆也没有与任何领导谈过这方面的想法。市委换届是一个重大人事安排,也是一个重大政治原则性问题。这方面的传闻、这方面的安排,对所有的领导干部来说,都是一个非常敏感的话题。很少人会在这个节点,与同级同事或下级谈论这样的话题,甚至四处打听领导的意图和意向,除非是特殊关系。即使到了领导那里,一般也是蜻蜓点水,适可而止。现如今,跑官要官是官场大忌,一旦落下这个印象和看法,那这个人的政治生涯基本就算到头了。

所以自始至终,程靳昆闹不清楚,在市委书记的安排上,省委究竟是出于什么原因没有考虑自己。

这对程靳昆是一个重大的挫折和困扰。新书记徐帆调来这么久了,仍然让程靳昆陷在一种难以描述的情绪里,一直让他感到在临锦市市委、市人大、市政府、市政协四大班子成员面前很没面子,甚至有点抬不起头来。

省委组织部领导送徐帆来临锦上任,被正式宣布为市委书记时,在全市干部大会上,程靳昆代表市委班子表态讲话,虽然慷慨激昂,情真意切,但事实上程靳昆心里是极度的沮丧和伤感。晚上他一人在家,几度泪流满面,哽咽不止。程靳昆觉得十分委屈,难以接受。自己在临锦市工作了十多年,能力、水平、政绩、口碑一直很好。十年来几乎没有出过什么大的事故和问题,各行各业在全省全国的检验评比中,得到的先进优秀表彰数不胜数,GDP每年以10%的速度上涨,在全省始终名列前茅。在廉政方面,自己也是出了名的廉洁自律的市级领导干部,十年了,在同级干部中,省市纪检委包括中央纪检委收到的有关自己的告状信一直是最少的。

十年里,在大大小小的挫折和变故中,程靳昆都坚定地挺了过来,很少出现过大的过错和闪失。实事求是地说,这些年一些难以避免的大大小小的错误,包括很多人都常犯的低级错误,以至那些让人起疑的小毛病,他都极力克制抵制,一次也没犯过。不抽烟不喝酒,不吃请无爱好,没有提拔任用过一个年轻女干部,配偶子女无一经商,无一在政府部门工作。父母从不过生日,连住院看病都悄悄在外地就医。

做了这么多,省委就看不见吗?莫非真的像别人说的那样,你不会拉关系不会送吗?

实话实说,程靳昆从乡镇干起,一直做到一个地级市的市长,绝对不是靠溜须拍马拉关系提拔起来的。

有人说过,不靠关系,凭本事真正干起来的干部,如果非要在临锦市找一个,那就只能是他程靳昆。

去年的时候,市财政局局长出了事,被省纪检委立案调查。财政局局长出事,让市长程靳昆十分震惊。在他眼里,财政局局长是一个十分能干、十分专业的优秀干部。他对这个局长向来十分放心,毕业于名牌大学,还不到四十,年轻有为,很早就被列入后备干部,真正是前程锦绣。但没想到居然成了临锦市第一个被查处的正局级年轻后备干部。当时程靳昆以为这很可能是个错案,但案情的发展完全出乎他的意料,很快便查出了大量让人瞠目的犯罪事实。在市一级的各项工程中,总计受贿三千多万。房产居然有十多套,还有大量的金银珠宝和外币。

其中有一个程靳昆亲自批示的工程项目,是给临锦市区兴建一个学校和社会共用的图书科技馆。项目建设由市文化局负责,工程前后动用资金两亿多元。即使是这样的一个项目,最后居然也查出了一个让人震惊的群体受贿行贿案件。为了让市长亲自批示的这个项目资金能够早日落地,文化局会计处特意设立了一个账户,从局里拿出一笔款项,专门用来给有关人士送钱。最终查出受贿收钱的人竟有四十多位:财政局局长六十万、分管副局长三十万,财政局文化处处长二十万、副处长十万,市委宣传部常务副部长三十万,区委宣传部部长十万……甚至连财政局局长的秘书也送了五万,司机送了三万。就文化局这样一个清水衙门,为了这个项目的建成,前前后后送出去人民币将近一千万!

当时几乎所有人都认为这个账户里肯定会有市长的记录,因为这是市长亲自批示的项目,文化局无论如何也会向市长表示酬谢。即便市长不要,也一定会给市长的妻子儿女送去一笔。后来市政府秘书长给程靳昆说,那时我以为市长您这次肯定也要被牵连进去了。没想到最后查遍了文化局所有的账目,也没有查出程靳昆市长以及亲属收受过一件礼品一分钱。秘书长的司机听说后,十分愤怒地骂道:"文化局这帮王八蛋,市长给你们批了那么多钱,你们他妈的连下面的司机都给送了,也没有想着给我们市长一毛钱!"

本来是对程靳昆十分不利的一起行贿受贿案件,结果倒成就了程市长廉洁奉公的一段佳话。

自己主管并看好的财政局局长出事落马,尽管表面上看没有给程靳昆造成大的负面影响,但他心里明白,这事一定会给自己的仕途升迁造成巨大的障碍。

所以从那个时候起,程靳昆就更加注意自己的外在形象,尤其是领导对自己的正面印象和看法。

既要让老百姓满意,更要让领导肯定,是他在这个特殊时期重要的双向选择。这两方面缺一不可,不能有任何含糊。

五

中午的饭安排得很细致,但吃得稀松平常。

大家都知道是什么事情,所以心思也不在吃饭上。

昨天晚上,市长程靳昆和徐帆书记碰头时,才得知了总理要来的消息。程靳昆当然知道这个消息目前还属于涉密信息,一般电话上都还不能随便乱讲。只是看到徐帆紧张严肃的样子,觉得书记还是太年轻了。

这样的事情根本用不着这么手忙脚乱,半夜三更把人叫起来。其实只需要找几个好点的典型单位,把任务要求布置下去,让下面抓紧时间完成,然后听汇报再下去踩点检查就可以了。

大领导下来山呼海啸,前呼后拥,省长、书记跟着,各种各样的突发事件随时都可能发生,关键的关键就是确保安全,确保领导的调研和讲话能顺利进行。至于让领导看什么,怎么看,也不完全由市里省里掌握。多准备几个点,能看多少看多少,相机而行即可。

昨天晚上碰头商量了将近两个小时,最终还是按程靳昆市长的思路做了计划安排。

基础设施和中小学教育,两个放在一起就可以了。计划一天时间,争取考察五所学校,高中一所、初中两所、小学两所,其中民办学校一所,顺便看看附近优质的基础设施工程。上午市区,下午山区。总理听取汇报二十分钟,总理讲话三十分钟至四十分钟。

安全生产方面,用一天时间,上午考察三个矿区,两个国有煤矿、一个私营铁矿。如果总理要下矿井考察,就在国有煤矿下井。下午看一个国企大型车间,看一个民企加工车间。总理听取有关汇报二十分钟,总理讲话三十分钟至四十分钟。

综改转型,科技发展,计划半天时间,上午考察一所大学,一家国企,一家民企,主要考察科研成果转化。大学和国企都是省管学院和企业,具体怎么做,包括工作汇报和总理讲话,让他们准备即可。至于哪一家民企,这更好办,民企属于地方管理,这个由市工信部门准备就行了。

徐帆书记倾向于去一家叫雨润公司的民企进行考察,说那个年轻的女董事长十分干练,中央电视台和省台对这个民企都刚刚进行了报道,这个企业可以体现一个地级市的民企水平。

程靳昆有点纳闷,作为市长,他并不清楚这个雨润公司究竟是个什么样的公司。不过他觉得肯定不会是什么大型民企,也不会是什么具有高水平科研实力的私营公司,否则他这个市长不会不知道。毕竟他在临锦这么多年了,有模有样的企业和公司不至于一点儿没听说过。

因为是徐帆书记提出来的,程靳昆立刻表示同意。

这家雨润公司到底如何,他抽时间去看看就清楚了。如果不行,临时变动也无碍大局。

有昨天晚上和徐帆书记大致商量过的方案,所以今天程靳昆见到杨鹏心里并不怎么发慌,也不感到没谱。

见到徐帆和杨鹏有说有笑,程靳昆才得知昨天杨鹏副省长连夜给书记打了紧急电话。让程靳昆有些不明白的是,杨鹏是政府副省长,按说应该给他这个政府市长打电话才对口,但为什么只打给书记不打给他?给书记打电话当然没问题,但作为省政府副省长,至少也应该给他这个临锦市市长打个电话。

不过让程靳昆感到欣慰的是,杨鹏为何会今天一早急匆匆赶到临锦市,究竟要做什么,包括要让自己小范围给他做汇报的事情,徐帆也同样一无所知。

看来杨副省长还有其他事情要专门和他这个市长通报商量。

这里面的内容应该非常重要。

前前后后,吃过午饭,就休息了。

原定下午两点半碰头,但杨鹏坚持两点开始,所以就改了时间。

两点不到,大家就赶到了宾馆的一间小会议室。

一共五个人,省里是杨鹏副省长、张傅耀厅长,市里有程靳昆市长、刘绍敏副市长、汪小颖局长。秘书和其他工作人员一律没让参加。

杨鹏开门见山,直接就说总理这次到临锦市考察调研,是省里的一件大事,更是临锦市的一件大事。省委书记和省长都高度重视,一定要确保总理的这次考察万无一失,圆满成功达到预期效果和目的。

杨鹏副省长说他这次下来,主要是两方面的内容:基础设施安全建设和基础教育。基础教育首先是中小学教育,重点也是中小学教育。他对教育工作不是很熟悉,这次来临锦,要多走几个地方,对临锦的中小学教育争取能有个大致的了解。所以这次计划在临锦多住几天,尤其是山区老区的中小学教育,准备多走走多看看。至于总理来了考察调研什么内容,等汇总了多方面的实际情况后再考虑。

至于基础设施建设和安全生产方面的内容,杨鹏副省长认为交通、能源、水利、物流,包括农业、住房和以信息网络为核心的基础设施建设,都与安全工作和科技工作密切相关,这些地方随处可见,先找几个地方大致看看,等有些印象了下步再说具体要去的地方。

程靳昆市长立刻随声附和,表示同意,杨鹏副省长的想法和他的想法完全一致。

杨鹏直接对程靳昆说:"市长你这次就不用跟着跑了,临锦这么大的市,市政府的工作千头万绪,现在又是非常时期,压力都在市长一个人身上。有刘副市长和汪局长就足够了,我们这两天先下去走走,如果有什么问题,随时再让刘副市长与你联系。其实今天下午的汇报市长也不用参加,我就大致先跟他们聊聊。具体想法等我考察回来后再同你商量。"

"你分管领导下来了,我不陪着行吗?让别的领导知道了,岂不笑话我不懂规矩?"程靳昆并不是客气,他真的已经准备陪同杨鹏下去,即使陪同不了全程,至少陪同一两天。再说了,陪同领导考察,不仅需要,也确实是个不成文的规矩。

"程市长千万不用,咱们一定不搞这些虚的。我这次就是下去看看,纯属业务考察,了解了解基本情况,弥补一下自己的不足。我这次下来已经给自己规定了几条注意事项,不管到了什么地方,第一不发言,第二不表态,第三不辨对错,有什么问题,一律拿回来再分析研判。也算是走马观花吧,先增加一点感性认识。所以市长你不必一起下去,没必要浪费你的时间。你是一把手,确实太忙,真的不用客气。"杨鹏讲得十分诚恳,这也确实是这次下来的初衷。任月芬说得对,凡事必须做到不调查不发言。还有,不要说总理,就是省长、书记下来,问你一些有关方面的问题,如果啥都不了解,不掌握第一手材料,你的回答和应对肯定会漏洞百出,也根本无法体现最起码的真实情况,"说实话,我一路上已经看了有关咱们临锦教育的不少材料,现在就是再下去看看现场,所以你根本不用跟着。"

"对啊,杨省长,你说的也正是我需要的。总理下来了,一手的材料,基本的情况,我这个当市长的也得掌握,也得了解清楚呀。这样吧,今天下午他们汇报我就不参加了,明天上午我建议你先到市区郊区看看,我就不陪了。明天下午你如果去山区老区,那我就一定连夜赶过去。后天咱们一起在山区转转,实话实说,这几年山区的中小学教育,我也确实有些不太了解。我们的分管市长老刘,他是一个老教育,所以这两年我也是大撒手。这次总理下来,我与你一样,也正好补补功课,免得到时候当众出丑。自己出岔子丢人是小事,让省委省政府受影响那就无法原谅了。好了,我就不耽误时间了,刘市长你和汪局长给杨省长认真谈谈情况,实事求是,实话实说。张厅长也在这里,张厅长更是老教育,全省的情况他都清楚,一定要把咱们临锦的特色总结汇报出来……"程靳昆一边说,一边向刘绍敏和汪小颖看了几眼。

其实程靳昆并不是不放心刘绍敏副市长和汪小颖局长,而是不放心这个年轻的副省长杨鹏。杨鹏属于干部队伍里的少壮派,这次省委换届,极有可能进入省委常委。三五年内,再擢升一步也绝不是没有可能。即使不提拔,重用也是必然的。像杨鹏他们这一批干部,风华正茂,年轻有为,且谨慎小心,目光犀利。他们所做的一切,都是为了能不断地进步,决不会在一些细小简单的事情上栽跟头。比如今天杨鹏突然下来,可谓雷厉风行,让程靳昆刮目相看。杨鹏一定清楚总理这次来临锦对组织包括对他个人意味着什么,尤其是在换届之年,这对所有领导干部的下一步都太重要了。杨鹏一定不是只下来看看,也绝不是想增加一点感性认识,这样快捷的反应,体现出来的是一种认知能力和行政水平,这种高度的政治敏锐性实在太强了。杨鹏一定有他自己的想法,有他自己拿定的主意。究竟是什么,这是他必须了解的。杨鹏来临锦市做调查研究,是总理即将下来的地方。下一步怎么给总理汇报,也同样怎么给省长、省委书记汇报,这对他这个市长来讲,是一场大考,一次严峻的考验,当然也是一个前所未有的机遇。第一他不能大撒手。第二他也要有自己的想法。第三他必须给省委书记和省长一个能够增添分数,增加好感的深刻印象。第四这是没有升任书记,解脱困局,在省市换届前的一次绝佳翻盘时机。第五也是最重要的一点,他在临锦这么多年,临锦的一草一木,每一个变化,都与他这个市长息息相关。所有的成绩都离不开他,所有的问题他也都负有责任。他想让这个年轻的副省长看到他最出彩的一面,也同样要让总理以及一同下来的书记、省长看到他最突出、最优秀、最能令人刮目相看的一面。问题是问题,但最重要的第一是成绩,第二是成绩,第三还是成绩。他一边往外走,一边说:"杨省长,我们都清楚,你上任以来,对临锦市的支持力度是最大的,肯定也希望能让上面看到我们临锦最好的方面。你放心,我们一定全力配合,确保这项重大接待工作万无一失,圆满成功,让总理满意,让省委省政府满意。"

副市长刘绍敏听程靳昆说了这么一番话,也立刻领悟到程市长话里隐藏的意思。

刘绍敏突然明白,程市长的话非同小可,他和汪小颖原本准备的那些想法,看来还得再仔细斟酌。

作为副市长,他得站在市长的立场上,为市长认真考虑。

刘绍敏暗暗琢磨起来,今天的汇报和考察计划,究竟怎么办才是最好的。

如何才能做到既要达到自己的目的,又能让领导们皆大欢喜,对他这个副市长来说,实在不是一件容易的事情。

市长走了,剩下的事情如何做,责任就落在自己这个副市长头上了。

杨鹏副省长今天这般匆忙下来,肯定也有他自己的意图和想法。他到底想考察了解什么呢?如果他和市长一样,只是想看到和找到好的一面,那今天和汪小颖局长商量好的想法,也就是让杨副省长多看看那些条件差的地方,希望省里能给予多多扶持的愿望,看来不大适合今天的汇报了。

究竟该怎么汇报才好?刘绍敏的脑子在急速地转动着。究竟是实话实说,还是投其所好?这需要选择,也需要智慧。

一切还没有开始,恼人的情况就出现了。

程靳昆一走,还没等刘绍敏开口,杨鹏就又发话了:"刘市长啊,今天的汇报,我看就一切从简。总的汇报不要超过二十分钟,咱们一边说,一边切磋,只就事论事,不走过程,不铺垫,不穿鞋戴帽。还有,有什么需要讨论了解的问题和情况,我们下去了,一路上有的是时间,不用专门坐下来搞座谈。总之不搞虚的,只要实的。有疑惑的地方我会随时问你,我们随时商量。这也算约法三章,可以吗?"

刘绍敏这是第一次与杨鹏打交道,并不了解杨鹏的个性与风格。他本想着说几句客气话,然后就开始直接汇报,所以根本没想到杨鹏先来了这么一个开场白,反倒一下子怔住了。他笑了一下说:"没问题,就按你说的办。但你看是不是这样,今天下午我们全面细致一些,该说的都大致说一说,从明天开始,一切从简。"

"不用,你们的汇报材料一会儿给我就行,我晚上或者在车上看就行。"杨鹏摆摆手,"其实你们临锦教育的材料,我来之前,傅耀厅长都给我了。我在路上也看了,成绩问题都说得很清楚,我现在就是想了解材料上没有的东西。这样吧,我问什么你们就告诉我什么,省得你们麻烦,我也麻烦。好吧,就这样,不用再争了,咱们就这么办。傅耀厅长说刘市长是教育出身,当过老师、校长、局长,什么都在你脑子里,我随便问,你随便说。是什么就说什么,不用捂着盖着,有问题现在说出来,我们还来得及纠正。"

刘绍敏看了一眼张傅耀厅长,厅长却没有看他。看了一眼汪小颖局长,发现她也有点发愣。拿着自己手里的汇报材料,也不知道该怎么办,于是就点点头,对杨鹏说:"那好,就听副省长的。不过我还是简单先说两句,该走的程序也还是要走的,省市电视台的记者都在这里,怎么着也得正式一点。"

杨鹏没有吭声,他知道这也是个硬性规定。自从当了副省长,只要是工作安排,他走到哪里,新闻单位、各种媒体就会跟到哪里,包括下去调研考察。刚开始他很不习惯,很长时间也无法适应。但没办法,不习惯也得习惯,不适应也得适应,谁让你是副省长呢。你所有活动都体现了省委省政府的工作着力点,体现了省委省政府的各项决策和部署,这些当然也是人民群众需要了解知道的,更是省市电视台和各类新闻媒体的重要新闻来源。省委包括省委书记、省长总共十三位常委,省政府包括省长、副省长总共七位成员,省里的大政方针,国计民生,都包含在这些省级领导的各项活动中。人民有权知道这些,这也就是常说的知情权。不过这次杨鹏态度好像十分坚决,听刘绍敏这么说,再次摆摆手:"刘市长你听我说,这次我们一定不搞这些。我这次下来前,已经给徐帆书记和省委宣传部打过招呼了,这也是省委龚一丰书记同意的。这两天我们在临锦基层调研,一不带媒体,二不进行报道。就我们几个人,专心致志,全力以赴,深入一线,把一些情况了解透彻,把最主要的问题和症结考察清楚,争取能拿出符合实际、切中要害的解决办法来。我们时间不多,但任务很重。我们到底给领导汇报什么、展示什么,让领导觉得需要解决什么,这才是工作要点,重中之重。"

刘绍敏静静地体会着杨鹏的这些话,好像一下子明白了杨鹏这次下来的意图和想法,不禁一振:"明白了杨省长,完全同意,就这么办。"

"今天下午的汇报我就问你几个问题,争取三点左右结束,然后我们就去看两所学校,不用提前打招呼,绝对不要影响学校的正常秩序和教学工作,也不要搞任何迎来送往活动。有什么问题,校长在就问校长,校长不在,就找在校的任何领导,不需要他们提前做任何准备。两所学校看完之后,我们就在一所学校吃饭,饭后就直奔老区贫困山区,明天就在这些地方调研。去贫困山区老区我们也不设目标,不打招呼,走到哪里就看到哪里,这个应该也能做到吧?除了刘市长,还有张厅长和汪局长,你们是不是也同意?"

大家都点点头,汪小颖甚至兴奋地大声回应了一句:"同意!"

"那我们现在就开始?"

"杨省长,你问吧。"刘绍敏再次认真地看了一眼这位年轻的副省长,直起腰杆回答道。几十年了,这样的考察调研,对他这个老教育来说,完全是第一次。

至于市长程靳昆会是什么态度,他这个副市长现在也管不了那么多了,这是杨副省长的要求,省长、书记,还有市委书记徐帆,事先肯定也都是同意了的。

原来准备了一下午的汇报,半小时不到就结束了。

杨鹏简单问了几个问题,并没有让解释原因。

第一个问题就是全市中小学的生均公用费用是多少。生均公用费用,就是指每个学生平均每年有多少补贴费用。

这个不难回答,刘绍敏记得十分清楚,整个临锦市,小学生均费用三百五十元,初中四百二十元。城区生均费用,小学四百六十元,初中五百元。山区生均费用,小学二百八十元,初中三百三十元。整个市里,生均费用,最高小学五百二十元,初中五百六十元。最低小学二百二十元,初中二百八十元。

"最低的都是哪些县区?"杨鹏问。

"有三个县,都在老区和贫困山区。老区两个县,一个是五阳县,一个是大寿县,还有一个山区贫困县马同县。"

"那就定了吧,我们这次就到这几个县看看。先看县城,再看村镇。最好的和最差的都转一转。"杨鹏当即拍板说。

"这几个县都不挨着,路也不好走,好多地方都还属于二级公路,大部分没有通高速,如果要去的话,实在太辛苦了。"刘绍敏小心翼翼地说了一句,"说实话,这些地方的学校有些我也没去过。"

"五阳、大寿我去过,太远了。路况非常差,好多都是盘山路,真的很危险。"汪小颖有些担心地说。

"杨省长,前年我和绍敏市长去过马同县,那个地方现在不知道怎么样了,当时我们去的时候,正好下大雨,山上的石头哗哗地往下滚,有一块石头,砸在车头前面不到两米远,确实很危险。"张傅耀终于忍不住了。

"这些地方是不是都是当年抗战打游击的地方?"杨鹏问。

"对,就是这些地方。"刘绍敏回答说,"都是深山野峪,当年鬼子都不去的地方。"

"不用说了,我们就去这些地方。"

"那我们先去哪个县?"刘绍敏问。

"哪个县最远、最难走、最贫困?"

"五阳县。"

"就是当年抗战八路打游击最多的那个县?"

"对,就是那个县。"

"是不是那个县还有水库,还有一座铁矿?"

"没错,那个铁矿被省钢铁集团总公司收购了,现在就叫五阳铁矿。"

"好,就去五阳县。"杨鹏想也没想,一锤定音。

六

杨鹏一行赶到临锦市第三实验小学时,快下午三点了。

临锦市第三实验小学,属于老牌市重点小学。

实验三小在临锦市中心北城区委区政府附近,占地十八亩,每个年级十二个班,整个学校总共七十二个班,学生总数三千四百人。

进学校之前,汪小颖已经给杨鹏副省长大致介绍了学校的基本情况。

由于事先没有通知学校,学校没有丝毫准备,也没有任何人出来迎接。

校长、副校长都不在,据说是被区委的一位副书记叫过去了。只有一位教导主任在值班,听说来了几个领导到学校视察,心里十分不愉快,叨唠道:"这么晚了,都是些什么人?麻烦!"

实验三小是所热门重点学校,想来这所学校上学的家长挤破脑袋,在这里别说校领导,就是一般老师,包括看门的、做安保的,在人们眼里,一样牛烘烘。

当看到来人时,教导主任顿时满头大汗,语无伦次。

"呀呀呀,局长啊……市长!没有人通知学校啊,一点儿也不知道你们来。……啊!厅长啊,啥?……杨省长!哎呀哎呀,我马上通知校长,他们刚刚出去,是给区领导叫走了,也是商量学校的事情。我让他们马上回来,马上!……不用啊,那,那……市长、省长,你们来学校有什么事情?我该怎么做?"

"呀呀什么呀,别乱叫唤。"汪小颖朝他甩了甩手,"在前面带路,先看几个教室。"

"好的好的。"教导主任一边擦汗,一边赶紧斜着身子走在前面。

"小学不是有规定吗?学校一般不能超过两千学生,这个学校怎么有三千多学生?"杨鹏没有问汪小颖局长,直接问教导主任。

"是这样省长,咱们这个学校分了两个校区,一个是西校区,一个是东校区,所以还是允许的。汪局长当时也知道学校的情况,当时局里也是同意的。"教导主任一边说,一边悄悄看了汪小颖局长一眼。

顿时杨鹏对这个教导主任刮目相看,竟然回答得滴水不漏。但这样的做法,明显是有问题的。杨鹏知道这方面的规定,是为了保证学校的合理化、安全化管理,严禁超额招生。

任何人一看就明白,所谓的东校区、西校区,纯粹就是一个说法,中间就隔了一个露天操场,根本就是一个校区。

杨鹏没有再吭声。原因他也是清楚的,好学校,择校要来的学生太多,有的学校就这样偷梁换柱,巧立名目。

汪小颖局长没有吭声,脸上也看不到任何表情。

实验三小西区的环形教学楼共五层,杨鹏一看就清楚,这样的教学楼明显违规。

按照规定,小学教学楼一般不能超过四层。

"学校的教学楼原来是按初中的标准设计的,教学楼的顶层现在一般都不用作学生教室。"教导主任可能也觉得这是个问题,赶紧解释说,"教学楼顶层现在都做了科学实验室、音乐辅导室、多媒体电脑室、学生绘画室、档案资料室等等,都得到了合理运用。如果方便,我们一会儿也可以上去看看。这也是经过教育局同意的,符合安全管理要求。"

杨鹏扫了一眼教学楼,有些不经意地问:"整座教学楼一共有多少教室?"

"咱们的教学楼是环形结构,看上去像是一座教学楼,其实是两座教学楼连在一起。"教导主任好像明白杨鹏问话的意思,继续解释说,"每座教学楼每层四个教室,两个教师办公室,两个通道。两座教学楼总共三十二个教室,十六个教师办公室,十六个通道。这都合乎标准,每年局里都要严格检查的。"

"东区的教学楼也一样吗?"杨鹏问。

"都一样,也都是两座教学楼,三十二个教室,十六个教师办公室。东区是高年级学生,西区是低年级学生。"教导主任回答得十分认真。

"整个学校学生的准确数字是多少?"杨鹏继续问道。

"三千八百九十一名学生,这是昨天刚统计过的数字。"教导主任回答得依旧十分从容。

然而刘绍敏副市长的脸色一下子白了,汪小颖的神态也明显有些不自然起来。

杨鹏的话里有话,还没走进教学楼,还没看到教室,隐藏的问题已经暴露出来了。

由于安全的原因,按照规定每个教室不能超过四十五人。特别是汶川地震以后,对此项规定的监管越来越严。各级部门三令五申,严防死守。尽管一些学校由于各种原因仍有大班额的情况发生,但都会被下令尽快整改,否则一定会被严肃问责。

如果按照教导主任的说法,全校三千八百九十一名学生,一共六十四个教室,那么平均每个班级都超过了六十名学生,这种超额学生班级大面积出现,是必须严厉禁止,不能容忍的现象。

气氛顿时紧张起来。

唯有教导主任依然笑容可掬,一副很轻松的样子。

还没有到下课的时间,整个教学楼秩序井然,看不出有什么异常。

杨鹏觉得有些奇怪,竟然没有发现任何一个教室有学生超额的情况。

每个班级的学生人数都在四十五名左右,一切正常。

教学楼顶楼也确如教导主任所说,都得到了非常合理的利用。一看活动室里面的陈设,都显露出经常有学生活动的迹象和气息。一个音乐辅导室里,十几名学生唱得悠扬动听,充分显示出名校水平。

确实是六十四个班级,每个班级也确实没有超过四十五名学生。

如果教导主任说的学生总数没有造假,那么,就有一个问题来了,那多出来的一千多名学生究竟到哪里去了?

总有一个情况是假的。或者,这个学校并没有那么多学生;或者,这个学校还有其他的教室;或者,呈现在你面前的都是人为制造出来的假象。

总之,学校隐瞒了实情。

但为什么局长、厅长,还有分管教育的副市长都一言不发?

莫非他们也毫不知情?

或者,他们也一起不想让你知道?

杨鹏突然觉得这事实在太诡异,太蹊跷。他得把事情弄清楚,不能就这样一走了之。

杨鹏并不担心就这么被蒙了,让人讥笑自己是个外行。他担心的是大班额,如果自己走后真的出了什么问题,他这个分管教育、分管安全的副省长不仅会沦为笑柄,还负有失察之责。

下课了。

校园里很快一片欢腾。

杨鹏很快走向几个嬉戏打闹的孩子。他对着一个满脸通红的女孩子问:"小朋友,你几年级啊?"

"一年级。"小女孩眼睛眨巴眨巴地看着杨鹏和其他的几个大人。

"我也是一年级!"一个男孩子也凑了过来。

"我也是!"另一个女孩子也跟着回答。

问话间,一群学生都围了过来。

杨鹏接着问:"你们的校服挺好看呀,你们喜欢吗?"

"不喜欢!"一个学生抢答说。

"我妈妈说了,又贵又难看!"另一个女学生也跟着说。

"你知道这身校服多少钱吗?"杨鹏问。

"知道,一百六十块钱。还有秋天、冬天的,妈妈说了,更难看更贵。"刚才那个女孩子又抢着说了一句。

"你是哪个班的学生?"杨鹏觉得这个女孩子爱说话敢说话,就蹲下来对着她问了起来。

"我是一年级六班。"

"你穿的校服我觉得挺好看呀。"

"妈妈说了,这校服男生穿上比女生好看。"

所有的人都笑了起来。

"是吗?"杨鹏接着问,"你们班男生多还是女生多?"

"男生多啊,多好几个呢。"

"我们班也是男生多!"另一个男孩自豪地抢着说。

"你们班男生多少?女生多少?知道吗?"杨鹏问。

"知道啊,我们班男生四十七个,女生四十二个。"女生很认真地回答说。

"我们五班男生五十一个,女生四十个。"刚才那个男孩又抢着回答了一句。

"你们班有那么多学生吗?我们刚才怎么没看到你们班有那么多学生?"杨鹏故作轻松,依旧微笑着问。

"我们班分单班双班,今天是单班上课,明天是双班上课。老师说了,教室太小了,放不下那么多人。"女孩子一字一板地说道,声音清晰而响亮。

"那你们是不是好多课都不能上了?"杨鹏继续问。

"我们的科学课、音乐课、体育课都在家里上。"小女孩继续回答,"老师说了,这几门课也要考试,考得好就到五楼参加特殊班……"

上课铃声响了,校园里顿时一片寂静。

杨鹏身后也一片沉默。

杨鹏盯着刚才几个学生消失的方向,慢慢地站了起来。他回头看了一眼教导主任,问:"这几个孩子说的都是真的?"

"杨省长,我还没来得及给您汇报呢。"教导主任很不自然地回答说,"咱们这个学校,情况比较特殊,择校的太多,校长没办法,领导们也没有办法,所以就只好这样分班……"

"好了,不用解释了。"杨鹏打断了教导主任的话,继续问道,"这种

57

情况多长时间了?"

"时间倒不是太久,就这两三年。"教导主任看了一眼汪小颖局长回答说,"当时我们校长也给区教委和市教育局汇报过,区教委说这样暂时可以,让我们限期整改解决。去年我们就给区政府打了报告,请求给我们学校再增加一个新校区,据说区政府已经批示了,估计今年差不多能解决。省长,您也知道的,现在市区的地皮实在太贵了,价格一天一个样,不断上涨。我们学校自己也没有钱,只能靠政府支持。这些情况,区教委和市教育局也是知道的。"

杨鹏回头向汪小颖问了一句:"局长,这些情况你知道吗?"

"不知道。"汪小颖很干脆地回答,"省长,这是我的失职,这情况我听都没听说过,也从来没人给我汇报过,我晚上会找区教委了解情况。"

"刘市长,这是不是就是人们常说的'灯下黑'?"杨鹏笑着对刘绍敏市长说道。

"这种情况以前也不是没有,但仅是发生在刚开学的时候,然后很快就纠正过来了。"刘绍敏表情严肃地说,"今天的情况我也是第一次看到,而且这么严重。这确实是个问题,如果让上面领导知道了,影响会十分恶劣。三小是我们市里最好的小学之一,也应该是最放心的地方,没想到会出现这种问题。就在眼皮子底下,看来我们确实是疏忽了。"

"主任,你觉得发生这种情况的主要原因是什么?"杨鹏又向教导主任问道。

"说实话,这些情况我们也正在抓紧了解和解决。"教导主任一边思索一边说道,"据我们分析,原因大概是这样几个:一是这两年外地打工回来的人越来越多,他们基本回到了市里区里或者县城里,大都不再回村里了。他们在外面打工多年,都有些积蓄,也大都娶妻生子,于是就在城里买了房子,落了户口,成了正儿八经的城里人,城里人的孩子必然要在城里的学校上学。二是过去在外地打工,属于带着孩子打工,现在不一样了,都是为了孩子打工。孩子在哪里,就在哪里打工。所以即使不在城里落户买房,也要想办法让孩子在城里上学。孩子在哪个城里上学,就在哪个城里打工。只要孩子能在城里的学校上了学,工资即使再低,也不在乎,也都能接受。这样一来,在城里上学的孩子自然就越来越多。三是现在农村的年轻人结婚,女方一般都要求男方满足两个条件,必须在城里买一套房,再买一辆车。这种风气在好几年前就被村里的一些富裕人家带起来了,发展到现在已经成了村镇农民结婚的必备条件。在城里有了房子有了车,等生了孩子,必然就要在城里上幼儿园、上小学中学。四是前些年乡镇撤点并校,很多村里的学校都废了拆了不存在了。现在外地回来的人多了,因为村里没有学校,也只好想办法在城里上学。当然,还有很重要的一点,现在的人都知道孩子学习不能输在起跑线上,于是一股脑想尽一切办法要上好学校。大概就是这些原因吧,当然,现在的区县政府也还没有跟上现在这种变化,学校建设也没有及时适应这种变化,结果是,城里学校的学生越来越挤,学校的压力也越来越大。杨省长,我不知道说得对不对,反正我们学校的校长真的是快愁死了,上面要求很严,我们责任很大。都说现在的小学校长比大学校长还牛,其实现在小学的校长还真的是没法干。区里、市里、党委、政府、财政、公安、总裁、老板,包括居委会,哪个都有门路,那个都管得着我们,哪个都得罪不起……"

杨鹏一行赶到临锦市中心区第一小学时,差不多下午四点了。

不知是谁已在暗中通风报信,校长、副校长和教导主任都站在校门口紧张地迎候着他们。

杨鹏猜想,通风报信的十有八九是刚才实验三小的教导主任,他肯定听到了杨鹏他们要来中心一小的对话。

杨鹏从实验三小出来时,局长汪小颖问了一声:"省长我们去哪里?"

"有三小,是不是还有一小?"杨鹏问了一句。

"有啊有啊,一小不远。"汪小颖赶紧回答。

"那就去一小。"

一小校长是个女的,高个子,大嗓门,一听就是老师出身,发音标准,字正腔圆。

"省长好!"

"厅长好!"

"市长好!"

"局长好!"

一个一个握手,大大方方,笑容满面。另外两个副校长和教导主任都不怎么说话,看来这个校长是这所学校的绝对权威。

教育厅厅长张傅耀给杨鹏特意介绍了一下校长:"马俊英校长是省里的三八红旗手,还是连续三届的省教育模范。多年的老校长了,她刚调过来中心一小不久。"

"是的,去年年底刚调过来的,当时有好多家长老师到市教育局请愿,不让她离开原来那所学校。"局长汪小颖也补充说道。

杨鹏点点头笑了笑:"果然是个厉害校长,居然提前就知道了我们要来你这个学校。"

马校长哈哈大笑:"省长啊,您这么大领导下来,哪里瞒得住啊,现在整个市里都知道你要来学校视察啊,把大家都快吓死了。"

中心一小这个学校比实验三小略小一些,但也有学生三千名左右,学校的布局不像实验三小那样分成两个校区。

整个学校有三栋教学楼,每栋教学楼有四层,总共四十八个教室。

正是上课时间。大概是因为下午的体育、音乐课比较多,所以感觉比实验三小的校园要喧闹得多。

杨鹏突然明白刚才实验三小校园为什么那么清静了,没有体育、音乐课!

"省长啊,您这次来得太好太及时了,现在我们下面的这些学校问题实在太多了,好多遗留下来的、积累下来的问题,一直得不到解决。您下来了,我们就有希望啦!"马校长大概是刚来这个学校任职的原因,一点儿也不隐瞒学校存在的问题,"校区太窄,大班额,缺老师,没编制,补贴少,这次校舍安全工程,又轮不到我们,说我们的校舍都达到了安全标准。省长您一会儿好好看看,怎么能说我们的校舍没有安全隐患呢?学校的教室太挤了,让孩子们在这样的环境里上学读书,我这个校长都觉得是在犯罪啊……"

教室里坐的学生果然太挤太多了,明显属于大班额,超大班额。

张傅耀厅长看得额头上一直在冒汗,可能他也是第一次看到这种情况。

一年级的教室里,居然塞进将近一百个学生!

过道里、讲台下、教学黑板下面,都坐满了刚刚入学的小学生,全都瞪大了眼睛,伸长了脖子,乌泱乌泱的一片,让人望而生畏。

"省长,您看看,您看看,我每天都看着这些孩子,心里好难受,就像刀割一样啊……"马校长说着说着,两串大大的泪珠子,从她脸颊上滚了下来。

杨鹏突然觉得,这个校长确实是个好校长,不藏着掖着,不躲躲闪闪,就算她初来乍到,能这样不管不顾,也实属不易。

问题是,这样的情况,这样的大班额,市长、厅长、局长他们会都不知道?

而且截至目前,并没有任何采取措施解决问题的迹象!

这才是问题背后的大问题。

学生三千个左右,四十八个教室,平均每个班六十多个学生。

这些情况都是违规的,都是不负责任的。

都是应该问责的。

这时,张傅耀厅长说话了:"对这些问题,厅里年年讲月月讲,三令五申,千叮万嘱,处处告诫,没想到下面还有这么严重的情况。省长,这是一个大问题,也是要下大力气解决的问题。回去我们尽快给教育部汇报,应引起全社会的关注,合力彻底解决这些问题。"

刘绍敏副市长接着说:"杨省长,确实没想到,就像你说的,真的是灯下黑,这件事我要首先做检讨。情况已经这么严重了,我一直觉得没有什么大问题。这些情况,我一定尽快向市里报告,尽快整改到位,总之这种事情决不能再出现。"

汪小颖局长也表态:"今天最应该检讨的是我,每天看上去忙得焦头烂额,脚不沾地,其实都是务虚,都是表面文章。整天咋咋呼呼,忙忙叨叨,表面上前呼后拥,文件堆成山,下面发生了什么却一概不知。这些学校都是市里最好的学校,也觉得是最放心的学校,哪想到会有这么多严重问题。省长这次要不是您下来,我们还会一直被蒙在鼓里。这样的现象一定不能再继续下去了,这次回去我就给市委市政府写检讨,下决心全面整改。"

杨鹏没有吭声,局长、市长、厅长都说自己有责任,那么你自己呢?如果你还是像过去那样只是听听汇报问问情况,如果不是党校同学、国务院副秘书长任月芬给你打的那个电话,你会这么快、这么认真、这么急切地跑下来想搞清楚下面的真实情况吗?

如果不是总理要下来,如果不是任月芬的电话,可能一切还是照旧。就像现在同这个刘绍敏副市长、同这个教育厅厅长张傅耀,以及同这个市教育局局长汪小颖一样,即使在眼皮子底下,什么情况也不会知道,什么原因也不了解。即使想到了,了解了,估计也一样没什么好办法。没钱、没地,领导不当回事,谁都是干着急。

当然,除非他们合伙一起蒙蔽你!想一想,这么严重的问题他们真会毫不知情?

或者,他们面临的情况同你一样,也一样被下面的人蒙蔽了,把真正的问题掩藏了,每逢下来时,让你看到的都只是一片假象。

比如,总理下来了,如果决定让总理看一所市区的小学学校,你究竟该怎么办?

今天看到的两所小学应该都是临锦市最好的学校,即使是最好的小学,也还有这样那样的问题。那么,就这样原封不动地让总理看,还是把一切问题都暂时隐藏起来再让总理看?

如果你是省长、市长又会如何决定?

一般来说,会把所有的问题都掩藏起来。

即便是你,就像中心一小这样的大班额现象,你会决定就这样让总理原原本本地看到?

你能吗?

你敢吗?

当然,你也会在汇报中提到这么一句,部分学校还有大班额现象,我们正在加大力度解决。说可以这么说,但在现实中,面对着中央领导、国务院领导,你是主管领导,或者是分管领导,你允许并愿意就这样把这些最真实的情况呈现出来吗?

就算你同意,省委书记会同意吗?省长会同意吗?

还有市委书记、市长,包括今天跟着你的这几个人,他们也真的愿意?

一定不会。

百分之百不会。

难道真的成了老百姓说的那样:村骗乡,乡骗县,一直骗到国务院。

七

草草吃了晚饭,立刻就上了车。

五阳县,一百三十多公里,多一半是山路,大约两个小时。

杨鹏本来想在车上休息一会儿,昨天到今天,几乎没怎么睡觉,确实有点累了。

刚打了个盹,秘书就把他叫醒了:"李铎省长的电话。"

杨鹏吃了一惊,赶忙接了过来。

"李省长,我是杨鹏。"

"听小丁说你还在路上,辛苦了。"李铎省长既是慰勉,也是表扬,"这次下去,怎么样啊?"

"今天是第一天,还是发现了一些问题。"杨鹏如实回答。

"那就好,下去就是要发现问题。下去一次就有一次收获,不要白跑。马上就要换届,总理又要下来,省政府责任很大,一定要让总理看到下面最有价值的实际情况。杨鹏,你现在是省里最年轻的副省级干部,也是中央的重点培养对象。一丰书记十分关心你的表现,我也一样看好你。总理这次在省委换届之前下来,对我们大家都是一次考验,你千万别让大家失望。"

"省长,请放心,我一定会把有关方面的情况汇总好,回去后,马上给您详细汇报。"杨鹏嘴里应答着,心里则在琢磨着省长话里的意思。

"好。"说到这里,李铎省长顿了一下,"杨鹏,我得告诉你一个情况,我明天也要到临锦市去看看,这也是徐帆和靳昆他们很早以前就邀请过的。正好借这个机会去看看安全生产、科技转型方面的情况。尤其是安全生产,是咱们省多年存在的顽症,这次正好借总理下来的东风,把这个问题往深处挖一挖,整一整。我今天也跟国务院办公厅联系过了,他们说总理这次下来,时间紧,内容多,要求我们一定把行程安排得特别紧凑。总理的意思,下到基层,主要是看,现场问答,现场办公。不要走一个地方听一次汇报,一个方面顶多听一次汇报。每次汇报,时间最好不要超过一小时。所以我想了想,也同一丰书记商量了,这次大家都提前下来认真走一走,就是调查研究,核实情况,这也算是省委省政府在换届之前考察干部的一个重要举措。杨鹏啊,你这次行动十分快捷,书记对你十分满意,说你有责任有担当。"

"谢谢省长夸奖,其实我啥都还没做。"杨鹏突然觉得非常愧疚,要不是任月芬的电话,说不定自己现在还在省里忙着手头的事。

"好了,给你打电话,就是告诉你我明天要去临锦了解安全生产和科技转型方面的情况,不知道你能不能与我一块儿过去,你是分管领导,我得征求一下你的意见。"李铎省长说得十分客气,也听不出别的意思。

"没问题呀,省长,您估计明天几点能到临锦?如果一早就到,我现在就可以掉头回去。我提前在临锦等您,我们一块儿考察。"杨鹏没有丝毫犹豫,立刻答道。

"我听靳昆市长说,你已经安排得非常满了,今天是第一天,现在已经在半路上了,你再下来,是不是把所有的行程都打乱了?"李铎省长很认真地在征求杨鹏的意见。

"省长,没关系。"杨鹏十分恳切地说,"我跟您下去,正好可以多学习多了解一些事情,也可以随时请教,如果下面有什么问题,也可以给您参谋参谋,做个帮手。"

"那这样吧,我明天还有其他安排,估计晚上才能到临锦。你就安心在下面按计划考察,如果需要你一起过去,我会让秘书通知,你随时等我信息。"

"好的省长,没问题。"

"好吧,那就这样。"李铎省长说到这里,突然问道,"杨鹏,有个情况我找你了解一下。临锦市有个民营科技企业叫雨润公司,你熟悉吗?"

杨鹏不禁一惊,一下子怔在了那里。省长也在询问这个雨润公司!

"这个雨润公司的董事长叫夏雨菲,一个女同志,你认识吗?"省长紧接着又问了一句,"我让秘书了解了一下,这个夏雨菲与你是校友,今年三十三岁。无党派,在职博士生。杨鹏,你在听吗?"

"省长我听着哪。"杨鹏不禁又愣了一愣,赶忙回答,"这个夏雨菲我们过去认识,但近十年没有联系过。我可以马上找人联系,尽快打听清楚。"

"那就不用了,我以为你们是校友,应该认识。我这次下去,也想到她那里去看看。我今天同国务院办公厅通电话,他们专门问了我这个公司的情况。我这次去临锦也是想看看这个雨润公司究竟怎么样,如果确实不错,就把这个公司当作总理下来的一个考察点。靳昆市长也同意我的意见,还说徐帆书记也是这个意思……"

放下电话,杨鹏困意全无。这次下来,中小学教育方面的内容调研结束后,他会集中全力去看另外两个方面——科技和安全,当然也包括贫困山区的基础设施建设。

之所以放到后面,是因为这几个方面的内容相对来说更具体一些,不像中小学教育,面积大,事情多,出现的问题矛盾各有各的特征和不同。

还有,趁这个机会,他要想方设法见一见会一会夏雨菲。这也是他这次下来的一个重要内容,当然也是任月芬副秘书长特意嘱咐过的。之所以把这个内容放到最后,就是他想静下心来,专心致志地和夏雨菲聊一聊,再认真地看一看。

说实话,对杨鹏来说,这件事情比任何事情都让他感到慎重和不安。

他和夏雨菲认识十多年了,甚至到了谈婚论嫁的地步,但时至今日,除了那封信,他们之间从来没有面对面倾心交流过一次。

这简直就是一件不可思议,令人无法相信,无法理解的事情。

除了那天晚上新闻联播里听到、看到的夏雨菲的声音和面容,杨鹏甚至都不知道夏雨菲平时说话是怎样的语速和声调,也从来不知道她与人交谈时的神态和表情。

如此的刻骨铭心,又如此的离奇荒唐。

这些天,一旦静下来,一个人独处的时候,杨鹏的眼前就会突然闪出夏雨菲的身影,然后又陷入一种深深的难以自拔的思慕和自责之中。

省长这个突如其来的电话,让他再次陷入冥思苦想。

如果他真的能与省长一起见到夏雨菲,也许会少了很多见面的尴尬和难堪,当然,也会少了悲喜交加的流露和久别重逢的感切。

在前呼后拥的众人面前,他会与她淡然一笑,或者显出一副公事公办的介绍和问候。握握手,笑一笑,说几句玩笑话,再问问公司的情况,陶然自若,于是云开雾散,一切的一切,在谈笑间就这样轻轻过去了。

会这样吗,能这样吗?

十年了,毕竟同学一场,还有那封长长的信。

能这么简单地就把一切都绕过去了?

一个人先去见见她?你该怎么说?

她又会怎么应对你?晚上先邀请她吃个饭?

合适吗?她会来吗?

或者,在她的办公室里两个人先聊聊?

或者,托人单独约个时间,看她的意思?

怎么办才不显得那么突兀?

杨鹏突然觉得,纵然是诚心相对,心心念念的初恋,十年不见,毫无音信,也一样会变得陌生和疏远,以致还不如路人。

手机铃声再次响了起来,临锦市委书记徐帆的来电。

"杨鹏省长好,我是徐帆。"

"书记好。"杨鹏语气轻松地问候了一声。

"省长辛苦,本来应该跟您下去的,听靳昆市长说,您谁也不让陪。"徐帆热情洋溢地说,"连听汇报带考察,一下午干了这么多活,您可是给我们的干部做表率了!"

"哈哈,这可不是徐书记的一贯风格。书记一定是有什么重要的事,才故意这么说。"杨鹏打趣地说道。

"听说您今天发现了不少问题,把我们的市长、局长和校长都吓坏了。"徐帆也像打趣似的说,"他们一个一个,都给我发信息承认错误,连打电话的勇气都没了。"

"那不可能,我们早就约法三章。这次下来,不管到了什么地方,不管看到什么情况,第一不发言,第二不表态,第三不论对错,有什么问题,一律回来再做分析研判。不信你问问他们,我今天的表现是不是这样?"杨鹏语气轻松,实话实说。

"哈哈哈,那他们就更怕了,发现了问题一声不吭,谁都会提心吊胆给吓个半死。"徐帆大概没想到杨鹏是这样的工作方式,语气也显得十分恳切,"我以后也得学学您这办法,不能是雷声阵阵雨点小,而应该是山雨欲来风满楼,锤子举起不下砸,这样效果也许会更好。其实我觉得啊,现在市里的那些干部们,人家其实啥都清楚,啥都明白。咱们做人家的领导,尤其是像咱们这些年轻干部,如果动不动就发脾气,拍桌子瞪眼,雷霆震怒,时间长了,人家反而不拿咱们当回事。批评不如深沉,深沉不如无语。服了服了,怪不得大家都说您有能力、有魄力、有魅力。"

"好了好了,书记,你给我打电话肯定不是故意来给我戴高帽子的,有什么要求,尽可吩咐。"

"是这样,刚才李铎省长给我和靳昆市长都打了电话,说他也要下来看看。我和靳昆市长碰了一下,感觉您也一起参加更好。"徐帆认真起来,"我打电话就是想征求您的意见,省长要看的这些业务都是您分管的范围。"

"刚才省长也与我联系了。"杨鹏接过话茬儿说道,免得徐帆把省长说的话又重复一遍,"省长说他明天晚上到临锦,我也争取明晚赶回去,与省长一起考察。"

"杨鹏省长,我不是这个意思,我也没有资格给您提什么要求。"徐帆赶忙解释说,"是这样,我是想让您给李铎省长说说,这几天有您在,李铎省长暂时就不用下来了。我的意思您也能明白,就是能给我们腾出两天准备时间,等差不多了,再让李省长下来,可以吗?"

"我想想。"杨鹏确实有点蒙,他没想到徐帆打电话竟然是这个意思。不过说实话,杨鹏心里倒是认同徐帆讲的这个意见。再过两天下来,等他和徐帆书记、靳昆市长一起把计划准备得差不多了,总理到底去哪些地方,正好可以让省长来亲自拍板定夺。

"杨省长,总理这次下来,确实事关重大,非同小可,现在连省长都坐不住了,我们能不重视?其实这才刚刚一天不到,昨天晚上才得到总理要下来的消息。现在我们的压力已经超乎寻常,上午市委常委会都开过了,下午市政府那边也开了政府常务会。刚才靳昆市长也是这个意思,等我们理出个头绪来,李省长再下来也不迟啊。"

"我同意你的意见。"杨鹏觉得徐帆说的不是没有道理,总理下来如何安排接待的初步方案还没定下来,领导们就一个一个地往下跑。即便不是添乱,也肯定会增加下面的压力,"我得想一下,看我怎么给李省长说合适。不瞒你说,李省长刚刚给我通电话时,兴致很高,劲头很足,决心也很大,还特别讲了几个有关安全生产方面的问题。我都答应省长了,明天跟他会合,主要任务就是考察安全和科技。省长说他已经给靳昆市长打了电话,还说你们早就邀请过他到临锦考察。正好借这个机会,在临锦好好走一走,看一看。"

"刚才就是市长给我说的这些情况,市长很着急啊,您刚下来,省长也马上要下来。说句不怕您生气的话,您不让我俩陪着考察,我们可以不陪,但省长下来我们能不陪吗?"

"这样吧,今天有些晚了,我一会儿先让我的秘书与省长的秘书联系一下,就说我这里明天一天结束不了,市长明天也要跟着我一起到山区看能不能选出两个合适的学校作为总理的考察点。如果省长现在下来,这个选项就得取消,做好的准备也得推迟。我说咱们两个商量了一下,看省长能否后天或者大后天再下来。就说这也是你和靳昆市长的意见,你看这样说可以吗?如果可以,等省长听到秘书的汇报后,我再给省长打个电话说明一下。"杨鹏一边想一边说。

"可以。"徐帆立刻说道,"如果省长真的能延后两天,那我和靳昆市长明天各分一路,各自下去做个踩点调研,让下面按要求整治一下,那就能准备得基本差不多了,至少不会让我们心里没底。中小学这一面,有您在,我们也放心。这样一来,安全、科技、教育,还有基础设施建设,正好这几个方面就全照顾到了。等我们三个人调研回来一碰头,大致有了点眉目,那时候省长再下来进行考察就顺畅多了。您说呢?反正您我之间没隔阂,好沟通,我也是实话实说。我肯定会同省长联系一下,至少也一定给他的秘书打个电话。但具体怎么沟通,还是您来说比较稳妥,毕竟省长与我们还隔着一层。当然了,如果省长还是坚持要来,那我们也没办法。反正就是这样,该说的我都说了,怎么办好,就只有靠您了。"

"好吧,我明白你的想法。省长那里,你的意思我一定说到,放心就是。"杨鹏很认真地说道,"不过书记,我还有一个想法,本来想见了面再说,但今天看了两所学校,还是想先给你谈一下我的想法。"

"好的,我本来也想问问您情况,担心您累,所以也没问。"徐帆解释说,"下面有什么情况,您尽管告诉我,我们也正好提前处理解决。"

"我今天看到的两所小学,都是市里最好的。但即使是这样各方面条件都很好的学校,也存在着很多不足,尤其是大班额、超编、管理混乱等问题十分突出。而且这些问题在市里的学校应该非常普遍,绝不是个别现象。所以不管是让总理下来看哪所学校,都要想办法着手彻底解决这些问题。如果选定了一所学校,我建议在总理下来之前,一定实打实地把这所学校的问题彻底解决了,决不能让总理看到一些经过有意掩盖后的虚假现象。"说到这里,杨鹏顿了顿,也许是担心司机和秘书听到,又特意压低嗓音说道,"书记,你我都是年轻干部,也都是省委和中央信任的干部,现在大家都在看着我们的一举一动,事实上我们也一直是老百姓关注的对象,更一直是整个社会关注的对象。假如在总理这次考察中我们作了假,欺骗了总理,欺骗了省委省政府,一旦被发现、被举报、被媒体披露,哪怕是被一些自媒体公布出去,我们的自身形象都会受到无可挽回的负面影响,党委政府的形象也一样会被严重败坏。就算不被问责和处分,以往所有的努力和付出也都会变成负数。

书记,你明白我说这些话的意思吧?"

"杨鹏兄,说得太对了,这也正是我想给您说的话。"徐帆突然显得有些激动起来,"今天我和靳昆市长商量时,也强调了这个问题,就是这次总理下来,我们一定要有一个底线,就是不能作假,不能蒙骗。这是大是大非问题,原则性问题。这次省市换届,本来就有很多人在暗中紧盯着我们,如果这次总理下来,真有人在某些方面做了手脚,即使不是我们的本意,也会让一些人抓住把柄,把这些都摁在党委政府头上,从而造成恶劣影响。这一点您放心,这是高压线、生命线,咱们决不能越雷池一步。"

"太好了,你能这样,我也就放心了。我现在就对你说,今天我看到的这两所学校,包括其他学校,如果确定为总理视察的一个点,一定要提前认真把现在存在的问题尽量解决了。即使一时解决不了,也要把实情原原本本地向总理汇报。什么情况、什么原因、下一步我们要怎么办,以及解决问题的具体方案和措施,千万不可弄虚作假。"杨鹏实话实说,把今天考察时考虑到的想法一股脑讲了出来。

"我同意,没问题,就这么办。"徐帆回答得十分干脆。

几乎在同一时刻,刘绍敏副市长也接到了市长程靳昆的电话。

市长的电话很简短,就一个意思:老区山区县看一个就足够了,平原富裕县份有很多,应该让杨鹏副省长到这些县里多看看。

"……程市长,现在我们都说了不算,这都是杨鹏副省长自己定的地方。"刘绍敏强调说,"我以前与杨鹏省长不熟,这次算是第一次打交道,根本不清楚他是什么脾气什么想法。你也不在,我们现在只能听他的。"

"你没给他说,难道我们这次就是让总理去这些山老边穷地区看学校吗?总理是这个意思吗?省委省政府也是这个意思吗?"程靳昆有些纳闷地问。

"我看杨省长好像有这个意思。"

"嗯?真的吗?"

"我觉得像是真的。"

"……这个你要搞清楚,看到底是不是真的。"程靳昆有些着急起来,"不过你们几个,在情况还不清楚之前,不能盲目地跟着跑。究竟什么原因必须先搞清楚,下一步我们也好有准备,否则不全乱套了?"

"我也是这么想的。不过,程市长,如果杨鹏省长真的是想让总理下来看山区老区的学校,对我们来说,也不见得是坏事。"

"什么意思?"

"咱们山区老区这次中小学安全工程资金缺口很大,如果总理真的要来,那不一下子就给解决了?"刘绍敏说的是心里话。

"哎哎,我说老刘,你清醒点好不好,格局放大点好不好。这次总理下来,我们图的就是这点中小学安全工程的资金吗?不就是缺口七八个亿吗?总理下来了,省委省政府下来了,全国都会高度关注的大事情,我们临锦市的眼界就这么窄?"

"市长,我看杨鹏副省长这样的做法,一定是他已经知道了什么情况,否则他不会这么急着要来我们的山老边穷地区考察。"刘绍敏认真地分析说。

"你觉得会是什么情况?"程靳昆迟疑了一下,又问。

"或者是省委省政府想让总理了解一下我们的山老边穷地区,或者就是总理本人的意思。"

"我刚与徐帆书记通过电话,这之前李铎省长也给我打了电话,他们俩并没有这方面的考虑,也没有这方面的安排和布置。作为副省长,杨鹏怎么会产生这种想法?一个副省长,总理下来想看什么,怎么会提前告诉他?这是大事,既是经济的,更是政治的,你想想,究竟如何安排,省里还能没有统一的筹备和部署?"

"市长,你明天下来吗?"刘绍敏没有正面回答,径直问道。

"说好的明天晚上下去,哪想到你们今天就到了五阳。"程靳昆市长说,"这样吧,我们争取明天下午赶过去,至于下午去哪里,你让杨鹏副省长等我就行。"

"……好吧,我们等你。"刘绍敏本想再说两句,想了想,最终没有说出口。

汪小颖局长没有带自己的车,她坐在张傅耀厅长的车上。厅长的车也是越野车,但比杨鹏副省长的越野车看上去要宽大不少。

张傅耀说,他一早接到电话,说杨副省长要下来考察,啥也没问,急急忙忙跟着就下来了,根本没想到省长坐的是这种车型,否则他肯定不会让司机开这辆车。

一上车汪小颖就问:"厅长啊,我怎么觉得杨副省长这次下来有点不对头啊。"

"怎么不对头?"张傅耀随口问道。

"好像不是来选点,而是挑刺来了。"

"两者之间有冲突吗?"张傅耀的口吻不置可否。

"厅长,我今天一直在想,这次总理下来看中小学教育,压力最大的应该是咱们对不对?"

"压力最大的是市委市政府、省委省政府。"厅长的脸上看不到任何表情,"咱们就是具体干事的,以把事情干好为原则,用不着那么紧张。"

"厅长,您压力小吗?"汪小颖快嘴快舌,"大家都说了,这次换届,您有可能去人大当副主任,或者政协副主席,不仅提拔一级,而且仍然继续当厅长。这是咱们教育口的头等大事,要是出了什么岔子,您可别嫌我乌鸦嘴。您要是进不了省级班子,也会影响到我们。"

"都是瞎传,哪有的事。"张傅耀今年五十六岁,在省教育口德高望重。从历届教育厅厅长的阅历看,最终差不多都会被提拔为副省级。不是任职副省长,就是任省人大、省政协副职。今年是换届之年,省政府任副省长他想也没想过,早已过了年龄。但人大政协,他一直觉得并不是没有可能。自从杨鹏副省长分管了教育之后,他多次借工作汇报之机,给杨鹏表达了自己的本心和诚意:就是一门心思给省政府站好最后一班岗,努力给全省的教育争光,决不给分管领导添乱,力保这几年不出任何大的负面事件。杨鹏对他也一直非常尊重,每次找他都是厅长长、厅长短,从来没有直呼其名,仅这一点就让他感念万分。因此杨鹏分管教育这几个月来,他一直都是唯杨鹏马首是瞻,杨鹏说什么,他就执行什么。他十分看好这个年轻的副省长,今年是换届之年,他认为杨鹏必然还会更进一步,所以对这个副省长更是顺从有加。今天汪小颖把话挑明了说,反倒让他有些局促起来,"既然你今天这么说,我也给你说实话。我觉得杨鹏是个想干事的领导,他如果有什么想法,肯定有他的道理。"

"厅长,我们下面的就是盼着您能快点升,您当了省人大副主任,我们也就有了底气,将来在市里哪怕当个政协副主席也心满意足了。不怕您笑话,人到了这份儿上,不是说非要往上走一步,非要争个什么位置,图个什么待遇。其实说到底,也就是想争口气,不让别人笑话咱。干了一辈子,最怕的就是别人在身后戳你的脊梁骨,'你看那个汪小颖,整天脚不沾地,数落那个,责骂这个,结果就数她混得差,到了什么也不是。'厅长您说说,咱整天这么拼死拼活的,还不就是为了让领导看重、认可,给安排个位置?其实到了我这年龄,本来也不该有什么想法了,已经当局长了还想怎么的?可是今年是大换届,大家都有想法,咱凭什么就没有想法?这又不是只为个人争,要是有了我这么一个先例,最后又升了一格,以后不也给大家树了标杆,有了奔头?比咱差很多的人还在争呢,咱凭什么不争?"说着说着,汪小颖竟然激动起来,好不容易逮住这么个机会,趁机把自己的想法抖了个底朝天,"不过厅长您放心,说是说,干是干,我这个人您也了解,发牢骚是发牢骚,但干起活来绝不会让人说长道短。厅长,我今天就探您一个底,有什么您就直说,这次下来咱们怎么配合?按省长的?按市长的?还是按咱们厅里的?"

汪小颖这么一席话,竟说得张傅耀一时无语。他没想到汪小颖竟然有这么多想法,把问题想得这么复杂。虽然有点不愉快,但又不好说什么,于是就沉默不语。

汪小颖一看张厅长这副表情,好像也觉得自己确实说得过头了,赶紧接着说道:"厅长啊,您可千万别生气。您是我们的直接领导,我有话也只能对您说。我也没有别的意思,今天听说你们下来之前,我和刘绍敏副市长也商量过了。觉得杨省长这次下来,绝对是个好机会。您也知道,咱们省里今年的校舍安全工程是个大任务,我和刘市长算过了,今年整个临锦这项工程缺口八个亿,所以我们想,这次就让杨省长多看看咱们的老区和贫困山区,多看看那些比较差的学校。目的就是争取让杨省长多拨点钱,把咱们的窟窿补一补……"

"……你想多了。"张傅耀一下子打断了汪小颖的话,"校舍安全工程这件事,杨省长早就和厅里商量过了。杨省长也多次批示了,这项工程是千年大计,铁定是要咱们负责到底的,一点儿也不能马虎。至于款项的问题,他也给省委龚书记和李省长多次汇报了,这事将来一并由省里统筹解决。专款专用,确保资金到位,我们根本用不着乱操心……"

八

杨鹏赶到五阳县的时候,看看时间,快晚上八点了。

杨鹏他们几个人这次下来,没有按惯例集体乘坐一辆小面包车。一来因为是山区,乡镇盘山路居多,面包车既不方便,也不安全。二是面包车车速太慢,尤其是山路,开面包车浪费时间。三是杨鹏有自己的想法,一个人坐一辆车,行动自如,发现了什么情况,随时可以行动。四是配备面包车,按下面的惯例一定会再配备一辆"引道车"开路。

所谓的"引道车",其实就是警车。这种惯例和配备被杨鹏坚决拒绝了,不需要,不适宜。他认为这种惯例是一种纯粹的扰民行为,低级的炫耀作为。

杨鹏让司机开了一辆不大显眼的小型越野车,山路土路都没有问题。样子也很普通,即使到了乡里村里也不扎眼。他这次下来,一心一意就是想看看基层学校的真实情况。

虽然有任月芬的电话,但其实杨鹏心里也早有计划。既然分管了教育,就要有个分管教育的样子,应该了解全省教育的基本状况。分管教育的副省长不能一问三不知,更不能凭空说瞎话。任月芬说得对,不调查,不发言。也就是说,没有调查就没有发言权。

杨鹏早就做了准备,教育领域不比别的领域。属于重大民生工程,涉及千家万户,即使是山老边穷地区,教育也是头等大事。

基层的教育到底是个什么状况,老百姓对教育的真实诉求是什么,最主要的矛盾和问题在哪里,都必须看到实情,摸清真相,听到真话。

如果下来调研考察,警车开道,前呼后拥,连老百姓的面都见不到,老百姓躲都躲不及,你还能看到实情、摸清真相,还想听到老百姓对你讲真话?

五阳县总共不到二十万人口,海拔八百米至一千六百米之间。

县城不大,听县委书记介绍,城镇人口大约五万左右。

县城共有三所小学,两所初中,一所高中。

三所小学有一所是寄宿制小学,初中、高中都是寄宿制学校。

县委书记和县长在宾馆房间与杨鹏做了个短暂会面后,便很快识趣地离开了。因为下来得突然,在路上刘绍敏副市长已经给书记、县长两个人特意做了交代,不吃夜宵、不喝茶、不聊天、不要印制行程表。就干一件事,认真准备明天的考察。县城的几所学校都要做准备,包括各乡镇的学校,一个都不能少。至于要去哪里,谁也不知道,领导说去哪里就去哪里。

五阳宾馆条件还可以,尽管是一个县级宾馆,但各种设施一应俱全。除了一股浓烈的地下管道的味道无法去除之外,其他与省里、市里的宾馆也看不出有什么区别。

一个大套间,空落落的,电视上也没有什么可看的栏目和连续剧。

杨鹏看看时间还早,就没再给另外几个人打招呼,叫上秘书丁高强一起悄悄上了街。

这也是杨鹏的习惯,每到一个地方,都要私下在这个地方走走看看。过去很方便,当了副省长后,这种习惯越来越难以坚持。并不是不想了,而是不能了,前呼后拥的人太多。尤其是到了下边,你想一个人出去,很难。

五阳县确实是一个贫困县,但县城里熙熙攘攘,显得比较热闹。

一个偏远县城能这样灯火辉煌,人来人往,还有一个重要原因,就是五阳县域有一个比较大的五阳铁矿。五阳铁矿是一家国营铁矿,是一直在开采的老铁矿,矿工加上运输车队、矿石加工队,最少的时候也

75

有两三千人。

围绕着这座国有铁矿,还有很多家大大小小的私营铁矿,这些小矿所有的工人加起来也有一两千。

这几年钢铁涨价,铁矿石价格也跟着猛涨。因为钢铁价格好,连带着附近的小铁厂、小钢厂、小煤窑也增加了好多家,算下来也有一两千工人。

除此以外,还有一些衍生出来的企业,运输队、焦化厂以及常年在这里经商做买卖的各类企业,加起来也有一两千人。

这还不算大大小小的管理单位和工作人员。

这座铁矿离县城不算太远,矿工们晚上大都住在县城里,一是住宿方便,二是各方面的条件毕竟比乡下要好很多。矿工大多都是年轻人,如果价格合适,在县城里居住,是他们的首选。

有这近万名工人,就把这座县城的消费拉动起来了。整座县城也就显得热闹了起来,特别是晚上,各种各样的店铺门面,琳琅满目,车水马龙,正儿八经像是个城市的样子。

杨鹏分管安全,对五阳铁矿自然比较关注。这次下来,他也有这个意思,一箭双雕,顺便看看这座铁矿的安全情况。

听工信厅的几位厅级干部讲,这里的管理比较混乱。虽然五阳铁矿属于国有企业,但天高皇帝远,加上周边的民营矿山企业比较多,所以存在的安全隐患也就比较突出。好在这些矿企大都以铁矿为主,所以出大事故的概率也就相对小一些。

杨鹏自从当了副省长,好几次想下来看看,但都没有机会安排。这次正好考察中小学教育,就把这个五阳县列了进来。

也正因为如此,杨鹏来五阳县之前,有关安全生产工作的方方面面,包括市县的安监部门,谁也没打招呼。

也没法打招呼,一打招呼,负责安全生产方面的那些单位部门,肯定立刻就围拢过来,那这次下来的主题和任务,就乱套了。

位置高了,管得多了,反倒觉得身不由己,总是被一种无形的东西推着跑,想自己干点事情,比之前更难。

尽管已是晚上九点多了,县城里的热闹劲却好像才刚刚开始。

一些饭馆、商铺、服装、鞋类、烧烤、油炸、土特产销售的货架和柜台都摆到了街面,整条街上弥漫着一股浓浓的烧烤味道和只有县城才有的五颜六色、横七竖八的热闹。

问了问价格,服装鞋子类的东西相比城里还算便宜。但秘书小丁说,太便宜了,肯定假货居多。

杨鹏本想买双旅游鞋,一听秘书这么说,也就挑得更细了一些。

一双一百二十块钱的浅灰色旅游鞋,女货主把鞋在手里弯上弯下,折过来叠过去:"老板,这样的鞋,别说穿了,就是故意把它弄坏都难。你闻闻,什么味道也没有。正宗的精品,假一赔十。瞅瞅,市场监管员就在那里,你现在就喊他过来,如果是假的,我眼睛眨也不眨,立马倒赔你一千块。"

说到这份儿上了,杨鹏也不好意思再说什么,就对小丁说,那就买下吧。哪知道小丁却说:"太贵了,一样的牌子,那边有比这更便宜的,好像就八十块钱。"

"看这小伙子,老板都说买了,你还在说三道四的。好吧,就看你的面子,八十就八十,我也只要你八十,这行了吧?"女货主飞快地说道。

小丁看了一眼杨鹏,知道自己肯定还是说多了。

杨鹏觉得已经十分便宜了,不再说什么,立刻掏出钱来,八十块成交。交了钱,心里还有点不是滋味,八十块一双鞋,究竟能赚几块钱?

杨鹏试了试,买下鞋,就要离开的时候,突然发现,就在这个鞋摊的边角上,有个女孩在卖布鞋。

女孩十三四岁的样子,静静地蹲在那里。摆在女孩面前的一个简易马扎上放着一块塑料布,塑料布上放着两双白底黑面的布鞋。

上大学,读研究生、博士期间,杨鹏一直穿着母亲和妹妹给自己做的布鞋。读研二的时候,杨鹏用打工的钱,买了有生之年的第一双皮鞋。这双皮鞋因为很少穿,至今还完好保存着。并不是舍不得穿,而是感觉皮鞋真的不如布鞋舒服。只有在参加一些重要的活动时,比如过节、毕业典礼、学生会团委开会,才穿一穿。

当然,自从离开学校,走上工作岗位,终年都穿皮鞋了。特别是在一些庄重的场合,既是工作需要,也是必要的礼仪。

只是回到家,特别是在入冬以后,杨鹏大部分时间还是穿着一双布鞋,穿布鞋基本成为杨鹏的传统,自然也成了他的偏好。

所以当杨鹏看到有人在摆摊卖布鞋的时候,不禁走了过来。

布鞋的质地很好,特别是鞋底,居然还是布的,不是那种塑料胶皮的。这种布底子做成的布鞋,现在已经很少见了。纳鞋底是一种功夫力气活,一双布鞋底,没有三天五天,甚至一个星期也很难纳完。杨鹏见过母亲和奶奶手掌上的老茧,厚厚的,硬硬的,上面满是黑黢黢的裂纹。

杨鹏童年的夜晚,几乎就是在奶奶和母亲纳鞋的声音中度过的。

两双布鞋,杨鹏拿在手里翻来覆去看了好几遍。

布鞋确实很好,货真价实,一看就结实耐用。

"多少钱?"杨鹏问。

"四十。"女孩瞪着一双大眼睛,眼巴巴地看着杨鹏。

杨鹏点点头,没有吭声,也没有离开,女孩那种渴望的眼神让他感到心疼。不知道为什么,此时他想到了妹妹。妹妹在他读博期间就嫁了人,等他后来有能力了,妹妹已经生了两个孩子,妹夫也一样在农村务农。杨鹏总是觉得自己欠了妹妹太多。

如果当年妹妹也一样考上了大学,那今天的她又会是怎样的一种面貌和处境?

"如果嫌贵了,三十五块钱也行。"女孩仍然直直地盯着杨鹏,看杨鹏不吭声,有些胆怯地说。

"这些鞋子是谁做的?"杨鹏蹲了下来,轻轻地问。离近了,才看清女孩的脸上、脖子上有很多红红的斑点,女孩的脸色也是黑黢黢的。并不是本地口音,杨鹏断定这个女孩不会是县城人家的女孩。

"……奶奶做的。"女孩可能不知道杨鹏为什么这么问她。

"你是哪里人呢?"杨鹏又轻声问了一句。他看到女孩穿得十分简朴,脚上的那双布鞋,已经很旧了,鞋面泛白,鞋底四周已经毛边。

"……峪口村,乡下的。"女孩一边回答,一边低下头来。

"哦,离城里远吗?"

"不远,四十多里地。"

"四十多里?"杨鹏吃了一惊,"你怎么一个人在城里卖鞋?"

"我在城里上学。"

"初中吗?"

"嗯。"

"初几了?"

"初一。"

"住校吗?"

"住校。"

"……是在二中吗?"杨鹏知道二中是差一些的初中,农村的孩子不可能在一中上学。一中的条件好,费用多,分数的要求也高。但比起乡镇的初中,毕竟要好很多,所以农村的孩子,大都选择在二中上学。

"是。"女孩点点头。

"一个月连吃饭带住宿,得花多少钱?"杨鹏觉得是个机会,一边掏出钱来,一边问。

"花费不多,一百块钱差不多就够了。"看见杨鹏掏钱,小女孩立刻显出又乖巧又感激的样子。

"一百块钱就够了?"杨鹏吃惊地问,一个初中生,一个月一百块钱无论如何也不够。一天平均三块钱,一顿饭一块钱,怎么可能!"一个月一百块钱,每天能吃到什么?"

"吃饭不用花钱的,奶奶一个星期送一次干粮。"女孩解释说。

"学校没有食堂吗?"

"家里送的有腌菜、馍馍,我们一般不在食堂吃饭。天冷的时候,每天喝两碗米汤,吃碗面条就好了。"

"食堂的饭很贵吗?"

"……不贵。一碗米汤五毛钱,一个馒头一块钱,一碗面条两块钱,一盘炒土豆两块钱,白菜豆腐三块钱,有肉的六块钱。"女孩把学校的饭菜价格说得很清楚。两碗米汤一块钱,一碗面条两块钱。一天最多三块钱,一个月下来就是百十来块钱。

"除了这些,学校还要交钱吗?"

"就是要交住宿费。"小女孩说。

"住宿费多少钱?"

"一个月一百二。"小女孩有些谨慎地说,好像十分害怕自己说错了什么。

"一个学期四百八?"

"嗯。"

"是学校定的吗?"

"不是,有人承包了,我们住的是集体宿舍。"

"承包?集体宿舍?"杨鹏再次感到吃惊,宿舍就是宿舍,还有什么集体宿舍,居然还让别人承包了!"你们多少学生住一个集体宿舍?"

"我们女生人数少,住的集体宿舍不算大,四十多个人一个宿舍。"

"四十多个人?"杨鹏吓了一跳,"那男生多少人一个宿舍?"

"六七十个吧,看房间大小了,有的可能还多点。"小姑娘有些不解地看着眼前这个陌生人十分惊讶的面孔,又解释说,"老师说是暂时的,等新校舍建好了,宿舍就不住这么多人了。"

"……六七十个人?"杨鹏脑子突然发涨,一个分管安全的副省长,突然听到了一个极为可怕的险情,不禁分外震惊,"你们学校在哪里?"

"……"看着杨鹏满脸红涨的样子,女孩好像被吓住了,呆呆地看着他不知道说什么才好。

杨鹏看着女孩惊恐的样子,突然意识到自己的失态,赶忙放松了表情说:"就是问问,没想到学校还有那么大的学生宿舍。"

"我们女生宿舍还是不错的,中间还有过道,一点儿不挤。"女孩开口说道,"叔叔,这双鞋子你要吗?"

"……要,要啊。"女孩的话,终于又把杨鹏拉回到了现实,"这样的布鞋还有几双?"

"还有两双。"女孩再次眼巴巴地看着杨鹏,"崭新的,奶奶今天刚送来的。"

"好了,我都要了。"一共四双,杨鹏掏出了两百元。

80

"叔叔,你等等,我没零钱,我马上给你换零钱去。"

"不用了,我明天还来,如果还有,我再买两双。"杨鹏摆摆手说。

"可奶奶明天不会来的,奶奶一个星期送一次。"女孩实话实说,"奶奶这两天也做不出来。"

"没关系,我下个星期还会来的。"杨鹏有意让女孩放心,"你家里除了奶奶还有什么人呢?"

"还有爸爸。"

"爸爸怎么不来送呢?"

"爸爸上山拉矿,车子爆胎,把腰压坏了……"

"……爸爸不能干活了?"杨鹏静静地看了一眼眼前这个瘦瘦的女孩,沉默了一下问。

"就是不能走路了,还能坐着帮奶奶干活。"女孩木然地说。

"多久了?"

"七八年了,我记事的时候爸爸就那样了。"

"……妈妈呢?"

"……妈妈和弟弟跟别人走了。"女孩的头慢慢低了下去。

"家里现在就你和奶奶,还有爸爸?"

"嗯。"

"奶奶多大年纪了?"

"七十六了。"

"每个星期给你送一次布鞋和干粮?"

"嗯。要是赶上下雨下雪天,就会晚来几天。"

"你奶奶坐车来吗?"

"我们那里还有二十多里没通车,奶奶不坐车。"

"你奶奶走来的?"

"对的,奶奶身体还好,一大早来,中午就赶到县城了,到了学校给我放下东西,回去要是不下雨下雪,赶黑就到家了。"

杨鹏沉默了一会儿又问:"你叫什么?"

"刘蓉蓉,文刀刘,容易的容上面有个草字头的蓉。"

"你卖鞋的这些钱,就是给学校交费的吗?"

"嗯。"

"一共得交多少?"

"算上叔叔今天给的,再有一百多就够了。"

"包括你的饭钱吗?"杨鹏觉得好奇,还是忍不住问了一句。

"嗯。还有给爸爸治病的钱。"女孩目光戚戚地说道,"爸爸一到了晚上,还有阴天下雨,腰就疼得睡不着。"

九

杨鹏目送着女孩离开,又跟在后面一直看着她走进一个大院后,才回过头对秘书说:"小丁,你现在过去问问那两个把门的,这个大院是什么地方?"

两分钟后,秘书回来了:"省长,他们说院子里是学生宿舍。"

"确定吗?"杨鹏有些不放心地又问了一句。

"确定。说是二中的学生宿舍,已经住了几个月了。"秘书丁高强很认真地回答。

"立刻打电话,让他们马上到这里来。"

小丁迟疑了一下:"省长,都十点多了……"

"多晚也让他们马上过来。"杨鹏话音不重,但阴沉沉的有点儿吓人。

"我怎么对他们说?"

"什么也别说,就说我在这里等着。"

"好的。"

不到五分钟,丁秘书给市长、厅长和局长都打通了电话。

只有汪小颖局长嘟囔了一句:"丁秘书,我正在洗澡,你给省长说说,明天早上行吗?"

"省长说了,不着急,你洗完了再过来,他们就在这里等着。"丁秘书的话不软不硬。

没有五分钟,市长、厅长都赶到了。

也就七八分钟的样子,汪小颖头发湿漉漉的,也急惶惶地赶了过来。

其实大家都没有睡。

等到人齐了,见了面,杨鹏把刚才的情况大致讲了一下,然后就让汪小颖直接通知二中校长马上过来。

不到二十分钟,校长也赶过来了。

二中的校长是个男的,一个快五十岁的老校长,叫吴征旗。

看吴征旗校长慌慌张张的样子,明显他已经知道是怎么回事了。

吴征旗见杨鹏副省长阴着脸,手也没敢握,强笑了一下之后就一边说话,一边使劲点头。

"杨省长,是这样,这个地方是临时的,房子也是非常坚固的。厅长、局长都在这里,还有刘市长,我就先一起汇报一下。咱们五阳县二中,在这次校舍安全工程实施过程中,力度是五阳县所有学校最大的。我们原来的二中校舍,是六十年代建起来的,其实就是当时的一个粮库改造的,这个粮库也是以前的一个老庙,虽然这么多年修修补补,但都是老房旧房,大部分属于危楼危房。因为这次大部分校舍都划入危房旧房改造的范围,所以我们原有的校舍都按县里的统一规划要求,全部腾了出来。我们找遍了县城所有可以临时征用的地方,才定在了这里。省长您也看到了,我们五阳县城其实也就这么大,临时把两千多名学生学习和吃住的地方安排好,以学校的实力还真做不出来,后来得到县委县政府和县教委的大力支持,才定这个地方做了学校的宿舍区。我们二中的初中住校生一共一千三百多名,女生五百多名,男生七百多名,这个地方一共临时改建了三十个学生宿舍。宿舍有大有小,大的就让男生住了,小的女生住。还有三百多名高中生,他们在另一个地方住,那个地方比这里条件好。估计再住一个月就放暑假了,暑假期间我们基本上就把新校区建好了,到了那个时候,学生就不在这里住了,全都住进新宿舍了……"

吴征旗校长一边说着,一边把杨鹏几个人领进了一个很大的院子里,院子里一共有四排住房,确实有大有小,但稍有建筑工程常识的人,一看就知道这样的房子肯定不是做民居用的。

"这里的房子原来是干什么用的?"院子里的气氛和建筑,让刘绍敏副市长也感到十分异常和诡异,"这房子里住过人吗?"

"没有,没有,市长,这里原来是做苗圃的,就是种植树苗。后来还养过花,做过花卉种植场。大家也知道的,我们五阳这个地方,养花肯定没有市场。再后来,还做过药材基地。但都没搞成,咱们这个地方,确实气候不行,老百姓也确实没有消费能力。"

杨鹏一声不吭,对着这个地方看来看去。但他明白,这个地方绝不会只是农场。校长一定隐瞒了什么,如果只是农场,不会建成这样坚固的房子。

……

他们走进的第一个集体宿舍是男生宿舍。

一进去几个人立刻惊呆了。

汪小颖脸色发白,眼珠子瞪得几乎要掉出来。

这个集体宿舍根本就没有什么空间,进了大门一股刺鼻的味道猛扑过来。

整个宿舍几乎与教室一般大,木板支起来的通铺,竟然是上中下三层!

每层之间都十分狭窄,学生爬上了床,根本就别想直起腰来。尤其让杨鹏感到震惊的是,每层的木板竟然都是用板砖支起来的!

这实在太危险了!假如几个学生稍微一晃悠,或者一起用力,稍稍产生点共振,整个床板就会垮塌下来!

没有任何防护,也没有任何遮拦,一群赤膊的学生在微弱的灯光下,眼巴巴地瞅着他们几个。

杨鹏大致数了一下,这个房间里大约有六十个学生!

卖鞋的女孩子没有骗他,这确实就是她所说的集体宿舍!

一连看了五六个男生宿舍,最少的也有五十多个学生,最多的居然塞进去七十多个学生!

好几个房间没有过道,人一进门就要爬进夹板中间。这样的集体宿舍直看得杨鹏两眼发愣,心惊肉跳。他简直无法想象,这些孩子究竟得怎样弓着身子才能爬到自己睡觉的位置,然后再在这样的夹层里脱掉衣服,一个挨一个地睡在自己的床位上。

如果晚上出去解手,又怎么才能再爬进来。

见所未见,闻所未闻。

杨鹏上初中的时候,也曾经睡过通铺,但那是土炕,一个房间里只有一排土炕,一排土炕最多也就睡十二三个学生,而且土炕只是一层。

看到眼前的学生宿舍,杨鹏突然有种感觉,原来自己当时的初中生活并不如何艰苦。

大家都沉默着,连校长最后也沉默了起来。也许,他从来没有来过这里,这样的学生宿舍,也是他第一次看到。

平时听听汇报,事先大致看看,与今天晚上看到的实情实景,完全是两种不同的感觉和感受。所以只要还有一点儿常识和认知,他就一定会被今天晚上看到的情景所震撼。

女生的宿舍看上去稍稍好些,但给人的感觉也是不忍直视。

杨鹏阴着脸,始终一言不发。

看了三个女生宿舍了,他仍然没有停止的意思。

杨鹏想找到刚才卖鞋的那个女孩刘蓉蓉。

女生的宿舍虽然显得宽敞一些,也有过道,但里面的味道更加呛人,有的宿舍甚至呛得人没法进去。

汪小颖忍不住又问了一句:"这是什么味道啊? 肯定不是孩子们身上的味道。"

吴征旗校长没有正面回答:"是,是,确实味道有点儿大。"

"什么有点儿,这味道怎么让孩子们睡觉!"汪小颖终于发了火,"这地方你就没来看过吗?怎么就能让孩子们住进来!"

杨鹏没有吭声,但他终于闻到了一种记忆中才有的味道:鸡粪的味道!

可以肯定,这些房子就是原来的养鸡场!

终于,杨鹏看到了让他感到恐怖的一种东西:房间的墙壁上正在来回爬动的小小的虫子。

鸡虱子!

杨鹏突然惊起一身鸡皮疙瘩。

在杨鹏的记忆里，鸡虱子令人恐怖而又骇然。

那时候的村子里，家家都养着几只鸡，家家都有鸡窝。一到了热天，晚上只要鸡不肯进窝了，母亲就会说，肯定有鸡虱子了，你去拿把柴火，把鸡窝里用烟火燎一燎。第一次燎鸡虱子的时候，杨鹏并不知道鸡虱子是个什么样子，也不知道鸡虱子咬了人会有什么样的后果，反而觉得用火燎鸡虱子的事情很好玩。他拿着一把干了的蒿草，点着了，用手握着，一直伸进鸡窝深处，顺着火光，他第一次看到那个让他恐惧的景象，整个鸡窝里布满了一层厚厚的鸡虱子！这些被火熏燎的鸡虱子发疯一般往外窜逃，顷刻间顺着他的手臂便爬满了全身！他吓得大哭大喊，母亲闻声跑过来，赶紧把他的衣服撕下来，一起扔进了火里。而他的身上，已布满上下乱窜的鸡虱子……

鸡虱子咬人又疼又痒，一旦被咬，浑身上下会肿成红红的一片。

杨鹏再次想到了那个刘蓉蓉，难怪孩子的身上会有那么多的红斑。

鸡虱子很难清除，即使三五年不用的鸡舍，还会有鸡虱子出现。

在第四个女生宿舍的一个角落里，杨鹏发现了刘蓉蓉。

刘蓉蓉像一只惊恐的小鹿，在一堆怯生生的面孔中，依然用那种怯懦的神色，眼巴巴地看着杨鹏。

可能她一时还没有认出眼前这个大个子就是那个买鞋的人，也可能正在努力地回想着在哪里见过此人。所以当杨鹏叫她的名字时，她不禁有些发愣，好半天也没有吭声。

"刘蓉蓉，你不是叫刘蓉蓉吗？"杨鹏再次靠近了问道。

"……叔叔，是我，我叫刘蓉蓉。"刘蓉蓉终于认出了杨鹏。

"这是你们的教育局局长，还有你们的校长，其他几个都是政府的工作人员，对你们的情况很关心，今天晚上特意来看看你们。刘蓉蓉，我就问你几句话，你如实回答就好，不要有什么顾虑。"杨鹏轻声说道。

"嗯。"刘蓉蓉点点头。

这时所有女孩的目光都落在杨鹏的身上，宿舍里一下子安静下来。刘副市长和其他几个领导都默默地站在那里，谁都不清楚杨鹏会问什么问题。

"你们在这里住多久了?"杨鹏问。

"春节前就搬过来了。"刘蓉蓉回答。

"就是上学期吗?"

"对的,就是上学期。"

"上学期就住进来了?"

"嗯,上学期快放假的时候就住进来了。"

"当时老师怎么对你们说的,为什么要让你们搬到这个地方?"杨鹏问得很快,但态度温和,口气就像拉家常一样。

"老师说,学校要给我们建新的宿舍,说这只是暂时的,就让我们搬到这里来了。"

"那是什么时候啊? 能想起具体的时间吗?"

"……就是去年十月份吧。"

"老师再没说别的吗?"

"……没有。就说要给我们建新的宿舍。"

"学校领导也没有说什么吗?"

"……"大概是看到校长在那里站着,现场一片沉默,没有人吭声。

杨鹏要的就是这个效果,并没有再在这个话题上继续问下去。等了一会儿,又问道:"你们原来的宿舍在哪里?"

"就在离我们学校不远处的山沟里。"刘蓉蓉继续回答。

"你们在那里住得怎么样?"

"还好。"

"比这里怎么样?"

"差不多吧。"

"也住这么多人吗?"

"嗯。"

"也是这样住三层吗?"

"那边有的是两层,房子比这里大。"

"在那里住了多久?"

"一开学就住进去了。"

"高年级的学生去年九月以前也是住在那里吗?"

"嗯。"

"整个学校里的学生都住在那里吗?"

"嗯。三个年级都住在那里。"

"你知道那样的宿舍有多少年了?"

"……不知道。"

"所有的学生住的都一样吗?"

"一样。"

"以前的宿舍住多少学生?"

"也是四十多个吧。"

"夏天也住那么多吗?"

"嗯。"

"冬天呢?"

"都那么多。"

"冬天你们怎么取暖呢?"

"生炉子啊。"

"煤炉吗?"

"对的,生煤炉子。"

"这里呢?"

"一样的,都是生煤炉。"

"所有的宿舍都是这样?"

"嗯。"

"都是吗?"杨鹏又问了一句。

"都是啊。"刘蓉蓉大概很奇怪杨鹏为什么会问这个问题。

"你们搬到这里几个月了,老师和学校领导来这里看过你们吗?"杨鹏继续轻轻地问。

"……"刘蓉蓉又沉默了起来。

"没有来过,一次也没有。"旁边的一个女孩突然插话。

"没有来过,我们说过好多次了,这里又臭又脏,但从来没人搭理我们。"另外一个女孩也在一旁随声附和。

等到大家安静下来,杨鹏继续问:"刘蓉蓉,你们晚上睡觉不知道这房子里有鸡虱子吗?"

"知道啊。"

"知道?"杨鹏原以为孩子们不知道什么是鸡虱子。

"嗯。"

"那你们是怎么清除这些鸡虱子的?"

"我们用烟熏,也下过农药。"刘蓉蓉如实回答。

"农药?!"杨鹏再次感到恐惧和震惊。

"敌敌畏,还有过去的3911,我们都用过。"

"……哦?3911!"杨鹏大吃一惊。敌敌畏、3911都是剧毒农药!

"没出问题吗?"

"把我们都呛得咳嗽了半个月,还是没把鸡虱子清除。"

"那后来呢?"

"没办法,我们只好用手抓、用纸片摁、用湿布擦。半夜里,大家被咬得睡不着,宿舍长一拉灯,我们就一起爬起来抓虱子……"

刘蓉蓉绘声绘色地说着,杨鹏却鼻子发酸。他觉得不用再问了,也不想再问什么了……

站在一旁的汪小颖局长此时脸上红一阵白一阵,因为她非常清楚,全省早在多年以前便三令五申,坚决禁止所有中小学在学生宿舍和教室直接用煤炉取暖。

不只是汪小颖,一直很沉稳的张傅耀厅长这时也显得紧张起来。

当然显得最不安的是校长吴征旗和刘绍敏副市长。刘绍敏曾经干了多年的市教育局局长,中学一级的校长没有他不认识的,县一级的学校没有他不知根知底的。

这所学校的状况,应该出乎了所有人的意料。

即使是山区贫困县,这些年来市级、县级政府对教育的支持也是前所未有的。

谁都没想到五阳二中,竟然是如此不堪入目!

一个县级中学的住宿条件,这么多年了,几乎没有任何改善。

89

关于教育方面的一些情况,经过几个月来的突击补课,对一些基本的规定和要求,杨鹏还是认真研究和了解过的。

比如对中小学教室、宿舍的规定标准,全国上下基本都是一致的。中小学教室的标准,一般不能超过四十五人。寄宿制学校的学生宿舍,国家虽然没有统一的明文规定,但依据各个省市的通用标准,也有一个大致的要求,那就是寄宿制中小学的宿舍标准,每个宿舍,小学一般不能超过十二人,中学不能超过十人。对中小学学生宿舍每个学生的生均面积也有严格要求,小学生人均面积不能低于二点五平方米,初中不低于三平方米,包括通风条件、卫生条件也有相应的严格要求。

但这一切规定和标准,在五阳怎么就不存在了?

面对着今天看到的五阳二中的住宿条件,如果市里的领导被蒙骗了,那么县里的领导也没看到吗?即使县里的领导没有看到,那么县教育局领导和学校领导也没有看到?

如果看到了,他们会没有感到这里面存在的巨大安全隐患吗?

在安全要求方面,每一项都是高压线,比如食品安全、取暖安全、用电安全、消防安全,哪一项是可以视而不见,可以忽略的?

为什么能安之若素,泰然处之?

这些安全问题,对每一个家长和学生来说,都是天大的事情。对每一位上级领导和学校领导来说,都是山一般的责任。

对这样的基本安全规则和要求,现场的这些领导,他们会不清楚、不了解?

还有收费标准,对寄宿制中小学校学生的住宿收费标准,虽然并没有统一的国家标准,但从各省市的管理要求看,小学初中一般不超过每生每年一千元,高中不超过一千二百元,但像五阳二中这样的住宿条件,居然也要求每生每月八十元。感觉上是少了,实际上比每年一千元只多不少。

一个不足十五平方米的房间,分上中下三层住进去四五十个学生,距离每个学生不能低于二点五平方米的标准要求,几乎相差了十倍之多!

连一个过道都没有的集体学生宿舍,平均每个学生占用面积只有零点三平方米左右!如果按三层叠加计算,每个学生的占用面积不到零点一平方米!

尤其让杨鹏感到震惊的是,这个学校选择安排的学生宿舍,居然是在一个养鸡场!

实话实说,这些孩子的居住条件还不如一群鸡!

养一只下蛋的鸡,每月的饲料钱、青菜钱、防疫费,包括其他费用也得几十元。而像刘蓉蓉这样的一个初中学生,每月的生活费也只有几十元钱!

这个瘦瘦的、黑黑的农村女孩,在这样一所学校,在这样的学习和生活条件下,从来没有吃过炒菜,一日三餐,都是家里的干粮就咸菜,最奢侈的饭食居然是中午的一碗面条!

杨鹏还没有看到学校食堂的米汤和面条是一种什么样子,但他明白,两块钱一碗的面条,绝对好不到哪里去。

他在宿舍里昏暗的灯光下,看到了墙上挂着的这些孩子的各种各样的干粮,都是一些黑乎乎的馒头和杂面饼子,还有各种各样的瓶瓶罐罐,那里面可能就是他们平时必不可少的菜肴了。

会发霉吗?当然会,在宿舍这样高的温度下,馒头用不了三天就会发霉长毛,而那些杂面饼子也绝对保存不了一个星期。

杨鹏有这样的切身体验,他小时候上初中高中时,也有相同的遭遇,但今天的场景,比他小时候有过之而无不及。

面对这样的场景,杨鹏突然想起了一部报告文学里的一句话:"……山里的孩子和老百姓连玉米粥都吃不饱,可城里人却在研究营养结构问题。这太不公平了……"

这句话,给杨鹏留下了极为深刻的印象。当城里人的家长、孩子和专家们在电视中大谈特谈营养过剩这一重大社会问题时,而像五阳山区这里的孩子们还在为填饱肚子而苦苦挣扎……

那位军旅作家名叫黄传会,相信身为将军的他不会说假话。

这句话让杨鹏产生了强烈的共鸣,也给了他极大的震撼。

之所以感同身受,重要的一点,因为杨鹏的老家还在农村。尽管他如今已经是副省长,但大多数的亲戚朋友包括发小和小时候的同学,基本上都还生活在农村和山区。他们每天有意无意之间,提供给他的各种来自社会底层的信息,让他对那些虚假的东西,不知不觉地有着一种天然的防御能力。

特别是这些年由于手机的普及,短信、微博、微信接连出现,它们所携带的各种功能也让各种信息纷至沓来,令人应接不暇。这些信息尽管鱼龙混杂,泥沙俱下,但属于自己亲戚和知己圈子里展示的社会现实和人物故事,杨鹏还是有所感悟,并能保持着最基本的辨别能力。

尤其是这些年,每逢节假日,杨鹏回到老家,当结束了各种访客和本地官员的应酬,一家人围在一起的时候,村里乡里七七八八的故事和传闻,不知不觉让他从社会的高层,顷刻间就直接进入到生活的底层。

从养鸡、养猪、养牛、养羊、挖煤、烧砖,一直到吃水、用电、路灯安装、垃圾处理、红白喜事、建房务工,再到种子肥料、退耕还林、医保社保、农业机械化……这些最真切最真实的感受和变化,都会让他看到虽然缓慢,却又顽强不止的时代进步。而每一次的变化都会带来新的矛盾、冲突和问题,都会带来基层农村老百姓不同时期不同的喜怒哀乐和新的精神诉求与物质需求。

一个领导干部,如果缺失这种真切的感受,缺失这种对社会变化的敏感,整天空浮在上面,不接地气,浅尝辄止,久而久之,就会变成一尊泥菩萨,空心皮囊,整天满口阿弥陀佛,其实纯粹就是个虚架子空壳子,什么事情也不会做,什么事情也办不了。

今天一天的考察调研,让杨鹏感到震撼而又庆幸和宽慰,冥冥之中,似乎有人在暗中护佑自己,是任月芬,还是省长、书记?当然最应该感念的还是总理。如果没有总理要下来,也许这一切都不会发生,至少现在不会发生。这些年来,杨鹏对老百姓生活的熟悉了解,以及从来也没有远离社会底层的那些真实感受,让他莅临现场、直面现实的时候,既没有生疏感,也没有剥离感,更没有那种厌倦的敷衍和应付。

也许,正因为保有了这些敏感性和来自生活底层、感同身受的生活阅历,才会让他具有不断适应、不断调整的社会认知能力,才让他一进入生活现实,就能够随时发现问题,看到症结,至少不会让他轻易受骗。

今天他所有的发现和提问,几乎都是即兴的,随性的,就像刘蓉蓉,一看到这个女孩子,立刻就想到了自己的妹妹。

拳拳爱意,怜悯之心,一是知识的馈赠,二是生活的积累,三是人性的感悟,四是切身的体验。

也许是事态极为严重的缘故,也可能是副市长刘绍敏打了电话,杨鹏副省长等人还没看完整个学生住宿区,县长、县委书记一起赶了过来。没过多久,分管的副县长以及县教育局局长也都急匆匆地到了现场。

县长、县委书记都非常年轻。县长马三韦,三十多岁;县委书记陈宇刚,四十左右。

也许他们以前从没有看到过这里的情况,也一样被现场的景象惊呆了。

杨鹏见了他们,没等寒暄,便直接问:"这个地方以前是干什么的?"

"这个地方以前是养殖场,主要是养鸡,也养过奶牛。"马县长如实回答。

"那为什么会被改做学生宿舍?"杨鹏问。

"……这个,没有人给我汇报过,我还不太清楚。"马县长迟疑了一下,紧接着又说,"过了春节,大家都在筹备县委换届,五月份县委换届,老书记调走,新书记刚来,还没有关注到这里的问题。"

县委书记陈宇刚则表示,他确实刚调过来不久,还没有来过这个地方,也同样没有人给他汇报过这里的情况,对此他表示这并不是想推卸责任,而是确实不知道。他表示这个情况的严重性,让他感到十分震惊。这完全是县委的失职,对此一定要严肃调查处理。

分管的副县长则说:"这个地方我来过一次,当时粉刷得很干净,也觉得很宽敞,根本没想到会是这个样子,这么挤,这么脏乱差。不只是大意了,而是严重的失职渎职,确实是我的责任,书记、县长都在这里,我会接受县委县政府的任何处分。"

县教育局局长名叫高荣贵,是一个老局长,默默地站在一旁一声不吭。不过杨鹏看得出来,这件事他应该清楚是什么原因,之所以什么也不说,是因为他清楚现在什么也不能说。

93

杨鹏想了想,没有再说什么,因为自己对这里的情况也同样一无所知,不仅没有发言权,也没有任何处理权,而且说什么也没用。想了想,只说了一句:"刘市长在这里,省教育厅厅长、市教育局局长、校长也都在这里,具体怎么办,你们马上研究一下,看这个情况应该怎么办。"

"杨省长您放心,我们马上就研究处理,这样的环境无论如何也不能让学生们再住下去了。"县委书记立即表态,言辞坚决。

杨鹏看了看手表,快晚上十一点了,他思考了一下,说:"这样吧,张厅长和刘市长你们都留下,马上研究个方案,方案定了,不论多晚,都马上给我汇报。"

大概是因杨副省长的脸色十分难看,杨鹏说完了,好久没有人敢应声。良久,张傅耀厅长问了一句:"杨省长,您有什么考虑,我们就按您的指示办。"

杨鹏声音不高,但却狠狠地撂下一句话,然后转身离开了。

"我的意见就一个,这种地方一分钟也不能让学生们再住下去。到底怎么办,你们摸摸胸口看着办。"

十

出了学生宿舍区大门,迎面一阵清风,让杨鹏深深地呼吸了一大口,突然感到自己居然已经憋了这么久,浑身上下都感到像针扎一般难受。

他不知道时间过去这么久了,究竟是怎样忍住自己才没有发火。

这不是杨鹏一贯的风格。

那些年,杨鹏不管是在发改委,还是在工信厅,也算是出了名的爆筒子,拍桌子瞪眼,雷霆震怒是常有的事情。当然,那时候是一把手,下面的事情你不发脾气不起火,人家还就是不拿你当回事。因为有些死磨硬缠的人,你不翻脸他决不会善罢甘休。对他们大声呵斥,怒不可遏,效果不仅立竿见影,好得出奇,还往往让这些人啧啧称道,说这个领导有魄力、有气派。你要是耐心地给他讲道理,很平和地说明情况,反倒被说你没能力、没气魄、太窝囊。所以平时那些一开口说话就骂骂咧咧的干部,常常身后会有一大堆人在说他的好话:这个领导有魄力、有能力、敢干事,绝对是个能干大事的领导。

这常常让杨鹏哭笑不得,你骂了他,他反倒欣赏你。你好好给他说话,有心营造一个民主的、说实话的氛围,他不仅不买账,还要在背后说你没本事、没能力,还有最最要命的一句话:这个领导没魄力,是个厌货。

所以当厅长、当主任的那几年,不是他脾气变坏了,而是你不骂人不动怒还真不行。再难办的事,一发火,问题就等于解决了一大半。

尤其是开会的时候,一拍桌子,一摔杯子,会场立刻就一片静悄悄,下面大气也不敢喘一声。再难的问题立刻都能迎刃而解,再不好办的事情马上就能顺利安排下去。也不会再有什么人强调困难,更不会再有人以各种理由与你推三阻四,大吐苦水。

自从当了副省长,情况则完全不一样了。有个老领导专门给他讲了又讲,你现在是高级干部了,一定不能像过去那样了。平时待人处事,要处处留心,时时审慎,尤其是轻易不能发脾气。你做了大领导,一旦发了脾气,立刻就让人看扁、看轻、看废了你。对待上级像首长,对待同级像上级,对待下级像同事。只有这样,你的工作才能顺利开展,才会让越来越多的人赞扬你、夸奖你。

还有一句话,大领导就要有大领导的气派,不怒自威,霸气天成。

有实力的领导,笑眯眯地就把事情办了,因为权力大,不需要发怒。

这些话一直到现在,杨鹏还是有些懵懵懂懂,似懂非懂。

但今天的事,让他多多少少有了一些感悟。

如果今天在这个现场你要是发了脾气,甚至大发雷霆,也许这正是人家想要的结果。

只要你大骂一通,满天的阴云也许一下子都散了。

只要被骂得狗血淋头,他们所有的压力一下子就解脱了。

你批评得越厉害,指责得越严厉,他们的责任就会变得越少,处分也就有可能会越轻。

至少这是他们的感觉,也是他们多年来的从政经验和体会。

你越没态度他们就越没谱,你越不置可否,他们就越惊惶。

杨鹏突然有点儿后悔,刚才离开时的那句话也许不该说。

等到听研究结果、给他汇报时再说不迟,那样效果一定更好。

但不管怎么想怎么做,今天晚上看到的一幕幕情景,让杨鹏真的非常揪心,非常愤怒。太过分了!即便是天高皇帝远,也不能这样无法无天,拿学生的生命不当回事。

校长肯定是知情的,为什么让学生住到这样的地方,他一定是始作俑者,即便他不是,最后的板子也一定会落在他的屁股上。

作为一个多年的校长,他当然知道这是知法违法。为什么这么做,也一定有他的难言之隐和苦衷。

作为副省长,他没有调查处分的权力,即使怒气冲天,也一时半会儿毫无办法,即使有天大的问题,也只能一级一级地由其他部门来查处,最终再由一级一级的领导批示和同意,才会拿出一个处理意见。

当然,也许什么事情都不会发生,写一份检查、做一次检讨、给一个党纪政纪处分就过去了。结果书记还是书记,县长还是县长,校长还是校长。你也还是你。

近两千名学生,对这一切也许会很快遗忘。他们当然也没有更多的选择,遗忘也许是他们唯一的选择。

不知为什么,此时此刻,杨鹏突然想起任月芬的那番话,"……抗战期间,副总理的父亲曾在你们那里打过游击……在那里的山上参加过多次战斗,曾两次受伤。副总理对老区、对老区的父老乡亲感情很深,所以特别希望总理这次下去,能看到老区基本建设的现状和基础教育方面的真实情况,最终给予老区的基础设施和中小学教育政策上的倾斜。"

杨鹏来五阳县前,特意让秘书给他找了一本临锦地方志,和一套临锦山区的抗战史料。

他知道,就是眼前这个五阳县,曾经是当年八路军英勇奋战的地方。大大小小的战斗,经历过无数次。

这里,也是鬼子当年连番大"扫荡"的区域。在五阳县的郊区,曾有一个山村,日本鬼子为了让老百姓交代出几个身负重伤的八路军战士的藏身之地,把整个村子的男女老少全部斩杀……

杨鹏本来计划好,明天一早要去县里的抗战博物馆看一看。但现在看来,这个计划有可能要推迟了。

明天上午他们一定会安排工作汇报。

还有,发生了这样的事情,临锦市市长程靳昆肯定一早就会赶到五阳来,他一定会想方设法让杨鹏看到好的一面。

杨鹏已经从刘绍敏副市长的口头汇报中,听到了这一信息。

程靳昆市长对他们看到的情况非常不满意。

是因为对下面暴露的这些情况非常不满意,还是因为让杨鹏看到了这些情况非常不满意?

平时杨鹏很少猜测别人的用意和心思,尤其是同事领导之间。

相互尊重,相互理解,才是搞好工作的前提和基础。

杨鹏与程靳昆市长也认识多年了,但相互之间,始终觉得隔着一层。杨鹏觉得在程靳昆身上,总有一种摸不透的东西。这种东西让人望而生畏,又让人难以捉摸。当然,领导的性格是各种各样的。有的领导动不动就拍桌子瞪眼,雷霆震怒,让人整天诚惶诚恐;有的领导总是和风细雨,但有时候轻轻一句话,也能让人几天几夜睡不着;有的领导十分和蔼可亲,只是一旦发起火来,可让山摇地动,魂飞魄散……

多年来,杨鹏也尝试了一些领导干部的风格,但终究还是邯郸学步,不伦不类。他最终得出一个切身的体会,你就是你,你的风格只能是你性格素养的结合体,否则就是画虎不成反类犬,刻鹄不成尚类鹜。

程靳昆市长的个性和风格,很难归类,也很难捉摸,所以他的下属总是疲于奔命,须臾不敢怠慢。

杨鹏对程靳昆市长在换届之前的心事和隐衷当然清楚,说实话,对此他也有些惋惜。但这也是没有办法的事情,毕竟,在干部队伍里,一级一级往上走,越往上,位置越少。

关键是心态,是气度。

还有,格局和胸襟。

如果有时间,他一定找机会和程市长好好聊聊。

六月的五阳县城,十分清凉。

这个矿工聚集的小城,居然像是个不夜城,越是到了深夜,反倒越发热闹起来。

饭店和摊铺,尤其热闹,人来人往,几乎都是满的。

杨鹏看看时间,已经过十一点了,但丝毫没有睡意。当然也不能睡,他们几个人还在那里商量研究事情,晚上还得听他们的汇报。杨鹏的态度是没有任何商量的余地,一分钟也不能让孩子们在这样的地方睡觉了,今晚就必须腾出来,给孩子们找个真正可以休息的地方。

他们会找到哪里?

这么小的一个县城,哪里能容纳下这两千名学生?

这肯定是一个大难题。但杨鹏心里明白,他必须这么做,省政府、市政府的领导都看到了这个宿舍区巨大的隐患所在,还能等到明天吗?

如果今天晚上发生了问题,出了一个重大事故,那这个责任能与你无关?

责任倒在其次,关键是孩子们的生命安全保证,你们既然看到了,为什么不马上采取措施,马上开始行动?

刻不容缓,一分钟也不能耽误,这是杨鹏觉得最及时最重要的一个临时决定。

杨鹏漫无目的地在县城里走着。

县城确实不大,整个县城坐落在一条旧河床中间,所有的城市建筑都集中在狭窄的一个长条里,大约六七里长,中间最宽处也就二三里地,最窄处这头就能看清那头。城区的两边都是山岭,隐隐约约地,能看到山腰里各种各样的住宅楼内闪耀出来的灯光。

从县城这一头快走到另一头的时候,杨鹏突然被街面上一个霓虹灯做成的门面牌子吸引住了——雨润公司五阳分公司。

杨鹏不禁愣了一愣,僵直地站在了那里。

字号不大,但十分明亮,在昏暗的县城边缘的街道上,显得格外刺眼和醒目。

雨润公司！哪个雨润公司？

夏雨菲！

夏雨菲的雨润公司吗？

在一个地级市里，难道还会有两个雨润公司？

这个牌子明明白白地写着：五阳分公司。

再清楚不过了，至少也可以证明一点，这个分公司肯定就是雨润公司的分公司。

如果临锦市就这么一个雨润公司，那就是说，这个分公司就是夏雨菲的分公司。

如果是，那就是说，夏雨菲居然把她公司的业务做到了五阳县城！

那天晚上，杨鹏看了采访夏雨菲的新闻联播，知道了夏雨菲的公司正在做业务和规划，归纳起来就是一句话：对老矿、旧矿、废矿，包括刚建的新矿，以及几十、几百年积余下来的尾矿、矿渣、废矿，包括堆积如山的煤矸石，和超大型的尾矿库进行全方位的技术创新、改造升级，以及对大面积的废旧矿渣进行深度勘察和利用。甚至还涉及水利建设和水库安全等项目的勘察检测和保护。这对临锦这个矿业大市和整个临锦的抗旱防汛都具有重大意义。也正像任月芬副秘书长说的那样，在全省全国都有重要的推动价值，潜藏的利益和财富何止千亿万亿。

这是一个超量级的重大课题和科研项目，国家很多年来一直在深入地研试和探索，已取得这方面的重大突破。

中国是一个矿业大国，过去几百几千年来的矿业开采，都是在技术极为落后的时代和国情下进行的。

拿临锦市为例，临锦一直就是一个煤矿大市、铁矿大市、铜矿大市、稀有矿产大市，尤其是煤、铁、铜都有十分悠久的开采历史。但这种开采，都是最低成本的开采，最古老方式的开采。

杨鹏大学期间勤工俭学，曾经在山上的煤窑拉过煤。那是偏远山区乡下的一个挖了上百年的老煤窑，一天只能拉两趟。大清早起来，天黑了回家，拉一趟来回六十多里路，在那个长满青苔和流淌黑水的煤窑巷道里，所有的灯泡用的都不是交流电，因此所有的光亮都显得极度昏暗和摇摆不定。巷道就是逐年推进的挖煤主巷道,巷道两旁就是一年接一年挖煤的工作面,工人们就叫这为掌子面。掌子面两旁都是用石块垒起来的一个一个的石头柱子,以防矿山冒顶塌陷,除此以外,再没有任何防护措施。多少年以后,两道石柱子一旁的采空的掌子面早都垮塌了,所有的空间都塌满了,最后只剩了这两排歪歪扭扭的石柱子成为这座煤窑的唯一通道。

一天两趟,一百二十多里。一人一辆架子车,整辆车子塞满了煤块,最多可以拉到一千斤。一天最多可以挣到十二块钱。

一千斤,一里地,一毛钱。

月底一下子拿到几百元时,顿时觉得自己如此富有,对自己的未来如此有信心!

那两个月的挖煤,就是最原始的开采劳动。

几百年来,年年如此,几乎没有任何改变。唯一改变了的就是用铁皮箍围的木轮子车,改成了胶轮架子车。

还有那些开采多年的铁矿、铜矿也差不多,最古老、最原始的开采技术和劳作。一代接一代,一年又一年,留下了无数的悲欢离合,也留下了堆积成山的矸石和矿渣。

这些一座座、一洼洼、一片片,像山川海河一般的废弃矿渣,其实也是一大笔堆金积玉的宝贵财富。

还有那些小煤矿的开采回采率,好的能到百分之二十,差的还不到百分之十,大片的优质煤炭就这样丧失在一代代的破坏性开采中,资源的浪费不可胜计。

如何把这些隐藏的、破坏的、浪费的,深埋地下,堆积荒野的资源再度开采出来,利用起来,一直是全世界的一个重大课题。

夏雨菲的雨润公司,就是以此为目的,成立的一家科技公司。今天看来,这家公司应该已经成立很久了。

杨鹏突然对夏雨菲刮目相看,看来这个雨润公司确实不简单。说实话,那天晚上看新闻联播时,他隐隐约约有种感觉,夏雨菲在接受采访时的一些措辞有点夸张,话说得有些满。

杨鹏是个理工男,从本科、硕士到博士,所学的专业涉及土木建筑、矿业器械、地质水利、建筑工程等,像夏雨菲所说的这些科技项目,杨鹏还是了解和熟悉的,并不是不能实现,而是非常不容易,没有大量资金支持,没有国家政府的协调,要完成这样的目标,即使只是在一个市里,即使只是一些初级目标、一些容易的项目,也非常难以完成。

这时杨鹏突然又想起了任月芬的话,任月芬对夏雨菲的肯定是超预期的,几乎就是对杨鹏的明确指示:"……现在是信息社会,很多重要的信息,我们自己不关心不支持,就会被别人所利用。你分管科技转型、安全生产,像这类具有典型意义的信息,一定要提前抓到手,并能将其扶持壮大,做好了,对整个北方、对全国都会有借鉴意义。"

是的,任月芬的境界比自己宏大多了,出现了一个好苗子,不是先对其挑三拣四、横挑鼻子竖挑眼,而是要珍惜、爱护,要大力扶持,并让其不断成长壮大。

太对了,这才是一个主管领导应该干的事情。

杨鹏在牌子前站了半天,看里面的灯还亮着,就让秘书丁高强进去了解一下,看里面还有人没有。

小丁进去没多久,就出来了,悄悄对杨鹏说:"省长,里面有人值班呢。人家说有什么需要咨询的问题,他们随时可以接待。我没有说你的身份,就说想了解一下他们的业务。"

杨鹏想了想,轻轻敲开门,直接就进去了。

一个不大不小的办公室,但装饰得十分现代时尚,一进门就明显感觉到一种新生代的前卫风格,与室外传统古旧的老县城风貌,形成了鲜明的对比。

应该是夏雨菲的风格,杨鹏突然想起了那些年,夏雨菲总是极简而又新潮的着装。

两个年轻人很热情地与他打了个招呼。都是二十多岁的年轻人,很精干,也很机警,微笑的脸上充满了自信。

"这里是临锦市雨润公司的分公司?"杨鹏笑着问。

"对,临锦雨润公司的分公司。"一个小伙子回答,"请坐吧,茶几上有雨润矿泉水,也是我们公司的产品。"

"哦?"杨鹏微微一惊。雨润公司涉猎的范围不小啊,矿泉水一直都是热门的、赚钱的一线产业。

大概是感觉到眼前这个大个子气度不凡,或者是自来熟,两个年轻人嘘寒问暖,热情洋溢。

杨鹏坐下来仔细看了看眼前的雨润矿泉水,越发觉得"雨润"这个词很有内涵。

"贵姓?"杨鹏客气地问。

"免贵,我姓刘,他姓姜,叫我们小刘小姜就行。"小刘回答得十分得体。

杨鹏拧开喝了一口,也许真的是渴了,感觉这个矿泉水清清凉凉,好爽口。沁人心脾,清凉芳香。

"不错啊。"杨鹏点点头,"你们在这里还有什么业务?"

"先生您是要了解哪方面的业务?"小刘一边飞快地回答,一边问道,"是投资方面的,还是技术方面的?是想单方面合作,还是想承揽工程?或者只是想对我们公司先做一个全面了解?"

杨鹏没想到这个年轻人会这么反问他,问得有水平又全面。确实,自己这么晚来到这里,肯定是有想法有目的的,不会是什么都不清楚不了解,只是来这里做客品尝矿泉水的。

即使是矿泉水,看来也是可以投资合作的。

杨鹏想了想,说:"就是大致了解一下,你们都有哪些业务?在五阳的主要业务是什么,在临锦市的主要业务是什么,在五阳除了主业还有哪些业务?"

"先生,我们的业务很多,我先大致给您介绍一下基本情况。"小刘继续回答说。

见对方认真的样子,杨鹏赶忙摆摆手:"不需要那么详细复杂,简单说明一下就可以了。"

"好的。"小刘大概已经感觉到了杨鹏不同凡俗的身份,很爽快地介绍起来,"我们公司的主营业务,其实就是一个,以旧换新,以旧迎新。在这些老矿旧矿中,我们把过去的已经抛弃的尾矿废渣,利用新技术进行重新加工开发,使这些矿渣变废为宝,价值重现,成为一种新的重要矿产。其实在这些矿渣中,我们经过认真的核查,已经发现了大量的未经利用的珍稀矿藏,并得到了相关部门的高度认可。一些项目,目前已经和很多矿企签订了联合开发协议,前景广阔,意义重大,价值可观。我们省是矿产大省,各种各样的矿企数以千计,超大的尾矿库全省就有几百座。这里面隐含的财富,粗略计算,数以百亿千亿甚至万亿计。所以这不仅是黄金产业,也同样是朝阳产业,潜力巨大,不可限量。先生,这样介绍可以吗?"

"很好,介绍得很清楚。"杨鹏点点头,又继续问,"你们在这些废旧矿企中,发现的珍稀矿藏主要有哪些?"

"那多了,一句话,就是发现了很多珍贵的稀土产品。"

杨鹏点点头:"开始实现量产了,还是仍在计划之中?"

"有的已经投入实际开采,有的仍在勘察和计划之中。"

"去年的产值有多少?"杨鹏问到了实质性问题。

"整个公司的产值去年八个多亿,净利润一个多亿。"小刘立刻回答,看样子不像是在说大话。

杨鹏暗中吃了一惊,这个雨润公司看来不简单,自己之前大大低估了其赢利水平。

"你们的总产值包括所有的项目吗?还是仅仅指你们目前的主营项目?"

"所有项目。事实上,我们除了主营项目,比较成熟的还有提供水利和水库技术勘察,其他业务目前基本上都还在投资阶段,只有付出,没有回报。如果其他项目也开始赢利,我们公司总产值将会成倍增长。"小刘说得不亢不卑,自信满满。

"我们今年的主营业务,预计也会翻番。"另一个年轻人小姜插话说,"而且前景也非常可观,就按五阳铁矿现有的尾矿存量计算,潜在价值在数十亿甚至百亿以上,而且这是最保守的估计。"

杨鹏再次感到吃惊,他相信这两个年轻人没有对他说假话。让他吃惊的是这个雨润公司,还有久未谋面的夏雨菲。

"水利和水库技术勘察包括哪些业务?"杨鹏确实想了解一下雨润公司的这个项目。

"临锦山区,在过去曾搞过大量土法上马的小水库,改革开放后,又新建了一批中小型水库,这些年,又兴建了不少比较大的中型水库。现在这些新老水库,都出现了一个共性问题,就是利用率越来越低,安全性问题则越来越大,如果不加以技术性勘测和指导,有可能会造成重大的安全问题。我们公司经过深入调研,并征得水利部门同意,组织了一批水利专家和地质专家,在这方面给一些地方性水库提供技术勘察和咨询,并且受到了各方面的欢迎和肯定。现在这方面的工作已经引起了更多的关注和重视,应该也有着非常好的前景。"小刘介绍得很清楚,也很谦和,但让人感到此项工作意义重大,不可小视,"还有,我们的盐碱地改造工程,正在酝酿上马,这也得到了省里和国家有关部委的肯定和支持。"

杨鹏突然觉得这个雨润公司非同小可,怪不得央视会在新闻联播里予以报道,总理和中央都给予了关注。

"你呀,我早看出来了……其实就是个假象……有心无胆……坐失良机……再好的姑娘也会错过了。"不知为什么,杨鹏突然想到了当初在中央党校时,任月芬调侃他的这句话。

杨鹏此时并无他想,让他感慨的是,这个夏雨菲比他想象中更强大,更美好,更惊奇,更令人期待。

聊了一阵子,杨鹏看看时间,准备走了,又感到意犹未尽,不经意间又问了一句:"你们在五阳比较成熟的业务还有哪些?"

"还有职工培训、职工临时住宅安置、职工子弟学校等等,这些基本上都是对五阳职工的一条龙服务项目,也是同五阳铁矿的合作项目。"

"职工子弟学校?"杨鹏再次吃了一惊,"是小学吗?"

"戴帽初中,小学加初中。"

"民办学校?"

"民办公助。义务教育,与五阳铁矿合作办校。"年轻人果然业务熟悉,用词准确,说得有板有眼。

"有多少学生?"

"小学五百多名,初中三百多名。"

"寄宿吗?"

"大部分寄宿,住校学生将近七百名。"

"学校在哪里?"杨鹏问。

"就在我们办事处后面不远的地方。"小刘认真回答说,可能是感觉到杨鹏不同寻常的问话,有些纳闷地问,"先生对这个感兴趣?"

杨鹏看看表,不到十二点,便问:"现在可以过去看看吗?"

"当然可以,不过得征得学校的同意。"年轻人迟疑了一下,"先生能告诉学校您的身份吗?"

"我们是省政府下来考察教育和科技工作的工作人员,今晚就是简单看看,有什么情况明天还会再来。"杨鹏说到这里,看了一眼丁秘书,"小丁,把你的工作证让经理看看。"

丁秘书明白省长的意思,掏出工作证,递了过去:"你们给学校说一下,我们是政府五处的,教育处。"丁高强的工作证确实是省政府五处的,五处就是杨鹏副省长的办事处,这么说没问题。

小刘看了看工作证,马上给学校打过去电话,很快得到了学校的同意。

此时此刻,年轻人也许已经猜到杨鹏的真实身份。

学校确实不远,不到两百米就看到了学校的校牌——雨润五阳矿工子弟学校。

字迹清晰大气,校门整洁端庄。

门口已经有人在等了,一位值夜班的校办主任,对杨鹏毕恭毕敬,什么也没问,只在前面领路,任由杨鹏走进学校。

学校看上去并不大,建在山丘下的一块空阔地上。进门有一个操场,后面便是两栋教学楼,然后是食堂,再后面靠近山丘处,则是一大排学生宿舍。

夜深了,学校里非常安静。

大路上两排茁壮的杨树直直地挺立着,叶片发出窸窸窣窣的声响。

"建校有多久了?"杨鹏问。

"铁矿建立不久,就有这所学校了。大概二十几年了。"主任回答了一句,紧接着又补充道,"我是大前年调过来的,就是雨润公司接管的那一年。"

"为什么要让雨润公司接管呢？以前子弟学校是属于哪里的？"杨鹏止不住问了一句。

"这个……我也不大清楚,听说是当时县教育局和矿上有了矛盾……学校越来越差,后来,矿上与雨润有了合作,学校就交给雨润管理了。"主任吞吞吐吐地说。

杨鹏立刻就明白了。五阳铁矿应该是地方的一个纳税大户,当然也是一块唐僧肉,谁都想在它身上剜块肉吃。没有肉吃了,自然就不好管理不好合作了。这是地方的通病,也是贫困地区难以发展的主要症结之一。

杨鹏特意走到了住宿区,一间一间整齐划一的宿舍,应该都是新建的住房。

"宿舍都是新建的吗？"

"是,都是按全省校舍安全工程的要求兴建的。完全符合标准,年初就验收过了。"

"一个宿舍住多少学生？"

"小学一个宿舍住十名学生,初中一个宿舍住八名学生,这是县教育局规定的,我们严格执行。"主任回答得很快。

"在不影响学生休息的情况下,能看看吗？"杨鹏问。

"当然可以。"

"不用进去,在外面透过窗户看看就行。"

主任很快找到了两个宿舍,透过窗户,打开手机上的电筒,里面的情况看得清清楚楚。

很整齐,有过道,也很宽敞。每个学生床头都有置放日常用品和衣服的木箱,确实符合标准。

"学生住宿的收费标准是多少？"

"除了矿上的补贴,每个学生每月收费六十五块钱。"

"生活费、饭费呢？"

"学校有特别规定,学生用餐,不能食堂化、特殊化,一律统一饭菜标准,每生每月二百五十元基本就够了。"

杨鹏点点头:"不错。"

"我们学校还有一项措施,就是雨润公司提出的'一个鸡蛋工程'。"

"'一个鸡蛋工程'?"杨鹏没有听懂,有些纳闷。

"就是确保学校的孩子们每天能吃到一个鸡蛋。这些鸡蛋完全由公司免费提供。"

"哦!"

"其实很多学生都是山上的孩子,他们平时什么也吃不上,什么也舍不得吃,就是咸菜就馍馍。公司的领导知道了,就搞了这么一个举措,一定要确保学生们每天能吃到一个鸡蛋。必须是煮鸡蛋,炒鸡蛋、荷包鸡蛋、鸡蛋汤都不行。"

一番话,听得杨鹏心里热乎乎的。

"一个鸡蛋工程"!

"据说这是当年朱老总定下的规矩,每个战士每天必须吃到一个鸡蛋,只能是煮鸡蛋,否则军法处置。"主任很自豪地说道。

杨鹏突然觉得十分感动,眼里湿漉漉的。

这个"一个鸡蛋工程",完全可以给总理如实汇报。

当年抗战时的规定,今天我们的老区山区,仍然在沿用!

看完了两个宿舍,杨鹏又到食堂看了看,能容纳几百人的食堂,即使满员了,学生吃饭时个个都有饭桌可坐。

教学楼也没问题,每个教室看桌椅摆放的数量,应该不会超过五十名学生。

"学校这两年的考试成绩和升学率怎么样?"杨鹏问。

"那没问题。"主任听到这样的问题,显得兴奋起来,"去年我们学校的高中升学率达到百分之七十六以上,达到县高中分数线的百分之八十四以上。还有三十多名学生考上了临锦市中学,老师们说了,这是历史上最好的成绩。今年看,情况也不会差,大家很有信心。"

杨鹏觉得很满意。他觉得让总理来这里看看也非常好,这个学校事先并没做过任何准备。

但是,这能反映五阳县整体的教育现状吗?

107

快离开学校的时候,杨鹏不禁问了一句:"夏雨菲来过这个学校吗?"

"你是说夏董吗?"

"对,夏雨菲董事长。"

"夏董经常来的呀。"主任依然非常兴奋地说,"每年开学,她都要给学生们讲话,还亲自给那些学习用功的贫困学生免费发放学习用品。还有,我们子弟学校的校服,全部都是公司免费提供的。"

"看来你和夏董很熟啊。"

"学校的老师都和夏董很熟,夏董又年轻又漂亮,人又那么能干,那么和气没架子,大家都喜欢。"

"……她的爱人和孩子来过学校吗?"杨鹏连自己都不清楚,为什么会这么问。

"爱人和孩子?"主任显得很吃惊的样子。

"对啊,怎么了?"杨鹏也感到有些吃惊。

"夏董没有孩子啊,夏董还没有结婚哪。"

"还没有结婚?"

"没有啊?"

"一直没有结婚?"

"是啊,夏董一直没有结婚……"

十一

回到宾馆,深夜十二点之后,刘绍敏副市长和汪小颖局长,还有县委书记一起来到宾馆房间向杨鹏做了简短汇报。

五阳县委书记陈宇刚第一个汇报,县委县政府临时做出决定,二中凡是家在县城的学生,立刻全部回家住宿。家不在县城的学生,也立刻连夜搬出,同时把县里的体育馆和大剧院全部腾出来,让二中的住校学生悉数入住。

县委县政府同时要求二中在三天之内,必须找到学生们临时住宿的宿舍区。在七月十二日放暑假前,要确保学生能住好睡好休息好,确保不发生任何安全问题。

正在修建的二中宿舍区,要尽全力确保质量,提前完工,必须完全按照校舍安全工程标准完成施工。

汪小颖局长承认了错误,对自己的失职渎职问题,请求市委市政府予以严肃追责。对学校的处理,她完全同意并批准了县委县政府的临时决定,当即撤销了校长的一切职务,所有的工作暂由副校长临时代理。对学校所出现的问题,即时呈报市纪检委介入调查。

刘绍敏副市长和张傅耀厅长也完全同意县委县政府和市教育局的临时决定,认为五阳二中的问题确实暴露了临锦市教育系统的诸多问题。对这些问题如何及时解决,如何严肃处理,回去后马上开会研究。

在汇报时,刘绍敏讲了一个问题,就是有关校舍安全工程资金短缺的情况,在临锦几个山区老区都很严重,目前看,缺口还比较大。尽管张傅耀厅长说了,省政府已经注意到这个问题,而且要拿出资金来确保这个工程的高质量完成,但从目前的情况看,由于历史欠账比较多,这些县份学校基础建设的整体情况都比较差。也就是学校的教学楼、教室、宿舍、食堂、图书馆等都已经非常老旧,学校的生均费用这些年也一直上不去,老师的待遇也很低,如何改善和投入,确实是一个大问题,需要统筹予以解决,一句话,需要政策支持。就拿五阳县来说,整个县里每年财政收入连行政事业单位的工资都无法保证,所有的建设性项目和公益性业务,基本上都靠国家财政的转移支付来解决。学校的基本费用尽管能够确保,但是扣除每年的物价上涨因素,再解决过去的遗留问题并进一步改善学校的基础设施,基本上没有可能。就这样一年一年累积下来,问题越来越多,矛盾越来越大,潜在的安全隐患也越来越严峻。

张傅耀厅长也认同这个看法,说这些年来,全省教育的总体形势确实在不断改进,但遗留的问题也越来越突出,再不加以解决,好的学校与差的学校之间的距离只会越拉越大,特别是贫困地区和山区,如果对这些山老边穷地区不及时加以扶持和资助,将会成为难以解决的老大难问题。

总而言之,要彻底解决这些问题,必须由省里和国家拿出决策,统筹解决,纳入政策解决,一揽子解决。

杨鹏听取几个人的汇报时,任月芬的话时不时又在耳旁响了起来:"……特别希望总理这次下去,能看到老区基本建设的现状和基础教育方面的真实情况……给予老区的基础设施和中小学教育政策上的倾斜。"

难怪任月芬会在半夜给他打来电话,专门给他讲了这个问题。

一个天大的问题。

如何让总理能看到这里的真实情况,更是一个天大的问题!

截至目前,他还不知道省长、省委书记的态度,究竟让总理看什么、如何看、看到哪一步,这确实不是件小事情!

躺在床上,好像只眯了几分钟,一下子就醒过来了。看看时间,凌晨四点多。山区的凌晨一片静谧,偶尔的虫鸣,清晰而明快,让杨鹏再也无法入睡。

很多年来,一有了什么放不下的事情,杨鹏都会在四点半醒来,这也是他在大学期间就形成的生物钟效应。

头昏脑涨,思维凌乱,这是多少年来杨鹏很少有的情况。

平时不管多忙多累,也不管有多少事情,杨鹏一倒头便能迅速入睡。而只要一醒来,神清气爽,精力充沛,立刻投入工作。

而在五阳,在这个静寂的夜晚,杨鹏居然失眠了。

几十年来,这是第一次!

即使接到大学录取通知书,甚至听到被提拔为副省长的消息时,他也从来没有睡不着的时候。

……夏雨菲!

夏雨菲居然没有结婚!

夏雨菲直到现在仍然是单身!

这个消息像是让他挨了一记重拳,久久回不过神来。

从子弟学校出来时,有人给他打招呼,他都没有回应。神情呆滞,还有些失魂落魄,恍恍惚惚。

秘书小丁也感到奇怪,路上问了他几次:"省长,你怎么了?是不是身体哪里不舒服?"

回到宾馆,再等到他们几个来了汇报完工作,他好像才算清醒过来,终于强迫自己冷静了下来。

等到他们都走了,剩下他一个人再次僵坐在沙发上时,那种倏然而来的情绪又笼罩了他。

他静静地坐在沙发上,很久很久一动未动。

不经意间得到夏雨菲的消息完全出乎他的意料,以致让他极度震惊,思绪万千,无法静下心来。

夏雨菲为什么没有结婚?

为什么?!

因为自己写给她的那封信?

或者,因为自己没有及时给她回信?

到底是因为什么?

她在回信中提到的那个父母介绍的对象呢?那个她已经答应很快就要同人家结婚的工程师呢?

子弟学校的那位主任说了,我们的夏董从来就没有结过婚。

那就是说,夏雨菲并没有同那个工程师结婚!

为什么?

夏雨菲在给杨鹏的回信中说,"……如果你是认真的,深思熟虑的,我也会认真考虑,决定是否推掉这门婚事……"

是这个原因吗?

那时候,你给夏雨菲写去了一封长信,信誓旦旦,真情流露,说自己一直暗中深深喜欢着她,眷恋着她。

夏雨菲给你回信说,如果你是认真的,她就立刻退掉这门婚事。

对一个人的人生来说,还有比这更重要的承诺吗?

这么重要的一个决定,你居然借口种种原因,没能回复!

现在纵有千万条原因,就是有一百张嘴,也无法做出合理、令人信服的解释。

你能说那时母亲不幸去世,悲痛加上劳累,忙了几个月,想着夏同学一定已经同那个人结婚了,所以就没有再回信?

这是你能说出口的话吗?

这能是你的理由吗?

现在回头看,夏雨菲当时极有可能也知道了杨鹏母亲去世的消息,所以就一直在等他的回信。

或者,夏雨菲在一接到杨鹏的来信时,就立刻解除了同那个工程师的婚约。

她既然这么说了,也肯定这么做了。

没有爱情的婚姻,一定是不道德的婚姻。以夏雨菲的性格,她肯定会这么做。

那么你自己呢?你又将如何面对夏雨菲?

夏雨菲,现在必须尽快见到的初恋和校友,你将如何向她解释?

究竟会是什么情况?

到底是什么原因?

论夏雨菲的才貌,她什么样的对象应该都能找得到,但为什么一直没结婚?

为什么?

昏昏沉沉的,不禁有些头重脚轻。

早上洗漱时,杨鹏看着镜子里的自己,竟然一脸憔悴,好像一下子老了好几岁。

杨鹏摇了摇头,不禁有些发愣。

杨鹏看着自己的样子,再次摇了摇头。

不行,你要振作起来。

你现在是副省长,身负重任,不能再为这些卿卿我我的事情分心,尤其是不能影响工作。

不要再胡思乱想了。

暂时忘掉她!

忘掉?

……能忘掉吗?

这算是卿卿我我吗？

将近十年没有见过面的夏雨菲，现在会是什么样子？

工作是工作，感情是感情。与夏雨菲的事情，一定要尽早说清。

要尽早说清，就一定要尽早见面！

尽快联系！

如何联系？

事不宜迟，一会儿他就给市委市政府的相关领导打个电话，通知夏雨菲尽快来五阳一趟。

有关雨润公司的业务，都与他在省政府分管的工作息息相关，特别是废矿开发和废矿中的稀土回收，以及海量的煤矸石和尾矿库的提炼利用。

还有水库安全的勘察和监测。

还有她的那个子弟学校。

对杨鹏来说，这些工作都非常重要。一刻也不能迟缓。

这不是小事，更不是什么私事，是工作需要。

而且是重要的工作，尤其是安全问题，事关重大，危急存亡。

原定的计划，今天去几个小学看看。

吃早饭时，杨鹏临时改变了主意，他和他们几个商量了一下，让他们先去看看五阳子弟学校，特别是要看看那里的住宿情况。子弟学校看完了以后，再去考察其他的学校。

之所以临时改变计划，还有一个原因，就是市长程靳昆昨晚没有赶来，一直到上午也没有信息。原来程市长定好的是昨天晚上连夜赶来，今天上午一起考察学校。但直到早饭吃完了，始终没有接到他的任何消息。

因为程市长的身份，他们几个都不好说话，所以杨鹏让丁秘书联系了一下，程市长的秘书接了电话，说是程市长和市委徐帆书记正在开会，好像省委省政府上午来了通知，有新的工作安排，市里的几个领导此时正在研究商量。

杨鹏也不清楚有什么新的情况，想了想，就同刘绍敏副市长他们几个商量后,让县长马三韦陪同他们几个去学校考察,他和县委书记陈宇刚一起到五阳铁矿去走走。

杨鹏有自己的想法,一个是五阳铁矿,他觉得必须去一趟,昨天晚上雨润公司办事处给他介绍的情况给了他很大的震动和吸引力。"……前景广阔,意义重大,价值可观。我们省是矿产大省,各种各样的矿企数以千计,超大的尾矿库全省就有几百座。这里面隐含的财富,粗略计算,数以百亿千亿甚至万亿计。所以这不仅是黄金产业,也同样是朝阳产业,潜力巨大,不可限量……"

去五阳铁矿,杨鹏就是想看看雨润公司的这个项目。

耳听为虚,眼见为实。作为主管副省长,杨鹏要认真查看,仔细研判。只有调查了解清楚了,才心里有底,才有发言权。

还有水库的事情,这也是杨鹏升任副省长以来十分揪心的一件大事。

水库的功能很多,但水库首先是安全,其次才是利用。尤其是山区的水库,安全更是重中之重。

像五阳这样的边老穷山区,一般都极度缺水。

杨鹏的老家就同这里差不多,十年九旱,一年的降雨量最多也就是三四百毫米,缺水是普遍现象。虽然十年九旱,但往往又是十年九涝。因为降雨就集中在七、八、九三个月之间的几天之内。新中国成立之后,为了防旱抗旱,山区的老百姓在当地政府的组织领导下,修建水库,就成了人多力量大的一个制度性优势和体现。

在人定胜天的那些年里,山区的水库修建得如此之多,如此之快。在北方的山区,只要是可以蓄水的地方,就会有水库。星罗棋布,遍地开花。

但土法上马的水库,利弊参半,随着时间的推移,年代越久,水库的风险也就越大。

这些水库由于年代久远,淤积严重,一些拦水土坝常年失修,坝体渗水,坡脚滑塌,坝体裂缝、沉陷,泄洪建筑物淤堵损坏,再加上一些地方多年违规蓄水,拒绝安全隐患排查,包括一些地方乡村对水患麻痹大意,不听指挥,不仅成为全省水利建设的重大障碍,也成为安全生产的重大隐患。

就在前不久,水利部报国务院专门下发了文件,指出由于汛期前移,根据多方面预测,今年在黄河中下游淤地坝和中小型水库集中分布区域,有可能发生流域性较大洪水甚至超大洪水,防汛形势不容乐观。

而在五阳县,不仅有很多淤地坝,还有许多旧水坝、老水库。让杨鹏一直放心不下的是,这里还有两座跨县域的中型水库,一个叫红旗水库,一个叫蒙山水库。

这两座水库毗邻同一座山脉河流,一座库龄八年,一座二十多年。

五年前,在一次重大水灾中,两座水库几乎同时出了问题,一个决堤,一个溃坝,造成三十多人受伤。最终两座水库领导均被撤职,一个县长被罢免,一个副市长被调离,水利厅副厅长被记大过,同时受到处分的还有十几个处级科级干部。

那年杨鹏刚担任工信厅厅长不久,那个水利厅副厅长与杨鹏很熟,校友,比杨鹏几乎大一轮。现在仍然还是水利厅副厅长,有一次聚会,副厅长临走时对他说了一句话,让他至今记忆犹新。

"在咱们中国,当领导干部,绝对不能犯错。只要你犯一次错,你的仕途就算到头了。因为我们的后备干部队伍太庞大了,没有人会等在那里再留给你一次机会。"

这个副厅长叫王新成,别人的一个小小的错误,就让他的提升一下子停滞了下来,一直停滞到今天。

今天,既然来到了五阳,杨鹏就一定要到这两座水库看看。

来了看了,即使你只说了一大堆空话,什么也没做,那也等于你免除了一次犯错的风险。如果你来了五阳,却没有来这个地方查看,即使你做了很大努力,一旦出了事,无论如何也逃脱不了对你的追责。

最重要的是,你是一个主管安全的副省长,到了五阳县,以最起码的职责,也应该到这两座水库进行必要的考察调研。

否则,你算什么副省长,又算什么主管安全的副省长。

还有,夏雨菲的那个有关水库的安全勘察监测项目,也许真的能为全省的水库安全撑出一片蓝天,搞出成功的做法和经验。

杨鹏忽然产生了一个十分坚定的想法,让总理到夏雨菲这个雨润公司来看看。

任月芬说了,连中办和国办对这个公司的情况都表示了关注。

这很重要,确实重要。

那就在五阳再增加两个考察项目,除了中小学教育,还有安全生产和科技转型,都可作为总理这次来临锦考察调研的备选内容。

现在看,夏雨菲的雨润公司完全符合多方面的要求,并且不存在瞒报和谎报的问题,领导们意见也很容易达成一致。

雨润公司正在努力攻坚的项目,确实都是国家重点关注的科研和科技项目。

对这个雨润公司,省委书记龚一丰和市委书记徐帆不也都很关切吗?还有主管科技教育的副总理和国务院副秘书长任月芬。

这一切,不正是你应该了解的情况吗?

即使这些项目最终不能作为备选考察项目,至少,也能让自己有备无患,见了领导们也有发言权。

这次来五阳,重点考察中小学教育、基础设施,也顺便重点考察夏雨菲的雨润公司。

这个方案很好。

自己不也正想见到夏雨菲吗?

先不用与夏雨菲贸然联系,等考察完了再说。

如果能这样,这个时机真的很好。

不用再考虑了,暂时就这么定了!

五阳铁矿距离县城开车大约有一刻钟的路程。

李明亮矿长和矿里的其他领导早已等候在办公楼门前,还有一溜儿年轻女孩组成的欢迎队伍,都拿着鲜花,露出满脸的职业笑容。

办公楼内的一块大型荧屏上,显示着一排不断闪烁的霓虹大字:

"热烈欢迎杨鹏副省长到省钢铁集团五阳铁矿检查工作!"

这是惯例,上级到下级视察,这是必有的程序和仪式。

杨鹏有点叫苦不迭,上午吃饭的时候,只顾想别的了,没有特意嘱咐取消这个环节,结果没想到弄成这个局面。本来想看看就走的,现在看来这些烦琐的程序性安排,一定会拖延很多时间。另外,他还看到了县工信局、安监局和发改委等部门的领导,也站在欢迎他的队伍里,这就冲击和扭曲了杨鹏这次来铁矿的本意。

现在只好这样了,大家握握手,然后看矿上的视频宣传片,再后面是听汇报,尽管杨鹏一再要求简短一些,但这么一套下来,一个小时就过去了。最后是他的讲话,这是必不可少的,他想了想,客套了几句,便径直问起了问题。

"今天是第一次来五阳铁矿,心里没数,也不好讲什么。看了刚才的视频,这么多年来,获得了这么多荣誉,省部级的奖项有数十个,确实了不起。所以我再说客气话、表扬的话,也没什么必要了。从这些奖项中,我倒是感到了另一种压力,那就是怎么才能守得住这些荣誉,对得起这些奖励。今天矿长在这里,一些领导干部也都在这里,我着重就问一个问题,如果今年后半年铁矿石价格突然大跌,这方面的收入大笔减少,那五阳铁矿将如何面对?还有哪些业务可以继续创收,可以弥补这种局面造成的损失?"

大概是没有人想到杨鹏会问到这个问题,现场一下子就安静了下来。

"李矿长你先说说吧。"杨鹏直接点名了。

"杨省长,您的意思我们明白,未雨绸缪,有备无患。"矿长想了想说道,"如果铁矿石价格急速下跌,我们将会从别的渠道积极想办法,努力增加收益。对此我们一定会积极、及时研究并出台应急预案,确保我们的收益不受大的影响。关于铁矿石的价格,我们在年初也做过分析和研判,今年的铁矿石价格应该能够保持在一个稳定的水平,不会大起大落。但即使如此,我们也一定保持高度警惕,重点关注,以防不测。"

杨鹏看了看矿长,没有表态回应。矿长的话,基本全是废话、空话,也根本没有回答杨鹏的问题。

矿上一位姓胡的总工可能也感觉到矿长回答得言不及义,便插话补充说:"杨省长,这些年,在这方面我们也做了不少工作。比如大前年铁矿石价格暴跌时,整个矿企入不敷出,工资都发不出来,当时我们就想到了一个临时救急的办法,把矿上的一些沉积多年的废旧矿源出售了一部分,并允许一些领域彻底放开,让社会资金投入进来一起合作,由此大大缓解了资金的紧张,并让我们渡过了难关。比如像一些我们铁矿的附加企业和小微矿藏,过去一直有企业想收购,但我们一直没有同意。事实上,这些小微矿藏的开采对我们这个大型矿企并没有实际的收益价值,即使开采了,也基本上不会有大的利润。卖掉这些小微矿藏,对我们有利无害,也少了很多管理上的包袱。"

"这是普遍情况,对此我没有反对意见。还有吗?遇到问题,我们也不能只卖家产啊。"杨鹏笑笑说。

"省长说得对。"胡总工回答说,"我们在一些业务上同其他科技公司也有一些尝试和探索。比如,我们已经同临锦市雨润公司进行了尾矿再利用技术合作,目前看,已经有了不错的进展。效益明显,前景广阔。"

"这项合作有多久了?"杨鹏问。

"就是大前年开始的,今年是第三年。"

"能说说具体情况吗?"杨鹏继续问道。

"简单来说,就是他们的技术,我们的废弃矿渣,相互合作,利润均分。"胡总工突然有些不好意思起来,"说实话,这是找上门来的生意,并不需要我们更多的付出。"

"你们与雨润公司的合作就只有这些吗?"杨鹏继续问道,主要是想证实昨晚雨润公司办事处那两个年轻人情况介绍的真实性。

这时李明亮矿长回答说:"还有一些项目,主要是王云侠副矿长分管的,让王矿长汇报吧。"

王云侠是一位年纪很大的老矿长,说话直来直去,回答得非常实在:"是这样,省长您也清楚,咱们这些大矿企业,多年了,包袱重,问题多。尤其行政办事单位一大堆,吃闲饭的不少,能干活的人不多。即使是一些简单的工作,他们不仅干不好,还常常闹出好多事情来,让公司花了钱,还办不了事,最后成了一个一个的包袱,越背越沉。"

"王矿长,这个可以说具体点。"杨鹏点点头说。

"第一个大难题就是我们的子弟学校。"王副矿长如实回答说,"实话实说,这些年,这个学校越办越不好,入学率很低,连真正的矿工子弟也不想在子弟学校上学。虽然矿上每年贴进去很多钱,但一直是脏乱差,学校的很多学生都成了社会上的小混混。特别是那些初中生,整天在县城里偷鸡摸狗,胡作非为,连县教育局也没有什么好办法。到了后来,就把所有的责任都推到了我们这一方。最后我们也没有什么好办法了,就与社会上合作,经过公开招聘,把子弟学校改制为民办公助,这两年学校的情况逐渐好转,不仅校风大大改变,而且升学率也越来越好,子弟学校的名声越来越大,现在社会上想到子弟学校上学的学生越来越多,矿工家长们也交口称赞,人人放心……"

"也是雨润公司吗?"杨鹏插话问。

"对,也是雨润公司。"王副矿长回答。

"雨润公司是一家科技公司,怎么会对教育领域的业务也有这样的管理水平?"

"不瞒您说,其实这也是我们铁矿逼出来的结果。"王副矿长并不隐瞒,"我们当时在招聘合作书上,特别讲了一条,如果能够胜任学校管理、矿工培训等方面的工作,我们将会优先考虑并予以优惠条件支持。"

"结果是雨润公司同你们进行了全方位的合作?"听到这里,杨鹏终于明白了这其中的缘由。看来雨润公司确实是名副其实,也确实越做越大。

这个夏雨菲,果真不简单!

"你们在与雨润公司的合作上,是不是可以这么说,目前是成功的,也是有益的?"杨鹏似乎要再次确认。

"是的,效益很好,前景乐观。"王副矿长依然说得非常实在,"去年我们得到的利润是一个多亿,今年有可能翻番。这是大家都没有想到的,而且确实是废矿利用,并没有给我们造成任何国有资产流失方面的问题。就拿学校来说,过去我们每年给子弟学校补贴三四千万,这些钱就像流进了黑窟窿,连个响都没有。现在我们每年只补贴两千万,也就是我们获得利润的不足五分之一,就让学校的景象大为改观。校园翻新、教学楼加固、学生宿舍重建,整个学校完全变了一个样。还有我们的矿工培训,也一样有声有色,新来的职工受到了多方面的教育,技术水平、安全意识、操作能力等都大幅提高。学员们说,他们在这里学习两个月,比在职业学校学习一年都收获多……"

杨鹏来到五阳铁矿的尾矿库上时,已经上午十点多了。

没想到这个尾矿库会这么大,尾矿坝会这么高,放眼看去,足有几个足球场那么宽。

将近六十年的一个尾矿坝,几乎与共和国同龄。

这里面淤积了多少尾矿和废弃矿渣,如果能变废为宝,就是一个超大的聚宝盆。

据说八十年代有几个日本专家来到这里,要以当时认为的一个天价买断这个尾矿库的所有权。那时候,大家都不知道这里面有什么东西,但隐隐约约感到,这里面一定有什么珍稀宝物,因此向上级汇报后,坚决拒绝了。

今天看,没有卖掉这些东西,真是远见卓识,完全做对了。

虽然不明白,但知道有好东西,就算我开采不了,但也不能卖给别人。

一晃几十年过去了,谁也没想到,我们的一个民营企业,能在这里大显身手,变废为宝,化腐成奇。

关键是政策,只要你给政策,就能焕发出新的活力和创造力。

既是政策的力量,更是人的力量。中国人在任何地方,在任何国家,在任何一块贫瘠的土地上,只要能够生存,只要你给了他生存的条件,就能产生出巨大的奇迹。

尾矿库一旁不远处,杨鹏很认真地看了几处正在进行尾矿处理的施工现场。除了对一些尾矿进行附加成分分离的工序以外,还有较大规模的尾矿洗砂和尾矿充填机械化施工运作。机声隆隆,看上去一片繁忙。

看来效益确实不错,而且确实是变废为宝,化腐朽为神奇。

可能是感觉杨鹏的情绪不错,矿长、总工们脸上也都流露出满意的笑容。

杨鹏一直沉默着,既没有表扬,也没有肯定。杨鹏知道,现在看到的,只是表面现象,所以他没有发言权。

就在参观这些施工现场的同时,杨鹏也发现了这个超大尾矿库的一些可疑之处。

这个尾矿库在几十年里,已经累积有一百四十多米高,数公里长。在过去,由于工艺落后,也缺少机械加工,尾矿大坝的底部显得凸凹不平,十分粗糙,看样子曾发生过大面积漏水的情况。

一百四十米高的尾矿坝漏水,是一个非常危险的征兆。

杨鹏看了看正在施工的那些工人们,不禁有些担忧起来,这个尾矿坝的安全情况雨润公司了解吗?

他还不知道尾矿坝下游都是一些什么样的地方,有建筑吗?有住户吗?有村落吗?

也许自己太敏感了,但既然分管安全,就不能不防。

一会儿他要把这个尾矿坝的基本资料调过来,还有下游的整体情况也要搞清楚。

当然,还有夏雨菲,应该让她也及早警惕。

离开了五阳铁矿,告别了铁矿的各位领导,杨鹏便动身来到了红旗水库。

红旗水库距离五阳铁矿大约有十里的路程。

全是盘山路,十里地,开车走了足有二十分钟。

来之前杨鹏特地给县委书记陈宇刚做了吩咐,千万不要给水库的领导打招呼,就是来大致看看,免得耽误时间。

红旗水库一听名字就知道是一座老水库了,始建于"文革"时期,后来不断扩建,最终设计的库容量是一点四亿立方米。水库不仅承担着五阳等三个县域的人畜吃水问题,同时还可以满足四十万亩水地和一百五十万亩旱地的浇灌任务。

红旗水库下游的另一侧,则是蒙山水库,库容量初始设计为一点八亿立方米。水库的水质优良,常年保持在一类水质的水平,所以这座水库建设之初,就是为了保证临锦市和其余五个县区的人畜吃水问题,涵盖面积中的人口在四百万以上。同时还承载着临锦市区六十万亩水浇地和二百七十万亩旱地的浇灌任务。

这两座水库的管辖权,既不在五阳,也不在其他几个县。

由于两座水库的重要性,再加上这几年两座水库区域旅游业蓬勃发展,因此经过多年申报,最终经省委省政府研究同意,成立了一个副处级蒙山管委会,与县级政府相对独立。库区管辖人口一万多人,行政编制有三百多。管委会所有设置一应俱全,正儿八经地成为一个行政单位。

县委书记陈宇刚对杨鹏说,管辖这两座水库的管委会书记、主任,尽管是副处级,但比他们这些县委书记牛好多倍。特别是前些年,你要想多用水,早用水,不跑断腿,磨破嘴,门儿都没有。

这些年来,降水量逐年增多,农民种地的积极性逐年降低,农田种庄稼的越来越少,种其他经济作物的,比如像种植药材、胡麻、菜籽、果类等产品类的越来越多,于是,对水库用水的依赖也不像过去那样紧迫了。这样一来,角色好像翻转了,管委会为了扩大旅游,出售水产品,反倒上门求上了各县的书记、县长。再加上水库每年的维护和管理费用快速增长,管委会的经济情况也时好时坏。尤其是这些年雨水增多,水灾隐患也防不胜防,管委会和水库管理站的工作也日益繁重,压力很大。

真正成了三十年河西,三十年河东。

两座水库感觉完全不同。

红旗水库确实给人一种老态龙钟的模样,库容量已经大幅减少,以前一个多亿立方的库容,现在估计也就七八千万立方左右,甚至更少。尽管周边的植被郁郁葱葱,乌泱泱一望无际,但从水库周边库体剥落的情况看,确实已经辉煌不再。

而蒙山水库则完全不同,一片欣欣向荣。尤其水库的水质,明显不同,打眼看去,清莹透亮,一片碧绿,真正是青山绿水,清如明镜。

虽然不是旅游旺季,也不是周六周日,但此时此刻,居然游人如织,人声鼎沸。两旁峻岭上一丛一丛的山花,斑驳陆离,五彩缤纷,真正是一川碧水绿,十里山花红。

　　由于水库对水质的严格要求,库内既不养鱼,也不设游船。一眼望不到边的一库碧水,一下子就把人看醉了。

　　杨鹏突然觉得心旷神怡,很想就这么坐在这里休息几分钟。

　　不经意间,杨鹏突然看到远处一艘小小的木船缓缓向岸边划来,木船上一男两女,在水面的衬托下,显得别有韵味。当然,在这样一个浩大的水库上,也让人感到特别扎眼。

　　不是机动船,也不是铁皮船,纯粹的木桨船。看来水库的规矩很严,不能让任何东西对水质造成污染。

　　划船的像是个管理人员,但那两个并不像。

　　这几个人是什么人呢?他们在做什么?是有关系的游客吗?

　　从衣着打扮上看,也不太像游客。

　　手中没有拿手机东张西望地拍照,也没有指指画画地看来看去。

　　会是当地的领导干部?

　　领导干部不会是这身打扮,怎么看也不像。

　　木船渐渐近了,正好就在杨鹏所站的不远处慢慢停了下来。

　　一个小伙子抢先跳了下来,然后招呼着另外两个女人从木船上一前一后跳了下来。

　　一个女人头上戴着一顶翘翘的遮阳帽。

　　她向前一跃,轻轻跳了下来,站直了,一仰头,随意地向杨鹏这边扫了一眼。

　　杨鹏的心陡然剧烈地跳动了起来。他一下子就看清了,夏雨菲!

　　杨鹏的脸色刹那间忽地一下从额头一直红到了耳尖,红到了脖根……

十二

　　多少年了,已经成为成年人的杨鹏,从未有过这样的感觉。

　　四十岁出头了,结婚好多年了,见了一个突然而至的女性居然还会脸红!

红得是这样突然,这样彻底,这样情不自禁,无法自已!

心跳加快,呼吸急促。

怎么会这样?太尴尬了!

杨鹏努力强迫自己放松全身,冷静下来。

但好像怎么也控制不住,完全身不由己。

满腔的血液一刹那间就充溢到脸庞,火辣辣的一直烧到脖根。

杨鹏努力咳嗽了一声,用手在脸上抹了一把。

良久,终于渐渐平静了下来。

幸亏这里没有更多认识杨鹏的人,除了县委书记和丁秘书,其余的都只是散乱的游客。

并没有人注意到他的窘迫和紧张。

难道这就是所谓的眷念?这就是铭心刻骨的初恋?

其实杨鹏在心里对夏雨菲早已一无所求。

说难听点,自己已经不配有什么念头,也不允许有什么念头。

那天晚上第一次听到夏雨菲还没有结婚时,杨鹏就不断地在质问自己:如果,夏雨菲现在确实还没有结婚,确实还没有对象;如果,夏雨菲当时就是因为等你,才退掉了那门婚事,并且一直到今天还在等你;如果,你现在的妻子知道了这件事,知道了你和夏雨菲的关系,并且愿意成全你们……

那么,你会同夏雨菲结婚吗?

不会,也绝无可能。

面对着没有结婚的夏雨菲,他已经没了这个资格,也没了这个权利。

一个副省长,一个已婚的男性,一个七岁孩子的父亲,职责、责任、道德、认知、纪律,包括社会影响,决不允许他这样做。

当初的苦思冥想,魂牵梦绕,早已成为过往。

这只能是你人生中一个美好的记忆,一个终生的憾惜,一个永远无以填画的愿景……

夏雨菲下了船,与那个男人说了一句什么,就同另外一个女子往岸上走了过来。

显然,此时的夏雨菲并没有看到杨鹏,更没有意识到杨鹏在岸上默默地注视着她。也许,夏雨菲已经感觉到有人在注视她,但她对这样的注视大概早已习以为常了。她既没有躲避,也没有举目四顾,只是旁若无人,若有所思地向杨鹏这个方向缓缓走了过来。

杨鹏再次有些发愣,看到越走越近的夏雨菲,心中止不住波涛汹涌,万分惊愕。

夏雨菲依然这么年轻、漂亮。身材修长轻盈,衣着优雅闲适。婉丽矜持,端庄清秀。

十年没见了,居然还是他心底那个独一无二的夏雨菲!

蓝天白云,碧空如洗,十点多的阳光透过薄薄的云层,让满山的绿树花草美丽如画。

像是从山光水色里走出来的夏雨菲,让杨鹏一下子看呆在那里。

夏雨菲在杨鹏的心目中一直很美,但也没有像今天看到的如此美!

让杨鹏惊诧的是,眼前这个女性就是这两天让他深切期待的那个雨润公司的董事长?

这样盈盈走来的夏雨菲,会是那个叱咤风云的女强人?

这怎么可能?

一切如在梦幻之中。

在一个波谲云诡的市场环境里,一个美丽的女子,如果没有强大的背景和后盾,很难走到今天,做到这一切。

夏雨菲凭的是什么?靠的又是什么?

夏雨菲的形象与所有经验和阅历中的既定形象差距太大了。

如果眼前的夏雨菲就是雨润公司的董事长,两者之间如此之大的反差,让杨鹏无法想象,也难以置信!

快走到杨鹏跟前了,也许感觉到眼前这个男人有些反常,居然会一直一动不动地挡在她面前,夏雨菲终于把目光落在了杨鹏的脸上。

杨鹏看到了那双熟悉的眼睛,那道回忆了多年的目光。

眼前的夏雨菲突然间愣了一愣。

也许夏雨菲压根儿也没想到等在这里的会是杨鹏,她瞪大的眼睛直直地盯着杨鹏,顿时一动不动。

对视中,夏雨菲好像被脚下岸边的软土滑了一下,猛然间,一个趔趄,止不住仰面倒了下去。

就像十年前一样,杨鹏一伸手,轻轻地把夏雨菲揽在了怀中。

夏雨菲还是那样轻柔,那样细弱。

杨鹏再次与夏雨菲的距离如此相近。眼前的夏雨菲,仍然是当年那个凌晨攻读的夏雨菲,淡淡的装扮,微微的发香,还有耳旁那一绺细细的鬓发和脸颊两旁淡淡的红晕。

也就是刹那间,夏雨菲恢复了过来。她睁开眼,一用力,倏然间就挺直了身板。

身旁那个女孩惊慌地喊了一声,一下子冲过来使劲扶住了夏雨菲:"夏董,您怎么了?哪里不舒服吗?"

夏雨菲轻轻摇摇头,没让人发现她一时的失态,也没让人看到她略显苍白的脸色,只是轻轻地说了一句:"不小心滑了一下,没事。"

夏雨菲一边说,一边轻轻挣开了两个人几乎同时扶住她的手。

身边的县委书记也被吓了一跳,怎么回事?杨鹏副省长会这么快地走近了那个女人。

好像只有丁高强秘书看到了其中的端倪,作为省长的秘书,他刚才就发现了杨鹏专注的眼神和非同寻常的神态。

眼前这个女人,杨省长一定认识。虽然不清楚他们之间的关系,但他感觉出来,他们的关系绝非一般。

那个女人像是晕厥的那一刻,杨省长慌忙上前扶起她时,秘书丁高强也赶忙跳了过去,下意识地扶了杨鹏一把。

紧接着,丁秘书的手又一下子松开了。

丁秘书突然觉得,自己的这个举动纯属多余。

现场一片沉寂,还是杨鹏打破了僵局,对着夏雨菲轻轻问了一声:"你们刚才坐的那条船是哪里的?"

夏雨菲好像一下子就明白了杨鹏的意思,对身边那个女人说:"燕楠,你让小李把船划过来吧。"

"船吗?让小李再划过来?"那个叫燕楠的女子有些吃惊地问,好像没听明白夏雨菲的意思。

"对,让他划过来吧。"夏雨菲用手捋了一把头发,看了一眼杨鹏,像是不经意地对燕楠说,"水库的事情,我给杨省长汇报一下。"

"杨省长?"燕楠吓了一跳,直直地看着杨鹏,"在哪里呢?"

"这就是杨省长。"夏雨菲再次看了一眼杨鹏,而后像是介绍似的对杨鹏说,"这是我们公司的部门经理刘燕楠。"

杨鹏点点头,什么话也没说。

"杨省长啊!"刘燕楠突然睁大了眼睛,"我们董事长昨天就提到您了,说您要来公司视察,没想到今天在这里就看到您了。"

刘燕楠二十五六岁的样子,伶牙俐齿,但又显得很有分寸。她一边说着,一边给划船的小李打电话。

船很小,也就能坐四五个人。

丁秘书没有动,他好像正在思忖自己应不应该到船上去。

刘燕楠也没有动,她此时好像已经悟出来了,董事长和这个杨省长的关系不同寻常。

一般来说,下边一个公司的董事长,见了副省长这样的领导,都会客套一会儿,再送上一大堆的热情和寒暄,但今天的场面完全不是这个样子,两人见了面,几乎什么话都没说,然后就说要一起上船。

县委书记陈宇刚也有点纳闷,一时间还有点闹不明白眼前到底发生了什么事情。看来县委书记确实因为刚刚调来,并不认识夏雨菲。不过让陈书记感到蹊跷的是,杨省长事先没说要乘船看水库啊,怎么这个女董事长一来就改变主意了?

眼前的董事长也让他感到吃惊,这个董事长实在太年轻太扎眼了,年轻扎眼得让人怀疑此人的真实身份。

这时杨鹏对县委书记说:"陈书记,这就是今天大家一直在议论的那个雨润公司的董事长夏雨菲。"

"……哦?"陈宇刚再次大吃一惊,似乎根本无法把眼前这个女人和那个雨润公司联系在一起。本来不想说出口的话,忍不住说了出来,

"这么年轻啊,真是让人想不到!"

杨鹏又看着夏雨菲指了指身旁的陈宇刚说:"五阳县县委书记陈宇刚。"

"陈书记好。"此时的夏雨菲已经完全恢复到平常的样子,她微笑着称呼了一声,大大方方,十分得体地把手伸了过来,"我是夏雨菲,这些天一直想找陈书记汇报雨润公司的有关情况,没想到在这里见面了。"

"好啊好啊,一会儿留个电话,没问题,随时联系。"陈宇刚一边握手,一边说,似乎也一下子明白了省长和这个董事长之间的亲近关系。

看着夏雨菲应对自如,温和儒雅,略带矜持的言谈举止,杨鹏再次感受到了夏雨菲待人接物的成熟和老练。

确实气质优雅,仪态万方,不亢不卑,秀而不媚。

这时候木船已经靠岸,那个划桨的小伙子一下子跳了下来,把船固定在小码头上,等待着董事长的安排。

杨鹏并不遮掩,对陈宇刚书记直接说道:"你们找个地方,就在附近等我一会儿吧。我和夏董事长上船,在水库上转转,顺便了解一些情况。"

在岸边有些忧虑的刘燕楠,直直地看着夏雨菲:"董事长,就让小李给你们划船吧?"

"不用。"夏雨菲似乎胸有成竹,轻声拒绝了。

书记陈宇刚也一样有些不放心地说:"省长,您会划船吗?要帮手吗?"

"放心吧,我可是当过运动员级水手的,最好成绩高校划船比赛第三名。"杨鹏笑笑说。杨鹏没说假话,上大学和读研期间,省城高校每年组织划船比赛,无论集体还是个人,杨鹏从来没有跌出过前八名。

"省长,时间也不早了,一会儿我们在哪里吃饭呢?"丁秘书过来悄悄问了一声,"刚才蒙山管委会打电话了,说中午一定在他们这里吃饭,蒙山水库边上就有一个不错的酒店。"

"好吧,你定。陈书记如果忙,就让他先回吧。"

杨鹏看了看表,已经十一点了。

蒙山水库果然是个好地方。

当木船划到水库中心时,才会真正让你感受到什么是山明水秀,碧波荡漾。

清风徐徐,波澜不兴,阳光在云层中时隐时现,没想到天气也这样温馨宜人。

越到水库中心,周边的喧哗越远,两个人一直沉默着,只能听到木船上有节奏的划桨声。

天上地下,此时就只剩了他们两个人。

终于,杨鹏放下了木桨。

除了耳旁微微的风声水声,似乎天地间所有的噪音一下子全部消失了。

像极了一对情侣,一对恋人。唯有他们两个知道,这辈子,面对面,这么亲近地坐在一起,竟然是第一次。

杨鹏突然想起了那首熟悉的歌:"想你时你在天边,想你时你在眼前,想你时你在脑海,想你时你在心田……"

他静静地审视着眼前的这个女人,那时候,他们甚至连手都没有牵过一次。

唯其如此,才让他们之间的回忆是这样美好和清纯。

十年了,那时候的夏雨菲二十出头,杨鹏也才刚过三十。

倏忽间,十年一晃就过去了。

他们都已经步入中年。

她为什么还没有结婚?

难道她会缺少成群结队的追求者吗?

杨鹏打定了主意,他今天首要的就是把这一点问清楚。

该怎么问呢?正琢磨着,夏雨菲开口了。

"今天为什么会来这里?"声音仍然那么柔和温润。

"临时决定,原计划要看学校的。"杨鹏实话实说,"也是缘分,居然就见到了你。"

"我们的子弟学校你去过了?"

"是。昨晚去的。"

"他们告诉我了,说有可能是你,就是可惜没有机会拍照。"

"那两个年轻人很不错,业务好,人也机警。"杨鹏对昨晚的两个年轻人印象确实不错。

"现在这样的年轻人到处都是,我们招聘职员,研究生、博士生有的是,大学普及了,就业还没有跟上去。"

杨鹏点点头,现在的形势的确如此,就业是个大问题。

"他们说了,说你表扬了学校。"夏雨菲看了一眼杨鹏,"你主管教育,这个我倒一点儿也不知道。"

"所以你今天就过来了?"杨鹏问了一句,但话一出口,就后悔了。这样问话,岂不是自作多情?

"那倒不是。"夏雨菲很自然地说,看她的表情,并没有像他想的那样,"昨天晚上任月芬秘书长给我打了个电话。"

"嗯?……任月芬!"杨鹏吃了一惊,"你认识任月芬?"

"不认识。"夏雨菲避开杨鹏的眼神,向他的身后看了过去,"她说她与你是党校同学,说你过几天会专门来考察雨润公司。她还说,过两天她也有可能过来。是她告诉我,你现在分管教育。"

"任月芬说她有可能来临锦?"杨鹏有点意外。

"是的。她说给你说过了,要来看看这里的山区老区,看看这里的义务教育搞得怎么样。"

"你怎么说的?"

"实话实说啊,山区老区的教育情况普遍不理想,特别是中小学的基础设施、孩子们的生活条件和身心健康,欠账太多,确实很差,领导们应该常下来看看。"

"你就这么说的?"

"嗯。"

"任秘书长怎么说?"

"她说如果我见到你,一定给你说说下面的情况,说你现在主管教育。"

"原来如此。我这里也一样,是任月芬秘书长给我介绍的你,否则我还真没想到你会搞了这样一个雨润公司。"杨鹏很真诚地说,"你在五阳的公司项目,我大致了解了一下,目前感觉确实不错。还有央视的新闻联播我也收看了,你讲得很好,很自然。"

"我担心的就是这个,其实公司也就刚刚起步,好多业务都只是在探索,在尝试。还有那天的采访,也没想到会在中央电视台播出来。当时省台的两个记者找来,说是了解了解,随便问问,我当时也是实话实说,真心没当回事,更没想到会在央视播出。"

"任秘书长还给你说什么了?"

"任秘书长还说她来了要到抗战纪念馆看看,说她想找到当年副总理的父亲在这里打游击的资料。还有,秘书长父亲的大伯,好像也在这一带打过游击,后来就牺牲在了这里。她的伯祖父一家人,还有她的大伯,特意嘱咐她如果有时间来到这里,一定认真找找看有没有什么遗留的照片和文字。秘书长的大伯也是一位中央领导,和副总理的关系非常亲近,因为秘书长的伯祖父和副总理的父亲也是战友。"

"她也给我说了,但没有你说得这么仔细。好像水库这里就有一个纪念馆,今天如果没遇到你,按计划要去看看的。"

"我看过了,没有找到有关的影像和资料。我想下午去另一个纪念馆再看看。"夏雨菲说到这里,突然问了一句,"任秘书长说了,省委龚书记也要找我,让我主动联系一下。"

"龚书记也问我了,他确实想下来见见你。"杨鹏如实回答。

"什么事啊?就是因为那个报道?"夏雨菲有些不解地看着杨鹏。

"任秘书长没说总理下个月要来临锦?"

"总理?"夏雨菲再次吃了一惊,"你是说总理要来临锦?下个月?"

"是的,总理要来。下个月初,基本定下来了。"杨鹏突然意识到,任月芬并没有给夏雨菲说总理要来的事情,"你知道就行了,总理来临锦的消息,目前要保密。"

"知道。我不会给任何人说的。"

"嗯。主要是因为有一件事想提前告诉你。"杨鹏很慎重地说,"这件事我还没有向龚书记当面汇报,主要是还没有见到你。如果总理来了,我想把你这个公司作为一个考察点。"

"那怎么可以?"夏雨菲一双幽幽的眼睛,直盯盯地看着杨鹏,"你可千万别把我放在火上烤,什么考察点啊,这么大一个国家,同那些成功的企业相比,雨润公司啥也不是。"

"公司不在大小,在它存在和发展的潜力。"

"杨鹏,你还没见到我,也从来没听我说过什么,我也没给你讲过雨润公司目前的真实情况,就凭一个新闻报道,怎么就能断定公司的潜力?"夏雨菲的话语渐渐犀利起来,这反倒让杨鹏觉得十分亲切而又轻松。很久很久,没有人对他这样说话了,包括自己的家人。

杨鹏笑了一下,而后很认真地说:"我看人,一般不会有错。"

夏雨菲一下子沉默了。

水库上顿时又陷入一片沉寂。

"雨菲,这么多年了,我们是第一次这样对话。"杨鹏打破了沉默,"你不想问我点什么吗?"

"我什么都知道了,不用问的。"夏雨菲静静地看着远处。

"知道什么了?"

"知道你母亲去世了,也知道你当时不知道你母亲的病情。"

"是吗?"杨鹏一怔。

"……你母亲下葬那天,我去过你家。"

"……哦!那为什么不见我?"

"你是孝子,那天哭得死去活来……我忍心吗?"

"那五千元的挽金,是你送的?!"多年的疑惑,在震惊中,杨鹏一下子就明白过来了。这五千元的挽金,杨鹏当时查问了无数人都没有结果,当时他以为一定是同学们合伙给他的资助,但无论如何也没有想到会是夏雨菲一家人的心意!

"现在看,也没多少。"夏雨菲没有否认,"当时能拿出来的就那么多了。"

"那时候五千块钱在村里能买到一座宅院。"杨鹏再次感到揪心不已。良久,他突然问了一句,"雨菲,你父亲呢?"

"……去世了,与你母亲一前一后,也是癌症。"

"……是在我妈之前?"

夏雨菲点点头,眼里突然掠过一丝无以言表的悲恸。

杨鹏一下子又呆在了那里,鼻子里不禁有些发酸。他突然觉得在这个女人面前,自己再次显得那么渺小与卑微。

"现在就你和母亲在一起吗?"杨鹏再次打破沉默。

"还有姥爷姥姥。"

"哦?他们多大年龄了?"

"姥爷八十六,姥姥八十。"夏雨菲随口说道,紧接着又补充了一句,"他们都非常健康。"

"妈妈呢?"杨鹏问。此时此刻,他似乎才发现对于夏雨菲自己知道的实在太少了。

"妈妈也挺好,还在上班。"

"还在教书?"

"嗯。"

"是在临锦的一所学校吗?"

"是,临锦工学院。"

"……哦!"杨鹏再次一惊。临锦工学院是当地一所具有权威性的一级工科学院,也是省内最早设有硕士、博士点的重点院校,在省内外一直享有盛名,"教授吗?"

夏雨菲再次点点头。

"什么专业?"

"水利、水电,还有气象。"

"这样啊!"杨鹏终于明白雨润公司的水平和实力究竟来自哪里了。临锦工学院的水利、水电、气象专业,都不是一般的专业。

"你的硕士和博士是在临锦工学院完成的?"话一出口,杨鹏立刻又后悔了,赶忙又说,"我没别的意思,我的父母如果也是教授,要是允许,我也会在本校上学。读硕士时,我们班就有一个,从来没在宿舍住过,让我们十分眼红。"

"没有,妈妈不让。"夏雨菲轻轻地说道,也看不出有任何其他的意思。

"那你读的是哪所大学？"

"北理工。"

"北京理工大学？"

"嗯。"

"博士呢？"

"南京工程学院。"

"南工啊。"杨鹏再次感到吃惊，"怎么又考了南京工程学院？"

"妈妈说那里的两个专业最好。"

"哪两个？"

"建筑工程和地质矿业工程。"

"为什么选这样的专业？"一个女孩选择这样的专业，确实让杨鹏有些疑惑不解。

"妈妈说了，这是两个永远不会过时，也永远让你充满向往的专业。"

这样的话真正是睿智之言。夏雨菲的妈妈，这个教授一定不简单。杨鹏一时间竟不知道该说些什么，沉默了一会儿，问道："你妈妈那里有需要我做的什么事吗？"

"她挺好的，带着一些硕士博士，整天忙来忙去不着家。学校给她雇了个保姆，每天都闲着没事。"提起母亲，夏雨菲一脸的思念和惬意。

"妈妈多大了？"

"明年就六十了，她说现在正是她最后的黄金时刻。"

"教授博导六十也不会退休。"

"她说她要退出来，给年轻人腾位置。"

杨鹏不禁肃然起敬，脑子里不断想象着这位母亲的模样。夏雨菲说过，父母就她这么一个女儿。父亲去世将近十年了，也就是说夏雨菲与母亲一直生活在一起，对了，还有姥姥姥爷。

夏雨菲这样一个优秀的女儿一直单身，他们不着急吗？

"……雨菲，我昨天晚上才知道，你为什么还没成婚？"杨鹏终于问道。

良久，夏雨菲才吐出几个字来："……我在等我们见面的那一天。"

一阵沉默。

"你说的那个工程师呢?"

"……他也一直在等。"

杨鹏陡然呆在了那里。他好像一下子沉进了水库中央,胸中犹如窒息一般地揪扯和痛苦。

"那时我以为你一定结婚了。"话一出口,杨鹏立刻就觉得自己像个无赖,无信而又无耻。

"那你为什么要给我写那么一封信?你还记得你在信里都说了些什么吗?"夏雨菲此时直直地看着杨鹏,眼中的神色清澈而平静,看不到丝毫的幽怨和哀痛。

"……雨菲,知道吗,这些年,只要安静下来,我的眼前就会浮出你的影子,我几乎在任何时候都会突然想起你……"好像又回到了在学校的岁月,杨鹏把心底的话一股脑都说了出来,"我知道,我曾给你写了很长很长的一封信,那是我在心底埋藏了许久的痴心话。你是我真正唯一的初恋,刻骨铭心,魂牵梦萦。那时候,以我的家庭和身份,我知道配不上你,但我止不住,如果我不写出来,也许我会难过一辈子。你回信了,我终于长长地松了口气,一整夜都在床上翻来覆去。我知道原来你也愿意与我相处。但你也说了,你刚刚与那个工程师定了婚期。你同时也告诉了我母亲的病情,我给妹妹打了电话,妈妈的病情和妹妹的哭诉把我拖入了深渊。我立刻就赶回去了,根本没想到母亲的病情是那样严重。后来的事情你就知道了,母亲的病情和去世就像一桶冰水,浇灭了我的痴心妄想。最要命的是,我那时想着你一定结婚了,你在信里给了我一个信息,你们已经定好了日子,要下月结婚。可以说,是我的自卑感,再次打败我的情感。我也再没有给你回信,尽管很想给你再写一封信。但一想到自己的家境,想着自己破破烂烂的住房,想着自己没有着落的未来,就越来越没了勇气。我想得最多的就是,你现在已经有了一个很好的归宿,我又拿什么给你一个更好的未来?再后来,就参加了工作,我曾一直努力地想忘记你,但这种思绪随着时间一天天过去,却反而愈加浓烈。你也知道,在生活中,我不是一个很随意的人。我们之间既然已经到了今天这步,纵然情深意切,但时至今日,也是为时已晚。我这两天一直在想,当见到了你,究竟该怎么解释,怎么表白?我实在无法形容现在的心情,就是再说一百遍悔恨和愧疚,也弥补不了对你这么多年的亏欠。雨菲,我把这些天想好的话都说了出来,其实要说的话还有很多很多,我也不知道你会怎么想,怎么看……雨菲,你在听吗?"

"……还有吗?"夏雨菲的话音依旧很轻。

"……要说的话太多了,还要我说什么?"杨鹏对夏雨菲的平静突然觉得有些不安。

"你说我是你的初恋,是你一辈子放不下的念想。我想听到的是,你究竟怎么看我?我们并不是一见钟情,我们曾在一个大学上学,一起在校园度过了无数个读书的清晨。你给我写了那么长的一封信,我相信每一个字都是你的真情流露。我也给你回了一封很长的回信,那上面的每一个字,也都是我的真情实感。但我现在还是有些不清楚,你如果曾经深爱过,那你究竟爱的是什么?"

"……雨菲,我发誓,那封信上的每一个字,都发自我的内心。"杨鹏渐渐明白了夏雨菲的心思。

"可是杨鹏,直到今天,你仍然不了解我。你对我的情况一无所知,你所说的思念,只是一个虚幻的感觉。时至今日,我早就断了对你所有的顾念。但你的每一步,我都知道得很清楚。包括你弟弟妹妹和你父亲现在的情况,包括你的婚姻,包括你的岳父岳母,还有你的孩子。如果不是那个新闻联播的报道,我们肯定仍旧是天涯海角,人各一方。我们今天见了面,你根本不需要给我说那么多,我也根本不需要你的解释和愧疚。我现在只是在尽一个校友的职责,我还有很多真实情况要给你反映。你现在已经是副省长了,一定不要被一些事情的外表所迷惑。刚才我已经给你说了,对你我已经没有任何想法,别以为我会跟你有什么过不去。既然过去没有,现在就不会有,将来也不会有。我心里也非常清楚,你已经不是十年前的杨鹏了。你现在身居要职,责任重大,还有附在你身上的荣誉感和社会影响,一切都身不由己。"

"雨菲……对不住,谢谢……"杨鹏真的不知道怎么诉说。眼下他只有一个感觉,夏雨菲的情怀比他想象的更大更开阔。夏雨菲确实是一语中的,她说得对,你已经身不由己,你是组织上的人,你要遵守组织对你的要求和纪律。夏雨菲还有一句话深深打动了他,你思念她这么多年,你究竟爱她的什么?也许真的只是一个虚幻的感觉?你的所谓的初恋莫非就是这样的虚无缥缈?无论是一见钟情,还是日久生情,你看重的到底是她的什么?她的外表?她的温润?她的儒雅?或者,她落落大方的音容笑貌和言行举止?

"杨鹏,一会儿上了岸,在人群里,我不会再喊一声你的名字。你刚才说对不起,我并不需要你的道歉和解释。我现在就只想知道一件事,这么多年了,你为什么没认真找过我一次?我听人说过你曾经一直在打听我,但却始终没有你的任何音信。哪怕是一封信、一个电话,或者是让人捎过来一句问候,为什么没有?其实你能做到的,但为什么突然就终止了?为什么?"看到杨鹏沉默起来,夏雨菲此时又轻轻地却是分量很重地追问了一句。

"我当时想……那时你肯定已经结婚了……也有同学给我说,你确实已经结婚了,已经离开了省里……"杨鹏突然感到从未有过的理屈词穷,无言以对。

"你难道没看到我信里写的那句话?我在等你,我一直在等着你的回复。知道吗,为了得到你的回复,我整整等了十年,一直等到现在。"

"……我真的不知道你一直是单身,一直到昨天晚上,才知道了你一直没有结婚。为什么呢,你已经知道了我的情况……"

"我就是想让你知道,我一直在等你……"

杨鹏突然再次僵在了那里。

眼前的夏雨菲,已是泪流满面。

十三

接到省委的通知时,已经是下午一点多了。

当时杨鹏同管委会的几个领导刚刚在水库上吃完饭。

夏雨菲没有留下来吃饭。杨鹏也没有挽留,一直目送着她上了车。

她没有给他留电话,他也没有问她的联系方式。

现场根本没有留取手机号码的那种气氛,他说不出口。

不过杨鹏知道,丁秘书那里一定会留下部门经理刘燕楠的电话。小丁也一定记下了夏雨菲的手机号码。

反过来,刘燕楠也一定会留下小丁的电话,包括杨鹏的手机号码。

一辆白色的奥迪,大小款式都符合她的风格和气质。

五阳的县委书记已经回去了。给丁秘书留了话,晚上要请杨鹏副省长和夏雨菲吃饭。

杨鹏不置可否。丁秘书也没再问。

即使在吃饭的时候,杨鹏满脑子还是夏雨菲的影子,还有那些留给他的也许永远也无法分解无法消化的话语。

管委会几个领导轮番的热情和问候,也没能把他从那种无以解脱的氛围中拉出来。

一直到快吃完饭,管委会主任廖鸿飞要给他汇报几个有关水库安全的问题时,他才从那种恍恍惚惚的感觉中回到了现实。

也就在这个时候,丁秘书把手机递了过来。

省委秘书长的电话。

省委的正式通知。

明天上午省委书记龚一丰、省长李铎,将陪同科技部部长、安监局局长,还有国务院副秘书长任月芬一行到临锦考察。要求杨鹏明天中午十二点前,赶回临锦市委。

任月芬要来。

还有国务院科技部部长,安监局局长。

省委书记和省长亲自陪同。

夏雨菲上午已经告诉了他这个消息。

接到省委秘书长的电话通知,杨鹏立刻就清楚了,两个国务院正部级领导和秘书长一同下来,其实就是给总理的视察打前站。

杨鹏副省长必须参加,因为都是他分管的领域。

杨鹏一下子就紧张了起来。

夏雨菲说了,你现在已经是身不由己。

杨鹏明白这句话的意思,你已经是这么个领导了,早就没了与别人缠绵悱恻的资格和权利。

秘书长的电话,让杨鹏立刻打起精神,开始梳理自己的工作计划和安排。

老实说,直到现在,所有的工作似乎一筹莫展,没有任何进展。当然,这些工作主要应该由临锦市委市政府计划并安排,而自己也就刚刚下来两天。

尤其是任月芬副秘书长,她要下来居然不告诉我,而是直接告诉了夏雨菲。

任月芬居然这么快就同夏雨菲有了联系。在一个信息如此发达的时代,这一切自然不是什么难事。

想到这里,杨鹏心里突然又钻心般地痛了一下。

十年了,你居然与夏雨菲没有任何联系。

今天你所说所做的一切,现在看来,都显得那么虚伪。

你一个人模人样、冠冕堂皇的副省长,对一个深恋过的女孩子何其严酷冷漠、没心没肺。

明明白白、不折不扣的一个毫无信用的负心汉,竟然还能说得那么轻巧和矫情。

夏雨菲还说,有好多的真实情况要给他谈,千万不要被一些事情的外表所迷惑。

这就是说,她一直还在暗暗地为自己操心。

可是这些年,你都为她做了些什么?

千真万确,一直到现在,你对她根本一无所知。

你对她什么也不了解,也从未去了解。

如果让别人知道了,那会怎么看?

说轻点,酸文假醋,薄情寡义;

说狠点,冷酷无情,瞒心昧己!

杨鹏再次强迫自己冷静下来。

今天的见面,给他的冲击太强烈,太直接了。

杨鹏明白,他现在必须把这种窒息的感觉扭转过来。

怎么办?

还有今天一下午和明天上午的时间。

昨天到今天,已经马不停蹄,看了几所学校,听了一些简短的汇报。

心里有谱了吗?看来没有。

临锦市最好的几所小学已经看了三所,好像没有一所特别中意的。也就是说,没有一所可以让总理考察的。

既要有明显的优点,也要有可以借鉴的做法,还要有可供总理调研和总结的方面。

倒是五阳铁矿子弟学校,算是最有意义的一个考察点。

可惜的是,它只是一所民办公助的学校。

没有普遍性,也没有可比性。

还有哪里呢?下午再去哪里看看?

他突然想到了张傅耀和刘副市长一行。

听听他们的吧,立刻与他们商量一下。

他示意丁秘书同他们尽快联系,争取下午两点聚集。

这时手机突然响了起来,是徐帆书记的电话。

"知道消息了吧?"徐帆的电话一接通,就很兴奋地说了这么一句。

"刚刚接到通知。"

"哈哈,杨省长您真是我们临锦的贵人哪,您一来,就把这么多大领导都带来了。"徐帆的语气里听不到任何有压力的感觉。

"你打的基础好啊,才让总理吹来了东风。"杨鹏终于放松了起来。

"杨省长总是表扬我们,谢谢啦。"

"我明天中午十二点前赶回去,北京的领导和书记、省长估计几点到?"

"我算了一下时间,上午九点出发,三个小时到临锦应该没有问题。十一点半吧,我们一起在高速路口等怎么样?"徐帆问。

"秘书长嘱咐我了,说龚书记和李铎省长已经同上面进行了联系,坚决反对下面违规接待的不良风气,让我一定告诉你,不要在高速路口停车,面包车直接开到宾馆。"杨鹏很认真地说。

"省长,这我还不知道?可是我们要是不去路口迎接一下,那就太说不过去了吧,不违规也不能不懂规矩吧。"徐帆轻声说道。

"你们如果非要去,那我就不管了,反正我就不去了。秘书长千叮咛万嘱咐的,别让书记、省长见了再呵斥我。再说,我要是去了,让人家秘书长脸上也不好看。"杨鹏想了想说道。

"好吧好吧,就按您说的办。我们一会儿也商量一下,看若是不去是否合适。"徐帆立刻说道。

"还有什么?你一个大书记不会就为这事给我打电话吧?"杨鹏一边看表,一边问。

"是这样,我昨天晚上和今天上午大致了解了雨润公司的情况,我觉得这个公司整体看来还真的不错。这几年的效益很好,科技力量也很足,同市里的类似公司相比,水平确实也不低。特别是他们在一些项目上的做法,也比较有前瞻性。我下午准备亲自到这个公司去看看,和他们的负责人谈谈,如果觉得满意,是不是就让雨润公司作为一个考察点,明天先带书记、省长看看?如果书记、省长看了也满意,是不是就把这个公司放进我们的整体备用方案里,最终确定是不是可以作为提供给总理调研的考察点。这样安排,您看行吗?我给您打电话,就是想听听您的意见。如果您同意,我们就把这个公司作为明天的一个点,让北京的领导先看看?"

杨鹏不禁一愣,没想到徐帆书记的感觉居然和他一样,想把雨润公司作为一个考察点。但就在此时,杨鹏突然想起了夏雨菲的一句话,"……你可千万别把我放在火上烤,什么考察点啊,这么大一个国家,同那些成功的企业相比,雨润公司啥也不是。"

杨鹏觉得夏雨菲说的是真心话,并不仅仅是谦虚低调。

"杨省长,您在听吗?"徐帆问。

"……你说吧,我在听。"

"您同意吗?"

"你下午确定要去这个公司吗?"

"确定。"

"那等你看了以后我们再定吧。"

"那就是说,您没有其他意见?"

"没有。"

"太好了。"徐帆好像就等着杨鹏这句话,"听说雨润公司的负责人夏雨菲现在就在五阳?"

"你怎么知道的?"杨鹏一惊。

"杨省长,这是我的地盘。"徐帆话里有话,打趣说,"听说您上午就见过她了,您好厉害啊。"

"临锦的特工太多了,谁也没书记厉害。"杨鹏突然觉得今天徐帆这个电话,真的是给他打了一个埋伏。

"省长,不耽误您的时间了,就这么定了。我已经让人通知夏雨菲了,下午我会见到她的。"

杨鹏放下电话,本想让丁秘书给刘燕楠去个电话,把这个信息告诉夏雨菲,想了想,又觉得没有必要了。徐帆书记既然已经联系了夏雨菲,那夏雨菲此时此刻肯定已经接到通知了。

下午两点前,大家都赶到了。包括县委书记陈宇刚、县长马三韦,还有县教育局局长高荣贵。

几个人首先汇报的情况居然也是对五阳铁矿子弟学校的一致称赞和认可。

特别是对学校集体宿舍的高度评价,完全一致。省教育厅厅长张傅耀的话也十分中肯:

"五阳铁矿子弟学校的校舍标准,应该就是全省中小学校舍安全工程的标准。"

汪小颖局长居然推荐说:"杨省长,我看这所学校就可以作为让领导们考察的一个点,很典型,也很有代表性。"

刘绍敏副市长则说:"我也觉得不错。杨省长,我们认真了解了一下,这所学校的机制,还有另外一层意义,它并不是那种只是为了赢利的民办公助学校模式。所谓的民办公助,这些年存在不少问题,一些私营机构,借助一个名校,成立一个分校,然后利用中小学义务教育的资源,借优质学校之名,行民办学校之实。而这所学校则完全不一样,这所学校原来的状况并不乐观,管理混乱,校风校纪都很差,好点的家庭都不愿意让孩子来这样的学校读书。现在则由于管理上的变化,学校发生了根本性的变化。学校还是那个学校,但一切都向好的方向转变。特别需要我们关注的是,这个学校的性质和体制都没有发生变化,只是交给了一家民营企业来管理,并在资金上予以投入。现在看,这所学校称之为公办民助更贴切一些。这也为我们对中小学义务教育阶段民办学校下一步的整顿提供了一个样板,很有借鉴意义。"

杨鹏一边听,一边频频点头。刘副市长的分析杨鹏十分认可,能看到这一层,不愧是老教育出身。

如果刚才徐帆书记的想法也是真的,那么,夏雨菲的雨润公司确实是一个备用的考察点。

如果总理真的会来五阳考察,雨润公司与五阳铁矿的合作项目,是不是也会成为统一的一个备用考察点?

以夏雨菲和雨润公司的整体情况来看,不论是个人,还是公司,徐帆书记肯定会同意,包括省委书记、省长也极有可能会同意。

想到这里时,杨鹏再次想起了任月芬的叮咛:

"希望总理这次下去,能看到老区基本建设的现状和基础教育方面的真实情况,最终给予老区的基础设施和中小学教育政策上的倾斜……现在基层有些地方的浮夸风气很盛,领导下去了,看到的往往都是好的一面,很难看到真实的情况。"

五阳铁矿子弟学校,能代表山区老区整体的教育水平吗?是山区老区真实情况吗?总理来考察,我们就让总理只看到这样的一所优质学校?

当然,这所子弟学校的情况是真实的,但问题是它并不具有普遍性,所以也就没有代表性。

杨鹏不禁又陷入了沉思。

夏雨菲上午也说了:"……山区老区的教育情况普遍不理想,特别是中小学的基础设施、孩子们的生活条件和身心健康,欠账太多,确实很差,领导们应该常下来看看。"

杨鹏没想到夏雨菲也会这么说。

为什么自己出生在山区农村,在社会底层长大,反倒不像任月芬、夏雨菲她们那样,对山区老区的教育和孩子们的成长更关心、更牵挂?

为什么?穷人的孩子对与自己境遇相似的孩子难道会更麻木,更无视?

夏雨菲的母亲是教授,父亲是国企干部,她小时候的生活比自己要优越得多,为什么现在的她比自己更有责任心和同情心?

莫非是一个人的位置越来越高,距离社会的底层就会越来越远?

难道就像人们常说的那样,当领导干部时间一定不能太长。一般来说,干满两届,就应该调整岗位。否则,对社会基层的情况就会变得既不了解,也不关心了。

想了想,杨鹏对县教育局局长高荣贵问道:"'一个鸡蛋工程',县教育局了解吗?"

"了解了解,我们正在推广。"高荣贵将近六十岁的样子,头发几乎全白了。说话嗓音有些沙哑,但听不出有什么地方口音,应该也是老教师出身。昨天晚上处理二中的事情时,感觉他少言寡语,但今天看来,还是十分健谈的,说话也很有条理,"'一个鸡蛋工程'也是子弟学校最先提出来的,我们觉得很好,就在全县推广了,目前情况还不错。我们是贫困县,没有什么大企业家。雨润公司现在是最大的资助方,一个月给我们赞助几万元,基本上就把全县中小学学生每天吃一个鸡蛋的问题全部解决了,这里面还包括鸡蛋运输、保存和烧水的费用。"

又是夏雨菲。

"哪所学校搞得比较好?"杨鹏问。

高荣贵想了想说:"明堂镇可以,基本解决了。"

"远吗?"

"不远,翻过城外这座山就是,大约十多里地。"

明堂镇算是一个不大不小的镇,户籍人口四万多。镇上有一个戴帽学校,小学生七百多名,初中学生三百多名。大部分学生都是寄宿生。

学校的校园不算太小,大约十亩地左右。校园里的植被很好,杨柳依依,花草芳菲,很整洁,也很干净。

学校里有两座教学楼,六排学生宿舍,一个食堂,一个操场。操场上有两排篮球架子,两个羽毛球场地,还有一溜乒乓球台子。

杨鹏一看就清楚,这在乡镇一级的学校里,已经非常不错了。

看来没什么问题。

首先是教学楼没问题。不论是小学还是初中,教室里的桌椅都整整齐齐,学生们的校服也干干净净,十分得体,甚至连厕所里也没有什么异味。

学生的集体宿舍也没什么问题。房间大小,学生数量,完全符合规定标准。特别是学生的上下铺铁架床,都是加厚的。

站在宿舍里,杨鹏突然觉得这样的学生宿舍床有些眼熟,似乎在哪里看到过。

猛然间,他一下子想起来了,昨天晚上在铁矿子弟学校看到的就是这样的床!

杨鹏的思绪不禁有些散乱,莫非这个地方与雨润公司有什么关系?

在教学楼前一块砖砌的展板前,杨鹏看到了那张熟悉的面孔——夏雨菲。

照片上的夏雨菲十分年轻漂亮,尽管是素颜照,但却青春四溢,楚楚动人。

杨鹏站在照片前,默默地看了足有一分钟。

高荣贵走上前来特意对他说:"省长,这个姑娘就是雨润公司的董事长夏雨菲。"

杨鹏点点头。

"'一个鸡蛋工程',就是夏董第一个提出来的。"高局长继续介绍说,"刚开始并不叫工程,而是要求山区孩子每天一个鲜鸡蛋。后来大家都觉得这种做法好,我就和夏董找了几个学校校长一起商量,大家说,对我们的下一代,不能只是每天一个鲜鸡蛋,如果条件允许,还可以再增加别的方面的营养。比如每天一个鸡蛋一杯牛奶,每个星期有一次肉菜。夏董当时就说好,干脆就把这个措施叫作'一个鸡蛋工程'吧。"

"从哪年开始的?"杨鹏问道。

"从今年算起,整整两年半了,那时候雨润公司的效益还不像现在这样,但夏董说了,这也花不了多少钱,整个县里'一个鸡蛋工程'的费用,我们就全包了。所以从前年开始,县里的'一个鸡蛋工程',就没有中断过。去年后半年,我们给学校里的孩子又每天增加了一杯牛奶。据老师们讲,别看就一个鸡蛋一杯牛奶,效果很明显,比如像二、三年级的孩子,同以前二、三年级的孩子相比,身高增加了,从脸色上就看得出来,同过去确实不一样了。"

杨鹏再次点点头。

这时学校的校长也走上前来,专门给杨鹏介绍道:"杨省长,其实呀,夏雨菲董事长对我们学校的赞助已经很多年了。三十年前,改革开放不久,从她的姥姥姥爷来我们学校那会儿,就开始给我们学校赞助了。"

"姥姥姥爷?"杨鹏不禁吃了一惊,"夏雨菲的姥姥姥爷?"

"对啊!"校长好像一提到夏雨菲和她的姥姥姥爷,就有说不完的话,继续毫不掩饰地夸奖着,"夏董的姥姥姥爷都是老八路,夏董姥爷抗战时,曾在这里打过游击,立过功,受过伤,在'文革'前就被授予少将军衔。夏董的姥姥是当时部队文工团团长,抗战时他们就认识了,也算是老革命。他们离休后,几乎年年来这里,把他们俩的离休金都捐给了这里的贫困学生。汶川地震后,他们俩又毫不犹豫地卖掉了自己在城里的住房,把所有的卖房所得,都捐给了学校。这次校舍安全工程,我们才得以高质量提前完成了任务。还有,我们大致算了一下,这些年来,他们资助过的学生至少也有好几百……"

杨鹏像挨了一棒似的久久地愣在那里,思绪万千,心潮澎湃,令他无法平静。

"文革"前就被授予少将军衔!

部队文工团团长!

资助学校,卖掉了自己的住房!

资助的学生有好几百!

夏雨菲从来没有对他说过这些,一个字也没有流露过!

杨鹏终于明白了夏雨菲对他说的那句话:

"……直到今天,你仍然不了解我。你对我的情况一无所知,你所说的思念,只是一个虚幻的感觉。"

在那封信里,夏雨菲写道,"……而我,其实就是一个平平常常的女孩,普普通通的家庭。母亲是老师,父亲是国企的普通干部……"

夏雨菲没有丝毫的张扬,也从未有过任何暗示。也许,她那时有意这么说,就是不想让他有什么包袱,更不想让他有什么压力。

夏雨菲什么都想到了,以一个女性特有的敏感和细腻,小心翼翼地在呵护着你,笃爱着你,而你,对这一切却浑然不觉。

身旁的校长依旧热情如火地夸奖着:"……省长您看,那边还有夏董姥姥姥爷的塑像,是我们这个学校毕业的几个学美术的学生专门雕刻的。这些学生们说了,他们还要给夏董也雕一个……"

当杨鹏走到夏雨菲姥姥姥爷的雕像前时,正是山里的阳光最清澈最明亮的瞬间。

两位老人的雕像洁白如洗,在明媚的阳光下,显得慈祥温暖,精神矍铄。

十四

第二天一大早吃完饭,杨鹏一行先去了一趟五阳一中。

一中的情况一般,没有什么不好,但也看不出有什么突出的地方。这样的学校太多了,一点特色也没有。

一个多小时就看完了,杨鹏看看时间,还不到九点。现在出发回临锦,确实有点太早。

想了想,又去了一趟二中新建集体宿舍施工所在地。

在路上,跟在身旁的县教育局局长高荣贵,一边介绍情况,一边轻轻给杨鹏说道:"省长啊,我可能有些冒昧,斗胆给您说几句心里话。您刚开始主管教育,有些事情可能还不太清楚。我在教育口干了一辈子,其中的酸甜苦辣,一言难尽。您之前看到的那个学生刘蓉蓉,我昨天晚上就向学校交代了,一定要把这个孩子的困难解决了,您放心。刘蓉蓉确实是个好孩子,在我们这种贫困县里,这样的孩子有很多。我觉得只有靠国家的力量,才能把这些问题解决了。那天晚上您说了那么多,我很感动。我在县里当局长快十年了,尽管我干不了几年了,但我一定争取在最后这几年里,努力让我们山区老区的教育变个样子。今天您太忙了,如果有机会,我会专门给您讲讲我们这里的情况。这些年,我们贫困县的教育其实就像块唐僧肉,谁都想打着教育的旗号,给自己搞点项目和好处。就像二中学生宿舍,我们都知道,但谁也没有办法说。像这类的工程,大凡有利可图的,我们都插不上手,还美其名曰是在搞市场配置,不能让教育部门既当运动员,又当裁判员。这哪儿跟哪儿啊,我们自己的校区建设,难道连监督的权力都没有吗?贫困山区,没有什么好的项目,就像我们学校的校舍安全工程,都让一些什么包工队承揽了。我们也没什么办法,越穷的地方损耗就越多,损耗越多就越穷,教育也跟着被连累。"

杨鹏默默思索着教育局局长说出的这一番话,难怪昨天晚上他一言不发。他想了想,问:"那我们现在去看的这个新校区,究竟什么情况,合适不合适,你们也一概不清楚?"

"是的省长,我们一概不知,连过问的资格都没有,到时候他们通知我们入住就算结束了。"高局长继续很有条理地说道,"其实这些工程我们确实什么都不知道,但出了问题,却总是把我们也牵扯进去。现在正是市县换届的时候,有什么问题,大家谁也不敢吭声,唯恐捅出什么娄子,连累大家也连累自己。"

杨鹏没有吭声,局长的话有道理,但也不能说县里的这种做法有什么大错。

看样子,局长是不满意的。那么,问题出在哪里呢?

"我们确实什么都不知道,但出了问题,却总是把我们也牵扯进去。"局长的话说得很有分量,一时间让杨鹏副省长也不知道该如何应对。

二中宿舍新校区看上去十分风光。

这个新校区建在一片还算平坦的开阔地上,两面是山,一面是坡地,另一面则是微微向上的丘陵。

集体宿舍区占地大约有七八亩,入住两千多名学生的规模,看上去还算宽敞。

工地上确实正在施工,到处一片嘈杂之声。工人不少,车来车往,大部分宿舍基本成形,很多已经在内部装修了。高中宿舍区整体接近完工,打远看去,十分惹人注目,青砖白墙,错落有致,一片青山绿水,竟然风景如画。

县长在一旁解释说,这个地方目前算是县城里最好的一块地方了,很多商家高价想买,都被拒绝了。看到杨鹏对这个地址比较满意,就又说到了二中校长吴征旗:"这个地方就是吴校长坚持要来的,他当时找我说,他干一辈子教育了,不能留下骂名,一定要把这个学校建好,不能让学校有任何后顾之忧。主要还是由于资金紧张,周转不过来,才临时让学生住在了那个养殖场。当然问题是问题,不能将功补过,我们对他的问题一定严肃处理,但大家对他还是有些惋惜。"

杨鹏没有吭声,他听得出来县长话里的意思,就是觉得对吴校长处理得太严厉。

这时汪小颖局长也在一旁说:"就是啊,杨省长,您也看到了,咱们这个地方太不容易了,像铁矿子弟学校的那种情况,毕竟是少数。如果资金充裕,哪个学校不想让孩子们能学得好、住得好、吃得好。这次校舍安全工程,政府给了全力支持,但咱们山区欠账太多啊。"

杨鹏终于忍不住地问:"这些天我一直有个疑问,自从我分管教育以后,听到最多的一句话,就是欠账太多。今天局长、市长、厅长都在这里,你们能不能给我一个合理的解释,这个账是怎么欠下的,谁欠下的?我也看了不少资料,从新中国成立到现在,没有任何一届政府不重视教育。我想问的是,当初拨给教育的一笔一笔经费都到哪里去了?怎么都成了欠账?我们这一届政府,一定要把这个欠账搞清楚,也一定要想办法把欠账补回来。年底我们召开全省教育工作会议,让大家都认真讨论讨论,为什么会出现这样的局面?一方面大家都在喊要重视教育,但另一方面,这个教育却搞得人人都不满意。你们几个都是老教育工作者,都是最懂教育的,如果能把这些问题搞清楚了,我们就能理直气壮地给社会一个交代。"

几个人都沉默起来。也许这个问题范围太大了,不是一时半会儿就能说清楚的。杨鹏不等他们接茬儿,继续说道:"刘市长,今天我要马上回市里,下一步怎么搞,你和厅长、局长一起商量,但有一句话,我先给你们交个底,这次来山区老区,就是要想办法把这里的欠账补回来。再苦不能苦孩子,再穷不能穷教育,这是周总理讲的话,都几十年了,总理换了好多届了,这话我们还在讲。其实大家都知道我们这次下来的真正原因,就一条,找几个既有代表性又有普遍性的典型,给下一步政策的制定提供依据,真正把我们的教育搞上去,把过去的欠账补回来。我看厅长这几天就在这里多转转,具体事务由刘市长负责,等你们考察得差不多了,回来我们再一起研究,再确定到底定哪几个考察点,最后再向市委市政府和省委省政府报告。还有一句话,凡是这次调查中出现的问题,坚决严肃处理。不能雷声大,雨点小,更不能只打雷,不下雨。至于到底应该处理谁,问题究竟在哪里?我们不是纪检部门,由你们自己决定。我现在想说的就一句话,发生在眼皮子底下的事都不处理,那还怎么取信于民,老百姓又会怎么看我们?再这样下去,我们的政府还会有公信力吗?"

上午快十点了,从五阳赶回临锦市的时候,让杨鹏没想到的是,上了高速路不久,居然被堵住了。

前面出了事故,一辆拉煤车爆胎,整条路堵死了。

杨鹏看看时间,刚过十点。原本想一个多小时到临锦市,十二点前赶到宾馆。但时间卡得很紧,最怕的就是堵车。

即使是分管安全的副省长,该堵还堵,再急也没用。

丁秘书和司机到前面看了几次,因为堵了足足十几公里,无法走到现场,所以也不清楚前面到底是什么样的状况。

丁秘书给交通队打了好几个电话,只是说正在处理。高速路因事故被强行封闭,谁也没办法。

时间还早,杨鹏想了想,索性趁机打了几个电话。

一个是有关安全生产的几个厅局,煤炭厅、矿务局、工信厅包括交通厅,一切正常,没有重大情况。

一个是水利厅。水利是杨鹏比较担心的方面,全省几千座水库,大部分都是老水库。这几年汛期提前,几个山区市几乎年年发大水,闹洪灾。今年估计也一样,实在让人放不下心来。水利厅分管水库安全方面的副厅长王新成与杨鹏是老朋友老相识,一接电话就说了个天昏地暗:汛情提前,形势严峻,问题很大,但是请领导放心,水利厅绝对会上下一心,严防死守。换届之年,一定会确保水利安全,确保领导安全。

一个是省安监局。自己直接分管的厅局,局长的汇报十分严肃认真,杨鹏打断了几次也收不住。所有大型矿企矿山,危险化学品,以及烟花爆竹生产,都在严格监管之下,尾矿库的安全问题,正在准备同环保厅一起组织一次全省的摸底排查,建立问责机制,确保守土有责,决不漏掉一个。

打完了电话,杨鹏反倒越发觉得放不下心来。一个个都说得这么好,其实全是空话。倒是安监局和环保厅组织的尾矿库全省排查,还应该算是真抓实干的一个举措。看来这个安全工作还得从头认真抓一抓,等这次回去后,一定要把一个一个螺丝都牢牢拧紧。

看看时间还早,车也动不了,想了想,就给省气象局打了个电话。气象局局长和几个副局长都不在,开会的开会,调研的调研,整个气象局只有总工在。总工叫靳志强,正好杨鹏认识。靳志强差不多也到退休的年龄了,是个老气象,人很实在,说话也实在。

"杨省长啊,真是太巧了,您今天要是不来这个电话,说不定我就找您去了。"靳志强一接通电话就十分急切地说道。

"您个人有事啊?"杨鹏显得很亲切。

"我都这么老了,还能有什么事啊。您这么关心,让我心里好热乎。"靳志强说得十分中肯,"杨省长您分管安全,这份工作责任重大,非同小可啊。我见您就是想说说今年气象方面的情况。"

"那太好了,我今天也是想问您这方面的情况。"

"这样啊,听丁秘书说,您正在外地考察,我就长话短说,尽量不耽误您时间。"

"没关系靳总,我这会儿在车上,有时间。"

"是这样,这些天我们一直在开会研究,上面也多次同我们联系,说今年咱省和邻近的几个省,气象反常,目前的预测是属于超常反厄尔尼诺现象,情况将会非常严重,可能会造成我国北方大部分地区较强洪涝灾害。"

"靳总,这个情况是否也包括我们省,如果包括,重点是省内哪些地区?"

"估计就在近期,可能时间会很快,我们省的南部中部地市,将会有一次强降雨过程。临锦、新河、昌明几个地区是重点降雨区。"

"包括临锦?"杨鹏不禁一震。

"包括,临锦有可能是重点中的重点。"

"是吗?"

"我主要想对您说的是,今年汛情提前,有几个方面不得不防,需要提前做好准备。"

"您说吧,我会记住的。"

"一是临锦这几个地方,水库很多,基础设施差,老旧建筑很多,一定要未雨绸缪,提前防范。二是汛情正好在高考之后、中考之前,一定要让学校增强防范意识,切不可麻痹大意。还有,临锦那个地方我知道,十年九旱,尤其是山区,平时水贵如油,常常不把汛情当回事,所以您要有心理准备。"

"明白,靳总。"杨鹏心里不禁一阵感激,这样的老干部,责任心确实强。

"最后一点,您是年轻干部,小心下面的人不把您的话当回事,当面说得好听,其实都是在蒙您、哄您高兴。临锦的防洪能力很弱,准备如果不充分,极有可能出大问题。"

"谢谢,我知道了。这点我已经感觉到了,如果有强降雨,在临锦确实极有可能造成重特大洪灾。"

"主要就这么几点,给您说了,我也就安心了。"靳总十分动情地说了一句。

"谢谢!靳总,汛情估计会提前在什么时候?"杨鹏问。

"这个月中旬。"

"这个月中旬!"杨鹏一下子紧张起来。

"对,这个月中旬。"

"现在已经是中旬了,就在这几天?"

"对,今年的汛情大大提前了,所以危害性更大……"

放下电话,杨鹏阵阵发愣。

现在即是中旬。

总理下月初来临锦。

临锦即将超强降雨。

有可能造成重特大洪灾!

满打满算,十天左右的时间。

这期间麦收刚过,暑播在即,有高考、中考,县市即将换届,还有总理考察……都赶在一起了!

杨鹏思考了半天,让丁秘书给临锦市水利局和气象局分别打电话,问问他们是否已经知道这些情况,做了哪些部署和准备。

很快都回了电话,说都已经接到了通知,也都在紧急部署相关措施,做出相关准备,并且都已经给市委市政府做了汇报。

这就是说,临锦市委市政府也都知道了这个情况。

但是,为什么没有人给他讲呢?

昨天市委书记徐帆在电话中只字未提,就只是说了省长、书记和国务院领导来临锦的有关准备工作。

是因为自己不直接分管气象部门吗?

想了想,他让丁秘书给雨润公司的部门经理刘燕楠打了个电话,让公司注意一下近期汛情方面的消息。

刘燕楠接到电话,没等丁秘书说完,就立刻用一种意气自得的口吻大声说了起来,手机里的声音连杨鹏都听得清清楚楚:"……哎哎,丁秘书,你给省长一定说到啊,我们夏董的妈妈可是国家级的气象专家,临锦市的国家气象观测点,临锦市有一多半地区都是夏董妈妈监管的。今年汛情的有关情况呀,我们去年就论证过了。今年五月份我们就开始准备了,防汛救灾的建议,雨润公司的方案早就送到市委市政府了……"

刘燕楠这一大通回话,暂时让杨鹏松了口气,看来下面的情况并不是自己想象的那么糟。

不过让杨鹏纳闷的是,就那么半天时间,刘燕楠和丁秘书就能这么说话了?好歹也是副省长秘书,这个小丫头,是不是有点太放肆了?还有这个丁秘书,乐呵呵的,让人家调侃来调侃去,看样子还挺受用,一点儿也没当回事……

杨鹏的手机突然响了起来。

自从当了副省长之后,同自己直接联系的电话越来越少。除了家人和一些领导,其余基本上都是靠秘书联系接听,所以每当自己的手机响起来时,常常会猛地一惊。

任月芬的手机号码!

杨鹏立刻接了。

"你这个大省长好忙啊,我们来了也见不着你的影子,听说是被困在路上了?"任月芬上来就是一顿调侃。

杨鹏连连赔不是:"抱歉抱歉,真是不好意思。整条路都被堵死了,我们窝在这里快三个小时了。你们是不是已经到了?"

"是啊,马上就要开饭了,也没看到你,还以为你的架子怎么这么大呢。"

"怎么敢哪,都急死我了。三个国务院领导,还有书记、省长,借我十个胆子也不敢这么造次。今天一大早就回来了,哪想到会被堵在路上。"杨鹏说得十分诚恳。

"什么事故啊,你这个分管安全的副省长都被堵在了路上?"

"司机和秘书都过去看了,一辆拉煤的货厢重卡爆胎了,几十吨煤都翻在了路上,一时清理不了。"

"没伤着人吗？"

"应该没有，否则他们早就向我报告了。我还专门问了交通厅，没有接到伤亡情况的报告。"

"是吗？"任月芬似问非问地应了一声。

杨鹏听到任月芬这样的口气，突然觉得，看来自己对前面的车祸情况还是大意了。说实话，车堵成这样，自己什么也不知道。司机和秘书倒是去前面看了几趟，但很快都回来了。司机说前面堵了有二十多里路，连左面的车道也堵住了。他们的消息也都是道听途说，并没有真正看到前面是什么情况。"我一会儿再了解一下，不过我觉得，即使有事故，也不应该是重大事故。现在的信息这么发达，有什么情况，谁也瞒不住。"

"那就好。"任月芬说道，"不过杨鹏啊，咱们经常在上面飘着，下面的事情，真的不能光听汇报。好了，给你说个好消息，刚才在车上听龚书记的意思，这次换届，你有可能是省委常委候选人之一。"

杨鹏一下子沉默了，没想到任月芬会给他传来这样一个消息。这些天来，几乎天天有人给他讲这个传闻，他都不置可否，一笑而过。然而今天不同，这个传闻竟然是国务院副秘书长任月芬直接说的。这就是说，任月芬在今天来临锦的面包车上，应该是省委书记给了她这个信息。当然，龚一丰书记肯定也知道任月芬和杨鹏是党校同班同学。这个信息一箭双雕，一是让任月芬明白，书记是看好杨鹏的，当然也是尊重任月芬这个同班同学的；二是让杨鹏明白，省委书记绝对是支持你的，在这个关键时刻，你一定要努力工作，不管是在换届前后，还是在总理视察前后，都不能也决不能出任何问题。末了，杨鹏只说出两个字："谢谢。"

"谢我干什么呀，要谢就谢省委，谢中央，既然主要领导都有这样的意思，肯定是中央也同意了。杨鹏，这可不是小事，对我们个人来说，这是一个非常重要的决定，也就等于正式进入了省委领导班子。"

"明白，如果真有可能，我会努力的。"杨鹏一时不知道该怎么说了。

"距离换届没有多长时间了，非常关键的时候，这个你应该明白。"

"是，那天晚上你给我通了电话，我算了一下，三天三夜大概只睡了十个小时。"

"让你真正忙的日子还没来呢，权力越大，位置越高，责任越重，事情越多，作为个人，也就越来越不属于自己了，还想天天睡囫囵觉。"

"那是。我估计你现在就是这个样子。"杨鹏的话很中肯，不是打趣，而是实话实说。

"好了，不夸你了。还在堵着吗？估计什么时候能松动？"

"估计快了吧。"杨鹏看看表，马上十二点，估计就要吃饭了，"秘书长你忙吧，我到了就马上见你。"

"不用，我给你打电话，就是这个意思，你来了先见他们几位领导。科技、安监俩部级领导，都是你的菩萨爷，好不容易下来了，一定不能怠慢了。"

"我就是为这个着急啊，早知道，昨天晚上就赶回去了。"听任月芬这么说，杨鹏更加着急起来。

"我可是听人说，那个雨润公司的漂亮女董事长也在你那里呢。"任月芬说的像是玩笑话，但杨鹏听了却觉得十分严肃而又尴尬。

"……那是昨天偶然碰上的……我根本不知道她也在五阳。"不知为何，杨鹏突然结巴起来。

"原来是真的啊，我那天给你打电话，没听你说认识这个董事长啊。"任月芬笑了笑。

"什么真的假的，确实是偶然碰上的啊，哄谁也不敢哄你。"

"你还在骗我。你们龚书记都说了，你们是校友，一直很熟悉。"任月芬好像真的有些生气了，"其实你们早就认识，还说什么你从来都不知道有这么个雨润公司。"

"哎呀呀，这可是跳进黄河也洗不清了。"杨鹏忙不迭地叫苦连天，"秘书长你可饶了我吧，等我回去再细细说。夏雨菲我确实认识，我们也确实是校友，但我确实快十年没见过她了，真的是毕业十年，昨天才第一次见到她。我要是说一句假话，你就立刻把我拉黑算了。"

"好吧好吧，可是我觉得你俩之间好像没那么简单，不会有啥故事吧？"任月芬像是在开玩笑了。

杨鹏松了一口气,立刻反守为攻:"秘书长,你也是的,宁给一个不认识的公司老板打电话说你要来,也不提前通知我,害得我今天好狼狈,堵在路上这么久了,连口饭也没人送。"

"嘿嘿,一个大省长,还愁没人巴结。好了,我去吃饭了,早点回来,一路平安。"

"好的,好的,回去我再给你当面谢罪。"

杨鹏刚说完,车门就打开了,只见两个人提着一个老大的箱子,毕恭毕敬地说:"省长,您辛苦了,局长让我们来给您送点吃的。"

果然让任月芬说中了,真的不愁没吃的。杨鹏没有搭茬儿,只是问:"这条路什么时候才能通?"

"放心省长,我们局长说了,已经处理完了,马上就通,争取下午两点半前让您赶到临锦市。"

十五

杨鹏赶到临锦市雨润公司时,果然正好两点半左右。

省长和省委书记一同陪着科技部李部长、安监局王局长、国务院副秘书长任月芬一行,正在夏雨菲的雨润公司参观。

徐帆书记专门出来迎接杨鹏,两人一见面,徐帆立刻兴高采烈地说:"您来的这个时间太好了,我们也刚刚赶过来。这个雨润公司我昨天专门来看了一次,真的不错。夏雨菲也确实有水平,很年轻,很能干。"

"徐书记能看上就好。"见徐帆这么热情肯定,反倒让杨鹏不知说什么好。

"能看上,能看上,确实很好。"徐帆再次肯定。

"龚书记呢,还有李省长,他们怎么看?"杨鹏确实想知道。

"刚进去啊,这会儿哪有我说话的机会,市长领路,前呼后拥的。我也是刚回来,与您一前一后。"

"哦?干啥去了?"杨鹏问。

"说来话长,一会儿有时间再细细汇报。"徐帆十分认真地说,"我现在抽空先说说其他几件事。一是安全生产方面的考察点,我们已经选了两个地方。雨润公司这里结束以后,我们就去那里。这个我要先给您解释一下,都是临时定下的。如果不满意,等领导看完了以后再同您商量。还有科技转型,我觉得这个雨润公司就可以了。如果觉得还需要再看看国营科技公司,我们也选了一个后备的科技公司,一会儿有时间也去看看。反正一共就这两天时间,我们把日程安排得非常满,总理来了能看就看,看不了就不看,肯定不会放空。因为时间紧,这些安排都没来得及给您汇报,如果觉得不满意,咱们下来再改。另外,我听任月芬秘书长说,她这次来临锦还要同您一起再去看看中小学教育。这也是件大事,怎么看,看哪里,完全听您的。还有,这两天看的过程中,咱们一定要及时沟通,您一定要及时给我们提出意见和建议。尤其是书记和省长的意见,当然,还有李部长和王局长的意见,您也及时告诉我们,我们一定随时整改。"

杨鹏看着徐帆书记毕恭毕敬的样子,立刻觉得书记的压力太大了。徐帆也是一位新上任的年轻书记,这么大的事,估计经验也不足,于是赶忙放松了语气说道:"徐书记,我这里你千万放心,咱们随时商量。省长和书记那里,也放心好了,有什么问题责任在我,咱们以尽力把事情办好为原则。临锦是你的地盘,具体怎么办,全听你的。"

"那怎么行,杨省长,您可是我的直接领导,又都是您分管的范围,马上又要换届,这次要是出了什么差错,这辈子都别想抬头了。杨省长,我一定听您的,我有什么问题,您也一定多多包涵。"徐帆十分诚恳地说道。

杨鹏觉得有些奇怪,今天到底是怎么了?按说徐帆书记与他很熟悉,关系也不错,平时交往也很亲和随意。毕竟是一个市委书记,根本用不着这样客套谦让。他想了想,说:"徐书记,我们互相商量,把各方面工作做好,谁也不用客气。"

"好的,有您这话,我就放心了。"

雨润公司的门面,居然颇为华丽辉煌。

这不像夏雨菲的风格,好像有点张扬了。

公司大门很高很宽,虽然不是很俗套的那种,但雕刻在高墙上的一溜儿龙飞凤舞的镏金大字,看上去竟然十分霸气。

大门进去以后,便是一个方方正正的大厅,这时候夏雨菲的风格便淋漓尽致地显现了出来,一切都是极简的风格,看不出任何夸张的地方,但却让人觉得这是一个不容小视的公司。

所有的摆设,都突出了"科技"两个字。

一块硕大的LED电子显示屏,几乎占了整整一面高墙。

大厅里的一切摆设,与杨鹏平时看到的展板完全不同,没有那些花花绿绿的色彩,也没有那些故弄玄虚的口号,更不是那种赤裸裸的自我宣传。

让杨鹏吃惊的是,担任公司解说的人竟然就是夏雨菲本人!

这太出乎意料了,董事长本人直接解说。

这是杨鹏非常熟悉的声音,十年前,他们一起在凉亭上背诵单词时,在这种声音的陪伴下,他度过了无数个难以忘怀的清晨。

今天再次听到时,竟是如此的娓娓动听和亲近真切。

此时夏雨菲正在这面硕大的电子显示屏侧旁,手握一支电子课件投影笔在显示屏上轻轻地划来划去。

"……这是我们在吉山铜矿尾矿库回收采炼出来的钨和重晶石资源,虽然铜尾矿物成分复杂,回收利用难度很大,但我们已经初步取得了有效回收,前景可观,也得到了国家工信部中小企业局和省工信厅有关部门的认可和批准。这方面的工作,我们还会继续跟进。

"……这是我们在置新煤矿煤矸石的项目建设,目前已经组建并启动了两个中型煤矸石发电设备,这两台设备利用煤矸石处理的最新技术,产量大,运行稳定,占地面积小,性价比高,同原来的球磨技术相比,性价比更高,节能可达百分之五十以上。而且工艺流程简单易操作,维护方便,一般的工人都可以在短时间内进行操作。

"……这是我们在五阳铁矿的尾矿库回收利用的产品之一:铁矿尾矿砂。这些年,我们国家城市化进程不断加速,房地产和城市基础建设力度也随之不断加强,因此对天然砂石的需求也越来越高。另一方面我们国家的环保力度也越来越大,对天然砂石的管控也越来越严。因此尾矿废渣的回收利用,既提高了固废资源利用率,又解决了砂石资源的短缺问题。两年来,由于尾矿砂石的质量得到了市场的认可,价格也一路走高,我们在这方面的成效也越来越显著。这是我们的样品,这是我们配备的砂石机,这是我们的市场营销点……"

……

这时候,科技部李部长插话了:"你们公司现在有多少员工?"

"公司总部有一百八十六人,其中博士生、硕士生占比百分之七十左右。"夏雨菲快捷而又清楚地回答。

"哦,员工不少啊。"李部长大概没想到这个公司会有这么多员工,"下面呢?还有多少员工?"

"下面还有十三个分公司,员工有二百一十四人。分公司里面的员工成分比较复杂,一百零六人毕业于各类职业学院,其余为本科生和硕士、博士生。这些员工我们主要是以基层实践为主,便于工作,便于和一般民工交流。"夏雨菲回答得简洁而又全面。

"那么包括工人,你们总共还有多少人?"李部长可能觉得有些新奇,又问道。

"连工人都算上,大约有两千一百多人。"

"去年的总产值是多少?"李部长问到了实质性问题。

"去年的总产值是八点三个多亿,利润是一点八个多亿。"

"纯利润率占比多少?"

"百分之十七左右。"

"工资占比呢?"

"百分之二十一,这个有点高了。"

"人均产值多少?"李部长继续问道。

"月均一点七万多。"夏雨菲对答如流。

李部长终于点了点头,对省委书记和省长说:"这个科技公司不错啊!"然后又问,"你们的董事长呢?"

夏雨菲脸上冒出一丝红晕:"谢谢李部长认可。我叫夏雨菲,雨润公司的董事长。"

"你就是董事长?"李部长吃了一惊。

"部长,我是董事长。"夏雨菲有点羞涩地笑了一下。

"嗨,这样一个小姑娘,怎么就成董事长了!"李部长似乎有点不相信。

现场所有人都被镇住了,大概谁也没想到这个解说员竟然就是董事长夏雨菲!

杨鹏也觉得今天的夏雨菲显得特别年轻。

这时徐帆走上来对龚一丰书记说:"书记,我刚才没来得及给您介绍,她就是雨润公司的董事长夏雨菲。"

省委书记龚一丰听了,不禁问了一句:"你多大了啊?"

"书记,我年纪很大了,马上三十四岁。"

"哈哈!"安监局王局长笑了一声,对书记说,"你们看这个小姑娘,竟然在我们跟前说她很大了,这不就是说我们已经很老了吗?"

李铎省长和龚书记也跟着笑了起来,然后大家都一起笑了起来。

现场顿时活跃起来。

这时夏雨菲有些腼腆,但依然很大方地说:"局长,我没有那个意思,你们其实看上去都很年轻。"

"董事长很会说话啊,我说呢,今天这个解说员解说得怎么这么好。"王局长一边笑,一边问,"你这个公司什么时候成立的?"意思就是问,你多大的时候就成立了这家公司。

"公司成立快五年了,我博士毕业的那一年就成立了。"

"博士呀,我说呢。"王局长微笑着继续问道,"你学的什么专业?"

"硕士学的是水利工程、计算机和电子工程,博士学的是建筑工程和地质矿业工程。"

"还有水利工程专业呀,女孩子很少学的专业。"王局长慢慢严肃起来,可能是夏雨菲学的这些专业,让他感到了这个董事长的与众不同,"现在你这个公司能不能让你学的这些专业有用武之地?"

"有啊,太有了。"夏雨菲急切地答道,"比如水利工程专业和地质专业,对我现在的工作帮助很大。局长,我们现在正在起草一份报告,就是如何利用南水北调西线工程和我省年降雨量提升的现状,加快改造我们省和临锦市四百多万亩盐碱地的建议和设想。"

"哦？你们公司胃口不小啊。"王局长依然很严肃地说。

"局长,这两年有关盐碱地这方面的改造工程,我们已经在一些地方实验成功,比如陆岭县的七万多亩盐碱地,我们采用海水稻种植技术,根据当地的特点,加以新的技术突破,去年达到了盐碱地亩产四百六十斤水稻的水平。而且做到了口感更好,蛋白质含量也更高。南水北调西线工程,临锦市应该是必经之地,这对我们省、对临锦市的农业和种植业将具有不可估量的重大意义。我觉得我们应该未雨绸缪,早做准备。"夏雨菲讲得有声有色,让在场的几位领导止不住啧啧称奇。

"袁隆平的海水稻技术吗？"李铎省长问了一句。

"是的。"

李铎省长点点头说:"把你们的报告直接打给省政府吧,同时也给我送一份。要真能这样了,雨润公司对我们省的脱贫攻坚,那可就是劳苦功高了。雨润公司五年就发展到这个规模,而且董事长还有这么强烈的进取心,难怪部长和书记都夸你呢。我再问你一个问题,你们当初起步是怎么投资的？主要是靠集资还是靠贷款？"李铎省长的意思就是雨润公司的第一桶金究竟是从哪里来的。当时二十多岁的小姑娘,哪有这么多钱。

夏雨菲想了想,很快回道:"省长,当初成立公司的初衷就是以科技进行投资。科技是第一生产力,讲了很多年,但现实情况是,我们的科技从来都没人把它作为投资来看。刚开始,我们也只是抱着试一试的想法创办了这家公司,想法就是要以我们掌握的技术和信息,作为投资的组成部分,同其他企业进行合作。目前看,并没有彻底打开局面,问题还有很多,我们也还是刚刚起步,需要进一步探索的地方和领域实在太多了。因为国家的传统,从来没有人认为无形的技术也是投资,也相当于真金白银。说实话,这些年,我们地方高校的科研水平并不低,很多创造性的技术也确实很有前瞻性,但由于高校科研技术的成果转化,缺少一个中间环节,缺少市场的认可,所以成功的实践一直很少。我们的初衷就是要充当这个中间环节,把高校的科研技术,同市场上的中小企业联系起来,促使高校科技和地方企业两方进行全方位的科技成果转化,力争使这些企业实现效益最大化。在我们省、我们市,各种各样的矿企很多,特别是一些中型矿企,也包括一些大型矿企,这些年的科技转型并不是很成功,主要是科研力量太分散,形不成规模,也缺乏能看到的科研实践转化成果,因此对科技转型普遍缺乏动力和积极性。这些情况对我们来说,既是问题,也是机遇,更是方向。如果我们还像过去那样,煤炭钢铁涨价了,我们就集中力量全力开采。煤炭钢铁价格跌下来了,大家就全都躺平,再等着下一波涨价。这样我们的科技转型和循环发展就永远也实现不了,我们省、我们市就永远只能是一个能源大省、能源大市,而不会是科技大省、转型大市。龚书记、李省长还有各位领导,我说的这些,都只是一些粗浅的想法,都是一孔之见,我们确实还是太年轻,如果说错了,请领导们一定批评指正。"说完了,夏雨菲微笑着给大家鞠了一躬。

听到这里,李部长突然说了一声:"很好!"然后就径自鼓起掌来。

现场哗的一声,大家也一起跟着拍手鼓掌。

过了一会儿,龚书记等大家安静下来,很认真地说:"夏雨菲啊,你刚才说,地方高校主要应该为地方经济发展服务,这个问题提得很好,你能不能给我们介绍一下,你们公司现在都与地方高校有哪些联系?"

"谢谢书记。首先公司的职员,就是我们主要的一线科技力量,百分之七十以上的硕士生、博士生,包括本科生,都来自临锦工学院和临锦大学。凡是适合市场专业设置的毕业生,我们能收尽收,即使消化不了,也会介绍到相关的科研机构和科技公司。这样做的最大好处,就是给了地方高校一个明确的信号,因为我们当地的经济以及科技的发展,需要地方高校在专业设置上能自觉地与市场配合。与市场配合,就是与我们配合。再一点,通过我们这一类科技公司的努力和实践,通过我们可见的成功的科技成果转化,并能及时把这些信息准确地反馈给地方高校,从而让地方高校进一步明确,他们培养的人才,确实就是我们地方经济发展最需要的人才,也同样是就业率最高的学科和专业。再一点,经过我们和地方高校的这种互动,不断促进地方高校对地方经济发展的高度关注和准确及时的研判,促使高校随时对学科和专业进行合理的调整设置,源源不断地把地方经济发展最需要的人才及时提供给我们。也就是说,我们需要什么人才,地方经济需要什么人才,地方高校就培养什么人才,提供什么人才。包括地方职业技术院校,决不盲目提倡硕士生和博士生的占有率。我们始终认为,在基层一线,市场最需要的人才就是最优秀的人才。一句话,我们要想方设法把经济建设与地方高校的联系变被动为主动,及时给地方高校提供职场招收和市场需求的准确信息,同时也通过合理、高效、优质的中介和咨询服务,给高校不断提供价值实践的成功范例,大幅度提升地方高校对地方经济发展的关注度。这样一来,地方经济发展和高校学科建设的互动就会进入一种良性循环。当然,这也是我们的努力方向,我们正在积极地探索。书记您这个问题太大了,也不知道我说清楚了没有?"夏雨菲就像播音员一样,轻言细语,字正腔圆地把自己的意思表达了出来。看上去不慌不忙,不急不躁,也听不出有任何夸耀自得的语气。

杨鹏听完,大大地松了一口气,这个问题实在太考验人了,夏雨菲回答得居然非常完美,至少九十分以上。

"杨鹏啊,夏雨菲这个观点我是同意的。"龚一丰书记露出满意的表情,转身对杨鹏说道,"我们要求地方高校应该以服务地方经济发展为主,并不是不鼓励不重视基础研究。地方经济发展了,科研力量增强了,反过来,对我们地方高校的基础研究、高端科技发展就会产生相应的促进作用。如何才能让地方高校为地方经济发展服务,这是一个大课题,这个我也说不好,人家夏雨菲比我说的好多了。"这时,大家都笑了起来,但龚一丰没笑,十分严肃地继续说道,"我觉得这样的提法完全符合中央的精神,这些年,我们下面做得并不是很到位。我看我们下一步的高校研究工作,应该把这方面的经验和做法作为重要的一条加进去。"

"好的,回去就安排。"杨鹏点点头。本来他想趁机也说说五阳铁矿子弟学校的情况,想了想,觉得还是暂时不讲为好。

这时任月芬副秘书长说了一句:"龚书记刚才讲的,确实就是我们现在要着力研究调研的问题。刚才书记说夏雨菲讲得好,我看不只讲得好,做得也好,书记的意见我完全赞同,我们确实需要这方面的做法和经验。雨润公司这方面的实践,确实值得进一步考察研究。"说到这

里,她转向夏雨菲问道:

"雨菲董事长,我还要问你一个问题,你们公司平时与地方高校都是通过什么方式和渠道进行联系的?或者说,用的都是什么办法、什么形式、什么具体的措施?说实话,现在的高校,对地方的经济发展大都是置若罔闻,甚至高高在上。像你们这样的一个科技公司,并不具有权威性,他们怎么会俯下身来,同你们进行平等合作?"

"秘书长您说得太对了,这不只在过去,即使在现在,仍然是我们在尽最大努力解决的一个问题。您的这个问题,也正是我们下一步要汇报的内容。"

这时夏雨菲用手中的电子投影笔指向大屏幕,大屏幕上立刻显示出一串临锦大学、临锦工学院、省内省外以及北京一些高校的科研机构、博士生导师、知名教授、专家学者、中科院院士、工程院院士的详细名单。

"这些高校的专家教授,还有高校之外的一些科技权威,都与我们公司常年保持着密切联系。联系的方式、办法和具体措施,主要有这样几个方面。第一,他们大部分都是公司股东,公司所有的股东都不是虚的,而是实实在在的持股股东。在公司,所有被我们聘为董事会成员的专家教授,都会即刻拥有公司千分之三至千分之五的股份,这些股份是终身的,每年参与公司分红,都是经过正式签订协议的,并经过仲裁机构认定,具有法律效力。二是这些专家教授在公司担任的职务都是实职,没有一位是虚职,或者是部门经理,或者是分公司总工。凡是任实职做股东的专家教授,都不能是那种只有象征意义的公司顾问或技术指导。三是这些专家教授大多是公司硕士、博士这些在职人员的院校导师,这种关系可以促使他们之间能够直接联系,随时联系。第四凡已经退休,不在高校担任导师的专家教授,一般不会在我们的聘任范围。也就是说,我们不图虚名,宁缺毋滥,不选聘已经退休的专家教授。已经聘任的,近期退休不再是导师的专家教授,也就不再担任公司实职,但仍可以股东身份参与公司活动。第五凡公司聘任的专家教授的个人生活、家庭遇到困难时,一律由公司协助解决。第六如果公司被批准上市,股东所持有的股份,均等同于原始股份等等。基本就这几条,还有其他的条款,比如节假日工作报酬,比如因工作产生的交通住宿费用,一律都按正式在职员工对待。秘书长,大致就这些,虽然这些股东的股份占公司总股份百分之二十左右,但这种付出同我们的收益相比,账还是算得过来的,当然也是必要的、必须的。因为他们的技术和影响,也等同于真金白银。"

"很好。"任月芬点点头,"能不能把今天你讲的这些内容还有课件整理一份,我带回去尽快让有关部门也看看。"

"好的秘书长,没有问题。"夏雨菲立刻回答。

"雨菲董事长,我再问一下,你这份名单里面,为什么只有这位梁宏玉教授没有股份,不是股东?"

"她是我母亲。"夏雨菲笑着回答。

"哦,是你母亲呀!我说呢,就因为你是董事长吗?"任月芬也笑了起来。

"对,公司的发展,也有她多年的心血。"

"你母亲多大年岁了?"任月芬表情凝重起来。

"明年整六十。"

"梁宏玉?"任月芬突然像想起了什么,"你母亲原来名字中的'宏'字是不是红色的'红'?"

"对的秘书长。"

"你父亲叫夏青锋?"

"是。"夏雨菲也有些吃惊。

"你姥爷叫什么名字?"任月芬显出很兴奋、很惊奇的样子。

"梁志成。"夏雨菲答道。

"抗战老兵,少将?"任月芬又紧着问了一句。

"对的。就在这里打过游击,秘书长认识啊?"

"哎呀!可算让我找着了,得来全不费工夫啊!"任月芬这时一转身,冲着龚书记喊了起来,"书记啊,这个梁志成与副总理的父亲是战友,曾一起在这里打过游击。"

此时此刻所有的人都愣住了,好久回不过神来,似乎都被这个消息震惊了。

省委书记龚一丰惊诧地问任月芬:"少将?夏雨菲的姥爷是少将?"

"没错,副总理说过好多次了,让我一定托人认真找找。"

"小夏呀,你姥爷高龄?"李部长问了一句。

"八十九岁了。"

"什么时候的少将?解放初的吧?"李省长插话问。

"姥爷很少跟我们说这些,我也是长大了才知道姥爷是位少将,姥姥说是1961年授予的军衔。"夏雨菲回答说。

"真了不起!"王局长惊叹地说。

任月芬和夏雨菲这一番问答,像一声声惊雷,让杨鹏僵化在那里。

他想起母亲下葬时有人送来那一笔五千元巨款,此前他一直搞不清楚那个人究竟是谁,昨天夏雨菲承认了是她送的礼金。但杨鹏做梦也没想到当时账户上留下的"梁宏玉"会是夏雨菲母亲的名字!

梁宏玉是夏雨菲的母亲!

夏雨菲用的是母亲的名字!

五千元!

此刻,他再次感到了那笔钱的分量,那时候的万元户是地地道道的富豪。一个工薪家庭,在当时给他凑齐这五千元绝非易事!

还有,让杨鹏再次感到惊诧的是,任月芬也曾对他说过找人和找照片的事,昨天在船上他还同夏雨菲说起过。没想到任月芬要找的这个人居然是夏雨菲的姥爷!

任月芬说了,得来全不费工夫。

远在天边,近在眼前。要找的人竟然就是夏雨菲的姥爷!

这个消息夏雨菲大概早就知道,只是从来没有给杨鹏透露过。

就像这几天让杨鹏一次次震撼的发现一样,在夏雨菲身上,究竟还埋藏着多少让杨鹏无法知晓的秘密?

太出彩了,也太让人震惊了。

这时任月芬与李部长等几位领导兴趣盎然地继续说道:"副总理的父亲在咱们这里打游击时,有过几次遭遇战。最危险的一次战斗,是在县城附近的山路上打鬼子的埋伏,被子弹打穿了腰部。当时有个不到二十岁叫梁志成的副排长,背起他连续奔跑了七八里山路,冒着生命危险一直把他背回了游击队营地。副总理的父亲因为腰伤,被调到了南方根据地。直到新中国成立后,他们才相互有了联系,但一个在北方,一个在南方,两人都担任领导工作,一直都没能见面。再后来,一直到了'文革'期间,副总理的父亲被打成'走资派',多年在'五七干校'劳动。'文革'后,因为腰伤复发,常年卧床在家,一直到去世,也没能见到梁志成。他去世时特别交代,一定要想方设法找到梁志成,当面向他表示一家人的感激和思念。"

"这样啊,梁志成当年舍生忘死救下来的那位部队领导,就是现在副总理的父亲?"龚一丰书记表情凝重地问道。

"对啊!真的是没想到。"任月芬一边说,一边拿出手机,点出里面的照片对夏雨菲说,"雨菲你来看看,这张照片里的人是不是就是你姥爷梁志成?"

夏雨菲看了一眼说:"是的,是我姥爷。"

"还有这张,你看这里面的人是不是你的父亲母亲和姥姥姥爷?"任月芬翻出另外一张照片继续问道。

"是的。"夏雨菲点点头,"姥姥姥爷从来没有给我们说过这些。"

"姥姥姥爷现在住在哪里?"任月芬显得很兴奋,越发激动起来。

"和我们住在一起。"夏雨菲轻轻地说。

"太好了!"任月芬兴奋得像小孩子一样,杨鹏从来没有见过她这副神情。

"雨菲啊,我今天晚上就去你家,先拜访一下老人家,然后就向副总理汇报。"任月芬转身对杨鹏说,"你今晚陪我一起过去吧,劳驾帮着准备点礼物,事后都记在我的账上。"

这时龚书记说话了:"哪能呢!这是我们的抗战老前辈啊,好像我们从来也没有人慰问过。徐帆书记,你们知道吗?"

"确实不知道,我昨天见了夏雨菲,她也没对我说过一个字。"徐帆如实地说道。

"那是你们的失职,与夏雨菲有什么关系。"龚书记说道。

这时市长程靳昆也说道:"我在临锦这么多年了,也确实不知道,书记批评得对,首先是我的失职。"

"杨鹏你先过去看看,明天有时间我也过去看望老人家。"龚书记表情凝重。

"好的书记。"杨鹏答道。

"明天我和市长一起过去。"徐帆赶忙说道。

"龚书记,那我先替副总理谢谢你了。"任月芬继续说道,"前天我还给夏雨菲打过电话,让她在这一带找找有位少将军衔的抗战将军,因为他在这里打过游击,这里的博物馆、纪念馆里说不定就有他的事迹和照片。问来问去,没想到竟然就问到了梁将军的外孙女头上。"

十六

从雨润公司出来,一坐进面包车里,龚一丰书记就向杨鹏问道:"杨鹏,你城府好深哪,有这么个校友,怎么从来也没给我说过啊?"

杨鹏吓了一跳,根本没想到书记会这么问他。

这时候任月芬也在一旁添油加醋:"龚书记,我也觉得杨鹏有问题,我昨天给杨鹏打电话,他遮得严严实实,什么也不对我说。今天我一看他们的表情就明白,其实杨鹏和夏雨菲熟得很,关系肯定不一般。"

面包车上一阵哄笑。

杨鹏脸上红一阵白一阵,没想到书记会这么问他,更没想到任月芬当着书记的面开这么大玩笑。不过他也觉得任月芬这么说,一定看到了他和夏雨菲对视的时候,那种异乎寻常关系的感觉。

女性的眼光是敏感的,细微的。

任月芬一定是注意到了什么。

人和人之间的关系,眼神里透露得清清楚楚,这也是没有办法的事情。

"人家年龄那么小,还没有结婚呢。"慌乱中,杨鹏故意装出一副大度的样子解释道。

没想到杨鹏这么一说,任月芬更是抓住不放了:"啊?夏雨菲还没结婚哪?这个情况你昨天也没对我说过,今天在现场,你也没向大家介绍。还有,夏雨菲没有结婚的事怎么我们都不知道,就你一个人知道?"

"夏雨菲有对象了吗?"龚一丰问杨鹏。

杨鹏愣了一下:"应该有吧。"

"什么叫应该有吧,到底有还是没有?"龚书记对这个回答明显不满意。

杨鹏正想解释,徐帆从后面凑上来,对龚书记说:"书记,夏雨菲的情况我大致了解一些。"

"你和杨鹏调一下位置,你坐在他那里给我们说说。"龚书记说道。

杨鹏擦了一把额头上的汗珠,赶忙起身和徐帆调整了一下位置,让徐帆坐在面包车前面的侧座上。两人擦身而过时,杨鹏顺手在徐帆身上轻轻拍了一下,以示对徐帆的解围表示感谢。

"龚书记,夏雨菲基本情况是这样。"徐帆很正式地介绍起来,"今年到十一月份,夏雨菲满三十四周岁。在职博士生学历,第一学历本科。在大学期间曾担任过学生会副主席,系团委书记。现在是非中共人士。夏雨菲的母亲现年五十九周岁,一直在大学任教,现为临锦工学院教授、博士生导师。夏雨菲的父亲因患癌症于九年前病逝,终年五十二岁。曾任临锦市工商银行副行长,财务总监。夏雨菲的爷爷奶奶有四个儿子两个女儿,夏雨菲的姥姥姥爷只有夏雨菲母亲一个女儿,所以夏雨菲的父亲去世后,就一直同姥姥姥爷住在一起。夏雨菲的姥姥在解放战争时期曾是军级文工团团员,新中国成立后曾任文工团团长,能歌善舞,还出演过电影。夏雨菲姥姥姥爷结婚时,她姥爷当时是副师长。有人说,她姥爷就像《亮剑》里面的李云龙。"

一听这话,大家都笑了起来。

"我说呢,女董事长怎会长得这么漂亮。"一旁的李部长这时插了一句。

听到这里,坐在后座上的杨鹏突然觉得分外愧疚,徐帆说的这些情况,他竟一概不知!

"为什么没有发展入党呢?"龚书记有些不解地问。

"夏雨菲在南京工程学院读博的时候,导师是民盟盟员,而且是学院的民盟主委。可能也是发现夏雨菲很突出,是个好苗子,就想让她加入民盟,还希望她能留校任教。"

"那后来呢?为什么也一直没有发展入党?"龚书记问得非常细致。

"发展过了。"徐帆回答得很认真,"每次找她,都是一个理由,说她老师说了,让她一定加入民盟,民盟是一个文化高校和科技为主要界别的民主党派,进来了能更好地发挥作用。她还说她的老师一再告诉她,入了民盟还可以入党,入党后可就不能再加入民盟了。"

"不管怎么说,都是咱们的问题啊。"龚一丰书记依旧神色凝重地说,"无党派,知识分子,年轻,女性,一个典型标准的'无知少女',你们怎么这么久了就没有注意到?"

徐帆看了一眼龚书记,赶紧说道:"书记是这样,我已经问过统战部了。市委统战部这么多年来一直对夏雨菲十分关注,党派处曾多次找过夏雨菲,也一直在做工作。加入民主党派的事,夏雨菲今年也表示同意了,基本倾向于加入民盟。市民盟也给夏雨菲发了表格,但现在她还没有填表。"

"为什么统战部也同意让夏雨菲加入民盟?"旁边的任月芬副秘书长问。

"市民盟的主委已经到龄了,民盟和其他党派也都在今年换届,现在不只民盟,其他各党派都需要选一个年轻的主委来接替。"徐帆回答得很确切,看来他确实了解情况,"统战部说了,这种情况叫拿着帽子找人,确实属于统战工作的失误,但也确实体现了现在党外人才严重缺乏的实际情况。如果能找到一个合适的,也算亡羊补牢,将功抵过。像夏雨菲这么年轻优秀的党外人士,都是市里各党派争抢的对象,这也确实是现在的实际情况。"

"书记,这个想法不错啊,当了主委就可以进市政府班子,让夏雨菲当副市长候选人应该是个很好的安排。"任月芬似乎在给夏雨菲拉票,毫不避讳,也毫不掩饰她对夏雨菲的喜爱和满意。

"我看可以。"李铎省长在一旁点点头说,"夏雨菲如果能当选为副市长,肯定称职。"

"临锦市的副市长是副厅级啊,夏雨菲够条件吗?"国家安监局王局长问道。

龚一丰接过话茬儿说:"夏雨菲在政府部门干过吗?"

"干过。"徐帆很快回答说,"她大学毕业后,被分配到政府工业局,曾任科员、主任科员。前几年工业局改制为工信局,由于夏雨菲是博士生,也因为她确实干得不错,被提拔为副处长,但干了不到一年,就下海办了雨润公司,副处长她也就不干了。"

"当时是辞职还是免职了?"龚书记对这个情况很重视。

"我问过组织部了,当时并没有履行什么手续。夏雨菲的档案,至今还在市工信局。"徐帆说道。

"那就是说,夏雨菲现在还保留着副处级职务?"龚书记继续问。

"如果市委还认可的话,应该是这样。"徐帆看了看龚书记。

"党外干部,只要组织上认可,本人也合格,可以破例。"龚书记十分肯定地说。

"是,我也觉得可以。"徐帆随声附和说,"夏雨菲各方面的条件都具备,加入民盟,担任主委,应该是顺理成章的事情。"

"我同意。"任月芬赶忙表态。

"我也觉得可以。"李铎省长在一旁严肃地表态。

"程市长你觉得怎么样?"

"赞同,没有意见。"

这时李部长也在一旁说道:"今天这是临锦市委常委扩大会啊。如果允许,那我也算一个。夏雨菲的姥姥姥爷是革命前辈,父亲母亲是国家干部,夏雨菲本人十分出色,这样的人用起来放心,老百姓也肯定满意。我同意破例提拔,不拘一格降人才嘛。"

"徐帆,夏雨菲呢,她是什么想法?"龚书记想了想补充道。

"统战部说了,正在做工作。"

"那就是说,夏雨菲并不想从政。"龚书记轻轻地问。

"是。夏雨菲认为自己还年轻,民盟是一个人才荟萃的党派,自己刚入盟就担任主委,既不合程序,也不称职。"徐帆如实回答。

"不错,夏雨菲想得很周到。"龚书记点了点头。

"所以各党派都在抢。"徐帆随口说道。

"你昨天见夏雨菲的时候,谈这件事了没有?"龚书记又问。

"那倒没有。"徐帆回答说,"这么严肃的事情,还没有同常委们商量过,很多情况也不了解,我没有提这件事。"

"加入民盟的事也没有问?"龚一丰继续问道。

"没有。"徐帆如实回答,"我只问了公司的一些情况,还问了她如果大领导们来你这里视察,能不能准备得更充分更丰富一些。"

"对啊,我也是这个想法。"龚书记这时回过头来,对王局长、李部长和任秘书长几个问道,"我觉得这里可以作为一个考察点,上面领导来了,应该也会满意。你们是什么意见?"

"同意。"任月芬立刻回答,"我觉得很好,如果大领导来了,看看这里,就能看到基层的现状和市场的未来,很有借鉴意义。"

"书记啊,国务院任月芬副秘书长,还有李部长和王局长都同意了,我看也没有问题,咱们就照办吧。理由很充分,上下都同意,就让徐帆书记和靳昆市长他们定吧。市委市政府如果这样安排,我现在就表态,省政府同意。"李铎省长很认真地说道。

"好吧,徐帆和靳昆认真商量一下,雨润公司这个点应该不错。刚才秘书长说了,有借鉴意义,也能反映出我们临锦市民营科技企业的现有水平。李铎省长也表示同意,下来你们再好好把材料充实一下。材料整理出来后,马上向李部长、王局长和任秘书长再汇报一次,看几位领导还有什么意见和建议。应该说,今天夏雨菲讲得比较生动比较全面,但我觉得有些方面还可以再继续深入挖一挖,对这个公司你们再好好深入研究了解一下。我们总结经验抓典型,不只是为了让领导看,也是为了给全省的同类企业以启发、以促进,对我们省的科技转型能起到积极的推动作用。"龚书记说。

"好的,我们马上抓紧时间落实。"徐帆回答得干净利落。

"还有,我们现在的一些地方领导和组织部门,在选拔和任用干部时,往往从一个极端走到另一个极端。"龚书记继续说道,"在换届前后,我们严肃处理在用人问题上的不正之风和权钱交易,有些领导立刻就既不担当也不负责了。最好笑的是，为了不让别人说三道四，凡是有人告状，听到什么传闻、什么小道消息，以至听人说有点什么背景的干部，立刻就等于被判了死刑，统统不再纳入考虑之内。更不用说那些有点缺点，有点不同个性的干部了。不看成绩政绩，但求四平八稳。只要听话，只要顺从，只要没有人告状，那就是最好的考察对象。结果最后推上来的都是一些什么也不干，什么也不想干，什么也干不了的老好人干部，甚至是一些只会讨好，只会八面玲珑谁也不得罪的滑头干部、拍马干部。如果换届都换上来这样一些人，那我们还有什么未来？就像这大路上的一辆辆汽车，如果找不到好的驾驶员，一旦出了事，岂不是连我们也要一起掉到沟里去？特别搞笑的是，有些地方的领导干部，只要是稍微漂亮一点儿的女干部，即使方方面面都十分优秀、十分突出，也不敢任用、不敢提拔，只怕别人有什么说法。连老百姓都在背后议论，现在提拔起来的女干部，大都是'看上去恶心，提拔起来放心，没人议论舒心'的'三心'女干部，这话虽然偏激，还真是一针见血。"

听到这里，大家一阵哄笑，龚书记的话音一下子就被淹没了。

这时王局长笑笑说："书记的打击面太大了吧，你看我们任月芬秘书长不漂亮吗？那是怎么提拔起来的？"

"那是我们的前辈们提拔的，要是放到现在，我觉得肯定也是问题。"

"哈哈！书记的意思就是给你们打预防针呢，像夏雨菲这样的女同志就是要大胆提拔、大胆任用，不要怕别人在背后议论。"任月芬说道。

"说实话，夏雨菲长得也确实太漂亮了，假如这次真的被提拔了，也难免会被人议论。"程靳昆市长像开玩笑似的跟着说了一句。

"哈哈，你看我说对了吧，八字不见一撇呢，市长先害怕了。"任月芬接过话茬儿，打趣道。

李铎省长这时说话了："杨鹏啊，如果市里不好用，就调到我们省政府吧，在你分管的那些部门给她安排个合适的职务，应该不是问题。"

"我看杨鹏也靠不住。我觉得你们省里、市里都不用安排了，我们那里正缺人呢,你们不要我们就要了。"任月芬十分认真地说。

这时杨鹏说道:"省长啊,刚才书记和你们几位领导说的我都同意,但我觉得这只是咱们的意思。提拔任用夏雨菲,肯定上上下下都会满意。夏雨菲的口碑也没有问题,昨天在五阳县,我们所去的部门,从上到下,没有不夸她的。"说到这里,他顿了一下,"我看现在的主要问题是,我们还没有征求夏雨菲的意见,她愿不愿意离开自己的企业,回政府继续做行政公务人员,这个应该先问清楚。"

"你感觉呢?"龚书记问杨鹏。

杨鹏看了一眼书记,摇摇头:"书记,我感觉不出来。"

"那你觉得她是回政府工作好呢,还是继续留在企业好?"龚书记又问。

"当然是回政府好。"杨鹏立刻答道,"以夏雨菲的知识结构,还有她这些年的实践经验,在工信部门或者科技部门工作,对国家的贡献应该更大,她本人也确实有这方面的能力。"

龚书记点点头:"那你也帮着做做工作呗。你们不是校友吗,徐帆书记与你不一样,他是书记,有些话不好讲,你就不一样了,可以同她说说心里话。雨润公司确实是个不错的企业,但那毕竟是一个小平台。回政府工作,历练历练,能更好地发挥她的强项。"

杨鹏一时语塞,没想到龚书记这么看重夏雨菲。

"还有,你不是说她还没有结婚吗,那她有没有男朋友?男朋友是谁?干什么的?如果有,让她男朋友去她的企业也可以啊。"龚书记又补充道。

杨鹏再次愣在那里,这些他确实一概不知。

这时徐帆再次解了围:"龚书记,夏雨菲对象的情况我倒是听说了一些,昨天没有问她,是她的一个助理告诉我的,说夏雨菲的对象就在咱们市政府。"

"哦?"龚书记很好奇地问,"哪个部门?"

"市水利局。"徐帆压低声音说道。

"干什么工作?"龚书记也轻声问道。

"水利工作队副队长。"

"副队长？主管什么？"

"主要职责是主管水库管理站。"

"副科？"

"应该是。最多是正科。"

"叫什么名字？"

"李皓哲，皓月的皓，哲学的哲。"

"人怎么样？"

"还不错，挺精干。"

虽然声音不高，但杨鹏听得清清楚楚。

看来夏雨菲确实有个对象，而且就在市政府水利局工作。

莫非就是那个等了夏雨菲将近十年的人？

杨鹏愣在那里，好久一动没动。

十七

下午在另外几个地方考察完，吃过晚饭，杨鹏跟着任月芬到夏雨菲家里时，已经是晚上快九点了。

一同来的还有市委徐帆书记和市委秘书长高志杰。

礼物准备得很得体，杨鹏精心挑选了一大束康乃馨，里面夹杂着百合、玫瑰、满天星，看上去素雅相宜，温馨怡人。

夏雨菲的家离市区比较远，可以说就在郊区。

一个不错的小别墅，大约二百多平方米。

院子很大，半亩地左右。

院子里草木葱茏，露红烟紫。所有设置都井井有条，相当得体。看得出主人格调明快，清雅不俗。

夏雨菲的姥姥姥爷已在院子里等候，看样子已经等了好久。

夏雨菲姥爷童颜鹤发，声如洪钟，握手时，也感觉得到老人的手腕粗大，孔武有力。

最让人称奇的是，已经年过八旬的夏雨菲姥姥，竟然满头青丝，只是略有花白。站在那里,老人家身板挺直,神态自若,端庄优雅,其风度不禁令人暗暗称奇,赞叹不已。

夏雨菲的母亲满面笑容地站在最前面。根本看不出已经将近六十。手脚麻利,热情洋溢,俨然一家之主。

此时此刻夏雨菲反倒显出一副小鸟依人、温婉恬静的样子,斯斯文文地站在一旁。只见她穿着一身自然合体、素淡清爽的连衣裙,已经全然没了白天在公司叱咤风云的气概,完全是一个非常漂亮女孩子的样子。

进了家,客厅还算宽敞,布置得干净利落。沙发、茶几、茶具,还有电视、音响,墙上的挂画,都很时尚超前,一看就不是传统保守的家庭环境。

坐在沙发上,一股充满时代感的气息扑面而来。

这样的家庭氛围,就像是家庭里的几个主角,生动,健康,青春,温馨。

也许,和女儿住在一起的家庭,大概都会变成这个样子。

市委秘书长高志杰似乎此前已经来过,很自然地做起了主持人。

先是介绍夏雨菲的家人。姥爷梁志成,姥姥马嘉华,母亲梁宏玉,去世的父亲夏青锋。

墙上挂的合影里,夏青锋目光炯炯,英气逼人。

接下来,秘书长又向夏雨菲的姥姥姥爷一个接一个介绍着来客的职务和名字。

当介绍到杨鹏的时候,一家人的眼睛都直盯盯地看了过来。

杨鹏突然感到如坐针毡。

杨鹏看到了夏雨菲母亲眼中那种凝重审视的目光,心头蓦然一惊,猛地感受到一种深深的触动。

夏雨菲的母亲一定知道他们之间的事情!

当然知道!

怎么会不知道!

也许,他今天晚上来这里,本身就是一个错误。

一时间,杨鹏竟然极度不自在起来。

即使是在介绍自己时,也不知道该说点什么才好。

倒是徐帆书记在一旁说:"杨鹏是我们省最年轻的省级干部,也是全国省级干部中最年轻的副省长之一。有能力,有魄力,口碑很好。雨菲啊,听说你们是校友,是吗?"

这时夏雨菲正在端水果,倒茶水,低着头,没有否认,也没有吭声,只是微微点了点头。

杨鹏见状立刻接过话茬儿,尽量轻松地说道:"是的,我们是校友。我在学校读研的时候,夏雨菲是大一。虽然不是一个专业也不是一个系,但确实是正儿八经的校友。"

听了杨鹏的话,反倒没人作声了,现场顿时沉寂起来。

"是啊,夏雨菲,你那时候认识杨鹏吗?"看到大家不说话,徐帆又问了一句。

杨鹏一时语塞,本想继续作答,却不知道该怎么说。

只听夏雨菲大大方方地说:"当然认识啊。杨鹏省长那时候是学生会主席,学校搞活动,我们都知道的。"

杨鹏明白,这是夏雨菲有意给他解围打圆场。

夏雨菲不想让他尴尬,但他还是感到格外窘迫。

因为夏雨菲说出这句话的时候,竟然没有看杨鹏一眼,也没有露出那种热情客气的表情。

这一切当然都被身边的任月芬看在眼里,但任月芬把话题岔开了,她对夏雨菲的姥姥很恭敬地问道:"马老师啊,听说您在部队文工团当过团长,还演过电影?"

"嗨,都是瞎传。什么团长不团长的,当时就是个演出队,大家都是队员,年龄大点,做个领头的,只能算是个队长。演电影就是个跑龙套的,有个电影临时需要个给部队慰问演出的镜头,就把我们当时的节目演出录了一遍,那算是什么演电影。"老太太字正腔圆,但说出来的话温文尔雅,十分谦和。

"看您年轻时候的照片,比现在的明星漂亮多了。"徐帆指着墙上一张放大的老人年轻时的照片说道。此话不是客套,那张照片确实眉目如画,风姿绰约,尽管不施粉黛,却是玉貌花容。

"谁没有个年轻的时候啊,我们那时候也不知道什么叫漂亮,只要能跑能走能吃苦,演出能有大嗓门,那就是好姑娘好队员。"老人家依然把自己说得普通平常,却让人肃然起敬。

"您和梁将军是哪年结婚的啊?"

"快解放那一年。"老太太立刻乐呵呵地说道,"重阳节,那天下大雨,我们临时住的新房漏水,把家里的被子都淋湿了。当时他们团里的几个笑话他,说他结婚这么晚,耽误人家姑娘这么久,老天爷也不饶他。当时我二十五岁,老梁三十岁,大家都说我是文工队里最后一个结婚的姑娘。那时候,女孩子十六七岁都结婚抱孩子了。结婚晚,其实也不能怪他,当初我俩一起发过誓的,抗战不胜利就不结婚。大家都以为我们会等老了,没想到就几年工夫,日本鬼子就投降了。又一眨眼,全中国都解放了。"

夏雨菲姥爷一直在一旁微微笑着,不插话也不置可否,看样子老两口感情深厚,家里暖意浓浓。

等到前面的客气话说完了,任月芬终于说明了自己的来意。

任月芬带来的两张老照片已经发黄,但照片上的人影仍然十分清晰,栩栩如生。

姥爷梁志成一看就分外激动起来:"没错,这就是我们的团长!当时有个战地记者要采访我,就给我和团长照了一张。"

"是记者给您拍的呀,哪里的记者啊?"任月芬十分感兴趣。

"好像是一个美国女记者,中国话说得还可以。她说我们是英雄,用那么简陋的武器,竟敢伏击日本鬼子的一个中队。"梁志成话语铿锵有力,十分洪亮。

"那是一次伏击战吗?"任月芬问。

"对,我们连那次牺牲了二十六名战士。"这么多年了,梁志成依然记得清清楚楚,"那次我们硬是把他们击退了,一共干掉了七个鬼子。那个女记者说,你们太不容易了,每个战士只有两发子弹,每个班只有一颗手榴弹。这样的部队敢和日本兵拼死战斗,这样的事全世界只有在中国才会发生。"

大家一阵静默。

"那个女记者为什么给您和团长拍合影呢?"任月芬继续问。

"那个记者先采访了我们团长,团长让她看了我写给父母的一封信。其实也不是什么信,那是我们上战场前,每个战士准备留给父母的遗书。"

"哦?那时候就这样了啊。"任月芬看来知道这样的事情,但不知道写遗书的做法在抗战时就开始了。

"对,上战场前都要写遗书的。"梁志成继续说道,"团长说,我写的那封遗书,把那个女记者看哭了。"

"所以也采访了您。"任月芬问道,"您当时在遗书里都写了什么?"

"就是几句大白话。"老人家说得十分坦然,"因为当时我父亲也在前线牺牲了,家里就只剩了一个老母亲。我就在信里写了这么几句话,我说娘啊,如果儿子牺牲了,您一定要记住,您儿子参加的是共产党领导的八路军。咱们八路军打鬼子,是为了所有的穷人打天下。娘把我养大成人,我唯一的心愿,就是想让娘能吃饱饭。儿子如果牺牲了,您一定要明白,儿子是为了娘不再挨饿牺牲的,是为了天下的穷人牺牲的。"

现场又是一阵沉默。

"老人家,现在知道你们的团长是谁的父亲吗?"任月芬轻轻地问。

"知道啊,副总理的父亲。电视里经常看得到,就像我们团长一样,又精干,又能干。"梁志成一边说,一边爽朗地笑了起来。

"副总理说了,父亲最后的遗愿,就是要找到您,副总理特别嘱咐让我说给您,他们一家人永远感谢您,永远也不会忘了您。还说,如果您有什么要说的,就给我说一声,我一定把话带回去。"

"谢谢,谢谢啦,秘书长,有副总理这句话,我和老伴死而无憾啊。"老人家此时十分激动,眼圈红了起来,"想想当年我们的团长,他观察敌情,带头守在最前面,就和我一起趴在战壕里。几发炮弹过来,战士倒下一大片。大家都清楚,即使我们的阵地被发现了,牺牲了,也只能一动不动。因为日本鬼子的枪能打一千米,我们的枪最多只能打三百米。超过三百米,鬼子就是站在那里我们也打不着。团长的警卫员,当时被炸掉了一只胳膊,我们眼看着他悄悄地咽下最后一口气。"

"你们可能都不知道吧,那个警卫员是我们师政委唯一的儿子,后来政委也在前线牺牲了。"夏雨菲的姥姥这时插话说道。

"那时候的战士,没有一个怕死的。"老将军继续动情地说道,"那次伏击战,团长也是杀红了眼,那么多战士牺牲在他眼前,能不死拼吗?等到鬼子进了伏击圈,他大喊了一声率先冲出战壕,朝着鬼子就是几枪猛射,至少干倒了两个鬼子。只是那次战斗太激烈了,身旁的战士一片一片地倒下来,没有几分钟,我们的一个排就全打光了。团长没冲出多远也让鬼子的机枪给打中了,他晃了晃,腰部立刻渗出一大片血来。我喊了一声团长,趁势一扭身背起团长就跑。连长当时回头吼了我一声,一定要把团长背回去,要是出了什么事,回去就毙了你!"

大家都静静地听着梁志成将军的叙说,谁也没想到当年的战场是这么个样子。跟现在电影电视里的战斗场面完全不同,居然会这么惨烈,惨烈到无法想象。

"我一转身背着团长就往营地里跑,团长身上的血不断地往下流,把我整条裤子都浸透了。说实话,我当时也觉得团长恐怕是不行了,但当时我就一个心愿,团长就是牺牲了,我也要把他背回去。半路上团长醒了一次,让我放下他,去救别的战士。还对我说他写了一封遗书在左边的裤兜里,回去后一定把信取出来,交给团政委,让我对政委说一声,请他一定交给团长家里。当我回到营地时,大家都以为团长已经牺牲了。我想到团长对我说的话,就从团长的裤兜里把那封遗书掏了出来。遗书已被团长身上的血浸成了一团,根本都撕不开了,我止不住呜呜大哭。我们团长真是命大,听说一个星期后才醒了过来。"

说到这里,老人家虽然笑着,但却用手背在脸上擦了一把。老伴顺手给了他一张纸巾,被他轻轻推开了。

"人老了,泪点就低啦,想到以前的那些事,特别容易伤感心酸。年轻的时候可不是这样子,性情刚烈着哪,天塌下来都不皱眉头。"夏雨菲的姥姥有意想让话题轻松起来。

"那后来呢?"任月芬追问道。

"做完手术那天,我们就分开了。前线缺人,我又被任命为副连长,便跟着部队调到了另外一个根据地,从此跟团长分别。一直等过去好几个月了,才听说团长被调到南边去了。之后,就再也没见到过老团长,哪能想到这一分别就是一辈子啊。'文革'时,老团长曾托人捎话,让我关心一下他的两个孩子,两个孩子在我们那里下乡插队。我马上就找到了他们,给他俩安排了工作,团长的后代就是共和国的后代,我们能不关心吗?只是真的没想到老团长去世的时候,还在惦记着这件事。早知道这样,那些年就是再难,也要想办法见到老团长。"梁志成将军说到这里,再次感慨起来。

"老团长受伤以后,您和老团长就一直再没见过面?"任月芬惊讶地问道,"新中国成立以后也一直没有再见过?"

"说起来都是遗憾,每一次联系上马上就能见面时,都会被各种各样的事情给耽搁了。那时候干部少,忙得没白没黑。再后来,来了'文革'……一晃就过去了十几年,一下子都老了。老团长在'五七干校'的时候,我所在的部队被调到一线维护社会稳定,复工复产闹革命。就这么一再错过,再也没能见到老团长……"

"老人家,副总理也是这么说的,说您当时还专门让梁宏玉老师给副总理姐弟俩送去了很多生活用品,那时候副总理刚插队回来,到工厂报到上班,宿舍里什么都没有。真的是及时雨啊,副总理父亲那会儿还在'五七干校'。他听说后,十分激动,说您救了他们两代人。所以他去世的时候,一再嘱咐,一定要找到您。"任月芬再次说到她这次的来意,"老人家,您真的没有什么要给副总理说的吗?"

"有啊,有啊,秘书长。"说到这里,梁志成一边说着,一边在茶几上把一个精致的小盒子打了开来,"几十年了,一直想当面把这个交还给老团长,但一直没有如愿。你这次来了,就由你交给副总理吧。"

小盒子里,放着一个发黑发皱的纸团儿。打开了,也就是巴掌大小,上面还印着几行日本字。看了半天,才明白这原来是一个过去的日本烟盒,在烟盒的背面写着几行字,就是老团长当年写下的那份遗书。

几个人都被震撼了,几十年了,这份遗书梁志成将军居然还保存着!

颜色发黑,因为那是干涸了的血迹。

纸片皱成一团,是因为曾被鲜血浸透。

遗书二百来字,大部分都看不清了,但意思还看得出来——

"……父母亲大人,也许这是儿子最后……你们的一封信了……岭上的战斗将会非常激烈……是武装到牙齿的日本部队,我们缺少……弹药……斗志高昂,我们都抱着必死的决心……不能不打,鬼子计划包围中央机关,决不后退……殊死战斗……妻子怀孕了,她现在……非常……我唯一的遗愿……找到她,请……孩子养大成人……这也是儿对父母……如果……不孝……父母大人原谅……"

一封残缺的遗书,把现场所有的人都看得血脉偾张,震撼不已。

现场又是一阵沉默。

良久,任月芬对梁志成十分敬重地说:"老人家,真的感谢您啊,能把这封信保存了这么久。我回去后,一定申请把这封遗书呈送给国家军事博物馆,争取让更多的人看到这封血染的遗书。"

老人点点头,说:"秘书长啊,你说让我给副总理说点什么,我昨天晚上整整想了一夜,其实想说的话太多太多了。咱们这个国家,走过了多少坎坷,能到今天这个地步,是多少人用鲜血和生命换来的啊。我们一定不能忘本,不能让我们的干部做官当老爷。过去我们跟着共产党闹革命,因为老百姓觉得只有共产党才是天下穷人的引路人,才能找到一条活路。牺牲了那么多人,终于解放了,翻身了,老百姓总算有希望了。解放至今,老百姓的日子确实一天比一天好了,但同那些有权有势的官老爷和为富不仁的老板相比,谁过的日子更好?到山里再去看看,那里的老百姓比过去到底好了多少?看看那些作威作福的人都吃的啥、住的啥、穿的啥?老百姓又吃的啥、住的啥、穿的啥?我们的一些政府部门成天夸海口,解决了十几亿人口的温饱,老百姓能吃饱饭了,孩子能上学了,这就是我们的目标吗?全世界最贫穷的国家,不也是这个目标吗?去山区老区那些村子里,看看那些孤寡老人,看看那些留守儿童,他们过的都是什么日子?他们当初都是支援前线的兄弟姐妹的后代啊。好多人看不起病,上不了学,住着几十年前的土墙房子。如果哪个不认账,我就带他去看看!如果当初的老百姓知道这就是他们将来要过的日子,还会跟着我们闹革命?还会把儿子送给我们上前线?那些战士还会那样不怕流血牺牲,在枪林弹雨里跟着我们往前冲吗?还会有刘胡兰、董存瑞、黄继光吗?还会写下遗书上战场吗?我这一辈子在部队工作,退下来了,才知道现在当个兵,还得送礼送钱走后门,这样的队伍,将来能打仗吗?以前在部队里当师长军长,什么都听不到。退下来了,才知道了有这么多见不得人的肮脏事。在老百姓眼里,有多少领导不是高高在上?有多少领导能听到看到下面真实的情况?"

"好啦好啦,中央哪能不知道这些情况啊?不都正在改正吗!"老太太在一旁插话劝了起来,对大家笑笑说,"他呀,什么时候也是这么个脾气。"

梁志成好像已经把话挑开了,忍不住地继续说道:"我这个外孙女夏雨菲,你们都说她不错,咱自家的孩子咱自己知道,从小就让她和普普通通的孩子们在一起,家里的什么事情都没告诉过她。我们要求严,夏雨菲这孩子也争气,从小就是好学生,勤奋好学,什么都能拿第一。大学毕业了,父亲去世早,什么事情都是她自己一个人去处理。上班后,工作上年年是优秀。工作不久她就写了入党申请书,但很久都没人理她,后来她才听别人说,你想入党,不给人家点好处就能入了?我听了,就坚决不让她入了。我们执政才多少年,怎么就变成这样了?那一年,他们单位按中组部的要求,要重点培养那些获得博士学位、三十岁左右的年轻人,找来找去找不到合适的人,最后还是找到了她。不是我夸她,我们家夏雨菲不管是在单位还是在社会,口碑都不是一般的好。在单位,经过大家推荐,不久后她就被提拔为副处长。刚任命不久,一个分管领导就赤裸裸地对她说,我都把你提拔成副处长了,你就不表示表示?甚至还动手动脚。这下可把她气坏了,当即回来坚决不干了。好久后我才知道了这件事。那个气啊,要不是老伴挡着我,我舍了这把老骨头,也要跟他拼个你死我活!要是放在当初当兵那会儿,我提起枪就崩了他!"

老人家满脸赤红,青筋暴起,越说越气,要不是老伴和梁宏玉教授劝了好几次,那憋了一肚子的冲天怒火肯定会收不住。

到了后来,老人终于渐渐冷静下来,放低声音语重心长地对任月芬说:"年龄大了,什么事在心里也搁不住。过去的事,不提啦,现在就一个心愿,但愿咱们国家的领导人,一代更比一代强。你回去一定给副总理说,我们的国家,是无数人流血牺牲换来的。当初我们给老百姓说过的话,不能像那些泥菩萨,整天装聋作哑,当上了观世音,就不再理凡间的事。当领导干部的,要是整天高高在上,那这个国家就一点儿希望也没有。老百姓的怨恨,指不定哪个时候,就会像过去对付敌人一样来对付我们。当领导干部的,一定要沉下来,多在下面走走,多听听老百姓的心里话,要是整天想着怎么当官做老爷,那在老百姓心里就只能是他们的生死仇敌啊……"

晚上快十一点的时候,杨鹏他们才从夏雨菲家里走了出来。
一家人送到门口,千嘱咐万叮咛。车开动好久了,几个人还站在门口。
杨鹏心里五味杂陈,分外沉重,没想到今天会在这里上了一课。
更让杨鹏没有想到的是,夏雨菲的离职,竟然是这样一个原因!
坐在车上,脑子里阵阵恍惚。
这两天的境遇就像坐过山车,迎面而来的一幕幕景象让他无法回味。
真有点离家三五日,世上已千年的感觉。
调到振动的手机,突然微微敲了自己一下。
打开手机,一行短信映入眼帘:
"妈妈说,今天晚上不方便与你交谈。这几天如有时间,她想见见你。工作上的事。雨菲。"
工作上的事。
夏雨菲没让他胡思乱想。
工作上的事?
难道是她妈妈个人工作上的事?
不会。
以夏雨菲一家人的性格,轻易不会找一个领导谈自己个人工作上的事。
那就是杨鹏自己工作上的事了?

应该是。

或者是有关临锦市工作上的事？

极有可能。

夏雨菲的母亲是气象专家，水利工程教授，地质学专家。她掌握的这些知识和技术，都与杨鹏副省长分管的领域息息相关。

杨鹏立刻就定了下来，这次一定要见见夏雨菲的母亲梁宏玉教授。

一定要上门拜访，直接去学校，或者专程去她的研究机构。

就这么定了，定好时间，提前给夏雨菲打电话联系。

这个短信来得很及时，因为这个短信正是夏雨菲给杨鹏的一个明示，我已经知道了你的手机号码，这是我的手机号码。

杨鹏默默地保存下夏雨菲的手机号码，并把这个号码置顶于个人收藏前位。

不是一个浮夸的号码，但也不是一个杂乱无序的号码，依然符合夏雨菲的风格。

杨鹏对着这个号码，盯着看了好半天。

短短的一个信息，信息量极大！

十八

杨鹏和省委书记、省长陪同国务院几个领导前后看完了市里安排的几个地方。

科技转型，安全生产，领导们基本满意，同时也提出了一些意见和建议，但基本上都是建设性的。没有否定性的意见，也没有替代性的意见。

任月芬副秘书长抽空还考察了一所学校：临锦一中，临锦最好的中学。

任月芬对各方面都一流的一中很满意，但她说，这样的学校在北京和各省的省城多的是。

任月芬的意思杨鹏很清楚，这样的学校确实不错，但正因为不错，所以没有真正需要的考察意义。

科技部李部长和安监局王局长都分别听了一次市里的汇报,也基本满意。

不过杨鹏明白,这种汇报肯定有水分。几个领导当然也知道有水分,但大家在总结的时候,把不足的方面都提到了。领导们趁机也把他们所担心和需要提醒的问题讲了出来,这样一来,该说的都说到了,该提醒的也提醒了。以后出了什么问题,那就跟谁都没有关系了。

这就是个程序,杨鹏在下面干过几个部门,知道这里面的套路是什么。

但杨鹏明白,李部长和王局长可以这么讲,但作为分管副省长的他不能这么讲,因为不管你在前面讲了多少,一旦出了问题,责任只能是你负,最终被问责的也只能是你。

出了问题,有重大直接关系的人,自然就是你杨鹏副省长一个。

因为这是你分管的领域。

这好像既是体制的疏忽之处,也是体制的严密之处。

天网恢恢,疏而不漏。既然你是个政府官员,就别想着既有权力,又没有责任。权力越大,责任就越大。

在政府部门工作,渐渐才会明白,看上去琼楼玉宇,其实是高处不胜寒。

无关自己的事,大家都睁一只眼闭一只眼。

老百姓说了,现在的领导干部都一个样:真话不便说,假话不愿说,套话必须说,废话天天说。

是不是现实中大家都变成了这样?

如果你遇到这种与自己没有直接关系的情况,会不会也是这样?

也许,只有问题和责任摊到了自己的头上,才会从这种浑浑噩噩的状态中走出来。

梁志成将军的话,依然振聋发聩:"……当初我们给老百姓说过的话,不能像那些泥菩萨,整天装聋作哑,当上了观世音,就不再理凡间的事。当领导干部的,要是整天高高在上,那这个国家就一点儿希望也没有。"

当然,也有例外。

比如,任月芬。

比如,梁志成将军。

比如,夏雨菲的母亲。

比如,夏雨菲!

正是因为有这样一批人的存在,才让我们看到了什么是国家栋梁。

这次任月芬下来,对杨鹏的触动很大。

先是专门给他打电话,然后专门跟着考察,最后,又专门造访梁志成将军一家人。

是领导的嘱托,更是她自己的愿望。

任月芬说到做到,言必信,行必果。

等到李部长和王局长准备回去了,任月芬又给杨鹏布置了一个新任务。

她要去五阳走一趟。

她让杨鹏陪她一起去考察学校,考察当地的教育现状。

她还叫上了夏雨菲,因为她坚决要去看看那两所学校。

一所是雨润公司资助的铁矿子弟学校。

一所是梁将军支持的明堂镇寄宿学校。

一起再次来到五阳县的还有临锦教育局局长汪小颖。

杨鹏没有让省教育厅厅长张傅耀和分管教育的刘绍敏副市长一起过来。

张傅耀厅长省里有会,必须赶回去。另外,五阳县这里也没必要让厅长再来陪同了。

作为副市长,刘绍敏的事情也确实太多了,而且他已经陪同几个人前后考察了整整四天,考察的结果,他还要专门给市长和市委书记汇报。同样的原因,五阳这里,市长也确实没有必要再来了。

有汪小颖局长足够了,其实连汪局长也没必要再跟着一起来。

让汪小颖陪同的一个重要的理由是任月芬、夏雨菲都是女士,她跟着来,方便,也比较好沟通。

其实还有两个人没有算在里面,一个是雨润公司的部门经理刘燕楠,再一个是任月芬的秘书魏晓婷。

出发的时候,杨鹏才发现还多了几个人——夏雨菲的母亲梁宏玉教授,还有她的几个在校博士生。

梁宏玉教授没有跟着去学校,而是带着她的博士生团队,一下车就直接去了水库。

梁教授在路上甚至没有同杨鹏说话,人太多了。杨鹏招招手打了个招呼,算是问候。梁教授没有吭声,也没有任何表示,只是看了杨鹏一眼,算是回应。

梁教授的表情十分严肃。

杨鹏不禁又想起那天晚上梁教授审视他时的那种目光。

当然,这也许都是自己心虚的一种感觉。

杨鹏注意到,梁教授对任何人,包括对她的学生,都是这样的眼神。

一辈子做老师,大概就是职业习惯。就像同医生对话,永远都只是挑你的问题和毛病。

任月芬副秘书长这两天的神情也变得分外严肃,不再像前两天那样和杨鹏说玩笑话。

特别是那天晚上从夏雨菲家里出来,完全像换了一个人。

起初杨鹏以为这可能是那天晚上老将军的经历深深打动了她,让她一时难以从那种情感的氛围中跳脱出来。但后来看,她好像深深陷入一种壮烈的情怀中。

任月芬这几天一定是在思考着什么,杨鹏晚上给她打电话时,她很简短地就把话讲完,然后很快就挂断了。

任月芬一定是在加班写什么东西。

杨鹏在党校的那几个月,清楚任月芬有个习惯,一旦有什么值得记录和书写的内容,她就一定会加班写出来。

在党校的好几次学习心得交流演讲中,任月芬的演讲每次都得分最高。

任月芬最精彩的一次演讲,是在中央党校毕业前夕全校交流学习心得活动中,做过的一次二十分钟的演讲。

她的那次演讲,被评为第一名。

演讲结束时,得到的掌声足有两分多钟。

当时的班主任老师说,这是他在中央党校执教以来从未经历过的前所未有的情景。

全校同学和老师,为一个学生的演讲能自发鼓掌这么长时间,原因只有一个,从各方面看,都无可挑剔,十分精彩。

杨鹏曾问过任月芬,你演讲的这些内容是什么时候写出来的?因为每一次演讲,如果不翻阅大量的资料和书籍,绝无可能得到这样的高度认可和好评。

中央党校并不是一般的院校,能得到大家公认的出色,绝不是一件容易的事情。

任月芬只说了一句话,就是晚上加班呗。老师讲的,你们说的,平时听的,特别是那些打动人的内容,我晚上就是一夜不睡,也要记下来。包括自己的心得,一定要整理出来。否则,我们怎么能进步?怎么当领导干部?

日积月累,真情实感,思深忧远,多谋善虑,不说假话,不讲套话,更不讲空话废话,这也许就是一个能受到上上下下称赞好评的优秀领导的基本功。

那么,这两天晚上,任月芬都记了些什么?

而且,如果任月芬察觉到了杨鹏和夏雨菲的那层关系,任月芬又会怎么看他?

如果任月芬问到这件事,又该怎么回答?

任月芬会知道吗?

肯定会,那天就说了,一看就不是一般关系。

如果知道了,任月芬会问他吗?

依任月芬的性格,肯定会!

杨鹏突然感到,这次和任月芬一起再来五阳,说不定真是一道娘子关。

杨鹏得认真想想,怎么才能把这件事说清楚。

能说清楚吗?

五阳铁矿子弟学校的基础设施和管理水平让任月芬惊叹不已。

任月芬看得比杨鹏详细得多,也认真得多。

任月芬甚至把教学楼的几个学生厕所也认真看了一遍。不仅符合标准,而且无漏水、无积便、无堵塞、无异味、无苍蝇。

"这个学校真的是无死角啊,很好!"这是任月芬的最终评价。

然后又去了明堂镇寄宿学校。

任月芬先是看了梁志成将军和马嘉华老人的塑像,感觉也不错:"像这样的革命先辈,几十年如一日,心系老区,关心教育,就应该把他们的英雄形象和光荣事迹一代一代传下去。"

当看到夏雨菲在墙上的照片,任月芬端详良久,笑了一笑:"还好,就是没有真人漂亮。"

整个学校的情况任月芬也一样观察得格外认真仔细。看到"一个鸡蛋工程"的实施时,任月芬突然激动起来:"好啊!'一个鸡蛋工程',太好了!好多年了,我们就没找到过这样一个暖人心的提法!好,好,太好了!赶紧给我拍几张照片,还有这方面的资料,都给我找齐了,我一定带回去,一定让教育部认真总结研究,大力推广宣传。杨鹏啊,你们这里有这么多的好东西,可不要抓了芝麻丢了西瓜啊。"

杨鹏也不禁被任月芬的兴奋带动起来:"好的,好的,还没来得及向你汇报呢,就让你发现肯定了,我们一定按你说的办。"

不过杨鹏也立刻意识到了任月芬这句话里的批评意味:好的东西不知道好,也不知道好在哪里,更不知道如何总结推广,这样的领导干部即是"抓了芝麻丢了西瓜"。

没有休息,杨鹏一行就直接去了离五阳县城不远的抗战纪念馆,其实也可以说是地市一级的抗战博物馆。

这个纪念馆几年前杨鹏来过一次,今天再来,感觉变化不大。因为不是节假日,来旅游参观的人也不是很多。

馆长准备得十分认真也十分热情,一个专门给领导解说的金牌解说员解说得无可挑剔。

任月芬没有来过,看得十分仔细,表情严肃凝重。

凡是有照片的地方,任月芬看得尤其仔细。一张一张地在分辨,一个一个人像地在核实,看得出来,她好像在寻找什么。

找什么呢?

任月芬对杨鹏说过,她爷爷的大哥,也就是她的大爷爷,曾在这一带战斗过,最后牺牲在这块土地上。

任月芬会不会是想在这里找到大爷爷的踪迹或影像?

任月芬的大爷爷是抗战烈士,大爷爷的儿子,也就是任月芬的伯父现在也在中央工作。

任月芬还给夏雨菲说过,她伯父与副总理的关系很深,副总理的父亲和任月芬的大爷爷都曾在这块土地上流血战斗过。

杨鹏突然意识到,任月芬看得这么仔细,不会是一个寻常的举动。

在抗战纪念馆,任月芬被一张放大的连队战士集体合影吸引了。

任月芬像被吓了一跳似的怔在了那里。

"秘书长看到什么了?"杨鹏轻轻问道。

"……我的伯祖父,大爷爷。"

夏雨菲几个应声俯身看了过来。

"哦!哪个?"杨鹏也一振。

"左边第四个,那个高个子。"

"解说员,知道这个人是谁吗?"杨鹏问展馆解说员。

没等解说员回答,馆长径直走上前来说道:"这是当时师部的副政委任振国烈士。"

杨鹏点点头:"这些当时的英雄,好多我们都已经不记得了,这些照片太珍贵了。"

"任振国是牺牲在我们这一带的级别最高的八路军将领,他牺牲时,只有三十四岁,唯一的儿子当时只有两岁。"解说员补充说道。

任月芬仍然直直地看着这张照片。

这时候杨鹏才发现,照片中每一个人的下方,都标有名字。

"齐大海、张奉才、马二方、任振国、王志峰、赵黑娃……"杨鹏一边看,一边读着名字,念到王志峰和赵黑娃时,又问道,"他们俩后面的这个人怎么没有名字?"

"因为遮了多半张脸,看不清楚,我们也多次问了有关人员,进行了多方面的调查了解,一直也没有得到确切的信息,所以就没有标上名字。"解说员认真地解释道。

"雨菲,你过来看看。"任月芬对夏雨菲招招手。

夏雨菲赶忙走了过来,再次认真地看着这张照片。

"雨菲你看,这个人像谁?"任月芬问。

"……有点像。"夏雨菲端详着。

"你再看。"

"……确实像。"

"你和这张照片对照着看。"任月芬把手机里的那张照片给夏雨菲递了过去。杨鹏一下子就看清楚了,就是当年梁志成和老团长的那张照片。

"……太像了!"夏雨菲格外兴奋。

"只是像吗?"任月芬兴奋异常地问。

"……应该是姥爷,没错,就是姥爷!"夏雨菲激动起来,眼圈都有些发红了。

"雨菲,你的姥爷真伟大!"任月芬一副情不自禁、百感交集的样子。

"我马上给姥爷打电话,核实一下。"夏雨菲的嘴唇在微微发颤。

"打通了我来说。"任月芬也一样分外急切。

没用一分钟,夏雨菲就同姥爷联系上了。

"姥爷,我是雨菲。"

"知道是我家雨菲,不然还不接呢,正在浇花哪。"姥爷依旧声如洪钟,旁边的人都听得清清楚楚,"说吧,不听话的小东西又有什么事?"

"方便说话吗?"夏雨菲有点难为情地笑了一笑。

"我家雨菲的电话,啥时候都方便。"老人说话十分幽默,看来这个外孙女几乎是他生活的全部。

"任月芬秘书长在呢,我们正在抗战纪念馆看展览,秘书长要与您说话。"

"哟!好吧。"姥爷马上认真起来。

"老人家好,我是任月芬。"任月芬大声说道。

"你好秘书长,叫我老梁就好。你是领导,不用客气。"梁志成思维敏捷,反应很快。

"老人家,我们在抗战纪念馆看到了一张照片,照片上一共有二十多个游击队员,其中有一个叫任振国的您知道吗?"任月芬小心翼翼地问。

"当然知道,我们当时的副政委。"梁志成当即回答。

"还有两个战士,一个叫王志峰,一个叫赵黑娃,您还记得吗?"任月芬字字分明地问道。

"……当然记得啊,我们是战友。"梁志成顿了一下,大概是这几个人名又让他想起了什么。

"这张照片您看到过吗?"任月芬愈发小心起来。

"那张照片呀,怎么能没看过啊。抗战纪念馆我和老伴每年都去,"梁志成回答,"你们看到的那张照片是放大的,我还看到过原版的。"

"照片上王志峰和赵黑娃后面的那个人是您吧?"任月芬分明在压抑着自己的情绪。

"是展览馆的人让你问的吗?"梁志成有些谨慎地问。

"不是,是我看出来的。"任月芬说,"夏雨菲也看出来了。"

"那就是你看出来了,雨菲看了好多次,也没有看出来。"梁志成默认了。

"梁伯伯,您的小名叫大栓子?"

"是,老妈前面的几个孩子都没活下来,就给我取了这么个名儿。"

"那照片下面为什么没有您的名字?"

"秘书长啊,那张照片上的领导和战友,除了我,全都牺牲在战场上了,为什么要写我的名字。"梁志成的嗓音突然变得有些悲切和嘶哑。

"……梁伯伯。"此时的任月芬竟然止不住哽咽了一下,"照片上的任振国,就是我的大爷爷。"

"哦!你是任振国的侄孙女?"梁志成一惊。

"是的,梁伯伯。我伯祖母他们找了您好多年。伯祖母说过,伯祖父与您合过影,记得您叫……"任月芬的眼泪悄悄地流了下来,"伯祖母已经去世多年了,如果她还在世,一定会很高兴,也一定会和您见面的。"

"……都过去很久的事了。他们后来生活得好,我也安心了啊。"梁志成分外动情地说道。

"伯祖母给我说过好多次,当年就是您把她娘儿俩护送到延安的。"任月芬继续说道,"一路上好几次遇险,都是您冒着生命危险保护了他们的安全。"

"那是组织交给的任务,不论是谁,不论有多大困难,都必须完成。"梁志成十分诚恳地说道。

"梁伯伯,我替伯祖母谢谢您。她在世的时候,常常念叨您。"任月芬渐渐平静下来。

"我那时就是一个穷人家的孩子,多亏有他们关心,我才慢慢成长起来。要说感谢,我应该感谢他们。"梁志成动情地说道。

"梁伯伯,您知道我大伯是谁吗?"

"当然知道。他干得很好,很实在,下面的老百姓都说他是个实事求是的中央领导!"

"我回去后,一定马上向他汇报您的情况。"任月芬继续说道,"您有什么话要对他说吗?"

"没有,没有。他现在担任中央那么高的领导职务,都是国家大事,日理万机,千万不要说什么我的事。"说到这里,梁志成想了一下,"如果非要说点什么,就一句话,不管职务多高,永远也别忘了下面的老百姓。江山是靠老百姓的生命血汗得来的,咱们一定要真心实意地为老百姓做实事,决不能让那些当官做老爷的人坐江山。"

十九

行程结束,任月芬准备赶回临锦市。

临锦市晚上八点的飞机,五阳到临锦一个半小时,飞机起飞前半个小时停止检票。

时间卡得很紧,杨鹏以为没有时间了,本来还想同任月芬好好聊聊的。

一眨眼间,任月芬下来已经三天了。

近在眼前,又远在天边。

到了高速路口,有一辆安排好的小汽车等在那里。

让杨鹏没有想到的是,任月芬换车后已坐在车里了,一招手把杨鹏叫进了车里。

司机、秘书都出去了,就剩了他俩。

杨鹏有些紧张起来,他猜不出任月芬会对他说什么。

这几天,杨鹏也进一步了解了任月芬。

果然是真人不露相,露相非真人。他这个同学,这么多的背景,居然什么也没告诉过他。

同夏雨菲完全是一种性情!

杨鹏甚至想到了这些年特别时尚的一个词:暗物质。

茫茫宇宙,能看到的只是其中的一小部分。而支撑着这个大千世界的,则是我们根本看不到的一种超级物质,一种超大能量。

像任月芬们,大概就是这种超物质,超能量!

有了这种超物质,超能量,我们这个世界,才不至于在瞬间爆裂或者坍塌。

任月芬等杨鹏坐稳了,立刻说道:"别见怪啊,这两天也没时间与你聊聊。你也知道,我们下来一趟不容易,要记、要消化的东西太多了。"

"明白。"杨鹏赶忙解释,"下次去北京,我专门向你去汇报。"

"时间不早了,有几个意思,我尽量给你简单说说。"任月芬没接茬儿,直接说了起来。

"好的。"杨鹏好像又看到了任月芬当年在党校当班长的模样。

"首先感谢你,给你打了个电话,你立刻就下来了,总的看,情况了解得很充分,准备得也很扎实。我觉得可以,我看李部长和王局长也比较满意。"

"这要感谢你,都是你的功劳,没有你的电话,我哪能这么快就跑下来。这次下来,我的收获最大。"杨鹏并不是说客套话。

"我现在想说的是,这次总理下来,你一定要认真思考一下,能否打破过去的那种从形式到形式的惯例。现在领导下来,一切都只是个象征,都只是走个程序,走个形式,无非是让大家知道我们下一步要关注什么,重点是什么,需要注意什么。这是过去中央领导下来的一贯模式,当然这个模式也有其重要的意义和作用。但现在已经不是过去了,我们的政府工作正在趋于稳定,信息和媒介的传递也已经不可同日而语。现在我们的领导下来,最重要的目的应该是什么,需要我们深入分析和思考。杨鹏,你现在在下面,年轻,有想法,也想干事,还是那句话,你要多替领导考虑,假如你将来当了更大的领导干部,你每次下来到基层,主要的目的是想干什么?是发现问题为主,还是发现成绩为主?是解决问题为主,还是肯定成绩为主?还是二者皆有之?成绩是成绩,问题是问题。发现什么就解决什么,处理什么,不要以为这是很久以后的事情,十年八年,一眨眼时间就过去了。就像我们今天看到的梁伯伯、马阿姨,当时他们并没有想到那么多,等到他们退休了,不在职了,下来了,与老百姓在一起了,才发现了那么多问题。这些问题不但解决不了,而且问题的恶果和危害,还直接降临到自己头上。这是一个多么严酷的事实,也是一个十分令人警醒的惨痛教训。这也是我这两天一直在思考的问题,我整理好以后,再给领导们汇报。所以在这方面,我希望你能给我做点尝试,当然这非常不容易,但是,我们作为新的一代,一定要在这方面做出努力,必要时,即使付出代价,也要有所作为。"任月芬的这番话,几乎是一气呵成,看得出她的这些想法,都是久经思考,早已了然于胸。

杨鹏再次感受到了自己与老同学之间的差距,她真的想得更深更远,而不是整天忙于应付,看上去焦头烂额,事实上一无所得。杨鹏也清楚任月芬这些话的分量,她绝不是只对他说说而已。其实从前几天开始,杨鹏就已经感觉到了任月芬的非同寻常。她的所说所做,所思所想,都能直接反映给最上层。就像这次下来,她的观察点、她的眼光、她提出的问题,都表现出她站得很高,想得也更深。她认为自己作为一名干部,对这个社会应担当的职责和责任是实实在在、力挺八极的。绝不是一些领导干部整天挂在嘴上,却从不入脑入心的职责和责任。

"明白,我会努力按你说的去办。"杨鹏点点头回答。

"还有一件事,就是关于夏雨菲下一步的去向问题。"任月芬眼神冷峻地看了杨鹏一眼。

"这个我回去就同龚书记商量,然后会一直与徐帆书记沟通,你放心就是,我会认真督促他们去处理。"杨鹏立刻说道。

"我和夏雨菲谈过了,她说你没有与她谈过。"任月芬直言不讳。

"是,还没来得及。"

"那我告诉你,这件事,我会一直关注下去。"任月芬再次眼光犀利地看了杨鹏一眼,"这不是一件小事情。像夏雨菲这样各方面都非常优秀的博士生,不论是事业成就,还是能力水平,也不论是人格品行,还是家庭教养,都可以说是出类拔萃,栋梁之材,为什么居然连党都入不了?在机关也待不下去,最后只能离开行政部门,去到别的地方发展?这并不是说,一个人除了行政部门,就再没了可以更快更好发展的用武之地。也不是说,革命后代都应该破例重用。我们现在从夏雨菲身上看到了一个严酷的现实,有些政府部门确实有病了,有的地方甚至可以说是病入膏肓。新中国成立才多少年,就发生了这样的事情,这是一个多么令人深思的现象。"

杨鹏点点头,然后渐渐僵在了那里,这一点他倒是没想过。现在任月芬说出来,顿时让他感到了事态的严重性。

"还有,如果我们发现了特别优秀的干部苗子,以现在的干部制度,如何培养,如何使用,好像根本拿不出什么好办法。"任月芬继续痛心疾首地说道,"即使一个省委书记,看到一个优秀的人才,也一样没有办法把他任用起来,也没有相关的制度条例尽快把他提拔起来。封建社会还能不拘一格降人才,如今什么时代了,我们还在这样作茧自缚?眼看着很多的优秀人才被排除在外,我们不仅没有好的办法,反而只能让那些只知道投机钻营、逢迎拍马的人,一个接一个地混迹于我们的干部队伍。更危险的是,明知道他们是什么样的人,却又不能不用,甚至再一步步把他们提拔到更高的位置上,甚至让他们来接我们的班。我们用了这么多年的时间,建立了一个纪律严密、上下连通、全方位监管、无比强大的组织系统,为什么还会发生这样的情况?到底是哪里出了问题?这是我们必须回答的极其严重的现实问题。"

杨鹏再次被震撼了,是的,这确实是个重大的、无法回避的问题。

"杨鹏,我今天之所以要给你说这些话,因为你下一步有可能要进省委常委。"任月芬继续说道,"被任命为省委常委,在干部问题上,你就有了发言权。这非常重要,你一定要有这方面的思考。你认真想想,今年是换届之年,大家急着都在干什么?是那种三五年都见不到成效的真正的民心工程吗?就像你们这里的'一个鸡蛋工程',还是那些华而不实、劳民伤财、投机取巧的政绩工程、形象工程?因为换届,似乎调动起了所有干部的注意力和积极性,但究竟是什么人在忙?忙什么?为什么忙?领导们能看清楚吗?即使看清楚了,能把这些问题摆出来,进行公平公正的处理和解决吗?我们需要什么样的干部制度和机制做保证?我们现在面临的问题,并不只是一个夏雨菲的事情。你是副省长,看上去前呼后拥,风光无限,但在用人的问题上,有时候远不如一个市委书记、市长,甚至还不如一个县委书记、县长,相信对此你比我有更多的体会,包括你分管的那些厅局。所以对夏雨菲的事情我还留了一手,我已经给夏雨菲说过了,让她过两天到北京来一趟,我想让她见见我们领导,见见我的大伯。说实话,我真的看中她了,我回去好好了解一下,看我们那里究竟哪个部门更适合她。"

"如果她能被选拔为党派副市长,我觉得还是可以的。"杨鹏很认真地说道。

"不要太主观了,你怎么知道她愿意当这个副市长?"任月芬冷冷地回了杨鹏这么一句。

杨鹏怔了一下:"她不愿意吗?"

"你问过她吗?"

"还没有。"

"你问过她什么?你什么也没有问过她。"任月芬的眼神分外冷厉。

杨鹏一下子低下头来:"这两天,我真的还没有来得及。"

"你们是一般关系吗?"

"……她给你说什么了?"

"你们从认识到现在,十多年了,你了解她多少?"

"秘书长,说来话长,我下次再详细给你解释。"

"你想给我解释什么?为什么要给我解释?还需要解释吗!"

"是这样……"

"好了,我要走了,你的私事与我没有任何关系。"任月芬冷冷地说道,"我只想说一句,有些东西,一旦失去了,才能知道它的珍贵。"

等任月芬的车子不见的时候,杨鹏仍痴痴地站在那里。

关于他和夏雨菲,任月芬的话不多,却字字钻心。

她一定知道了些什么,也就是说,夏雨菲也一定给她说了些什么。

夏雨菲都给任月芬说了些什么?

以夏雨菲的性格,决不会说一些难听的话、埋怨的话,更不可能说一些怨恨的话。

绝不会。

但只要夏雨菲说了些什么,任月芬绝对会立刻清楚他们之间曾有过什么,发生过什么。

任月芬对杨鹏的几句话,就像在党校时对他的那种鉴定:"近在眼前时,又坐失良机,你这性情,再好的姑娘也会错过了。"

而今天说得更狠:"你想给我解释什么?为什么要给我解释?还需要解释吗!"

任月芬话里的意思让杨鹏感觉得清清楚楚:"……对你来说,失去的概念也许根本就不存在。像你这种性情,根本就不值得拥有她!"

这比痛骂一顿更让他难受和揪心。

尽管是同学,但一点儿也不给他留情,足见任月芬对他的恼恨和愤懑。

任月芬分明是替夏雨菲对他进行着一种直接的谴责和讨伐,其实更是一种深深的惋惜和心痛。这么好的,又是你曾经深爱过的女孩子,居然就这么无声无息地让你给放弃了!

后悔吗?

后悔死你!

杨鹏从任月芬脸上清清楚楚看到了这种鄙夷和呵斥。

堂堂一个副省长,做人到了这种地步,岂不是人生一大败笔!

真的是无话可说,无言以对!

"省长,他们还在等着您呢。"小丁在身旁轻轻地说了一声。

杨鹏愣了一下,终于又回到了现实。

任月芬走了,现在这一群人中,杨鹏又成了其中的最大领导。

下一步要干什么,都在等候他的指示,等候他的拍板。

杨鹏尽快地理了一下思路,下一步要干的事情都还有什么。

第一,夏雨菲母亲梁宏玉教授那里,有关水库工程和安全方面的事,还在水库管理站那里等着他。

第二,夏雨菲那里,她还有话要说,而且是必须的。这次无论如何,也不能就这么一走了之。

第三,徐帆书记和程靳昆市长那里,还有事在等着他。这也是必须办的事情,商量什么,也要提前考虑好。

第四,分管教育的临锦副市长刘绍敏,还有教育局局长汪小颖,还需要最后归纳总结,到底定了哪几个考察点,得有个八九不离十。

第五,临锦市有关科技转型的工作和业务,由一个民主党派的副市长分管,杨鹏前天见了一面,感觉这个副市长其实根本不懂科技,也管不了科技。再加上年龄大了,换届后马上面临交班,所以临锦市科技局局长也根本没有把这个副市长当回事。看来下一步有关考察这件事,还得直接同科技局局长认真谈谈。

第六,还有分管安全和水利的副市长,杨鹏到现在还没有坐下来聊聊。包括水库的安全,煤矿铁矿以及所有矿企的安全,以及即将到来的这次汛情,截至目前,他心里完全没底。特别是这个突如而来的紧急汛情,全省的工作到底应该从哪里下手,他还没有认真考虑……

二十

杨鹏赶到红旗水库时,梁宏玉教授一行人已经在那里等候多时了。

梁宏玉教授是一个十分严谨的专家,不苟言笑,也不客套寒暄,用语简明扼要,没用的话不会多说一个字。

面对这样的专家,再加上有夏雨菲的那层关系,杨鹏不禁有些紧张,对梁教授的交流方式,好半天也适应不过来。

"杨省长,我们知道你忙,你看,我们是先给你汇报,还是你直接给我们提问题?"一到了水库大坝上,梁教授就直奔主题,开门见山。

杨鹏考虑了一下,也直话直说:"梁老师,咱们不搞什么汇报,您就直接说重点、说问题,然后再说怎么办。您是专家,我们就听您的,咱们全程务实不务虚,您看这样可以吗?"

"好吧。"梁宏玉也没再说别的,指了一下水库就直接讲了起来,"这座红旗水库听说他们已经给你介绍过,这是一座老水库,始建于1972年,当时完全是土质结构,后来经不断扩建,便成了现在这个样子。库容量初始设计一点四八亿立方米,实际从来也没有达到过这个标准。我们这里是典型的黄土高原地貌特征,千沟万壑,土质疏松,这个水库经过近三十年的泥沙淤积,现在的库容量大概不到八千万立方米。"

"八千万?"杨鹏吃了一惊。

"估计还要更少。如果让我说实话,能达到七千万就不错了。"梁宏玉依旧严肃地说。

"这么少啊?"杨鹏感到有些不可思议。

"这已经很不错了,七十年代修建的水库,能保存到现在的基本没有了。"梁教授很认真地说,"七八千万立方米的库容量,在我们这一带,已经是很大的水库了。可以一次性灌溉水地四十万亩,旱地一百五十万亩以上,能解决三个县城的人畜用水。"

"那蒙山水库呢?"杨鹏问。

"蒙山水库与红旗水库是同一个水系和山脉的姊妹水库,目前还属于青壮年时期,储水量至少比红旗水库大一倍。库容量应该在一点八亿立方米左右,如果加大储水功能,还可以再增加一千万立方米左右。接近一点九亿立方米库容量的水库,在我们这样的黄土高原,是非常稀有,也是非常珍贵的重要资源。特别是在春旱和伏旱期间,水库的作用巨大,可以保证近千万亩土地的增产丰收。而我们整个临锦市的土地,加上旱地坡地,总共也就三千多万亩。也就是说,有了这两座水库,不仅可以最大限度地防洪减淤,减轻水患,而且对临锦市的整个农业来说,基本可以做到旱涝保收。"

杨鹏渐渐听出了梁宏玉教授这些话中的题外之意。在最强降雨构成的重大汛情即将到来之际,梁教授却给他大谈特谈水库储水的重要意义和作用,是不是这里面埋藏着什么重大玄机或者难题?

"这两座水库总控制流域面积一千七百六十平方公里,这并不包括水库截留的蒙山河的流域面积和子流域面积。按初始设计,这两座水库所涵盖的可汇水总面积,远大于现在的库容量实际。也就是说,两座水库的库容量是按四到五个亿立方米设计的,而现在,两个水库的库容量总和,大约只有三个亿左右。"

"明白了。"杨鹏点点头,"水库的库容量越来越少,可控制流域面积却还是原来那么大。"

"还不仅仅是这一点问题,还有许多更需要关注的情况。"梁教授成竹在胸,讲得很快,"这是一座老水库,由于常年风化以及水流水力的侵蚀,水库丰水期和枯水期水线以下都有了大面积的塌陷,如果丰水期水线突然抬高,将会引发多年累积松软土质更大面积的塌陷,甚至诱发大面积的山体滑坡和泥石流等重大地质灾害。这不是有意危言耸听,省长,你看这座水库中间线林带下方的一道裂痕,如果水位上涨到这个位置,上面的这一大片山丘还有连带的丛林植被,将会完全滑入水库,最少的估计,也会有三百到五百立方米左右。"

杨鹏看着梁教授指向的方位,心情顿时沉重起来:"三百到五百立方米?这对水库的冲击太大了。"

"是。像这样潜伏的险情不仅是一处,而是有好多处。"梁教授继续说道,"这一段时间以来,我让很多学生来这里实地考察和检测,得到的结论基本一致。前几天夏雨菲也来过这里,这两座水库她都看过了,她的结论和看法更严重,更紧迫。"

杨鹏突然想到了那天他和夏雨菲见面的地方,原来她确实是在对水库的险情进行检查和监测。听到这里,杨鹏不禁问道:"更严重的结论是什么?"

"更严重的结论是,这座水库已经基本丧失了防汛的功能。"梁教授斩钉截铁、十分果断地指出,"既没有防洪能力,更没有防灾能力,只剩下了潜在的巨大风险。在重大汛情来临之际,首先需要高度关注和提防的是这座水库可能造成的灾害。"

"有这么严重吗?"杨鹏追问了一句。

"确实很严重,不论是泄洪放水,还是防洪蓄水,都已经基本丧失了这两方面的功能。"梁教授语气决然。

"这是一个非常严重的情况啊,我们必须当机立断。"杨鹏突然感到压力巨大。

"是。"

"现在需要怎么办?"杨鹏问。

"杨省长,你现在如果还有时间,我们再到蒙山水库那边去看看,可以吗?"梁教授说,"到了那里,我们再一起分析一下,看下一步应该怎么办才是最好的措施。"

杨鹏立刻答应了。情况如此紧急,这是他根本没有想到的。如果不是再次来到这里,他的感受还在一片歌舞升平之中。即使有点压力,也不至于像现在这样有如泰山压顶一般。

蒙山水库在红旗水库的下方,相距大约十多公里。坐上车,不到二十分钟就到了。

前两天杨鹏已经来过蒙山水库,但现在再来,感觉已经完全不同。

蒙山水库与红旗水库,是连着蒙山河道的两座姊妹水库。一座兴建于"文革"时期,一座兴建于改革开放时期。

尽管感觉不同,但蒙山水库看上去依然是美轮美奂,景色宜人。

他们一过来就停在了那天杨鹏同夏雨菲见面的那个地方。

夏雨菲没有跟过来,杨鹏说好了今天要同她谈谈的。杨鹏看看时间,刚过四点,时间还来得及。

等在蒙山水库的除了蒙山管委会的领导,还有两个市水利部门的相关负责人。

大家相互简单介绍了一下,梁教授继续讲了起来。

"杨省长,蒙山水库整体的情况要比红旗水库好很多。你看,这里我们能看到的丰水期水线,距离现在的水位还有三米左右。这个丰水期水线,也是水库的警戒水位。水库大坝最底部区域的初始水深是一百一十二米,现在的水深大约七十九米。如果涨到警戒水位,水深为八十一米。按现在的库容量计算,到八十一米处,应该在一点三亿立方米左右。按这个标准设计,这两米的距离大约能够蓄水一千二百万立方米。这座水库的限制水位是八十二米,最高的汛期水位是八十六米,水坝的高度在九十二米处。如果高过八十六米以上,整座大坝就会处于随时垮塌的境况。"

杨鹏再次明白了梁教授的意思:"这就是说,如果限制水位再增加一千万立方米,就到了这个水库的极限。"

"是的。这并没有把汛期带来的次生灾害算进去。如果蒙山水库和红旗水库一样,出现大面积的滑坡和泥石流,甚至可能在瞬间就超过这个极限数字。"梁教授的语气分外沉重。

"蒙山水库也会出现这样的情况?"杨鹏一震。

"是的,蒙山水库虽然兴建时间晚,但也有很长的库龄了,所以潜藏的隐患一样很多,这样的水库隐患在中国的北方是非常普遍的一种情况。我们临锦市的这两座水库,在中国的北方地区又有着一种特别的不同。红旗水库是座危机四伏的老旧水库,而藏着巨大险情的是这座水库还顶在蒙山水库的头上。这两座水库就像盛满水的两口巨缸,悬在临锦市的头顶上。我们这里离临锦市区直线距离约六十公里,水路不到八十公里,地势比临锦市区高出将近四百米,一旦这里的洪水倾泻而下,一个半小时就会淹没整个临锦市区和沿线的三座县城,受灾人口将达到两百万以上。"

两口巨缸!这个比喻太形象了。杨鹏听到这里,再次忍不住地问道:"现在的这两缸水,算是盛满的吗?"

"省长问得好,这确实是个非常重要的问题。"梁教授继续讲解似的说道,"现在这两座水库的储水总量,已经达到了水库库容量的百分之八十以上,如果从现在起立即停止蒙山河水的持续流入,并从现在开始减少水库现有的储水量,把两座水库的水位下降到平常年份的防汛安全位置,大约得需三至五天的时间。"

"差不多一个星期?那满打满算就到下旬了。"杨鹏吃了一惊。

"史上最强降雨有可能将在五天后发生。但今天收到的信息,强降雨有可能大大提前,两三天以后就有可能到达临锦市区。"这其中的重大危机,终于被梁教授一语道破。

"两三天!"梁教授和省气象局靳总的预测完全一致。

"根据我们的观测,也可能更早。"梁教授一脸严肃地说道。

"最强降雨会是什么情况?"杨鹏已陷入梁教授的判断中,止不住地问道。

"很可能是史上罕见的降雨量。"

"估计会有多大?"

"有可能达到五百毫米以上。临锦市历史上的最强降雨纪录是七百三十毫米,时间在1977年7月份。"梁宏玉教授回答得肯定而又清楚。

"五百毫米!"杨鹏不禁大惊。

"甚至有可能超过1977年。"

"超历史纪录?"

"对,很有可能。"

"中国气象局有通知吗?"

"有。"梁教授目光炯炯地说,"针对今年这次提前而来的汛情,我们已经多次打过报告,详细通报了我们观测的结果。我们学院的气象观测点,也是国家的重点观测点。我们也已经多次接到中国气象局的批示,中国气象局的批示比我们的报告更急迫。"

"这就是说,如果从科学严格的分析来判断,我们必须立即做出决定。"杨鹏字斟句酌地说道,"那就是从现在起,就应该开始泄洪放水,是不是?"

"对!必须从现在着手,最晚也不能超过明天。否则,就真的来不及了。"梁教授十分急切地说道。

"有关这方面的情况,你们没有给市委市政府打过报告吗?"杨鹏突然意识到了什么。

"这也正是今天找你的原因。我们学院打给政府的报告,他们很少回复。因为我们是省管院校,与地方政府没有管辖关系。我们打给市气象局的报告,市气象局也都只是程序化地给予回复。气象局在政府部门是弱势部门,他们的声音没有力度。"梁教授的脸色显得愈加严厉而又无奈。

"但您刚才谈的情况完全不同,形势如此严峻,事关重大,十万火急,他们怎么能置之不理?"梁教授讲的情况再次让杨鹏震惊。

"杨省长你是下来了,我们能与你直接说话了,才能把这些真实的情况反映给你。如果你这次没有下来,现在还在上面到处开会讲话,怎么能听到我们这样实打实、面对面的情况分析?"梁教授不遮不掩,实话实说。

"您是国家重要的专家教授,你们的意见怎么能等闲视之。"杨鹏突然觉得自己的话虚伪而又苍白无力。梁教授说的一点儿没错,如果这次没有下来,哪会专程跑到水库上听一位教授讲述分析情况?政府的事情太多了,哪一桩不重要,不紧急?哪一件不事关成败,任重如山?等这次回去了,只是这些天堆积下来等待他批示的文件,一定会像小山一样堆满了他的办公桌。这些文件又有哪一份不重要、不紧急?哪一份不迫在眉睫、刻不容缓?

"我们今天能把这些情况汇报给你,就已经非常幸运了。不管怎么说,事关家国命脉的事,与老百姓生死攸关的事,我们也一样有不可推卸的责任。"梁教授说得悲壮真切,感人至深。

杨鹏听后半晌无语,一时间竟不知道该怎么回答。末了,十分中肯地说:"梁教授您放心,我回去以后,马上就把您的意见让有关部门认真研究,尽快采取措施。如果还有不清楚的地方,我会继续与您沟通请教。"

"好的。"梁教授并未客气,话音也分外慷慨激昂,"我随时等候消息,一定全力以赴。我们这些当老师的一个一个的都已经老了,也都盼着能为国家出点力,能做多少算多少,付出再多,再忙再累,一概不会计较。"

杨鹏本来还想说让临锦市主要领导也听听梁教授的紧急汛情汇报,但能否做到,自己也没有什么把握,想了想说:"梁教授,您还有别的什么要提醒的?"

"有啊,还有一些情况,一会儿让雨菲给你专门说说吧。"梁教授的眼神瞬间柔和下来,"有些情况,很重要,也很紧急,雨菲一直在基层,在一线,掌握的情况更多,比我了解得更清楚,也更有说服力,让她直接给你说吧。"

"好吧。那就谢谢您了!"杨鹏突然有些激动。

"我知道,你也学过水利工程和气象专业。"梁教授像表扬似的说道,"我们沟通起来,一点儿障碍也没有。现在这样的领导不多了,在职博士和全脱产博士还是有区别的。"

杨鹏的脸突然有些发红,没想到这么严肃的一位教授,会当着这么多人的面这样表扬他。

"你跟有些领导也不一样,毕竟是苦寒出身,知道下面的艰难困苦。我听雨菲说过,你在学校里从来没有穿过皮鞋,五角钱以上的饭菜极少吃。"梁教授用赞许的眼光看着杨鹏,毫不掩饰地说着自己对他的看法,"那一年,我和雨菲一起去过你家里,这样的家庭能一直读完博士,真不容易。"

"您也去过我家?"

"是的,一起去的还有雨菲的姥姥姥爷。时间过得真快,一晃就十年过去了,你已身为副省长了。我们都看好你,你肯定能为老百姓和国家办大事。"

梁宏玉教授的一番话,让杨鹏再次呆在了那里。

杨鹏送走了梁宏玉教授,即刻把蒙山管委会主任和水利局的两个负责人叫了过来。

几个人一起来到了蒙山管委会的一间办公室。

进了房间,杨鹏什么客气话也没说,直接问道:"梁教授刚才讲的你们都听到了吧,她讲的这些话,你们如何看?主任,你先说说。"

杨鹏直接点将了。

管委会主任廖鸿飞前天曾与杨鹏在一起吃过饭,此人还算年轻,不到五十岁,说话也非常实在:"杨省长,是这样,我们管委会的管理范畴主要是库区人口、库区治安的管理和库区的旅游管理。水库的管理,是由市水利局主管。他们在这里有一整套管理机制和管理人员,在这方面我们主要是配合他们工作。"

"这个我知道,我只是问问你们的感受。还有,你们对梁教授讲的有什么自己的判断和意见。"杨鹏继续追问,他想听听大家的感受是否与自己相同。

"省长,说实话吗?"廖主任小心翼翼地问。

"实话是什么,假话又是什么?什么话都可以,我都想听听。"杨鹏神色严肃地说。

"杨省长,说实话,这样的情况,年年都有,我们经历得多了,最终都平安无事地过去了。教授嘛,整天都是在研究室里研究问题,一看到有什么异常情况,立刻就会觉得是天大的问题。我们在政府部门工作,天天遇到的事都是他们觉得有很多风险的事。梁教授确实是一位值得我们尊重的专家,他们的意见完全可以做参考,但如果我们把他们说的作为决策的主要依据,很可能就会出问题。"廖鸿飞果然是实话实说。

"你能不能说得详细点,比如像即将到来的汛情预报,如果按照梁教授讲的办,你觉得会出什么问题?"杨鹏问道。

"杨省长,我们这两座三亿立方米蓄水的水库,是多大的一笔财富啊。特别是眼前这座蒙山水库,都是一级水质,水质良好,完全符合国家标准,甚至优于国家标准,几乎不需净化就可以直接饮用。即使是红旗水库,也是二级水质,属于优质水。我们这里是黄土高原,每年的降水量也就是四五百毫米左右,水在我们这里太珍贵了。省长,您知道吗?这两座水库因为都是国营水库,这里的水,一吨定价只有五毛钱左右。有这样的两座水库,整个临锦市的自来水供水价格,就会给市政府节省一大笔钱,也让市政府吃了一颗定心丸。假如我们把这两座水库的水承包出去,价格立刻就能翻两番。如果在春旱伏旱时节,把这些水承包出去,每亩地的灌溉价格可以达到五百元至八百元人民币。只要保持现在水库的水量,不算我们的管理费,一年下来,最少也会有十亿元人民币的收入。这几乎相等于一个富裕县区一年的纯收入,这还不算其他的有关收入。比如附近的数以百计的渔场、鸭场、猪场、水泥厂、皮革厂、造纸厂,还有数不清的蔬菜、花卉、瓜果大棚,这些都是极度依赖水的生产项目。这还不包括那几座小型水力发电站,不包括我们管委会的旅游和水文化项目。省长,这一笔笔都是老百姓和政府真金白银的直接收入啊。"廖鸿飞滔滔不绝地说着。

"你的意思是,因为这些收入,我们可以对即将到来的重大汛情用最保守的办法来应对?"杨鹏耐心等廖鸿飞说完了,终于问了一句。

"……不能叫保守吧。"廖鸿飞停顿了一下,大概他没想到杨鹏副省长会这么问,"兵来将挡,水来土掩。汛情什么时候来,我们什么时候进行应对,多少年了,我们都是这样过来的。我们水库的泄洪能力还是很强的,我觉得不需要特别担心。"

"好吧,说说你的假话。我现在想听听你怎么说假话。"杨鹏想放松一下,故意这样说,但脸色和口气依旧显得十分严肃。

"嘿嘿……"廖鸿飞有些尴尬地笑了一笑,好像情绪也一下子转换不过来,憋了好半天才说,"省长,我们平时对领导的指示,一般都会这么说,请领导一定放心,我们一定深刻领会,认真研究,积极落实,马上制定措施,对即将到来的汛情,一定按领导的要求,全面动员,全力以赴,严防死守,守土有责,守土尽责,确保水库万无一失……"

说到这里,廖鸿飞忍不住笑了起来。

杨鹏也跟着笑了一声,但笑出来的声音既难听又瘆人,连他自己也觉得这笑声比骂人还刺耳。

不过,杨鹏倒没觉得廖鸿飞主任有什么问题,现在的某些基层领导,不就是这个样子吗?哪个不是有好几套语言,与领导说话、与同事说话、与下级说话、与老百姓说话、与家里人说话、与朋友说话,桌面上的话、桌子下面的话、做报告时的话、即兴讲话时的话、讨论领导讲话时的话,等等,是不是有所不同,甚至根本不同,完全不同?

问完了廖鸿飞主任,杨鹏把眼光放在了那两个市水利局负责人的身上。

一个高高的个子,长得格外精干,分外帅气,此人大约三十来岁,显得很年轻。另一个身材适中,一脸敦厚,感觉十分朴实。

"你们俩是市水利局的,目前的情况你们怎么看?"杨鹏直接问,"你们两个谁说?"

"我说吧。"高个子的那个年轻人说道。

"刚才梁教授讲的情况你们水利局了解吗?"杨鹏开门见山,直接问道。

"了解。"高个子的话干净利落,"梁教授反映的情况,水利局已经研究过两次了。"

"那就是说,水利局还是重视的。"

"是的,非常重视。"

"那么对这次汛情,你们也认可梁教授的分析和预测?"杨鹏听到这样的话,立刻对水利局的态度表示了关切。

"是的,完全认可。"

"和梁教授的判断完全一致?"

"是。"

"也认为这将是极为罕见的汛情?"

"是。"

"能不能说说具体情况?"

"好的。"年轻人回答得干净利落。

"给你五分钟时间,拣最重要的说。"杨鹏看看表说道。

"好。"小伙子点点头,"我们研究的情况是这样,也就是目前我们形成的基本结论。第一,这次提前到来的汛情,是历年来较早的一次,比历史上强降雨的记录平均日期要早二十天左右。所以首先要克服麻痹思想,认为强降雨不可能来得这么早。二,从历史上看,提前到来的强降雨,降雨量超过平均数值的占很大比率。对这一点必须高度重视,不能认为来得早的汛情,降雨量会比来得晚的汛情少。三,从这两年临锦市的降雨量来看,我们去年的降雨量将近八百毫米,前年的降雨量也超过了七百毫米,同历史上有记录的降雨量相比,这几年的降雨量都处于最高值。所以降雨量的不断增加,特别是强降雨的次数越来越多,是气候变暖的重要标志。四,此次提前到来的汛情的严重程度,据气象部门和我们水利局有关部门的研究分析,最强降雨量有可能超过历年汛情的最大值。"

"说完了?"

"对,这就是我们目前的研究和判断结果。"年轻人说得简洁有力,毫不拖泥带水。

"那你们做出的防汛措施是什么?"

"我们做出的措施和梁教授建议的完全一致,立刻开闸放水,防止强降雨对水库造成的巨大风险。"

"这是水利局的一致意见?"

"这是我们水利监察大队的意见。"

"水利局也研究了?"

"是。"

"局领导同意?"

"是。"年轻人顿了一下,接着说,"如果局里不同意,我们也会坚持自己的意见。"

"这就是说,也有不同意见?"

"是。"

"你们已经给市政府报告了?"

"是。"

"市政府批复了没有?"

"市政府还没有研究。"

"为什么?"

"刚才廖鸿飞主任讲的情况可能是主要原因。"年轻人直言不讳。

"报告打上去多久了?"

"三天前就打上去了。"

"三天前?"杨鹏吃了一惊。他来临锦今天是第五天了,徐帆书记和程靳昆市长从来也没有给他讲过这方面的情况。尤其是徐帆书记,他们之间的关系应该说十分亲近,无话不谈,何况是这么大的事情,"你确定是三天以前?"

"确定。"年轻人的语气不容置疑,"是我亲自送上去的,市委一份,市政府一份,水利局只要是领导人手一份。"

"你亲自送的?"杨鹏再次感到吃惊。

"是。"

"你是什么职务?"

"水利工作队副队长。"

"副队长? 主管什么?"

"主要职责是主管水利管理站。"

"他也是我们蒙山水库管理站站长。"身旁那个长相敦厚的男子插话道。

"你在水利局工作多少年了?"

"十年了,大学毕业以后就过来了。"年轻人随问随答。

"你学的什么专业?"

"水利工程。"

"你叫什么?"杨鹏有些惊讶地问。

"李皓哲。"

杨鹏愣了一下。

本想去见见的,居然就碰上了。

李皓哲! 原来就是眼前这个年轻人。

夏雨菲的对象?

李皓哲竟然就是他。

213

等了夏雨菲十年的那个他?

杨鹏对眼前这个年轻人认真端详了一下,确实英俊、帅气。

夏雨菲在信里说过,之所以同意了这门婚事,是因为他长得与你很像……

二十一

杨鹏对水库管理站站长李皓哲颇有好感。

高大、英俊,思维敏捷,精明强干。

夏雨菲的眼光果然不错,杨鹏对李皓哲十分满意。

说实话,不论从哪方面看,杨鹏确实对李皓哲十分认可,也十分赞赏。

无可挑剔,各方面都很出色,都很完美。

杨鹏觉得十分欣慰,十分满意,甚至还有一种踏实和宽心的感觉。

然而,不知为什么,失落的情绪竟从心底冒出。

就在那一刹,杨鹏突然觉得有些不知所措,胸中隐隐作痛,久久难以平息。

一种痛失至亲的感觉,窒息般难受。

这是怎么了?

一直到坐进车里,这种无以形容的情绪仍紧紧缠绕着他,无法自拔。

从来没有过的感觉,从来没有!

尽管已经过去这么多年了,在内心深处,在朦朦胧胧之中,一种情感依然紧紧地卷裹着,内心深处始终藏匿着那份眷恋。

夏雨菲!

尽管已经结婚多年,但当再次面对她时,才发觉自己心中那团无形的东西,仍然深深地、扎扎实实地凝结固化在那里,一刻也没有消失。

这就是人们常说的那种终生相随的初恋?

也许她在你的心底从来也没有失去过,所以一旦看到将要失去时,这种感觉才会突然复活。

"……你想给我解释什么？为什么要给我解释？还需要解释吗！"

任月芬的话，再次像砸过来的石头一样，让杨鹏痛惜万分。

"省长，到了。"秘书小丁轻轻地对杨鹏提醒了一声。

杨鹏从梦幻中陡然回到现实。

杨鹏离开管委会的时候，把所有的人都打发走了。

晚上不在五阳吃饭，他要直接赶回临锦。计划晚上和徐帆书记一起吃饭，顺便把几个问题与书记商量一下。

市教育局局长、县委书记、县长、管委会主任、水利局监察大队的人，都让他们回去了。杨鹏来临锦已经好几天了，他们陪他考察的时间也太长了，他们自己的事情也肯定积压了很多。余下来的事情也确实不需要陪同了，再说，时间也不允许了。

现在就剩了一件事情，他要去见夏雨菲。

夏雨菲在她的雨润公司五阳办事处等着他。

夏雨菲的母亲梁宏玉说了，夏雨菲有很重要的事情要给他说。

不是私事。如果是私事，绝不会像梁教授说的那样："……有些情况，很重要，也很紧急，雨菲一直在基层，一直在一线，掌握的情况更多，比我了解得更清楚，也更有说服力，让她直接给你说吧。"

很重要，也很紧急的事情。

夏雨菲肯定是只想给他一个人讲。

跟着杨鹏一起来的只有秘书小丁，还有另外一辆车，里面的两个人杨鹏并不认识。杨鹏知道，那是县里领导专门派来"招呼"他的工作人员。

办事处门口站着几个人在迎接杨鹏副省长。其中两个杨鹏很熟悉，一个是那天晚上刚刚见过面的年轻人，还有一个是雨润公司的刘燕楠。

办事处里十分安静。

一个大大的办公室，此时就剩下了杨鹏和夏雨菲两个人。

秘书小丁招呼了一声,没有跟进来。刘燕楠倒了两杯水,没再说什么,很快也悄悄出去了。

杨鹏真的有点渴了,好在是温的矿泉水,不冷不热,一口气就喝了大半杯。

雨润矿泉水,此时更加感到清爽甘甜。

放下水杯,杨鹏发现夏雨菲正静静地看着他,脸上看不出任何表情。

杨鹏与夏雨菲的目光对视一下,很快移开了。杨鹏低下头去,又喝了一口水。

夏雨菲又拿过一瓶矿泉水,轻轻地打开。

"刚才见到梁老师了,说的问题都非常重要。"杨鹏打破沉默,开口说道,"说实话,没想到形势会这么严峻。"

"你让汪小颖局长也回去了?"夏雨菲问。

"是,你和她还有事?"

"主要就是她这里的事。"

"学校?"杨鹏有些不解。

"对,主要是学校的事。"

"什么事?"

"本来想和你一起到现场看看,但看你的时间,已经安排不过来了。我直接在这里给你说吧,改天有时间去也可以。"夏雨菲的声音不高,但还是能感觉到不同寻常。

"我马上问问,看局长走了没有。"杨鹏一边说,一边掏出手机。

"不用了,我刚才问过了,局长现在都已经到临锦市了。"

"你上午也没有给我说,要说了我就把她留下来了。"杨鹏觉得夏雨菲肯定有重要的事情,"学校的事?你们那个子弟学校吗?"

"不是子弟学校的事。"夏雨菲一边说,一边又给杨鹏的杯子里倒满了水,"喝热水这里也有,不过我看你平时不怎么喝茶水。"

"是,我喝茶水晚上睡觉不好。"杨鹏不禁分外感动,他的一举一动夏雨菲居然看得这么仔细。

"你的秘书小丁给燕楠说过了,改正这个习惯对你来说很难。"

"是。到了哪里都是茶水,即使是开会也一样。"

"你又不能到了每个地方都给人家解释,尤其是到了一些重要的地方。"

"是。我正在改。"

"你要能坚持下来,别人慢慢也会习惯你。"夏雨菲说了一句很有意味的话。

"雨菲,今天正好没人,我很快又要回去,现在问你一件事,你说心里话即可,不必回避,也不用立刻否定。"杨鹏绕开话题,小心说道。

"你说吧。"

"徐帆书记和省委龚一丰书记对你的印象很好,让我问你,想不想离开公司,再回行政部门工作。"

"你是不是也是这个意思?"

"是。我觉得你在行政部门工作,更能发挥你的强项。"杨鹏实话实说。

"我的强项是什么?"

"有眼光,有能力,有管理水平,最有说服力的是有业绩。"杨鹏随口说道,但语气十分诚恳。

"那都是表面现象,公司的问题多的是。"夏雨菲声音轻微,依旧不苟言笑。

"你有那么多好点子、好思路,而且都是超前的谋划和思维,你唯一的不足,就是摊子铺得太大了。"

"这个我也清楚,确实是好高骛远,不切实际。"

"不是。"杨鹏很认真地说,"是你的平台太小,应该在一个更大的平台上施展才智,发挥作用。"

"爱屋及乌,那只是你的感觉。"夏雨菲像是无意识地脱口而出。

"也不是,你干的事情,与你的形象完全不符。"杨鹏对夏雨菲的话意并无察觉,并不在意,仍然认真地说,"你所有从事的项目都属于硬汉或者强人才能干出来的范畴,但你不仅干了,而且干得非常出色,所以让大家刮目相看,大加赞赏。"

"有时候我也觉得,同那些矿工和打工者打交道,我常常觉得与他们相处,没有隔阂,十分融洽。"

"那是你的内心和他们息息相通,从这里也看得出你的本色和品行。你如果回到行政,这一点上上下下都会认同。"

"你让我想想吧。"

"统战部找过你?"

"嗯。"

"他们怎么说?"

"让我加入民盟。"

"你怎么说?"

"我说其他党派也找我了。"

"噢?"看来确实有很多人和部门都已经关注了夏雨菲。

"我看了几个党派的历史,都很令人感动。"

"那就是说,不管是哪个党派,你首先准备入了?"

"还没有。"

"为什么?"

"还没有想好。"

"徐书记说了,统战部的意思倾向于你加入民盟。"

"我知道。"夏雨菲顿了一下说,"但姥姥姥爷还是想让我入党。"

"现在是换届期间,各民主党派也一样要换届,你如果现在入党,回行政部门反而会很慢很麻烦,在一些职务方面的考虑,反而会来不及。"

"他们给我说了。"

"你现在必须当机立断,否则失去机会,不知道会耽误多久。我们现在的干部体制就是这样,在一些方面,往往把自己卡住了,而且卡得很死。"

"任月芬秘书长也给我这么说了,她还说让我到北京,到她那里工作。"

"你答应了?"

"没有。"

"为什么?"

"你看看我这里能离开吗?"夏雨菲的神色突然显得迷茫,"我这里几百号人呢,还有那么多工人。"

"你可以找别人过渡,然后再交给一个最合适的人。"

"我知道。"

"好吧,我理解。"

"你不理解。"

"至少你当一个副市长绰绰有余。"

"他们这么说了。"夏雨菲坦然地说道,"他们把我看得太高了,其实党派里优秀的人多的是。我的几个在党派的朋友,都比我强得多。去一个党派当主委,绝不是想象中那么简单。"

"雨菲,其实我对你还有更多的期待,我甚至觉得在不久的时间里,你一样也可以当副省长,甚至更高。你有这个素质,有这个水平,也有这个能力,还有这方面的背景。国家的未来,也确实需要你这样的人,这不仅是机遇,更是一种担当和责任,我不是在吹捧,你真的应该好好考虑考虑。"

"谢谢。"夏雨菲的脸上看不到任何表情,"不过你想多了,我刚才说的并不是这个意思。"

杨鹏一下子沉默了,现场也顿时安静下来。良久,杨鹏再次打破沉寂,十分中肯地说道:

"好吧,今天不说了,雨菲,你再考虑考虑好吗?"

"有时候我觉得,有些事情对我来说,真的还没到时候。"夏雨菲像是自语似的说。

"我还是要再说一句,有些事情,一旦有了机遇,就不要犹豫。"杨鹏还是想得到一个准确的答复。

"新的机遇出现的时候,也意味着可能会失去很多美好的东西。"

杨鹏再次语塞。半晌,杨鹏又说道:"那就改天再说吧,你也千万不要有什么包袱。"

"让我想想,我会尽快给你一个答复。"夏雨菲终于说了一句,"我们现在言归正传,说正题吧。今天专门留下你,有特别重要的事情必须给你说。"

"刚才在蒙山管委会他们都说什么了?"夏雨菲径直问道。

"政府部门对今年的汛情还没有重视起来。"

"政府领导重视了,政府部门才会重视。"

"是的。"杨鹏点点头。

"但今年不同,我让你留下来,是想单独给你讲一些情况。"

"我知道,你说吧。"杨鹏尽量把自己的语气和气氛和缓下来,刚才在管委会那里情绪绷得确实有些太紧了

"他们都没有给你说。但我想了想,我不能不给你说。"夏雨菲的情绪并没有和缓,"一来我们是校友;二是我们有交情;三,不管是对国家还是对老百姓,我们有责任,因为不管现在社会上有多少不足的地方,我们都是这个时代的受益者。"

杨鹏没想到夏雨菲会这么说,有心胸,有格局,再次让他刮目相看:"雨菲,谢谢你,也谢谢你母亲。你母亲刚才说的非常重要,非常及时。"

"人太多了,有些话她不便说。你毕竟是领导,在场的人大部分也是领导,好多话不能说得那么直接。"夏雨菲在政府企业这么多年,对社会政治和干部群体自然也有特定的认知,"再加上今年又是换届之年,大家都只想谈成绩,不想谈问题。所以我特别担心你,真盼着你别出什么事。"

"谢谢。"夏雨菲的这些话,再次深深打动了杨鹏,一时间,他竟不知道该怎么表白,"没关系,你直说不妨。"

"你这次来了临锦,来了五阳,也许是天意。"

"此话怎讲?"

"因为这些地方正是我熟悉的地方。"

"我也正好在这里遇见了你。"

"是,我没想到。"

"我也一样。"杨鹏一边说,一边看了一眼夏雨菲。此时夏雨菲正满脸真诚,很大方地看着他,"看来是我的幸运。"

"我觉得将会是临锦的幸运。"

"我会努力的,你放心。"

"目前在临锦五阳,有三个你必须知道的情况。"

"三个?"

"对,都非常紧急,一刻也耽误不得。"夏雨菲的语气急切起来。

"哪三个?"

"水库、尾矿坝,还有校舍安全工程。"

"哦?你先说第一个。"

"第一是水库。蒙山这两座水库的真实情况,其实比刚才妈妈说的还要严重。"

"还要严重?!什么情况?"

"红旗水库的大坝泄洪道,早在三年前就基本损毁。闸门控制形同虚设,全部堵死,如有险情,根本无法开闸泄洪,这两年我们不断报告,但一直杳无音信。"

"这个情况水利局不知道?"

"当然知道,但是水利局有水利局自己的考虑。"

"哦?这是什么意思?"

"因为红旗水库年久失修,仅仅只把泄洪道修建起来,远远不够。在水利局看来,根本解决不了水库潜在的风险。"

"但泄洪道的修建应该是第一位的啊。"杨鹏有些着急了。

"其实下面都这样,只要有一个上面认可的必须解决的项目,一定要再捎带上几个其他的项目。"

"这个我清楚,但也要分轻重缓急,防洪抗洪,这是天大的事,岂能视为儿戏。"

"也不全是不分轻重缓急,红旗水库的险情比起泄洪道,也一样是天大的事情。"

"那为什么这么多年来就办不成?"

"政府没钱。"

"需要多少?"

"红旗水库加高加固大坝,清淤疏浚,扩大库容,整个算下来大约需要两个多亿。"

"这笔钱,如果用对了,并不算多。"

"每年整个临锦市可用的水利工程款,只有十个亿左右。临锦市

221

大大小小的水库将近六百座,大中型水库有几十座。这么大的项目,市政府不可能一次性就给解决了。"

"所以你不拨足全款,我就一直不开工。"

"对。"

"我知道了。"

"不过我现在并不是想让你去解决这样的事,即使现在能解决了,也远水不解近渴,来不及。"

"那你的意见,我们现在该怎么办?"杨鹏渐渐被夏雨菲所说的严峻情况所震惊。

"办法也不是没有,就看能不能下决心。"

"什么办法?"

"立刻换掉现在分管水利监察大队的水利局副局长。"

"为什么?"

"因为他一直想当局长,他不支持局长的工作,不仅不听局长的,甚至想看着局长出事。"

"那局长呢?局长是干什么的,管不了事,也管不了一个副局长?"

"管不了。"

"为什么?"杨鹏十分吃惊。

"很简单,因为市长不支持他,而是支持那个副局长。"

"程靳昆市长?"

"对。"

"程靳昆市长支持他下一步当局长?"

"这是整个水利局人人皆知的公开秘密。"

"还不到换届的时候,怎么就能公开这样的秘密?"

"根据上面的精神,水利局下一步要改为水务局,分管的范围扩大,所以水务局的人选就渐渐浮出水面。"

"让副局长做水务局局长?"

"对。"

"都已经人人皆知了?"

"对,他已经是下一届市委委员候选人,都已经填表了,这大家无人不知。一般来说,如果不是正局级,不会是市委委员候选人。除非你是劳动模范或者一线代表,但那是极个别的,大多数都是市级部门主要领导。对此你应该清楚,大家也都清楚。"

"那现任的局长下一步去哪里?"

"说是要调到一个国家级开发区,职务上升一格。"

"这也太早了吧。"

"不早。明摆着的事,这些人选目前都在市委换届的总盘子里,大家都猜得出来。"

"这种消息怎么会传出来?"

"就像你要进省委常委一样,大家其实都已经知道了。"

杨鹏不禁语塞,好半天才接着说:"那你的意思,让我去向徐帆书记反映这个问题?"

"徐帆书记管不了。"

"这是什么话?"

"市长在这里十几年了,根深蒂固,盘根错节。书记刚来,有些势力范围,书记暂时还触动不了。"

"你的意思,临锦市的问题都在程靳昆一个人身上?"

"严格讲,程靳昆市长并不是一个差领导。但一个领导干部在一个地方待久了,就会形成一个圈子围在他身旁。而这个圈子渐渐就会左右他的思维和判断,也会影响他的好恶和决策。这是在不知不觉之中形成的,是干部体制所致,所以现在要求干部异地交流,就非常有意义。"

听到这里,杨鹏再次对眼前的夏雨菲刮目相看。就这么几天时间,夏雨菲好像在不断地给他展现一个接一个令人称奇的精彩画面,就像渐渐脱壳的蛾蛹,终于演化成一只绚丽的彩蝶。

"那你的意思,这些问题徐帆书记也解决不了?"杨鹏继续问道。

"是的,因为他刚来。你知道的,书记现在最忙的事情就是换届。只有顺利完成换届,他才有可能关注到这些事。"夏雨菲侃侃而谈,一字一句都非常清楚,"何况像水利局这样的部门,都是政府管辖的范围,副局升正局,都是处级干部的调整,书记一般不会插手过问。"

223

"如果徐帆书记也解决不了这个问题，那从目前看，这个问题就谁也解决不了了。"杨鹏实话实说，"总不能把这个问题反映给省委书记吧？就算是省委书记，最终也得让徐帆书记来解决。"

"还有一个办法。"夏雨菲好像胸有成竹。

"什么办法？"

"找到水利局局长，直接给局长讲清楚，第一，他暂时不会离开水利局，至少换届之前不会离开。第二，这期间水利系统如果出了任何问题，他都负有直接责任。第三，找到副局长，直接给他说，这次防汛事关重大，如果出了问题，坚决严肃处理。然后你想办法立刻在市里尽快开一个防汛安全工作会议，在会上把话说得更狠一些。小会大动静，人不必多，就是即将会出现汛情的这几个市的分管市长和水利局局长参加，然后加大宣传力度，造成压倒一切的声势。你是副省长，分管安全，这个会议市长肯定也会参加，在会上说出的话，比在任何时候都有效果，没有人敢在这种形势之下再在下面做手脚。"

杨鹏一下子沉默了，这个办法完全可行。

"现在的关键，就是你必须拿到一手材料，把最严峻的情况和最可能发生的风险全部摆在他们面前。不说虚话套话，更不要打官腔，就是直接亮出问题，实话实说。有这样的势头，什么问题都可以迎刃而解。现在的干部，你只要一打官腔，他马上就把你看扁了，根本不会把你当回事。不管你说得多重要，最终都只是一阵耳旁风。而你只要来真的，放开稿子讲真话、讲实情、讲后果，大家立刻都重视了。"

"你让我考虑一下。"杨鹏沉思起来。

"材料我这里给你准备，都是最有震撼力、最有说服力的。"

"也包括你说的尾矿坝和校舍安全工程？"

"对，也非常紧急。"

"也和水库的情况一样紧急？"

"是，更紧急，也更危险。"

杨鹏一边考虑着，一边仔细地端详着夏雨菲。

她真的不像一个老板。

她真的不像一个干部。

她真的也不像将会成为的副市长。

她真的更不像将来有可能升职为的副省长！

但是，她真的都像。都有可能！

杨鹏突然觉得，只要有了合适的平台，只要她想做，也许就没有她做不到的。

良久，杨鹏用决断的口气说："走吧，我们现在就去现场。"

"杨鹏，"夏雨菲突然轻轻叫了一声，"有句话，我想我应该说给你。"

杨鹏愣了一下："说吧，我在听。"

夏雨菲十分专注地看了一眼杨鹏："这些年，你的负面新闻几乎没有，大家都十分看好你。能坚守这么多年，非常不容易。但你不能显得太焦虑，太谨慎。想让所有的人都说你好，几乎没有可能。既要沉得住气，又不能面面俱到，让你疲于奔命。看这几天，你憔悴了多少。要挺起腰杆来，你现在是副省长，多少人都在看着你……"

"……很憔悴吗？这些天休息的时间确实少了点。"杨鹏啜嚅了一句，内心深处，被夏雨菲的几句话深深打动，他瞬间石化，一动也不动地僵坐在那里。他根本没想到夏雨菲会这么说，而且说得这么准。这些不足，对他来说，几乎都是致命的，"……雨菲，谢谢你，我一定努力改正。"

"妈妈对你的印象很好，说你没有一点儿架子，身上也没有官气。这样的领导干部让人觉得放心，老百姓也一定欢迎。还说你是苦寒出身，如今这样的干部越来越少了，一定要支持你的工作。姥姥姥爷也都说你不错，是棵好苗子，感觉你将来一定会有作为。"夏雨菲一边说，一边依旧深深地凝视着他。

杨鹏长时间愣在那里，这场景让他一下子回到了十年前的校园里，让他好像又闻到了夏雨菲身上熟悉的淡淡的气息，又看到了时时浮现在眼前的那一绺绺细细的秀发……

杨鹏本想当面夸奖几句那个水库管理站站长李皓哲，但不知为什么，话到了嘴边，却没能说出来……

二十二

杨鹏和夏雨菲到了尾矿坝的时候,已经下午五点。

看来今天晚上赶回临锦市要很晚了。

但杨鹏此时已完全进入了一种临战状态,他必须尽快把情况搞清楚。

他相信夏雨菲的话。相信夏雨菲不会故作姿态,另有想法。

夏雨菲完全不需要。

他曾来过尾矿坝,但上次看的重点是矿渣回收和废物利用。那是在检阅,是在调查,是在考核。

而这一次,是夏雨菲领着他来看问题,看隐患,看险情。

杨鹏学过地质,学过工程,只要一到现场,稍一点拨,问题和破绽立刻就看得清清楚楚。

五阳铁矿尾矿坝始建于新中国成立之初,几十年来,经过多次加固和扩建。但由于每年经筛选废弃的尾矿越积越多,特别是近些年来,采矿量大幅增加,尾矿迅速增加的容量也越来越大,尾矿坝的承载量也日益增大,累积到今天,几乎成为一个天文数字。由于尾矿的处理需要大量用水,而这座几十年前建起来的尾矿坝在兴建时,没有采用渗水脱水技术,所以整个尾矿坝就像一座超大的泥石流巨库,高高地悬在山腰上。

"这座尾矿坝的容积大约有多少立方米?"杨鹏和夏雨菲一起站在尾矿坝的底部,仰面看着近一百五十米高的尾矿大坝问道。

"我们测量计算过了,三百四十七万立方米左右。"夏雨菲立刻回答,几乎想也没想,"如果坝内有凹陷的区域,有可能会高达五百万立方米。"

"五百万立方米!"杨鹏不禁一惊。他原本想着可能有两百万立方米就够吓人了,没想到夏雨菲报出来的数据如此吓人。

"你看这里。"夏雨菲抬手对杨鹏说道。

杨鹏看向夏雨菲指向的地方,再次感到情况的严重。大坝的底部区域,竟然在坝体上泅出湿漉漉的一片。

"这种情况有多久了?"

"我们公司刚来这里时就发现已经这样了,经了解,这种情况最晚也有十年以上了。"

"他们为什么一直不治理?或者更改地方?"杨鹏感到不解。

"原因多了。第一,这个铁矿已经开采殆尽,如果不是发现了新的矿源,早就关闭了。所以以前一直因为是个即将关停的老矿,就没人再想花钱来治理这个尾矿库,更不会想到再另建一座尾矿库。"

"出了事怎么办?他们就不怕出事?"

"这也正是第二个原因所在。五阳铁矿已经被省钢铁集团公司收购整合,地方对他们没有管辖权,没有管辖权也就没有责任。所以尾矿坝的问题,上面下面都不当回事,都可以推诿责任。"

"那也不能眼看着尾矿坝有可能会出问题,就只是眼巴巴地看着,毫不作为。"杨鹏觉得不可思议。

"这就是第三个原因。他们其实也都采取了措施,但只是表面文章。这么多年来,他们只是在尾矿坝的外层进行加固,看上去非常坚实,也没有什么明显的漏洞,但事实上是金玉其外,败絮其中。根本解决不了实质性问题,一旦有了强降雨,长时间降雨,或者底部透水,以至一次极小的地震,都有可能引发突发性的溃坝灾难。"

"这么严重的情况,你没有给他们说过吗?"

"我们年年打报告,但年年都石沉大海。"

"那可以再往上边打报告啊。"

"试过,但每次都会被批示下来,让他们来解决,我们等于成了告状上访户,对我们的企业也有了负面的影响。去年矿上甚至对我们的部门经理说,你们再告状,我们就终止合同。"

"那临锦市呢?你们没有给临锦市报告过?"

"那还不一样吗!如果有效果,我今天干吗要给你说这些。"

"那临锦市、五阳县,还有五阳铁矿的这些部门,他们就不觉得这种情况,将来要负责任?"

"没有出事故以前,谁也没有责任,只有出了事故以后,才会追责。如果是小事故,大家各打四十大板,最终也就不了了之。如果出了大事故,出了特大事故,才会真正影响到他们。而现在,他们没人想到责任。所以我才建议你必须让他们明确责任,出了问题,谁也跑不了,谁也别想跑。"夏雨菲对这件事看来已经考虑很久了,听她的语气,似乎每一步都想到了。

夏雨菲的话里还有另外一层意思,只要你尽了职责,尽了责任,就可以居高临下地进行管理。一旦出了问题,追责的主动方就只能是你,而他们就只能是被追责的一方。

杨鹏听到这里,一种说不出的感觉突袭而来。夏雨菲考虑了这么多,想了这么多对策,都是在为他或她自己考虑吗?

不是。

绝不是。

她今天把他叫来说了这么多,几乎都与她毫无关系。

也可以说,这些与她没有任何牵连,也没有任何利益关系。尾矿库即使坍塌了,也并不会影响到她的业务和收入。

如果放在别人身上,完全可以置之不理。

确实不是。

夏雨菲别无他图。

如果有,那就只有一个目的,这一切就是为了他!

为了杨鹏。

为了你这个副省长。

为了她曾经的那个他。

说了这么多,想了这么多,一招一式,完全都是在为他考虑!

杨鹏有些发愣地看着眼前这座高耸而又巨大的尾矿库,久久回不过神来。

你是分管安全的副省长,你来过这里,但截至目前,你没有说过一句话,包括水库的安全问题、尾矿坝的责任问题,一概没有留下任何可以证明你尽责的证据。

还真的是这样。

你居然还要急着回去!

如果不是夏雨菲的母亲和夏雨菲拦着,如果不是任月芬坚持要来这里,说不定你现在已经回到省城了。

如果出了事故,会有多大的责任?

夏雨菲说了,这座尾矿坝的下游,有一个乡镇旅馆、三个村落,还有一个集贸市场。即使是在平时,也有两三千常住人口,如果在集贸市场开市期间,人数差不多会翻倍,一旦出了问题,后果不堪设想。

集贸市场每一次开市,都会有数以千计的人在这里摆摊,在这里购物,在这里做生意,在这里住宿。

尾矿坝与这里的落差将近三百米,五百万立方米的泥石流,在十分钟之内,就会将这些地方夷为平地,彻底覆埋。

泥石流所到之处,不论是房屋还是人畜,顷刻间都会被全部吞噬,完全埋没,犹如摧枯拉朽,风卷残云,这里的一切瞬间会被清除得干干净净。

这将会是临锦,甚至全省全国几十年来最为重大的灾难。

如果真出了这样的问题,你就是真有一百张嘴,也百口莫辩。

如果你今天就这样回去了,就这样离开了五阳,离开了临锦,等到了那一天,所有的人都没有责任,唯一有责任的只能是你!

也必须是你!

这将是你面临的唯一不可更改的结局。

所有的一切都会在顷刻间发生巨变。

即将到来的换届将与你没有任何关系。

别说副省长当不成,还有省委常委、政府主要领导、年轻干部、未来可期的政坛新星,统统都会随着一场事故飘然而去。

轻者降职降级,重者免职撤职,再重者入狱判刑,皆有可能。

不仅皆有可能,而且简直就是眼前看得见的直接向你飞来的横祸。

五阳铁矿尾矿库,近在咫尺的这个庞然大物,就是一个已经拉了引信即将雷爆的超级核弹。

如果不是夏雨菲,你仍会像以前那样忙忙碌碌,浑浑噩噩,忙着到处讲话,而对即将到来的危局,茫然迷失,一无所知。

杨鹏突然觉得,他与眼前的夏雨菲不知不觉间早已角色互换。面对着这些巨大危机,夏雨菲更像是一个副省长。

而你,即使现在就只是一个副市长,也远不够格。

杨鹏无意中使劲擦了一把额头上的汗珠。

只用了不到十分钟,杨鹏跟着夏雨菲就赶到了尾矿坝下面的第一个村落——八岔口村。

八岔口村不大,估计不到二百户人家。

之所以把这个地方叫作八岔口,是因为这里是这一带的一个交通中心。

四条公路在这里相互交集,是一个天然的中转地。

因为有这样的作用,所以自然就有了一个集贸市场,过去叫骡马市场,主要以交易牲畜为主,也兼有集贸市场的功能。

有了骡马市场,自然就有骡马大店。

在过去骡马大店主要是为骡马交易市场服务,因为都是农家人,提前来将就住上一两晚,所以骡马大店也就成了最便宜、服务也最差的旅馆的代名词。大炕土炕,数九烧火,三伏摇扇,一个铺上可以躺十几个人,甚至男女不分,或者干脆就成了野鸡店。

这几年,农村逐步实现了农业机械化,牛马驴骡,拉犁耕地已经渐渐成了历史。适合农村土地承包制的小型拖拉机、播种机、收割机,基本上取代了过去的耕种收割模式。农民不再需要牲口耕种土地,骡马交易市场和骡马大店也渐渐地退出了历史的舞台和人们的视野。

这些年,随着牲畜交易的衰减,煤矿铁矿农民工的增多,过去的骡马交易市场渐渐成了集贸市场,骡马大店由于离县城和铁矿煤矿的距离很近,于是这些骡马大店摇身一变,成了一个个最便宜的城郊旅馆。

旅馆价格最便宜的时候,一个月只需要交纳三五百元。

由于便宜,旅馆的生意竟然越来越好,因为即使在城里租房住,哪怕就是一间,不能煮饭烧水,一个月也得七八百元。

于是住在这样旅馆里的人越来越多,住户最多的时候,所有的旅馆基本满员。特别是农闲时分,村里来的临时打工仔,大都住在这样的旅馆里。虽然住得很挤,所谓的床铺上几乎什么也没有,一张席子、一幅挂帘,就是房间所有的装饰配件,但因为便宜,还有锅灶,能做饭能烧水,有时候居然还供不应求,人满为患。

但是谁也不知道,就在这个集贸市场的上方,就在这三个村落的上方,就在好多人满为患的旅馆的上方,不远处,有一个巨型的、塞满近五百万立方米泥石流的尾矿坝,正张着血盆大口,虎视眈眈地凝视着他们。

杨鹏随意走进了一家旅馆。

一走进来,一股刺鼻的气味扑面而来,呛得他差点儿喘不过气来。

杨鹏虽然生在农村,看惯了各种各样的农家小屋,但像眼前这样的住处,他此生还是第一次看到。

太窄了,虽然是在上班时间,旅馆里没什么人,但炕铺之间拥挤的程度还是让杨鹏感到震惊。

如今的旅馆,已经不是杨鹏想象中那种骡马大店的通铺了,而是变成了一个挨着一个的小床铺。整个看过去,比那天晚上看到的学生住进去的养鸡场还要拥挤,更是无法翻转。

除了挨着墙的位置是上下铺以外,其他的地方都只是一层。但所有的床铺几乎都是立式的,就像坐飞机经济舱的模样,白天进来了可以坐在那里,也可以喝水,也可以吃饭。到了晚上,才能把这一张张床铺放平了,躺下来睡觉。人与人之间的距离,比飞机上的经济舱更为狭窄,两张床铺之间,几乎没有空间。给杨鹏的感觉,到了晚上,这些矿工睡下了,其实就像站着一样。

确实便宜,像这样的一个床位,一晚上也就十块钱左右。现在是最便宜的时候,因为是农忙时节,来打工的人很少,差一点的地方,十块钱就可以住进来。

一晚上十块钱,太便宜了,但也太差了。

杨鹏呆呆地看着这样的地方,简直无法相信还有这样简陋的旅馆。

"这能叫旅馆吗?"杨鹏自言自语地说道。

"你以为呢?"夏雨菲也许是看惯了,轻轻地回答道。

"从来没见过这样的旅馆。"

"所以你要常下来看看。"

"你熟悉这里?"

"是的,原来也不知道,后来就熟悉了。知道吗,我公司的许多民工就住在这样的旅馆里。"

"哦?原来这样。你们公司雇的工人,工资也很低吗?"

"这与工资高低没有太大关系。"

"为什么?"

"附近县城和矿上的大多数民工,大部分都是季节性的,农忙时回家务农,农闲时出来打工,一年也就有那么几个月打工的日子。一个月挣五六千元,四五个月到手两万多。这对一个农户来说,就是一大笔现钱,就是一年一家老小的基本生活费。每年有了这两万多块钱,他们就有了做人的底气,有病有灾也觉得踏实。如果一家子顺顺利利,一年存下来两万,十年就有二十万,就有了给儿子上大学的钱,就能让一家子体体面面地生活。所以他们不会拿着这笔钱,去搞任何形式的消费。每天上班在公司吃一顿饭,晚饭全是自己做,面是自己带来的,几乎顿顿是面条。菜也舍不得吃,一罐辣椒,一坛咸菜,就是几个月基本的下饭菜。你看看山区那些孩子在学校生活的样子,就知道这也是他们这一辈辈人生活的样子。为什么'一个鸡蛋工程'让老百姓感激涕零,就是这个原因。只要能住下来,再挤再脏也没有关系。十块钱一晚上,对他们来说已经很奢侈了。你没有去过火车站和汽车站,那些打工的,晚上都是随便找个地方席地而睡,哪个舍得花上百元住宾馆。"夏雨菲有感而发,触景生情,看来她对农民工的现状确实很了解。

杨鹏默默地听着,突然觉得自己现在竟然再次与夏雨菲打了个反,好像夏雨菲是来自基层农家,而自己反倒像是城里出身,对现在基层和山区农村的事情一无所知,十分陌生。都说环境改变人,其实身份和职务更能改变人。你生活在哪个层次,就会渐渐依附于哪个层次,固化在哪个层次。上面经常告诫要让干部下来,真正沉下来,接地气。其实下来也分几种,有真下,也有假下。如果泛泛地只是走个形式,警车开道,前呼后拥,其实跟没下来一样。年终述职,你可以到处说你下来了,事实上也确实下来了,其实你什么也没听到,什么也没看到。照样是鸡同鸭讲,各说各话,对下面的情况什么也不知道,还是按下面一级一级报上来的材料跟着一起说空话,说套话,说官话。

"你们公司的民工现在还住在这里?"杨鹏问道。

"没有,去年我看到尾矿坝的情况后,就给他们专门准备了宿舍,基本免费,比这里还要便宜。让他们交的那些钱,主要是给了打扫房间的服务员。我们租房的钱,全部由公司支出。公司也没有克扣工人的工资,我们的工资在县城这一带,一直是最高的。"夏雨菲说道。

"原来你们住在这里的民工有多少?"

"一百多个。"

"现在还有吗?"

"农闲打工人多的时候还会有,所以我最不放心的就是这里。"

"这些旅馆最多的时候有多少民工住在这里?"

"应该有四五百人吧。"

"四五百人?"杨鹏吓了一跳。

"其实住在旅馆的民工并不是全部,还有很多当地的农民开的一些农家旅馆,估计也有不少民工住在里面。"

"那就是说,只是这个八岔口,连那三个村子,连集贸市场包括驻地所有的人都算上,差不多有几千人住在这一带?"

"差不多,具体多少,我会让他们尽快统计一下,现在是农忙时节,但两三千人肯定是有的。"夏雨菲非常认真地说道。

"平时逢集的时候呢?"杨鹏顺口说了一句老家话。

"你是说集贸市场开市的时候吗?"

"对。"

"这里的集贸市场每逢农历三、五、八开市。早上八九点左右就有人摆摊了,十点多就算开市了。人最多的时候,大约在中午十一点到下午五点。"

"人最多的时候大约有多少人?"

"我们专门了解过,人最多的时候,比如逢年过节,会有五六千人。

233

最少的时候,也有一两千人。"

"陆陆续续这么多,还是聚集在一起有这么多?"

"当然是聚集在一起,陆陆续续就更多了。"夏雨菲说得十分肯定。

"有这么多吗?"杨鹏再次感到吃惊。

"只多不少。我亲自来过好多次,人来人往很热闹,八岔口这个地方距离附近好几个村子都很近,在这一带,算是个十分有名的集贸市场。"

"那我再问你一句,如果,尾矿坝突然垮塌了,对这个集贸市场,包括这里的旅馆、村落和所有的设施,会造成什么样的后果?"

"全部覆盖,完全覆盖,彻底覆盖。"夏雨菲结结实实地说了三个"覆盖"。

"覆盖的时间会有多久?"

"五分钟至十分钟。"夏雨菲斩钉截铁,毫不含糊。

"这么快?"

"甚至更快。"

"这就是说,这里所有的人,都不会有逃生的机会?"

"没有,一个也不会有。"

脸色苍白的杨鹏怔怔地站在血色的斜阳里,脑子里一片空白,什么话也说不出来。

十分钟后,杨鹏和夏雨菲又到了另外一个地方。

五阳二中学生集体宿舍新建工地。

前几天来过的地方,工地上依旧一片繁忙。

宿舍的建设进度让杨鹏感到吃惊,大部分宿舍基本完工。宿舍里面的装修还算过得去,至少看上去干干净净,清新明亮。床铺都已经到位,一个房间十至十二个铺位,虽然感觉挤了点,但合乎要求和标准。

离远了看,这个集体宿舍区的位置更显得不错。上次杨鹏来这里,就觉得这一带的风景和小气候很好。两面环山,一面是错落有致、逐渐向上的丘陵;另一面,居高临下,梯田层层,一洼一洼的沟坡地尽收眼底。

风光好,空气好,虽然离县城不远,但完全有一种远离闹市,置身桃源的清静之感。

　　是一个休息的好地方,当然更是一个学习的好地方。

　　当时县长和县教育局局长对这个地方都赞不绝口。特别是马县长,甚至给那个被停职的校长喊冤求情。

　　此时天上的太阳已经被校舍旁的山峰遮挡屏蔽,整个校舍区顿时显得又清静了许多。身旁的夏雨菲指了指这一片新校区,轻轻地对杨鹏说:

　　"他们一定都给你说了,目前这块地方是整个五阳县城最好最贵的一块地方。政府下决心把学校新校区和宿舍区建在这里,是对教育的最大支持。"

　　"你怎么知道的?"杨鹏一惊。

　　"他们对谁都这么说。"

　　"有什么不对吗?"

　　"原来我也觉得这是个不错的地方,他们动员我投资,要不是妈妈,我差点就信了。"

　　"你妈妈?梁教授,她觉得这里有问题?"

　　"她让我看了一张很老的地图,七十年代的防汛图。我甚至在电脑上都没能搜索出来,但妈妈那里竟然还保存着。"

　　"防汛图?"

　　"对。"

　　"这里吗?"杨鹏有点不相信似的追问。

　　"对,就是这里。"夏雨菲从上到下,把整个校舍区用手划了一道。

　　"这里是一条防汛水道?"杨鹏再次一惊。

　　"是。准确地说,应该是一条应急防洪渠道。"

　　"地图呢?"

　　"我让燕楠交给丁秘书了,已经放在你的车上了。"

　　"小丁,把小刘给你的地图拿过来!"杨鹏立刻转身向站在车旁的秘书喊了一声。

　　"我们现在的位置?"杨鹏拿到地图问道。

235

"这里。"夏雨菲在地图上点了一下,"这是县城,这是上游红旗水库,那时候还没有蒙山水库。"

"那一年这里发生过洪水?"杨鹏问。

"1977年发生了特大洪水,所以才在1978年绘制了这张防汛地图。"夏雨菲对这张地图的制作时间和原因似乎非常熟悉。

"为什么要把防洪水道划在这里?"

"因为1977年的洪水太大了,为了确保其他地域的安全,把损失降到最低,只能截流分洪,让洪水在这里横穿而过。"

"这条水道也属于自然水道,省工省力省投资,相对也最安全。"杨鹏说道。

"对,这是一条防洪水道,但也是一条备用水道。"

"只有在情况万分紧急的时候才会启用。"

"是的。只是这么多年了,从来没有启用过。"

"他们把学校宿舍选在这里,是一种侥幸心理?"杨鹏极度震惊。

"这应该是其中的一个原因。"

"梁教授说了,这一次的汛情预计要比1977年的更严重。"

"是,可能是历史上前所未有的一次。"

"1977年的那场洪灾,这里被淹过?"

"是。那一年是历史上罕见的一次强降雨。五阳县十个小时的降雨量达到了七百三十三毫米,是历年同期的五点六倍。与其相邻的古泽县,降雨量达到了七百六十九毫米,是历年同期的十倍。"

"这里的灾情很严重?"

"是,整个地区多地发生超大洪水、山体坍塌、滑坡和泥石流,境内多条河流、水库,水泊超过历史警戒水位。蒙山河五阳段最大峰值每秒二千八百四十立方米,为新中国成立以来最大流量。"夏雨菲再次像在讲解念稿子一样,给杨鹏娓娓道来,所有的数字全部烂熟于心。

"那就是说,洪水完全淹没了这一带?"杨鹏在地图上画了一道。

"不仅淹没了这一带,整个下游都被洪水冲出了百年未有的灾情。共死亡四十七人,失踪三十二人,冲垮六个村庄,冲走三千多头牲畜。总共损失数亿元。那个时候的数亿元,等于今天的几十个亿。"

"政府后来对这个事故是如何处理的?"

"撤了一个副市长,免了一个县长,还有两个副县长,一个局长。最终那个行署专员也被迫辞职了,行署专员相当于今天的市长,那时候那个专员还不到五十岁。"

"1977年,一晃几十年了,好像他们都忘记了。"

"那时候出了重特大事故,对干部的处理都是很轻的,不像现在这么严厉。他们不是忘记了,而是选择性失忆。在县城里腾出这么一大块地,确实值很多钱,学校和县政府肯定都舍不得。"

"就没人提出质疑吗?"

"妈妈提出过,但他们说,那是几十年前的备用防洪水道,现在蒙山河堤坝早已全线加固,备用水道不会再用了。"

"谁敢这么说?"

"这里也有专家,他们就拣领导爱听的说,领导想听到什么,他们就会说出什么。"

"但做决策的是领导,决策者是要负责任的啊。"

"放心,这种决策肯定是集体决策,出了成绩大家脸上有光,更是领导决策英明。如果出了问题,也一样会说是集体决策,谁都可以不负责任。还有,对事故处理得越严厉,下面就越要想办法逃避责任。"

杨鹏再次无语,这也确实是事实:"雨菲,谢谢你了,幸亏有你。"

"我们认真查了很多资料,你可以放心,这些数据不会有很大出入。"

"我再问一遍,那场洪灾的洪水就是从这里流过的?"

"对,这里完全被超大洪水所覆盖,我们眼前的这个学校学生集体宿舍建筑区,几乎整体就建在这条完全被淹没的防洪水道上。"

"我还是无法相信,他们真的不知道,或者真的没有进行考察?"

"当然知道。"

"知道还敢这么干?"

"几十年前的防洪水道,而且还是备用的防洪水道,这里几十年了都非常安全,因此他们或许认为这里不可能再出什么问题。"

"那作为领导呢,比如县委书记,比如局长,比如市长,他们怎么敢这样装作不知道？也不做任何防范措施？"

"那你不也是一样？那天你不是也过来了,不也视察了,不是也感到很满意？如果没有人告诉你,你怎么知道这里是一条防洪水道？不也一样十分兴奋,不也一样大加赞赏？"

杨鹏再次感到震惊。说实话,下面的这些情况,他并不是什么都不知道什么都不了解。每次下面报告上来的情况,这些问题也不是不讲,但大多是一笔带过,然后紧接着又会有一句让你安心的话:这些问题都正在积极解决和改正之中,有问题,但有办法,更有信心。一切都在掌控之中,领导尽可放心就是。

只有到了现场,亲眼看到这些真实情况后,感觉才会完全不同,才会让你心惊肉跳,惴惴不安。

这就是实地考察的效果。

只有直面现实,才会让你感同身受。

怎么会是这样!

"这岂不是在欺上瞒下,胆子也太大了吧？说一千道一万,不管有多少理由,这里要住几千个学生啊,究竟有多大的身后利益,一定要把学生宿舍建在这里？"杨鹏止不住愤怒起来。尤其让他感到怒火中烧的是,他这次下来,主要就是调研中小学教育,查看基础设施建设,还有全省正在推广的中小学校舍安全工程,像眼前这样的一个项目,一旦让人知晓了内情,再把这个消息捅出去,这个所谓的校舍安全工程,岂不要沦为天大的笑柄,并让他这个主管教育的副省长声名狼藉,终生受辱!"无法无天,胆子实在太大了!"

"所以你一定要把这件事情的来龙去脉调查清楚。这样的一个地方,早晚会出现问题。现在好像所有的人都在等着那一天的到来,就像击鼓传花,传到谁身后,谁出问题,谁背责任。现在正是换届的时候,总理又要马上下来。事关重大,我们不能眼看着这么大问题不闻不问。"

"雨菲,真的谢谢你。让我看到了最真实的情况,也把最真实的情况告诉了我。其实你也可以不告诉我的,除了替我担风险,你得不到任何好处,如果走漏了消息,甚至还会遭到打击报复。"说到此处,杨鹏动情地看着面前的夏雨菲。

"你和我都是一个阶层的,你为老百姓做事,最终受益的是我们。再说了,像你这样的干部,如果我们保护不了,那还要我们做什么。姥爷说了,为百姓谋利益的人,我们拼死也要保住他。"夏雨菲也一眼不眨地盯着杨鹏。

杨鹏久久无语。此刻他心中波涛滚滚,脑海惊雷阵阵,完全被夏雨菲的话震撼了。

二十三

接到杨鹏的电话时,市长程靳昆刚开完碰头会,正埋头坐在办公桌前批阅文件。

"杨省长啊,抱歉抱歉,几天了说要陪您,哪会想到有这么多事。"一接到电话,程靳昆立刻就连连道歉。

"我们不都陪部长、书记、省长了吗?"杨鹏随口把话茬儿接了过来,"市长辛苦,已经给你添了很多麻烦了。好啦,自己人,不客气。我这里有事得给你通报一下,还希望得到你的支持。"

"省长您可千万别这么说,否则我都没脸见您了。"程靳昆十分谦和,也十分诚恳,"您说吧,有什么指示,只要在我们的范围内,坚决照办。"

"我还没有给徐帆书记打招呼,因为这是政府工作范畴的事情,只能先和你商量。"杨鹏也一样说的是实情,确实还没有同徐帆书记联系,"我想明天在你这里开个全省防汛紧急工作会,现在我正在让省政府五处打报告,如果你同意,我就让他们马上把通知发下去了。"

"防汛紧急工作会啊,咱们市里前几天已经开过了。我们的措施都已经布置了,现在各区县正在落实。"程靳昆感觉这样的会议好像不需要再开了,各市的这类会议,基本上也都已经开过了。

"那太好了,在会上就安排咱们临锦市做一个重点发言,把咱们的防汛措施和落实情况给各市通报一下,让各市好好总结讨论。"杨鹏的话说得非常果决,似乎已经没有商量的余地,"你有事就忙你的,你让常务副市长过来就行。这个会议我计划通知几个市的主管副市长、水利局局长、安监局局长和相关部门参加,规模不大,就一天的会议。刚才我的副秘书长已经同各市联系得差不多了,明天九点以前基本上都能赶来参会。咱们临锦市在全省位置居中,这几个市也都是防汛重点,大家来了,中午就在这里休息一下,下午五点前就能结束,然后各回各家,不耽误大家太多时间。会议安排也非常简单,上午听省气象局和水利厅有关汛情的通报,下午各市汇报情况,最后我做个讲话。"

程靳昆听到这里,终于明白杨鹏并没有同他商量的意思,而是已经定下来要开会了,充其量就是给他一个通知:你想参加就参加,不想参加就让常务副市长过来。听到这里,也容不得他多考虑,赶忙说道:"那我肯定得参加啊,无论如何也得参加。"

"那好吧,程市长参加,我的会议就成功了一大半。"杨鹏丝毫没有客气。

"主要就是防汛工作吗?"程靳昆还是有些疑问。

"对,主要就是防汛工作。另外,我这两天也发现了一些问题,想在会上给大家讲讲。据水利部和国家气象局的通知,这次汛情非同一般,有些情况一定要让大家警觉起来,行动起来。"

"好的。"程靳昆一边答应,一边琢磨,发现了一些情况?莫非与临锦市有关?"省长,您放心,我们一定会协助省里把这次会议开好,开成功。"

"那就谢谢啦,具体有什么,我还会随时找你,还请市长一定不吝赐教。"杨鹏说得十分诚恳,听上去也确实不是客气话。

"哪里哪里,省长您这么说话我可担当不起。"程靳昆赶忙说道,"那就这么办,我马上通知他们筹备会议。有什么情况,我让市政府秘书长直接与您的副秘书长联系。"

"好的。"杨鹏十分干脆地回道。

"杨省长,还有一件事我得给您做个表态。"程靳昆像是突然想起了什么,随口说道。

"市长又客气了,有事只管说。"杨鹏有些不解。

"关于您那个校友夏雨菲董事长的事,我全力支持。"

"夏雨菲的事,什么事?"杨鹏有些发蒙。

"夏雨菲董事长不错,由她做下一届党派副市长候选人,我完全同意,没有任何意见。"程靳昆的语气十分严肃认真。

杨鹏愣了一下,一时间似乎不知道该怎么回复。市长怎么突然来了这么一句话?杨鹏对这样的话题,说赞同感谢的话不是,说其他的话也不是。

程靳昆在电话里似乎也没想着杨鹏如何回复,继续认真地说道:"夏雨菲的情况我们也了解了一下,以前她在单位时那个负责的领导,去年就出事了,已经被免职调走了。那方面的事也用不着追究什么,反正什么事情也没有,尽管不是一回事,但被免职也算是咎由自取。另一方面,夏雨菲这个年轻人的情况确实不错,各方面的条件都非常出色,应该是一棵好苗子。下一步的工作,市政府会全力配合,您放心就是。"

杨鹏一边静静地听着程市长十分热情的表态,一边在思索着市长这些话里的意思。其实这件事与杨鹏并没有任何关系,只是因为省委书记在车上打趣说了那么一句,才让杨鹏与这件事有了关系。但事实上,程市长话里有话。程市长明明知道这件事情与杨鹏没有关系,但却把这些话说给杨鹏,既给了杨鹏面子,又表示了对杨鹏的尊重。还有,这些话早晚会传到夏雨菲耳朵里,而夏雨菲目前的影响,已经非同一般。但不管怎么理解,杨鹏还是感到有些别扭。末了,只是不断地重复着:

"知道了市长……好的,好的。"

放下电话,程靳昆对杨鹏这个突如其来的会议还是有些摸不准,吃不透。

程靳昆给杨鹏说夏雨菲的事情,只是想增加杨鹏对临锦市的一些好感。在他眼里,杨鹏绝不是一般的副省级干部。

对这样的领导,程靳昆市长会十分在意和谨慎。

如果是一般的副省级干部,作为市长,迎来送往,表面上尊重就可以了。

在一个地级大市,市长和书记对一个副省长的态度,可上可下,可高可低。尊重你,两者之间可以相安无事,皆大欢喜;如果有了抵触,你干你的,我干我的,也是常有的事。副省长如果管得严了紧了,也可以越过你直接找省长、找省委书记,你也同样没脾气。

但杨鹏不一样。首先杨鹏年轻,年轻本身就是一个巨大优势,四十出头就当了副省长,下一步走到哪里,想象空间极大。在行政部门,即使是省里,也没有任何人想与这样的年轻干部较劲。其次杨鹏有能力,无论是做省政府副秘书长,还是在厅长、主任这些重要位置上,基本上没有出现过什么问题,口碑很好,不像有些干部,常常在不同的位置上露马脚、出洋相,被传为笑谈,成为不雅的谈资。杨鹏没有,至少到目前,负面消息基本没有,对一个年轻干部来说,这相当不容易。而且杨鹏作风正派,不奢不贪,这么多年官声很正,形象正面,为人干干净净,清清白白,没有什么大的诟病。其实程靳昆也明白,像杨鹏这样的年纪,位置已经到了这个高度,一般不会犯那些简单错误、低级错误。所以像杨鹏这样的上级领导,大家都会尊重,都会迎合,一般不会有什么人傻到与这样的年轻领导做对头。

杨鹏换届进常委的传闻,程靳昆早就听说了。这次龚一丰书记来临锦,再次证实了这个传闻。而像杨鹏这样的干部一旦进了省委常委,前途更加不可限量。何况,杨鹏这次来临锦更是让大家另眼相看,杨鹏和国务院副秘书长任月芬关系非同一般,还有夏雨菲,他们之间的关系居然也超乎寻常。而夏雨菲的姥爷姥姥,实在是超级大佬,与中央两位领导的关系都十分密切。仅从这几点来看,杨鹏副省长的背景也一样深藏不露,非同小可。

程靳昆明白,无论如何,在即将换届的节骨眼上,在决定他下一步如何安排的关键时刻,他绝不能跟杨鹏这样的一个人人看好的副省长拧着来,更不能让人家觉得你不配合,不尊重,甚至看不起人家。

目前的这个形势,才算是真正的大局,才是真正的大是大非,何况杨鹏要在市里召开全省的会议,就算你不配合,有抵触情绪,对这个会议也起不了任何作用。你想来就来,不想来人家也照样可以开得圆满成功。如果你不积极,不主动,以至让人家生了气,说不定还会给你找个什么把柄话题,让你在全省的会议上露丑挨批也未可知。

所以一定要全力配合,大力支持,作为东道主,决不可以有任何怠慢。一定要确保会议圆满顺利,人人满意。

大调子定下来,其他的就好办了。

那么,杨鹏为什么突然要在临锦开这个会议?

杨鹏究竟发现了什么?看到了什么?

杨鹏究竟想干什么?

是不是这两天他在临锦看到了什么?

这两天杨鹏一直在五阳转来转去,本来程靳昆想陪着去一趟的,无奈计划不如变化快,科技部、安监局还有国务院副秘书长一起来到临锦,事实上几个部级领导下来,就是为总理的到来打前站的。结果一拖就把他给拖住了,到底不知道杨鹏在五阳都调研了些啥,看到了一些啥。尽管他们不断地有汇报,但是否在现场,效果完全不一样,感觉往往也完全不同。

五阳会有什么呢?五阳有两个大水库、一个大铁矿,还有一个让人头疼的尾矿库。当然,除了这些,还有教育上的一摊子事情。本来安排明天见刘绍敏副市长和汪小颖局长的,哪想到杨鹏又安排了一个防汛紧急工作会。

程靳昆想到这里,看看时间,还不到六点。

杨鹏说他是在车上打的电话,刚动身不久,那就是说,杨鹏赶到临锦,至少要到七点以后了。

徐帆说好了他晚上要陪杨鹏一起吃饭,程靳昆原来说好了不参加,现在看来,晚上这顿饭还是一起吃的好。正好可以问问杨鹏有什么想法,他明天开会前致个欢迎词什么的,也有依据,有说道。

看看时间,他先给刘绍敏打了个电话,让他和汪小颖现在一起过来,讲讲这次杨鹏到五阳考察的情况。

在刘绍敏他们赶来的当儿,程靳昆又给水利局副局长吴辰龙、局长张亚明分别打了电话,让他们吃完饭一起过来一下,听听他们对明天会议的想法,还有水利局对这次汛情都具体做了哪些安排和部署。

然后他让秘书给他泡了一碗方便面。

等到刘绍敏副市长和汪小颖局长赶到的时候,他正好把一碗面吃了个底朝天。程靳昆明白,所谓的陪领导吃饭,其实就是个样子,肯定还不如一碗方便面吃得安心舒服。

二十四

不到一刻钟,刘绍敏副市长和汪小颖局长就赶到了市政府。

两个人进来了,直接落座,程靳昆说:"我知道你们还没有吃饭,咱们长话短说,只耽误你们二十分钟时间。说一下,这次你们陪杨鹏副省长走了几天,都看了些什么,最后定下了些什么?刘市长你直接说就行,如果有不全面的地方,小颖局长再做补充。"

刘绍敏听了先是怔了一下,按说应该是汪小颖局长汇报,他最后补充,没想到市长直接点将,让他来汇报,想了想,便说了声:"好的。"

刘绍敏的汇报确实非常简单,主要说了临锦几个学校的情况,最后点了一下去五阳看的那几所中小学校的大致情况。刘绍敏主要谈了问题,临锦这个重点中小学学校面临的最大难题就是校舍严重不足,甚至隔天倒班上学,这个严重情况是前所未有的,必须下大力气解决。当然,如果中央领导来调研考察,最好的学校就是去市一中和一中附小,这两个学校不存在这些问题。看完小学看中学,也省时间,也能够反映临锦市区中小学教育的整体情况。其他备用的考察点,可以在郊区再找一个。

"这是杨鹏副省长的意思?"程靳昆市长直接问道。

"杨鹏副省长的意思,说是让咱们先定。等咱们定下来了,他再统筹考虑。"刘绍敏实话实说,"他可能还会找你,和你商量怎么做更好。"

"让咱们先定?"程靳昆有些不解。

"是的,他一路上定了很多规定,算是约法三章。这次下来,不管到了什么地方,不管看到什么情况,第一不发话,第二不表态,第三不论对错,有什么问题,一律等拿回来再做分析研判。还有,不带媒体,不做任何新闻报道,不让带警车,搞得大家都没办法,只能按他说的办。"

程靳昆点点头,这个副省长果然不一般,又问:"五阳呢?说是去了三个贫困县,停留时间最长的地方是五阳,你们在五阳都看了什么?"

"市长,五阳的情况很复杂,我们看到了不少问题,但也不是不可解决的问题。当然,五阳县、大寿县,还有马同县这几个老区贫困县,我们历史欠账太多,问题大同小异,但总体来说,就是条件比较落后,基础设施同市区和富裕县份差距较大。这种情况全国都一样,并不是在短期内可以解决,可以弥补上的。杨鹏副省长对这一点也是清楚的,并不只是我们的问题。"

"那就是说,最后你们倾向性基本一致的中小学考察点,定在了五阳县?"程靳昆明显不听别的,而是直接要结果。

"是。杨省长的意思,还是让咱们先研究考虑。"刘绍敏小心翼翼地说。

程靳昆听完刘绍敏的汇报,转身问了一句汪小颖是什么看法。

汪小颖听到市长问她,像是被吓了一跳:"市长,你是问我的看法,还是杨省长的看法?"

"都可以。"

汪小颖再次有些发蒙,本来她想好了如何在不与刘绍敏的汇报发生冲突的情况下,补充两点意见,没想到市长直接会问她这个,想了一下,说:"市长,我觉得是这样,杨鹏副省长的意思是,这次中央领导来考察临锦,想把中小学教育的重点放在这几个贫困县区。"

"嗯?"程靳昆明显感到有些惊讶,"为什么?"

"我也和刘市长说过这事,我觉得杨省长是不是有别的什么考虑,大概就是想让领导们看到咱们这里的实际情况。"汪小颖尽管心直口快,但说到这种事,还是有些顾虑,毕竟领导没有给她说过什么。

"看到实际情况?难道觉得我们这里还有什么没看到的不实际的情况?"程靳昆市长看了一眼刘绍敏有些疑惑地问。

刘绍敏没有吭声,好像是在思考着怎么回答市长的问题。他感觉市长的态度明显与杨鹏副省长不一样,至少在谈问题的时候感觉不一样。对杨鹏,你说什么都没有关系,即使说错了,也不会有什么。但市长就不一样了,这么多年了,作为副市长,刘绍敏清楚市长的个性和风格。市长是一把手,在关键的时候,在汇报什么情况的时候,比如在市政府常务会上,还有在现在这种重要的了解情况的场合,你要是说不好,甚至说错了,那市长的反应会完全不同,不仅会当场反驳你,甚至会把你从此看扁了。市长是个记仇的人,好多不愉快的事,他好长时间都会记着,时不时还会拿出来对你调侃几句,羞辱一番。市长的黑脸不讲情面是出了名的,这也是很多人怕他的原因。当然,这一点也常常被人当作美谈。有魄力、有能力、有气场,说程市长这个人实在太强势了,动不动就拍桌子瞪眼,把下属臭骂一通。奇怪的是,下边的人挨了训斥,不仅屁也不敢放一个,往往背地里还给市长竖大拇指,甚至到处炫耀,今天又挨了市长一顿骂。

这一点刘绍敏当然清楚,所以他在这种场合向来是谨言慎行。刘绍敏不是基层干部出身,当了一辈子老师校长,脸皮薄,受不了这种呵斥和责骂。当然,程靳昆也知道刘绍敏和其他的干部不一样,对刘绍敏向来都客客气气。当然也有发脾气的时候,但同别人相比,毕竟要少多了。所以在这种场合,刘绍敏也会时刻注意让自己尽量不说出格的话,极少让自己的意见和建议有冒犯市长的时候。

"市长,小颖局长的感觉我也有过,我想杨省长确实有他的想法,至于具体什么想法,我暂时还不能肯定。"刘绍敏想了半天,终于说了一句。

"那就不用藏着掖着,有什么感觉就说什么呗。"程靳昆看看时间,有些不耐烦地说了一句,"不用吞吞吐吐,感觉是什么就说什么。小颖你先说,你觉得杨省长到底是什么想法。"

"就是想以咱们这里的情况,整体反映山区老区中小学教育的现状,从而让国家加大这方面的支持力度。"汪小颖字斟句酌地说了一句,"市长,我觉得就是这个意思,我不知道说清楚了没有。"

"嗯,就是你刚才说的那样,要看到咱们这里的实际情况,然后以这些实际情况,促使上面调整政策,加大对山区老区义务教育的扶持力度。对吗?"程靳昆顺口大致总结了一下,问道。

"市长总结得太到位了,就是这个意思!"汪小颖嚷了一声。

"是吗?"程靳昆又看了一眼刘绍敏。

"感觉是这样。"

"杨省长这个意思没有给你们直接说?"程靳昆再次问道。

"没有,他确实是不表态,不多说话。"

"你刚才不是说了,五阳二中那个校长让杨省长发怒了。"

"那个校长也确实有点不像话。"刘绍敏说了一句。

"让学生挤在养鸡厂里睡?"程靳昆市长戗了一句。

"市长知道了啊?本来想补充说来着。"汪小颖有些吃惊。

"那是不像话吗?"市长一脸恼怒,"这样的校长,要是让我碰见了,当时就让公安局拘了他!丢人丢大了,整个市里都吵翻天了,你们还瞒着我不想说。"

"市长,对不起,真的是我的失职。"汪小颖被市长的震怒吓了一跳。

"听说还有人给说情,谁说情,就立刻撤了他!"程市长又来了一句,"这个校长一定要严肃处理,严惩不贷!"

"知道了市长。"汪小颖确实被吓得不轻。

"这样的地方绝对不能选作考察点,让国家领导人来这样的地方,那不是给所有的领导脸上抹黑!"程靳昆还是怒不可遏,"带杨省长去那样的地方,本身就是错误,当初给你们点明了的,为什么就是不听。"

"市长是这样,那天座谈,您走了以后,杨副省长立刻就布置了任务,就是坚持要去这些地方,当时我们谁也拦不住。"刘绍敏赶紧解释。

"就是,市长您不知道,杨副省长和您不一样,看上去温文尔雅、文质彬彬,其实是说一不二,后面还跟着张傅耀厅长,杨副省长不管说什么,都不折不扣地落实照办。我和刘市长建议了好多次,杨副省长从来不听。说多了,杨副省长就说他一个人去,不要我们陪。"汪小颖也是实话实说。虽然有点添油加醋,但基本就是这个情况,她没办法,刘副市长也没办法。本省主管教育的副省长,下来就是要考察实际情况,还带着一个老厅长,谁也拦不住,什么也瞒不住。

"拦不住还是不想拦?晚上一个人出去你们都不知道?那是副省长,如果是更大的领导,外省的领导,一个人悄悄出去了,出了事你们谁负得起责任?一个人带个秘书大半夜去了那么多地方,你们不仅不知道,还让人家把你们叫出来看现场!"程靳昆越发恼怒起来,刘绍敏和汪小颖面面相觑,市长虽然没有陪着去,但看来市长什么都知道。

刘绍敏沉默起来,汪小颖也不知道该说什么。

末了,程靳昆再次看看表,继续问道:"我今天也不是批评你们,关键是领导来了,要尽快想办法适应不同领导的不同风格,而不是让人家入乡随俗,跟着咱们那一套来。什么是教训,这就是。好了,不说这个了。最后你们到底都定下来了些什么?小颖你接着说。有什么就说什么,拣重要的说,没时间了。"

"我感觉杨副省长还是把五阳当作了一个考察点,第一是那里的五阳铁矿子弟学校,确实搞得不错。包括他们的学生集体宿舍,也非常不错,这个张傅耀厅长也十分认可,刘市长也觉得满意。后来我们还去了一个带初中的乡镇学校,叫明堂镇学校,这所学校也不错,主要是这里既能体现山区老区的特点,同时也能显示出我们这些年对山区教育扶持的力度。"汪小颖一边说,一边看着程靳昆的脸色,生怕又让市长不高兴,"这里还有一个特别的举措,据说是当年朱德总司令提出来的,大家对这个举措也都给予了很高的评价,任月芬副秘书长也觉得很好,还要走了材料,说要拿回去研究。"

"什么举措?"程靳昆问。

"'一个鸡蛋工程'。"汪小颖眼巴巴地看着市长说。

"什么叫'一个鸡蛋工程'?"程靳昆市长皱了皱眉头。

"就是保证山区上学的孩子每天能吃到一个鸡蛋,一个完整的鸡蛋。必须是煮鸡蛋,以确保公平公正。"汪小颖解释说。

"这就是'一个鸡蛋工程'?"

"对,他们就这样叫。"

"还是当年朱德总司令提出来的?"

"是的。他们还有这方面的资料。"

"这不是瞎闹吗?现在什么年代了,还是抗战时期吗?那时候能和现在比吗?新中国成立都几十年了,我们的社会发生了天翻地覆的变化,人民生活水平得到了极大提高,还要沿用过去的老办法,这不是明摆着故意揭短吗?"程靳昆顿时又恼怒起来。

刘绍敏见状赶紧说道:"市长,这还是有区别的,当年朱总司令并不是要求每个战士每天吃一个鸡蛋,而是只要有鸡蛋吃的时候,必须让战士吃煮鸡蛋,这样不至于在分配时,造成有的多有的少。我们的'一个鸡蛋工程',是要确保每个孩子每天能吃到一个煮鸡蛋。"

"那还不一样吗?"程靳昆市长依旧十分不满地说,"让我听了,我的第一个感觉就两个字——贫困,因为贫困,才有这样的'一个鸡蛋工程'。"

"市长您说的正是我当时的感觉。"汪小颖立刻表示赞同,"可是我们没想到杨副省长当时听到了就立刻表示认可,后来任月芬副秘书长来了也说好。他们是领导,对这件事高度重视,连声说好,毫无保留地夸奖我们,我们也就跟着说好了。"

"如果你是家长,别人说你家里穷得叮当响,连孩子也养不起,连鸡蛋也吃不上,你能高兴吗?"程靳昆市长耐心地说道,"但其他人就不同了,他们当然没有这种感觉,然后趁着说咱们不好,他们自己还能跟着得好处,岂不是一举两得?人家一举两得,我们能得到什么?为什么要拿我们做例子?"

"程市长,这个道理我们也懂。现在的问题是,不仅杨省长支持,任月芬秘书长也支持。还有,这'一个鸡蛋工程'的启动,与夏雨菲董事长有很大关系,而且受到了当地群众的欢迎,企业家们也都纷纷介入。投入不大,但影响很好,效果也确实不错。"刘绍敏也很认真地给程靳昆说明情况。

"我不是说这'一个鸡蛋工程'不好,而是不必要这样大肆宣扬,当作整个临锦市的重大举措来到处炫耀。夏雨菲他们支持没有问题,我们欢迎,也值得表扬,但是,上面领导来了,我们就让领导看我们的'一个鸡蛋工程'?把这当作我们义务教育的重大措施?这不是笑话吗!这难道你们还不明白吗?"

"明白了,我们听您的。"刘绍敏终于说了一句,"我们下一步安排时,一定把这个项目调整过来。"

"市长,杨副省长这次来临锦考察,其实我当时有个想法,刘市长不好意思讲,也不让我讲。"听到这里,汪小颖进一步解释说,"我是想利用这次国家领导来临锦,能趁机反映一下我们现在面临的一些困难。说实话,程市长,现在我们山区教育的基础设施建设确实问题不少,既然杨副省长有这个想法,我们就顺着这个想法,正好能让领导们看到我们这里的实际情况。说不定确实就会给我们加大投入,至少省里也会给我们增加拨款,提早完成我们的校舍安全工程。所以当杨省长要到老区山区看,我们也就同意了。这也是我们同意把考察重点放在山区老区的一个重要原因,主要就是心里有这么个小九九。"

"我当然明白你们的意思。"程靳昆一下子就把话挑明了,"你们那点小心思,你以为我看不出来。我今天就给你们把话说彻底说透了,以后别再胡思乱想。我今天也是实话实说,你们听着,今后只要我还在临锦当市长,不管是哪一级的领导来我们临锦视察,优先是得让领导看到我们临锦最好的一面,最优秀的一面,最能体现我们成绩的一面。什么是大局,这就是。领导们看到了我们最好的一面,自然会一百个高兴,这是我几十年得出的最大经验。领导高兴了,才会给你拨款,才会给你增加投资。如果你干得不好,没有成绩,没有影响,没有成果,领导们会给你增加投入吗?充其量给你一点救济就很不错了。退一万步说,就算领导们给我们加大了投入,增加了资金,那最终还不是得让市政府,让我这个市长给你们分配拨款?市领导要是不高兴,市政府如果不满意,能给你们加大投入,能给你们增加资金?这个道理你们还想不明白,还非得我给你们说出来?"

"明白了,市长。"汪小颖点点头说。

"明白不明白,你们再慢慢领悟吧。"市长还是有些不放心地解释道,"比如总理下来了,我们让总理看什么?看到我们的实际情况很差,最终让总理痛心自责地说,对不起父老乡亲们,这么多年了,没想到你们的条件还这么差,这是我们的失职,党和政府一定会加大投入,把山区老区早点建设好。你们想想,我们能让总理这么说吗?如果总理这么说了,省委书记、省长能满意吗?心里能高兴吗?即使是杨鹏副省长,他心里能高兴能满意吗?听到总理这么说,我们的徐帆书记能高兴能满意吗?还有我这个市长能高兴能满意吗?还有你这个分管教育的副市长,还有你这个教育局局长能高兴能满意吗?让这么多领导不高兴不满意的事情,我们为什么要去做?为什么要去干?这又会有一个什么样的后果?这还需要你们考虑吗,我都说到这份上了你们还不明白?还不理解?……"

二十五

刘绍敏副市长和汪小颖局长离开办公室时,六点半刚过。

程靳昆市长略略整理了一下思绪,让秘书问问水利局的两个局长来了没有。

秘书说:"早来了,都在外面等着。"

没想到两个人都还没有下班,水利局离市政府就一墙之隔,不到十分钟就全到了。

换届之前,消息满天飞。市长亲自召唤,自然火速赶来,非常时期,一分钟也耽误不得。

水利局局长张亚明,五十出头,农家出身,不是本地人,正儿八经农田水利专业,全日制硕士,在职博士,曾在美国霍华德大学水利工程专业进修两年,即使在全省,也算是一个声望不错的水利专家。张亚明为人敦厚,性格内敛,平时话不多,别看学历很高,还曾赴美深造,但一口浓浓的方言,好像永远也改不了。看他的文章,真是博学多才,见识广博,但同他一接触,常常会大失所望。一般的外地人,能听懂他的话的人占不到两成。平时水利局开会,如果他讲话,都要给与会者提前预备好稿子,否则下面很快就会嗡嗡一片。因为听不明白,只好集体开小差。可能也因为如此,再加上做派务实,所以大家都觉得他不像个官,平时穿衣服也从不讲究,谁看他都像个老农民。干事也总是认死理,自己认定了的事,别的人怎么说也不行,即使是领导打了招呼也办不成。有人私下说了,这个人确实没水平,没气场,虽然一肚子学问,但不适合做领导。水利局下面的一些处室,也很少拿他的话当回事。水利局干部的提拔调整,他说好的,往往大家都不看好,领导也不会喜欢。时间久了,也就成就了副局长吴辰龙在水利局的威望和影响力。

吴辰龙和张亚明年龄相差不大,也是五十岁左右。吴辰龙是本地人,也算是干部出身。父亲最大的官职是副县长,但那个年月的干部,大都不会像今天这样快速升迁,一个岗位干十年八年甚至几十年,是常有的事情。能做到副县长,也不能算是小职务,所以吴辰龙从小基本上在城里长大,上初中时,因为插队,在村里多待了几年,始终没机会考上一个像样的大学,到了只上了一个普通中专。吴辰龙的第一学历是中专,这也成了他仕途上的一个大坎。一到了重要的关口,他这个第一中专学历就成了难以跨越的障碍。尽管吴辰龙后来也弄到了一些文凭,但都是进修学院、管理学院一类的,虽然也是硕士博士,但在人事部门,这样的学历还是常常被他的第一学历所排斥。不过文凭是文凭,本事是本事。吴辰龙同张亚明相比,给人的第一印象明显要强很多,言行举止虎虎有威,办事果断利落,人也长得精明强干,说着一口流利的普通话,除了工作上的事,不管什么人找来了,只要能办的事都会给你办妥,上下关系都搞得十分融洽,甚至连领导们的司机也处处夸他。以至于有很多人在私下里到处讲,领导好不好,不能只看文凭。别看吴辰龙啥像样的文凭都没有,但人家确实是个能真正干事,并且能干成事的领导。张亚明倒是文凭捏了一大把,还是个正经"海龟",但怎么看他也是个徒有虚名干不了什么事的局长。

吴、张二人一前一后到了办公室,刚一落座,程靳昆市长就干脆利落地说道:"这么急着把你们叫来,主要是安全、应急、救援等方面的工作安排,这些工作都是我这个市长直接主管。今年的情况与往年不同,一是马上要换届,二是上面领导频频要下来,三是今年各方面的工作,咱们临锦都是重点中的重点。水利部门今年的工作尤其是重中之重,要是在这个节骨眼出了什么事,那你们好好想想会有什么局面和结果。不多说了,杨鹏副省长这几天在临锦考察,十分关注防汛工作和水利方面的安全问题,这你们知道吗?还有,明天的防汛紧急工作会,你们接到通知了吗?"

张亚明点点头:"接到了,下班之前接到的通知,我们正在准备。"

吴辰龙等局长张亚明说完了,赶忙接过话茬说道:"市长,情况是这样,我刚才打听了一下,今天上午任月芬副秘书长在五阳考察了几所学校以后,下午就直接回北京了。杨鹏副省长留了下来,下午到五阳县红旗水库和蒙山水库听了两个汇报,一个是临锦工学院梁宏玉教授的汇报,一个是蒙山水库管委会的汇报。在听蒙山管委会的汇报时,还听取了市水利局蒙山水库管理站的意见。在听了这两个汇报后,杨鹏副省长在雨润公司董事长的带领下,又去了五阳县铁矿的尾矿坝和一个集贸市场,还有一所学校的宿舍区。看后不久,省政府就下来了通知,明天在临锦市召开紧急防汛工作会议。"吴辰龙说得有条不紊,把事态发展所有的经过一下子就说得清清楚楚。

"是这样。"程靳昆微微皱了一下眉头,直接问吴辰龙,"在水库他们都汇报了些什么?"

"梁宏玉教授是一位气象和水利专家,她在这方面还是有权威性的,所以她的话可能对杨鹏副省长产生了一定影响。"

"这个我知道,你就直接说她都汇报了些什么?"程靳昆打断了吴辰龙的介绍,径直问道。

"梁教授对这次汛情的提前到来,做出了一个前所未有的预判。她说这次即将到来的强降雨,有可能是历史上最强的一次。因此要求以临锦为中心的这个强降雨带,从现在开始,就立即进入全线紧急防汛状态。"吴辰龙字斟句酌地说道。

"历史上最强,有多强?"

"按梁教授的预测,有可能要超过1959年和1977年的那两次强降雨天气。"

"1959年什么概念?1977年又是什么概念?"程靳昆问。

"我们正在找相关资料。"吴辰龙顿了一下说。

"1959年的强降雨,基本数字我记得一些。"这时候一旁的张亚明插话说道,"那年的强降雨发生在八月初,降雨时间集中在两天左右。临锦市区最高降雨量达到六百多毫米,附近的区县,有一个区域降雨量达到了七百毫米,是有史以来最高纪录。那一次洪灾造成十三座水库垮塌,几乎所有的季节河全部泛滥成灾,造成一千二百多万亩农田受灾,八十多个村庄被淹,失踪伤亡人数达到二千四百多人,受灾人口两百多万,损失当时折算约合人民币十二个多亿。1977年最高降雨量七百六十九毫米,但时间只有十个小时左右,损失更大,死亡人数一千多,受伤人数三千多,损失近百亿。"

张亚明的地方普通话,对程靳昆倒是没有任何障碍,他听得一清二楚。等张亚明说完,程靳昆考虑了一下,又问:"这次强降雨水利部有通知吗?"

"有。"张亚明回答了一声。

"怎么通知的?"

"与梁教授的预判差不太多。"张亚明再次简明扼要地回答道。

"辰龙,你一会儿回去马上让人给我复印一份过来。这么大的事,怎么就没人给我报告。"程靳昆显然生气了。

"上星期和昨天都给你打报告了。肯定打了,是我让他们直接送给市长办的。"张亚明瞪大眼睛说道。

"送来了怎么我不知道!"程靳昆突然怒不可遏,"好了,不说这些了,还有什么?"

"市长你说什么?"张亚明看到市长发脾气,顿时慌张起来,一时不知道该怎么回答。

"吴辰龙,你说吧,他们还给杨鹏汇报了些什么?"程靳昆尽量让自己的情绪和缓下来。

"梁教授特别告诫说,由于汛情的紧急和严重,鉴于红旗水库和蒙山水库的情况,应该立即放水,为下一步泄洪做准备。"

"立即放水?"程靳昆一震。

"对,梁教授说得非常明确。按她的意思,今天或者明天就应该开始放水泄洪。"吴辰龙得到的消息看来非常准确。

"今天或明天?"程靳昆感觉像是听错了似的,"今天就开始放水泄洪?"

"对。她要求越快越好,要赶在汛期前边。"

"汛期的预计时间是在什么时候?"

"几个报告都说是这个月下旬。"

"那就是说,距离这次汛期的到来,最少还有几天的时间?"程靳昆认真思考了起来。

"对。"

"水库的最大泄洪量是多少？"

"是两座水库的泄洪量吗？"吴辰龙问。

"你一个一个说。"市长有些着急起来。

"是现在的数据，还是过去的数据？"看到市长着急，吴辰龙也有些发蒙。

"当然是现在的。"程靳昆有些火了，"要过去的数据有什么用。"

"我一会儿就让他们把数据整理过来。"吴辰龙赶紧解释道。

"市长，这两座水库的基本情况是这样。"张亚明这时再次接过话茬，"红旗水库的资料我刚才翻看了一下，泄洪深孔水道的最大流量可以达到每秒五十至七十立方米。红旗水库一共有三个泄洪深孔，其中有一个存在问题，另外两个应该问题不大，但能否达到设计最大流量，还得在现场进行统计。红旗水库的大坝泄洪道，因为年久失修，多处坍塌，一直没有修复，所以这个泄洪道无法泄洪。蒙山水库的泄洪深孔共有四个，每孔每秒流量可以达到八十至一百二十立方米。按设计标准，红旗水库大坝泄洪道最大泄洪量每秒一千四百立方米左右。这样下来，蒙山水库的总泄洪量可以达到每秒一千七百多立方米。"

"我们现在的两座水库的存水，如果全部泄完，得用多长时间？"程靳昆市长问了一个不太专业的问题，但却是他非常担心的问题。

"这……我考虑一下。"张亚明可能是没想到市长会这么问他，大致算了一下说，"根据大坝深孔出水口的变化，水库蓄水的深浅以及水压等情况，估计最少也要一个星期左右。"

"一个星期？"

"是的市长。"

"那为什么要提前泄洪放水？"

"市长是这样，我们也可以三五天内把水库所有的水泄完，但是水库下面的居民生活区和大片农田以及所有的建筑设施无法承受，都可能被大水冲垮，甚至造成大面积水灾。所以我们泄洪放水只能是渐进式的，而不能是突击式的。"张亚明的普通话虽然不怎么标准，但说话的语气却是振振有词,无可辩驳。

市长一下子沉默了。程靳昆大概也觉得自己问了一个很不专业的问题,想了半天又问:"那你是什么意思?梁教授的观点和意见你是同意还是不同意?"

"我们正在研究和测算。"张亚明很谨慎地说,"今天晚上十点前,就可以有比较准确的数据出来。"

"都是哪方面的数据?"

"比如,如果达到历史最高降水量,我们的应急预案应该做哪些准备,是否立即启动两个水库的泄洪放水。如果最强降雨超历史纪录,我们又应该有哪些准备,即使现在启动泄洪放水,是否还来得及,我们的水库下游应该有哪些应急措施。比如,如果最强降雨量达到了历史最高,甚至超历史最高,那么我们水库的截洪量最高可以达到多少,是否会超过这两座水库的泄洪量。其实不仅是蒙山这两座水库要尽快做准备,在我们临锦大约有七座中型水库、上百座小型水库都存在同样的问题,都需要采取紧急应对措施。"张亚明话里的意思非常明确,就是要告诉市长,如果即将到来的最强降雨与历史纪录接近或者持平,就可能产生严重问题。如果超过历史最高降雨纪录,即使现在启动应急预案,也同样可能晚了一步。

"你的意思是不是说,如果这次汛情超过历史最强降雨量纪录,那就有可能造成水库进水量超过放水量的情况?"程靳昆市长自然听懂了局长的意思,进一步问道。

"是的,有可能。"张亚明局长回答得很肯定。

"那就是说,现在放水也会来不及?"

"也有可能。"

"如果汛情没有那么严重呢?"市长再次问。

"……我们当然也希望不会有那么严重。"张亚明局长可能没想到市长会这样问他,愣了一下说道,"但从目前的情况看,汛情严重的可能性应该更大一些。"

"我是市长,你们俩是水利局局长,如果,我说的是如果,如果汛情没有那么严重,甚至就没有汛情,只是虚惊一场,这样的事情以前也不是没有发生过。这些年,尽管气象预报的准确度越来越高,但至少三分之一以上的情况是不太准的。假如不准的话,我们几个却研究决定提前把水库的存水大量放掉,那会产生什么后果呢?"说到这里,程靳昆站了起来,慢慢地从办公桌前一直走到窗户前,十分焦虑地看着外面的天气,"你们肯定也已经知道了,现在什么也保不了密,总理下月初要来临锦考察,如果总理来了,据说杨鹏副省长已经把五阳当作一个重要的考察点,那么我们到时候让总理看什么呢?如果水库里水位很低,那我们的蒙山旅游区还有什么看头?我们的两座水库又有什么存在的意义?岂不是大煞风景?"

"总理要来?"张亚明吃了一惊,看来他是什么也不知道。

"还有,我们临锦十年九旱,一座水库能存这么多水,十分不容易,这你们也知道,如果水库没了水,又没怎么下雨,那我们又该怎么办?"程靳昆继续自言自语地说道。

"据预报,今年的降雨量会超过历年的降雨量。"张亚明继续说道。

程靳昆没有吭声。

吴辰龙也没有吭声,静静地看着市长的一举一动。

屋子里一下子沉寂了下来。

几分钟过去了,程靳昆对吴辰龙说道:"辰龙,你接着说吧,把你们听到的和想到的意见和建议都说出来。"

吴辰龙十分认真地说道:"市长你说的我非常赞成,现在就放水,那么到了一个星期以后,如果并没有出现大的汛情,我们面临的情况将会非常严峻。一个星期后我们这里正好进入了三伏天,大片的农田进入三天一小旱、五天一大旱的酷暑天。到时候我们的水库如果没有充足可用的灌溉水,那两头的损失可就太大了。市长,我的意见是这样,我们必须要做严加防范的准备,而且在这方面一定要严防死守,把各方面的应急措施一个一个都必须实施到位,落实到每一个部门。同时要加大宣传力度,让市、县、乡、村各级政府立刻进入高度警戒状态。同时建立起切实有效、坚决、严厉的问责制度,谁出问题,一定毫不手软,严加惩处。对水库管理站的要求也一样,必须有担当,有决断,有高度负责的精神。不能一级一级推卸责任,什么情况都往大处说,往最严重的方面说,好像说得越严重,问题越多,就越有使命感,越有责任心,看上去振振有词,慷慨激昂,其实根本就是缺乏担当,推卸责任,把所有可能发生的情况一股脑都推到上面就算完事了。这种情况在这次可能发生的重大汛情到来之际,一定要坚决抵制和杜绝。否则总是一讲到实际情况,大家都在夸大其词,问题越说越严重,真正需要决断的时候,反倒都一声不吭,躲得老远,好像与自己毫无关系。我觉得这种情况一定要扭转过来,特别是在眼下这个关键时期。像水库放水这样重大的事情,特别是旱垣山区,不能不加考虑就这么图省事,一刀切,最终受损失的还是群众利益。"

"除了梁教授,今天杨鹏副省长还听了谁的汇报?"程靳昆没有直接说吴辰龙的对错,而是继续问了一句。

"还听了蒙山管委会的汇报和水库管理站的汇报。"吴辰龙继续接着回答。

"水库管理站什么意见?"

"他们同意梁教授的意见。"

"同意立即放水泄洪?"程靳昆一怔。

"是的。"

"就是那个水库管理站站长?"

"对,站长叫李皓哲。"

"管委会呢,他们什么意见?"程靳昆继续问。

"他们坚决不同意提前放水泄洪。"

"哦,他们是怎么说的?"程靳昆回过头来问道。

"是管委会主任廖鸿飞亲自汇报的,他说要给杨省长说实话,说这样的情况,年年都有,管委会这些年经历得多了,其实最终都平安无事地过去了。廖主任还说,教授嘛,都是整天在研究室里研究问题,一看到有什么异常情况,立刻就会觉得是天大的问题。我们在政府部门工作,天天遇到的事都是他们觉得有很多风险的事。梁教授确实是一位值得尊重的专家,他们的意见可以做参考,但如果把这些意见作为决策的主要依据,很可能会出大问题。"说到这里,吴辰龙停了一下,看了看程靳昆市长的脸色。

"往下说,往下说,我听着呢。"程靳昆并没有看吴辰龙,而是立刻催促了一句。

吴辰龙赶忙接着说道:"他还说,蒙山这两座蓄水三亿立方米的水库,是很大的一笔财富。特别是蒙山水库,全都是一级水质,完全符合国家标准,甚至优于国家标准,几乎不需净化就可以直接饮用。即使是红旗水库,也基本上都是二级水质,也都属于优质水。他说这里是黄土高原,降水量每年也就是四五百毫米左右,水在我们这里太珍贵了。有这样的两座水库,让市政府吃了一颗定心丸。只要能保持水库现有的水量,一年下来,能灌溉市里的近千万亩土地,最少也会有十亿元人民币的收入。相等于一个富裕县区一年的纯收入,这还不算其他的相关收入。还不包括附近的渔场、鸭场、猪场、水泥厂、皮革厂、造纸厂、蔬菜、瓜果、花卉大棚等等,这些极度依赖水的生产项目。也不包括那几座小型水力发电站,不包括我们管委会的旅游和水文化项目收入。这些都是钱哪,如果这样盲目地白白地让这些优质水都流走了,到时候汛情没来,或者是降雨量不大,那我们的损失可就太大了。他还保证说,即使汛情非常严重,只要我们应对及时,措施得力,就不会有太大的问题。"

"完了?"见吴辰龙不说话了,程靳昆再次问道。

"市长,大致就是这些。"吴辰龙没想到市长会听得这么仔细。

"廖鸿飞直接汇报的?"

"是的。"

程靳昆点点头,想了想继续问:"其他还有什么情况?"

"副省长后来又去了尾矿坝,还有一个学生宿舍区。"吴辰龙立刻回答。

"那杨副省长又是怎么说的?"

"那里的情况我们还没有了解到,当时好像就是杨副省长和雨润公司的董事长两个人在那里,具体说了些什么,考察了些什么,我们还不清楚。"吴辰龙只能实话实说。

"尾矿坝的情况是不是也有问题?"

"是的,据他们反映,这座尾矿坝也是险象环生,需要严加防范。"吴辰龙这时也严肃起来,"市长,这座尾矿坝属于五阳铁矿管辖,这些年他们也进行过整修,但目前看,并没有达到预期的目标。我们水利局,还有市安监局,都多次督促过他们,但收效不大。原因是五阳铁矿经过省里的矿产资源整合,已经合并在省钢铁集团公司,直接由集团公司管辖。"

"这个我知道。你们明天直接通知省钢铁集团公司,把这次汛情的严重情况,还有尾矿坝的现状,全部都反映给他们。一定要把问题讲透,把事情的严重性毫无保留地讲清楚。"

"明白了市长。"吴辰龙点点头。

"亚明局长,你什么看法?"程靳昆对张亚明问道。

"我对蒙山管委会的说法有不同意见。当然,他这样说自然有他的道理,但我觉得今年的情况完全不同,不能不加重视,掉以轻心。"张亚明依然坚持自己的意见,但口气明显软了下来。

程靳昆市长看看时间,对他们两个问道:"讲完了没有?你们还有什么别的意见?"

两个人看到程市长的样子,都摇摇头说没有了。

"好吧。如果还有什么,你们下去再认真研究一下。"程靳昆慢慢走回办公桌前,一边走一边说,"现在我谈谈我的意见,你们不用记,仅供参考。第一,一切都要服从省里的安排部署,态度要坚决认真,行动上不折不扣。第二,杨鹏副省长明天的讲话,要迅速逐级传达,一直传达到乡村一级,不能有任何疏漏。第三,我同意刚才辰龙副局长的意见,面对即将到来的重大汛情,要有责任,有担当,守土有责,守土尽责,不管是哪一级出了问题,都要严肃追责,严加处理。第四,关于这次汛情推出什么样的具体措施,请张亚明局长亲自挂帅,一线指挥,全权负责。吴辰龙常务副局长和其他副局长即刻进入临战状态,协助局长做好各项工作,如有玩忽职守,失职渎职现象,将严惩不贷。第五,有关这次需要的应急费用,包括对所有有关防汛的基础设施要全方位进行一次安全检查,并尽快报批市长办,责成财政局随报随批。第六,近期召开一次市政府常务会议,专题研究防汛抗汛工作,由水利局做主要汇报。第七,今年是市委换届之年,也是省委换届之年,在这个关键时期,一定要以大局为重,确保全市安全无事故,确保这次汛情万无一失……好了,我能想到的,大致就这些,你们俩再替我想想,还有什么需要补充的?"

程靳昆转过身来,看着眼前的两个局长很谦和地问道。

"没有补充意见,非常全面。"吴辰龙率先回答。

"你呢?"程靳昆市长看了一眼有些发呆的张亚明。

"市长,那这两座水库的情况怎么处理?"张亚明愣了半天,直接问道。

"这由你们下去认真调查,认真研究,具体如何办,你们要尽快形成报告并报批上来,给市政府上报一份,给市委也上报一份。这是大事,关系到整个市里的部署安排,需要我们全面统筹考虑,严肃对待。"市长终于一锤定音。

"……好吧。那明天的会上我们怎么说?"张亚明再次问。

"就这样说啊。"

"还有红旗水库大坝泄洪道的紧急维修,是不是应该马上启动?"张亚明好像有说不完的问题。

"马上,我刚才说过了,你是这次防汛抗汛的总指挥,所有的事由你全权负责,一切按你的要求办。"程靳昆的口气十分坚决。

"市长,这座大坝泄洪道的维修,主要是钱的问题。只要有了钱,明天就可以启动,赶在汛期到来之前,大致修通应该问题不大。"张亚明锲而不舍地紧接着说。

"你们账上现在还有多少钱?"程靳昆终于问了一个实际问题。

"还有两个多亿。"

"所有的可用款项吗?"

"是。"

"你们直接可用的工程款有多少?"

"没有了。市长在今年开春的常务会上就讲过了,今年是个关键年份,即使是预算内的工程款也都必须报批市政府批准。超预算的、没有列入预算的项目,没有市政府的批示,一律不准私自挪用,否则属于

261

重大渎职行为,一定会严肃处理。因此我们账上有钱也不敢用,不能用,无法用,没有市政府主要领导的批示,财政局也不会拨付啊。"张亚明说得十分诚恳。

"像红旗水库这样的整体安全工程,急需的款项总共大约要多少?"程靳昆也十分认真地问道。

"那多了,要把整座水库彻底整治翻修一下,两个亿也打不住。"张亚明实话实说。

"我说最需要的,最紧急的。"程靳昆越发认真起来。

"那最少也得两千万。"张亚明有些嗫嚅地说,"只是红旗水库这里,连同大坝泄洪道的几个大坝缺损口,一起算下来,差不多也得近五千万。"

"你能不能给我省点钱啊?市政府的家底子你也不是不知道,每年能用的就那么几个。这两年房地产不景气,政府又不能赔了血本去卖地,你们说说,哪来的那么多钱你说多少就花多少?"程靳昆的眉头再次紧皱起来。

"市长,但这笔钱不能不花,如果大坝的泄洪道发挥不了作用,水库四周的垮塌问题解决不了,真的来了重大汛情,一旦截洪量超过泄洪量,大量洪水排不出去,引发水漫大坝,山体滑坡,那可是几百上千亿的损失啊。"张亚明一边说,一边擦着头上的汗珠。

"那你们明天就打报告吧,先找几个人好好研究一下,不要只盯着红旗水库,还有整个市里的情况,看到底总共需要多少钱,最好把每一项都说清楚。你以总指挥的名义,直接发通知,让财政局和发改委的主管领导也一起参加。"

"市长,还没有开政府常务会,大家还不知道成立了防汛抗汛指挥部……我们这个水利局,他们怎么会听我们的。"

"我会连夜发通知的,明天他们肯定都会知道的。"程靳昆挥挥手说。

"市长,我觉得应该是这样,这么大这么严重的汛情,市长应该是总指挥,再由两个市领导任副总指挥,我们水利局最多就是个总指挥办,我做指挥办主任就完全可以了。否则,这个总指挥根本没有影响力,发挥不了作用。"张亚明断断续续地,终于把自己心里的话说了出来。

"这个就不用再讲了,总指挥就是你,你就是总指挥。那种形式主义的东西,这次要坚决杜绝。晚上市政府的通知会把所有的责任都讲得清清楚楚,你放手工作就是。分工一定要明确,谁的问题谁负责。如果缩手缩脚,在你这里出了问题,也一样会严肃处理。"程靳昆再次一锤定音。

"……好吧。"张亚明无奈地说。

"辰龙,明天的防汛工作会议我上午参加,还要致辞,你晚上找人马上写一个不到十分钟的稿子,明天七点前直接交给我的秘书。我刚才讲的那几条,都要加进去。语气要重一些,既是表态,也是措施。"程靳昆一边说,一边收拾办公桌上的东西准备离开。

"好的。"吴辰龙答道。

"还有,你给廖鸿飞打个招呼,我估计明天的会议他也要参加,让他在会前来见我一下,我有话问他。"

"好的。"

"对了,还有蒙山水库管理站的站长叫什么来着?"程靳昆都准备走了,突然转回身来对着吴辰龙问了一句。

"李皓哲。"

"李皓哲。嗯,记住了。这样吧,你回去了也给他打个招呼,如果有时间我也见见他。"

"好的。"吴辰龙有些不解地点点头。

"记住,态度要好,不能是下命令。就说我只是想听听他的看法,没有什么具体的事情。"

二十六

程靳昆市长赶到临锦宾馆时,徐帆书记也正好赶到。

因为杨鹏副省长还得半个小时左右才能赶到,两个人坐在宾馆饭厅的沙发上,面对面地聊了起来。

"说过你不用来了,怎么还是来了?"徐帆一落座就问。

"我想了想,晚上还是参加吧。"程靳昆微微一笑,"明天上午杨鹏副省长要在咱们这里召开全省紧急防汛工作会,我晚上还是来一下好。"

"我听说了,有什么情况吗?"徐帆听市长这么说,不禁问道。

"是,杨鹏副省长可能在五阳了解到一些情况,而咱们这里正好是这次汛情的中心地带,所以临时决定,把全省防汛工作会议开在咱们这里。"

"了解到一些情况?"徐帆严肃起来,"咱们这里的情况?"

"对。咱们这里的情况。"

"什么情况?哪方面的?"

"我刚才都了解了,有教育方面的,也有汛情方面的,都与这次总理下来制定的考察点有关。"

"总理下来的考察点不是还没有最后确定吗?"

"是,我们还没有研究,还没有给省委省政府打报告,下一步省委省政府还要与国务院对接,然后再反馈给我们。这一来一回,还早呢。以我的经验,只要总理不下来,考察点就一直会有变化。现在根本不会定,也定不下来。"市长依旧微笑着说道。

"那是什么情况?"

"一个是五阳县咱们的两座水库,确实存在一些问题。一来都是老旧水库,比如那座红旗水库,就是'文革'时期的水库,已经成文物了。书记可能还没去过,下次书记一定要去看看,山清水秀,漂亮得很。由于时间太久,防洪防汛能力已经大大降低。所以我估计杨副省长对这个不太放心,年轻领导,都这样。我们会全力配合,把这方面的工作认真做好。书记你只管放心,我想杨副省长听了咱们的安排措施,也肯定会放心。"

"我下午也看了几个报告,从各方面预测的情况看,这次汛情有可能非常严重。"

"年年如此。去年也是这样的情况,今年的预报提前了。前几天我已经开过这方面的会议了,刚才我又同水利局的正副局长开了一个碰头会,提前做了一些安排。明天我会给市委办打过去一个报告,把这次汛情有可能发生的问题罗列一下,对几个需要防范的重点问题,请书记提出意见和建议,如何做一些有针对性的部署。杨省长这个会议,明天上午我参加,我会在会上以市委市政府的名义,旗帜鲜明地做一个表态。书记放心,咱们的安排和措施都是科学的、及时的、合理的,不会有任何问题。等明天全省的这个会议结束了,后天如果有时间,我准备紧急召开一次政府常务会,专门讨论这次汛情的有关措施。然后我会尽快把报告打给市委,书记看什么时候合适,我们再召开市委常委会,重点讨论防汛工作。这样一来,我们对这次即将到来的紧急汛情,就把所有的举措全线布置下去了。"程靳昆市长一口气就讲了这么多,让徐帆书记听了之后,分外感动。

"好,很好。"徐帆连声说道。

"第二个问题,可能与五阳铁矿的尾矿库有关。"程靳昆继续说道,"我也一直觉得这里是个问题,咱们必须要把这里的问题挑出来,让所有的人都高度关注这个问题。"

"什么问题?"

"安全问题。五阳铁矿尾矿库更是一个老古董,自从有了五阳铁矿,就有了这座尾矿库。尾矿库的安全问题可以说是随时会引爆的一颗大雷,风险很大,必须得让有关方面引起重视。"

"有关方面?这个尾矿库与咱们无关?"

"当然也有,因为这座尾矿库在咱们的地域内,按照现有的规定,必须负有属地管理的职责。但是这座尾矿库的体量实在太大了,要把这座尾矿库移除,或者对尾矿坝重新加固,需要的资金数以亿计。当然我们并不是付不起这笔款项,第一这座尾矿库现在并不隶属于我们管辖;第二,在我们临锦市区内,类似这样体量的尾矿库,有十几座,其他类型的尾矿库有两百多座。这些尾矿库所属的矿业,百分之八十以上都不归属于咱们临锦管辖,如果我们治理了这一座,其他尾矿库的治理都会按照这个模式向我们伸手。那样一来,他们每年给我们交纳的税费,根本不够这方面的安全管理费用。所以,我们必须把这个问题不断地向上面提出来,并希望有关方面尽早彻底解决这个问题,把所有的安全问题都能解决在萌芽状态。"

"现在五阳铁矿的垂直管理方是哪里?"徐帆书记到临锦任职不久,对临锦市区县的一些情况确实还不太熟悉。

"我们省的钢铁集团公司。"

"这是什么时候的事?"

"前年省里出台的改革方案,煤炭企业和钢铁企业都划归给了省里统一管理。"程靳昆解释说。

"那主要责任方应该是省钢铁集团啊。"

"但是直到现在,所有的文件里并没有正式明确这一点。"

"杨鹏副省长知道这些情况吗?"徐帆突然意识到了什么。

"当然知道。"程靳昆立刻说道,"杨鹏副省长现在的最大问题是,只管安全不管生产。有人说这种管理模式非常合理,也有人说这种管理模式问题很大,一直到现在也没有结论。杨鹏作为副省长,他怎么能不知道这里面的虚实?"

"面对重大紧急汛情,明天的会议会怎么开?"徐帆在思考着。

"所以书记啊,我们必须把话讲清楚,讲在前面,不能把责任全都背在我们身上。"

"现在的问题是这座尾矿库存在的安全风险,是不是会很大?"

"是。"

"可能会出现什么样的风险?"

"如果汛情严重,降雨量超强而集中,尾矿坝随时有可能垮塌。"

"垮塌的后果是什么?"

"不堪设想。"程靳昆没有把话说透。

"会造成重大生命财产事故?"

"是。"

"可以避免吗?"

"可以。"

"很难吗?"

"不难。"

"那让他们去做不就完了?"徐帆似乎松了一口气。

"我们也可以去做,但相关的问题必须得到解决。"

"哪些相关问题?"

"一是费用问题,尽管额度不会很大,但也绝不是一个小数字。二是尾矿库的下游有很多农田和村落,对他们的补偿不可能是一次性的。如果尾矿坝在这次汛情中没有出现垮塌,那我们采取的防范措施是不是需要取消?如何取消,取消了以后又如何再处理?如果一直不取消,那造成的困难和损失谁来补偿?第三就是我刚才说到的责任问题,书记,我觉得这才是我们面对的最大问题。"

"什么责任?"徐帆一时反应不过来。

"这个尾矿库在目前汛情期间,到底应该由谁来管辖?"

"你刚才不是说了,我们有属地管理的责任,但主要责任方应该是省钢铁集团公司。现在的问题,无非是还没有明确。如果是这样,一会儿我给杨鹏说,在重大汛情即将到来的情况下,让他一定把这个责任明确了。"

"书记,我觉得今天晚上还不能问他,还不到时候。"

"为什么?"

"如果一问他,他肯定给咱们层层加码,把问题说得非常严重,我们又不好当面反驳,那岂不等于咱们把所有的责任都主动揽下来了。"

"但我们应该给他把情况讲清楚啊。"徐帆还是搞不明白程靳昆市长话里的意思。

"不应该是我们去找他们,而应该是他们来找我们。"程靳昆十分耐心地给书记解释着。

"我们负责我们的,他们负责他们的,这里面有冲突吗?"

"书记,你看你都这么想,所以我们更应该把这里面的问题讲清楚了。"

"好的,我在听。"徐帆的态度始终很认真。

"如果今天晚上我们问杨省长如何处理尾矿库的问题,那肯定都是我们必须马上要做的事情。史上最强降雨,甚至有可能是史上最严重的汛情即将到来,我们必须紧急疏散下游的群众,马上拆迁和拉走能够移动的群众财产,同时立刻要给这些群众提供必要的安置措施等等。这些我们做肯定没有问题,但问题是,省钢铁集团他们还有什么要干的?他们必然会这么认为,既然这些你们都干了,我们还干什么?"

听到这里,徐帆点了点头。

"书记,这就是我说的谁为辅谁为主的问题了。对这次即将到来的汛情,我们该怎么做就怎么做,但我们不直接给他们说。而是要等他们来找我们,等他们主动来给我们说。他们找我们,那所有的情况就完全不一样了。"

徐帆再次点点头:"那肯定不一样。"

"所以书记,汛情当前,我们该做的一定去做,但这个尾矿库的问题,只能应该是他们来找我们,而不是让我们去求他们。"

"市长,我知道你的意思了。他们不应该高高在上,什么责任都让我们来负。不过我看情况吧,你的意思我会考虑。"

"书记,明天就能知道杨省长的意思了。"

"明天的会上吗?"

"对。书记,你想杨省长这样急迫地要在咱们这里召开紧急会议,肯定是有所指的。"

"那就是说,杨省长一定会把尾矿库的问题提出来?"

"以我的感觉,一定会。而且,肯定会说得非常严重。"

"是要批评我们吗?"

"那倒不至于。"

"那就是要明确责任?"

"应该是。"

"明白了,这方面还是你经验多。"

"有你掌控大局,我们也踏实。"程靳昆说道,"换届之前,还有总理要下来,又来这么个紧急汛情,政府这边一定要确保万无一失。"

"好的市长,你辛苦了。"徐帆听了程靳昆的话,不禁觉得分外感动,"我还是觉得今晚的饭你就不用陪了,你还是回去准备明天的会议吧。"

程靳昆想了想:"也好,我也知道你和杨副省长的关系很好,他应该不会难为你。"

"哈哈,那倒不至于吧。关系再好,到了见分晓的时候,谁也不会让着谁。"徐帆终于轻松了起来。

"还有那起交通事故,需要我给他解释吗?毕竟这也是政府范围的事情。"

"不用,都已经圆满解决了。现在给他说一声,也是对领导的维护,他应该明白咱们的用意。"

"好的书记,那我就回去了。明天会议一结束,我立刻就给你汇报情况。"

徐帆书记送走了市长程靳昆,看看时间,已经八点多了。

一直在外面等候的秘书长告诉他,杨鹏副省长还得二十分钟左右赶到宾馆。

徐帆想了想,让秘书长马上了解并布置一下。明天的全省紧急防汛抗汛安全会议,上午市长程靳昆参加,下午他也参加。据市长说明天下午的会议主要是听取汇报,那么他建议临锦市的防汛抗洪工作,直接由临锦市政府常务副市长汇报,而不是由水利局局长来汇报。

秘书长听了,再次确认,问道:"好的书记,下午的会议您亲自参加,水利局局长的汇报改为由常务副市长汇报,那我就马上这样安排了。"

"你看我需要发言做个表态吗?"徐帆问。

"书记您定。"秘书长谨慎地说道,"不过让我说,您还是做个简短讲话比较好。"

"类似的会议,过去有过这种安排吗?"徐帆再次问道。

"有过,副省长安排的会议,咱们是东道主,您又是一把手,在会上讲话天经地义,而且也是对会议的呼应和支持。"

"那你马上让他们准备一下讲话稿,明天上午直接给我。"

"十分钟左右?"

"八分钟以内,放在杨鹏副省长讲话之前。"徐帆说道。

"好的。"

"不要空喊口号,也不要讲得太实。杨鹏副省长的讲话,我估计是他自己写稿子,都是他自己的考虑。这种会议,肯定是讲问题为主,讲措施为主。所以我的讲话既不能花里胡哨,也不能自作主张,主基调就是要坚决全面、不折不扣地落实会议精神。尤其要注意,不要我刚在前面讲了,后面就让人家全给否了。这等于自己打自己脸,所以这个稿子你要亲自把关,再说一遍,不能泛泛而谈,也不能无的放矢。"

"明白了。"秘书长小心应道。

"你让我的秘书小马留下来就行了,今晚你就不用陪了,回去了最好马上与省政府副秘书长联系一下,看他们给杨鹏副省长准备稿子了没有。估计也正在准备,写好了杨鹏会连夜修改,明天下午才会正式定下来。但估计就是个见报的稿子,会上杨鹏会怎么讲,就看他在会上是纯粹念稿,还是边念边讲,还是完全撇开稿子讲。你安排一下,明天的会议一定把录音设备整理好,杨鹏副省长的讲话,要一字不落地整理出来。特别是放开稿子的那一部分,一个字也不能错。你知道的,越是放开稿子讲的内容,越是重要,越不能含糊。防汛抗汛,这么重要的会议临时安排在临锦,一定有重要的内容。首先会议安排不能出事,落实会议精神更不能出事,如何拿出我们的具体措施,尤其不能出事。一旦出事,就是天大的事。就会影响到我们换届,影响到下一步总理的考察。"

徐帆等到杨鹏赶回宾馆的时候,已经晚上快九点了。

饭桌上就杨鹏副省长和他,两个人也不客气,坐下来就吃。

杨鹏好像也确实有点饿了,吃了好半天,才抬起头来说:"书记,不好意思,让你久等了。"

"哈,我也饿了,都顾不上招呼您了,只知道自个儿一人猛吃。"徐帆一脸欢快地说道。

"书记,时间不早了,几个事,咱们一边说一边吃好吧。"说着,杨鹏看了徐帆一眼。

"好、好、好,那我先向您汇报几件事?"徐帆急忙咽下嘴里的饭,赶紧说道。

"好吧。"

"刚才我跟市长碰头了,明天的会议上午他参加,下午我参加。您的讲话,我已经布置了,要认真落实,坚决贯彻。不是套话啊,汛情当前,决不含糊。"徐帆把话说得铿锵有力。

"谢谢!有书记支持,这个会议百分之百到位。"

"明天的会议,我已经让市长回去安排了。本来他也坚持要过来一起吃饭的,是我让他回去了。他让我给您解释一下,明天上午会上见。"

杨鹏点点头,嗯了一声。

"明天上午市长有个欢迎词,下午在您讲话前我有个表态性发言。省长,这个可以有吧?"

"当然可以,太可以了。谢谢。"

"谢谢省长。"说到这里,徐帆顿了一下,继续说道,"关于夏雨菲董事长加入民盟的事情,市委统战部这方面的工作已经正式启动。我已经把工作做到了夏雨菲家,她姥爷姥姥,还有她母亲,工作基本做通,只要夏雨菲同意,他们没有意见。"

"好啊,我回去见了龚书记一定汇报。"杨鹏明白,这件事最大的难点不在别的地方,而是在夏雨菲本人。

"您不知道,您的同学任月芬秘书长,已经给我打了好几个电话,就一个意思,这个人你们不用,就调到省里,如果省里不用,就把夏雨菲直接调到北京。这个工作,你们要是做不通,那就一切由她来做。哈哈,您这位同学,实在厉害,厉害,厉害。没办法,坚决落实。"徐帆话说得很轻松,但口气十分认真。

"那是我的老班长,动不动就收拾我,就那脾气,得理不让人,谁都没办法。"杨鹏半是夸耀半是诉苦地说了一句。

"嗨,省长,哪有的事,人家对您好着哪,我们看得出来。"徐帆有些打趣地笑了一笑。

杨鹏不置可否,又嗯了一声。

"还有,您这几天一直在临锦辛苦,也顾不上回去,我今天上午顺车让人给家里送了两盒咱们临锦产的牛肉干泡面。嫂子刚才回信了,说收到了。"徐帆随意地说了一句。

"……哦?"杨鹏抬头看了一眼徐帆,琢磨着书记的用意。

"别,别,别这么看我,就两盒干泡面,什么也没有。"徐帆也看了一眼杨鹏,"临锦特产,好吃不贵,比方便面好吃多了,我要是有事着急了,就泡一碗吃。开水一冲,五分钟完事。您回去也尝尝,如果觉得可以,我这里保证供应。我可是要收费的啊,不是白给。"

"好吧,谢谢。"杨鹏笑了笑,"还有吗?"

"还有,最后一件,有关安全,非常重要的事情。"

"有关安全?"杨鹏吃了一惊。

"是。"徐帆一边说,一边从身旁的袋子里拿出一份文件,放在了杨鹏面前。

这时杨鹏也已经吃得差不多了,伸手翻开文件,立刻看到了一行红字标题:

> 临锦市五阳段高速公路交通事故处理报告

杨鹏吃了一惊。再往下看,虽然文字不多,但看得他有些发蒙。

时间是前几天上午九点。

正是杨鹏赶回临锦在路上被堵了整整三个小时的那天上午!

事故死亡三人,重伤四人,轻伤七人。

事故死亡人员赔偿问题已经妥善解决,家属情绪稳定,已悉数离开临锦。

重伤人员伤势稳定,均已脱离生命危险,补偿问题全部妥善解决,合同已于前天全部签署并予以法律公证,伤者和家属已于昨日全部离开临锦回当地医院治疗。

轻伤人员所有补偿问题全部得到解决,已于昨天全部离开临锦。

杨鹏看得两眼发麻,好半天也抬不起头来。

死亡三人,重伤四人,轻伤七人。

这并不是一起小事故!

就发生在他这个分管安全的副省长眼皮子底下。

这个事故让他在高速路上整整堵了三个小时。

直到今天,他才知道了事情的真相。

他这个主管副省长竟然彻头彻尾地一直被蒙在鼓里。

什么是失职渎职,这就是!

也不知过了多长时间,杨鹏才慢慢地抬起眼来。

徐帆正直直地盯着杨鹏。

"怎么现在才告诉我?"杨鹏有点生气,但此情此景,让他发不出火来。

"省长,您听我说,一接到这起事故发生的消息,我当时就给他们说了,在这起事故处理完毕以前,任何人都不能告诉您。"徐帆把椅子拉近杨鹏,几乎与杨鹏脸贴着脸地说,"所有的责任都由我来负,这起事故的发生和处理,跟杨鹏副省长没有任何关系。"

"你这是什么话?"

"杨省长,您想,如果我第一时间把这起交通事故告诉给您,那会出现什么样的情况?"徐帆十分恳切地说道,"首先这不是一起重特大交通事故,不需要越级上报。我查了,这类事故处理完毕再报您并不违规违纪。"

"我分管安全,我什么也不知道这不合适吧?"杨鹏说道。

"这不,您现在就知道了啊。"

"这又是什么话?"

"省长您想,我当时如果给您报告了,会处理得这么快吗?"

杨鹏愣了一下:"此话怎讲?"

"省长,这起事故所有的处理方案都由我一手拍板。这两天您知道我跑了多少地方,听了他们多少汇报,和他们一起商量了多少次?还有那些家属,我一个一个全都见了面,直接听取他们的意见和建议。"

"这起事故你亲自处理的?"

"是的,省长,您也明白,现在对我们来说,是一个多么关键的时刻。"徐帆十分中肯地说道,"总理马上要下来,市委省委即将换届,任何一个小的疏漏,就会炒得满城风雨,给我们带来十分不利和被动的局面。所以我想了,这样的事故,您又正好在临锦,所以决不能给您带来任何负面影响。"

"那怎么会呢?"杨鹏不解地说。

"您想,如果我们第一时间报告给您,您会怎么处理这起事故?一定会按照规定,一步一步地来解决问题。比如死亡赔偿问题,比如受伤补偿问题,都会按相应的标准来处理。还有,是不是还得有个事故处理告示,还得有个记者现场问答?如果有哪个家属不满意了,找个记者满嘴跑火车,狮子大开口,开出个天价大单,那岂不是立刻就万人瞩目,分分秒秒让我们临锦上热搜。到了那时,不管咱们怎么解决,都会是一地鸡毛,一败涂地。"

"那你是怎么解决的?"杨鹏有些焦急地问。

"省长,我当时是这样想,这些伤亡人员,都是普通百姓,有钱有势的,现在谁还挤这样的大巴?人心都是肉长的,咱们当领导的,总不能嘴里天天喊群众,当群众真正有难有灾来到咱们眼前时,却抠抠唆唆,什么都不舍得,还想着把压价当政绩,把减少财政损失当功劳。我当时就一个念头,只要老百姓不漫天要价,说多少我就给多少。"

一番话,把杨鹏说得有些感动起来:"你这种做法,我同意。"

"我知道,咱们都是苦寒出身,人都死了,还能怎样?那几个重伤的,人基本废了,即使好了,也有可能终身残疾。所以我见了他们就直接让他们开价,你说给多少合适,给多少满意,就先听你的意见。其实他们要价都不高,比如三名死亡人员的家属,我当时给他们说,国家这方面有规定,这你们肯定也知道,结果他们最多的要价是七十万。我后来一律按一百二十万给予赔偿,还有丧葬费、路费一律实报实销。现在我想,这一百二十万也不多啊。咱们中国的老百姓确实好啊,咱们当领导的对这样的百姓还有什么话说?"徐帆说到这里,眼睛眨巴眨巴的,显得十分动情和伤感。

杨鹏也一样被深深触动。说实话,杨鹏明明知道徐帆说的这些其实都是在掩盖他没有上报的做法,但就是让他无法反驳,或者不忍心反驳。徐帆说的没错,如果真的把报告给自己,自己一定是按部就班,循规照章,到头来,肯定不会让伤亡人员及时得到这样的结果。

"这就是这起事故的最终处理结果?"杨鹏把手摁在文件上问。

"是。您看看,如果有不合适的地方,需要改的地方,我们马上重写。"徐帆很认真地说。

"所有的相关人员,死亡、重伤、轻伤,包括事故原因和肇事人员,全部处理完结了?"

"是。"

"你觉得会不会有后遗症?"

"绝对不会,我可以保证。"

"媒体呢?"

"也不会,就是有媒体想炒作,也炒不起来。"

"为什么?"

"大家都满意啊。如果不满意,他们能离开,会回去吗?其实以我当时解决的速度,等媒体发觉了,也已经晚了。如果有记者来采访,事故早已处理完了,他们就是想找当事人也找不到。从一开始我就没给他们这个机会。"徐帆神色坦然,十分自信地说。

"就这两天时间全部处理完了?"

"是。省长,我必须抓紧时间。现在是啥时候啊,我不能给省委省政府添麻烦,更不能给您添麻烦。"

"所有的费用加起来,一共多少?"

"不到两千万。"

"两千万?"杨鹏有些吃惊,他本以为会更多。

"我给您说实话,连那些重伤、轻伤人员的医疗保险我都给办好了。您刚才问得对,我们不能给人家留下任何后遗症,我得保证人家一辈子,不能让人家有后顾之忧。"

杨鹏再次感动。说实话,他没想到徐帆处理问题居然这么细致入微,能把工作做到这份上。如果换了他,肯定不会这样去处理问题,因为根本想不到,就算想到了,也一定是滞后的。他再次看了看眼前的文件,问:"这个文件是批给我的吗?"

"对。"徐帆慎重地说,"这个报告任何领导和任何部门都还没送,您是第一份。"

"你希望我怎么批?"

"省长,您可千万别这么说。您是主管领导,您想怎么批就怎么批,想往哪里批就往哪里批,想什么时候批就什么时候批。只要您觉得这个报告措辞上、格式上或者内容上没有问题,那就没我的事了,怎么批那是您的事。"徐帆完全是一副替杨鹏着想担当的样子,"省长,我也不是向您表功,我写这样的报告,已经将所有的责任都放在我这里了,与您没有任何关系,您怎么批示都可以。"

杨鹏渐渐明白,这个报告上除了同意他也确实没有什么可批的。即使不想表扬,最严厉的批示也只能是引以为戒,牢记教训,堵住漏洞,坚决防止再次发生类似的事故。其实这样的话,与表扬也没有什么区别。

"好了,我知道了,有这样的结果,我也放心了。"杨鹏想了想说道,"报告我先带回去,有什么情况,咱们随时联系。"

"省长您放心,我知道什么是大局。您这次来临锦,给临锦带来了这么多荣耀,我们一定要确保万无一失,争取锦上添花。还有省市换届之前,决不能给您带来任何麻烦和负面的影响。"

吃完饭,杨鹏本来一肚子的话,竟然让这个小插曲堵在了心里。

两个人坐在沙发上,等到茶水端上来,杨鹏也没有想好该把今天看到的那些事怎么说给徐帆。

夏雨菲说了,程靳昆市长在这里十几年了,根深蒂固,盘根错节。书记刚来,临锦市里的一些势力范围,暂时还触动不了。

杨鹏明白这些话,但这些话当然不能现在说,连这方面的意思也不能有。

换届之际,大局就是换届。任何有损于换届的因素,都坚决不能任其发生。团结,胜利,圆满,成功,其实在现阶段,团结才是重中之重。

换届之后,一切步入正轨。书记年轻,有的是时间调整和缓和关系,时间一久,书记的凝聚力自然而然就会增强,就会成为真正的班长。

徐帆自然知道这个道理。就算他现在和市长有什么过节,也绝不会因为什么事情把关系一下子搞僵。

那么如何给书记实话实说?汛情即将到来,临锦应该如何应对有可能发生的重大灾情?

想了半天,杨鹏终于说道:"书记,时间也不早了,今天我也不想多说了,反正明天下午你也要参加我们的会。"

"好的。省长您这几天确实太累了,我们都看得出来。"

"倒不是因为累,而是因为有些事情还是明天在会上说可以更详细更具体一些。会议结束了,咱们再私下商量可能效果更好。"

"好的,听您的。"徐帆十分干脆地答应道。

"不过我觉得你明天上午或者中午,最好先找三个人聊聊。"

"哪三个人?"

"一位是梁宏玉教授,这就不需要介绍了。"

"可以,我也正好有事想找她。"

"还有一位是现任的水利局局长,你见过他吗?"

"见过两次,但没有交流过。他们水利局的常务副局长吴辰龙挺精干,也挺能干。市长让他给我汇报过工作,对他印象不错。"

"你明天就见见张亚明局长吧,他上午肯定参加我们的会议。我路上听说了,明天上午好像没有安排他发言,那你上午可以找个时间与他聊聊吗?"

"您见过局长?"徐帆问。

"没有,据说他是位专家型干部,对水利和防汛方面的工作比较熟悉,你可以听听他的意见。"

"好,明天上午我见了梁教授以后就见他。"

"还有一个,你看情况,能见就明天一并见一下,明天见不了,过了明天见也可以。"

"谁呢?"

"就是那天你给龚书记说的那个蒙山水库管理站的站长李皓哲。"

"李皓哲?"徐帆好像一下子想不起来,"哪个部门的?"

"市水利局。"

"……哦,想起来了!"徐帆书记猛地嚷了一声,"夏雨菲的对象,对吧,没问题,明天肯定见他。"

二十七

杨鹏吃完饭,送走了徐帆书记,回到宾馆房间时,才发现有几个人一直在等着他。

看看时间,已经快晚上十点了。

这么晚了,还等着他,一定都有紧急必报的情况。

一个是水利局局长张亚明。

一个是接到通知前来开会的水利厅副厅长王新成。杨鹏的老朋友,老相识。

一个是省安监局局长。自己分管的厅局,这次会议他还要发言。

一个是刚到临锦不久的省政府副秘书长赵忠泽。这是直属自己业务管辖的副秘书长,这次会议就是他一手安排的。

一个居然是刚刚离开临锦不久的省教育厅厅长张傅耀。

还有一个让杨鹏没有想到的人,竟然是今天在五阳给他汇报过情况的蒙山水库管理站站长李皓哲。

他们几个都安安静静地坐在宾馆房间前面的一排沙发上。

杨鹏住的是一个大套间,前面有一些零散的座位。

杨鹏打了个招呼,然后进了房间,按职务大小和事情的轻重缓急,一个一个与他们见面。

第一个进来的是副秘书长赵忠泽。

赵忠泽一坐下来,就从手提包里拿出厚厚的一沓文件,整整齐齐地摆在面前的茶几上:"省长,这是必须马上批复的文件。这几天您不在,来时我看了看,需要您审阅批示的文件有一百多件,重要的必须马上批示的有二十七件。凡是需要由我批给您的我都已经批示了,晚上睡觉前再批一下吧,或者在明天的会上抽时间批示也可以。"

"有特别重要的吗?"

"有,共有五份。我给您放在这些文件的最上面了。国办两份,中办两份,还有一份是加密的,必须由您本人拆阅。看文件上面的戳记,我估计应该是中组部的。"赵忠泽一边井然有序地说着,一边把手头的文件都摆得整整齐齐,"这五份文件最好今天晚上看一下,如果是急件,您批了,我明天上午在市政府就可以以机要形式加急寄出去,或者明天一早我直接派人送走。"

赵忠泽比杨鹏大十岁左右,头发已经花白。一辈子在政府部门工作,兢兢业业,谨小慎微,所有分内的工作,都会做得井井有条,一丝不苟。杨鹏在省政府分管的所有厅局的工作,像涉密或重要文件的上传下达、重要会议安排、考察项目布置、重要举措部署等等,基本上都由他来安排处理,包括杨鹏每一次重要会议的讲话稿,都必须由他最终过目完稿,才不至于在行政法规、大政方针、重要决策、政治原则等方面出现什么问题。这既需要多年的行政工作经验,也需要高度敏锐的政治自觉,同时还需要长期的认知和经验的积累。对赵忠泽的工作,杨鹏上任副省长不久,就完全认可,也很快就适应了。像赵忠泽这样的秘书长,可遇而不可求,这不只是缘分,更像是他这样一个年轻干部的福气和幸运。

赵忠泽几乎没有废话,说话简洁明了,一进来就立刻把必须办理的手头工作一一给杨鹏讲了个清清楚楚。作为秘书长,赵忠泽自然知道时间紧迫,说话既重点突出,又面面俱到,没有任何疏漏。

今天晚上汇报的重点,主要就是明天会议的议程和基本安排。上午有哪些人传达文件和通报情况,什么时候开始讨论,什么时候开始集中,下午又有哪些人汇报等等。省委省政府关于这个会议的批示,这个会议大约有多少人参加,局级多少,处级多少,会议的时间大约持续多久,杨鹏副省长的讲话预留了多少时间。这个会议目前还有什么缺失,还有什么不足的方面,如何弥补。汛情预计最重的有哪几个市,有哪些市目前还没有行动,哪些市已经做了充分准备等等。最后才是讲话稿,说这个讲话稿是最后一稿,已经参考了国家气象局、水利部、国家安监局等多方面的有关文件和内部传达精神,杨鹏如果觉得还需要修改,省政府秘书五处的几个人都已经到达临锦,晚上随时可以让他们加班修改。

杨鹏想了半天,也没想出明天的会议还有什么需要考虑的地方,感觉赵忠泽把所有该想该说的都想到说到了。

末了,杨鹏只说了一句:"明天讨论的时候,每个小组多安排几个记录员,把大家讨论的问题都尽可能地记录下来。特别是有关汛情如何重点防范方面的意见,一定不要有任何遗漏。"

"这些都安排了,应该没有问题,我回去再盯他们一下,一定把您的意思说到。对了,明天会场的录音安排,徐帆书记已经提前做了,说是对您明天的讲话,一定要原汁原味,一句不落地记录下来。看来临锦非常重视,程靳昆市长好像也说了同样的话。"

"是不是怕我明天批评他们?"

"是,肯定。"赵忠泽微微笑了一下,很快又严肃起来,"这次他们有点紧张,估计已经知道您了解了一些情况,担心在会上说出什么来。"

"确实有问题啊。"杨鹏说。

"省长,您慢慢就知道了,下面的问题多啦。您要是认真了,多少会好点。您要走走过场,那可就等于放羊了,他们什么事情都能干出来,等出了问题,责任还全是上面的,跟他们什么关系也没有。"

杨鹏点点头。

"杨省长,对下面的一些特殊情况,咱们可要当心点,咱们分管安全,这次又有这么大的汛情预报,一旦出了什么事,在今年这个特殊时候,后果有可能会非常严重。"

第二个进来的是教育厅厅长张傅耀。

张傅耀是一辈子的老教育,当厅长多年,已经先后跟过数任分管省长。前几天跟着杨鹏副省长来考察,几乎没有说过什么,也没有给杨鹏表达过什么具体的意见和观点。对现场发现的一些问题,当时也看不出有什么想法。后来杨鹏回到临锦参加了国务院科技部部长、安监局局长和主管教育的国务院副秘书长的调研考察,张傅耀就同杨鹏分开了,走的时候,也没机会说什么。当时他只给杨鹏说了一句话:"省长,有些情况我回去再给您汇报吧。"杨鹏当时也没说什么,但没想到今天张傅耀也没有打招呼,就连夜又赶回来了。杨鹏觉得,一定是有什么要紧急反映的事情,或者是秘书长赵忠泽与他说了什么,所以他才这么快跟了过来。

"杨省长,我是刚听说您要召开这个防汛抗汛紧急工作会议,一听到这个消息,我放下手头的事就赶过来了。"张傅耀知道时间紧迫,一坐下来就立刻说道,"我赶过来就一个请求,您在明天的会上,一定要把咱们教育口有关汛期的安全工作,好好讲几句。过去分管教育的副省长大都是党派领导,除了管教育,还有文化、科技、文物、卫生,这些部门都是缺钱要钱的部门,其他方面的工作大都说不上话,说了也没人听。我并不是说党派领导不会干,其实谁干都一样。您不一样,大家都听您的。这次安全工作会,正好是在高考刚过,中考将到,暑假之前,每年这个时候,都是安全事故最多的时候。现在汛期又可能提前到达,我看了一下,这次预报的汛情涉及咱们省五个地市,都是人口密集的地市,也是学校最密集的地区。所以我考虑了一下,特别是针对这次我们在临锦发现的一些问题,省长您一定安排一下,是不是让我在会上也发个言,把一些有关学校校舍安全的问题在会上提出来?"

"临锦发现的一些问题?你觉得有共性吗?如果有,你在会上要怎么讲?"杨鹏一边考虑,一边问。

"省长,您问得太对了,临锦发现的问题,绝不是个别事例。"张傅耀答道,"这次跟您来临锦,确实很重要,很及时。过去跟着别的主管副省长下来,除了客客气气,表扬表扬,再讲几句套话,然后拍拍屁股走人,其实什么真实情况也不知道,什么也发现不了,最终什么问题也解决不了。这不是当着您的面说过去领导的不是,故意拣好听的给您说,我是实话实说。现在下面的干部,对上面的领导就是随行就市,看人下菜。反过来也一样,那些党派领导,即使看到了下面的问题,也不会拉下脸来批评。不过这也怨不得党派领导,你一个党派领导,就算批评了人家,又有谁拿你的批评当回事?这次跟您下来,算是扬眉吐气了,敢于发现问题,而且立刻就能解决问题。而且您还没怎么发脾气,他们一个一个都立刻老实了。武场靠拳头说话,官场就是靠权力实力说话。您是一个真正有权力有实力的领导,不管市里县里,哪个敢不当回事?您要是能早点分管教育就好了,您看省里的校舍安全工程,像五阳二中

281

的问题,太有普遍性了,在咱们省这些山边老穷地区,这些年,就像您说的,借口历史欠账太多,年年要钱,年年没有变化。说是再穷不能穷教育,其实都是把教育当摇钱树。我特别担心的是,这次汛情如果确实超历史纪录,我们这次的校舍安全工程,极有可能出现大问题。如果大面积地出现问题,甚至出现学生伤亡事故,那我们的责任可就太大了,尤其是今年省市县政府都在换届,出了大问题,影响也太大了。还有总理马上要下来,如果真出了什么严重情况,我们拿什么给中央给总理交代啊。"

杨鹏没想到这个张傅耀还真能说,而且什么都敢说。以前没怎么跟张傅耀打过交道,只是因为单位几个孩子上学的事,曾说过几句话。这次分管教育,也没怎么与他认真交流过。说实话,自己对教育的事,也并不是那么上心。今天听了张傅耀这么一顿倒苦水似的诉说,对这位老厅长不禁有些刮目相看。听到这里,杨鹏问:"五阳二中的情况你觉得确实有普遍性?"

"省长,不瞒您说,您这次决定开会,我知道得比赵忠泽秘书长还早。我连发言稿都准备好了,否则我怎么能这么快就来到临锦。"张傅耀仍然一副实话实说的样子。

"哦?"杨鹏有些惊讶。

"是夏雨菲董事长给我打的电话,她说您要召开这个会议,让我一定参加,一定准备一下,争取在大会上做个发言,把临锦教育的一些问题点出来,这样既能增加临锦市对这一问题的高度重视,也能让您避免与临锦领导的直接冲突,影响下一步的工作。我考虑了一下,觉得夏雨菲董事长说得很有道理。这些问题,要说就由我说出来最好。第一我说出来,这是我的工作,我的职责,谁都理解,我指出来,谁也不好说什么。对教育厅下一步的工作,只有好处没有坏处。第二这是我刚下去了解到的情况,我把问题指出来,是对临锦教育工作的促进和帮助,而不仅仅是对他们的批评和指责,他们也能理解批评和指责并不是我的本意。我的本意就是一个,确保校舍安全工程顺利完工,并确保不会有任何遗留问题。校舍安全工程,是国家的一线工程,一级工程,是带有施工记录,施工责任人记录,施工单位记录,包括政府领导和学校领导第一责任人记录的千年工程。由我来说校舍安全工程的问题,天经地义,义不容辞。还有,我已经当了这么多年教育厅领导了,对什么提拔和重用的事情,我真的已经不再想了,有人说我谋着想当省人大副主任、政协副主席什么的,省长,我跟您说实话,这些东西对我真的可有可无,给了我,我感谢,不给我,我也没有任何意见。人这一辈子,不就是为了留点好名声?再说了,像您这样的好领导,我能够替您分担一些责任,我也一样很知足了。到这会儿了,什么样的话我都敢说,我什么也不在乎,只要确保全省的教育不出大事,就算我把人得罪光了也心甘情愿,在所不惜。"张傅耀慷慨激昂,情真意切,一副诚恳忠厚的样子。

"谢谢老厅长。"杨鹏到了这个时候,对张傅耀厅长的表白,也只能表示感激和接受,末了,又继续问道,"夏雨菲说这里的情况很严重,并且很有普遍性,是不是你觉得类似的情况还有不少?"

"是的省长。夏雨菲说了,她这些年也考察过不少地方,首先新建学校的选址就隐藏很多问题。说实话,这也是我一直要给您汇报的方面。这些年,随着土地价格的不断猛涨,城市人口的不断增加,城区新建学校的不断增多,随之而来的问题也越来越大。就像临锦市,像二中那样,把寄宿学校集体宿舍选在排洪渠道上的类似情况确实不少。夏雨菲说的与我了解到的情况基本一致。我们省是矿业大省、煤炭大省,这么多年的开采,特别改革开放以前的煤矿铁矿,原来都是在离城市很远的地方,地下开采的位置都不会在城郊附近,但这些年城市建设越来越快,原来的城郊,变成了现在的城区,很多城市建筑都建在了煤田开采悬空区,甚至建在了煤矿塌陷区。这些年,我们对城建的要求越来越严格,但还是有一些地方,特别是一些县城和乡镇,为了省钱,有意无意地把学校建在了这些危险性极大的煤田采空区。当然这里面也有一些侥幸心理,因为他们也有一种理论,认为这些采空区和悬空区时间久了,便会在地下形成一种强支撑,不会使地面形成进一步的塌陷。这就是所谓的深层煤田采空悬空无害论,而且很有市场。但以我的观察,凡是建在这些地址上的校舍,都潜藏着巨大的风险。如果遇到地震或者重大水灾,极有可能对学校造成重大危害。这个我们必须要讲到,必须要把这些情况说出来,否则,一旦出了问题,还是那句话,我们谁也担负不起这样重大的责任。"张傅耀一反常态,滔滔不绝,口若悬河,一口气又说了这么多。

杨鹏点点头,他确实没有想到会有这样的问题,而且是关系到学校建设的问题。考虑了片刻,他又接着问:"还有什么?"

"省长,时间不早了,我的发言稿在这里,您晚上有时间,抽空看看,我想说的话和想反映的问题,都在这发言稿里。"

"你说的中考将到,这是个大问题,有可能中考的时间,恰好就是在汛情期间,这个确实需要认真给大家讲一讲。"

"是的省长,我在发言稿里已经写上了,必要时,看能否把中考的时间提前或者延后,目前看,情况已经十分紧急了,不能再拖了。"

"很好。"杨鹏接过发言稿,放在桌子上,说,"你明天就准备发言吧,讨论也一样参加,你出去让忠泽秘书长给安排一下。"

"谢谢省长。"张傅耀一边站起来,一边压低声音说,"省长,临锦市的情况表面上看很稳定,很团结,其实问题很多,也很复杂。现在是关键时刻,这次开会,一定要把问题和责任给他们讲清楚。别让他们以为马上要换届了,什么事情都可以一推了之。夏雨菲也给我说了,她最担心的还是学校,特别是汛情期间,学校和学生一旦出了问题,比什么事都大。"

第三个进来的是水利厅副厅长王新成。

他进来时,杨鹏满脑子还是刚才张傅耀给他说的那些话。

杨鹏怎么也没想到夏雨菲竟然在第一时间给张傅耀厅长打了电话,这个电话打得让他很惊讶,但也确实让他无话可说。说实话,这次让教育厅厅长参加这次紧急防汛抗汛工作会,着实是一大高招。可以说是一箭双雕,甚至一箭三雕、一箭四雕。

高考刚结束,中考马上开始,高考分数即将公布,最要命的是,在这个时候高三所有考完的学生基本处于自由状态。他们脱离了学校的管辖,基本上是在一片无序散乱状态。如果汛情紧迫,突发洪水,那这些散乱在四处的学生很可能会出各种各样的危险。

夏雨菲的提醒十分及时。

她居然能想到这一层,让张傅耀厅长参会,直接把问题点出来,会更有力,更有效果。

这个举措,高明。

也不知道过了多久,杨鹏才听到耳旁有一声问候:

"杨省长,您好,我是王新成。我进来了,茶水也给您添满了,您先喝点我们再说?"王新成和杨鹏是老熟人,自然说话就随便一些。

杨鹏赶紧回过神来,笑了一笑:"坐坐,坐,刚才想到一个问题一下子走神了。你怎么今天就过来了?明天来也来得及。"

"那可不行,您的会议,必须提前报到。"王新成一边坐了下来,一边说,"您这个会开得可正是时候,我们厅长还发愁呢,一听到您这里要开会,兴奋极了,他让我提前给您打个招呼,他明天上午争取赶到。"

"水利厅真该开个会。"

"我给您打报告了,您一直没批示,后来才知道您来临锦了。"王新成如实说道,"我亲自打的,汛情严重,十万火急。"

"那就是说,那天我给你打了电话,你才给我打的报告是不是?"杨鹏面无表情地开了一句玩笑。

"唉哟哟,省长您可千万别这样整我呀,要是这次真出了什么大事,我这个厅长还干不干了?"王新成仰面往椅子上一靠,伸了个懒腰说,"这么晚了,我好心疼,简单说两句吧,后面还有人等着呢。"

"你们厅长明天也来?"

"他敢不来?也不看现在是什么形势,是您替他召开了这个会,否则让他组织这样的会,有几个人听他的?"王新成毫不遮掩,说话一清二楚。

"反正有您这样的二把手,哪个一把手也干不好。"杨鹏再次戏谑了一句。

"省长这句话说到点上了,哪个省水利厅的二把手包括一把手,有我这样的水平,干活能让他们这样放心的,还真找不到第二个。有我在,是他一把手的福气。这可不是我说的,是水利厅群众干部的一致评价。"王新成很认真地说道。

"好吧,厅长来不来我不管,只要你来我就放心了。"杨鹏说的倒是实话,按照规定,副省长召开全省性会议,凡是不分管的厅局,来一个副职就算合乎规定,也很给面子了。一些大牌的厅局,给你来一个处长副处长的你也没办法。所以省长召开政府常务会,如果与别的会议冲突了,或者有别的什么原因,来的是一个副厅长或巡视员之类的,极有可能让省长收拾一通,甚至当场给赶出去也是常有的事情。

"不说玩笑话,我还真的是有些重要情况要给您反映。"王新成渐渐严肃起来。

"好。"杨鹏把笔记本拿了过来。

"省长千万别记,您要是一记,我可就不会说了。"王新成看上去并不像开玩笑。

"好吧。"

"时间关系,就简单几句。"

杨鹏点点头。

"第一,对这次汛情的重视程度和预防措施,有些市县确实做得不够,甚至根本不当回事,这种情况是前些年不曾有的。原因很多,我觉得主要与换届有很大关系。"

"嗯?"杨鹏一震。

"确实如此。每逢换届,大家把口号喊得震天响,其实都是假的。换届重要的是换人,在县里,在一线,如果局长、县长、书记都不动,那还相对好点,如果有一个关键的位置有变化,那么这个部门基本就是形同虚设。像临锦市水利局,据说这次就要调整,于是下面的处长科长大都处于观望和混乱状态。听这个还是听那个,就成了大问题。"王新成言简意赅,说得非常清楚。

杨鹏慢慢地站了起来,这确实是个问题,而且是个大问题。以前也曾想过,但没有像王新成说得这样明白:"你说得很对,如果现任局长和即将上任的局长之间有了不同的意见,下面就无所适从了。"

"就是这样,很多地方都是,非常危险。"王新成继续说道,"第二,临锦市的这次防汛抗洪紧急工作会,很有可能开成一个走形式的会议。省长,您得在这方面下点功夫,争取把每一项举措和每一个问题都能落实到位,落实到人。这需要有一个监管制度,有一个监管机制,具体用什么办法,我建议您要向省长和省委书记请示,凡是重大事故的责任人,这次换届一律不予以考虑。"

"各级政府已经有这方面的警示了,我们也多次讲过。"

"省长,那都是假的,就是个口号,说是那样说,其实能震慑了谁?"王新成言之凿凿地说,"省长,这方面的追责,在重大汛情面前,必须升级。不能再像过去那样,水库出了事,你把站长撤了就算了,撤一个副局长就算很严厉了。这次汛情不同以前,眼下又是换届之年,既然是换届之年,就要在这方面施加压力。凡是出了重大事故的地方,局长第一时间撤职,副市长立刻免职,市长和书记也同时问责,只要进入问责程序,最低处分也是诫勉谈话。诫勉谈话,即在半年内不能提拔,不能调动,这样一来,那震慑力就有了,空喊口号的肯定就少了。"

"这是大事,确实需要给书记和省长报告一下,你让我考虑考虑。"杨鹏很慎重地说道。

"杨省长,以您现在的身份和影响,您给书记和省长直接说,他们肯定会同意,尽管也一样有可能是走形式、走过程,但说实话,这样的条例有和没有还是大不一样。既然是换届,就尽量抵消换届有可能带来的负面作用,更多地发挥换届带来的正面影响。其实您借这次会议,研究制定一个这方面的追责条例,直接抄送给各级领导,也正是书记和省长,包括市长和书记他们急需的想法。大敌当前,必须步调一致,言必信,行必果,否则真出了什么大问题,就算是省长和书记,也一样受牵连。"

"好的,你让我想想,但搞一个防汛方面的追责和处分条例,这会儿恐怕也来不及了。"杨鹏若有所思地说。

"省长,我这两天突击搞了一个这样的条例,您先看看行不行。那天您给我打了电话,我就认真想了一晚上,这件事不能再拖了,必须马上动手,就加班搞了一个,也算给咱们的这次紧急防汛会议做点工作。"王新成一边说,一边拿出一份资料给杨鹏递了过来,"这个条例也是我在水利厅这么多年有关安全工作的一次探索和总结,该想的地方我都想到了,特别是有关防洪抢险、水库整修、河流湖泊疏导、防汛基础设施建设等方面,总结了多年的经验教训,现在把它拿出来,也算是我对水利工作的一个交代。您先看看,有不合适的地方尽可增删。如果觉得还可以,我建议明天可以在会上让大家讨论一下,集思广益,会让这个条例更加完善,更加合理,而且可以进一步扩大影响。这样一来,再上报省委省政府,那就更有说服力了。"

杨鹏拿起这个条例,顿时觉得脑海里一阵翻腾。真的是来得太及时,太重要,也太有必要了。

作为水利厅副厅长的王新成,他的情况杨鹏副省长非常清楚。按照一般的说法,杨鹏和王新成正儿八经算是校友,王新成比杨鹏大。王新成所学的专业被划分了出去,成立了一个纯专业的水利学院,王新成于是就成了这个纯专业学院的第一届毕业生。因为王新成学的是纯正的水利专业,毕业后直接被分配到省水利厅,从科员、科长、副处长、处长一直干到了副厅长。五年前省委换届,王新成被确定为水利厅厅长候选人。当时的厅长还不到退休年龄,但由于干不满一届,所以不再作为厅长候选人。可能就是这个原因,对这一安排有意见有抵触的厅长,在一次重大水利事故中,由于当时王新成确实属于擅离职守,厅长抓住这一把柄,最终把他的厅长候选人资格给取消了。

其实那次是一个省领导让王新成去外地开会出差,对此他完全可以辩解的,但因为不想让这个领导在换届时受到影响,王新成也就默默地接受了。当时连他的主管副省长也为他喊冤,但他心甘情愿,自认倒霉,觉得自己当时确实犯了一个低级错误。在那样紧急的情况下,离开工作岗位去参加一个可去可不去的会议,出了事故,你又有什么能站得住的理由给自己辩解,让自己解脱?

时至如今,当厅长的想法王新成可能也不再有了,因为现在的水利厅厅长年龄比他还小。这个厅长年纪虽轻,但干事却非常老到,对王新成这个老厅长,言听计从,什么事情都让王副厅长决断做主。时间一长,整个水利厅完全是一副团结和谐的景象,既没有大的问题,也没有大的矛盾冲突。厅里的人都说王新成副厅长是水利厅的主心骨,外面的人则说这个年轻厅长精明强干,年富力强。总之水利厅这些年成了省里最优秀的厅局之一,年年获奖,年年第一,省里部里,几乎没有不夸的。其实这里面的缘由,王新成是最清楚的,这个年轻厅长实在是大手笔,看上去那么尊重他,其实在人家那里,他王新成纯粹就是一个打工仔。人家会用人,也能放心用人,既疑人不用,也用人不疑,这对王新成来说,就足够了。

但今天,王新成在杨鹏副省长面前,能有这样的一番表现,委实大大出乎杨鹏的意料。

在这样的一个关键时刻,给他做了这样的一个考虑和决定,就算王新成还有别的想法与目的,能做到这种地步,确实是难能可贵,太不容易了。

杨鹏把王新成送到门口时,王新成转回头来又语重心长地说了一句:"省长,咱们省里的水库,大部分都属于高危水库,一遇到汛情,可以说是危机四伏,险象环生。一不小心,就会让咱们全军覆没,一败涂地。省长您还年轻,如果在这里出了问题,那可太不划算了。说句桌面上的话,这对党对国家对人民也是不应有的损失。所以省长您一定听我说,在这关键时刻,您谁的面子也别给,就让自己能堂堂正正、清清白白,不要把属于咱们的机会留给任何人。"

"老厅长,谢谢!"杨鹏由衷地再次说了一句,此时此刻,也只有这样的话能表达自己的心情了。

第四个进来的是省安监局局长吴建国。

吴建国长得十分优雅,细高挑身材,说话儒雅温和,一点儿也没有安监局局长的做派和威武。

但事实上,凡是接触过吴建国的人,都会被这个面相斯文的男子惊讶到。

吴建国的话语听上去温润轻缓,但这些话的内容却常常让人心惊肉跳,不寒而栗。

吴建国的话很少,简洁明白,也从不拖泥带水。你和他说完了,把这些话记下来,细细一琢磨,立刻就会让你振聋发聩,寝食不安。

杨鹏很喜欢吴建国这样的性格,言行举止干脆利落,几乎没有废话。而且不论是他说过的话,还是你布置的内容,一件一件都会以最快的速度落到实处,并让你感到满意。即使不是十分满意,也决不会让你挑出什么毛病。

吴建国轻轻走进来,什么客气话也没说,一坐下来就直接进入主题。

最近省里有关安全的基本情况,这些天里发生的大小事故,值得注意的一些问题和苗头,没有几分钟就基本讲得清清楚楚。

"这次汛情你怎么看?"听后,杨鹏直接问道。

"汛情是天灾,我们要防的是人祸。"吴建国说。

"对,人祸比天灾更难防。"

"省长,我担心的是人祸已经成势了,防不过来。"

"你是不是想说现在已经遍地都是人祸?"

"那也不是。"

"有什么直说无妨。"

"省长,现在有些人特别喜欢开会,动不动就开会,大事小事都开会。你看这次我们的防汛会,该来的不该来的都来了,来的人比任何时候都多。为什么,只要有了会,有些人就借机在会上把什么话都要讲一遍,把该讲的都讲了,但实际上等于什么也没有讲。即使什么也没做,但只要他把自己想讲的意思全讲出来了,那就是将来不管发生了任何问题,都跟他没有任何关系。"

杨鹏一震,良久无语,这话果然直中要害。

"省长,咱们的这次会议,我觉得主要的目的就是要打掉这种风气。所有参会的人,都必须清楚我们这次会议的一个主题,也是唯一的一个主题,就是面对这次重大汛情,如何采取措施、如何具体行动、如何落实责任。除此以外,没有别的。如果还是以为同过去一样,一味地虚张声势,说空话、说虚话、说套话,那咱们就把丑话说在前面,这次会议凡是负责人的会议讲话都要全部记录下来,作为重要会议资料保存并印发全省各级机关部门和主要领导。只要他们敢讲,我们就敢记敢存敢印敢发。省长这些话不需要您来讲,我们连夜打印出来,明天作为会议须知发下去即可。这也是我们的汛情档案,从明天的会议开始一一建档,将来不管哪里出了问题,这些会议记录都是一个重要的参照。不要以为你开了会,讲了话,事情就算完了,什么责任也没有了。总之一句话,让过去那些总是以会议落实会议,以文件落实文件的形式主义彻底没了市场。"吴建国细声细语,一口气说了这么多。看来确实是有备而来,准备得十分充分。

"我看可以。"杨鹏点点头,这些话果然句句都是硬核,"做个会议通知,与会者人手一份。写好了我先看看。"

"什么时候给您?"吴建国问。

"明天早饭前给我不耽误事吧?"

"误不了,会议资料,就一个页码,两百份一刻钟就出来了,会前保证人人桌上有一份。"

"好吧。还有什么?"杨鹏问。

"还有一个,就是临锦市发生在高速公路上的车祸,是不是他们已经给您汇报过了?"

"徐帆书记直接给我说的,没多久。"

"徐帆书记给您说的?"吴建国局长吃了一惊。

"是。徐帆书记亲自给我说的。"

"您批示过了?"

"没有。"

"那就对了。"

"你觉得有问题吗?"

"当然有问题。"

"什么问题?"

"重特大事故,未经报告,私下擅自处理,属于严重违纪。"

"有这么严重?"

"是。省长,这样的情况必须严肃处理。"

"但听了他们的汇报,我觉得事故处理得十分及时,也十分到位,上上下下都十分满意。"

"那是另一回事。"吴建国侃侃而谈,"这就像在战场上抗命不遵,擅自行动,不管你处理得好与坏,都是坚决不能允许的。否则都这么干,岂不是完全乱套了。"

杨鹏不禁愕然,这话确实说到根子上了:"那现在该怎么办?我当

291

时觉得事故处理得不错,还表扬了书记。"

"表扬是表扬,处理是处理,两码事。"吴建国轻轻地说道。

吴建国的话音不重,却让杨鹏听得直起鸡皮疙瘩:"按规定应该怎么办?"

"您没有批示那就好办。"

"与书记有关吗?"

"那倒不会。书记毕竟是书记,就是比这再大的事,也不能处理书记,否则那就乱套了,下面的工作都没法干了。"

吴建国的话又让杨鹏听得一愣:"这话怎么讲?"

"书记、市长都是省委、省政府的台柱子,这是必保的,除非他们自己出了大问题。事实上这起事故的发生和处理,都是交通部门的严重失职行为,书记的想法与做法,其实都是他们下面这些人的想法与做法,所以处理他们没有任何问题,对书记也不会产生任何负面影响。当然,这也是对书记的一次警告,今后再有类似的情况发生,书记也会知道这样的事情怎样处理才合法合规不违纪。"

"徐帆书记说了,他看过有关规定,他们这样的处理合法合规。"

"那是他们自己的说法。"吴建国断然否决。

"那你打算如何处理?"

"具体还没有研究,主要是还没有得到您的批示。"

"你刚才不是说我没有批就好办吗?"

"对,您要是批了我们确实就不好办了,您如果还没有批,那就可以不按他们说的来,直接批给我们就可以了。"

杨鹏还是有些疑惑:"那就是说,我还得批,直接批给你们?"

"省长您最好画个圈就可以了,我们就知道该怎么办了。"

"只画圈,没有任何批语?"

"对。省长,这起事故性质确实很严重,但是说实话,他们处理的结果确实还是合理的。要说问题严重,就只有一点,也就是我刚才说的,涉嫌瞒报,擅自处理。这个必须严肃处理,否则以后都这样,那就无法无天了。"

"那这不等于是对书记的处理意见表示有保留吗?"

"对。"

"徐帆书记当时给我报告时,我是同意的。"

"您同意的是他处理事故的方式方法,我们批评的是他的部下没有及时按程序给我们报告事故。一码归一码,两回事。"吴建国依旧细声细语,认真地给杨鹏解释道。

杨鹏听得还是有些模糊:"你的意思,对这起事故的处理,我们只能批评不能表扬?"

"对,省长,我们必须这样。"吴建国继续说道,"安全问题没小事,任何错误都必须坚决处理。我们如果有一丝放松或心软,最终出了事情都只能让我们担责。"

"但他们处理事故的态度和做法是值得肯定的,效果也是明显的,我们应该保护这方面的积极性。"杨鹏说出了自己的想法。

"这没有问题,就是因为这起事故他们处理得不错,否则我们对他们就不会是这种处理方式了。"

"那会怎么处理?"

"全省通报,严肃处理,坚决问责。如果引发全国性负面影响,甚至恶劣影响,那就只能责成相关纪检监察部门立即采取措施,并予以超常处理。对副职以上干部给予降职、免职、撤职,同时实施'双规',以至拘捕等措施。即使对有些人是冤枉的,那也只能在日后再处理了。"吴建国面无表情,说得非常详细。

"也会涉及市一级的领导?"

"当然。这么多年了,我们一直就是这么做的。"

"也包括主要领导?"

"这要看是什么时候,有时候我们也没有办法,只能丢卒保车。"

"为什么?"

"因为我们必须给群众一个说法,一个交代。"

"什么时候?这是什么意思?"

"比如就像今年,就像现在。"

"因为今年是换届之年?"

"是。"吴建国依然十分认真地说,"因为今年是换届之年。"

293

二十八

送走了省里的干部,剩下来的都是市里的干部,杨鹏的心情顿时轻松了一些。他看看手机,回拨了几个必须回复的电话,又让秘书小丁进来嘱咐了一些明天会上的事情,这才让还在外面等着的人依次进来。

首先进来的是市水利局局长张亚明。

张亚明走进房间时,已经快夜里十一点了。

张亚明一看就是那种非常实在的专业型干部,既不会客套,也不会逢迎,但十分谨慎,坐在沙发上,还有半个屁股悬空着。

杨鹏给张亚明倒了一杯水,放到他眼前时,他吃了一惊,方知道这是省长给他倒的水,顿时不知道该怎么说才好。

杨鹏是从夏雨菲嘴里知道这个局长张亚明的,为人忠厚,专业扎实,一个地地道道的老实人。他出身寒门,完全是一步一步干起来的基层干部。

也正因为如此,他能干到这样的级别,可以说是已经到顶了。

让杨鹏没有想到的是,张亚明一口方言普通话,确实让他很难听得懂。杨鹏尽管也出身农家,但老家的方言还不算难懂。而张亚明说出的方言,听上去慢条斯理,其实根本就是一团乱丝,越听越难明白。

好在张亚明语速不断放慢,杨鹏终于能听明白个八九不离十。

刚开始张亚明有些吞吞吐吐,到了后来,就有话直说了。

"杨省长,本来我不想来找您的,但他们告诉我,杨省长这个领导不抽烟不喝酒不收礼,所以我想了想还是来了。收礼就不说了,现在不抽烟不喝酒的领导实在太少,几乎没有了。都是上行下效,楚王好细腰,宫中多饿死,上面的领导来了,你要是不会喝酒,领导又想喝两口,那你这个当下级的要有多尴尬?"

"局长你夸大了,现在不喝酒不抽烟的领导多的是,抽烟喝酒的也不能就认为是不好的干部。"

"省长您说的有道理,但我并不这么看,我就是一个不喝酒不抽烟的,有时候到了下面,闹得大家都别扭。我好多上上下下的领导和同事,人家什么都会,什么嗜好都有,就比我这个啥也不会的能干得多,会干得多。再大的领导,几杯酒下肚,立刻就能勾肩搭背,称兄道弟。你说你平时干得再多,什么时候能把关系处到这份儿上?人家几顿酒下来,就是老朋友了,什么事情都好办,有些事情就算暂时办不了,也能知道这样的事该不该再跑了。像咱这样的,一律公事公办,效率比人家可就是天地之差。"张亚明瓮声瓮气地说着,渐渐激动起来。

　　杨鹏听到这里,一时也不好再说什么。张亚明说的确实是事实。平时自己也经常遇到这种情况,酒场无大小,有人说这就是中国文化,一到了酒场就有了高效率,给大家的工作节省了大量时间。而且能把同事之间、上下级之间的关系搞得特别融洽和谐。但实话实说,所谓的上下级关系、同事关系,想要和谐融洽,除了酒场,就没有别的路径了?下面的真实情况,如果确实是这样,那勾肩搭背,称兄道弟的时候,是不是其他的事情也更容易,更方便?听到这里,杨鹏有意看看时间,笑笑说:"好吧,有什么事,局长你就直接说,反正咱们都是不会喝酒的人。"

　　"省长,我来就一件事,明天的会上,如果我发言,我说的内容都是提前商量好的,并不是我想说的话。"张亚明果然实话实说。

　　"提前商量好的?是你们水利局一起商量好的?"杨鹏问。

　　"是市长和我们商量好的。我们水利局的意见,市长不同意,就让我们按照市政府的意见发言。"张亚明局长确实是在掀老底了。

　　杨鹏立刻觉得张亚明讲的情况非同寻常,不禁一震:"你们水利局的意见和市长的意见不一致吗?"

　　"是的。按照我明天发言的内容,基本上就是唱高调,放空炮,什么具体措施也没有。"

　　"你已经准备好的发言,就是代表市政府的意见?"

　　"对,这是市长特意交代的,也是市长把关审阅过的。"

　　"这就是说,明天你如果发言,只能按准备的内容发言?"

　　"对。"

　　"为什么?"

　　"因为我们水利局原定的发言稿,其实就是我的意见,市长不同意。"

"你来就是要告诉我这个吗？"

"对。主要是听说明天又不让我发言了，让常务副市长汇报发言，所以我必须过来把我的意见汇报给您。"

"那你在小组会上也可以发言啊。"

"小组会上也一样，只能按事先准备好的内容发言。"

"这样啊。"杨鹏看了一眼面相耿直的局长，"那你说吧。"

"省长，现在情况非常紧急，临锦市区内的大部分水库都存在年久失修的问题，如果这次汛情与预报的一致，那么对临锦整个的抗洪防汛，将是一个巨大的危险和考验。"张亚明渐渐冷静下来，说的话也清楚了许多。

"你觉得最大的危险主要是哪些方面？"杨鹏问。

"防汛能力严重不足，如果遇到大的水灾，百分之七十的水库没有基本的蓄洪能力。遇到重大灾情，百分之四十以上的水库都存在垮塌风险。"

"百分之四十？"杨鹏止不住站了起来。

"是，可能更高。"

"我查看过你们历年的水利拨款，这几年金额都很大，平时就不搞这方面的整修建设吗？"

"水利投资主要是理念问题。"

"这是什么意思？"

"他们以为修修补补不值得，应该把钱花在有明显效益的地方。"

"明显效益指的是什么？"

"说白了，就是能够提高 GDP 的项目。"

"政绩工程？"

"对。"张亚明直言不讳，"这些年，我们水利系统的所有项目，都是力保 GDP 的增长不能低于百分之十。都是力保那些看得见的，形象好的，又能提高知名度的基建工程和新兴工程。而这些需要维修补救的工程和项目，很难在资金上得到保证。加上这么多年来的拖延，累积的项目越积越多，需要的资金也越来越大。我们现在的各级政府对这样的问题也大都采用一样的处理方式,旧官一走了之,新官不理旧账。既然都可以这样了事,没包袱没压力没责任,后面的领导对这样的事情那就能推则推,能不管尽量不管。于是就这样一届一届拖到了现在,问题也越来越多,形势也越来越严峻。"

杨鹏心情愈加沉重起来,此时张亚明的话,字字入耳,句句扎心。这些情况,杨鹏并不是完全不知道,但如此严重的程度,则完全超出他的预料。百分之七十以上的水库缺失防汛功能,百分之四十以上的水库在重大汛情中将处于危急甚至垮塌状态,这个数字让他感到震惊。杨鹏在屋子里来回走了几步,神色严峻地问:"如果你说的情况完全属实,那我们现在该怎么办?"

"救急的办法只有一个,我们境内所有水库,特别是那些百分之七十以上的问题水库,即刻开始泄水。如果做不到百分之七十,那有严重问题的百分之四十以上的水库,必须立即开闸泄水。只有这样,才有可能减轻重大洪灾所带来的重大风险。"

"这就是说,最低也必须保证这百分之四十以上的水库全线立即开闸放水?"

"对,必须,马上。"

"百分之四十以上是什么概念?"杨鹏盯着张亚明又问了一句。

"就是全市区域内的二百八十多座水库,其中包括四座中大型水库,十五座中小型水库。"张亚明立即回答。

"从现在开始?"

"最晚也不能超过明天。"

"泄水泄到什么程度为止?"

"至少也要泄掉三分之二以上,风险特别大的水库,最好全部泄空。有养殖功能的水库,泄到不损害养殖功能为止。"

"时间你确定吗?"

"确定,否则就来不及了,如果等汛情来了再泄洪,会进一步加大我们防汛的难度,成倍加大洪灾的损失。"

"为什么?"

"您想想,洪灾来了,所有的水库不蓄洪反而都在泄洪,那会是一种什么情景?"张亚明说得十分形象。

听到这里,杨鹏思考了一下,问:"过去有过这种情况吗?"

"没有。"张亚明不假思索地回答。

"你给市长汇报了吗?"

"汇报了。"

"市长不同意你的这个意见?"

"是。不仅不同意,而且坚决反对,全盘否定。"张亚明实话实说。

"为什么? 什么理由?"

"市长怎么会给我讲理由,我们是下级。市长也从来不解释为什么,根本没有任何理由。"

"坚决反对,怎么会没有理由?"杨鹏感到很吃惊。

"我们已经习惯了,市长同意什么不同意什么,从不给我们讲理由。我们也明白,市长的事情太多了,如果都讲理由,那肯定讲不过来,也没时间给你讲。不过我估计他也没什么直接的理由,就是不同意,就是坚决反对,全面否定。"张亚明闷声闷气地说。

"这么大的事,怎么能不讲理由? 这是要商量要研究的大事要事,应该商量很多次,最终要研究出很多举措和方案,怎么可能不听你们的意见?"杨鹏确实感到不可思议。

"那倒不是,市长也听我们的意见建议,而且会听很多人的意见,关键是他只听他喜欢的意见建议,你的意见建议讲完了他不表态,他喜欢的意见建议听完了马上就表态,市长表态肯定的意见建议,就是市长的意思。最终凡是市长肯定和支持的意见建议,就是他喜欢满意的意见建议。你的意见建议如果市长不喜欢,他根本不会给你解释,直接就按他喜欢的意见建议下指示了。而且市长拍了板,最终还没有直接责任,因为这些决定并不是他自己的意见建议。"

张亚明的话,让杨鹏再次感到吃惊,领导当得时间长了,还真有各种各样的技巧和策略。想了想,杨鹏再次问道:"那你想过没有,在这个问题上市长不同意你的意见建议,你认为主要原因是什么? 市长坚持的理由究竟是什么?"

"我当然知道他反对的原因和理由是什么,他之所以不讲不解释,是因为他坚持的理由根本上不了桌面,也根本不能称其为理由。"

"他的理由是什么?"

"第一,他不认为会有那么严重的汛情。第二,即使有汛情,以他的想法,那就等汛情来了再采取措施也完全来得及。第三,他向来都认为,凡是政府部门的领导干部,都应该敢负责有担当。不能一有了什么情况,就层层汇报,一级推一级,其实是自己不担当,把责任都推到上面,这样的领导就是不称职不合格。他认为现在就放水泄洪,纯粹就是逃避责任,没有担当。"

杨鹏再次感到吃惊,这样的话是他完全没有想到的:"这叫什么话?逃避责任,没有担当?二者能连得上吗?"

"市长所有的理由,只基于一条,就是汛情年年有,防汛年年抓,过去一直没有做的事,今年凭什么要做?"

"市长并不认为今年的汛情会有那么严重?"

"是的,他的意思就这一点,万一汛情很轻;万一汛情就像往年一样,雷声大雨点小;万一根本就没有什么汛情,只是虚惊一场。那我们这么多的措施和投资,岂不是白做了,浪费了?市长的内心深处我们都知道,一句话,就是怕丢人,舍不得,还有一句话,就是不想让别人说他没魄力,没见识,没经验,遇事手忙脚乱,瞎忙一场,最终让人耻笑。"张亚明依然是实话实说,"其实市长也不是完全不相信,如果真有什么大问题,那责任只能是你们的。所以他固执地认为,你们现在就这么干,就是逼他承担责任,你们就是逃避责任,就是没有担当。"

"前几年是不是也这样?"杨鹏不禁问道。

"程靳昆市长已经在临锦干了十几年,副市长四年多,常务副市长三年多,市长五年多,他经历的事情太多了,市政府上上下下,几乎都是他信任、提拔起来的老下级。他有绝对的权威,他的任何一句话都是圣旨。对待他的下级,几乎就像老子对儿子,有时候比对待儿子还严厉,还不留情。市长这个人又很清廉,不抽烟不喝酒不吃请,除非上级下来了可以陪着喝几杯,平时绝对滴酒不沾。至于收礼不收礼,谁也不知道,一般的干部,根本没有人敢到他家里去,他也从来不在家里接待客人。这样的人,因为无懈可击,大家既敬重,又十分害怕。平时市里的

299

干部也都在私下里说,对程市长这个人,你有想法,却没办法。纵使你有一千个主意,他要是不认可,让你什么脾气也没有。"看来张亚明对市长确实十分了解,判断也十分到位。

"那你们的政府常务会还怎么开?他一说话,就不会再有任何反对意见,到了关键时期,岂不是要坏了大事?"

"就是您说的这个问题,非常严重。"张亚明立即随声附和,"最要命的是还有很多的人认为市长的话绝对是一言九鼎,即使明知道市长是错的,也是一片赞扬声。如果说假话能得到好处,时间久了,谁还说真话呢?"

"正确!"杨鹏突然觉得,张亚明这一句话,几乎把所有问题的症结都撕开了!

"更要命的是,等到真正出了大错,他们也一样认为这不是市长的错,而是别人的错,是你们没有落实好市长的指示,没有领会好市长的指示精神。所以他们的赞扬永远没有错,市长也永远不会错。"

杨鹏一时僵在了那里,这个张亚明,看问题太犀利太透彻了,现在很多地方干部出问题,不正是这些原因?想了想,杨鹏又问道:"在临锦这个地方,这些年的汛情到底是一种什么情况?程市长是不是在这方面确实也有了经验和教训?"

"汛情确实年年有,但像今年这样的汛情预报,去年没有。前年、大前年有过,但预报的汛情并不像今年这么严重。"

"结果呢?"

"基本一致。前年、大前年的汛情确实很轻,去年也有汛情,但由于降雨范围不大,上面并没有发布紧急通知,我们只在内部做了通报。省长您问得对,可能就是因为这些原因,才让市长有了这种侥幸心理和经验认识。"张亚明如实回答。

"好的,我知道了。我现在问你,如果让你发言,你明天准备在会上怎么说?主要内容是什么?"

"实事求是,实话实说。在会上按实际情况发言,按我心里真心想说的意思发言。"张亚明一字一顿地回答。

"那你为什么要把这些说给我?"杨鹏问。

"如果我因为说实话出了什么问题,至少您知道是因为什么。"

"你们原先准备好的稿子在哪里?都准备说些什么?"

"打官腔呗。听上去慷慨激昂,其实什么用也没有,什么具体的措施也看不到,全是空话套话。"

"如果你不讲空话套话,那会出什么问题?"

"那问题就大了,任何时候、任何情况下、任何措施上都可能出错,而且一旦出错,所有的责任都得由你承担。"

"也就是说,不管有没有汛情,也不管汛情有多么严重,因为你讲了实话,所有的后果都会让你承担?是不是这个意思?"

"是。"

"为什么?"杨鹏继续问,"这根本讲不通。"

"但这就是现在干部中的实际情况,凡是讲真话的人,最终都是必须承担责任的人。"

"因为让领导不高兴了?"

"是的,尤其是你不能显得比市长还高明,还能干,还有水平。"张亚明仍然瓮声瓮气地说道,"大家都这样,为什么偏偏你一个人跑调。"

杨鹏静静地看着眼前一脸忠厚的张亚明,不禁问了一句:"那你为什么要这样做?"

"因为现在是严重汛情前夕。面临重大突发事件,面临国家和老百姓的重大利益,我只能采取这样的立场。我不能当逃兵,也不能把责任推卸给别人。推卸责任,等于嫁祸于人,我做不出那样的事情。如果我做不出那样的事情,最终的责任只能由我来负。与其被动负责任,还不如我现在就说实话说真话,至少能让老百姓的利益得到应有的保证。"

"如果市长还是不同意你的意见呢?你该怎么办?"

"这个我已经想到了,至于下一步怎么做,我现在也不会给您说。我现在彻底想通了,所有的责任都由我来承担,我不在乎任何结果。"

"什么结果?"

"撤职、免职、受处分,甚至坐牢。"

"有那么严重吗?"听到这里,杨鹏止不住说了一句,"不可能因为说了实话,也不可能因为干了实事,就把你撤职、免职,甚至坐牢。你把问题想得太复杂、太消极了。"

"省长,事到如今,我已经说了,我不在乎这些,我是水利局局长,是这次重大汛情的主要责任人,我只能选择我认为对的去做。任何结果都有可能,我已经做了最坏的打算和准备。"

"但现在关键的问题是,你选择了你认为对的,但市长能选择你的选择吗?这才是最重要的,我们应该让市长也做出正确的选择。"

"我觉得不可能。"张亚明说道,"我们不可能让一个人在这么短的时间内改变他的性格和作风。其实人也是世界上十分顽固的生物,如果没有血的教训和生命的代价,一般不会做出改变的。"

"那就是说,即使市长坚持不同意,你也会坚持你的意见?"

"是,我会坚持我的选择。"

"如何坚持?"杨鹏追问了一句。

"我会在我的职权范围内行使我的权力。"

"知道了。"杨鹏很严肃地看着张亚明,问,"你的下一步需要我怎么做?"

"什么也不需要,如果想让您做什么,那就不是我了,我也不会来。"

"我再问你一句,你是多年的老局长、老专家了,我现在再次确认一下,你认为这次汛情确实会很严重吗?"此时的杨鹏,神色严峻,眼神冷厉。

"省长,您看,碰到这种情况时,很多人都会因为别人与自己的不同判断,而对自己的认知产生迷惑和怀疑。"张亚明的眼神突然明亮了起来,"我熟悉水利专业,但气象研究也同样是我的专业。水利局局长不研究气象,本身就是严重的失职行为。这次汛情,以我个人的预测,即使没有水利部、国家气象局的紧急通知,我也会给临锦市所有水利系统发布重大汛情报告。杨省长,现在已经不是二十世纪五六十年代了。以现在的科技水平,汛情预测的精确度已经在百分之九十以上,基本上可以说是百分之百。这次汛情,我毫不怀疑,将完全有可能超历史最强降水纪录。汛情非常严重,此刻危机四伏。"

"但你刚才说了,去年、前年的预报并不太准。"

"不是预报不准,而是预报的汛情发生在临锦附近,没有直接发生在临锦。我认真考察过,直线距离相差仅仅只有几十公里。"

"好的,我知道了。"杨鹏接着又问,"你还有什么要说的?"

"没了。"张亚明一边说,一边站了起来。

"谢谢。"杨鹏伸过手去,握住了张亚明的手。

张亚明的手掌硕大而坚硬,厚厚的一层老茧,让杨鹏感到惊讶而又震动,同时又觉得踏实:"放心局长,我知道应该怎么做。"

张亚明好像想说点什么,但憋了半天,却又什么也没说出来。

最后一个进来的是李皓哲。

李皓哲的神情显得有些沉郁,但依然不失英武和洒脱。

"省长,时间太晚了,知道您忙,没想到会这么忙。我就一句话,说完就走。"李皓哲一走进房间就开口说道。

"坐吧坐吧。"杨鹏十分热情客气地说,"不着急,还有时间。正好我还有事要问你。"

李皓哲愣了一下,可能他没想到杨鹏会这么说。看到杨鹏给他倒水,急忙欠下身子接过,然后慢慢坐下来,轻轻说了一声:"谢谢省长。"

"别客气,咱们都是给政府做事,不用见外。有什么事,你先说吧。"杨鹏一边说一边坐下来,依然十分热切地说。杨鹏清楚,不管自己怎样和颜悦色,但顶着一个副省长的帽子,下面的人员多少还是会有压力。

李皓哲大概是没想到杨鹏会是这样一副谦和平易的样子,反倒有点不知所措,好像以前准备好的那些话突然间竟不知该怎么说了。

"现在不是办公时间,也不是开小会研究问题。有话尽管说,说什么都没关系。"杨鹏再次有意放松地说。

"省长,我本来不想来的,但雨菲菲让我来。"李皓哲有些发窘地说,"她说您很好,也很亲民。所以想了想,还是硬着头皮来了。哪想到这么晚了,还有这么多人等着。"此时的他渐渐放松下来。

"我刚开始也不习惯,现在慢慢适应了。能这样等着找你的人,肯定都是有重要事情的人。平时我不会把时间安排得这么晚,今天情况特殊,你也知道,明天要在你们这里开会,省政府和有关厅局的领导都来了,而且都是事务性的工作汇报,实在没办法。平时我分管的工作和有关文件,一般不会这么扎堆和积压,今天确实是特殊情况。"杨鹏认真解释说。

"即使这样,也确实太忙了。"

"是雨菲让你来的?"杨鹏扭转话题问。

"是,她告诉我一定要来见见您。"

"抗洪防汛方面的事?"

"是。还是我上午说过的那些事,关于五阳县蒙山水库的一些问题。"

"上午不是说过了吗?又有了新情况?"

"上午人太多,有些话不方便说。"李皓哲直言不讳。

"好的,你现在不妨直说。"杨鹏很平和地看着李皓哲说道。

"省长,是这样,明天我不管会议有什么要求和安排,也不管市委市政府对会议的精神如何贯彻,也不管有关部门对会议的要求执行不执行,落实不落实,我都会立刻紧急行动,果断采取措施。"李皓哲神色凝重地说。

"什么行动?"杨鹏一震。

"蒙山的两座水库,从明晚开始开闸放水。"

"你给局长说了吗?局长也同意?"杨鹏立刻想到了刚刚出去的水利局局长张亚明。

"我还没有告诉局长,我想局长会同意。"

"那这样一个重大决定,你为什么不提前报告局长?"

"因为即使局长同意了,市长也不会同意。如果是那样,那我想还是不告诉局长为好。"

"为什么?"

"局长是个好领导,我不想连累局长。"李皓哲轻声说了一句。

"你现在开闸放水的理由和根据是什么?"杨鹏直接问道。

"以我对水库现状和水库下游的观察,还有多年的经验教训和大多数专家的数据。"李皓哲字斟句酌地说道,"蒙山两座水库的蓄洪能力已经严重退化,下游河道淤堵情况也十分严峻,即使现在放水,把水库水量泄到安全位置,也需要一个星期左右的时间。如果等到发生洪灾再临时放水,极可能来不及,风险也极大。这也是很多专家一致的判断,我觉得确实不能再耽搁了。"

"水库开闸放水,一般应由哪一级部门批准?"杨鹏又问了一句。

"需要市政府批准,准确地讲,需要召开市政府常务会,在常务会上讨论研究,最终由市长拍板批准。"

"那你明天这样做,是不符合规定的,也是不符合职责要求的,再说严厉点,也是违反纪律和法规的,对不对?"杨鹏直直地看着李皓哲问。

"我是市水利局水利大队第一副队长,分管水库安全,我还兼任五阳县蒙山水库管理站站长。按照规定,如遇到紧急重大情况,我有权临时做出重大决定,以确保水库安全,确保水库下游国家和人民生命财产安全。当然,这也是我的职责和责任。"李皓哲两眼闪光,神色坚决。

"如果有人认为现在并没有出现紧急重大情况,或者还没有完全到需要紧急泄水的关头,那我们该怎么解释?"杨鹏不经意间用了一个"我们"。

"我会据理力争。我肯定有各方面情况的汇总和判断,也有很多重要可靠的依据。"

"如果有人说你这样做,就是想推卸责任,不想担当,那你又怎么解释?"杨鹏追问道。

李皓哲愣了一下:"谁会这样讲?这是倒打一耙,只顾眼前利益,不顾及群众生命安全,这才是真正的推卸责任和不担当。现在开闸放水,才是最大的负责任和敢于担当。如果不管百姓死活,领导说啥就听啥,就干啥,这个谁不会?这叫什么负责,又叫什么担当?"李皓哲义正词严,似乎完全忘记了这是在同一个副省长对话。

杨鹏点点头,又问:"开闸放水,如果有人给市长打报告,要求立即停止放水,那你又该怎么处理?"

"……这个,我还没有去想。"李皓哲显得有些迟疑地说,可能他确实还没有想到这一步,"我想我会尽力按自己的职责去做。"

"如果你被撤职、免职那该怎么办?"

"那没关系,撤职、免职也得有程序,当程序完成了,我的计划也差不多完成了。"

"如果对你立即停职?"

"那也需要理由。"

"什么理由?"

"我做错了什么,这需要解释,也需要调查了解,只要允许解释,允许有关组织部门调查了解,我的努力就不会白费,至少就会有更多的人知道这次汛情的严重性。"

杨鹏良久无语,心中颇受感动。说实话,这一番对话,让他不禁对眼前这个年轻人,这个科级干部充满了一种深深的敬意和钦佩之情。两人的年龄相差不是太大,现在的杨鹏已为副省长,而眼前的这个水库管理站站长还只是科级干部。但他的毅力,他的胆识,他的心胸,却令人刮目相看,肃然起敬。李皓哲说对了,在重大突发事件中,以国家和群众利益为重,这才是最大的负责和担当。想到这里,杨鹏问:"还有别的要说的吗?"

"没了。"

"没了?"

"是。"

"那就是说,你原本并没有想来找我?"

"是。"

"是雨菲给你打了电话,你才过来了?"

"是。"李皓哲如实回答。

"雨菲没说为什么要让你来找我?"

"她说就是想让您放心,只要是好干部好领导,就会有更多的人给予支持和声援。"

"好干部好领导,指的是谁?"杨鹏一时没有听明白。

"您啊。雨菲很少这么夸奖人的。"

"……我? 雨菲这么说的?"杨鹏不禁一愣。

"是,我也打听了一下,省长您确实是一个好干部好领导。不管我有多少能力和水平,我都会全力配合和支持您的工作。"李皓哲十分诚恳地说道,从这些话中,看不出他有丝毫逢迎的成分。

"好领导好干部不敢当,但我还是要谢谢你的信任。"说到这里,杨鹏真心实意地看着李皓哲说道,"皓哲,我建议你在行动之前,一定先去给局长认真谈谈。如果有机会,也一定想办法见见程靳昆市长。"

"杨省长我明白您的意思,您千万不要为我的事操心,我知道自己应该怎么做。我今晚来见您,只有一个意思,就是想让您知道一下,并不是想让您为我做任何事情。雨菲说了,现在省市正在换届,一定要支持您,保护您。"李皓哲也同样真心实意地说道。

"如果我这个副省长需要你们这么多人的保护,那我当这个副省长还有什么意义?现在恰恰是我有职责支持你,保护你。"

"杨省长,您可千万别这么说。像我这样的基层干部多的是,而像您这样的,这些年从底层百姓中成长起来的干部越来越少。老百姓的干部,老百姓不保护不支持,那我们还有什么希望?您也知道,现在不管行政还是企业,上上下下,里里外外,很多职位都被某些领导干部的儿子女儿、侄子外甥、七大姑八大姨占满了。尽管如此,我们依然希望国家能越来越好,只希望像您这样的好领导越来越多。我们现在想做的事情就是干好自己的事情,不给国家添乱,不给老百姓添堵。"

杨鹏再次吃惊,没想到这个年轻人能有这样的认识,而且把一切都看得那么清楚。换届之前,他并没有考虑自己的得失,也不顾念自己的调整和任用,甚至也没有任何升迁的想法,只要能干好自己的工作就是最大的心愿。这样的认知,虽然有些悲壮,但并不颓废,更不消极。在这样的环境中,能有这样的境界,非同一般,让人刮目相看。想到这里,杨鹏用赞赏的口气说了一句:"很好,也谢谢你,你说的我都记住了,情况我也知道了。你明天参加会议吗?"

"我没有接到通知,估计我们这一级的干部不会参加。"

"我连夜让他们下发通知,一线的基层干部,能参加的尽量参加,至少本市的都应该参加。你们参加了,大家能听到一线的情况,一线的干部也能得到更多的信息。"

"省长,我还得给您申明一下,我来这里不是有意邀功或者故作姿态,我见您并没有任何意思,这是我个人的决定,与这次会议没有关系,与您也没有任何关系。"

"怎么会没有关系?你说了,涉及群众的重大利益和安危,在关键时刻,就看你敢不敢挺身而出,敢不敢舍身相搏。什么才是责任和担当?敢于坚持原则,敢于较真碰硬,这才是真正的责任和担当。"说到这里,杨鹏再次放松语气,说,"好了,还有别的要说的吗?"

"没了。"

"好吧。"杨鹏看看时间,"我们再聊聊别的可以吗?"

"当然可以。"

"听你的口音,不像是临锦本地人,你老家是哪里?"

"我与您是一个县的。"

"哦?哪个乡镇的?"杨鹏十分惊讶。

"刘家镇。"

"哦,城郊的。家里都还有什么人?"

"爷爷奶奶都去世了,父亲母亲现在和我在一起。"

"都在临锦?"

"是。"

"父亲母亲有工作吗?"

"有,父亲在银行工作,母亲在市妇联工作,都是一般干部。"李皓哲很小心地回答着,"其实应该是我和父亲母亲住在一起。我小时候一直住在老家,上小学的时候才来到临锦跟父母住在了一起。"

"你父亲在市银行上班?"

"对,在市银行工作了一辈子,从中专毕业分配到银行,就没有离开过,直到去年退休。"

"你有兄弟姐妹吗?"

"有一个姐姐。"

"也在一起?"

"姐姐早嫁人了,在临锦工学院工作。"

"临锦工学院?什么工作?"

"气象管理站。"

"在梁宏玉教授那里?"

"对。"

"夏雨菲的母亲?"

"是。"

"那你父亲也是夏雨菲父亲的同事?"

"是的。"

"所以你和夏雨菲一直很熟?"

"那倒不是,小时候我在老家,来临锦后就上了学,一直到我大学毕业,都工作了,才认识了夏雨菲。"

"那也认识很久了。"

"也算是吧,有十年了。"

"什么叫也算是?"

"其实我们平时联系并不多。"

"为什么?"

"……没有什么,您知道的。"李皓哲轻轻地说道。

"我不知道。"杨鹏如实说道,"夏雨菲什么也没有给我说过。其实我远不如你,截至今天,我对夏雨菲可以说是一无所知。"

"这个我知道。"看来李皓哲对杨鹏和夏雨菲之间的关系还是清楚的,对此他也并不忌讳。

"你今年多大了?"

"三十六。"

"比夏雨菲大两岁?"

"是。"

"有句话不知该不该问,如果觉得不合适你也不要在意。"杨鹏很谨慎地说了一句。

"省长您只管问,我不会给您说假话。"

"你们认识十多年了,为什么到现在还不结婚?"杨鹏突然单刀直入,径直问道。

"结婚?"李皓哲瞪大了眼睛看着杨鹏,"这是哪里的话?"

"哦?我是昨天才听你们市领导说的,没有吗?"杨鹏看着李皓哲满脸无辜的样子,突然觉得自己有些唐突了。

"肯定是瞎传的,根本没有的事情。"

"这消息你是第一次听到?"

"也有人暗示过,但直接问我,您这是第一次。"

"那你为什么一直没结婚?"

"……这个可以不回答吗?"李皓哲显出十分窘迫的样子。

"你当初和夏雨菲是怎么认识的?"

"第一次是跟着爸爸妈妈一起去医院看望雨菲的父亲。"李皓哲好像不想提起往事的样子,"那时候雨菲父亲已经病得很重了,雨菲也在医院,于是我们就认识了。"

"当时就没有说过什么吗?"

"没有。后来姐姐问我,妈妈也问我,你看雨菲那个姑娘怎么样?"李皓哲把这一切说得十分简单,"我说当然很好。"

"然后呢?"

"就什么也没有了。"李皓哲回答得很实在,"后来妈妈也不问了,姐姐也不问了,然后我就知道是怎么回事了。"

"怎么回事?"

"就是没有回音呗。"李皓哲如实回答,"没多久,雨菲父亲就去世了,再后来,也听到了一些消息,家里也就没有再谈过这事。"

听到这里杨鹏一怔,看来李皓哲还是多多少少知道有关夏雨菲的一些情况的,包括她和自己的关系。然而让杨鹏还是无法理解的是,这么多年了,李皓哲一直没有结婚,以他个人的情况,以他家里的情况,找一个合适的对象根本不用发愁,但究竟什么原因让李皓哲一直单身?杨鹏决不相信市委书记徐帆的话,会是空穴来风,毫无根据。李皓哲一定是有难言之隐,不过听李皓哲这样说,杨鹏反倒对他有了更多的好感。这是一个非常质朴的年轻人,夏雨菲当时能认可他,并不是一时心血来潮。想了想,又问:"那你们平时也不来往吗?"

"很少,有事了就打个电话说一下。"

"那你现在和雨菲算是什么关系?"

"严格说,什么关系也不是。"李皓哲说得很实在,看上去并不像是假话,"连朋友关系也不是。"

"那夏雨菲一直不结婚,你也一直不结婚,为什么?"杨鹏有点穷追不舍,"你个人条件这么好,家庭条件也不错,怎么可能找不到合适的对象?"

"……我知道,她是在等一个人。"

"……所以你也在等?"杨鹏一震。

"是的,只要她不结婚,我也不会结婚。我不会埋怨她,也没有资格埋怨她,她并没有做过任何承诺,从来也没有。"

"这些话你从来没有给她说过?"

"从来没有。"

"为什么不说?"

"因为我找不到说这些话的理由。"

"她知道你一直在等她吗?"

"我不知道。"

"你爱她吗?"

"……当然。"

"你觉得她呢?"杨鹏话一出口,就后悔了,这种话实在不地道。

"不管她怎么想,我都心甘情愿。"李皓哲好像并没有理会到杨鹏话里的意思,"这也与她没有任何关系,都是我一厢情愿。"

"这话怎么讲?"

"反正我就等着,她如果结婚了,我也就不等了。只要她不结婚,我就一直等着……"

二十九

几乎又是一夜无眠。

工作上的事情自不必说,丁秘书一直等到他快十二点,交代了所有他必须过目和定夺的事情。

但等杨鹏躺倒在床上时,满脑子居然还是李皓哲给他说的那些话。

李皓哲说得字字如针,"……我知道,她是在等一个人。"

这个人当然就是指他杨鹏。夏雨菲父母,还有李皓哲父母和姐姐,那么多人都知道的事情,李皓哲怎么会不知道?

"不管她怎么想,我都心甘情愿。"也许这话就是说给杨鹏听的,你到现在了,为什么还这样让人家等你?

"我就是想让你知道,我一直在等你……"杨鹏耳畔再次响起了夏雨菲泪流满面说的这一句话。

是的,没错,你都结婚这么多年了,夏雨菲等你也已经十年了,你还这样像个正人君子似的,问人家这么多恬不知耻的话。

确实恬不知耻。

当时为什么要这么问?

所有的一切好像都是在无意识之中发生的。

他在机械地问,对方则十分理性地回答。

后来动感情了,李皓哲竟然说了惊天动地的那样一句话,"反正我就等着,她如果结婚了,我也就不等了。只要她不结婚,我就一直等着……"

夏雨菲值得李皓哲等,李皓哲也值得夏雨菲信任。

在夏雨菲给杨鹏的那封信里,夏雨菲写得清清楚楚,"……我之所以接受了他,就一点,他长得与你差不多,高高的个子,身体健壮,高挑的眉毛,鼻梁直挺……"

说实话,李皓哲的形象和心胸,都远比自己高大和宽广。

李皓哲是一个实实在在的人,也是一个十分有品位的人。以李皓哲的英俊洒脱,在临锦市可以找到任何一个令人喜欢的姑娘做妻子。

但李皓哲只爱上了一个人,矢志不移,忠贞不渝。

李皓哲的爱也更实在,更坚韧。

李皓哲才真正是一个里外通透的君子。

一个顶天立地的男子汉。

与他相比,杨鹏你什么也不是。

副省长的光环遮蔽了你身上所有的丑。

你这样的一个人,凭什么让夏雨菲这样的姑娘和李皓哲这样的男子,相互苦守了十年!

临睡前杨鹏认真看了几份秘书长带来的需要马上批复的文件和材料。

这几个文件都是重要的会议精神和通知。

对每一份文件,他都认真做了批示。有几段批示,非常长。

这样的批示,十分重要。因为这些批示大都要让省长或者省委书记予以审批,你的意见和你的文笔,包括你的字迹,都要展示给省长、省委书记和方方面面的有关领导。这些批示甚至会成为重要的证据和资料,以供组织和有关部门查询及引用。

所以自从当了副省长之后,杨鹏对每一份文件的批示都高度重视。每次批示的用词造句和叙述表达,都斟酌了再斟酌,刚开始的时候,都先打草稿,几经修改后,才认真地誊抄上去。

杨鹏的字写得很好,这得益于他高中时候的语文老师。那位高中语文老师,每一次上课,都要大讲特讲写字的重要性。尤其是每次作文考试,对字写得好的卷子,都要拿出来让全班传阅。

每次老师都要讲,你们好好看看,这样好的字,判卷老师能给你低分吗?如果文通句顺,没有大的毛病,怎么也会给你一个很高的分数。

那时候,全班作文传阅次数最多的就是杨鹏的卷子。

到了今天,这个强项依旧给杨鹏添分不少。

有一次省长当着几位副省长的面说:"你们都看看人家杨鹏批示上写的字,每次都让我爱不释手,看了又看,写得让人太舒服了。"

其他的那些批件,都不是很紧急,即使回去了再批也来得及。

只有中组部的来函,是一个需要马上回复的急件。严格来说,中组部的来函,其实是一个需要立刻填写上报的有关个人事项的回复报告。

杨鹏有关个人事项的填报,在今年一月就填报了,现在又让重填一份,这是以前未曾有过的。

当然,这是中组部要求填写的个人事项报告,不是中纪委要求填报的个人事项报告。正像干部们常说的那样,组织部找你的事,不论大事小事都是好事;中纪委找你的事,不论大事小事都是坏事。

然而这份来函却让杨鹏震惊了好半天。

内容比个人事项申报更具体,更直接,更严格。

杨鹏同志:

你今年报告个人事项中,没有填报有关配偶及共同生活子女持有股票、期货、基金总市值七十五万二千一百元人民币的情况,请你予以说明。

你今年报告个人事项中,所谈到的有关购买新房所花钱款一百二十万元人民币的情况,请予以说明。

你今年报告个人事项中,配偶的四十万元人身保险资金没有写入报告,请予以说明。

……

考虑了好半天,杨鹏的头都大了。

其中第一项和第三项,杨鹏并不知晓。

这就是说,这两项内容,被妻子完全隐瞒了。

妻子为什么要对自己隐瞒呢?

如果不是组织上的来函,他绝不相信妻子会在这样的问题上隐瞒他。

这对杨鹏来说,实在太出乎意料了。

这将给他带来一系列的麻烦。

个人事项报告中你没有写入这些情况,原则上就等于瞒报,最低也是属于漏报。

予以说明,就是要让你交代这些钱的来路,因为这些情况明显与你的收入不符。

如今杨鹏就是和妻子在一起,当然还有岳父岳母。但在计算你的收入时,并不包括岳父岳母。他和妻子的工资,去掉需要扣除的部分,每月的纯收入满打满算不超过两万元。

这不足两万元再去除日常的吃吃喝喝,生活所需,包括孩子上学的开支,每月所剩不会超过一万元,甚至更低。这是明摆着的事情,谁也隐瞒不了。

过去当厅局级干部,还有这样那样的补助和奖金。现在当了副省长,这些全都没有了,除了工资,其他任何收入都必须要说清来路,否则就属于违规违纪违法。

这些杨鹏当然非常清楚。部级干部,这是中央有关部门严厉监管的一个干部群体,你每年每月所有的收入和存款,包括股票、理财,还有直系亲属和配偶经商、兼职的情况,上面都掌握得清清楚楚。

所以这份中组部的来函,尽管用词不多,但言正辞厉,字字千钧。

就像其中四十万的人身保险金额,来函说,没有写入个人事项报告,基本就等于说这一点属于瞒报或者漏报。

性质非常恶劣。

尤其是在即将到来的换届之际。

他看了看来函要求回复的截止日期,明天就是最后一天。

这就是说,今天晚上必须填好,然后明天一早就在市委市政府以机要形式发回中组部。

当然,这个来函也相当于是对一个领导干部在提拔或者重用前的考察和审核。是好事,但如果处理不好,回答不实,核实有误,那好事立刻就会变成坏事。

杨鹏想到这里,顿时睡意全无。

先要把这个来函填好,然后,还有很重要的必须完成的一件事,就是明天会议的讲话稿。

这个讲话稿只能由他自己来写。

因为需要说的问题太多太重要了。

都是自己亲眼看到的,亲身经历体验的。

所思所想,都是自己的。任何人都写不了,也写不出来。

没办法,如果让秘书们来写,那就又会成了蒙山管委会主任给他说的那种腔调,那种口气,还有那些假话、空话、套话。

今晚的第一要务,就是回答中组部的函询。

看着中组部的表格,杨鹏才突然想起今晚还没有给妻子王瑞丽打电话。

太忙了,今天实在是一个忙不过来的日子。

但不管多忙,妻子的电话是每晚必打的。

大凡出差时,杨鹏如果没有其他事情,他们每晚临睡前都会有一次通话。这个通话已经成了一种默契,也算是每天必有的报平安。说说家里的事,谈谈孩子的事,讲讲工作上的事,还有七七八八需要相互知道的一些事。

看看时间,已经十二点多了。

杨鹏的手机一直是静音设置,晚上有那么多人等着,他不会让谈话被手机铃声任意打断。如果有重要电话,一般会打给秘书,秘书会及时通知到他。

再看看手机,显示妻子王瑞丽的未接电话居然有五次。

杨鹏知道,晚上不通电话,妻子是不会休息的。

他赶紧拨了回去。

妻子很快接了。

简单说了一下情况,妻子也没有什么埋怨。只是说,还以为你去了哪里了。

妻子的这句话,却让杨鹏愣了一愣。

妻子王瑞丽比杨鹏小两岁。

中文系毕业,现任省委宣传部文艺处正处级调研员。

杨鹏被推选为副省长的时候,宣传部部长专门给杨鹏讲了妻子的事情。

当时妻子是文艺处副处长。

宣传部部长给杨鹏说,王瑞丽任副处已经超过三年了,具备了可以提拔的条件和范围。王瑞丽在处里口碑不错,也没有什么明显的不足和缺点。下一步怎么办,你和瑞丽好好商量商量,看怎么做更好更合适。宣传部文艺处是宣传部事情最多最复杂的一个处室,院团、演出、文联、作协、评奖、创作,意识形态一线,文艺工作主阵地,都是一些麻烦棘手、费力不讨好的事。如果让王瑞丽当了处长,那你这个副省长肯定会受影响。关键是这个文艺处还可能会给你这个副省长带来许许多多的干扰和牵扯,下面的那些院团和演艺部门,包括文联、作协,都是一些常年缺钱的部门,文艺处什么也解决不了,但有你这个副省长,加上一个文艺处处长,这些人就会找上门来,张口伸手向你要钱。文艺界的人,能说会道,特别是那些团长主席的,都是名家大家,你又不好一口拒绝。但如果时间长了,一次不行再来一次,那你这个副省长可就麻烦了。

宣传部部长的意思很清楚,如果要让妻子王瑞丽当了处长,说不定比你更忙,尤其是那些戏曲、话剧、舞台剧,都得晚上审看,还得陪着领导干部观看,半夜三更回家,那是常有的事。这还不说别的,只这一条,就让你够受的。到了那时候,你这个副省长上上下下、里里外外的,就别再想有安稳日子过了。

杨鹏想了想,部长说的确实在理。就很爽快地说,副处长就已经很不错了,千万别提拔,提拔了,让人在背后议论我,我这个副省长也一样当不安生。

宣传部部长则说,我说的可不是这个意思。人家的爱人都可以提拔,咱当干部的爱人,又不是不优秀,不能胜任,凭什么就不能提拔,不能重用?让我说,处长嘛,你看,如果竞聘,我坚决支持。但如果你们商量了,这次就提拔成一个正处调,我说也不错,第一四平八稳,不显山露水;第二工作不重,没有压力;第三工资不少,家里的事也顾得上,免得你这个副省长每天回来,想吃口热乎的饭菜,说不定还得自己亲手去做。孩子上学,或开个家长会什么的,还得自己亲自接送。你回去和瑞丽谈谈,这样如果可以,咱就按这样的方向办,你说呢?

杨鹏立刻就答应了。

杨鹏之所以答应,还是对妻子的管理能力不放心。

妻子是一个性格内敛的女人,温良善顺,婉淑娴静。平时话不多,为人也平和,只是与人交谈或交往,有时会在无意识中说出或者做出一些伤人的话和事。比如有人夸她今天的衣服不错,她反而会不高兴地说,我可不是衣服架子,整天就想着怎么穿衣服。其实她只是担心人家误解自己，但这样的话恰恰就会把人家弄得登时就下不了台。尤其是杨鹏当了厅长、副省长后，她的一举一动更加惹人注目。平日里就算你每天小心翼翼，一不留神，还要被人家说成是飞扬跋扈，没教养，摆架子。而像妻子这样，丈夫当了副省长，她若再当上个小领导，说话不知轻重，那还不把人开罪完了？

　　部长给杨鹏说的这建议，杨鹏始终没有告诉过妻子。杨鹏知道，如果说给妻子，说不定妻子还会觉得自己肯定可以胜任。杨鹏现在需要一个稳定的家庭环境，妻子的性格，也确实需要一份超脱而没有压力的工作。如果真的让妻子当了处长，部长说得没错，那他这个副省长真的会当不安宁。

　　后来，妻子真的如杨鹏所愿，顺顺利利地升职为正调。正调级职务妻子完全合格，工作上从不犯错误，也极少有完不成任务的时候。工作上兢兢业业，为人正派，立场坚定，讲是非，讲原则。文艺处对妻子的升职，几乎是全票。除了妻子有些不太满意外，处里所有的同志好像都满意。

　　杨鹏也十分满意。

　　妻子的不满意主要显现在那个新提拔的处长身上，觉得新处长确实还差了点，还需要再历练历练。

　　事情就这样过去了，家里的情况也确如宣传部部长说的那样，妻子轻松了，全家都轻松了。

　　有一个稳固的大后方，就等于没了后顾之忧。不管在外面有多少压力和艰难，平时回到家，杨鹏就立即命令自己必须忘记一切，不管是喜是忧，关上家门，顷刻间一切都烟消云散。杨鹏明白，自己绝对不能把外面的烦心事和紧张感带回到家里来。家应是一个安逸的港湾，这不只是杨鹏自己的需要，也是妻子和孩子的需要。

　　回到家，自己什么职务也不是。就是一个温和的丈夫，一个有趣的爸爸。

　　这么多年来，杨鹏的家庭没有起过任何风波涟漪，也没有过任何过不去的矛盾和冲突。妻子就是那种性格，杨鹏知道像妻子这样单纯温顺而又愿意承揽家务的女人，在当今的社会已经越来越少。自己当了领导以后,在外的工作越来越多,在家的时间越来越少。妻子一个人既照顾家,又照顾孩子,默默无闻,极少怨言。这让杨鹏也时时感到对妻子的亏欠和感念。

除此以外,杨鹏还有对自己分外体贴和知冷知热的岳父岳母。特别是像自己这样一个母亲已逝,父亲和家人都生活在农村的男性来说,这尤其让他感到温暖、幸运和知足。

平时杨鹏不管到了哪里,大家都会夸他有一个好妻子,一个模范家庭。

每逢听到这种话,杨鹏都会微微一笑,表示认可。

一个好领导,必然得有一个好家庭。

这在中国,非常重要。

对这一点,杨鹏明白,妻子也明白。

杨鹏同妻子又解释了几句,妻子并没有再问什么。

"你睡了吗?"杨鹏看了看手中的来函问道。

"刚躺下。"

"今天接到中组部一个函件,让咱们回答几个问题。"

"中组部?"

"对。"杨鹏竭力轻声轻语地说道,"这不是要换届了吗,有些问题需要我们澄清一下。"

"什么问题?"妻子分明紧张起来。

"都是些小事。"杨鹏再次有意放淡口气,"就是核实一下情况。"

"你不在,我每天都在替你担心。"妻子王瑞丽有些凄怨地说,"就怕你出什么事。"

"不是我的事,是咱们家的事。"

"咱们家的事?"妻子一惊,"什么事?"

"房子的事。"

"房子? 什么房子?"

"就是大前年咱们买的西城区的这套一百五十六平方米的平板房,咱们现在住的这套房子。"

"这是商品房,我们花钱了啊,还是一次性付款。"

"对的,这都没问题。"

"那是什么问题?"

"现在要回答房款的来源,钱是哪里来的。"杨鹏依然轻声说道。

"那是爸爸给的啊!爸爸妈妈一辈子的积蓄,暂时给咱们垫上的啊!你又不是不知道。"妻子感到不解。

"那我就这样写吗?就说是岳父岳母借给咱们的?"杨鹏问。

"……这样写可以吗?"

"当然可以,实话实说。如果这样写了,就得给咱爸咱妈说一下,啥时候借的,借了多少,都得说清楚,别让两位老人什么都不知情。"

妻子沉默了半天,说:"好吧,也只能这样了。"

杨鹏之所以这么问妻子,是因为当时买房子这件事,都是妻子一手承办的。当时这套房所在的小区十分高档,但价格不贵。现在这套房已经增值了百分之三十,成为家里最值钱的固定资产,当然也算是妻子的一次成功投资。其实妻子当时要买这套房子,主要是因为家里的房子太小了,八十多平方米,一直没有换房。那时候也没想到杨鹏会当副省长,岳父岳母来家里的时候,晚上都没办法居住。即使妻子生下孩子最紧张的时候,岳父岳母晚上都不在家里住。岳父岳母的家其实也不大,不到一百平方米,岳父分这套房子时,已经是岳父这一级干部中最大的房子了。这些年房子的档次越来越高,也越来越大,过去分一百平方米就是超大房子了,现在一百二十平方米也是小房子。你一个厅级干部,如果只住在七八十平方米的房子里,立刻就会让人觉得匪夷所思,甚至打心底里瞧不起你。如果不是没本事,那就一定是在装神弄鬼,糊弄上下,假装清廉。

妻子首先就受不了,说一个正厅级干部,就住在这样的房子里,平时来个客人,都没办法招呼。八十多平方米的房子,客厅里放个电视沙发,连转身的地方都没有。尤其是有了孩子,这么小的房子更是让人感到憋屈,几乎天天发牢骚,天天嚷着要换套大点的房子。西城区的这个小区是一个熟人介绍的,一次性付款,可以打九折,而且是最好的楼层。妻子让岳父岳母一起去看了房子,大家都非常满意。岳父岳母当时就说,钱不够我们垫上,也该换套大点的房子了。

于是,这套一百五十六平方米的房子就买下了。

价格当然不能算贵,当时一平方米八千多,一次性付款,正好一百二十万。据妻子讲,家里有存款七十多万,岳父岳母垫了八十万。这样一来,连装修的钱也有了。

杨鹏和妻子现在就住在这套房子里。

杨鹏当了副省长后,按规定可以分配一套公用官邸房,但到现在还没有落实。据说和杨鹏一样有资格分房的省级干部还有几十个,等真正分到自己头上,还不知道要到什么时候。

有了这套房,家里毕竟宽敞多了。原来的房子基本成了储藏室,破家值万贯,那些扔也扔不掉的东西,总算有了安放的去处。

没想到住进去几年了,而且年年填报个人申报事项,从来也没有过这么一条,要你填报这套房子的资金来源。

房子的事情问完了,杨鹏再次小心翼翼地问:"瑞丽,还有一个要填的内容。"

"还有什么?"

"你炒股了?"杨鹏显得分外谨慎,因为来函中问及炒股的事情,杨鹏毫不知情。

"……谁说的?"妻子的话音突然十分急促。

"来函上说的。"

"说了吗?"

"不说我怎么会问你。"

"我今年的个人事项申报也填了啊。"

"但我并不知道。"杨鹏不慌不忙地说,"你也没有给我说过。"

妻子在电话里突然沉默了,也许她根本没有想到组织上会问到丈夫杨鹏的头上。良久,妻子才问了一句:"来函是怎么说的?"

"……你今年报告个人事项中,没有填报有关配偶及共同生活子女持有股票、期货、基金总市值七十五万二千一百元人民币的情况,请你予以说明。"杨鹏很仔细地给妻子念了一遍。

妻子一直沉默着。

杨鹏等了片刻,轻轻问:"说得对吗?"

"是。"妻子有些很不情愿地说,"这是我从小到大的压岁钱,原来有二十多万,这几年炒股算是挣了点钱,成了现在的七十多万了。"

"你炒得不错啊。"杨鹏由衷地说了一声,"据我所知,炒股没有几个是挣钱的。"

"我想超过一百万的时候再告诉你,将来是给咱家果果的嫁妆。"妻子有些沮丧地说。

果果是杨鹏的女儿,今年刚刚上小学。

说实话,杨鹏此刻的心里,已经完全没有了妻子对自己隐瞒所带来的负面情绪。首先是妻子这笔钱在她的个人事项中已经做了申报,而且这些钱原本是妻子的压岁钱。妻子是独生女,几辈人的掌上明珠,从小到大,攒下这么多压岁钱,应该是真实的。至于妻子给不给他说,这是她的权利,自己也没有资格非要知晓。

"那我就这么写了,你觉得可以吗?"

"写吧。"妻子的口气显得有些难过,"都是我的私房钱,不是什么来路不正乱七八糟的钱。"

"好吧。"杨鹏再次安慰地说道。

"还有吗?"妻子问。

"还有。"

"……哦?还有什么?"妻子又是一惊。

"还是来函上问到的情况。"

"说吧。"

杨鹏继续念道:"……你今年报告个人事项中,配偶的四十万元人身保险资金没有写入报告,请予以说明。"

"这是函询里面问的吗?"

"是啊,不然我怎么知道这些。"

"……这都是果果这些年的压岁钱,我垫了一些,按四十万给果果做了人身保险。"

杨鹏突然长出一口气,果然是个贤惠节俭的妻子。人身保险,虽然利息不高,却是理财产品中最安全的一种,确实不错。

"这种保险都是到期返还的,加上利息,十年后差不多会有六十万,比银行存款强多了。"妻子解释道。

"很好,老婆你真的是个理财高手。"杨鹏十分兴奋地说。说实话,有这样的解释,确实让他如释重负。太好了,没想到会是这种情况,这才真正是人财两得。

"还有吗?"妻子在电话里问。

"没了。"杨鹏如实回答,"就这三个问题。"

"那存款呢?没问存款?"

"没有,估计上面什么都知道,像孩子的人身保险都让我们回答,存款还能不知道。"

"……那我还有一笔存款呢,是不是也需要让你知道一下?"妻子在电话里突然说了这么一句。

"不就是装修剩下来的那十几万块钱吗?"杨鹏感受到了妻子话里的另一种味道。

"不是。"

"那是什么?"

"去年姥姥去世时特意留给我的。"

"姥姥!"杨鹏吃了一惊。妻子说的姥姥,当然指的是妻子的姥姥。

"是。"

"多少?"

"一百四十万。"

"一百四十万!"杨鹏确实被吓了一跳。

"没错。这件事爸爸妈妈都不知道,我也没有告诉你。"

"你能证明这是姥姥留给我们的吗?"

"当然能,姥姥有遗书。"

"这么多啊。"杨鹏松了一口气,说实话,一百四十万并不是一个小的数字。妻子的姥姥是位离休干部,丈夫早年去世,终身再未成婚。就岳母一个女儿,与岳母的关系并不融洽,平日也很少来往,就是妻子经常到姥姥家陪姥姥聊聊天,做做饭,带着果果和姥姥到街上走走,商场酒店里逛逛。姥姥住的是公寓,一直没有买房。姥姥经常参加慈善公益活动,原以为姥姥不会有什么积蓄,没想到竟然给妻子留了这么一大笔钱。

"既然上面什么都知道,那我就把所有的都给你说了,免得组织上再问你什么,你什么也不知道。"

"知道了老婆。"杨鹏不禁有些感动。

妻子沉默了半响,突然问道:"我这里能说的都说给你了,你那里呢? 有没有我不知道的?"

"我这里? 你说的是钱吗?"杨鹏问。

妻子没有吭声。

"没有,所有的钱都交给你了,我的工资卡和银行卡,不都是在你那里吗?"杨鹏说的是实话,从结婚那年开始,一直就是这样。杨鹏不抽烟不喝酒,也没有什么嗜好,兜里放上多少零钱,几个月过去了还是那么多钱。这个妻子应该很清楚,将近十年的夫妻了,两个人挣多少花多少,用不着细算也明明白白。

"我说的不是钱。"妻子突然冒了一句。

"不是钱? 不是钱那还有什么?"杨鹏突然意识到了什么,故作轻松地问道。

"我知道你不会给我说。"

"什么呀,吞吞吐吐的。"

"都传到我耳朵里了,想想还有什么人不知道。"

"你说吧,我听着呢。都十二点多了,明天开会的稿子我还没有准备呢。"杨鹏一边提醒妻子,一边想着该怎么给妻子说。

"临锦市那个叫雨菲的董事长是你的同学?"

"校友,我读研的时候,她上大一。"

"你们在学校就认识?"妻子问。

"是,怎么了?"

"你说怎么了? 这几天你们是不是天天在一起?"

"你都听谁说的?"

"不是吗?"

"这不是瞎说吗？怎么会天天在一起。"

"上上下下,整个省政府都传遍了,都传到我耳朵里了,怎么是瞎说？"妻子有点不依不饶。

"都传遍了？"杨鹏脑子里顿时嗡地响了一声。妻子说的应该不是假话,这样的传闻都能传到妻子的耳朵里,肯定已经成了头号新闻和很多人茶余饭后的谈资了。一个新上任的副省长,一个没有结婚的妙龄同学,天知道他们会炒作到什么份儿上。

"你以为呢？"妻子又甩过来一句。

"别听一些人瞎说,一天忙得脚不沾地,连休息的时间都没有。到哪里也是前呼后拥的,能有什么事？"杨鹏不知是在发牢骚,还是在解释。真没想到,刚下来几天,连妻子都能听到这种子虚乌有的传闻。

"能让人放心吗？没影的事,唾沫花子都能淹死人,你现在是真人真事,那还不让人描画得活灵活现。"

"知道了。放心,我不会犯那种低级错误。"连杨鹏也不明白,为何竟然冒出了这样一句。

"这还不是低级错误？是不是真有了那事情才是低级错误？"

杨鹏不禁一愣,妻子说的并不是没有道理:"老婆你说得对,我今后注意就是了。"

"自从你当了副省长,没见到什么好处,黑天鹅倒是天天有。本来要睡了,中组部又来了这么个函询,唉……"妻子的情绪看来确实很差。

"知道了,老婆你快睡吧,明天还要做早饭、上班、送孩子上学呢。"

"其实我根本不相信你会有什么事,我就是觉得现在的好多事都颠倒了,自从你当了这么个副省长,一家人走到哪里都让人在背后指指戳戳。在单位里也一样,干什么都得给人家赔笑脸,像欠了人家什么似的。别说你了,就说咱们一家吧,谁还有隐私？我现在还有隐私吗？一家人还能有什么隐私……"

"老婆你千万别这么埋怨,家里只要我信得过你,你信得过我就行。外面不管有什么事,咱们能做到问心无愧就好。至于隐私,算你说对了,不能当着领导,还想有隐私。这些年,你想想,现在的领导干部,

325

包括家属,哪有什么隐私。"

"知道啦,我也就是在你跟前发发牢骚……"

三十

第二天上午的事情一个接一个。

杨鹏自任副省长以来,还从来没有开过这样的紧急会议。

省长同意,书记也完全支持。

最重要的是,有关这次汛情,国务院督查组居然也来了人。这些重要的因素,让杨鹏的这个紧急防汛工作会议显得无比重要且影响巨大。

省里凡涉及汛情的几个市所有的主管副市长悉数到会,省安监局、水利厅,各市的安监局局长、水利局局长也全部报到。原本计划只有不到百人的会议,居然到了将近二百人。

临锦市上午市长参加,下午市委书记参加,让会议显得十分严肃也十分有分量。

应该说,这也是杨鹏在省委换届前的一次公开亮相,也是在自己工作岗位上的一个非常醒目的积极姿态。

杨鹏在上午听会议准备汇报时,更是感觉到了这次会议的及时性和必要性,也再次在心底生发出对夏雨菲的感念和认可。

夏雨菲提前看到了这一步,看到了这个会议的重要性,尽管她并不是因为这些会议之外的效果才建议杨鹏召开这次会议,她也肯定不知道这样的会议还会派生出这么多其他的效果。

整整一晚上,大概就睡了那么几十分钟。

尽管有些头昏脑涨,但该处理的还必须立刻处理。

丁秘书拿来的材料有一大摞,杨鹏翻了翻,认为不重要的就放在了一边,重要的也只能临时批了几件。

秘书长在吃早饭时,把会议的准备情况大致说了几点。

一、涉及汛情的各市主管副市长和水利局局长已全部赶到,足见大家对今天的紧急会议高度重视。

二、各相关厅局的主要领导也悉数赶到,除了水利厅一家是副厅长外,其他厅局都是一把手参会。据悉,水利厅厅长也正在赶来的路上。

三、非常重要的是,国务院和水利部也派来了督查组专程连夜赶来参加会议,国务院督查组副组长还要在会上做一个有关情况通报。这个报告对会议具有非常重要的意义。

四、由于国务院督查组和水利部督查组要做报告,所以其他发言的人员只能压缩发言时间。即使如此,会议也有可能会超时。

五、一个非常重要的情况,水利部和中国气象局同时再次发出汛情警报,这次汛情提前了,有可能在近期到来……

……

杨鹏问丁秘书:"李皓哲站长来了吗?"

丁秘书说:"临锦市规定,这次科一级干部一律不参加会议。"

杨鹏看看时间,现在通知已经来不及了,于是也没再吭声。

"梁宏玉教授来了吗?"杨鹏又问。

"来了。"

杨鹏稍稍安下心来,想了想,说:"你一会儿注意一下,看市里的领导会不会找梁宏玉教授和张亚明局长个别谈话。"

"市长还是书记?"

"两个都注意一下。"

杨鹏也不知道自己为什么会这么说,是不是对这两个领导突然有点不太放心了?

上午的会议开得非常紧凑,效果出奇的好。

上午市长程靳昆的大会致辞也十分给力,并没有原来想象中的那么多空话和虚话。八分钟的发言中,具体措施提出八条。其中一条极具说服力,市政府即刻拨款二点八亿人民币,对市区内所有的水库、排水防汛系统进行全面检查和紧急抢修。同时还重点提到了对几个水库重点的维护和关注,其中包括蒙山管委会的两座水库——蒙山水库和红旗水库,将不计代价,确保这些水库万无一失。所有紧急拨款,将立刻到账。

当然也有套话,但这是会议东道主的致辞中必须有的。我们一定要全方位落实这次会议的重要精神,统一思想,统一行动,统一部署,统一安排,在省委省政府科学及时,精准掌控,坚强有力的领导和指挥下,努力把这次防汛工作做到无死角,无疏漏,无损失,无伤亡。确保省委市委的换届工作能有一个稳定和谐,积极健康的良好氛围和社会环境。

程靳昆市长的致辞,大大出乎杨鹏副省长的意料。临锦市在防汛方面有这样的措施和力度,确实是杨鹏这个会议所需要所期望的。因为程靳昆市长又是第一个讲话,对整个会议的氛围以及余下的议程都会有一个很好的引导、影响与烘托。程靳昆市长讲完离开时,杨鹏专门把程市长送到了大门外。程靳昆道别时,特意给杨鹏讲道:"省长您放心,临锦市只要有我程靳昆在,就决不会给省政府拖后腿,这次防汛抗洪,我们一定全力以赴,力保不出任何问题。"

"谢谢市长支持。"听到这样的保证,杨鹏除了表示感谢确实无话可说。

接下来便是专家们的发言,大都对即将到来的汛情表示高度重视和严重关切。

临锦工学院教授、水利气象专家梁宏玉第一个发言,她的发言和前两天在水库给杨鹏讲的内容基本一样,只是措辞温和了许多。特别是在一些重大雨情汛情的判断上,多了一些不做确定的用词,比如,"经初步分析""预估""有可能""根据相关数据,估计将超出预期""很可能,造成较大汛情""引发次生灾害的情况可能会增大增多"……

对于降雨量的表述也慎重多了:"经有关方面和部门综合分析,此次降雨的面积及水量,有可能超过历史纪录。短时强降雨的水量和面积,也有可能超历史预期。"

梁宏玉教授说完了,看了看时间,向会场问:"我还有三分钟时间,大家还有问题要问吗?"

第一遍没人吭声,大家都沉默着。这时杨鹏插话了:"有什么不明白的地方,可以直接提问,哪方面的意见都可以。现在是关键时刻,有问题就提出来,节骨眼上,我们就是要实的,不要虚的。"

梁教授问第二遍时,终于有个人问话了:"梁教授,对这次会议的要求,还有您讲的有关情况,我们会严格执行,密切关注,精心安排,科学防控。我现在想问的是,对于汛情的预报,也不是百分之百精准,这几年也有类似的情况,我们这里预报的重大汛情最终并没有在这里发生。我现在只有一个疑问,这次预报的汛情,是否也有可能不会发生?也有可能再次偏移?或者发生的汛情并不像预想的那样严重?"

"当然也有可能,因为气象是在不断变化的,预报毕竟只是预报。"梁宏玉立即回答说,"但我在这里还是要强调一点,对这次预报的汛情,我们引入的各种数据,已经剔除了大部分的不确定因素,而且现在由于科技水平和观察能力的不断提升,比起往年来,确定因素的精准率也正在逐年提高。"

这时又有一个人提问:"梁教授,我们市的一座中型水库,库容量六千万立方米左右,现在处于库容饱和状态。对刚才那位局长的提问,我也深有同感,我们是山区,十年九旱,水贵如油。水库里有水,就像粮仓里有粮,就算有再大的旱情,我们也心中不慌。甚至可以说,水库的水几乎就是我们的命根子。我们现在回去马上需要决断的是,如果即将到来的汛情确实十分严重,而且降雨量也有可能大大超过预期,那我们的水库现在是否应该马上开闸放水?"

"这要以你们的实际情况自主掌握。"梁宏玉教授随口答道,但显得不慌不乱,很有分寸地回答说,"如果水库质量有保证,泄洪能力很强,即使有强降雨、大暴雨,及时泄洪有保证,没问题,那可以以稳为主。如果你的水库年久失修,泄洪能力差,蓄洪能力弱,甚至几乎没有什么防洪能力,那我认为,这就需要以防为主。应该提前采取措施,不能因小失大,更不能只顾眼前利益,抓了芝麻,丢了西瓜。尤其是不能有赌博心理,六千万立方米库水,可不是一个小数字。一旦出了问题,贵如油的水就会变成一群恶虎,恶虎可是要伤人的。"

梁宏玉的话音不重,措辞也很温和,但与会的人都听得明白,在人民生命安全和眼前利益之间,应该是人民生命安全为第一。这是不能打折扣的,尤其是不能用赌博的心理来处理这两者的关系。

尽管梁宏玉教授已经说得很明白了,这时仍有一个与会代表问了一个问题:"梁教授,今年五月份以来,我们刘岭地区的旱情一直十分严重,特别是山区的大部分耕地都处于极度的干旱状态。我们刘岭水库虽然不大,属于小型水库,但也维持着整个县城和十六个乡镇的人畜吃水问题,还有近二十万亩耕地的收成也基本靠水库供水浇灌。我们刘岭水库蓄洪能力和防洪能力都比较差,平时蓄水主要靠刘岭河水。如果这次汛情确实非常严重,按照这次会议精神,我们本应尽快在刘岭水库放水。我们现在也有担心,我们并不是不相信科学,只是心疼,其实水库的水对我们来说,确确实实就是山区老百姓的命根子。我们也查看了这次降雨的范围,好像刘岭是在汛情范围的最边缘,如果降雨一晃而过,或者只是雨过地皮湿,那么提前放水,刘岭的这一库金贵的水可就白白浪费了。那我们付出的代价就太大了。梁教授,实话实说,究竟该如何决断,我们的心情非常矛盾。教授您说说在现在这样一直大旱的情况下,以现在水库的现状,究竟应该采取什么措施为好?"

"刘岭水库不是防洪能力强不强、弱不弱的问题,而是根本就没有防洪能力。"看来梁宏玉教授对刘岭水库的情况很熟,几乎没有停顿和思考,立刻接过话茬说道,"说实话,不只是你们刘岭,整个临锦市,还有临锦附近的这几个市,包括全省类似的其他地区,大部分水库与刘岭水库的情况十分相似,问题也完全一样。说是水库,其实就是一个蓄水池,有雨蓄水,无雨浇地,一旦有重大雨情汛情,这类小水库不仅不会减轻汛情,反而会加大加重灾情。因此,在此次重大汛情到来之际,我们需要重点防护的就是这一类水库。具体该怎么办?还是我刚才的那句话,这也是我的一个严肃认真的提示,就是以防为主,以提早行动为要。在极有可能发生的重大灾情到来之前,不能只顾眼前利益,局部利益,更不能因小失大,尤其不能有侥幸心理,还有我们刚才说到的赌博心理。这话虽然难听,但抱有这种想法的人不在少数,这可是最要命的,也是我们眼前最需要解决的问题。在这个宗旨和前提下,应该怎么做,那要根据你们的实际情况,自行把握。"

杨鹏副省长对梁教授的答复深感欣慰,也十分感激,她讲得已经非常透彻,也非常到位了。

国务院应急督查组的一位专家,也是副组长,名叫齐肖远,他代表督查组做了十多分钟的汛情预警通报和发言,尽管时间不长,但信息量极大,语气也十分严厉。齐肖远的发言一听指向就十分明显,敲打批评的意味十分浓烈。

　　"……必须引起我们的高度警觉,一些人的麻痹松懈情绪要不得,大家可能都听过这句话,麻痹思想害死人!害了别人,还要害自己!现在都什么年代了,还有人怀疑科学数据和现代化的预测手段,有这种想法的人十有八九要吃大亏,挨狠揍,打败仗。我们这次下来,就是要告诉大家,这次汛情的严重性极可能超历史最高纪录。汛情的严重性和发生的概率不能说百分之百,至少也在百分之九十以上!当然,在几十个县、区、市内,可能在雨际边缘的一些区域的汛情会很轻,甚至没有,但并不等于这次突如其来的总汛情会不严重,甚至怀疑会不会是预判有误。这种认识和经验论会误导很多人,甚至会贻误战机,酿成重大灾情。"说到这里,齐肖远拿出一份资料,向会场发问:

　　"省里应急管理部门的负责同志在吗?"

　　"在。"会场立刻有人应声回答。

　　"部里紧急调拨的应急物资到位了吗?"

　　"到位了。"有人回答道。

　　"已经发送到哪一级了?"齐肖远继续问道。

　　"县区一级的都到位了。"

　　"那不行,乡镇一级的现在必须到位,必须,懂吗?"齐肖远有点发火了。

　　"乡镇一级的今明两天应该可以到位。"

　　"是吗?"

　　"……应该可以。"回答的一方语气明显有些迟疑。

　　"应该、可以是什么意思?"齐肖远步步紧逼。

　　"……应该没问题。"

　　"那好,我问你,你们乡镇一级的应急物资储备站都建成了吗?"

　　"……正在建,可能有些还没有。"

"可能?"齐肖远再次逼问,"你能不能确定地回答我,到底还有多少乡镇,特别是一些汛情重点乡镇的应急物资储备站还没有建起来?"

"……我们马上打电话让他们统计一下。"回答一方的语气越来越软。

"不用你们统计了,我这里有一个调查报告,在你们防汛重要地点乡镇一级的应急物资储备站,还没有建成的占百分之八十以上,建成的但不达标的占比百分之九十以上。村一级的就更不用说了,问题的严重性远远超出了我们的想象。"齐肖远的口吻愈发严厉,整个会场静悄悄的,"太麻痹,太松懈了,这是要负责任的!不要认为这与我们没有关系!"

听到这里,杨鹏的脸上不禁有些发热发紧,这种口吻,近乎就是在直接批评自己了。说实话,这种情况杨鹏并不是毫不知情,但严重到这种程度,却是他没想到的。杨鹏相信国务院督查组专家的数据是属实的,在这样的会议上,当众厉声质问,如果没有真实的依据,是不会这样当众公布。此时杨鹏只能静静地听着,他什么也不能说,隐隐约约地,杨鹏期待安监局局长能出来说几句话,即使不能说什么反驳的话,说几句知情的话也是可以的,至少不让省里的有关部门这么难堪。但安监局局长默默地坐在那里,始终什么话也没说。

齐肖远继续声色俱厉地说道:"……我们可以这么说,大敌当前,有些机关和部门不仅没有重视,反而是轻视、漠视,甚至根本不当回事!应急物资储备站百分之八十以上的空缺,都是最需要物资储备的重点地区,你们说说,这是什么性质的问题?刚才有几个负责人对这次汛情的到来还公开质疑,你们的感觉就这么差吗?如果没有重大汛情,我们督查组为什么会专程参加今天的会议?实话给大家说,督查组下来已经好几天了,很多地方我们都已经进行了实地查访。如果没有一手资料,凭什么在今天会议上这样询问你们?杨鹏副省长,几天前就已经下来了,昨天还在水库进行实地调查,这个你们也没有看到,没有感觉?作为领导干部,特别是市级、县级的领导干部,如果有了麻痹情绪,会影响到一大片!面对即将到来的重大汛情,我们下去的十几个乡镇,居然像没事一样!什么样的部署和措施我们都没有看到,太大意了!怎么会这样？一级一级的党委政府，居然能麻木到这个样子，太让我们吃惊了……

"……今天开的这个会议，十分及时，十分重要！实话给大家说，今天的会议，党中央和国务院也十分重视，总理专门有批示，几位副总理和水利部、教育部、国家安监局的主要领导也都做了批示。来之前，我们已经征求了你们省委省政府的意见，省长和书记对这次会议的安排部署高度关注，会后还要专门听取督查组的意见和建议。杨鹏副省长在会前已经听取了国务院和水利部对这次会议的相关要求和安排。情况已经十分紧迫，大家必须紧急行动起来，必须高度重视，对防汛工作中的麻痹懈怠情绪，一定要高度警惕，一定要坚决摒除！如果出现重大责任事故，我们必须严肃问责，决不姑息……"

听到这里，杨鹏的情绪也顿时被调动了起来，再到后来，不知为什么，他突然想到了党校同学任月芬，也许，这里面就有她的努力，就有她的暗中扶助。

杨鹏突然觉得自己这次提前几天下来，简直有点歪打正着。本来是因为总理要下来，他要认真看看老区教育和基础设施建设的情况，在了解了老区教育的基本现状之后，又碰到了即将提前到来的超大汛情。在这里又让他看到了两座水库风光外表下的隐患，还有那座尾矿坝所面临的险情。所谓的基础设施建设，基本上都是驴粪蛋儿外面光，这对杨鹏来说，完全是一个警醒，更是一个幸运。尤其是在这里他还遇到了党校同学任月芬，还遇到了雨润公司的董事长夏雨菲。

确实太幸运了！

在换届之前，省长、书记、部长、总理，还可能有更上一级的领导，都有可能在这次行动中，看到或听到他的名字，事实上也是对他的一个重大考验。

他突然觉得信心十足，换届之前，就以现在的情况，他已经做得几无疏漏，及时而完满！

他必须再次振作起来，一定要把所有的事情努力做到最好。

这次即将到来的汛情，就是对他的一次大考。

他必须全力应对，力求过关并争取打赢这场硬仗。

杨鹏突然意识到,这次下来已经成为他这么多年来干部生涯的一道大坎,就像鲤鱼跳龙门,跳过去了,一马平川,就可能鱼龙翻转;跳不过去,就只能在小池塘里打转。假如错过这一次机会,也许就错过了终身。中国的后备干部太多了,能上来的几乎都是没有一次失误的幸运儿。只要有一次失误,哪怕是一个小小的失误,就极可能被永远落在后面。

三十一

中午吃饭的时候,杨鹏副省长专门给省委书记龚一丰打了个电话,汇报了这次会议的基本情况。

龚一丰书记静静地听完,当即就给予了充分肯定和大力表扬:"杨鹏啊,你这次下去很及时很得力,我已经在昨天的省委常委会上表扬了你,省里的干部都能像杨鹏这样,还发愁我们的工作上不了新台阶?这就是换届给我们带来的干部作风的新气象和新变化,你现在就是一个标杆,有能力有水平有魄力,还要有原则有立场有担当。你下午讲话还要强调一点,省委省政府对这次换届的基本要求,就是在一个关键时刻,看你是不是敢于担当,守土有责,这就是对一个干部最基本的考验。这一点必须在会上讲清楚,直接给他们讲出来,明明确确,毫不含糊。告诉与会的所有干部,包括市委市政府的主要领导,这就是省委对这次防汛工作的基本要求,也是省委对这次换届的基本要求,谁要是在这个问题上投机取巧,瞻前顾后,不管是谁,即使是定下来的后备干部,候选干部,也会坚决毫不留情地立即拿下来。"

省长李铎的话更是干脆利落:"现在要换届了,下面的工作都变得十分难做。不复杂的也变得复杂了,但有一点除外,那就是突如其来的重大事件,这些突发事件就会考验干部的认知能力、掌控能力、驾驭能力、组织能力,以及一个领导干部的凝聚力、号召力,包括本人的应变能力和抗风险击打的能力。这么多大大小小的领导干部,这个上那个下,凭什么才能让整个干部队伍心服口服,就凭这个!你经得住考验,你就上,你经不住考验,你就下!现在就到了这个时候了,这次重大汛情,就是看点,是骡子是马,拉出来遛遛,能不能干,出腿才看两腿泥!"

下午的会议基本正常,没有什么大的波澜,也没有人再提出什么异议和质疑。讨论的时候,大家的意见基本一致,都集中在水库的隐患防护和汛情的应急处理上。

几个小组的代表发言也铿锵有力,都表示了这次防汛备汛工作的决心和信心,其中一个代表甚至表示,如果出现重大失职行为,他们局领导已经写好了请愿书,局里所有的领导干部集体辞职,回家务农。会场下面一阵嗡嗡声,但这个代表说了,我们都在请愿书上签字了,说到做到。当官不能为民做主,那就回家卖红薯。

市委书记徐帆的讲话简明扼要,总共只有五分多钟。基本就两个意思,第一,临锦市是这次汛情的中心,临锦市委市政府将全力以赴,确保整个汛区无重大灾情发生,不发生重大生命财产安全事故,临锦市的几个中大型水库,要力争万无一失。对这次会议精神,临锦市委市政府将全力以赴,坚决执行。第二,一会儿杨鹏副省长还要做重要讲话,对杨省长的讲话要求,我们一定不打折扣,毫不动摇地认真贯彻。

下午会前见到徐帆书记时,杨鹏曾问书记是否见过了市水利局局长张亚明和水库管理站站长李皓哲,还有梁宏玉教授。徐帆书记笑笑说,这事记着呢,上午事情多,还没有来得及,一两天内一定都见一见,省长放心,没有问题。看着徐帆书记轻松的样子,杨鹏心里感觉到有些不适。让书记见这几个人,并不是我个人有什么想法,只是想让你这个书记听听这次汛情的严重性。而现在看书记的样子,好像是我对这几个人有什么想法,想让书记来帮忙似的。临到换届了,是不是什么样的事情都会往这方面想?

当时杨鹏想给徐帆书记解释几句,但因为正是中午吃饭时间,人多眼杂,也就不好再说什么。

下午开会时,徐帆一直在认真听会,不时还在笔记本上记着什么。后来听他讲话,又讲得这么实在,杨鹏更不好再说什么了。

因为听取各小组的讨论发言,杨鹏也一直在认真记录,大家的发言也都非常实在,既提出了不少存在的问题,又讲了很多需要补足的方面。很多都是客观存在的问题,也都是需要引起重视和需要防范的隐患。特别是教育厅厅长张傅耀的发言,引起了所有与会人员的强烈共鸣。还有水利厅副厅长王新成的发言,也让大家心中一震,脑洞大开。尤其是临锦市政府主管水利的副市长李东百的发言,博得了会场几次热烈的掌声。杨鹏隐隐约约感到,这个紧急防汛工作会议,确实开得太及时太重要了,这真得感谢夏雨菲。如果这次没有下来,没有碰见夏雨菲,没有见到梁宏玉教授,没有遇到这么多的人和事,真的不知道会是一个什么样的情景。说不定还是在会议落实会议,文件落实文件,走走过程,喊喊口号,其实什么也不了解,什么也不知情。批批文件,开个电话会议,传达传达精神,做点表面文章也就过去了。而现实中,一切都是老样子,什么也没变。鲜花遍地,莺歌燕舞,一片盛世太平。

正想着,忽然秘书轻轻走过来,俯身耳语道:"省长,国务院任月芬副秘书长说给您发了微信,让您尽快看看。"

杨鹏愣了一下,什么事?

杨鹏立刻打开手机,任月芬的微信很长,密密麻麻一大溜儿。

杨鹏,我知道你在开会,这个会议开得非常及时,也非常重要,确实是开到了点上。很好,给你一个大大的赞!

你这个抗洪防汛会议的关键是看下一步,看下一步如何解决问题和落实会议精神。千万不能雷声大雨点小,喊几句空话就过去了。在国务院常务会上总理还有几位副总理都过问了这次会议的情况,还有你个人的情况,估计中央也会有内部批示。现在看来,这次汛情的预报应该是准确的,形势也是十分严峻的,而且是会提前的。你一定要在会上强调防汛工作的重要性和艰巨性,一定要找到和解决真正存在的问题。

今天我和夏雨菲也通了话,她说临锦市防汛方面的问题非常多,说一套做一套,阳奉阴违的情况十分严重。尤其是面临换届,各种各样的思想态度和情绪表现都会在工作中暴露出来,会给下一步的工作带来很多负面影响。干部越临近换届,活思想就越多,给这次重大汛情带来的隐患也就越多,你不能不防。不把这个问题讲清楚,不把这个问题摆出来,解决好,你布置的工作和举措就会大打折扣。

市委市政府的态度非常重要。不仅要看他们说什么,还要看他们做什么。在关键时刻,主要领导相互之间的揣摩和忍让,危害性往往会更大。

平时只是揣度领导的心思,只想着如何让领导满意和高兴,领导想听什么就说什么,领导喜欢什么就干什么,这种氛围一旦形成,就会产生一股戾气,让领导听不到实际问题,看不到真实情况。这股戾气,才是最危险的。这会威胁到干群关系,威胁到我们的政权。

临锦是不是就存在这种情况?上行下效,如果主要领导就是这种态度,就会立刻形成这种氛围。这个你得讲出来,让他们能听到这种声音。

该拼的时候就必须拼,你不把这些戾气拼掉,这些戾气就会拼掉你!

如果不能硬碰硬,解决不了实际问题,只是看上去个个群情激奋,那你就上大当了。

如果临锦出了大问题,那总理去了临锦,就不是考察调研,而是去视察救灾!

还有,晚上你要腾出时间听听夏雨菲的意见,她反映了很多情况,都非常重要。

……

杨鹏连着看了两遍,隐隐约约之间,感觉任月芬指出的问题恰恰是他现在面临的问题。很多人对自己都笑脸相迎,但这些人,也许恰恰就是在逢场作戏,你说你的,我干我的,虚与委蛇,敷衍塞责。

特别是其中的几句话,更是字字重击:

在关键时刻,主要领导相互之间的揣摩和忍让,危害性往往会更大。

337

该拼的时候就必须拼,你不把这些戾气拼掉,这些戾气就会拼掉你!

如果不能硬碰硬,解决不了实际问题,只是看上去个个群情激奋,那你就上大当了。

……

大汛当前,硬仗还没有开打,自己这种隐隐约约的满足和得意,实在太危险。

杨鹏整理了一下思绪,突然感到这一天的紧急会议,距离真正解决问题,距离实现应有的目标实在还差得很远很远。

任月芬说得对,在会上必须把问题摆出来,讲清楚。让大家知道最大的问题和困难是什么,最大的风险和隐患在哪里。

尤其是最后那句话,如果真的出了大问题,岂不是真的让临锦成了总理救灾的地方!

最后杨鹏副省长讲话。

杨鹏没有按照安监局给他准备的讲话稿讲话,这个讲稿是副秘书长精心审过的,他昨天晚上也改了又改,最后才定稿的。今天听了大家的发言,中午听了龚书记、李省长的叮嘱,刚才又看了任月芬给他发来的短信,突然让他觉得这个讲话稿实在太苍白了,既没有分量,也没有震慑,更没有实质性意义。纯粹就是一篇四平八稳的动员和鼓劲的讲话稿,甚至有些一味讨好表扬的意味。大战在即,将令如山,这样的讲话稿,拿腔作势,软弱无力。

到此为止,今天在这个会议上,讲话最硬气的就是督查组齐肖远了,主题就是强调了一点:懈怠情绪要不得,麻痹大意害死人。

水利部督查组的讲话,也同样再次强调了汛情的严重性。

原本想着自己的讲话还算有力,总体觉得会议开得不错,但任月芬发来的这一信息,一下子让他彻底清醒了。

确实差得太远,根本就是蜻蜓点水,或者纯粹就是花拳绣腿,整个一个衣服架子。

杨鹏对着讲话稿,好半天不知道今天应该怎么讲。看了看自己的会议记录,也都是一些人提出的问题和想法。这些可以在讲话稿里夹带着讲一讲,但根本就不是这个会议的核心内容和重要意义。

要解决问题!开会不是耍花枪,要有对策,至少也要把问题摆出来,指出最大的风险和隐患是什么。

任月芬说得太对了,这个短信也确实来得太及时了。

杨鹏是一个非常谨慎的人,当了这么多年领导干部,极少脱稿讲话。平时对那些经常脱稿讲话,并且能慷慨激昂、滔滔不绝的领导干部,既佩服,又质疑。佩服的是他们那种胆量和自信,质疑的是他们中的有些人,除了胆量和自信以外,究竟是凭什么敢这样在大庭广众之下口若悬河,夸夸其谈?讲话中那么多副词,那么多"嗯嗯嗯""这个这个这个",居然就能这么一直讲下去,一直讲到过了午饭时间很久很久,依然在那里大讲特讲,喋喋不休。想到哪里就说到哪里,那不是讲话,而是瞎掰。当然不能一概而论,但没有充分准备的讲话,一定不会是高水平的讲话。除非你想骂人,开会就是借题发挥,把那些你不待见的人和事,统统臭骂一通。

想了半天,一直等到主持会议的副秘书长宣布"现在请杨鹏副省长讲话,大家欢迎"时,杨鹏终于下定决心,今天即使冒着最大风险,也要做他当领导干部以来的第一次脱稿讲话。

杨鹏环视了一下,此时会场寂然无声,大家鼓掌完毕,都在静静地看着他。

杨鹏略略清了一下嗓子,整理了一下思路,努力让自己冷静下来,开始了讲话。

"听了大家的发言,突然觉得今天准备的这个讲话稿不需要给大家再念了。稿子已经下发,请大家回去抓紧落实。我现在讲几点看法和想法,供大家参考。

"首先十分重要的一点,就是对防汛抗洪工作的认识。怎么看待这次汛情,应该是一个大问题,一个一直没有解决的大问题。我完全接受国务院督查组齐肖远副组长的批评,应急物资储备站,我们部署很久了,但现在重点防灾地区乡镇一级的储备站居然百分之八十以上还没有建起来!我现在再说一句,只说一句,今明两天,储备站还没建起来的,不管是乡镇一级,还是县级市级,不论是什么原因,也不论是哪一级领导,直接问责,严肃问责!我们也一定把这些情况报告给省委省政府,报告给省纪委!凡是认定了的问题和事故,我们一个也不会放过!再说一遍,这次汛情中,凡是因应急物资出了问题的,一律严处,同时必须纳入个人档案。下一步不论是调职换岗,还是提拔重用,一律一票否决!有人说了,政府工作,什么都要求万无一失,不怕万无,就怕一失,因为一失万无。只要出了一点错,所有的成绩统统归零,所以大家都不敢工作,放不开手脚。瞎扯!老百姓的生命财产安全你都不当回事,还讲什么一失万无!你不力争人民生命财产安全万无一失,那你力争的会是什么!无非就是想让自己的权力万无一失。一失万无还出了那么多赃官墨吏,否则岂不要表里为奸,生灵涂炭?老百姓的事情出了问题,就等于我们的江山社稷出了问题。江山社稷都丢了,还有你的什么无,什么失!

"徐帆书记刚才的讲话,我表示赞同,我们的权力不是某个个人给的。平时做工作,不思考、不主动、不担当,领导说啥就是啥,即使领导在重大决策上出了差错,在某些方面考虑不周、偏听偏信,也不闻不问,无动于衷,甚至隔岸观火,袖手旁观。这不只是失职渎职问题,也是品行问题、人格问题,更是大是大非问题、政治问题。平时很多干部只讲权力不讲责任,光怨权力小,总嫌责任大。什么是权力?老百姓骂我们政府上管天,下管地,中间管空气,什么都想管,什么都要管,什么都管得死死的。有些干部理直气壮地反驳说,能不管吗,出了什么事,第一个就免我、撤我、处分我,我不管行吗?这种说法能成立吗?整天担心自己被免职、撤职、处分的干部,能是一个合格的干部?什么都想管,什么责任也不想负,老百姓说了,有利益有好处的地方,一准看得见领导干部;有责任有诉求的地方,除了保安和警察,就算有成千上万的老百姓请愿上访,也看不到一个干部的影子!这种心态的干部,能算什么样的干部!

"我讲这些,也许有人说我离谱了,跑题了,说你讲的这些与汛情有一毛钱关系吗?讲汛情的事情都在讲话稿里,我现在讲的这些其实你们都清楚,我也只是再给大家提醒一遍。今天中午,我与省委书记和省长都通了话,他们两位领导都着重说了一个问题,要我在会上好好讲一讲,一句也不要落下,一句也不要含糊。每逢大战之前,我们国家体制的优势,就是领导干部始终能冲在最前线,始终是老百姓的主心骨。过去是这样,现在也是这样。我们是人民政府,这是我们领导干部的责任。今年是换届之年,最大的课题就是如何甄别干部,如何选拔干部!而现在,汛情就在眼前,这将是对每一个领导干部重大的考验。重大事件之中干部的表现,老百姓和领导都会看得清清楚楚。天灾人祸,这次汛情凡是出人祸的地方,不管是哪一级领导,必须下台!这话不好听,但书记和省长说了,丑话一定要说出来,说在前头!

"作为领导干部,其实最忌讳的就是凡事只看领导的眼色,只揣摩领导的想法,领导重视就重视,领导认为没事,就一定没事。所以就常常有这样一种现象,一个领导出事,下面一溜儿人跟着都出事!还有一些人,包括一些部门的负责人,把当下的换届工作当作自己唯一的重要工作,看得比任何工作都重要。省长和书记说了,这种干部一定不会是好干部,也一定不会是与老百姓心贴心的干部。这样的干部,害人害己,既保护不了领导,更保护不了自己。

"……在工作中,有些人连最基本的底线都没了。有些地方,把学生宿舍建在养鸡场里,甚至把新建的学校建在抗洪防汛备用渠道上!有些水库,泄洪道一直都不通,垮塌好多年了,从来没有整修过!一笔一笔的水利费用,都拨给了与水利毫无关系的投资项目上!更有甚者,一些隐藏巨大隐患的水利项目,比如一些老旧破败,表面风光的水库,一些年久失修,缺乏管理的尾矿库,也可以不管不顾,放任自流。他们明明知道在这些危旧工程的下游,有村落、有旅社、有作坊,甚至还有学校和学生宿舍,但他们就是佯装不知,敷衍了事,或者相互扯皮,推诿卸责。这样的领导干部,还能干出什么好事来?

"什么是官油子,什么是官老爷,什么是形式主义、官僚主义,这就是!

"今天的防汛紧急工作会,为什么要讲这个?一句话,就是希望大家不要拿着党和政府的权力威望,行个人之私,填个人之利!别嫌我说话难听,我的这些话对你也对我,今天就立下军令状,如果这次汛情出了问题,出了灾情,我立刻辞职,决不食言!"

杨鹏一边讲,一边扫视着会场,隐隐约约之间,他渐渐意识到今天的脱稿讲话效果不错。该讲的应该都讲到了,想不出还有什么遗漏和缺失。既讲了存在的要害问题,又讲了应该如何积极应对和快速采取措施。还特别讲到了这几天自己亲身亲眼发现查验到的风险,还有各类危害性极大又不易察觉的隐患。包括许多平时见怪不怪的情况,尤其是那些有着极大的潜在危害,但大多数人却熟视无睹,漫不经心,甚至得过且过,敷衍了事的现象,让大家一定要高度重视高度警醒。豆子炒熟大家吃,打破砂锅一人赔。既充卖瓜先生,又当吃瓜群众。这种干部,在目前的干部队伍里不在少数。特别是在换届期间,人事问题已逐渐明晰,提拔谁,重用谁,调整谁,口口相传,已无人不晓,在这种情况下,很可能会让泄私愤,看热闹,以至躺倒不干、不作为的吃瓜干部越来越多。这是一种换届病,而且是最常见、危害性也最大的一种病。

这些平时想讲而不好讲,不想讲,不便讲,甚至不能讲的话题今天居然脱口而出,而且讲得里外透彻,一览无余,把一些干部表现的老底也翻了出来。

讲到后来,讲到各市的防洪筹备、计划和措施,杨鹏几乎烂熟于心,各种数字数据都记得清清楚楚,也讲得明明白白。尽管过去这方面下来得少,调研得少,但这次的确很幸运,不仅提前下来了,而且把很多问题也摸清了。有理有据,知根知底,并把一些负面情况翻了个底朝天。虽然话语不重,口气不狠,但字字如箭,箭箭都直中靶心。

会场十分安静,大家的脖子都伸得很直,眼巴巴地看着杨鹏在讲台上声色俱厉,讲出了那么多真凭实据的问题,个个好像都担心杨鹏举例求证时,把自己的名字直接点出来,或者把自己管辖的那些自己也不清楚、也不了解的工作范畴的问题拉扯出来。

有的放矢,才会有效果;揭出问题,让大家知道问题的利害,这才是一个有效讲话的起码标准。

讲完了,良久,会场才发出一阵掌声。

十分热烈,长时间的鼓掌。

这时杨鹏很谦和地站了起来,并向大家深深一点头:

"拜托大家了,谢谢!"

同时杨鹏也再次意识到,他的这次脱稿讲话,应该讲得很到位,很成功。

精彩,务实,接地气,有效果,也有分量。

杨鹏长长地舒一口气,感觉这次会议应该是解决了问题,也凝聚了信心,指出了方向,鼓足了力量,是一次非常积极的战前动员。

很圆满,也很顺利。

主持会议的副秘书长赵忠泽十分兴奋,嗓门也十分洪亮,正在做会议的最后总结。

杨鹏下意识地打开一直振动的手机,随意瞟了一眼。

有一条夏雨菲的信息。

杨鹏禁不住打开看了一眼。

  杨鹏,临锦市水利局局长张亚明昨晚被免职,由副局长吴辰龙正式主持水利局工作,你知道了吗?他们与你通报商量过吗?

杨鹏不禁一震,顿时愣在了那里。

难怪,他今天一直没有看到张亚明局长的身影。

怎么回事!

一项重大的人事变动!

自己竟毫不知情!

一直到副秘书长赵忠泽宣布散会前,询问他还有没有其他要讲的意见时,他都没回过神来。

三十二

散会了,大家都纷纷上来与杨鹏副省长告辞话别。

握手时,也都免不了寒暄两句,再说几句保证完成任务之类的话,最多的则是对刚才杨鹏讲话的叫好和赞扬。

"杨省长您今天讲得太好了,太重要了!"

"讲得好,真正讲到了点子上!"

"省长今天的讲话振聋发聩,收获满满,回去一定认真传达,认真贯彻!"

"杨省长,您今天真的讲到我们心坎里去了,好久没有听到这么接地气的讲话了!"

"杨省长,我们那里的情况确实像您讲的那样,回去一定及时传达,全面落实!"

"真好,真好,讲得太好了!"

其至连水利厅的副厅长也跑过来,给杨鹏竖起了大拇指:"我回去立刻就给我们主管副省长传达汇报,如果这次抗洪成功,您劳苦功高!"

省教育厅厅长张傅耀也坚持等在一旁,最后握手告别时,十分动情地说:"杨省长,您今天这么一讲,我心里真是踏实多了。咱们省学校年年暑期出事故,这次大汛情,真怕出什么大问题。您今天的讲话,我明后天就在全省教育系统传达,如果您能参加一下最好,如果不能参加,我们就现场播放您的讲话。您的讲话我们全程做了录音,每一句都很有分量,很有针对性……"

杨鹏一边微笑地听着,一边不停地点头,同时也不停地表示请大家努力配合和支持。但萦绕在脑海里的一直还是夏雨菲的那个信息:"临锦市水利局局长张亚明昨晚被免职……"

面带微笑的杨鹏,一直处在这个信息给他带来的强烈震动之中。

昨天晚上,张亚明局长还专程来找杨鹏副省长汇报工作,一直到深夜快十一点了才离开。

而在昨天晚上,张亚明就已经被免职了!

这就是说,张亚明局长来找杨鹏副省长汇报工作时,很可能他就已经不是水利局局长了。

肯定是市长程靳昆撤了张亚明的职。

为什么要临阵换将？肯定是市长对这个局长不满意。之所以不满意，主要原因就是不听话，不按市长的意图办事。

局长当时汇报工作，也明显对市长的决策不满意。

没有什么明争暗斗，派别之分，更没有什么利益之争，非分之想。

纯粹就是工作上的矛盾，决策上的分歧。

局长认为市长的安排是有问题的，他不想按照市长的意思去办事。

于是，市长就毫不犹豫地免掉了局长。

免掉一个水利局局长，市长一个人是做不了主的。在一个市里，免掉一个局级干部，市长必须征得市委书记的同意和批准。当然，市委副书记、组织部长、纪委书记，也都必须同意。这几个人不同意，不知情，堂堂一个水利局局长，不可能一下子就被免掉。

免去一个重要的中层干部，需要很多程序。不可能一步走完这些程序，也就是说，不可能市长一说，书记一同意，这个局长就被免掉了。

必须有一个过程，有一个时间段。

他们这几个市委的重要领导同意了，一直到主管领导市委书记最后同意了，才能最后在市委常委会上正式履行程序，正式免去水利局局长的职务。而后还得在市人大常委会表决通过，这个水利局局长的职务才算真正被免掉。

程序上是这样，但碰到紧急情况，有时候也会有例外。在现实情况中，大多时候，只要市长与市委书记率先同意了，水利局局长的职务事实上也就不存在了。市长与书记同意了，接替局长职务的人一旦到位，并且已经开始行使局长的职责，那就相当于局长的职务已经被免掉了。

而其他程序，完全可以以后再逐项补齐。

那么，市长和书记昨天晚上这个决定究竟是什么时候做出的？

这个水利局局长，究竟是昨天下午，还是昨天晚上被决定免职的？

最晚也不会超过昨天晚上十一点。

十一点张亚明局长来杨鹏副省长这里汇报工作的时候，他肯定不知道自己已经被免职了。

昨天杨鹏副省长见到徐帆书记时，还一再嘱咐，请徐帆书记一定见见临锦市有关方面的几个人。这几个人都是专家型的基层干部,对下面的情况非常熟悉。他们知道的情况,对这次防汛抗洪,应该有很大的帮助和借鉴作用。

这其中就有市水利局局长张亚明。

结果就在昨天晚上,张亚明被免职了。

这就是说,杨鹏昨天给徐帆书记讲到见面这件事和这几个人时,徐帆书记很可能已经同意并做出了免去张亚明局长职务的决定了。

那时候,市长程靳昆已经把自己的想法告诉了徐帆书记,徐帆书记一定没有意见,而且很可能当时就同意了。

张亚明局长在给杨鹏副省长汇报工作时,讲到了自己在工作中同市长程靳昆的分歧,会不会在那时候,市长就打定主意要免去张亚明的局长职务?

当然,市长当时有可能已经知道局长张亚明会越级找领导说明情况。因为杨鹏副省长就在临锦,尽管他并不主管水利工作。

这一切问题,见到张亚明,都会水落石出,清清楚楚。

让杨鹏副省长无法理解的是,徐帆书记在已经知道张亚明会被免职的情况下,不仅没告诉他实情,甚至还表示同意见见这几个人。这其中,就有这个将被徐帆书记同意免去职务的水利局局长张亚明。

如果情况属实,那就是说,徐帆书记有意对杨鹏隐瞒了这件事。

为什么?

有必要吗?

或者觉得暂时不能让杨鹏副省长知道这件事?

这又是因为什么?

临阵换将,兵家大忌,徐帆能不清楚?

昨天晚上,杨鹏尽管和张亚明谈话时间不长,但感觉张亚明是个真正的水利专家,对全市水利方面的问题了如指掌,经验丰富。尤其是在水利投资方面,成绩卓著,口碑载道,老百姓都夸张亚明是个务实能干的好领导。

其实像这样的干部,用对一个,可以带动一片。

除非领导不喜欢,也不想用这样的干部。

和平时期,没有什么重大事件、重大冲突和重大灾情,有些领导唯一喜欢的就是听话的干部,尤其喜欢报喜不报忧的干部。领导喜欢什么就干什么,领导想听什么就汇报什么。

就这样,在干部圈里很容易便促成了劣币驱逐良币的氛围,最终必然会形成从平庸到浮夸最后到腐化的干部环境。就像任月芬说的那样,一种氛围,一股戾气!

张亚明年龄尚在适龄范围之内,这样的专家型领导干部,即使不提拔,不重用,即使有什么矛盾和冲突,也不至于让他脱离最擅长最本行的工作岗位,尤其是在重大汛情即将来临之际,这其中的利害,潜在的风险,徐帆书记会不清楚?不知情?

市长为什么坚持要在这个时候免去张亚明的局长职务?

除了意见上的不和,肯定还有其他方面的原因。

什么原因?

是不是自己在红旗蒙山两座水库调研时让市长感觉到了什么?

张亚明局长的意见与市长不一致,但与杨鹏副省长的想法完全相同,会不会因为这个?

如果是因为这个,那一切就都明了了。

在这场即将到来的重大汛情中,市长的决策和威望决不能受到任何影响和威胁。

这就是说,张亚明局长昨天晚上来见杨鹏副省长,是促使市长最终下决心并连夜免去张亚明局长职务的最重要的因素之一!

张亚明局长六点左右就等在那里了,这个情况市长一定知晓。

既然你要越级报告,那我就立刻免了你!

市长真会是这样想这样做的?

杨鹏回身看了一眼刚才就坐在身旁的徐帆书记。

此时徐帆书记正在笑容满面地与即将离会的一些省市的厅局长们握手话别,言谈正欢。

他转过神来,想马上找个知情的人了解一下,临锦市的水利局局长张亚明是不是真被免职了？然而杨鹏又立刻意识到，现在了解还有什么意义吗？

最知道情况的人不就是徐帆书记吗？

徐帆书记不就在你跟前吗？

直接问他，这一切的一切不就马上清楚了吗？

但你为什么此时会这样踌躇不安，惊诧不已？

是不是感觉到一股浓浓的火药味？

还有，是不是觉得自己这个副省长此时询问这个水利局局长的去留，会让人觉得多虑了？敏感了？越级了？

按规矩，市一级的人事问题，并不是你这个副省长应该过问的事情。

但问题是，现在大汛在即，这个局长对临锦的防汛抗洪至关重要，如何能不闻不问？

说实话，如果你杨鹏现在是临锦市委书记，那无论如何也决不会在这个时候，将这个水利局局长突然免职。

此时此刻的杨鹏突然自责起来，这一天一夜就忙着会议的议程和讲话稿了，在今天一整天的会议上，他根本没想到过这位局长。

此时杨鹏只想到了昨天晚上张亚明的那些话，而且昨天晚上，杨鹏还特别安排了让张亚明局长在今天的会上要如实发言。

那丁秘书和赵忠泽副秘书长为什么没有安排呢？

只能有一个解释：局长张亚明没来，来的是另一位副局长，于是就没有安排发言。

如果不是夏雨菲的信息，很可能一直到现在，杨鹏也不会意识到张亚明局长没来参会。

这个水利局局长与他这个分管安全的副省长只是业务上的关系、工作上的关系，对这个局长的任用提拔，他管不了，也不会去管。

按规定，也不应该去管。

这也正是我们现在干部管理上最大的争议所在。

管人的不管干活，干活的不管用人。

临锦市主管人事的是市委书记徐帆。

对张亚明局长的免职去留,个中原因,徐帆书记一定最清楚。

徐帆书记作为一把手、作为临锦防汛抗洪的第一责任人,对张亚明被阵前免职的缘由,一定是斟酌过,也一定是同意了的。

杨鹏副省长再次看了一眼徐帆。

徐帆书记依然笑容满面,频频点头,依次与一些即将离会的干部们握手告别,显得十分诚恳,十分温馨。

看着眼前的场面,看着一脸轻松的徐帆书记,杨鹏副省长突然感觉到了事态的复杂性和严重性。

这时候丁秘书走过来轻声对他说:"水利厅厅长杨方敏上午没有赶过来,据说只是在市政府见到了程靳昆市长,两人发生了争执,然后就又回去了,下午也没来参会。"

"争执?什么情况?"

"说是关于张亚明局长的事情。"

"你是怎么知道的?"杨鹏有些吃惊。

"刚刚王新成副厅长来了电话,让我给你说一下,张亚明局长被免职了,杨方敏厅长听说后,就去找了程靳昆市长。"

"王新成副厅长说的?"

"是。"

"刚刚?"

"是,他现在在回去的路上,让我一定给你说到,还说这件事你要关注一下。"

看来省水利厅和自己的感觉一样,对这样的任免都有不同意见。

杨鹏立刻又陷入沉思之中。

这绝不是小事!

如果昨天晚上杨鹏就知道了张亚明要被免职的消息,那当时见到张亚明局长时,又将会怎么说怎么做?又会怎样对待张亚明和张亚明的那些话?

还有,今天的脱稿讲话又会怎么讲?

还会像刚才讲话时那样去讲吗?

还会觉得今天的会议十分成功也十分圆满吗?

如果张亚明局长昨天晚上已经知道了他已经或者有可能马上被免职的消息,张亚明局长还会再来找他吗?还会给他讲出那么多隐藏的问题和实情吗?

如果张亚明局长昨晚没有来反映情况,也不知道临锦的防汛工作还存在着这么多风险,你今天的脱稿讲话还会获得这么多的赞扬和好评吗?

也许,以张亚明局长的性格,当得到自己将被免职的消息时,很可能不会再来找他。

肯定不会,张亚明局长甚至很有可能会把杨鹏和那些免去他职务的人看成是一伙的。

如果那样,很可能一切照旧,对临锦水利方面的问题,杨鹏什么也不会知晓。

杨鹏很可能根本就不知道临锦还有一个水利局局长名叫张亚明。

岁月美好,一切都风平浪静。

夏雨菲的短信就晚了那么一点点。

杨鹏副省长如果在讲话前就看到了这个短信,那他的讲话一定不会像刚才那样四平八稳,尽管讲出了那么多问题。

杨鹏一定会把这一事态的严重性和重大后果讲出来,这才应是这次防汛抗洪中的最大风险和隐患!

作为分管安全的副省长,他一定要在会上把这个问题抖出来。

一定会!

至少也要与他们拼一下,看他们怎么对待、怎么解决。

他终于再次明白了自己的这种感觉,之所以有这种震惊、疑惑、愤慨、震怒,就是因为你不能容忍。

夏雨菲也一定是感受到了这件事情的紧迫性和严重性,所以才在第一时间,给杨鹏发来了这条信息。

夏雨菲也一定是在第一时间得到了这个信息。她知道今天的会议对杨鹏下一步的工作,对临锦市即将到来的防汛抗洪是何等重要,她一定是在密切地关注这个会议,关注这个会议前前后后所带来的变化。

张亚明局长被免职的消息,只可能在今天上班之前传出来。

水利局只有当干部职工上班后,才会首先给班子成员宣布这个任免决定,而后再在水利局的干部职工会议上宣布这个任免决定。

夏雨菲一定是觉得事关重大,事关全局,所以一分钟也没有耽误,就把这个消息直接发给了杨鹏。

这时杨鹏又看了一眼这则信息送达的时间,下午三点半!

也就是说,杨鹏那时候还没有开始讲话。

这么重要的事情,居然错过了!

夏雨菲不会像任月芬秘书长那样,知道杨鹏正在会上,于是就让秘书小丁来提醒杨鹏。

夏雨菲没有这样的履历,也没有这样的经验,更没有这样的强势。以她的性格,绝对不会让别人来提醒杨鹏。

那时候,正是小组代表发言时间。杨鹏不会在这个时候去翻看手机,无论如何也不会。

只要杨鹏看到这个信息,就一定会改变他下午的讲话内容,他的脱稿讲话,一定会有很大的不同!

对夏雨菲来说,发出信息的时间一点也不晚。

但对杨鹏副省长来说,看到信息的时间确实太晚了。

作为主管防汛抗洪工作的副省长,对这件事绝对不能不闻不问,更不能假装不知道。

必须过问这件事,因为这件事与你的工作有着千丝万缕的联系。

杨鹏再次看了一眼身旁不远的徐帆书记。

会场上的人正在逐渐散去,会场渐渐冷清了下来。

这时徐帆扭过头来,向杨鹏看了一眼,然后一边看着手表,一边对杨鹏说:"杨省长,今天的会议开得太好了,大家都很振奋。你看,都六点多了,我都饿了,先吃饭,还有不少事情咱们一边吃,一边给你汇报。"

很热情,很真诚,看不到任何其他表情和神态。

杨鹏没有马上回答,一边收拾好桌上的东西,一边把这些交给身边的秘书小丁。然后对走到身旁的徐帆书记说道:"书记,我想给你说个事,有时间吗?"

"现在?"徐帆问。

"对。"

"没问题啊,我是担心您饿了。这两天您绝对累坏了,这么大一个会议,那么多准备,还有那么多资料,他们说昨天晚上您几乎一整夜都没有休息。我们也帮不上忙,顶多也就是敲敲边鼓,在一旁摇旗呐喊。有事您尽管说。"徐帆书记热情依旧,诚恳依旧。

"这里不方便吧。"杨鹏看了看会场,很认真地说道,"去贵宾室吧,那里现在没有人。"

"大事吗?"徐帆看着杨鹏认真的样子,有些诧异地说。

"重要的事,也是紧急的事。"杨鹏依旧十分认真地说。

"好的,没问题。"徐帆再次看看时间说道。

三十三

贵宾室就在会议大厅旁边。

平时会前领导聚集的地方。沙发、茶几、花盆、字画,一尘不染,窗明几净,温馨可人。

一坐下来,服务人员就送来了茶水。

杨鹏给小丁秘书摆摆手,示意他们都出去。小丁心领神会,立刻让所有的服务人员全都离开,随手关了门,贵宾室顿时一片寂静。

"徐书记,水利局干部是不是做了调整?局长张亚明被调离了?"

"这个呀,我本来一会儿吃饭时就要给您汇报呢。"徐帆顿时认真起来。

"不是汇报,我只是了解一下。"杨鹏显得严肃起来,"我是觉得汛情当前,我们临阵换将,是不是有点不是时候?"

"是这样杨省长,您的意见我当时也给市长说过,您昨天也给我说过,让我一定见见这个水利局局长。我抽空也了解了一下张亚明局长,感觉这个局长真的是个内行,什么情况都了解,都熟悉,工作上没有问题。"徐帆一边沉思一边说道。

"张亚明局长我以前并不认识,也不了解,就是这次下来见过两次,感觉他讲的一些问题确实存在,也不是小问题,所以才请你一定抽时间见见他。昨天晚上他又找我反映了一些情况,我觉得有些情况确实事关重大,应该尽快解决。今天在会上我也讲了他反映的一些情况。说实话,下面存在的一些问题,我其实是不了解不清楚的。张亚明的专业就是水利,既是专家,又是多年的老水利,大学毕业后一直在水利系统干了几十年。有这样一个水利干部,我们确实放心,也确实对我们的工作有很大帮助。"杨鹏语速很快,说的话几乎都是对张亚明局长的肯定和赞扬。徐帆书记听了,肯定立刻就会明白杨鹏在这件事情上的态度和立场。

"这我知道,我也清楚。"徐帆解释说道,"杨省长,既然您说开了,我也对您不做任何隐瞒。说实话,现在这个时间段调整干部,尤其是关键岗位的主要负责人,我是不赞同的。大汛当前,我还不明白这个道理?以前我也干过市长,我清楚市局各部门一把手的重要性。不管是在哪一级,政府行不行,市场稳不稳,经济牢不牢,政绩好不好,一看各区县,二看各部门。其实一个政府,各部门的管理效益比各区县更重要,所谓的政府其实就是这些部门,所有的运作和管理都得靠他们。这个我清楚,您更清楚。您看,水利局局长的事情,您立刻就来找我了,这里面的利害关系,我何尝会不明白?"

"我现在担心的也就是这个,所以想了解一下原因。"听徐帆书记这么说,杨鹏的口气也缓和了下来,"即使有调整的必要,也应该放在汛情之后更妥当。临锦很快就要换届,放在换届时调整,不更利于工作吗?为什么非要在这个时候调整干部?何况是张亚明这样的一线干部,我们现在正需要,也确实需要这样的干部。"

"杨省长,您说得很对,一点儿没错。"徐帆仍然很严肃地说,"我来临锦这半年,对人事问题,一直就是这么坚持的。换届前后,除了必要的调整和安排,一般的干部群体,能不动的就决不动,能小动的决不大动。我是这个市里的党政一把手,如何顺利换届,维护大局稳定是首要问题。这是龚一丰书记派我来临锦时,一而再再而三的嘱咐。如果不是特殊情况,不到万不得已,市委怎么会在这个时候,同意这样的干部调整,这不是自乱阵脚瞎折腾吗?"

"难道张亚明出了什么事?有了什么问题?"杨鹏禁不住问了一句。

"张亚明个人没什么问题,他这个人经济、作风上不会出什么事。"徐帆立刻解释说,"就是最近这一段时间,有好几次了,在水利局局长办公会和局党委会议上,由于意见无法达成一致,班子成员之间在会上大吵大闹,矛盾突出,无法调解,致使会议几次都开不下去,好多决策做不出来。刚开始我还觉得可能是局长这个人个性硬朗,脾气倔强,但经过了解,特别是程靳昆市长给我说了一些情况后,我感觉到他这个当班长的确实有些问题。不管意见怎么相左,怎么难以达到一致,作为一把手,你这个当家长的,无论如何也要把大家的意见统一起来,即使有保留,也要让大家能通过会议的决策和自己的拍板。否则你这个班子还是班子吗?你这个班长还是班长吗?既然无法决策和拍板,那还怎么履行局党委和局办公会的职责?面临着即将到来的严重汛情,水利局还怎么行使自己的职能?你说说你这个局长还怎么当?别说市长和分管市长了,就是我也不得不快刀斩乱麻,挥泪斩马谡啊。否则岂不要乱了市委市政府的大事,临锦市的防汛抗洪决策和工作还搞不搞做不做了?我这个市委书记还怎么尽职尽责?临锦市的大局还怎么能稳住?"

杨鹏有些发怔,没想到徐帆书记有条有理,很有逻辑地说出了这么一个情况,让他出乎意料,无言以对。良久,他才说道:"张亚明也是多年的老局长了,班子开会怎么会成了这样?这些情况都是市长说的?"

"我也了解了一下,班子里的矛盾太深,确实是几次会议都开不下去了。"徐帆好像不想把责任推给别人,很认真地继续解释说。

"据我所知,矛盾太深也是有原因的,现在大家都在吵吵,说换届后局长张亚明要调离水利局,副局长吴辰龙要接班,市委有没有这种人事安排?因为换届在即,市委已经在考察下届市委委员人选了,入选的人都已经填了下一届的市委委员表格。谁当委员谁就必然是局里的一把手,对此大家都心知肚明。如果这些传言是真的,班子的不和谐也就是必然的了。即将调离的局长,谁还听他的?那对我们下一步的防汛工作影响可就太大了。"尽管徐帆书记不断解释,杨鹏依然坚持自己的观点。杨鹏也相信,这个情况徐帆书记也一定是清楚的。

"杨省长您说得没错,现在的事情谁也瞒不了,所以我想来想去,最终还是同意在汛情到来前把水利局的班子调整了,否则问题更多,潜在的风险更大。"徐帆直言不讳地说。

"但以我的感觉,论资历论水平论专业,都是张亚明更强一些。张亚明还不到年龄,为什么这次换届非要把他调离,让吴辰龙上任?对这样的安排是不是应该考虑得更周到一些?"

"我明白您的意思。"徐帆也敞开心扉地说道,"杨省长不瞒您说,其实我也有这样的感觉,今年市委换届,市政府这一块问题很多。之所以这样,一个主要的原因,就是程靳昆市长在市政府干的时间很长了,各个市局的主要负责人,大都是他用起来的下级。时间久了,这种关系往往就会成为一种认知上的依据和替代品,不同意见也会越来越少。程市长其实是一个非常强势,做事也非常果断的领导。他的话,对下面就是命令,不服从的,就立刻下台。按规定,市管干部,特别是市政府的主要局级干部,市长是有话语权的。属于政府部门的市管干部,一般来说,只要市政府党组推上来,并征求了市委的意见,当然也就是征得我的同意后,几个市委主要领导一起讨论同意后,基本上就按程序走了。杨省长您也懂得,这些干部的调动提升,主要还是看市长看政府党组的意见。特别是在换届前后……"

听到这里,杨省长轻轻打断了徐帆书记的解释:"书记,这些事情属于您主管的范畴,千万别给我解释这些过程,我就是有些疑惑,现在这样调整干部,我觉得有些突然,这很可能给下一步的防汛工作带来困难和麻烦。市水利局是这次防汛工作的重要部门,临锦市也是重点中的重点,现在调整干部,尤其是主要负责干部,会不会对省里的整个防汛工作都带来影响?我担心的是这个,所以这方面的工作我想了解一下,是不是市委已经考虑到了。"

"明白,杨省长。"徐帆书记当然知道杨鹏话中的分量,再次努力解释说,"这方面的工作我已经做过了,今天上午我给张亚明谈话时,已经把您昨天给我说的建议都告诉给他了。我还特别肯定了这些年他对临锦市水利工作的贡献,同时也强调了这次抗洪防汛工作的重要性,要求他离岗不离职,离岗不离责。还要求他有关这次防汛工作方面的问题和建议,可以随时找我来汇报。还说了很多鼓励他的话,包括下一步的工作安排,也给了他非常好的暗示。"

"书记,你还是没有明白我的意思,这些话对一个离开局长职务的人来说,没有任何意义。"杨鹏有些着急了,"他这样性格的一个干部,怎么会因为原单位工作上的事情来找领导?这些套话对一个突然被领导免职的干部没有任何作用。我现在就只问你一句话,水利局的工作定了让吴辰龙来主持吗?"

"是,这也是市长的建议。"徐帆又解释了一句。

"对吴辰龙市委了解吗?"杨鹏追问了一句。

"市长说没有问题,各方面都符合要求。实在、干练、有魄力,也有能力,是一个让人放心的干部。"徐帆再次很认真地说。

"我了解了一下,吴辰龙不属于专业干部,在水利局工作这些年,主管的并不是水利方面的业务工作。这次抗洪防汛,市委市政府觉得放心吗?"杨鹏有些生气了,但仍然努力让自己心平气和地说道,"不管书记你今天怎么说,反正我是有些不放心。大汛在即,临阵换将,让这样的干部顶上去,我们为什么就不担心呢?"

"省长,您听我说。"徐帆顿了一下,说,"我来临锦还不到半年,实话实说,我和市长的配合一直还是顺畅的。我来临锦时,龚一丰书记一再叮嘱,换届的关键,就是班子要和谐,尤其是市委政府两个班子的一把手要相互理解,相互尊重。这些年,我们下面的很多工作,就是因为班子不团结,出了很多问题,最终导致全市的各项工作都受到影响。程靳昆市长有缺点,也有他的局限。但总体来说,他对市委的工作是支持的。他是一位老市长,本来这个书记的位置他也是有竞争力的,但我来了以后,他和我配合得很好。所以,对他的工作,我也是支持的,积极配合的,这半年来,我们之间的关系是和谐融洽的,团结的。市委班子十分团结,相互理解,相互尊重,是临锦历史上最好的时期。大家相互之间都很支持,也都很放心。所以这次的人事调整,为了换届这个大局,为了整个班子今后的工作,在一些人事问题上,只要市长的态度是诚恳的,我一般都尊重他的意见……"

三十四

杨鹏副省长与徐帆书记从贵宾室里出来时,已经快晚上七点了。

杨鹏没有想到两个人会谈这么长时间,也没想到徐帆能讲出那样的理由。

一句话,徐帆书记之所以同意水利局的人事调整,主要原因就是一条,这半年来,书记和市长之间的关系十分融洽和谐,市委班子十分团结,相互理解,相互尊重,是临锦历史上最好的时期!

这个理由,的确让杨鹏无语。

徐帆这么说,对杨鹏肯定是敞开心扉,毫不设防,完全把杨鹏副省长当成了知己。

这个理由让杨鹏实在难以理解,也难以接受。

"……在关键时刻,主要领导相互之间的揣摩和忍让,危害性往往会更大。"猛然间,杨鹏又想起了任月芬微信里的这句话。

徐帆说这是省委书记龚一丰特别交代的,换届的第一标准,就是一定要让班子团结,让班子成员感到心情顺畅,心里没有疙瘩。

徐帆深刻地记住了这一点,为了团结、顺畅、和谐、融洽这个大格局,在工作中可以说是忍辱负重,殚精竭虑。一个这么大的临锦市,这么多的人口,这么大的干部队伍,一个市委书记,有多少事情等着他去做!

首先是团结和稳定,其次才能是其他。

也确实如此,我们衡量一个优秀领导,首先考虑的就是他的凝聚力、号召力、向心力,还有组织能力、驾驭能力,而这一切,基础就是这个班子必须团结和谐。假如每天闹矛盾,连会议也开不下去,你这个班长还有什么威信和声望,还谈什么行政管理能力?

张亚明是不是正面临这样的一个尴尬局面?尽管你有水平、有能力,也确实能苦干实干,而且铁面无私,但你把班子团结不起来,办公会、党委会都开不起来,免去你这个局长职务,又能去怪谁?

但是,这样表面上融洽和谐的班子,在大汛到来之际,真的是我们需要的吗?

市长一言九鼎,下面必须不折不扣地执行。

没有任何不同意见的不折不扣,是不是更具危险性?

市委定下来的事,市政府坚决执行;市政府定下来的事,市委一概同意。

我们追求的就是这样的标准和局面?

这样的融洽和谐在与群众的利益发生冲突时,效果会不会恰恰相反?

为了班子的融洽和谐,就可以不分青红皂白地一刀切,这还有没有基本的对错是非了?

徐帆书记对杨鹏副省长最后还是做了保证。

一是张亚明局长的业务能力在这次汛情中,一定要发挥出来,在关键时刻尤其不能缺失。二是对张亚明的调离并不是什么处分,只是为下一步的安排提前做调整,其实也是为了在这次防汛工作中能让水利局班子团结一致,把水利局的工作真正搞好。三是对张亚明局长的下一步工作一定会合理安排,充分发挥他的强项,不管是哪个部门单位,都一定与水利工作有关,或者是重要的水利区域。四是对主持工作的吴辰龙副局长,一定要严加观察,高标准要求,对工作中出现的问题,特别是对这次即将到来的汛情,如何应对,如何采取措施,一定要高度关注,必要时将会果断采取措施,力保防汛工作不发生任何大的误差。五是为了让水利局的这次人事调整不产生负面影响,临锦市委同时还研究了其他一些干部调整和人事任免,所以,张亚明局长的调整,肯定不会给张亚明本人产生不利的影响……

徐帆说得非常诚恳,非常认真,确实有点像汇报工作,以致让杨鹏解释了好几次。

但即使如此,杨鹏还是觉得有些怅惘和失落,究竟是什么原因,他一时也考虑不清楚。

莫非真的是那个大家都知道的原因,大家心知肚明,但都不想说出来,于是就这样冠冕堂皇地要把这件事掩饰过去?

张亚明局长被免职,其实最主要的原因,应该就是他敢于同市长顶牛,敢于与不同意见抗争。闹得市长不喜欢他,班子也不满意他,于是上下合谋,只能把他赶走。当然还有更深层次的原因,一个一把手,不会给大家谋福利,不会让大家得到安排或提升,把你轰走也就成了一些人不谋而合的共同心愿。

领导的好恶与大家的心愿合流时,张亚明的被调离也就是自然而然,水到渠成的事情了。

在有些地方,领导的好恶实在太重要了。领导不满意的干部,纵使你有十八般武艺,也不会得到任何赏识。不管你在什么地方,立刻就会产生一大批反对你的同事。今天和平共事,明天就会视之为仇寇。若你位置高,那么取而代之,也就是有些人特别期盼的事情。而这些人,恰恰会对领导投其所好,只要能让领导高兴,那就什么事情都干得出来。即使领导走岔了路,看走了眼,拍错了板,眼前就是个超级大坑,他也会信誓旦旦地对领导表决心,放心吧,我们都会坚决跟着你。

于是,往往是正者出局,实干者下台,说实话者被淘汰。

任月芬所说的戾气,是不是就是这样?

杨鹏觉得有点担心。

岂止担心,太让人焦虑了!

吃晚饭时,杨鹏和徐帆反倒说得很少,除了客气还是客气,胡乱吃了一阵子,杨鹏便说吃好了,晚上早点休息。

徐帆临走的时候,使劲握着杨鹏的手说:"省长,您放心,这次临锦的防汛工作决不会给您拖后腿!一定力争万无一失,坚决不让重大事故发生。"

看着徐帆离去的背影,杨鹏突然觉得,自己今天对临锦水利局人事调整的过问是不是有点过分了？

徐帆还很年轻，但整日的操劳，腰背都已经显得有些佝偻了。

怎么能不忙呢？

有多少要操心的事情！

如果哪方面都想落好，都想争第一，都想没有矛盾和告状信，对一个市委书记来说，将是人生和仕途上巨大的挑战。既要魄力，又要服众；既要政绩，又要静好；既要果决力，又要凝聚力；既要统一思想，又要一派祥和；既要绝对权力，又要人人满意；既要团结融洽，又要坚持原则，这一切，哪一条都绝非易事。

杨鹏突然觉得很累，看着身旁不断打哈欠的秘书小丁，突然意识到自己已经连续几个晚上睡觉不超过四个小时了。

算一算，自己来到临锦已经好几天了。

几天，像过了几个星期。

杨鹏问小丁，都还有什么事情。

小丁说，省政府副秘书长赵忠泽说了，如果您有事，他就留下不回去了。如果您没事，他就连夜赶回去。杨鹏明白，省政府毕竟还有很多事情要处理，作为副省长，他管的这一块，政府办公室不能一个人也没有。

那么自己呢？杨鹏琢磨着，现在是应该回去，还是继续留在这里？

不管这里还有多少事情，他也应该赶回去了。

有很多事情，杨鹏副省长应该尽快给省长和书记汇报。

于是杨鹏又问小丁："这里还有哪些事情需要处理？"

小丁说："这里的事情有一些，但都不是紧急的事情。就是还有好几个人都想见您，现在已经八点了，今晚还见不见？或者放在明天见？"

杨鹏问："都有哪些人？"

小丁回答说："有临锦市教育局局长汪小颖、水利局代局长吴辰龙、临锦市分管安全和水利的副市长李东百、分管教育的副市长刘绍敏。"

杨鹏想了想，刚开过会，都还有什么事？如果再见这些人，自己岂不是成了临锦的市长、书记了?

杨鹏思考了一下,又问了一句小丁:"他们都有很紧急的事情吗?"

小丁想了想:"应该有,但都没说,就说要见您。"

杨鹏想了想:"告诉他们吧,一律不见了,就说省里有急事,今晚要连夜赶回去。如果有急事,就直接打电话联系。"

杨鹏也确实想连夜回去了。看了看时间,现在赶回去,估计到省城时,再快也要十一点了。

这时小丁嗫嚅了一句:"还有一个中学生,一直等着,您看见不见?"

"谁?"杨鹏问。

"就是那天晚上我们在五阳见到的二中的那个女学生。"

"刘蓉蓉?那个卖鞋的女孩?"杨鹏一下子就想起了女孩的名字。

"对,就是她。"

"就她一个人吗?"杨鹏问。

"好像还有一个女同学。"

"什么时间来的?"

"就是您和徐书记见面的时候。"

"她们吃饭了吗?"

"没问。"

"马上问一下,如果还没吃饭,就让她们过来一起吃饭。"

果然没有吃饭。

真的饿了,也许很久没有吃到这样好吃的饭菜了,两个学生吃得风卷残云,两眼发红。

虽然这么大一个领导陪在跟前,还是止不住地狼吞虎咽,以至让她们自己也感到有些难堪。

杨鹏没有急着问她们什么事,就想让她们先吃饱再说。他一边看着手机,一边故意轻松地说:"慢慢吃,不着急,不够了再让他们盛点。"

大约一刻钟,两个孩子都不吃了,眼巴巴地看着杨鹏不知道该说什么。

刘蓉蓉还是显得又瘦又小,山里的孩子,终年都是黑黝黝的。

跟着一起来的女同学叫王晓兰,看上去也是一个山里的孩子,但长得高高大大的,比刘蓉蓉几乎高出一个头来。她们是一个班,后来才知道,王晓兰是班里的副班长。

再后来就清楚了,实际上就是这个副班长王晓兰带着刘蓉蓉一起来的。

是老师让她们一起来的。

看样子老师也知道她们不一定能见得着杨副省长,让她们来就是碰碰运气。

结果老师碰对了,真的见到了杨副省长。

刚吃过饭,脸色黑红黑红的,刘蓉蓉十分羞怯地低着头,结结巴巴,吞吞吐吐,用了好半天才把事情说清楚了。

刘蓉蓉说就是一件事,他们的新宿舍区已经找好了,一个原来准备给矿工住的大院,基本都是新建的,学生们已经住进去了,条件设备都很好。新来的校长让她们俩专门过来,对杨省长的关心和帮助表示衷心感谢。

杨鹏一听就是老师叮嘱的话,微笑着看了她们俩好半天,并不戳破,很认真地问了问新校区的情况:住得如何,饭菜怎样,几个人一间宿舍,是上下床还是平铺床?天气热了,宿舍里有空调吗?有蚊子、臭虫、跳蚤吗?有没有噪声?

一切都好,真的很好。

总之好得不能再好了。

杨鹏笑笑,因为是在宾馆饭店包间里,不时有服务员走进来整理桌子、端茶倒水,紧张的气氛很快就没有了。

杨鹏知道她们该说的都说了,而他的肯定和认可,也让她们得到了老师非常想要的答复。

校长让她们这么远来见她,真正的目的绝对不会就是这样几句话。

杨鹏也有真正想了解的情况,有些事确实让他一直挂在心上。等她俩说得差不多了,他突然问道:"蓉蓉,你们原来的新宿舍区呢?那些已经准备住进去的学生现在都搬出来了吗?腾出来的那些房屋准备做什么？是不是还要让什么人去那里住？"

刘蓉蓉一点儿也不设防地说："杨叔叔，那个宿舍区学校还没有全部腾出来。听老师说了，暂时让今年参加中考和高考来查分数的同学住那里。等到他们都毕业分配出去了，这些宿舍就会租出去。"

这时一旁的同学王晓兰也插话说道："参加高考的同学现在住在那里的不多了，知道分数报考了志愿的大部分都回去了，留下来的高中学生很少，都是一些没有填报志愿的。现在住在那里的都是参加中考的初三的学生。等月底考完试，分数出来了，填了志愿，老师说，就让他们回去了。"

杨鹏不禁有些吃惊，这些情况有关部门都已经给他报告了，解决的方案他也是知道的。尽管报告说问题已经解决了，学生们都不会再去住那里了，但问题的性质还是严重的，有共性的。所以杨鹏今天在会上还专门讲了这个情况，并对其进行了严厉的批评，但没想到还有这么多学生仍然被安排住在那里！难道他们不知道汛情将至？不知道那个学生宿舍区建在防汛备用泄洪渠道上？不知道那里的潜在风险？一个个脑子真的进水了，还是根本不把汛情当回事？听到这里，杨鹏有些生气地止不住问："参加中考的学生都还住在那里？"

"是啊，初中三年级的同学都住在那里。"刘蓉蓉回答说。

"整个学校初中三年级的学生都住在那里？"杨鹏更加吃惊。

"是啊。"刘蓉蓉一脸天真无邪地看着杨鹏。

"什么时候住进去的？"杨鹏又问。

"就是这两天住进去的。"刘蓉蓉看着杨鹏的脸色，有些胆怯起来。

"那地方不是还没有建完吗？"杨鹏继续问道。

"是啊，老师说，没有建完的很快就会建好，以前建完的现在已经可以住人了，房子质量没有问题，住进去的学生也都说好。"王晓兰在一旁回答说，"老师说了，现在让同学住在这里，主要还是学校没有钱，如果政府能再拨给学校一些钱，就能让孩子们全都住到镇上的房子里去。还是镇上离学校近，学生们住在镇上也安全。"

"你们老师就是让你们来说这些的？"杨鹏分外严肃起来。

两个孩子突然都不敢说话了，有些发蒙地看着杨鹏。

杨鹏突然意识到自己的失态,赶紧语气温和地说:"没事,没有别的意思,就是问问情况。你们今天来这里还有别的什么事?"

"……没了。就是让我和王晓兰一起来感谢杨叔叔。"刘蓉蓉低着头,就像做错了什么事似的结结巴巴地说道。

"是老师让你们来的,还是学校的领导让你们来的?"杨鹏很耐心地问。

"……是老师说的,没有学校领导。"刘蓉蓉依然低着头说。

"你们是怎么来的?"杨鹏继续问。

"……坐车来的。"刘蓉蓉突然脸红了。

"哪里的车?"杨鹏又问了一句。

"……老师说,是县里的车。"刘蓉蓉的头越来越低。

见状,杨鹏都不忍心再问了,想了想还是问了一句:"县里哪里的车?"

"……局里的车。"刘蓉蓉突然哭了起来,"……老师不让说。"

"知道了,是教育局的车,对吧。"看到刘蓉蓉窘迫的样子,杨鹏立刻安慰说,"没关系没关系,我就是问问,我不会给你们老师说这些。"

杨鹏默默地看着眼前两个手足无措的孩子,心里不禁一阵悲怆。

教育局的车!

老师不让说。

杨鹏就这么问了一句,她们就吓得差点哭出声来。

教育局和学校让她俩一起来见副省长,到底有什么事情?

仅仅就是为了报告她们所说的这个好消息,让她们两个代表学校专程向杨鹏副省长表示感谢?

肯定不是。

如果不是,那又是为了什么?

等到两个孩子平静下来,杨鹏轻轻地问道:"时间已经不早了,你们今天还回学校吗?"

"要回去的,老师说了,今天无论如何也要赶回去。"刘蓉蓉眼巴巴地看着杨鹏,就像那天晚上在卖鞋摊上的目光一样。

"如果没有什么事,那你们就回吧。"杨鹏轻声说。

"……杨叔叔,奶奶给您做了几双布鞋,我今天给您带来了。"刘蓉蓉再次眼巴巴地看着杨鹏说道。

"布鞋?"杨鹏没想到刘蓉蓉还给他带来了布鞋,"几双?"

"给您做了两双,给婶婶做了两双,还给杨叔叔的孩子做了两双。"刘蓉蓉一边说,一边从身旁的那个鼓鼓囊囊的背包里,拿出几双鞋来。与布鞋一起拿出来的,居然还有一沓子鞋垫。

婶婶自然就是指杨鹏的妻子。一家三口人,每人两双。杨鹏不忍心拒绝,又觉得有些蹊跷,问:"怎么做这么多啊,不合脚了怎么办?一双就行了。"

"都合脚的,老师说都提前打听过了,肯定合脚。"刘蓉蓉大概觉得这是表扬,毫无遮拦地说。

"提前打听过了?"杨鹏有些吃惊。

"老师说了,问过教育局了,教育局又问了省里的教育局。知道了叔叔一家人的鞋码,大小没问题的。"刘蓉蓉肯定地说。

杨鹏再次感到吃惊,这些人真下功夫,为了这几双鞋,动用了这么多关系,找了这么多人。连妻子和女儿的鞋码多大都问清楚了。想了想,不好推却,也不能就这么收下来,便问:"这得多少钱啊?"

"不要钱,奶奶说是要感谢您的。"刘蓉蓉有些急了。

"那也不行,这是你奶奶的劳动,不能随便要这么多。那天晚上买你的鞋,我还没穿呢。听话,啊?"杨鹏耐心地说。

"您不要,奶奶会骂我的。"刘蓉蓉突然难过起来,"奶奶说了,自从您晚上送我回学校,学校知道了这件事,就把奶奶做的鞋都承包了,奶奶做多少,学校要多少。要不是杨叔叔,哪能挣这么多钱。"

"是吗?"杨鹏感觉刘蓉蓉这些话不像是假话,"每双鞋多少钱?"

"跟市场上一样的价格,大号的鞋还能多给一些。"刘蓉蓉如实回答说。

"那好,今天这几双鞋,还有这些鞋垫,都跟市场上一样的价格,我都买了。"杨鹏很认真地说。

"……叔叔,奶奶会骂我的。"见杨鹏这样说,刘蓉蓉愣了一下,低

365

下头去,一下子就哭出了声。

这时一旁的王晓兰接着说道:"杨叔叔,这些鞋学校都已经付过钱了,您还是收下吧。"

"学校付钱了?"杨鹏问。

"是的,学校已经付钱了。"王晓兰点点头。

看这个状况,杨鹏只好不再说付钱的事了,点点头说:"好吧,那我就和学校说吧,蓉蓉你回去一定替我谢谢奶奶,我们一家人都非常感谢。"

"谢谢叔叔。"刘蓉蓉和王晓兰异口同声地说道。

"是我要谢谢你们。"杨鹏有点哭笑不得,"好啦,好啦,那你们就回学校吧,时间真不早了。"

杨鹏说了两遍,两个女孩你看我我看你,还是没有起身的意思。

杨鹏明白,真的是有什么事,只是还没给他说出来。

"还有什么事,说吧。"杨鹏并不想为难她们,一语点破,很痛快地说,"有什么事只管说,能解决就一定帮你们解决。"

刘蓉蓉看了一眼杨鹏,又看了一眼王晓兰,低下头去,好像想说什么,却什么也没说出来。

王晓兰急了:"说呀,说好的,怎么不说了。"

杨鹏见状,也说道:"有什么事就说吧,只要是能办的事,我们一定让人去办。"

刘蓉蓉憋了半天,终于说了一句:"杨叔叔,你管管我们县里的高局长吧,老师们都哭了,说他是一个好局长。他给五阳县办了很多好事,还有很多事等着他办。"

杨鹏吃了一惊:"就是你们县里的教育局局长高荣贵吗?"

"是,就是高荣贵局长。"王晓兰立刻回答说。

"他怎么了?"杨鹏有些不解地问。

"他们把他免了,不让他当局长了。"刘蓉蓉接着回答。

"什么时候?"杨鹏又不禁一惊。

"昨天晚上。"王晓兰回答。

"因为什么?"杨鹏再次感到吃惊。

听杨鹏这么问,两个孩子也懵懂起来。刘蓉蓉十分吃惊地问:"叔叔,不是您批评他了吗?他们说您那天当场就发火了,把他骂了好半天。"

三十五

一直等到送走了两个孩子,杨鹏副省长仍然有些发蒙。
也是在昨天!
昨天不只是免去了张亚明局长的职务,同时还免去了五阳县教育局高荣贵局长的职务。
被免职的原因竟然是因为受到了杨鹏副省长的指责和批评!
杨鹏突然想到了高荣贵当时给他说的那句话,我们确实什么都不知道,但出了问题,却总是把我们也牵扯进去。
就像那个养鸡场做了宿舍的恶性事例,最终结果确实是撤了校长,然后又免了教育局局长。
教育局局长高荣贵说了,他确实什么都不知道。
这岂不是太荒谬了。
自己一心想要保护的对象,结果由于自己的原因,不仅没有得到保护,反而都受到了伤害。
免职的原因,居然都是在杨鹏这里找到的!
张亚明的结局不也一样?
只要和市长意见不一致,你支持谁,谁就会出问题,是不是这样?
刚才徐帆书记还说,为了避免给张亚明局长造成不必要的压力,同时免去职务的还有其他一些干部。
还有谁呢?

杨鹏突然感到有些紧张起来。
会不会还有其他一些自己批评过的人?
突然杨鹏想到刚才小丁秘书报告的情况,市里还有一些领导干部想见见自己。

临锦市教育局局长汪小颖。

水利局代局长吴辰龙。

临锦市分管安全和水利的副市长李东百。

分管教育的副市长刘绍敏。

汪小颖局长这么晚了干吗来找他？难道也是为了五阳县教育局局长高荣贵被免职的事情？

那水利局代局长吴辰龙呢？他会有什么事情，不会仅仅就是来示好吧？

分管安全和水利的副市长李东百，今天在会上见到了，还说过几句话。下午代表小组讨论汇总发言的也是他，他的发言很好，获得了热烈掌声。李东百也间接阐述了自己对这次抗洪防汛的看法和建议，对此杨鹏副省长都表示赞同。那他晚上赶过来要见他，又会有什么事？是不是也是张亚明局长的事情？

刘绍敏呢？他主管教育，也是多年的市教育局老局长，自然对教育口十分熟悉。五阳县教育局局长高荣贵的被免职，其中的是非曲直，他应该最清楚，是不是也是为了此事而来？

如果确实都是为了这些事而来，那么，李东百副市长对张亚明局长的被免职，究竟是同意还是不同意？还有，对吴辰龙任水利局代局长，他是反对还是赞成？

还有汪小颖局长，她对高荣贵的免职又是什么态度？反对还是赞成？

杨鹏突然意识到，想见他的这几个人，除了吴辰龙，其他肯定都是因要事而来。连夜要见领导，绝对不会是一般的事情。

即使是吴辰龙，连夜来见杨鹏副省长，除了表白和汇报，当然也更有可能想听听分管安全的副省长杨鹏有什么吩咐和指示，如果有，当然有，一定有，吴辰龙他这个代局长一定会坚决落实，立即执行，分秒必争，决不含糊。

吴辰龙既然能让程靳昆市长深信不疑，那他也一定会想方设法让杨鹏副省长对他青眼相看。

换届之后,杨鹏副省长将成为新一届省委常委,这个早就成为公开的秘密。大家都已知晓的消息,吴辰龙怎么会不知道?

这几个人要来面见杨鹏,杨鹏当时考虑来考虑去,一概拒绝了。

但现在看,是不是不该拒绝?

为什么不能抽空找个时间听听他们的意见建议或情况反映?

大汛在即,多么需要一些及时的提醒与合理的建议。

那是不是就见见他们?

杨鹏想到这里,突然又怔住了,他一下子又想到了中午与徐帆书记的见面。见他们当然可以,但问题是,如果他们意见很好,提出的建议,反映的情况也十分正确、重要和及时,那你这个副省长又该如何处理,又能如何解决?

虽然是一个副省长,其实你所拥有的权力十分有限。上有省长书记,下有市长书记。连你主管的厅局也算上,其实同你一样,都是省长的部下,省长的兵。好办的事没人来找你,来找你的都是不好办的事。

他们办不了的事,你也未必能办得了。如果你办不了,或者不给办,他们就会直接去找省长书记。

事实上很多事你就没有决定的权力,也没有人赋予你那种权力。

尤其是人事问题,你一个副省长能力挽狂澜,扭转乾坤?

张亚明局长的被免职你不是过问了吗?又有什么效果和结果?

这是市委的决定,不是什么人就可以随意推翻的。

徐帆书记苦口婆心地给你解释了那么半天,其实就是给你个面子。

其实他可以根本不用理你,一句话,这是市政府他们定下来的,就能把你推得远远的。

徐帆给你面子,那是你们都还年轻,将来很可能还要在一起共事很多年。而程靳昆市长也就这么一届了,即使能升了书记,也是最后一届。

像程靳昆这样的一把手,除了省长书记,一旦较真,他真的不会把其他省级副职放在很重很重的位置上。他没有必要,他完全可以不听你的。因为他不听你的,你拿他一点办法也没有。因为你的意见,对他的升迁没有任何效力和意义。

当然，一般情况下，他不会与你翻脸硬干。这也犯不着，更没有必要。只要能把你糊弄过去，他也就哄你一个高高兴兴。

但如果你要是跟他过不去，他也照样可以不理你，该怎么干，就怎么干。

想来想去，杨鹏终于明白了，会后自己的心情之所以这般寂寥和失意，并没有那种持久的兴奋，也许只有一个原因：看上去，你登高一呼，应者云集；事实上，你的目的根本没有达到，下面那些固有的想法和做法，其实也根本没有改变。

你说一套，他做一套。大家好像都在给你演戏，表面上都跟着你摇旗呐喊，看似声威大振，其实都是在跑龙套。等到大幕落下，各自卸装回家，该干吗还干吗。

一切照旧，并没有任何变化。

这很危险，但这是客观事实。

没有长久不懈的努力和细致入微的工作，一切都不会有什么大的变化。

现在该怎么办，又能怎么办？

杨鹏看看时间，已经九点多了。

留下在临锦再住一晚，还是今晚立刻就回省城，他要立刻做出决定。

回房间的路上，丁秘书给他汇报说，省政府副秘书长赵忠泽一行差不多都回去了，就剩了两三个人留下来在整理会议资料。

那几个要见他的人，也都回去了。他们说了，如果杨省长今天不回省城，争取明天能见一下，几分钟就可以，不会耽误杨省长很长的时间。如果实在见不了，用其他方式联系也可以。

只有一个除外，就是临锦市教育局局长汪小颖，她说得很坚决，杨省长如果今天明天见不了，她就去省城一直等着，她有要紧的事情要汇报。

市长程靳昆、书记徐帆都留了话，如果杨省长晚上回省城，一定提前告知一下，他们两个都要来送行，主要是顺便还有一些事情要汇报。

如果杨省长明天回省城,那早饭时市长书记一起过来,陪杨省长吃早饭,同时也把一些事情和工作汇报一下。

杨鹏没有吭声。市长书记那里,想想并没有什么更重要的事情需要见面汇报,可能就是个客套——送行。

其他几个人,再说。

丁秘书报告的情况里面,只有一条让杨鹏感到惊愕。

中国气象局的紧急通告,在一个小时前直接发给了省政府办公厅。

即将到来的重大汛情可能再次提前。

近几天内,随时可能发生。

不仅提前了,汛情的严重性比之前预计的要更大,更迅猛,更严峻。

省气象局把此次降雨已经定为橙色预警。

这在临锦汛情的历史上,还没有相似的记载。

当杨鹏回到房间时,终于做出了决定——连夜赶回省城。

鉴于目前的紧急情况,杨鹏有很多重要的情况要给省委书记、省长报告。

手头还有很多事情要处理,不能再拖了。

这是杨鹏当副省长以来,面临的最大一次考验。

也是在换届之前,对他的一次各方面能力的检验和考核。

不能有任何闪失。

强降雨面积覆盖全省五个地市,六十八个县区,将近三千万人口。

一旦出了问题,特别是出了重大责任事故,杨鹏将是最直接的第一责任人。

杨鹏是负责全省安全的省政府领导。

杨鹏在今天的会议上宣布,省政府已经同意正式将他任命为防汛抗洪一线总指挥。

这个火药味十足的头衔,意味着杨鹏任务艰巨,任重如山。

他突然觉得没有时间了,汛情一来,他极可能再来临锦。临锦这么多的事情,都将面临如何才能彻底解决的局面,他绝不能含糊其词,敷衍了事,更不能以种种借口,一推了之。大汛在即,所有存在的隐患和问题,都必须彻底解决。蝼蚁之穴,溃堤千里。一着不慎,最终的结局很可能会是全线崩塌,一败涂地。

在此关键时刻,杨鹏现在必须在省长书记那里得到"尚方宝剑",让他持有对紧急情况的决断之威,以及一些重要人事调整的决定权。

不能再拖了,否则真的要出大事了。

一旦出了大事,第一个被问责的就是他这个主管安全的副省长杨鹏。

谁也没打招呼,杨鹏直接上了车。

宾馆的经理好像刚刚接到消息,还没来得及给市委办公厅汇报,杨鹏就已经出了宾馆大门。

几乎与杨鹏的越野车同时到了宾馆大门口,宾馆经理气喘吁吁地说:"省长您去哪里呀,这么晚了,不会是回省城吧?"

"回省城,这几天给你添麻烦了,谢谢啊!"杨鹏并不是客气,这些宾馆的经理确实非常辛苦。作为一个市里的主要接待宾馆,市里四大班子还有各个要害部门的迎来送往,让这些宾馆的总经理必须有眼观六路耳听八方的本事,还得有让所有领导高兴而来满意而归的能耐。除了机智,还得有万般的辛苦,实在不容易。

"领导,您要回去,这可是大事啊。市里给我说了,您要回去,一定要提前给您准备好啊。这么远的路,又这么晚了,您要是走了,市领导那里我不好交代啊。是不是您再住一晚,如果一定要回去,我们也得派个人护送您啊。"看宾馆经理的样子,都是真心话。

杨鹏给他挥挥手:"与你没关系,刚刚接到省里的通知,晚上必须赶回去。市里我也让他们通知了,你就放心吧。"

"那领导您注意安全啊,我随后派个车跟过去。"

"不用,都说好了,若有事,我的秘书小丁会与你联系,放心放心。"杨鹏再次摆手告别。

经理不知所措地站在那里,发愣地一直看着杨鹏的越野车出了大门。

杨鹏突然意识到,自己在临锦的一切举动,其实都在严密的监控之下。

谁来了宾馆,谁见了杨鹏副省长,说了多长时间,一概清清楚楚。

关键时刻,重大关口,自己不加考虑,贸然见了这么多自己无力保护的地方干部,是不是太唐突、太随意了?

紧接着不到五分钟,市委秘书长高志杰的电话就打过来了:"杨省长啊,您怎么连夜就赶回去了,徐帆书记给我交代了又交代,今天您忙了一天,一定不能让您连夜往回赶。"

"好啦,没事,你给徐书记说,我过两天说不准就又来了,住了这么多天了你们还不烦?"杨鹏坐在车上,有意轻松地开玩笑说。

"杨省长,您可千万别这么说呀,像您这样的领导我们请还请不来呢。杨省长啊,徐帆书记说了,他定好了明天上午还有重要事情给您汇报的。市委班子几个重要领导现在还在开碰头会,一是汛情,二是总理来临锦的通报,三是换届前的人事安排。书记说了,这些都是头等大事,很多事都要在明天上午与您见面,征求您的意见。"高志杰很认真地给杨鹏说了这么多,暗示杨鹏副省长确实不应该现在就回去。

"知道了秘书长,大家都很辛苦,你给徐帆书记说,有什么电话中也可以联系。过两天我还要来临锦,如果不是大事,有什么我来了再说也不晚。我都已经上高速了,两三个小时就回去了。有事我会直接与你联系,告诉徐书记放心就是。"

"徐书记让我给您提前先打个招呼,您关心的雨润公司夏雨菲任命下届市政府副市长的安排,今天晚上也要上会研究,徐书记说估计问题不大,市长也已经同意了。现在与夏雨菲竞争的党派主委并不多,合格的也就那么一两个,但都没有夏雨菲突出,应该会很顺利,明后天上了常委会,一旦通过,就基本上定局了。"高志杰仍然十分认真、十分小心地说道。

杨鹏倒是吃了一惊,没想到会这么快,前两天才刚刚理出个头绪,现在就已经进入程序了。而且徐帆书记现在给他说这事,这个时间点确实有些微妙,还特别提到了程靳昆市长也同意了,更是让杨鹏心里不是那么顺畅。杨鹏心里这么想,但嘴上依然轻松地说:"这是省长省委书记都认可的事,不能说是我一个人的关心啊,你给徐书记说,我回去一定向省长书记汇报。谢谢啦。"

"好的,明白!谢谢您!"

杨鹏放下手机,不禁陷入沉思。

实话实说,徐帆在这些人事问题上,确实动了脑筋,付出了心血。

在这个时候,徐帆书记提出了夏雨菲的安排,确实让杨鹏心里很不是滋味,也完全没有想到。

这不是一件小事。尽管省委书记龚一丰和省长李铎都十分认可夏雨菲和她的雨润公司,但具体操作者则是市委书记本人。如果没有一个强有力的推动,一切都不会这么快捷,更不可能达到这样的目标。

徐帆书记没有亲自告诉杨鹏这件事,而是让高志杰秘书长转达了这个信息,同时也让杨鹏副省长明白,今天晚上顾不上前来送行,是因为他们正在开会,而且研究的都是这些重要的人事问题。同时还特别强调了一句,市长程靳昆也已经同意了有关夏雨菲的人事安排。

一切都来得这么耐人寻味。

杨鹏想,是否应该给夏雨菲打个招呼,至少也应该问问夏雨菲有关张亚明被免职后的一些情况,同时告诉夏雨菲他已经见到了徐帆书记,与徐帆书记的谈话还是有效果的。还有,杨鹏也还想了解一下有关下面的一些情况,每天飘在上面,感觉很不踏实。

杨鹏想了想,轻轻打开手机,思考着自己应该说些什么。

杨鹏突然愣了一下,他看到了信息提示。

夏雨菲的信息。他急忙打开,一行字尽显眼前:

> 杨鹏,你知道了吗?李皓哲被拘留了!!!

三十六

杨鹏顿时困意全无,死死地盯着夏雨菲的信息,久久地一动不动。

说实话,这个短信让他震惊无比。

就在昨天晚上,水库管理站的李皓哲还与他聊了很久。这位年轻的站长思维清晰,头脑冷静,成熟理性,情绪平和,并没有什么过激的言行和举止。他坚持自己的判断,认为现在必须提前抗洪放水,哪怕是先泄一部分,也是有必要的。

然而今天竟然被拘留了!

因为什么?

应该还是与水库提前放水有关系,但即使有不同意见,即使有矛盾冲突,也不至于一下子就发展到了拘留的地步!

他现在该怎么办?

市长书记正在开会,那应该找谁问问?

刚才分管安全的副市长来找自己,被自己一口拒绝了。

刚才水利局代理局长吴辰龙也来找自己,也被自己一口拒绝了。

看来他们真的有事,很可能就与这件事情有关。

现在还能找谁呢?

问问夏雨菲?

看看信息的时间,差不多有半个小时了。

半个小时前发来了短信,说明夏雨菲也是刚得到消息不久。

你回头再问夏雨菲,岂不是让自己落到一个万分尴尬的境地?

你一个分管安全的副省长,就在今天刚刚召开抗洪防汛会议,书记市长都参加了,然而一个与抗洪防汛工作密切相关的拘捕事件发生了,你居然毫不知情,还要回头再问提供消息的人,岂不是大大的失职和笑话!

岂止是失职!你的下属,你所主管领域的领导干部,不仅没有任何人露一句口风,更没有任何人请示,反而都上下左右,齐心协力地隐瞒了你!

如果不是夏雨菲的短信,他这个副省长现在还是一个瞎子、聋子,什么都不知道,还被蒙在鼓里!

还能问谁呢?

一时间,杨鹏竟不知如何是好,自己每天前呼后拥,看上去有这么多人围着转,可到关键时刻,居然连一个能说实情的人也找不到!

简直就是一个超级怪圈,自己始终被死死地排除在这个怪圈之外!

此时杨鹏突然意识到,会不会这正是一些人想达到的目的,就是不能让你信任的人留在他们的身边,或者他们主管的这些重要部门的负责人不能是你信任的人!

是这样吗?

不管是不是,反正现在的效果就是这样。

此时杨鹏再次意识到,事实证明,昨天晚上来房间谈话的人,市长都会知道,市委书记肯定也知道。

他再次想到了跟着自己的越野车猛追的那个宾馆经理。自己刚一出门,他立刻就追来了。

凡是来这里找杨鹏谈话的市里干部,都会让市委书记、市长立刻知道并高度警惕。

这些人为什么要越过市委、市政府来找杨副省长?

越级找领导,这是当领导干部的最大忌讳。所以一般的干部,凡是上面的领导能不找就不找,除非顶头上司直接让你去找。只要你不打招呼去找上级领导,不管是明的还是暗的,一经发现,不管如何解释,都会成为你的重大疑点和不轨行为。

现在该怎么办?

李皓哲被拘留的事,还能找谁?又能找到谁?

除了市长书记,好像找谁也不合适,找谁也不符合你的身份。

所有的人你都不能找,就只能找市长书记。

所有的人好像都被隔离了,事实上你谁也找不到。

向下的通道全被堵死,不管了解任何情况,都只能通过他们,否则你就是瞎子、聋子。

考察调研,深入基层,也许在这里只是一个概念,凡是你看到的,都可能只是一种假象,真相是什么,事实上你什么都不知道。

再想想,还能找到谁?

在这座几百万人口的临锦市,此时此刻,还确实找不到一个更合适的人。

拿在手里的手机突然响了起来,让杨鹏吃了一惊。

他想也没想一下子就接了,老同学,国务院副秘书长任月芬。

"上车有二十分钟了吧,是不是想打个盹?"任月芬的口气还是那样居高临下。

"反正我干啥你都知道,哪有时间打盹。"杨鹏倒是实话实说,他也佩服了任月芬工作的细致,一旦打电话,都是你有时间的时候。那么,她打电话前都是与谁联系?与自己的秘书小丁?不像。小丁就在车上,没见他接电话或发短信。如果不是小丁,那会是谁?

"没时间就对了,这几天能掉几斤肉,也许是你的福气。"听任月芬的口气好像有什么急事。

"谢谢你今天发给我的信息,这个信息来得非常及时,非常重要,不早不晚,正是时候。"杨鹏说得十分中肯。

"你今天讲话的录音稿我看到了,很好!"任月芬很实在地说了一句。

杨鹏有些吃惊,这么多年来,这是听到的任月芬对他的最高评价和最直接赞扬:"谢谢,有你这句话,我心里多多少少总算有些着落了。你看到的是未经整理的录音吗?"

"对。连错别字、病句都没有改的现场实录。"任月芬毫不掩饰。

"这是谁呀,这么不讲规矩,不经本人审阅就发出去了,还是直接发给了这么大的领导。"杨鹏非常纳闷,说实话,今天的录音稿自己还没有看到,然而远在千里之外的任月芬竟然已经看到了,"不过真的非常感谢领导的关心和支持。"

"本来还可以讲得更有力一些,有些问题还是含糊了。"任月芬似乎看得非常仔细,"你的性格我知道,一旦到了关键时刻,总是不想伤害别人,所以有些话讲得还是太含蓄了一些。"

一针见血!杨鹏不禁感慨万分,还是老同学了解自己,也更清楚自己的性格弱点:"你说得太对了,我现在正在反思,现在看,今天会上的好多话,根本就是在抹稀泥,不敢触动问题的实质。"

"同意。"任月芬的口吻并不像是在开玩笑,"深有同感,一些根本性的问题全都掩饰过去了,这对你的下一步工作,可以说是有点作茧自缚。有些问题你不讲,别人就会钻空子。一个针眼斗大的风,说的就是这个道理。"

杨鹏立刻意识到,这已经是在批评了。刚才的认可和好评,也许只代表其中的一部分内容:"是的秘书长,我在车上的这二十分钟,一直在思考这个问题。在一些问题上你稍稍这么一委婉,一回缩,对方立刻就齐头并进,碾压了过来。如此确实让自己十分被动,而且这种被动完全是自己造成的。"

"很好,知错改错,为时不晚。一切才刚刚开始,纠正偏差还完全来得及。"任月芬直抒胸臆,毫不客气,说到这里,她话锋一转,"你也累了,我就几句话,说完了,你抓紧时间休息。现在是关键的时刻,一定不能让身体垮了。"

"明白。"

"在今天的会上你讲得很好,但关键的举措没有,像省政府副省长一级的会议,大凡开会,都不能是空的,都应该是有重大举措跟进的。你不能只是空头指示和命令,这样的会议你就是讲得再好,也是形式大于内容,整个会议都是空洞的、程序化的。你当了这么多年领导了,我不清楚你以前的会议是怎么开的,但你这个副省长级别的会议我确实没有看到有什么需要认真落实的举措,大家就是空喊了一堆口号。像红旗水库的问题、五阳铁矿尾矿库的问题、学校安全问题,究竟责任人是谁,由谁主要负责,几乎什么也没有触及。好在你最后的讲话还讲了一些真话,限期尽快解决这些问题。否则这个会议真的就是在走过程,刷程序,晒存在感。还有,你开这个会议,给下面必要的支持,不管是项目还是资金,几乎什么都没有,这个也是有问题的。政府开会和党委开会是不一样的,党委的会议有时候可以务虚,但政府开会绝对不能务虚。这个我一说你就明白,你看看国务院的会议,还有省政府的会议,特别是在关键时期,有务虚的吗?好了,这个我就不再说了,你自己好好考虑一下,看汛情到来之前还有没有补救的可能。"

起初杨鹏愣愣地听着,紧接着又有些惭愧,任月芬真的一针见血,几句话就把问题讲透了。当然自己也有借口,临时安排的一个紧急会议,太匆忙,所以没能及时安排,也不可能安排得过来,能开成这样已经很不错了。补救的办法当然想过了,今天也跟副秘书长赵忠泽讲了,会议上讨论的一些问题,属于需要省政府解决的,一定会尽快解决。比如一些必要的资金,比如那些紧缺的应急物资等等,这些也已经给大家讲了,省政府近期力争尽快解决。但像任月芬这样的认识,自己做的确实差得很远。听到这里,杨鹏没有做任何解释,只说了一句:"我知道了,我会尽快解决这些问题。我今晚连夜赶回去,就是想见省长和书记,力争让他们对这些问题尽快给予支持。"

"你今天在会上讲了很多人事问题,特别是换届之前一些干部的思想动态,这讲得非常好。人事问题不仅仅是党委口需要讲的问题,在即将到来的汛情面前,大战在即,不讲人事问题,那等于什么都是空的,什么事情也干不好、干不成。现在的基层干部,倾向性很明显,一类算是主动型,整天揣摩领导的好恶。领导想干什么,就绞尽脑汁说什么好;领导不想干什么,就挖空心思说什么问题严重。再一类也差不多,领导说啥就干啥,领导不说就不干,反正不管出了什么事情都与我没关系。还有一类,就是领导说一我干二,变本加厉,层层加码。上面一句话,下面一座山;领导动动嘴,下面跑断腿;首长微微一笑,基层鸡飞狗跳;干部发句牢骚,百姓地动山摇。对这些现象,中央很着急,看上去都像是一心一意服从领导听指挥,其实都是不负责任没有担当。所以你的这次防汛抗洪,就是一次大的演练,通过这次抗洪防汛,通过真刀真枪地实战,一定要发现一批好干部,提拔一批好干部,这样才能把下面的这些不良风气一扫而空。你回到省里,一定把这些情况给省长书记讲讲,这些问题决不能再这么蔓延下去了。"

"你说得太对了,我也正有这个想法,我现在最担心的也就是这个。看上去你说啥他们就干啥,其实啥也没干,啥也不干。简直就是在蒙你哄你,有些人整个一堆烂泥,抬不动,也扶不起,对他们还真没有什么好办法。"

"还有,你这次下去,确实发现了一些普遍性问题,但这种发现还是太少。你还得下功夫再下去深入调研考察,为我们国家的下一步发展,真正找到一些规律性的问题,提供一些有益的高价值标的。杨鹏,你知道我说这些话是什么意思吗?你以为我是在鼓励安慰你吗?"

杨鹏再次感到吃惊,每次任月芬来电话,都有重要的信息,那么这次,又有什么新的情况?"我在听,秘书长,我知道这么晚了你打电话一定有话要讲。"

"今天副总理向总书记汇报了有关情况,副总理回来说了,如果这次汛情严重,总书记会亲自下来。"

杨鹏吃了一惊:"总书记!真的?"

"是的。"任月芬声音不大,但语气很重地说,"杨鹏,这是天大的事,对你们省,对临锦,对山区老区的教育发展和基础建设,对省委市委,包括对你个人,都将是一次重大考验。你要力保汛情不能变成灾情,尤其是不能让临锦市成了灾区,以至让总书记下去察看灾情,看望灾民……"

三十七

手机挂掉好久了,杨鹏仍然沉浸在一种前所未有的紧张之中,久久地一动不动。

这个消息太有冲击性了。

一旦汛情失控,总书记可能就会下来!

汛情吃紧,总书记必然要下基层到现场察看汛情灾情。

这就是说,决不能让汛情变成灾情。

无论总书记是否下来,都不能让汛情变成灾情!

一旦变成灾情,总书记肯定就要下来,也一定会下来!

那时候,你这个总指挥将会万众瞩目,也必然会成为众矢之的。

真正是任重如山。

任月芬说了,这确实是天大的事,而且关键是只能你一个人扛着。因为你是主管安全的副省长,是汛情总指挥,是第一责任人。省长书记也不用你说,一旦总书记要下去,他们第一时间就会知道。他们的压力会比你更大,所以你的责任就更重!

现在关键的关键,就是确保汛期不出事。

不能出事,尤其是不能出大事。杨鹏心里清楚,三人死亡是重大事故,七人以上死亡,是重特大事故,九人以上死亡,是超级重特大事故。

如果灾情严重,就算你有天大的功劳苦劳,即使不处理你,不问责你,你也会立即失去所有的正面信誉和形象。如果真出了超级重特大事故,你这个总指挥,你这个副省长,还有你未来的省委常委,都会成为一锅烧煳了的粥。

职务倒在其次,最要命的是,你的失职,伴随的是老百姓生命财产的重大损失!

这会是你终生的耻辱和遗恨!

就算还保留着你的职务,那你今生今世的仕途基本上就算到头了。

就算你不想辞职,还想继续干下去,到了那时候,你这个职务也不会有什么人把它当回事了。

人还在,职务还在,但事实上你的影响力已经不存在了。

这也是没有办法的事情,因为跟在你后面的人太多。

一朝出事,就再也没了未来。

杨鹏倒不是怕丢官,他怕的是丢人。

人走政声在,人去清名留。老岳父就常常给杨鹏说,在政界干了一辈子,最怕的就是人走了,处处都是一片骂声。即使没人恨你咒你,但只要有人说,这个人还算不错,就是没能力、没魄力、没水平,这样的话,其实比骂你咒你更让人难受,更让你这辈子活得窝窝囊囊。

不能让总书记担忧,不能让总理挂念,不能让父老乡亲失望,不能让自己失信,更不能辜负方方面面的期待,你决不能在这次汛情中败走麦城。

怎么办?

杨鹏突然觉得,不管是怎么样的较量和输赢,都没有比倒在这次汛情中更让人不堪,更让人惧怕。

立刻振作起来!刚才在会上还批评别人呢,你现在不就是这样的一个干部?

自此之后,不要再顾虑自己的得失了。

既然是一场不能输的角逐,那该来的都来吧。

不能退缩,一步也不能。

身后就是万丈悬崖,稍有闪失,就会万劫不复。

杨鹏紧张思索了好久,终于让自己冷静了下来。

越野车在高速路上疾驶狂奔。

车内显得很静。

前座上的小丁已经酣然入睡,轻轻的鼾声弥漫在车厢里。

司机是个老司机,只要是开车,就会全神贯注,极少说话。

杨鹏眼睛大大地睁着,没有丝毫睡意。

杨鹏现在最需要的还是了解更多的实情,这比任何其他的事情都紧迫都重要。

像临锦,在防汛方面,下面到底做了哪些工作?

水库大坝上的泄洪渠道开始修复了吗?水库下游的河道畅通吗?老百姓的应急防护准备开始实施了吗?老百姓现在的情绪怎么样?基层干部对汛情的严重性认识到了吗?等等,等等。

这一切,都开始行动了吗?

今天的会议,说实话,真的让任月芬切中要害,一语中的。

这个会议在具体措施方面,几乎就是个空白。除了口头就是口头,除了口号就是口号。

具体的资金和措施,省政府和市政府都会尽快落实,但要落实到位,则完全是另一回事。

实情,还是实情,现在最需要的是实情。

如果下情不能上达,那么所谓的令行禁止、雷霆手段都只能是一场闹剧,是一场表演秀。

必须摸清下面的真实情况,政府的防汛工作包括所有的措施和布局,才会真正落实到位,才能真正发挥作用,才能确保不会一开始就输掉这场恶战。

杨鹏是总指挥。这是他就任副省长以来,面对全省重要工作布局能否顺利完成的第一次重大考验。

确实是第一次,重大而凶险!

看看时间,刚过十点,大部分有领导职务的人,此时都不会入睡。

杨鹏拿起手机,想找个合适的人聊聊。这时他再次看到了夏雨菲的信息。

打开一看,仍然是十分惊心的一段文字:

> 杨鹏,情况仍在变化,市教育局汪小颖局长也被免职了。
> 你现在在哪里?你知道了吗?汛期再次提前了。受"山花"副热带高压气旋影响,局部有可能出现极端天气,强降雨已逼近我省五市区,前锋估计最晚后天上午到达临锦等地。
> 情况比预想的更糟糕,你要做好充分准备。
> 可是我看下面的情况,并没有采取什么切实可行的举措。
> 大家好像都不在乎,这很危险。
> 你不是刚开过会吗?
> ……

"你不是刚开过会吗?"

夏雨菲这句话,让杨鹏脸上顿时热辣辣的一片。

这才是真实的声音。

确确实实刚开过会。但确确实实下面什么动静也没有。

虽然你开了一个紧急会议,大家在会议上豪情万丈,情绪激昂,但依然还是落进了那个俗套怪圈:会议落实会议,文件传达文件。

大家都习以为常了,所以只要开过会议,传达了会议精神,也就万事大吉了。

绘声绘色,照抄照搬,事实上就等于决策推给了上级,责任推给了下级。如果出了问题,这一切都是明证。你们看,我什么都做到了,十分努力,高度重视,全面落实,认真贯彻。

如果还是出现了事故和问题,所有的责任都与我无关。

政策是上面定的,如何落实是下面干的。

尽职尽责的是我。

有案可稽,证据确凿。

有用吗?

如果出了大灾大难,这一切又有什么意义?

大家都是执行者和落实者,只有你这个总指挥是一级责任人。

也确实如此,所以夏雨菲说了,这很危险。

你开过会了,但大家都不在乎,没有当回事,真的很危险!

所谓的"杨省长,今天真的讲得很好! 今天讲得太好了! 真棒!"这些话,都是逢场作戏。事实上,谁也没当回事,谁也不在乎。

怎么办?

杨鹏副省长坐在车上,想来想去,还是找不到一个可以了解情况的合适的人。

还有谁呢?

除了省里的几个局长可以聊聊,但估计他们也一样对会后下面的情况一无所知,甚至还不如自己。

临锦市呢?

市长,市委书记,副书记,副市长,秘书长,部长,局长……

感觉一个也不合适,这些人一个也不会对你讲实话。

不是不敢,而是不能,不想,不愿意,尤其是在现在这个时候。

那还有谁呢?

夏雨菲,这么晚了,明天可以了解,现在似乎有些不妥。

夏雨菲的母亲,姥爷,姥姥? 现在也一样不可以。

夏雨菲的母亲梁宏玉教授,今天也是刚开完会,明天找她了解情况,应该没有问题。

那还有谁呢?

还有一个愿意给你讲实话的局长张亚明,被免职了。

还有一个可以给你讲实话的站长李皓哲,被拘留了!

杨鹏突然又想到了李皓哲的境况,他为什么会被突然拘留?

这才是所有问题的关键之处,一个可以看到真实情况的窗口,一个突然爆发的关键点!

先问问谁呢?

杨鹏听着微微的鼾声,看向了自己的秘书丁高强。

小丁。

对,好多情况,他其实多多少少知道一些。

杨鹏拍了拍小丁:"起来小丁,我问你点事。"

小丁一下子坐了起来:"省长到了?"

"没有。你先喝口水,我问你点事。"杨鹏轻声说。

"不喝了,省长您说吧。"小丁立刻振作了起来。

"今天几个要见我的临锦市的领导,当时都是怎么说的?没说为什么要见我?什么原因?"

"有的说了,有的没说。"小丁想了一下回答说。

"谁说了?"

"分管安全和水利的副市长李东百说了,还有汪小颖局长也说了。"小丁一边想一边说。

"都说什么了?"

"李东百市长说,他有很急的事,必须跟您当面讲,眼下也只能跟您讲。"小丁回忆着说。

"他没具体说什么事吗?"杨鹏好像也感觉到李东百副市长之所以想见他,应该是有重要的事情。

"就是水利上的事。"小丁渐渐回忆了起来,"李市长说,他分管安全、水利,还有应急管理等这些部门,都有紧急情况要给你反映。"

"他没说哪些情况?"

"说了,水利局的人事调整,想让您关注一下,否则要出问题。"小丁断断续续地说道。

"那你刚才怎么不说?"杨鹏把话说得很轻,听上去并不像是批评。

"我以为您和徐帆书记已经讲过了,讲了那么长时间,事情肯定已经说得差不多了,所以就没有给您说。"小丁一副实话实说的样子。

"你知道我和徐书记说的是水利局人事上的事?"杨鹏不禁有些好奇。

"……知道啊。"小丁如实回答。

"你怎么知道的?"

"……燕楠告诉我的。"小丁意识到自己说漏了嘴,但此时此刻也只能实话实说。

385

"燕楠?"杨鹏有些发蒙。

"就是雨润公司的部门经理刘燕楠。"小丁回答说。

"哦。"杨鹏一下子想了起来。夏雨菲手下的部门经理,平时一直跟着夏雨菲的那个女孩,之前见过的。

"她给我说,夏董已经给您说了,让您马上了解一下情况。还说让我也多提醒提醒您,别让领导忘了这事。"小丁有些尴尬地说。

原来这样,看来这个刘燕楠确实是鬼精鬼精的。这么说来,水利局局长调整的事情,很快大家都知道了。而且李东百副市长说的肯定也是这件事,他是主管领导,他的看法和见解十分重要。那他是支持调整的,还是反对调整的?目前看来,李东百的态度肯定是持反对立场的,否则不会直接来找杨鹏。如果是这样,李东百对市里的抗洪防汛工作的基本情况,肯定是知根知底,十分了解。他的反映,肯定相当重要。想了想,杨鹏又问:"李市长还说什么了?"

"他说如果杨省长今天没时间,明天他会给您打电话。"小丁有些放松地说。

"联系方式都记下了?"

"记下了。"小丁说,"李市长说,您什么时候有时间,他就什么时候与您通话。他还说他这些天睡得很晚,晚上两点前不会睡觉,如果省长有时间,两点以前都可以与您联系。"

杨鹏打通李东百副市长的电话时,刚过晚上十点。

李东百四十多岁,一听话音,就能感觉到他的年富力强,精力旺盛。

"杨省长您好,我是李东百。"

"东百你好,今天听你的小组发言了,感觉很好。"杨鹏与李东百相识多年,也算老熟人,但并没有真正打过什么交道,相互之间也了解不多,总的感觉是这个人很干练,很有个性,办事利落,说话也很干脆。今天李东百代表小组的发言,杨鹏感到确实不错,都在点子上。杨鹏这么说,并不是客气,完全是实话实说。

"省长,那是在会上啊,其实什么也没说啊。"李东百直奔主题,好像一下子就进入了情绪,"咱们现在是小事开大会,大事开小会,重要的事不开会。您今天的会就是个小会,但说的都是大事,要紧的事。今天的会其实就一条,提振大家的信心,给大家鼓劲。您今天讲得就特别到位,确实把大家的情绪调动起来了,效果很好。"

"东百啊,说这话就有点不像你了。"杨鹏有意放松地说,"我可是听人说了,论魄力和能力,你都是一员干将,大家对你的评价很高。"杨鹏说的并不夸张,李东百在临锦的口碑确实很不错。

听杨鹏副省长这样一说,李东百立刻有些情不自禁:"杨省长,有您这句话,我就是再苦再累,即使这个副市长被免了撤了,我也知足了。"

"我说的是实话,不是有意专拣好听的给你听。"

"杨省长,我知道,您是好领导,不想说假话,也很少讲套话,想干事,想干成事。张亚明昨天晚上去见您,他回来已经把您的态度和立场都给我说了,亚明局长十分感动,我也一样。"

杨鹏吃了一惊,看来自己在临锦做的任何事,谁都瞒不住。既然副市长李东百都那么快知道了,市长书记又怎么会不知道?他想了想接着说:"其实每个干部都一样,哪个不想干事,不想干成事?"

"但现在临锦的情况,想干成一件事,真的没那么容易。想干什么事,首先得考虑领导喜欢不喜欢,满意不满意,同意不同意。不管什么事情,只要领导不支持,你什么也干不成。现在很多领导整天被那些拍马屁的人围着团团转,前呼后拥,威风凛凛,自我感觉好得不能再好,觉得什么事情都会手到擒来,马到功成。杨省长,这样的领导氛围其实最危险。这些年,我们什么样的危险都防得住,恰恰是这样的危险防不住,也没人防。"

杨鹏没想到李东百居然会这么说,倾肠倒肚,一如悬河泻水。当然,现在的干部也很少有知心的领导可以倾心交谈、互诉衷肠。即使再大一些的领导干部,平时也很少有倾诉的对象。到了下面是领导,要像个领导的样子,只能对下面苦口婆心,循循善诱,或者无私批评,认真提醒。到了上面,见了领导更多的是谈思想、谈工作、谈设想、谈决心,哪有什么机会同领导交心,能把自己内心深处想讲的话给领导讲一讲,把肚子里的苦水给领导倒一倒?今天电话里的李东百,是不是正是这样,好不容易逮到这么个机会,自然就把心里想的哗哗哗哗地倒了出来。杨鹏一直静静地听着,始终没有打断。等他停下来,才说了一句:"我也感觉到了,这样的情况确实很危险。我现在在车上,听秘书说,你今天要见我,什么事?"

"杨省长,什么事估计您也知道了。"李东百副市长依旧心直口快,毫不掩饰,"人常说,国有国法,家有家规,我们的干部队伍建设,也应该有个起码的底线。不能你想提拔谁,就不管不顾地提拔谁。说某个人行不行,符合不符合提拔任用标准,应该有个服众的说法。不能你喜欢就让他上,你不喜欢,他就是再好也干不成。时间长了,就成了一个小圈子,你要是不在他那个圈子里,就怎么看你也不顺眼、不舒服,非把你淘汰出去不可。"

"你的观点,基本同意。"李东百的话,让杨鹏再次刮目相看。

"杨省长,我今天的话可能说重了,但对您我不想说假话。就说说张亚明局长这个人,现在这么一个关键时期,平白无故、毫无道理地就把人家给免职了,凭什么呀?我是主管领导,怎么着也应该给我打个招呼,或者听听我的意见。就是走走过程也行啊,为什么就把我主管的干部一声招呼都不打地给免了?杨省长,现在正是用人的时候,预报的汛情那么严重,而我们这里的基础建设和防护设施又问题太多,处处都是隐患。就算不讲是非,不分好赖,那也不能不计后果,不顾死活吧?马上要打大仗了,却把我能打大仗的老将给撤了,这不是兵家大忌,自毁长城又是什么?"

"我知道了,谢谢你李市长。"杨鹏很中肯地说道。

"杨省长,我听秘书小丁说了,对这件事您非常关心十分重视,今天一散会您就给徐帆书记交涉了,而且谈了一个多小时。您这样关心临锦的事情,大家都觉得有主心骨了。总有人主持正义,主持公道吧。说心里话,我觉得现在我们这些干部群体才真正是弱势群体。这么多年了,我们这些干活的,什么时候都是提拔没份,挨批有份。出了什么事,第一个被撤被免的就是我们。杨省长,按说像我这样的干部,四十几岁就当了副市长,还不知足吗,比起一般人来,已经幸运多了。现在要命的是,我们干得不踏实啊,一天到晚,没黑没白,总觉得在火上让人烤,没有一分钟安心的时候。半夜过了十二点,只要一来电话,就心跳好半天。不是这儿有事故,就是那儿有伤亡。当然,我们的职责,我们也认了,谁让咱主管安全呢。但问题是,总不能前面是狼,后面有虎,下面老百姓骂声一片,让我们整天提心吊胆,天天面临着生死抉择。进不了人家那个圈子,好像所有的路都被堵死了。但如果进了那个圈子,我们还有人味吗?"李东百一口气又说了这么一大堆话。

"我听到了,我能感觉到你真实的想法和立场。"杨鹏一边安慰着,一边琢磨着李东百的这些话。让杨鹏有些吃惊的是,李东百专门提到了秘书小丁。这就是说,李东百在宾馆等他时,肯定同小丁聊了很久。也就是说,有些情况,小丁其实都知道,但他什么也没给杨鹏说,看来以后应该多和小丁聊聊,或者有什么重要情况,小丁这里应该也是了解实情的一个渠道。想了想,杨鹏对李东百说:"东百,我现在担心的还是汛情,有你在,我还是放心的,其他的我们现在还需要等一等。"

"明白,杨省长。您放心,防汛这一块,我已经布置了。不管领导们怎么想,我一定全力以赴,严防死守。还有被免职的张亚明局长,我决不会让他无事可干,完全靠边站。我在临锦市也成立了一个防汛指挥部,我任总指挥,对此市长没意见,徐帆书记也是同意的。既然我是总指挥,那张亚明就是第一副总指挥。张亚明仍然无职有威,可以掌控第一线。只是局长这个位置太重要了,我担心的还是这里,毕竟水利局掌握的资源太多,权力太大,部门也齐全。所谓的总指挥,还是得依靠这些权力部门。他们要是不配合,有些问题,还真的没办法。"李东百说得有理有据,终于让杨鹏副省长多多少少掌握了下面的一些实情。

情况也确实如此,你一个总指挥,毕竟还是虚的,什么事情也离不开这些权力部门。否则在一些重大问题上,你还是没有撒手锏,可以一招致命:"东百,你讲的这些情况很重要。我现在只问你一个问题,如果汛情到了紧急关头,我们的指挥如何才能令行禁止,军威如山,让下面不折不扣地执行?"

"问责,只能是问责。"李东百应声回答。

"两军对垒,千钧一发之际,问责来得及吗?"

"当然来得及,在官场只要能予夺生杀,该撤的能撤,该免的能免,立刻就威震四方,力挺八极,哪个敢不听话?"李东百满口金句,随口而出。

"但我们是政府,不是党委,人事并不归我们管。"

"您是省级领导,市政府岂有不听的道理?"

"即使是省级领导,党委政府也还是有分工的。"

"杨省长,您别嫌我说话不拐弯。我觉得只要您站直了,拉下脸来,堂堂正正,光明磊落,市里、县里那些头头脑脑,哪个敢不听您的!既然他们敢上行下效,您就决不要客气!"李东百居然毫不避讳,说得斩钉截铁,义正词严。

杨鹏没想到李东百会说出这样的话来,这样的话,也确实掷地有声,铿锵有力。他默默地听着,一声不吭。

"杨省长,其实我今天找您,还有一件对我来说十分重要的事。"李东百的声调突然放缓了许多。

"你说吧,我在听。"

"昨天程靳昆市长也找我谈话了。"

"谈话?张亚明的事?"杨鹏一震。

"不是,是我的事。"

"哦?什么事?"

"程市长说,我管安全时间也不短了。过去就这么个规矩,新来的副市长都要主管安全。他说我这两年干得不错,换届之后,就换换岗位吧。"

"不是现在?"杨鹏终于松了一口气,"换届后让你管什么?"

"让我管气象、环保、残联、供销等等,还有一个大的,让我主管教育。"

"教育?"杨鹏愣了一下。

"杨省长,程市长说让我管教育我当时就拒绝了。我说让我管什么都可以,我都没有意见,但这个教育像我这种性格确实管不了,也管不好。杨省长您是主管教育的副省长,换届后还要进常委。我今天就给您说明了,我真的管不了教育,我的专业也不是教育,也从来没有管过教育。如果真要决定了让我管教育,您一定要给组织部门讲讲,我要是管了教育,那岂不是误人子弟,让人唾骂。还有,人家副市长刘绍敏干了一辈子教育,真正的教育专家,换届后还不到年龄,再干一届绰绰有余,凭什么不让人家管教育了?"

"程市长确实给你这么说的?"

"是,这样的事我不会胡说。"

"我也没管过教育,现在不也是管了教育。"杨鹏说道。

"省长,您在省政府工作多年,在大学也当过多年的团干,省政府主管的范畴毕竟宏观一些。而像市里、县里,都是一些具体的工作,若从来没在这些部门行业里干过,什么都得从头再来,那怎么会不出问题?"李东百的话十分诚恳,也十分在理。

杨鹏想了想,说:"我知道了,如果确实让你主管教育,你再好好想想,想好了到时候再告诉我,我看怎么办合适。"

"不用考虑,我早就想好了,千万别让我管,我真的管不好。"李东百说得直截了当。

"好吧。"杨鹏说了一句,算是答应了,"不过这些事现在不用考虑,现在要思考的是眼前的大事。"

"明白,放心省长,决不会给您拉后腿。"

"你觉得水利局代局长吴辰龙这个人怎么样?"杨鹏突然问。

"省长,让这个人任代局长他根本就不够格。到现在这份上了,我只有实话实说。不是说他有多坏,而是这个人他就只有一个本事,领导喜欢什么,他就去干什么。整天揣测领导的心思,就是顺着领导的杆儿往上爬。这样的人,领导当然喜欢。只是千万不要出事,一旦出了事,这种人肯定只会坑蒙哄骗,什么问题也解决不了。"李东百依旧说得毫无保留,十分直率。

"确实如此吗?"

"确实如此。"

"当了局长以后也改不了?"

"他就是当再大的领导,也绝对改不了。"

"为什么?"

"他已经尝到甜头了,这样做获益最大最快,他为什么要改?"

"在你手下,你可以劝诫他,也许能让他尽快改过来。"

"那怎么可能?他又不是我提拔起来的,他是市长看中的人,他怎么会听我的?"李东百长叹一口气。

"但市长不可能是他的长期领导。"

"即使如此,换一个好的领导,让他改过来,也需要时间。"

"近期没有可能?"

"是的,绝无可能。省长,马上就要换届了,如何用人是个天大的事。古人说,慈不掌兵,情不立事,义不理财,善不为官,这话不是没有道理。如果我是市长,他就是挖尽脑汁想方设法让我高兴,让我舒服,我也决不会选他用他。因为他会坏政府的事,坏领导的前程,坏老百姓的希望……"

杨鹏放下电话,足足沉默了五分钟一动不动。

李东百副市长的话,说得太狠了。

但这样的干部,一定是有主见,有能力,有水平的干部。像李东百这样的副市长,说话心直口快,办事干净利落,主管领导如果没有一定的心胸和气度,很难容纳得了这样的下属。

但杨鹏突然有种奇怪的想法,如果由自己来选人用人,自己会选用这样的干部吗?换届后,如果程靳昆市长调走了,自己愿意让李东百副市长这样的干部当市长吗?

当然用。

至少也应该是一个常务副市长。

市长是主事的,常务副市长是干事的,李东百正合适。

杨鹏几乎没怎么思考就做了决定。

为什么不呢?

李东百这样的部下用来开疆拓土绝对是一个正确的选择。

为什么想用这样的干部?

是不是因为给你说了这么多真话?

或者,是不是因为你喜欢上了他这种性格?

还有,是不是在临锦的干部问题上,你们立场一致,看法一致?

信息茧房。

杨鹏突然又想到了这样一个词汇。

自己现在是不是就在这样的一个茧房里？或者正在形成这样一个茧房？

正想着，前座的小丁转过身来，轻轻地问了一句：

"省长，您和东百副市长的通话结束了吗？"

杨鹏一愣："结束了。"

"还有一个电话，您现在能接吗？"小丁小心翼翼地问。

"谁的电话？"

"汪小颖局长的电话。她一直没休息，一直在等着。"

杨鹏又是一愣，想了片刻："你让她打过来吧。"

汪小颖的声音还是那样清脆响亮。

杨鹏有意把手机放远了一些，但依然震得耳朵嗡嗡响。

"杨省长啊，您可得给我做主啊，我到底做错什么了，他们就这么平白无故地把我给免了？"

"什么时候的事？"杨鹏想确认一下。

"就是今天上午啊，组织部的贺处长让我过去，见了面就说经过市委研究，决定对一些干部进行人事调整，让我即日起，离开教育局工作岗位，等候下一步通知。"汪小颖一字一句地复述道。

"没说别的？"

"说了。说我这些年在工作上兢兢业业，成绩有目共睹，廉洁奉公、作风正派、团结同志、班子和谐等等，说了一大堆好话。"汪小颖一边说，一边哭了起来。

杨鹏一下子蒙了，没想到汪小颖会在电话里向自己哭诉。说实话，汪小颖比自己还大好几岁，平时风风火火的，哪想到现在的情绪就像崩溃了一样。杨鹏一时也不知道该怎么说，只好安慰了一句："局长你慢慢说，先不要哭。"

"杨省长，我这个人你可能也了解一些，我不是那种贪位恋栈的人，一说离职离任，退位退休，立刻就一哭二闹三上吊，寻死觅活，满地打滚。

393

我之所以有情绪,就是得给我说清楚,我究竟做错了什么?得给我个理由啊!不明不白就这么给免了,我怎么给大家说,怎么去见人?"

"没有给你讲理由?"

"什么也没说,就一个理由,马上就换届了,有些干部职位需要提前调整。至于对我下一步怎么安排,也是一句话,组织上会及时通知。在这期间,希望我继续关心教育局的工作,对代理局长的工作要予以帮助支持,积极提出合理化意见和建议。"

"你没问为什么吗?"杨鹏也有些纳闷,按组织程序,一般不会这样调整干部。

"问了,贺处长说,就是换届调整,没有什么别的理由,还说让我不要有什么包袱。杨省长,我能没有包袱吗?市委市政府几百个处级干部,就把我这个局长给免了,怎么会没有理由……"说到这里,汪小颖一下子哭出声来,整个话筒里都是她压抑不住的抽泣声。

怎么会这样?杨鹏再次感到吃惊,无论如何,也会给一些鼓励的话,怎么就是一个换届就给免了?"真这么说的?"

"是。"

"再没说别的?"

"什么也没有了。"

"这不可能啊。"

"还说了一句,免去职务的其他程序,都会按次序进行。"

杨鹏明白,也就是市人大常委会的讨论和表决,一般来说,这些程序都不会对这个结果产生什么影响,就是程序而已。

"你没找刘绍敏副市长吗?他是你的主管领导,应该有发言权的。"

"找了,程靳昆市长也给刘市长谈话了,说换届后,不让他管教育了。"

"也是昨天谈的?"尽管已经知道了这个消息,但杨鹏此时还是有些难以相信。

"是啊,省长。"

"程市长直接谈的?"

"是,程市长直接跟他谈的,过几天市委换届后,市政府年底也会换届,那时候就会重新安排分工。"

"换届后,刘绍敏不当副市长了?"

"没说,就说不管教育了。"

杨鹏此刻想到了刚才与李东百的通话,说程靳昆市长最近找他谈话了,要让他主管教育:"你什么时候找的刘绍敏副市长?"

"就是今天。他说了,我被免职的事没人给他说过。"汪小颖渐渐止住了哭泣。

"好了,我知道了。"

"省长,我想给您说一件事,您知道就行了。"汪小颖有些结巴地说。

"说吧。"杨鹏明白汪小颖的意思,这件事就只给他一个人说,他一个人知道就行了,不必要再给别人说了。

"程市长之所以突然把我免了,还有不让刘市长管教育,其实就一个原因——程市长认为您这次下来,我和刘市长没听他的话,没有给他及时汇报情况。还有,任月芬秘书长这次下来,和您一起到五阳县,也没有给他及时报告情况,让市委市政府在一些问题上很被动。"

"你听谁说的?"

"我刚才见到了刘市长,我和刘市长都是这么看的。杨省长,您不知道,就在前两天,程市长就面对面地批评我和刘副市长了。程市长当面就直接批评我,说我干了这么多年局长,什么规矩也不懂。还说我们太狭隘太自私,不顾全大局。程市长确实很生气,我们也根本没想到程市长会生这么大的气。他当时声色俱厉,嗓音发颤质问我们,你们知道什么叫大局吗?知道什么是规矩吗?总理要下来,我们要让总理看到我们的成绩,看到我们的进步,看到我们的变化,不是让总理下来专门看我们的问题,挑我们的毛病!找出问题,找出毛病就有钱了?就不想想,到了那时候,市委市政府的脸往哪里放?省委省政府也能高兴吗?你们想多要点钱,总理能直接拨给你们吗?找杨副省长又有什么用!国务院的钱、省政府的钱能直接拨给你们吗?哪里来的钱,也都得经过市政府的手,也得经过我的手,我想给谁就给谁,你们能绕过我这个市长吗？……"

杨鹏同汪小颖局长的通话刚刚结束,徐帆书记的手机就打进来了。

杨鹏看了一下时间,晚上十点四十分。

略略思考了一下,杨鹏接了电话。

"这么忙啊,您这个手机我足足打了二十分钟才打进来。"徐帆还是一副热情洋溢的口气。

"抱歉书记。"杨鹏也努力让自己的口气和缓下来,"我这个手机没有开启通话来电显示,所以真不知道你一直给我拨电话。"

"不打搅吧,我想您肯定困了。"

"在车上,我也正想给你打电话。"杨鹏一边说,一边考虑着徐帆这么晚了来电话有什么事。以前和徐帆书记通话时,总是感到很轻松。但眼下突然感到有些不一样了,甚至感到有些话不知道应该怎么说才好。李东百副市长的电话和汪小颖局长的电话,让杨鹏对临锦的看法又改变了不少。尤其是程靳昆市长的愤怒,让杨鹏十分震惊而又百思不得其解。杨鹏真的无法相信程市长能讲出那样的话来,"……找杨副省长又有什么用！国务院的钱、省政府的钱能直接拨给你们吗？哪里来的钱,也都得经过市政府的手,也得经过我的手……"一个市级领导,怎么能对自己的下属这样说话,而且毫不掩饰,甚至根本不把任何人放在眼里。杨鹏相信这样的话不是编出来的,汪小颖局长绝无可能给他说假话。这样的话真让人瞠目结舌,难以接受。不过即使这样,你能就此认为程靳昆市长是个坏领导吗？是个不称职的领导干部吗？你能把他撤了免了吗？还有,这样的市长,徐帆又是如何同他合作的？徐帆书记说了："……这半年来,我们之间的关系是和谐融洽的,团结的。市委班子十分团结,相互理解,相互尊重,是临锦历史上最好的时期。"难道是自己的感觉错了,或者,是这个刚来不久的徐帆书记,只能这样委曲求全,忍辱负重。

"喂,杨省长,是不是信号不好,您在听吗？喂！"徐帆书记在电话里面大声问道。

"我在听,能听清楚。"杨鹏回过神来,赶紧答道。

"杨省长,您说有事,什么事啊?"徐帆很诚恳地问道。

"书记先说你的事,我在车上,有的是时间。"

"本来要当面报告的,没想到您连夜就回去了。"徐帆好像在努力思考着该怎么说,语速突然慢了下来,"是这样的一件事,下午夏雨菲董事长给我的秘书打了个电话,说水库管理站的李皓哲站长出事了,让我过问一下。杨省长,李皓哲您知道是谁吧?"

"知道。"杨鹏应了一声,不禁一震。杨鹏想问的就是这件事,没想到徐帆说的居然也是这件事,而且提到了夏雨菲。于是说道,"昨天我还请你抽空见见他。昨天晚上他来找我,我也见到他了。"

"是,您交代的我都记住了,都在名单上。杨省长,我前两天还给您说过,李皓哲好像是夏雨菲的对象。"

杨鹏一时不知道怎么回答是好,想了想说:"应该是,我问过李皓哲。李皓哲没有承认,也没有否认。"

"我也问过,李皓哲说不是。"这时徐帆话锋一转,"是这样,李皓哲的情况我刚才了解了一下,我也给夏雨菲回复了。目前看,情况有些棘手,不是很好办。"

"什么情况?"杨鹏只知道李皓哲被拘留了,但具体什么情况和原因确实还不知道。

"李皓哲未经市政府批准,擅自强行在蒙山水库放水,造成七个鱼塘被冲垮,三人受伤,其中一人重伤……"

三十八

杨鹏回到家时,已经深夜十二点了。

肚子有些不舒服,一路上去了几次服务区。

杨鹏与徐帆的通话,整整有二十分钟。

杨鹏如实给徐帆书记说了昨天晚上李皓哲同他见面时说过的那些内容和自己的感觉。

杨鹏认为,作为水库管理站站长,李皓哲提前放水的动机肯定不是自私自利甚至犯罪性质的极端行为。他昨天晚上给杨鹏说过,他会给有关领导提出要求,如果领导不批准,他会坚持自己的意见,必要时,他会付诸行动。他说了,他不能眼看着政府和群众遭受重大损失。以李皓哲这样的说法,他肯定不会是不经政府批准的擅自行动。至少可以这么说,他的请求,有关领导没有批准。

徐帆书记同意杨鹏的说法。徐帆书记也觉得作为一个基层干部,按照李皓哲平时的性格,他不会鲁莽到擅自强行去做违法乱纪的事情。

杨鹏再次强调,不能因为发生这样的情况,而忽视了汛情的严重性和紧迫性。一方面尽快把李皓哲被拘事件了解清楚,一方面尽快把汛情的防护举措落实到位。尤其不能因为李皓哲的被拘,伤了大家的防汛积极性。

徐帆书记表示赞同,并表示他一定尽快和程靳昆市长商量一下,一方面把这件事的负面影响降低到最小,一方面尽快把李皓哲的问题了解清楚,争取把这件事尽快彻底解决。

行李不多,进了小区,下了车,小丁和司机就开车离开了。

到了家门口,才发现钥匙不在兜里,在文件包里找了半天也没找到。拉开行李箱,正翻着找来找去,手机铃声又响了起来。

杨鹏看也没看,一下子就接通了。

家门口,这么晚了,杨鹏不想打搅到家人。

再说,这么晚了,给他打电话的人,一定是熟悉的人或者是有急事要事找他的人。

"杨鹏,我是夏雨菲,方便吗,就两分钟。"

夏雨菲的电话!

杨鹏即刻站了起来:"方便,什么事,你说吧。"

"李皓哲的事情。"

"什么情况?"

"我听小丁说,徐帆书记与你通电话了,说了很多。"

小丁!杨鹏略略皱了一下眉头,但想了想,又释然了,你在车上打电话,秘书当然知道你给谁打了电话,都说了些什么。不过杨鹏相信小丁，他不会乱说，也不会把机密的事情随便说出去。另外，小丁一定以为没有什么是不能给夏雨菲说的，这个小丁肯定感觉得出来。杨鹏随即说道："是，说了李皓哲的事情。"

"徐帆书记是怎么说的？"夏雨菲好像十分着急，也问得十分直接。

"未经市政府批准，擅自强行在蒙山水库放水，造成七个鱼塘被冲垮，三人受伤，其中一人重伤。经有关部门调查核实，并经市政府同意，对李皓哲实施了行政拘留，具体情况仍在进一步的调查中。这是徐帆书记给我说的，大致情况就是这些。"杨鹏认真地回答。

"不是这样的。杨鹏你想想，他怎么会不打报告不请示，就擅自强行在水库放水？"夏雨菲反问道。

"我觉得也是，我也给徐帆书记讲过了，以李皓哲的性格，这样做事是不合情理的，可能性也是很小的。"

"杨鹏，你听我说，我说的每一句都是实话。李皓哲做出决定前，给我说过，他找过张亚明局长，张亚明局长是同意的。但在水利局办公会上，李皓哲的请示报告由于有争议，大家的意见一直没有统一起来，持反对意见的吴辰龙副局长始终表示坚决不同意。后来没办法，张亚明局长当时表态说，李皓哲的请示报告我经过慎重考虑，认为是合理的，符合客观实际的。我是局长，有权做出这样的决定，同意李皓哲的请示报告，在重大汛情到来之际立刻提前在水库放水。"

"确实？"

"绝对确实，是李皓哲亲口给我讲的，没有一句假话。"夏雨菲的话急促而又真诚。

"问题是张亚明局长已经被免职了。"杨鹏不由自主地说了一句。

"李皓哲递交请示报告时，张亚明还是局长，并没有被免职。"

杨鹏怔住了，是的，当时张亚明并没有被免职，尽管只相差一两天："如果是这样，那就有很多人可以证明。"

"也有很多人可以证明张亚明局长是因为什么被免职的。"夏雨菲又来了这么一句。

杨鹏再次一震："雨菲我明白了，你说得对。"

"事实上，徐帆书记和程靳昆市长都非常清楚，李皓哲的被拘留，绝不是什么未经市政府批准,擅自强行在水库放水。"夏雨菲语速仍然很快。

"哦?此话怎讲?"

"李皓哲的请示报告不仅递交给了水利局,同时还递交给了主管副市长、市长,还有徐帆书记。都是李皓哲亲手送过去的,即使没见到领导本人,也都亲自交给了他们的秘书。事关重大,这么重要的急件,他们不可能没有看到。"夏雨菲字斟句酌,说得清清楚楚。

杨鹏一下子愣住了。

徐帆刚刚与他通过话,根本就没有流露过这方面的任何内容。给杨鹏的感觉是,徐帆书记事先根本不了解此事,在电话里与杨鹏说了那么多,几乎都是刚刚了解到的情况。

这么说来,到底是谁在有意隐瞒这件事情的真相?

大汛在即,为什么要这么做?

这实在太可怕了,这么大的事情绝不是儿戏,岂可如此轻率和不负责任?仅仅是因为自己的权威受到了挑战?

杨鹏一时语塞,好半天说不出话来。

"杨鹏,你在听吗?"

"在听。"杨鹏一愣。

"还有,他们所说的七个鱼塘,其实都是违建的鱼塘,都在立即拆除的范围。如果这些鱼塘不提前拆除,如果汛情严重,这些鱼塘都一起放水,将会给防汛措施造成巨大隐患,给其他的设施带来重大危害。李皓哲在一周前,都给他们发布了公告,要求他们立即拆除这些违建鱼塘。他们不仅不听,还围攻了李皓哲和水库管理站,把好几个职员都打了。这次放水,他们所说的受伤,还有什么一人重伤,根本都是假的。市政府只要秉公核实,立刻就能一清二楚……"

杨鹏挂掉手机,脑子里一片空白。今天的这几个通话,才让他真正感受到了什么是上面,什么是下面;什么叫高大上,什么叫接地气;什么称作不食人间烟火,什么才是柴米油盐。

完全是两层皮,根本就不在一个话语系统。

或者,所有呈现在你眼前的现象,其实都被一层厚厚的东西遮掩着,包裹着,你根本看不清里面的实质和真相。

现在关键的问题,就是你必须捅破这厚厚的一层,用事实说话。只有认清是非,才能凝聚人心,鼓足力量。否则别说打胜仗了,很可能一触即溃,一溃千里。

想了半天,他才慢慢回过神来。

在行李箱里找了半天,总算找到了钥匙。

打开门,客厅静悄悄的。悄悄把行李箱放下,没有拉灯,也不想拉灯。

妻子和孩子肯定都睡了。

杨鹏回来之前给妻子打了电话,说不要等他,估计晚上十二点左右到家。

感觉到有些口渴。拉开冰箱,都是孩子的饮料,不想喝。

头有点晕。他轻轻坐在沙发上,想歇会儿。

手机又振动了几次。

已经把手机设置成了静音,振动的都是来电和信息。

本不想看,想想是不是有什么急事,又看了一眼。

还是夏雨菲的信息。

这么晚了,杨鹏看看时间,已经凌晨一点了。

杨鹏,别嫌我烦。刚才想了半天,该不该给你说。任月芬让我给你说说,给你鼓鼓劲。她说你非常优秀,坚毅而又稳重。但也有缺陷,她说你每逢关键时刻,常常会优柔寡断,瞻前顾后,以至坐失良机。你的优点是善良,你的缺点是对任何人都很善良。

杨鹏,我没觉得你是这样。我倒是觉得你刚刚当了副省长,据说还要进常委,心里的负担太重,身上的包袱太沉。你想让所有的人都对你满意,都讲你的好话。你图的是有口皆碑,人人称颂。作为一个政府领导,这并没有错,也不是错。但在实际中,当别人有错的时候,你既想纠错,又想让别人说你的好,这就太难太难了。特别是对那种根本性、原则性的错误,甚至是有意犯错、知错不改的主观行为,要想让他们彻底改正,又对你心存敬意,更是难上

401

加难。

　　杨鹏,你是一个农家的孩子,祖祖辈辈都生活在社会最底层。想想现在,你已经是一个几千万人口大省的副省长了,你还有什么放不下,还有什么可迁就的?只要你行得正,坐得端,任何人都阻止不了你,也没有任何可担心的。

　　你在我心目中一直很高大,很勇敢。

　　我现在想看到的是一个更强,更帅气,不屈不挠,顶天立地的你。

　　……

杨鹏对着这几行字,看了又看。

夏雨菲说的都是心里话,他看得出来。

也只有夏雨菲才会说出这样的话,连任月芬都不会说。

任月芬让夏雨菲给杨鹏说,因为这样的话太伤感情。

反过来,没有一定感情基础的亲朋好友,不可能给他说出这样的话。

任月芬让夏雨菲说,而这些话从夏雨菲的嘴里说出来,杨鹏感到竟是这样的温馨和妥帖。

夏雨菲说得太对了,你一个农村出来的孩子,现在都已经是几千万人口大省的副省长了,你还有什么放不下,还有什么可迁就的?

你要对得起这个位置,更要对得起自己的良知。否则你肯定有隐藏的私欲,肯定还有放不下的地方。

如果真是如此,为了继续满足你膨胀的私欲,达到你想往的目标和位置,也许你会丧失掉身上最好的品质和最突出的优点。而当真的达到那个位置和目标时,你也许就已经不是你了。

你会完全变成另外一个人。

如果你完全成了另外一个人,就算你真的到了更高的位置,对你来说,那还有什么价值和意义?

杨鹏,清醒清醒吧!

如果真像任月芬说的那样,优柔寡断,瞻前顾后,缩手缩脚,坐失良机,那连你现在的位置也属于德不配位,有名无实。

振作起来,杨鹏!

夏雨菲说的话,一针见血,入木三分。

也只有夏雨菲才会给你这么说。

因为夏雨菲心里真的有你!

只要你行得正,坐得端,任何人都阻止不了你,也没有任何可担心的。

……

此时,卧室的门悄悄地打开了。

妻子在门口轻轻地问了一声:"杨鹏,是你吗?"

"是我,瑞丽。"杨鹏应了一句。

"什么时候回来的?"妻子睡意蒙眬地问。

"刚刚进屋。"

"怎么坐在沙发上,身体不舒服吗?"

"没有,挺好的,就是想安静一会儿。"

"锅里还有给你留的饭菜,你吃点吗?"

"不用,我一会儿喝口水就行。"

"保温杯里有给你温着的热牛奶,就在茶几上。"

妻子一下子打开了客厅的灯。

两人相互注视着。妻子王瑞丽像是突然吃了一惊,呆呆地看着他:"杨鹏,你怎么了?"

杨鹏木然地看着妻子:"怎么了?"

"……这才几天,怎么就憔悴成这个样子了?"妻子哽咽了一下,紧接着就要哭出声来。

三十九

杨鹏副省长见到省委书记龚一丰时,正好上午八点整。

龚书记办公室外面没有一个人等候,走廊静悄悄的,跟往时那么多人排队等候大相径庭。

龚书记的秘书在门口伫立迎候,对杨鹏说:"龚书记九点有个会议,见了你就走。"

"坐吧。"杨鹏一进到办公室,龚书记便指指沙发,一边说,一边坐到杨鹏的对面,"嗯,确实瘦了。徐帆给我说了,你这几天在临锦没白没黑,十分辛苦,大家反映不错。"

听了书记的话,杨鹏不禁惊讶。徐帆提前在龚书记这里大肆表扬自己,等于把自己的嘴给堵死了,就算是讲临锦的问题,也得和颜悦色,轻声细语,多讲成绩,否则只怕龚书记也会对你有看法。杨鹏赶忙说:"谢谢书记,其实做得很差,都只是皮毛。"

"昨天水利部来电话了,汛情提前,形势严峻。说实话,我真的很担心,今天就听听你的,你下去了几天,下面的主要问题是什么,办法有哪些,能不能尽快解决?"龚一丰直奔主题。

"所以我必须赶回来见您。"杨鹏立刻回答,"不只是教育,包括就业、养老、医疗,还有眼下最要命的大面积的基础设施,欠账太多,再加上虚报、瞒报、谎报,累积的问题越来越多,风险也越来越大。新官不理旧事,新官不认旧账;换届换走前任,后任推倒重来。前任的事,能拖就拖,能推就推。就像防汛设施,据统计,只临锦市几百座中小型水库,由于年久失修,历年投资不到位,百分之八十以上的水库都存在隐患。这次汛情所涉及的地市,主要是我省的旱垣地区,十年九旱,缺水少雨,现在汛情突发,潜在的风险就更大。很多干部说一套,做一套,表面积极,内心松懈,把汛情根本不当回事。而且这种情绪十分普遍,包括市里的一些主要领导。"

"我相信你说的是实话,我担心的就是这个。"龚一丰一下子站了起来,"按你这么说,如果汛情严重,有可能会出现大问题。"

"是。"杨鹏如实说道,"前所未有的大问题。"

"你给我说实话,有没有办法解决?"龚一丰一边在办公室踱步,一边说道。

"暂时还没有。"

"没有?"

"也不是没有,很难。"

"说吧。"

"我刚才说了,他们明一套,暗一套,表面上客客气气,坚决照办,其实根本不听我的,该怎么办还怎么办。再加上快换届了,大家都在混日子,熬日子。真正死守坚守,守土有责的,没有几个。"杨鹏话音很轻,但他知道这些话分量很重。

"这倒是真的。"龚一丰沉着脸说,"那些人,个个都是老手,欺负你太年轻,阳奉阴违,不听你的。换届有希望上的,还有积极性;上不了的甚至要退休离职的,别说积极性了,躺倒不干还算好的,说不定还会看你的笑话,暗中给你使绊子,让你出洋相。换届病,这个我信。所以这场大汛对任何人都是一场大考,也都是一次检验。"

杨鹏静静地听着,没有插话,也不好插话。

"杨鹏,你要特别留意,那些市级、厅级老干部,如果不喜欢你,看不上你,随时会让你穿穿小鞋,也是常有的事。"

"目前还没有。"杨鹏赶紧说道,"有这种人,但并不是有很多这种人。一般来说,都非常热情,相互还是信任的。"

"这个我也信。毕竟你年轻,又是副省长,后面的路很长。如果不是重大问题,他们还不至于全不听你的。"

"是,书记,我明白。"

"不过也不一定。人是不断变化的,你年轻,后面的路再长,但如果觉得与他没有关系,他也照样可以不拿你当回事。我们现在的一些领导干部,权力完全被他们庸俗化、利益化了,公权私配,公财私掌,这很危险。"龚一丰一边踱步,一边继续分析说,"就像下面的一些领导,每次电话里面都不断地夸你好,其实就是让我给你传话,我一旦表扬了你,你立刻就知道这是谁说的话,然后你也只能说他的好话。你今天不错,不遮不掩,不捂不盖,一切实话实说。你说实话,我们就能办实事。我们的党委政府,现在最需要的就是这样的一种氛围。"

杨鹏一时语塞,没想到龚书记想得更深,更透。

这时,龚一丰看看表,然后想了想说:"这样吧,你来之前我已经与李铎省长通了电话。你一会儿还要去见他,他会给你一些具体的建议。

我现在只讲一点,你这次一定要大胆工作,不要怕得罪人,不要碍面子,不要有包袱,尤其是不要怕换届时跑票丢票。这次汛情事关全省安危,一旦出事,尤其是一旦出了大问题,老百姓没了好日子,我们都没好日子。现在的新兴媒体这么发达,任何一个小细节,都会无限放大,让大家看得清清楚楚,出了事谁也跑不了,谁也躲不开。这次汛情任务重,责任大,涉及面广,不能有任何闪失。我和省长已经商量了,有权得有责,有责就必有权。否则我们也是雷声大雨点小,不负责任空许愿。这里拟了一个文件,你先看看,看管用不管用。"这时龚一丰从办公桌上拿起一个文件夹子,递给了杨鹏。

杨鹏赶忙接过一看,是一个还没有盖章的文件。

关于我省成立汛情督察组的通知

经省委省政府研究,鉴于目前汛情形势,决定即刻成立汛情督察领导组。

组　　长:省政府副省长杨鹏
副组长:省政府副秘书长赵忠泽
　　　　省政府水利厅厅长杨方敏
　　　　省政府安监局局长吴建国
　　　　省政府应急办主任武仁君
　　　　省政府气象局局长薛任武
　　　　省政府教育厅厅长张傅耀
　　　　省政府民政厅厅长吴晓华
　　　　省政府卫生厅厅长聂相平
　　　　省政府发改委主任成远新
　　　　省政府财政厅厅长王志宏
　　　　省政府人事厅厅长马力梅
　　　　省委宣传部副部长李希民
　　　　省委组织部常务副部长陈高远
　　　　省委纪检委常务副书记赵敏
　　　　……

看到这里,杨鹏抬起头来:"龚书记,这个阵仗太大了,您和省长还可以,我当组长不合适,也根本统不起来。"

"你先看看还缺哪方面的成员和内容。"龚一丰径直问。

杨鹏几乎没有考虑:"还缺工信部门和国资委。"

"嗯,可以加上。还有吗?"

"武警和部队。"

"这个已经考虑进去了,没有问题。这不用写在纸面上,我们随时发布信息即可,指挥权在中央,他们的信息比我们更灵通。"龚一丰说道。

杨鹏点点头:"那就基本齐全了,该有的都有了。"

"很好,那就这样吧,有问题我们随时再沟通。"

"龚书记……"杨鹏有些吃惊地看着省委书记龚一丰。龚一丰脸色严肃,神情冷峻。

"我和李铎省长商量过了,也征求了其他常委的意见,大家都同意,就是由你当组长。"

"书记,这真的不合适,我也没有那么大的权威。"杨鹏有些急了。

"现在是战时状态,没有什么合适不合适的。记住,我当组长和你当组长没有什么区别,我们是为老百姓执掌权力,这就具有最大最高的权威性。这不是套话,只要把老百姓的利益放在第一位,其他所谓的权威性都相形见绌,狗屁不值,什么也不是。"

龚一丰突然一句粗话,让杨鹏吃了一惊。看着平时温文尔雅的省委书记,他一时不知该怎么说话。

"明天下午省委常委会,要通过这个文件,你列席参加。"龚一丰继续说道,"我们之所以这么做,就是要让大家都看看,不是有位子才有权力。当年我们政权取胜的法宝之一,就是支部建在连队,关键时刻,中央的每一项政令都能快捷有效,一竿子插到底。现在还行吗?政令不出中南海,政令不出省委院。什么指示、文件,一层一层,一级一级,还没到下面,早就完全变味了。老百姓都说了,这叫层层扒皮,人人截和。省委省政府哪还有什么权威性,哪还有什么震慑力。要真的到了战争年代,别说打胜仗了,就是打败仗也不知道到底败在了哪里。你根本都不知道下面发生了什么,还怎么打仗?根本就没法打,还没打你就输了。"

杨鹏没想到龚书记会这么讲,看来书记比自己了解得更多更全面:"书记,我明白了,我一定会努力贯彻好省委省政府的指示精神和防汛要求。"

"你的同学任月芬秘书长昨天给我来电话了,把你在下面的一些情况给我讲了讲。"龚一丰突然放缓了口气,"你这几天辛苦了,也不容易。现在都说办事难,难在什么地方?就难在没人说实话。感觉只要上面高兴了,满意了,也就算交差了。真实的情况到底怎么样,一概不闻不问,就算有天大的问题,也可以一走了之。下面的人也跟着继续这么干,于是就成了现在这个样子,谁也管不了,谁也不想管,谁也管不好。'村哄乡,乡哄县,一直哄到国务院。'老百姓早都这么说了,我们只觉得好玩儿。这样下去还得了吗?国将不国啊,我们的党和政府整个都浮在上面,下面发生了什么都闭目塞听,听不到看不到,或者什么也不想让你听到看到。一旦将来发生了什么大事,也许才会让我们清醒过来,但那时是不是已经太晚了?我们的人民就是再好,也决不会再相信我们了。这次汛情,对我们的干部是一个考验,对我们的换届也是一次考验。因此现在就必须立即行动起来,一分钟也不能耽误,绝不能亡羊了才补牢……"

杨鹏见到省长李铎时,正好十点一刻。

省长办公室门外等了很多人,都不停地看着时间。秘书见杨鹏过来了,直接就把杨鹏带了进去。办公室外面好几个熟人也没顾上说话,杨鹏只是摆摆手,算是打了个招呼。

李铎正伏案看一份东西,一边看,一边对杨鹏说:"坐吧。"

两分钟后,李铎啪一声合上文件夹,抬起头来问:"见到书记了?"

"见了。"杨鹏挺直了身子。

"杨鹏,汛情很紧急啊。刚刚又接到电话,说预计今天晚上汛情就到了。我刚才问赵忠泽副秘书长,他说下面的防汛工作正在催。我看啊,下面好多地方根本都还没有动哪。"省长直直地看着杨鹏说。

"我也接到通知了,估计今晚十点左右前锋到达临锦、刘俞等几个市县。"杨鹏本来想给省长汇报这方面的情况,没想到省长已经知道了。

"这次省政府压力不小,你的担子也不轻。我一会儿给书记建议,省委常委会放在今天下午或晚上开,否则来不及了。还有一个让我担心的是,这个督察组成立得有点晚了,不知道能起多大作用。临阵磨枪,哪怕能吓唬吓唬一些人也行。"

"是的省长,我觉得至少也能让下面的领导干部重视起来。"

"你这次下去很好,会议也开得及时。书记表扬了你,我也一样觉得不错。但问题是,到底效果怎么样,你心里有谱吗?"

"省长,我也确实很担心,看来我们以前都高估县市基层的情况了,事实上问题很严重。就像这次防汛抗洪,现在确实一点谱也没有。我觉得按照现在汛情的发展,我还得马上下去,在下面至少还踏实一些。"

"嗯。"李铎省长点点头,"关键是人下去了,得把下面的那层关系网给捅破了。不能啥事都由着一些人来,让你什么也插不上手。"

"是的,省长。这次见了您和书记,我腰杆硬多了,另外还有一些情况,逐步也了解得更深,至少知道该怎么干了。"

"很好。"省长笑了笑,"有你这话,我就放心多了。"

"省长,其实我心里根本没底。"杨鹏没笑。

"我知道,大家心里都没底。"李铎收敛了笑容,"你还年轻,不要像我们这样顾虑多多。下面的情况复杂,你一要放开干,二要多分析,清楚应该怎么干。"

"嗯。"杨鹏点点头。

"我这里有个东西,你看一下。"李铎一边说,一边给杨鹏递过一个文件。

杨鹏接过,看了没几眼,脸色突然就变了。

这是一份关于对临锦市水利局水库管理站站长李皓哲行政拘留的抄送报告。

汛情临近之际,临锦市水利局水库管理站李皓哲站长,拒不执行临锦市防汛统一指挥工作部署,擅自强行在蒙山水库放水,造成大量民用设施被冲毁,三人受伤,其中一人重伤。对临锦市防汛工作的统一行动造成破坏和负面影响,经市公安机关查证核实,决定对李皓哲实施行政拘留。特此通告。

落款为临锦市水利局和临锦市防汛工作指挥部。

尽管字数很少,却让杨鹏看得目瞪口呆,心惊肉跳。
"这事你知道吗?"李铎省长轻轻地问道。
"……知道。"杨鹏有些发蒙。
"怎么回事?"
"省长,我知道这事,但这份通报我根本不知道,也没有人给我说过。"面对省长的询问,杨鹏一下子清醒了过来。
"这是昨天的事情,你不就在临锦吗?"
"是,我在临锦。"杨鹏努力梳理着自己的思绪,"我知道放水的事情,徐帆书记还专门打电话给我解释了此事,但这份通告没有人告诉过我。"
"徐帆什么时候给你说的?"
"晚上回家在车上的时候。"
"那时候他们的通报我已经看到了。"李铎省长直盯盯地看着杨鹏说。
"哦?"杨鹏又是一震。
"不仅我这里,省水利厅、省公安厅、省安监局、省委书记、纪委书记、组织部长、宣传部长都收到了。大家都以为这是你同意的事情,你怎么会不知道?"李铎省长疑惑地看着杨鹏。
"省长,我确实不知道,这件事的起始结果,也根本没人征求过我的意见。"杨鹏实话实说,从省长的眼神里,也瞬间感受到了自己的失职和难堪。
"你知道吗?这份处理报告国家安监局、国务院防汛办、水利部等部委也都收到了。"李铎省长继续说道。
"省长,这完全是错误的,情况根本不是这样。"杨鹏突然意识到,到了自己必须澄清立场的时候了,"如果他们当时告诉我,我决不会同意这么做。"

"是吗?"省长终于放缓了口气,"说说你的理由和看法。"

"省长,情况我还没有完全了解清楚,但据目前我掌握的信息,水库管理站站长绝不是擅自强行行动。赶在汛情前在水库放水,首先水库管理站大部分职工是同意的,该行动也请示并报告了水利局当时的主要领导,当时的水利局局长也表示同意。还有,这个在水库放水的紧急行动,也事先给有关部门和市委市政府的主要领导都打了请示报告。就在前天晚上,这个站长李皓哲还在深夜见到了我,报告了他对这次汛情的看法,并认为蒙山的两座中型水库潜在危险太大,必须提前放水,否则后患无穷,甚至会酿成重大事故。我当时对他的看法和做法也是赞同的,他当时也表示,第二天会紧急面见市委市政府领导,如果见不到领导,或者领导没时间研究,抑或是领导们不同意,他说了,即使自己被处分,也在所不惜。不过李皓哲站长当时给我说了,他相信领导会同意的,因为事关重大,责任如山。领导们不会视而不见,敷衍了事。"杨鹏把他所知道的全部报告给了李铎省长,并毫不掩饰自己的立场和评判。

李铎省长静静地听着,一言不发,一直到杨鹏不说话了,才问:"当时没有给他们表示你的意见?"

"没有,主要是还没来得及。"

"还没来得及?这么大这么重要的事情,怎么会来不及?当时就是在半夜里,也应该立即把他们叫醒,让他们听取你的意见。"省长的语气很重,神色俱厉,一点儿也不给杨鹏面子。

"我当时觉得这样的事还是当面讲给他们好。"杨鹏脸上火辣辣的,赶忙解释了一句。说实话,他根本没想到李铎省长翻脸比翻书还快,听到他的话,比挨一巴掌还难受。

"你是副省长,你所有主管的工作,都是受省长的委托。有你这么忍气吞声的吗?这不是让他们借你打省政府的脸吗?作为副省长你迁就他们干什么?对他们,你还有什么放不下的?"

杨鹏的脸一下子红到了耳根,突然想到了夏雨菲在信息里给自己讲过的话,居然与省长的话一模一样:"已经是一个几千万人口大省的副省长了,你还有什么放不下,还有什么可迁就的?"

这时李铎省长又递过一份文件来,拍在桌子上,说:"你再看看吧,我们的工作现在有多被动。"

一份刚才看过的对李皓哲实施行政拘留的报告书上,有一溜儿醒目的批示,是专门批给省委省政府的:

  出现这种匪夷所思的局面,暴露了我们管理上的混乱和疏漏,对此一定要严肃处理,决不姑息。大汛当前,这种情况不能再发生了。切切!

看到如此严厉的批示,杨鹏一下子呆在了那里。

这是国家部委一位主要负责人的批示。

这个批示,事实上是对省委省政府工作的严厉批评。

难怪李铎省长会这么生气。

难怪龚一丰书记什么也没说,只说省长会给自己讲一些具体的建议。

这件事情确实太被动了。

"好了,知道了吧,这就是我们工作疏忽造成的后遗症。"李铎省长终于放缓了口气说道,"你看看,你没能及时顶住,一下子就出了这么多问题。"

"是,省长,这确实是我的失误。"杨鹏只觉得头上的汗水正在大滴大滴地涌出来,尽管办公室里的空调让温度十分适宜。

"我和书记都看过这个批示了,都觉得这个报告有问题,但都觉得无话可说。这个水库站站长,如果没有特殊原因,怎么会强行在水库放水?"省长李铎继续说道,"一来我们确实有问题,二来我们基层存在的问题也确实多,情况也确实复杂。还有,现在我们基层的一些干部,不管做了什么事,立刻就给上面打报告,只要领导批示了,就什么责任也没有了,反正领导已经表态了,他所做的任何事都没错。而且一旦领导批示了,那就基本上等于定调了,你要让领导再纠正过来,那可就难上加难,谁敢说领导批错了。另一方面,现在上面的一些领导,工作太忙,文件成堆,管得又太宽,什么也顾不上,对基层的报告很难去核实,也没时间核实,于是就有了凡是感觉重要的文件一看到立刻就批示的习惯,以显示领导对基层工作十分重视、十分认真的态度,所以批示一般都很快很严厉,也都很决绝。这样一来,下面的一些干部也看出门道来了,报告也就越打越多,越打越急,只要给领导打了报告,就千方百计想办法让领导尽快批示。只要领导批示了,就算完成大事一桩,既能获得领导的好感,又能让自己在处理问题上更加有底气。如果有什么人想申诉、想翻案,那也更是难上加难。过去叫恶人先告状,现在叫有事先报告,其实效果都一样。"

李铎省长的话,让杨鹏如醍醐灌顶:"省长,还真是这样。现在如何能让领导批示文件,都成了一种公关活动了。"

"确实,这样的毛病我们也常犯。"李铎省长皱了皱眉头,"我现在给县市基层批示,特别是那些问题尖锐的,矛盾突出的,都是慎重又慎重。不调查不发言,一般都不直接讲对错,给解决问题、调查问题留下空间。但这样其实也存在问题,文件太多了,我们又不能件件去落实,去调研;也不能件件都含糊其词,模棱两可,那让基层还怎么工作?到底该怎么办,这也是我们现在必须面对的现实问题,而且这些问题再不想办法彻底解决那就确实要出问题了。"

杨鹏十分吃惊也十分感动地看着李铎省长,想想这些话其实也是对自己工作的深刻总结和反思。说实话,有时候,自己对县市和主管厅局的一些批示何尝不是如此?

"杨鹏啊,这次下去了,你一定要把腰杆子给我挺起来。"李铎省长继续说道,"县市基层的有些事,特别是我们政府的事,就得拍桌子瞪眼,不能书生气。我们没有人事权,不是组织部,他们更多的时候就是想应付我们。我们一不留神,就会让他们钻空子。你如果是书记,直接管着他们的升迁和任用,他们自然怕得要死。老百姓都说了,管人的,每天微笑着,就把事情办妥了。我们管事的,拍桌子瞪眼也没人理你。更多时候只是表面上应付你,背地里完全可以不把你布置的任务当回事。所以你不狠不凶,根本没人听你的。现在县市一些人干部当得时间长了,每天热衷的工作就是迎来送往,让你看到的都是他们想让你看到的。而你真正想看的那些问题,那些困难,那些矛盾冲突,那些老百姓的真正诉求,却很难看到。现在要换届了,更是这样,好事都是自己的,坏事都是别人的。再这么下去,我们的这支干部队伍,真的就成了过去的官场了,想想,成官场了,谁还努力为人民服务……"

四十

杨鹏副省长回到办公室时,才发现办公桌上的文件已经堆成了一座座小山。

秘书小丁已经把所有重要的、需要尽快批示的文件都摆在了办公桌最里面,即使如此,看上去还是差不多有两尺高。

办公室外间没有等着要见的人,小丁说,大家都还不知道杨鹏副省长回来了,否则肯定有很多人要来面见请示。

"关于汛情的急件,有吗?"杨鹏一边坐下来,一边问。

"都在您跟前,上面的都是。"小丁轻轻地说道。

"除了这些,还有什么重要的事情?"

"有。"小丁拿起笔记本,"都是近期的。"

"拣要紧的说。"

"应急办晚上有个紧急电视电话会,请您参加并讲话。"小丁说完了又问,"省长我们能参加吗?"

"下午四点以后要列席省委常委会,不知道什么时候结束。"

"他们说了,知道您下午要列席省委常委会,所以把电视电话会议改在了晚上。"小丁看着省长机械地叙述着。

"那再看吧,通知赵忠泽副秘书长,如果我不能参加,让他代我参加并讲话。告诉秘书长,讲狠点,别客气,讲话稿一会儿让我看一下。"

"讲话稿就在办公桌上。"小丁示意说。

"继续说。"

"张傅耀厅长已经打来报告了,请示明天上午是否也召开一下紧急电视电话会,对汛情期间学生的安全问题,在全省各级学校中立即进行一次总动员。特别是一些市县,汛情期间学生是否立即放假的问题,请您考虑决定。"

"一会儿你先给傅耀厅长打个电话,告诉他汛情期间学生放假的问题,交给各市县教育局自行决定。然后让他立刻通知各市县政府和教育局,换届之前,汛情期间,凡教育局局长、副局长进行调整,一律上报省政府和省教育厅备案。特别是对年龄还不到站的局长、副局长近期进行的调整,必须报省教育厅、省委组织部和省政府。就说这是我的决定,立即在全省实施执行。"杨鹏字斟句酌地说道。

小丁听完了有些发愣,感觉好像哪里有些不清楚:"省长……就说您决定的吗?"

"就说是我决定的。"杨鹏毫不含糊地说,但心里也感觉到有些不踏实,"换届之前,汛情期间,这两点要说清楚。"

"好的。"

"接着说,还有什么?"

"刚才省委龚书记办公室和李铎省长办公室把一份上面批下来的文件批转下来了,请您也尽快批复。"

"什么文件?"

"就是对临锦市水库管理站李皓哲站长行政拘留的文件。"

"怎么批的?"

"什么也没写,都是一句话,请杨鹏副省长阅处。"

杨鹏不禁愣住了,这个批示报告,省长书记又批给自己了。这就是说,这件事省长书记最终都交给了你来处理。尽管没有层层加码,但怎么处理,由你自己决定。

"龚书记办公室说了,请尽快批示,要统一给上面领导回复。"小丁说完之后,略略停顿了一下,又问,"现在批吗?"

"其他还有什么重要的事?"

"组织部刚才来电话,说中组部换届考察组明天下来,让您原地待命,随时听候通知。"小丁看了杨鹏一眼,"还有很多表格,都要尽快填写。"

"明天下来?"

"是,明天。"

"考察对象是哪些?"

415

"所有省委班子成员都考察。"

杨鹏考虑了一下,说:"看情况吧。"

"省委秘书长说了,这是大事,不能乱跑,必须留下来听候通知,是态度问题。"说着,小丁笑了一下。

"还有什么?"杨鹏没笑。

"水利厅厅长杨方敏说他在北京开会回来了,有重要会议精神必须当面给您汇报。"

"他应该先给主管水利的陈副省长汇报。"

"他说这是陈副省长说的,必须马上给您汇报。"

"没说什么事?"

"水利部蔡部长对杨厅长说了一些情况,要下面妥善处理。"

"什么情况?"

"不知道。"

"他没说?"

"听他的意思,好像是临锦市水利局的事情。"

"哦?"

"我感觉应该是张亚明局长的事情。"

"你怎么知道的?"

"那天临锦的李东百副市长给我说了,他给杨方敏厅长说了张亚明的事,让杨厅长在开会期间给水利部领导说说情况。"

"水利部知道张亚明?"

"部长去年下来考察调研,特别表扬过张亚明,还把张亚明局长的有关情况在水利部网站上做了宣传。"

杨鹏点点头:"还有吗?"

"……夏雨菲董事长给我发信息了,说给您发了几个信息,不见回复,是不是手机太旧有问题了?"小丁很认真地说,"她让人给您送了一个手机,最新的,都给您调好了。"

"……在哪里?"

小丁指指桌子上的一个袋子:"刚才我也看过新手机了,很合适。您的手机确实该换了,如果您现在不用手机,我马上换过来。夏董一再说,让我把她的微信也推给您。"

"瞎闹,能要人家的手机?你用吧,我不要。"杨鹏斥责了一声。

"省长,您的手机也太旧了,那款式早没人用了,真的会误事。夏董也给了我一个,您看,就这样的。"小丁把手里的手机拿起来让杨鹏看,还不好意思地笑了一下。

杨鹏没吭声,也不知该怎么办,又问:"还有要紧的事吗?"

"明天还有几个活动,等您批完文件我再给您汇报。"

"还有吗?"

"其他就是下面厅局见您的事了,估计一会儿要来几个人见您。"

"一个小时内不要让人进来,我先把这几个文件批了。"

"好的。"小丁应了一声,然后把两个手机拿走了。

杨鹏之所以没阻拦没说话,实在是手机太旧了,确实应该换了。

夏雨菲的手机,怎么退回去?能退吗?

还有秘书小丁,同其他的秘书相比,杨鹏管得严多了。夏雨菲给小丁的手机,你说不让用,能说得过去吗?

也真是的,夏雨菲的几个信息,真的都没有回复,不是手机有问题,而是太忙了,没顾上。

杨鹏副省长默默地看着眼前这份报告上的批示。

> 出现这种匪夷所思的局面,暴露了我们管理上的混乱和疏漏,对此一定要严肃处理,决不姑息。大汛当前,这种情况不能再发生了。切切!

确实非常严厉。

几乎等于坐实了李皓哲的罪名。

但你能说领导批错了吗?

领导依据的就是报告上的恶劣情节:

> 汛情临近之际,临锦市水利局水库管理站李皓哲站长,拒不执行临锦市防汛统一指挥工作部署,擅自强行在蒙山水库放水,造成大量民用设施被冲毁,三人受伤,其中一人重伤。对临锦市防汛工

作的统一行动造成破坏和负面影响,经市公安机关查证核实,决定对李皓哲实施行政拘留。特此通告。

如果你是部委的领导,看到这样的报告,你又会做出什么样的批示?

你也一定会生气,也一定会马上做出批示,说不定比这样的批示更严厉,更不讲情面。毕竟面对汛情,即将到来的防洪工作将是多么的艰巨。

气象水利是杨鹏读本科、硕士、博士时的重要学科。读博期间,他还曾到国外留学五个月,主攻的专业就是水利。

杨鹏对水利建设和水利问题有着一种天然的敏感和情结。如果不是走了行政,他一定会去水利部门当技术员,当工程师。

生在北方的农村,对水也有着难以割舍的情缘。

缺水,农村太缺水了。然而,到了雨季,水对农村的戕害又太可怕太严酷了。洪水过来,眼见得房倒厦塌,农田被毁,整个天塌了一般。

中国北方的黄河流域,几千年来一直到今天,对人民生命财产安全威胁最大的就是洪水,就是洪灾。过去是,现在是,在可以预见的很长一段时间内仍然还是。

这些年,遍地的中小水库,一方面造成用水失度,致使北方的绝大部分河流河道断流,湿地萎缩,河床淤积,水资源利用不断突破河流承载极限。另一方面,长时间的断流使河流生态系统濒临崩溃,逐年河道的小流量过程使河道过流排水能力急剧萎缩。这些年,有些河道主河槽泥沙淤积量极端增长,强降雨来临时,每秒下泄洪水量比二十世纪五十年代普遍减少五到十倍,而每秒洪水位却要高出一至五米甚至更高,洪水的威胁明显增大。河道两旁的违章建筑却越来越多。一旦发生超强降雨,后果不堪设想。

由于北方水资源的严重不足,农民对水资源的渴望,促使水资源短缺成为北方农村最大的矛盾。尤其是在十年九旱的黄土高原,人均水资源量还不到全国的五分之一。在一些地区,人们把水看得比生命更重要,水比人贵,成为一种普遍的潜意识。对抗洪防汛的抵触和消极,常常会成为一种集体行动,甚至会成为一些老领导干部对防汛工作的麻木固执和无动于衷。

李东百副市长说了,程靳昆市长并不是一个坏人,也不是一个坏领导。他也一样出身农民,"文革"后考入大学,毕业后直接被分到行政单位,兢兢业业一干就是几十年。从局长、副县长、县长、县委书记,一直干到副市长、市长,将到换届时,却眼看着比自己年轻十多岁的徐帆当了市委书记。

但这一切,能是所有轻率和麻木的借口?

还有徐帆书记,就算你为了换届大局和班子的团结,忍辱负重,委曲求全,但也绝不是不辨对错、不分是非的借口和理由。一个市委书记啊,多大的荣誉和权力,为什么不珍惜、不坚守、不刚毅、不果决。一个领导干部,年纪轻轻就成了这个样子,以后的工作又怎么做?

杨鹏突然再次想起了夏雨菲的那句话,"你还有什么放不下,还有什么可迁就的?"

还有省长刚才说的那句话,"你迁就他们干什么?对他们,你还有什么放不下的?"

自己这些天的表现,是不是也正像他们那样?

如果临锦市市委书记现在不是徐帆,而是程靳昆,他的工作会更难,还是更容易?

牢骚和怨气,也许会让一个领导干部的工作产生截然不同的变化。但不管如何,已经是一个几百万人口的市长、市委书记,你的任何一个举措甚至任何一句话,都可以让临锦市地动山摇。这样位置的领导,责任比天大,比山重。

比起人民生命财产的安全,一切都轻如鹅毛,不足挂齿。

思考了片刻,杨鹏拉过文件,唰唰唰唰地动笔写了起来。

　　徐帆书记,程靳昆市长:领导的批示非常客观,也非常严厉。对报告中表述的内容,领导的批示我是同意的,也要求你们能够按照批示精神把我们的防汛工作做得更好。特别是在当前汛情即将到来的紧急时刻,统一行动,统一指挥,决不能出现极端个人行为。对于李皓哲的行为,希望临锦市委市政府和有关部门,一定要本着实事求是的态度,把事情的来龙去脉调查核实清楚。一是一,二是二,问题的实质是什么,动机是什么,主要责任是什么,究竟是什么原因促成了这种行为。我们不能姑息一个坏干部,也决不能冤枉一个好干部。这起事件的调查情况,请随时给省防汛指挥部和督察组报告。

杨鹏之所以写上督察组,一是要表明自己的态度,同时也觉得即将成立的防汛督察组,在下午的省委常委会上通过应该没有问题。

龚一丰书记说了,成立这个督察组,就是要让你的腰杆硬起来。

对李皓哲的行为,杨鹏相信自己的判断,自己的倾向性决不是来自一些外在的原因。李皓哲确实有鲁莽冲动之处,但他确实是一个好干部。至少不会是一个坏干部,更不能一棍子打死。

看看时间,已经快十一点了。

只批了一份文件,就用去了差不多一个小时。

"到这时候了,你还有什么放不下的?"杨鹏突然又想起了这句话。

这时候小丁也过来了,说教育厅张傅耀厅长、水利厅杨方敏厅长都已经等在外面了。

小丁把调整好的新手机也带了过来,通讯录、微信、百度、原手机所有能转过来的功能和软件也都转了过来。

丁秘书很细心,把夏雨菲的微信做了置顶设置。

一打开微信,第一个看到的就是夏雨菲的微信。

手机很好,不大不小,深蓝色,配了一个半透明的手机套,让人感觉十分得体。

夏雨菲的风格,舒适而不张扬。

"你让他们两个稍等一下,我回个电话。"杨鹏对小丁说。

杨鹏没有打电话,他打开手机,本想给夏雨菲在微信上回复两句话,同时表示感谢。

然而手机一打开,就看到了夏雨菲刚发过来的微信:

> 杨鹏,汛情提前到了!妈妈的观察点已经发来报告,靠近临锦

市区的七个区县已经出现强降雨。五阳县两座水库的上游,已被强降雨覆盖,预计晚上强降雨将覆盖临锦四个山区县,五阳有可能成为重灾区。

　　截至目前,五阳的蒙山水库和红旗水库,一直没有任何动静!

　　李皓哲被拘留后,蒙山的两座水库好像没人管了!

　　太麻痹,太危险了!!!

　　……

杨鹏像是重重地挨了一棒,一时间竟蒙在那里。

四十一

　　蒙山管委会主任廖鸿飞接到水利局代局长吴辰龙的电话时,刚刚下午两点四十整。

　　几个人正在打牌。下午三点上班,吃了午饭休息一会儿,管委会的职工们离家远,也没什么可去的地方,大都玩几把扑克牌,以消磨时光。

　　旅游淡季,日光如火,办公室有空调,待在屋里,自然是最好的选择。

　　吴辰龙代局长的电话来得突然,让廖鸿飞好半天也没听清来电话的是谁。

　　"你是谁啊?"廖鸿飞一边看着手里的牌,一边用腮帮子夹着手机回话。

　　"我是吴辰龙。"

　　"谁?"

　　"吴辰龙。"

　　"什么事啊?"廖鸿飞大声问。

　　"我是水利局代局长吴辰龙!你是廖鸿飞吗?"电话里的声音突然提高了好几倍,明显是生气了。

　　"……吴……辰龙?干啥的?哦,代局长?代……吴局长啊!"猛然间,廖鸿飞像是被吓了一大跳,差点儿把手机掉到地上。然后他一边摆手示意让屋里的几个人安静,一边站直了大声寒暄道,"啊,哎呀,哎呀,吴局长啊,抱歉抱歉,这里信号不好,一直听不清楚。不好意思局长,真没听出来。我记住的是您的另一个手机号码,没有存您的这个手机号码,这下就记住了。局长什么事,您说您说。"

"你那里情况怎么样?"吴辰龙没说别的,径直问了一句。

"什么情况?"

"天气啊,还能有什么情况!"吴辰龙终于有点生气了。

"没有情况啊局长,天气很好,真的很好。"廖鸿飞一边看着窗外的天,一边回答,"蓝天如洗,万里无云。一点儿也没有夸张,天气太好了,连风也没有,就是有点儿热。"

"刚接到气象局通知,市政府也来电话了,你们那里的水库上游已经开始下雨,而且降雨量很大。"吴辰龙在电话里很认真地说。

"局长,我马上给您发两个视频看看,这里要是有一丝儿云彩,就算是我睁着眼睛说瞎话。"廖鸿飞信誓旦旦地说道,"咱们这里的天气太好了,别说今天了,就是明天后天,也不可能有雨。"

"好吧,时刻注意点,别不当回事,说是近期有超强降雨,你们那里是中心。我最不放心的也是你们那里,不可不防,更不能大意。"

"局长,咱们这里什么也不缺,最缺的就是雨。我看这些年老天爷一定是把咱这里给忘了,年年预报,年年空喜欢一场。周边区县,哪儿都给雨,就不给咱这儿。就像前年,一圈儿都下透了,到了咱这儿也没下一滴水。"廖鸿飞半调侃半开玩笑地说。

"廖主任,现在还不到你胡拉八扯的时候,这次不比以往,出了问题,谁也负不了这个责任。到时候如果有个七七八八,你我都得吃不了兜着走。记住,你现在是蒙山两座水库的临时站长,这个职务是水利局党组经过认真研究,紧急报送市政府专门报批下来的,你现在就是蒙山水库的第一责任人,第一责任人是什么意思,你应该清楚吧!"电话里的吴辰龙明显在生气。

"清楚。局长,您放心,我们已经制定了详细计划和安排,一定严防死守,责任到人。我今晚不回去了,就在这里盯着。"廖鸿飞赶忙认真地说道。

"还有,红旗水库泄洪道的修复动工了吗?"

"下午施工队就到了,没有问题,您放心!"

"多长时间能修好?"吴辰龙的声音突然很严厉。

"放心局长,最晚明天上午就能修好。下午施工队来了我再强调一下,必要时让他们加派人手。没问题,局长!"

"政府办刚来电话了,说形势严峻,千万别大意!"

"明白!局长您放心,只要我守在这里,蒙山这两座水库,还有整个蒙山决不会出任何问题!"廖鸿飞声调越来越高。

"好吧,有情况随时给我报告,我手机二十四小时待机。记住我的这个手机号码,然后我们加个微信,我的微信号就是手机号。你那里的天气情况,每隔一小时给我发几个视频,让我看看你们那里的天气到底怎么样。"

"好的局长。"

"记住了,别大意!"

"明白!"

廖鸿飞放下手机,好半天了,还回不过神来。

廖鸿飞和吴辰龙不是很熟,但印象不错。

吴辰龙非常和蔼,见到人总是笑呵呵的,说话也从不伤人,像今天这么着急,在廖鸿飞的印象中还是第一次。

廖鸿飞觉得吴辰龙至少要比张亚明强多了。张亚明每次来到水库总是这不行,那不对,好像比市长书记的架子还大,管得还宽。

其实张亚明局长管不到这里,蒙山管委会直属市政府管辖。但由于蒙山有这么两座水库,头上的"婆婆"就多起来了。相比之下,水利局的权力更大更直接。第一是钱,第二是人,第三是政策,管委会每年最重要的投资和项目,都与水利局相关,水利局也都要插手。包括水库管理站的干部职工,也都是水利局说了算。管委会想安排个人,必须征得水利局的同意。水库里的水怎么用、水库两旁鱼塘和各类养殖场的批准,必须通过水利局。尤其是蒙山水库和其他水利设施的保养、修复、重建,包括水库的水资源利用等等,以及所有的投资款项,几乎都在水利局的管辖范围。也就是说,不管你想干什么,都绕不过水利局。即使市政府同意了,市长、副市长点头了,你也还得过水利局这一关。没办法,县官不如现管。

市里的领导来蒙山的时候,只要不是水利部门的领导,廖鸿飞都神采飞扬,兴致勃勃,一路都亲自解说,常常讲得满堂生辉,一片欢声笑语。

唯有张亚明局长来的时候,廖鸿飞大气儿不敢喘,啥也不敢乱讲,老老实实地跟着。即使如此,也常常让张亚明撑得哑口无言。

所以在水利局廖鸿飞最喜欢的领导就是吴辰龙,虽然吴辰龙很少下来,但不管吴辰龙跟着任何一位领导下来时,他都会把这个吴副局长招呼得热热乎乎,体贴入微。

当然,廖鸿飞也知道吴辰龙副局长在水利局人缘好,威望高,影响大,上上下下都认可,尤其是市里的几个主要领导也很赏识,即使下一届当不了局长,也肯定会被提拔重用。

就在昨天,突然接到通知,水利局主要领导进行了调整,张亚明被免去局长职务,另有任用。

更让廖鸿飞没有想到的是,蒙山水库管理站李皓哲站长,因为强行要在水库放水,被市政府紧急叫停,而后很快被市公安局带走。

也就是在昨天,廖鸿飞接到水利局人事局通知,让他临时兼任蒙山水库管理站站长。

这个职务是廖鸿飞企盼已久的职务,尽管从等级上看,远不如蒙山管委会主任,但从实际看,这个站长比他这个管委会主任权力大多了,管理的范围也宽多了。

让廖鸿飞感到欣喜的是,接替张亚明局长的果然是副局长吴辰龙。

这个消息让廖鸿飞十分兴奋又深受鼓舞。

在廖鸿飞的感觉中,吴辰龙比张亚明要好打交道多了。

明年的经费预算和投资项目,还有其他设施的资金安排,都已经到了不能再拖的地步。

真是佛祖保佑,让他兼任了水库管理站站长,同时又换了这么一个让他认可满意的好领导。

刚才吴代局长的电话,让廖鸿飞突然亢奋起来。吴辰龙代局长在电话里虽然没客气,但听得出来,他们之间的关系非常亲近、互相之间非常信任。

尤其是谈到了他兼任站长这个职务时,吴代局长说得再明白不过了:"……这个职务是水利局党组经过认真研究,紧急报送市政府专门报批下来的……"

这句话几乎明明白白地告诉他:你的这个站长就是水利局党组认真研究过的,是吴辰龙代局长亲自拍板定下来的。

吴辰龙代局长还说了一句:"到时候如果有个七七八八,你我都得吃不了兜着走。"

这分明已经是把他这个管委会主任和水利局主要领导置放在同一条船上了。

廖鸿飞突然激动起来,这个职位真的非比寻常,责任重大。

廖鸿飞想了想,现在必须振作起来,绝对不能给新任局长带来任何麻烦。尤其是在抗汛期间,一定要时时处处让吴局长满意,让吴局长认可。

随即他拨通了一个电话,同时摆摆手,让所有的人都马上开始工作,上班到位。

这时有一个人摆摆手里的扑克牌,小声说:"主任,就差两把了,继续吗?"

"滚,你个扯淡货,什么时候了,还打你妹的牌!"

施工队经理和副经理到了蒙山管委会时,已经快下午四点了。

施工队经理叫吴新民,五十多岁,所谓的施工队,也就是一个包工头。此人一脸忠厚,十分诚恳,恭恭敬敬地看着廖鸿飞。

"怎么就你们两个,施工队呢?"廖鸿飞恼火地问。

"施工队?没说好今天施工啊!"吴新民显得一脸懵然。

"前几天就给你说过了,让咱们抢修泄洪道,你答应了啊!"

"是答应了啊。"

"那施工队呢?"

"不是啥都还没有说吗。"

"你要说啥？"

"都没说啊。"

"啥叫都没说？"廖鸿飞语气凶狠，确实生气了。

"廖主任，我这几十口人，都得靠力气吃饭啊。"吴新民依旧一脸诚实憨厚地说。

"是啊，这我能不知道，怎么了？"廖鸿飞显然不明白对方在说什么。

"主任，你非让我把话捅出来吗？"

"什么话？"

"钱啊！没钱我们怎么干？"

"哇，我还以为什么呢！"廖鸿飞一副恍然大悟的样子，"你他妈的这叫什么狗屁话，政府还能欠你的钱吗！"

"是啊是啊，我们相信政府，从来都不相信政府会欠我们的钱。"

"那你还在这里废什么话！"廖鸿飞不禁勃然大怒，"人呢？干活啊！"

"可是，现在没钱了啊。"吴新民终于说了一句实话。

"前几天不是刚给了你们钱吗！"

"是啊是啊，但不够啊，就那些钱，还不够买水泥的呢。"吴新民哭丧着脸说。

"说好了的，长退短补，能少你的吗？"廖鸿飞又火了起来，这帮人动不动就给你出个幺蛾子。

"我也没办法啊，大伙都是家里的台柱子，上有老下有小，有好多人的孩子今年都到了上高中考大学的时候。你也知道，上学能不花钱吗？没钱能办成事吗？快到暑天了，家里老人生病出事的也多，这都得花钱啊。廖主任，政府多少能再给点，我也好说话啊。咱们施工队，外面欠工钱的有好几家，现在都要不回来。我们不担心政府不付钱，可说实话，政府回款是最慢的，现在欠我们钱最多的就是政府。"吴新民一副无可奈何的样子。

"你就给我扯吧，蒙山管委会什么时候欠过你们的钱！"

"是的,是的,我们也是和管委会第一次打交道,知道管委会名声好,信誉高,否则也不敢揽咱这里的工程。不像这个水库管理站,什么时候都没有钱,有钱也不让用。"

吴新民的话廖鸿飞当然清楚,给人的感觉是管理站权力很大,然而他接手后,马上就发现了一个大问题,水库管理站几乎就是个空架子,账面上根本没有几个钱。管理站管财务的说了,我们这个财务室,就是周转站,有了什么钱,根本无权使用,立刻就转走了。就像这个大坝泄洪道修复项目,拖了好几年,拨款就是不能到位。问题在哪里,廖鸿飞当然也清楚,现在用钱,申请十万,能到手五万就不错。李皓哲那种性格,哪干得了这种事。

"你说吧,今天到底能不能干?"廖鸿飞不想再这么纠缠了,等于下了最后通牒。

"主任,您就多多少少再给点儿,我回去也好说话啊。"吴新民赶忙央求说,"现在揽一份工程也不容易,这个我们能不知道?这里是政府部门,毕竟比我这么个小工程队好周转多了。"

"……好吧,多少?"廖鸿飞突然觉得现在再去找工程队,说不定比这个施工队更差。其实这家伙也没有说错,现在欠钱最多的,确实就是政府。这是实话,也是事实,人家不信任你,你也真的没办法。

"再给个两三百万,差不多就可以动工。"

"差不多什么意思?"

"就两百万,马上就能开工。"吴新民见好就收。

"好吧,就这么定了,到时候再给我偷奸耍滑,别怪我不客气。"

"不敢不敢,主任您放心,绝对没有问题。"

这时廖鸿飞回过头来,对身后的办公室主任说:"你问问财务处,看账上还有多少钱。不管有没有,马上凑够两百万,给施工队打过去。"

五分钟后,办公室主任对廖鸿飞说:"财务处长说了,账上现存资金六十多万,其余的明天可以凑齐。"

"咋回事?"廖鸿飞没想到财务处居然两百万也凑不齐。

"财务处说刚发了工资和上半年奖金,现在能动的款项就这么多了。"办公室主任在廖鸿飞耳旁小声说。

廖鸿飞想想也没别的办法,回过头来,对吴新民说:"马上给你打六十万,剩下明天一早给你打过去。"

"廖主任,就一半吧,一百万。"吴新民眼巴巴地看着廖鸿飞说道。

"我一个管委会主任在这里给你说话,你也信不过吗?堂堂一个蒙山管委会,这点儿信誉也没有吗!有你这么说话的吗!"

"那好吧,六十万就六十万,我这就去叫施工队,您让财务处马上给钱,我们一会儿见。"吴新民点点头,赶忙离开了。

水利局代理局长吴辰龙接到程靳昆市长的电话时,快下午五点了。

"有情况吗?"程靳昆市长开口便问。

"市长好,一切正常,没有什么情况。"吴辰龙立刻回答。

"没有情况?"程靳昆问。

"确实没有,一直在密切观察,整个市区目前都是晴天无雨。"

"你确定?"

"确定。"

"好吧。"程靳昆好像松了口气,"我这里接到的信息和通知,都很吓人。"

"我也是,临锦以外的一些市、区、县都已经下大雨了,但咱们这里确实没有情况。"

"辰龙啊,你刚接任,千万别掉以轻心。如果出了问题,你知道意味着什么吗?"程靳昆的语气分外严肃。

"明白。市长,您放心,我决不会给您丢脸,更不会给您捅娄子。我这两天二十四小时不会休息,有情况一定随时给您汇报。"吴辰龙大声回答。

"这倒用不着,当领导的要发挥大家的积极性,该休息的时候还要休息。要让大家恪尽职守,兢兢业业,首先得让自己能保持良好状态,精力旺盛。"

"谢谢市长。我一定尽职尽责,努力确保万无一失。"

"市长办公室二十四小时值班,你那里有情况,第一时间通知市长办。如果情况紧急,第一时间直接给我打电话。"

"好的,市长请放心!"

徐帆书记接到市长程靳昆的电话时,正好下午五点整。

"书记啊,我是靳昆啊,你那里是不是也是消息满天飞?"

"是啊是啊,我正想给您打个电话。"徐帆在电话里笑了一声,"接到一大堆通知了,情况看来确实很严重啊。"

"我就是特别要告诉你一下,咱们临锦目前的情况还好,所有的区县都还是晴天,这龙王爷会不会又要绕着咱们走啊。"程靳昆市长也在电话里开了个玩笑,"书记您放心,目前看,没有什么问题。"

"那太好了,我也给几个地方打电话了,让他们密切观察,严阵以待,千万不可掉以轻心。大意失荆州啊。"徐帆书记好像话里有话。

"放心书记,下面我都布置了。万无一失不敢保证,但不出大问题,还是有保证的。咱们临锦十年九旱,说不定今年会让坏事变成好事,所有的水库都赚得盆满钵满,今明两年农作物又是两个大丰收。"程靳昆说的确实是心里话,像临锦这样的人口大市,农业丰收了,手里有粮,自然心里不慌。

"如果真是您说的那样,那就给我们的换届换来一片新气象,真正是可喜可贺啊。"徐帆书记止不住笑了起来,他真希望会是这样的一个结果。

"书记你是福将,到了哪里就给哪里带来好运。"

"哈,编的吧。"

"真不是编的,好几个人都这么说。"

"其实啊,市长才是正儿八经的福将。大家都知道您这个市长在这里待不长了,早晚要到别的地市当一把手。能和您一起工作,那是修来的福分。"

"谢谢,书记啊,我早没那么多心思了。我在临锦,就是为你铺路。大家都盼着你早日生成大树,我们好在树下乘凉。"

一直快六点了,吴新民的施工队还没有赶过来。

廖鸿飞催了几次,每次都说快了快了,但就是来不了。

"怎么回事？"廖鸿飞不停地在问办公室主任。

每一次回答都说是已经动身了，可直到现在却一直不见踪影。

后来才知道，六十万块钱始终没有到位。

财务处的人说，手续上有些麻烦，现在现款都得到银行去取，在银行取款时，少一个章少任何一道手续也取不出来。

现金取不出来，施工队没见到现金就是不动身。

廖鸿飞也自知理亏，没有再发脾气。说好的两百万，只给人家六十万，还迟迟到不了手，自己还真没脸去催。

眼看六点了，才算把现金取了出来。这笔钱等施工队拿到手，已经六点多了。

现在赶过去天也快黑了，吴新民经理说，现在人也不齐了，大家都回家了，明天一大早过去，今天误了的肯定都能补回来。

廖鸿飞看看时间，也只能作罢。再说了，今天这么草草地开工，谁知道质量上能不能保证。

那就明天吧。

四点多天就亮了。明天一大早五点左右就开工。

廖鸿飞说，明天赶紧点，上午、中午工人的饭菜管委会包了，全部免费。

晚上八点多时，精神抖擞，一脸警惕的廖鸿飞，正在红旗水库大坝附近的山岗上静静观望。

天气依旧晴朗，清晰可见的下弦月把大坝照得清清楚楚。

看不到任何异常。

尽管不断接到周边区县强降雨的通知，但蒙山的两座水库依然风平浪静。

水库里轻轻的水波声，像是两个情人在窃窃私语，卿卿我我。

廖鸿飞拿出手机随手拍了一段视频和两张照片，署上时间，然后给吴辰龙局长发了过去。

廖鸿飞知道局长这时一定在等他的消息。

廖鸿飞计划十点再发一次，十一点、十二点再各发一次。

廖鸿飞知道,这是他最佳的表现机会。

领导也一定清楚,这么晚了,廖鸿飞还在工作,还在水库旁边的山岗上。

发走视频和照片,看看时间,廖鸿飞准备下去到大坝旁的屋子里坐会儿喝口茶。

今天晚上将是一个不眠之夜,他至少要坚守到凌晨。

下坡的时候,突然一阵狂风刮来,差点儿让他栽倒在旁边的壕沟里。

风很大,让他睁不开眼睛。

风很凉,飕飕地直透心扉。

廖鸿飞心头不禁一震。

这是大雨的征兆。

这根本不是风,完全就是一股强大的水汽雨声!

这时候身旁的一个办公室人员惊呼了一声:

"主任!快看!水库那边!"

在强劲的狂风中,廖鸿飞向水库进水方向看过去,不禁惊呆了。

一道两米多高的水幕,正向大坝方向裹挟而来……

四十二

杨鹏副省长得到蒙山超量洪水涌进红旗水库的消息时,正在赶往临锦的高速公路上。

杨鹏最不放心的就是这个地方。尤其不放心的是,那里的管委会主任廖鸿飞,上次曾给他说的那些话,"……杨省长,说实话,这样的情况,年年都有,我们经历得多了,最终都平安无事地过去了。教授嘛,整天都是在研究室里研究问题,一看到有什么异常情况,立刻就会觉得是天大的问题。我们在政府部门工作,天天遇到的事都是他们觉得有很多风险的事。梁教授确实是一位值得我们尊重的专家,他们的意见完全可以做参考,但如果我们把他们说的作为决策的主要依据,很可能就会出问题……"

廖主任不冷不热的这些话,对杨鹏的刺激太强烈,印象也太深了。

让杨鹏感到更加不放心的是,接替蒙山水库管理站站长李皓哲的人,竟然就是这个廖鸿飞。

杨鹏得到的这些情况,大部分来自夏雨菲不断地发给他的各种信息。

夏雨菲的信息比他接到的正式的官方信息或迟或早,但往往有着强烈的比照和对应。上面和下面的消息,有时候完全相反,有时候根本就是两股道上跑的车,相互之间毫不相干。

这让杨鹏既感到吃惊,又感到新奇。

这是前所未有的体验。

以前高高在上,什么都被架空的无奈和盲从完全消失了。什么都看得清清楚楚,什么都了解得明明白白。

但同时也让杨鹏感到是如此的困惑和棘手。

一方面,各种令人不安的报告几乎是天动地摇;另一方面,一切都静谧如一潭死水,安静得让人窒息。

杨鹏给临锦市委书记徐帆和市长程靳昆都打过电话,得到的回复都是一样的内容:

"一切正常,我们正在密切关注,严阵以待。"

"领导放心,不会有任何问题。"

……

然而夏雨菲发给杨鹏的微信却是这样的内容:

> 杨鹏,我妈妈让我转告你,这次汛情的降雨量很可能突破历史极值,对临锦的防洪能力将是一个巨大考验。

> ……太危险了,红旗水库的泄洪渠道,现在还没有开工修复!

> 蒙山两座水库,直到现在仍然看不到任何防护行动和举措,此时静悄悄的,没有任何动静。

杨鹏,按照一般的常识,应该放水泄洪了!

刚刚兼任水库管理站站长的廖主任,在水库一旁转悠了几分钟就回去了,没有发布任何指示。

杨鹏,你现在必须告诉他们,命令他们,如果再不行动,很可能就来不及了!!!

杨鹏看到这些微信,想了想,立刻又给主管安全的副市长李东百去了电话,李东百说他和老局长张亚明正在去西峪水库的路上。那里的水库也是一座老水库,潜在风险很大,他们现在过去,只有一个目的——立刻开闸放水。

李东百说:"杨省长,没有办法,只能强行压着他们干了,我过去了,也许能镇住,看情况吧,反正我尽力了。说实话,我这个副市长现在什么也不算,我的话上面没人听,下面也没人听。现在听我话的就是张亚明局长,可是他现在已经不是局长了,我这个副市长纯粹就是个空壳子……"

杨鹏突然意识到,连自己这个副省长的话都没人听,像李东百这样的副市长,又怎么会有人听他的。

有无实权,关键时刻看得明明白白。

超大洪水涌进红旗水库的那一刻,廖鸿飞一阵发蒙。

说实话,让廖鸿飞临时兼任水库管理站站长连他自己都清楚,对水库的维护和管理,自己根本就是一个门外汉。

尤其是在汛情期间,特别是面对大洪水时,水库管理站应该如何应对,其实廖鸿飞根本不懂门道。

昨天被通知临时兼任水库管理站站长,廖鸿飞一时兴起,把原站长李皓哲最听话的两个手下一起免了,剩下的几个协议工也一起辞退了。

廖鸿飞下手很快,他知道只有这样,领导才会觉得自己有魄力,有能力,敢想敢干,领导肯定也高兴。

不听领导话的下场肯定就是这样,吃不了就让你们一起兜着走。

当然,廖鸿飞也明白,这些岗位都是领导能用上的,现在就业多难啊,给领导的七大姑八大姨解决一个指标,就等于给自己多开了一条路。有几个指标留在手里,那比什么都管用。

只是今天这个时候廖鸿飞才发现,这些被他除名的几个管理员,竟然都是水库管理方面的行家里手。

剩下的特别听话的那几个人,几乎都是吃闲饭的关系户。

廖鸿飞突然觉得有些抓瞎。

怎么办?这是第一个迎面而来的要命的问题。

思考片刻,廖鸿飞突然对身后的办公室主任喊了一声:"快去,找几个懂行的人过来,马上商量一下,看目前应该怎么办!"

办公室主任愣了一下:"哪几个?"

"管理站没人吗?把值班的全部叫过来!"

"值班的就两个,其他的都不在啊。"

"值班的在哪里?"

"我们就在一起啊。"办公室主任回答。

"让他俩过来啊!"廖鸿飞一下子火了起来。

"老黄、小刘,你们两个过来,快点儿!"

廖鸿飞对来人只看了一眼,就知道这两个除了会打牌,其余肯定什么都不懂,便回身对办公室主任喊道:"其他的那些人都在哪里?"

"今天下午不是都说好了吗,让他们明天一早过来修复大坝泄洪渠。"

"马上打电话,让他们立刻都过来!"廖鸿飞确实急了。

"好的。"

等人的时候,站在水库旁的廖鸿飞,眼巴巴地看着涌进水库的洪水实在吓人,禁不住又把管理站的那两个人叫来问道:"你们俩在管理站也有几年了,看目前这种情况应该怎么办?"

老黄四十多岁,一直在家务农,因为父亲在水利局下属单位干了一辈子,退休时,按政策规定,可以让自己的一个子女顶替接班,于是就被分到了管理站。他平时主要工作就是监管水库,防止有人在水库擅自游泳、钓鱼、划船,在水库四周攀登、砍伐、采摘野果和药材等等。至于水库本身的维护修复,算不上一窍不通,多多少少也知道一些。听到廖主任问自己,蒙了一下,赶紧回答:"我觉得,李皓哲站长的做法应该可以用……马上放水。"

"放水的人呢?"廖鸿飞问道,"谁管放水?"

"不是给抓起来了吗。"老黄战战兢兢地说。

"除了抓起来的,就他一个会放水吗?"廖鸿飞吃了一惊。

"还有啊,好几个呢,但他们不是都被免职辞退了吗。"

"免职辞退了?"廖鸿飞再次一惊,"他们几个都会放水?"

"对啊对啊,他们平时就管这些。怎么放水,他们都懂。"老黄急忙解释道,其实也把责任都推了出去。

"那现在还有谁会放水?"廖鸿飞一下子急了,也立刻意识到了事态的严重性。

"那得问他们啊。"老黄也慌了。

"你呢,懂放水吗?"廖鸿飞问老黄身边的小刘。

"我吗?"小刘一惊。

"对啊,你不也是管理站的吗,今晚不就是你和老黄在值班吗。"廖鸿飞有些恼火。

"是啊,我在值班。可是我不知道怎么放水,那不是我管的事。"小刘有二十七八岁,是市政府办公室副主任的外甥,警校毕业了找不到合适工作,被安排到了这里当了水库管理员。

"那平时你来值班,碰到问题怎么办?"廖鸿飞越发生气地问。

"有问题时,我就给他们打电话啊。"小刘眼巴巴地看着廖主任说。

"给谁打电话?"

"站长、副站长、技术员、办公室,都可以打啊。"小刘如实回答。

"那你现在就给他们打!"

"他们不都被免职辞退了吗,站长也被抓了啊。"小刘与老黄的说法最终趋于一致。

"你马上告诉他们,就说是我说的,他们的职务都恢复了,让他们马上过来!"廖鸿飞恶狠狠地说。

"……那打给谁呢?"小刘没想到廖鸿飞会这么说,一下子反应不过来。

"给所有的人打,让他们统统都马上过来!"

水利局吴辰龙局长用了差不多十分钟的时间,才打通了廖鸿飞的手机。

"什么时候了,还跟别人聊天!"吴辰龙十分生气地说。

"局长不好意思,刚才是市长办来的电话,我把情况向他们汇报了。"廖鸿飞在手机里忙不迭地解释道。

"情况怎么样?"

"局长,情况正常,没有下雨,就是刚才水库有上游的洪水进来了,我们正在观察。"廖鸿飞飞快地回答。

"水势有多大?"

"不太大。"廖鸿飞回答。

"不太大是什么意思?"吴辰龙对这个回答显然不满意。

"没问题局长!"

"数据!"吴辰龙一下子火了。

"数据啊,他们正在测算,局长您放心,如果有问题,我马上向您报告。"

"什么叫正在测算!洪水都进来了,还正在测算!现在流量多少,水势是不是越来越大?你心中应该有数,怎么还正在测算!"

"局长您放心,精准数据马上就出来,出来就给您详细汇报。"廖鸿飞言之凿凿地回答。

"好吧,我等着,十分钟后就给我汇报。"

"放心局长,不会有任何问题!"

杨鹏再次收到夏雨菲的微信时,快晚上十点了。

杨鹏!十万火急!

超大洪水进入红旗水库快一个小时了,红旗水库没有任何动静!

现在洪水的入水量接近水库的总泄水量,如果水库再不立即想办法泄洪排水,就来不及了!!!

坐在车里的杨鹏,差点儿没跳起来。

十秒钟后,杨鹏拨通了市长程靳昆的电话。

"什么情况?"杨鹏径直问道。

"杨省长,我们正在密切关注,目前一切正常。"程市长的声音依然十分稳健。

"正常?"

"是的,刚刚汇总过所有的情况,一切都在掌控之中。"

"我刚刚接到蒙山红旗水库的紧急报告,情况很可能已经失控了!"杨鹏厉声说道。

电话中的程靳昆愣了一下,可能他从来没听到杨鹏这么严厉的声调:"……杨省长,不可能,据我所知,蒙山两座水库现在有数十人在巡视,目前没有接到任何情况汇报。"

"谁在那里负责?"杨鹏厉声问道。

"蒙山管委会主任目前亲自在水库坐镇,应该没有问题。"

"就是你们刚刚委任的那个水库管理站站长廖鸿飞?"

"是啊……水利局反映人不错,很负责的。"程靳昆的语音分明弱了下来。

"廖鸿飞他熟悉水库管理吗?他是干什么的水利局知道吗?大汛当前,让一个对水利水库一窍不通的人管理水库,这是故意玩忽职守,还是有意要祸害百姓!"杨鹏一下子发作了起来。

"杨省长,话不能这么说啊,现在并没有发生什么问题……"

"你马上派人到水库去看看,超量洪水已经冲进水库一个小时了,到现在水库没有任何防护措施。红旗水库大坝泄洪渠塌陷多年,无法泄洪,如果洪水漫过水库大坝,半小时内就会冲垮大坝,两个小时内大水就会冲进临锦市区,沿途一百多万百姓都会被水淹没,到了那时候,你和我都会成为历史罪人!"

"……怎么会,不可能。"听话音,程靳昆分明在发愣。

"我再告诉你一遍,你马上指示水利局,十分钟内必须拿出水库大

437

坝的数据和措施来。否则,你这个市长还有我这个副省长,都准备辞职谢罪吧!"

水利局代局长吴辰龙接到市长程靳昆的内部电话时,正在手机上大声通话。

本来想不接,一看是内部电话,立刻挂掉手机,赶忙接了。
"市长啊!您好,我是吴辰龙。"
"什么情况?"
"一切正常,暂时没有什么情况。"
"你确定?"程靳昆的声音十分怕人。
"确定,市长。"
"我再问一遍,没有任何情况?"
"市长,一切都在掌控之中,绝无问题!"
"蒙山水库没有情况?"
"市长,刚刚通过电话,一切正常。"
"洪水都冲进水库了,什么一切正常!"
"洪水进来了,确属正常,水库就是拦洪的,没有任何问题。"
"吴辰龙局长,如果出了问题,我明明白白告诉你,第一个跑不了的就是你和我!不要拿市政府的信誉当儿戏!"
"明白,市长。有什么情况我随时向您汇报!"

徐帆书记接到杨鹏副省长的电话时,刚过晚上十点。
"杨省长好,我是徐帆。"
"书记,有这样几件事,请你马上布置下去,一刻也不能耽误。"杨鹏在电话中口吻十分严厉。
"省长您说。"徐帆书记立即严肃了起来。
"立刻恢复李皓哲的水库管理站站长职务,马上让李皓哲带领原班人员,火速赶往蒙山红旗水库,越快越好。"
"杨省长,这个您和程市长说过了?"
"徐书记,你是临锦市一把手,现在是危急时刻,这是省汛情督察领导组的决定,你照办就是了。"杨鹏的语气不容置疑也不容反驳。

"……好的。"徐帆愣了一下,立刻答应了。

"让李东百副市长临时主持全市的抗洪防汛工作,所有的应急设备,防洪措施,以及人员调动,都由李东百统一指挥。"

"那程市长呢?"

"程市长和你,全力支持李东百的工作,他要什么就给什么,想用谁就用谁,不要阻拦,立即办理,危急时刻,必须这么做,也只能这么做。"

"好的。"徐帆书记一口答应。

"马上通知雨润公司董事长夏雨菲,让她那里派遣一个技术小组,由夏雨菲带领,立刻到蒙山红旗水库现场协助防汛工作。"

"现在吗?"

"对,雨润公司在蒙山水库五阳县有分公司,还有一个专门测量和预防水库风险的技术部门,通知他们,半小时之内到达。"

"好!"

"立即通知蒙山红旗水库下游所有区县,从现在开始,立刻动员全县撤离,一分钟也不要耽误。"

"现在?"

"现在!再晚就来不及了!"

"……明白!"

四十三

杨鹏给夏雨菲拨通电话时,夏雨菲和她的团队已经在水库上了。

"他们没有人听我们的!"夏雨菲说道,"据我们的测算,水库的进水水量即将超过泄水量,已经非常危险了!"

"没有人给你打电话吗?"杨鹏十分吃惊。

"没有,没有任何人搭理我们,我们根本就见不到他们的领导,那个廖鸿飞主任,也不准任何人见他。"

"你没有说你是谁吗?"

"说了,他们嗤之以鼻。"夏雨菲有些绝望地说,"现在的泄洪道还没有开始修复,如果无法泄洪,这座水库很可能要出大问题。"

"你马上给徐帆书记打电话,就说你已经在水库上,请他给廖鸿飞打电话,让廖鸿飞立即听取采纳你的意见。"

"……我试试吧。"夏雨菲迟疑了一下说,"如果徐书记不给我打电话,就说明他并不相信你的话,也没有按你说的办,他们肯定不想就这样承认他们的失误和失策。人的认知是非常顽固的,没有血的教训,轻易不会回头。还有,以你我之间的关系,他们说不定会认为这些都是我的主意,其实情况根本没有这么严重。"

杨鹏愣住了,好半天没有吭声。也确实如此,如果徐帆书记听了自己的话,或者真正按自己刚才的决定去办,怎么会到现在没有给夏雨菲打电话?水库上一直到现在也没有任何动静?他们当然会有自己的信息渠道,说不定他们得到的信息与自己完全不一样。说实话,如果自己不是认识夏雨菲,自己此刻会听谁的?不也一样会听徐帆书记和程靳昆市长的?

还有,自己刚才对市长书记的态度,是不是太生硬了?

你是一个副省长,还没到那份儿上。即使省委书记、省长,也不会这么做工作。

再说,现在是关键时刻,谁一认输,人设即刻全线崩塌,一个书记、一个市长,如何丢得起这个人,以后在市委市政府还有什么威望?

不能让他们感到没有任何退路和商量的余地。

怎么办?

这时夏雨菲也急了:"你在听吗?杨鹏。"

"我在听。"杨鹏赶紧接过话茬儿。

"如果书记市长没有按你说的办,你现在必须找到新的解决办法。"夏雨菲倒是显得非常冷静,"现在不是赌气的时候,更不是甩锅的时候。你一定要沉住气,尽快解决问题,要忍辱负重,即使别人不理解,也要尽最大努力去说服。因为已经没有时间了,一旦出了问题,这个责任谁也承担不了。"

"明白,谢谢!"杨鹏一下子警醒,现在必须冷静,必须面对现实,必须沉着应对。眼下根本不是发脾气发牢骚的时候,而是解决问题的时候,一旦出了问题,确实谁也负不了这个责任。

　　"你是副省长,人家听你的,是对你的尊重,人家不听你的,也要理解人家的处境。不要以势压人,而是要以理服人。要晓之以理,动之以情,更要让他们知道后果和危险,这样人家才会心服口服。"

　　"知道了,雨菲,你就坚守在那里,随时给我报告情况。我大约还有一个小时到临锦,我现在马上开始处理一些问题……"

　　杨鹏放下手机,思考了一下,然后拨通了省安监局局长吴建国的手机。

　　"你在什么地方?"杨鹏问。

　　"省长,就在您身后,我一直跟着。"吴建国局长声音十分响亮。

　　"你那里了解了一些什么情况?"杨鹏直奔主题。

　　"不好,有几个地方非常危险,降雨量太大了,临锦尤其危险!"

　　"临锦五阳蒙山水库的情况你掌握吗?"

　　"我刚和省水利厅副厅长王新成通过电话,那里危机四伏,太吓人了!"

　　"王新成?"

　　"对,他刚刚了解到的情况。红旗水库一团糟,昨天居然把水库管理站站长拘捕了,现在换了个不懂行的主任兼任,这家伙根本就是个外行,啥也不懂,就知道骂人,眼看水库就要垮了,还在那里充大头。"吴建国看来十分气愤,十分担忧。

　　"建国局长,你说,我们现在该怎么办?"

　　"换人啊!必须换人,必须立刻让懂行的人上去指挥,否则真的来不及了,他们太他妈的不负责任了!"吴建国在手机里骂了起来。

　　"听着,建国,现在还不是发脾气的时候,必须让他们行动起来。"杨鹏突然十分激动,看来夏雨菲给自己说的没有一句假话。杨鹏尽力让自己的口气平静下来,"我刚刚给市长程靳昆去过电话,你现在马上再给他打一个,告诉他真实情况。把你的建议直接说给他,不要含糊,但也不要发火,平心静气,把真实情况原原本本地告诉他。我感觉他们现在还是认为没有任何事情,不会有什么重大紧急情况。"

"好的,我马上打给他。"

"不要着急,实话实说即可。"

"明白。"

一分钟后,杨鹏拨通了水利厅副厅长王新成的电话。

"在哪里?"杨鹏径直问道。

"办公室,现在这局面,谁敢睡觉。"

"有什么情况?"

"我们水利厅杨方敏厅长刚给我通过电话,他可能要马上赶往临锦。"

"告诉他先不要动,我和安监局局长正在去临锦的路上,省里现在需要一个坐镇指挥的领导。"

"那我过去吧,下面我比他熟悉,我也能直接帮您。"王新成说得非常中肯。

"暂时不用。"

"我决定了,一定要去,下面太乱了!杨省长,您是个儒将,温文尔雅,我感觉,您的话他们根本不会当回事。"

"是吗?"杨鹏没想到王新成会这么说自己。

"别嫌我说话难听,那帮狗官,就是一帮欠收拾的货。别想给他们讲理,越讲理他们越霸道。直接收拾就对了,开口便骂,绝对没错。"

"临锦的情况你知道了?"

"怎么不知道,临阵换将,把那么好的一个局长突然免掉,换上一个只会拍马屁的东西,不他妈的出事才怪!"

"这样吧,情况紧急,现在不是发牢骚的时候。"

"杨省长,您有话直说,我绝对听您的。"王新成的口气一下子也严肃了起来。

"我感觉你和徐帆书记很熟,你有他的电话吗?"

"当然有,我跟徐帆不仅是熟,见面基本无话不谈,我俩的关系没问题,什么话都能说。他当处长的时候我就是副厅长了,就是现在我也敢当面骂他。"

"我刚才给他去过电话,可能口气严厉了一些,也可能他对下面的情况真的不了解。他初来临锦,也确实需要一个熟悉的过程。估计他感觉下面的情况没那么危急,到现在还没有采取什么行动。你马上给他去个电话,把真实情况给他说一下。"

"您看您看,让我说准了吧,这个徐帆别看他现在人模人样的是个书记,其实根本就是一个老泥鳅,滑溜溜的谁也抓不住。对这种人,绝对不能客气,就得使劲收拾!"

"新成,你听我说,现在是非常时期,不是发火骂人的时候。徐帆现在是书记,一把手,临锦的安危,系他一人之手。我们只能详细给他说明情况,让他知道情况危急,尽快采取行动。千万不能激怒他,让他再次做出错误决断。"

"好吧。我马上给他打。"王新成答应了一声。

"特别是蒙山水库的情况,你一定要把真实情况给他讲清楚。"

"好的,放心省长。"

徐帆接到王新成的电话时,正准备召集几个区县书记开一个紧急手机视频会议。

秘书正在和工作人员调试视频会议现场时,王新成的手机打了进来。

秘书示意是王新成的电话,看书记接不接。

徐帆想也没想,立刻接过手机:"王厅长你好。"

"干吗呢?"王新成直接问道。

"我只有两分钟,马上召开手机会议,了解下面的汛情实况。"徐帆果然和王新成是老熟人,说话一点儿不客气。

"什么时候了,还开手机会议,还没装够啊!现在还装给谁看哪!"王新成说话刻薄而又毫不留情。

"什么意思?"

"徐书记,我告诉你,不等你的会议开完,你就该赴一线救灾了。

那时候,你再开一百个会也屁事不顶。"

"我刚和市长通过电话,情况没有你说的那么严重。"徐帆的话突然软了下来。

"你是不是以为我现在给你打电话是要和你拉拉家常?"

"你说吧,我在听。"

"你除了跟市长了解情况,还有谁能给你提供真实情况?"王新成反问道,"你以为市长能听到真实情况?谁会给市长提供真实情况?他跟前那一帮吹鼓手,哪个会给他提供真实情况?哪个不是整天拣好听的给他报告情况!你这么相信市长,难道他掉到沟里你也跟着往下掉?"

"……那你告诉我真实情况,好吗?"徐帆似乎突然意识到事态的严重性。

"再有一两个小时,红旗水库就会被洪水灌满,十分钟内水库大坝就会全线垮塌,四十分钟后,就会冲垮蒙山水库,两座水库的大水和这超级洪水一道,两小时之内就会直冲临锦市区。沿途和临锦市区有上百万人口,你这个书记现在能拿他们怎么办?你现在有什么解决办法?靠你的手机会议能解决吗?"王新成语气严厉,步步紧逼。

"你的消息确实吗?"

"你这么大一个市委书记,我胡说八道是不是活腻了?千真万确!如果有一句假话,你就找纪检书记直接撸了我!到时我说一个'不'字就不是王新成!都兵临城下,大祸临头了,你还在那里莺歌燕舞,手机会议,好时髦!"

"王新成你说点儿人话好吗?"徐帆书记有些生气了,"你水利厅现在什么意见?"

"我刚才给杨鹏副省长打电话了,他说给你说过了,说你正在出台措施,没想到你还在开会!水利厅有什么意见,水利厅没有意见,有意见你们也不会听,你们也从不征求水利厅的意见,我们有意见也管不了您这封疆大吏,一路诸侯。您想怎么干就怎么干,谁拿你们有办法?"

"杨省长都说什么了?"

"说什么了你不知道?"

"……好了,我知道了。"

"你知道什么了?"

"马上恢复李皓哲的站长职务。"

"还有那个吴辰龙,纯粹一个混混,关键时刻,您居然同意他代理水利局局长,您这就是自讨苦吃,自作自受,自寻死路……"

程靳昆市长接到安监局局长吴建国打来的电话,正在同蒙山管委会廖鸿飞主任通电话。

"五分钟后再给我打电话。"程靳昆市长对着话筒吼了一声,然后又接通了吴建国的手机。

"市长好,我是安监局吴建国。"

"看到了,局长好。"程市长的话一下子柔和了下来。

"市长,情况很不好,应该马上采取措施了。"吴建国的语气十分平静。

"局长那里有什么信息?"

"这次的降雨量,将会突破历史最高纪录。现在降雨量越来越大,临锦一定是重点。"

"现在降雨量最大的地方是哪里?"市长不安地问。

"目前最大的地方在临锦西南方,富阳县一个小时的降雨量已经超过了一百八十毫米。"

"一百八十?"

"现在临锦五阳方向的降雨量估计将会接近二百。"

"雨锋到五阳了吗?"

"距离还有不到十公里。"

"哦?这么近了?"

"五阳周边形成的洪峰已经分为三路冲进了五阳境内。一路延蒙山河直奔红旗水库和蒙山水库,一路延过去的老河道,直接进逼五阳县区。尤其是红旗水库,现在已经非常危险了。"

"我刚同蒙山管委会的主任通过电话,他说从目前看问题不大。"

"事实上水库已经撑不住了,估计在两个小时之内出现大坝垮塌。

主要问题,一是泄水量远低于进水量,二是大坝的泄洪道现在还没有修复,第三也是最要命的一点,截至目前,水库竟然一直不放水,眼见洪水冲天,水库居然毫无动静。一旦红旗水库垮塌,就会直接冲击蒙山水库,蒙山水库将随即跟着一并垮塌,这样两座水库的洪水,再加上超强降雨,整个临锦市区和水库下游区县都会遭遇巨大洪灾。"

"……是吗!"程靳昆的头上猛地冒出一层冷汗。这到底是谁在说假话?他得到的信息并不一样,说是目前的情况仍然在可控范围之内。

"市长,我们还有两个小时左右的安全时间,现在必须采取重大措施,马上疏散蒙山水库下游群众,临锦市区也要立刻进入红色预警,凡是危险的区域,立刻让所有的人搬离。同时紧急通知临锦市区,立刻停止交通运营,包括地铁、高铁、高速公路,紧急封闭并撤离全部车辆。"

程靳昆突然有些眩晕,他一屁股坐在沙发上,半天也没起来,也没有吭声。

"市长,您在听吗?"

"我在听……市政府马上按照你的意见采取措施。"

廖鸿飞再次拨通程靳昆市长的电话时,已经是十分钟之后了。

廖鸿飞怎么也打不进去,但也不敢不打,市长说了,让他五分钟后再打过来,向他汇报水库的情况。

水库的情况确实有点不妙,眼看着水库的水忽悠忽悠地往上涨,但管理站的几个家伙还没有赶过来。廖鸿飞催了一遍又一遍,只是说都在路上了,很快就能赶到。

一个自称是水库检测专业的民营公司,找了好多次要见他,都被他一口拒绝了。什么狗屁检测公司,不就是想趁机捞几个钱花吗,妈的,也不看现在是什么时候!

现在这个关口,谁也不见,谁也不能见。

正拨着市长的电话,突然一个电话打了进来。

代理局长吴辰龙的手机号码!

廖鸿飞一秒钟也没停留就接了过来。

"局长好!"

"你在干什么?"吴辰龙的声音十分瘆人。

"我在水库上值班啊。"廖鸿飞吓了一跳。

"开始放水了?"

"没有呢,正在评估。"

"评估什么?"

"评估是不是应该放水。"

"水库没有涨水吗?"

"涨了,感觉没有问题。"

"没有什么问题?"

"还不到放水的时候。"

"开始下雨了吗?"

"没有局长,万里无云。"

"是吗?"

"就是西边能看到有云。"

"只是有云?"

"看上去倒是黑压压的。"

"水库的进水量呢?"

"测算的人马上就到了,局长,应该没有什么问题。"

"你就给我说说进水的情况!"

"水不小,但水库没有问题,洪水都拦住了。"

"……你放屁!"

"……局长,怎么了?!"

"马上给我放水!三分钟内还没放水,我就派人把你抓起来!"

"放水?现在吗?"

"混账!你听不懂吗?"

"水库马上放水?市长同意吗?那个李站长不就是因为放水给抓起来了吗?"廖鸿飞差点儿哭出声来。

"这就是市长的命令,立刻放水!立刻!你脑子是不是也进水了,听不明白?"

"……好,明白,马上……"

447

四十四

杨鹏副省长的越野车接近临锦地界时,令人恐怖的雨幕让汽车的能见度刹那间几乎降至为零。

两米之外就是一片水雾,其他什么也看不到了。

汽车的时速已迅速降至三十迈之内。

高速路就像是一条河流,越野车就像是湍急河水中的一条摇摇晃晃的小船。

秘书小丁和司机都睁大了眼睛,紧张万分地看着前方。

杨鹏此时的第一个感觉就是,这场超强降雨是他有生以来第一次见到,从来也没见到过这么大的雨。

年轻时,杨鹏曾徒步回过一次老家,冒雨走到老家的一条河流时,才发现河上的浮桥早已被拆除了。连接两岸的只剩下两条承接浮桥的缆索,在河上的风雨中剧烈地摇晃着。

那条河平时只有十几米宽,但现在至少有百米,浑浊的河水发出滔天巨响。那时候杨鹏二十多岁,浑身有使不完的力气。他看了看水势和摇摇摆摆的缆索,试了试,想从缆索上越过河去。

这时,河口的一个老汉一巴掌甩了过来,骂道:"已经死三个人了,你他妈的还想再死一回?看上去你不像个赖人,我才来拦你。不想活了,直接死到你爸你妈面前去,别在我这里做鬼害人!"

后来回到学校,杨鹏在体育操场的长铁索上试了一下,才知道自己当时的鲁莽无知。在操场还算平稳的铁索上,他只攀爬了二十多米就筋疲力尽,不由自主地滑落了下来。

如今想来,如果不是那个老人的一巴掌,他很可能早已做了河水里的鬼魂。

杨鹏每每想到这个经历便不寒而栗,后怕无比。

杨鹏看着眼前的情景,不知为何突然想到了这个经历。

这么大的降雨,居然没有电闪雷鸣,哗哗哗哗,就像天漏了一样,漫天大水直扑而下。

杨鹏给车后的安监局局长吴建国拨了一个电话,没有忙音,一秒钟内吴建国就接了。

"杨省长。"

"什么情况?"杨鹏直接发问。

"刚接到气象局报告,雨锋中心已经移至临锦半个市区。确认无疑,这次降雨的主要区域就是临锦。"

"会持续多久?"

"气象局说,整个降雨过程大概一天左右,明天十二点前有可能结束。"

"降雨量呢?"

"正在汇总,估计要突破历史峰值。"

"五阳红旗水库的情况怎么样?"

"据报告说开始泄洪了,但仍然得不到真实信息。"安监局局长忧心忡忡地说。

"现在谁在水库上指挥?"

"李东百市长估计快到了,国务院督查组的两个专家,这会儿应该已经到达水库了。"

"哦!"杨鹏突然紧张了一下,督查组的都到了,我们的人竟然还没有到,"你估计情况会有多严重?"

"我刚才已经给程靳昆市长说明白了,大概还有不到两个小时的时间。超过两小时,红旗水库肯定就保不住了,红旗水库一旦垮塌,蒙山水库最多也就支撑一两个小时。"

"蒙山水库放水了吗?"

"……应该已经开始放了,我告诉他们了,必须立刻全面泄洪。"

"如果要保住两座水库,还有什么好办法?"

"省长,这要问水利局局长。"

"……知道了。"杨鹏再次意识到问题的残酷性。

"我刚才也给市长说了水利局局长的事情了。"

"现在已经没用了。"杨鹏顿了一下说,"目前的局面,看来必须有一个破釜沉舟,切实可行的办法。"

"明白了,我马上了解一下。"

杨鹏直接打通了水利局原局长张亚明的手机。

"谁呀?"张亚明用沙哑的嗓音问道。

"我是杨鹏。"

"杨鹏?"张亚明好像一下子愣住了,想不起来对方什么身份。

"我是副省长杨鹏。"杨鹏也有些惊诧,张亚明局长居然没记他的手机号码。

"……啊!杨省长啊,不好意思,都把我给急糊涂了。"张亚明很尴尬地说了一声。

"局长你现在在哪里?"

"我在去五阳的路上,李东百市长让我立刻赶过来。"

"还有多远?"

"二十多公里吧。只是现在走不动,被大雨给困住了。"

"你那里下得很大吗?"

"很大,太大了。省长,不得了,这个雨量的破坏力估计会超出想象。"张亚明沙沙的嗓音直敲耳鼓。

"蒙山两座水库的情况你了解吗?"

"怎么能不了解,太了解了。杨省长,我的感觉,这两座水库保不住了。"

"没有办法了吗?"

"感觉没有了,主要是来不及了。"

"为什么?"

"即使现在开始泄洪,洪水的进水量也会远远大于泄洪量,而且水库大坝的泄洪道,现在还没有疏通。真的没办法了,主要是没时间了。"

"你是老局长,确实没有办法了?"

"没有了省长,即使我现在到了水库大坝上,也没有任何办法。"张亚明绝望地说道。

"我也学过水利专业,能不能在水库蒙山河的上游,把洪水截流过去?"

"您是说分洪吗?"

"对。"

"杨省长,刚才我和梁教授通话了,她也是这个意见。"张亚明嗓音一下子高了许多。

"梁宏玉教授?"杨鹏一震。

"对。"

"她也是这个意见?"

"对。"

"你同意吗?"

"同意。"

"那为什么不建议?"

"省长,再好的建议现在还有用吗?"

"为什么?"

"就算现在这个建议到了市长书记那里,如果要做出决定,不是还得上会讨论吗?不是还得研究通过吗?省长您想想,来得及吗?等研究通过,怎么也得到明天了,那还来得及吗?"

"直接决定不行吗?"

"谁敢做这个决定,要死人的啊,说不定要死好多人!谁敢哪?市长吗?市委书记吗?想也别想,他们没有这个气度和担当。别看平时说得好,关键时刻到了,什么都是假的。"

杨鹏听到这里,也不禁愣了一下。张亚明局长说的是实话,关键时刻,真正需要担当的时候谁也不会轻易做出这个决定。是真是假,出水才看两腿泥。

"好的局长,我知道了,我现在给你十分钟时间,如果决定立刻分洪,你看我们应该怎么办?如何分洪,在哪里分洪,分洪的后果会是什么,如何预防?"

"如果现在就决定了,根本就不需要考虑,我立刻就可以给您汇报。"

"好的,你说吧。"

"您马上给我配备几个人,包括李皓哲站长,我们尽快赶到红旗水库上游十公里左右,蒙山河的一个拐弯处叫老鹰湾,只需几十公斤炸药,就可以把洪水引到一个老防洪渠道,让蒙山的两座水库转危为安。"

"炸药有现成的吗?"杨鹏插话问。

"有,我们可以制作土炸药。"

"这个防洪渠道通向哪里?"

"一直绕过临锦市区,到了蒙山河下游,转入黄河。"

"打通这个防洪渠道会有多少损失?"

"我们已经算过了,梁教授那里有更详尽的资料。"张亚明看来确实已经做过周密思考,"这个防洪渠道两侧有八十多个村镇、十六所学校、八家工厂、二十多家养殖场,三十多万人口。"

"准确吗?"

"准确。"

"相比水库下游这边可能造成的损失要小多了,是吧?"

"是的,省长。危险性也要小很多很多。而蒙山水库下游一直到临锦市区,有二百多万人口,七个县区,数百个村镇,上百所学校和工厂。如能成功分洪,我们的压力一下子就小多了!省长,假如现在就能做出决定,那真是功德无量,谢天谢地了!"

"好的,局长,你就先按照这个决定去做吧,一分钟也不要迟疑,也不要耽误。我很快会给你电话,告诉你最后的决定。"

"……好的,谢谢杨省长……"张亚明突然一下子哭出声来,"谢谢,谢谢……"

杨鹏放下手机再次看到了夏雨菲的置顶微信在显示。

杨鹏,我妈妈找你有紧急情况报告!
目前进入临锦的超强降雨已经达到每小时一百九十毫米!
接近历史最高降雨峰值!
我妈妈的手机号码也发过去了,她一直给你打电话,一直打不进去……!

红旗水库刚刚开始放水,但已经来不及了!

大坝泄洪道还没有开始修复!

没有时间了!

杨鹏还没看完,梁宏玉教授的电话就打进来了。

"梁老师您好!"杨鹏立刻接了。

"杨鹏省长啊,你的电话好难打。"梁宏玉教授的声音显得十分焦急。

"我也正准备找您。"

"我有急事要给你报告。"

"您说。"

"蒙山两座水库因为各种原因,有可能造成临锦市前所未有的巨大损失,我初步计算了一下,即使现在就开始转移,也极可能造成成千上万人的伤亡。"

"我知道了,夏雨菲已经告诉我了。之所以行动迟缓,到现在没有效果,这都是政府造成的。"

"杨鹏省长啊,现在还不是问责的时候,我有一个办法,必须立即截流分洪,把损失降至最低。"

"我也正是因为这个要找您,张亚明局长已经把您的想法告诉我了。"

"我给市长和市委书记都联系了,把我的这个建议也都告诉给他们了,但他们到现在都没有给我一个字的回复。如果再不决定,确实就来不及了。"

"您不用等他们了,我现在就只问您一个问题。"

"你说。"

"如果马上就按您说的办,这个方案切实可行吗?"

"切实可行!"

"现在到开始爆破分洪,我估计至少也得一个小时,这一个小时两座水库能保住不垮塌吗?"

"有可能保住。这也是我最担心的问题,但有一点,如果我们在一个小时内分洪成功,红旗水库即使大水漫过大坝,也不可能短时间让大坝垮塌,因为毕竟我们截流了,红旗水库没了巨量洪水的进入,至少减弱了垮塌的危险和因素了。"

"我知道了。"

"杨鹏省长,如果我们现在做了分洪决定,即使红旗水库垮塌了,但蒙山水库已经提前放水,这至少也会给我们争取到五到十个小时的准备时间,甚至更多,甚至可以不垮塌。"

"嗯。"杨鹏一边听一边紧张地思考着。

"但是如果不截流分洪,我们就只剩了两三个小时的时间,两三个小时之内这两座水库必垮无疑。杨省长你想想,这两座水库一旦垮塌,那将是惊涛骇浪,所到之处都是灭顶之灾,下游数百万人口,在这么大的暴雨之中,就这么点时间,让老百姓冒雨离家转移,特别是让那些老人孩子紧急避险,能做得到吗?来得及吗?别说几万人,就算死伤几千几百人,那也是天大的悲剧,国内国外,政府的信誉承受得起吗?"

"梁老师,明白了。"

"截流分洪的这一边,我们都测算过了,这条防洪渠道,已经很多年没有启用。洪水一冲而下,因为渠道不畅,可能会在十个小时左右淹没十多个村庄和数万亩农田,等洪水到了人口密集区,我们的疏散工作肯定全部完成,风险和损失也会小得多。"

"您说清楚了,梁老师,我代表省政府向您表示感谢!"

"杨鹏省长,如果真能这么决定了,老百姓会为政府树碑立传,大家这辈子都会感谢党和国家!"

"谢谢您!"杨鹏觉得嗓子眼一阵发紧,他再次明白了张亚明局长刚才为什么会止不住地哭出声来。

四十五

暴雨滂沱,整个车厢内都是被瀑布一般的大水砸下来的声音。

车速已降至二十迈左右。

杨鹏再次拨通了水利厅副厅长王新成的电话。

"杨省长,我的车进入雨区了,现在车速四十迈,已经是最大速度了。"

"不用着急,千万别出事。我也在雨区,距离临锦市还有二十多公里。"杨鹏嘱咐了一声,随即说,"王厅长,我现在代表防汛指挥部向你征求意见,希望你如实回答。"

"杨省长出事了吗?"王新成被吓了一跳。

"你也是指挥部成员,根据目前汛情现状,决定立即在蒙山河红旗水库上游十公里处老鹰湾截流分洪,对这个举措你有什么意见?"杨鹏十分严肃地说道。

"省长,这是您的想法吗?"王新成大声问道。

"是,我正在征求意见。"

"太好了!省长英明!您真的跟我想到一起了!"

"你同意吗?"

"当然同意!"王新成十分兴奋地说,"那个地方我还专门考察过,我给市水利局也讲过,昨天的防汛紧急会议上,我在小组发言中也谈到了这个地方。当时有人还不当回事,说哪能到得了那一步,如果到了那一步,临锦肯定没救了。你看,现在如果不截流不分洪,临锦还真的是没救了。杨省长,我一万个同意,举双手同意!"

"谢谢!王厅长你现在马上给市县水利局打电话,告诉他们这个决定,让他们立刻进入分洪下游所在区域,撤离所有村镇、学校、养殖场、发电站等所有人员,如有渎职失职行为,一律就地免职。"

"好的,没问题!杨省长,临锦市委市政府呢?"

"这个我来通知。水利部门这一块,由你全权负责。这个决定,你也马上通知水利厅杨方敏厅长。"

"好!"

第二个电话杨鹏打给了省安监局局长吴建国。

"征求一下你的意见,刚才听取了有关部门和专家的建议,决定立即在红旗水库上游老鹰湾截流分洪,你有没有不同意见?"

"杨省长,我同意。刚才我已经听说这个消息了,我个人感觉这个决定科学合理,我完全赞成,坚决执行。"

"好,你马上通知市县安监局,还有市县应急部门,立即进入分洪下游区域,争取把损失降到最低。"

"明白。"

"凡是工作不到位的,不管到了哪一级,坚决严肃处理,就地免职撤职。"

"好!"

"你还有其他要报告的情况吗?"

"省长,现在情况十分危急了,但临锦市的执行速度和能力,还是让我们不放心。我刚才已经给程靳昆市长讲明了利害,我感觉他还是心存侥幸,并不是十分投入。"

"知道了。"

"杨省长,临锦其他地方的情况也非常不好,我感觉还有可能出现大的问题,只是现在还没有看到,没有表现出来。一旦发现了,很可能就是天大的事情。"

"你觉得我们现在应该怎么办?"

"我感觉还是市长书记这两个主要领导的问题,如果他们是被动的,情况再急,问题再严重,不管我们多么想快速解决问题,整体也只能是被动的。"

"你说的没错。"杨鹏紧张地思考着吴建国的话,这个提醒确实太重要了,这才是最致命的问题!

杨鹏略一思考,立即把电话打给了市长程靳昆。

程靳昆立刻就接了,好像一直在等着杨鹏的电话。

"杨省长好,我是程靳昆。"程市长的声音依旧硬朗,听不出有任何紧张忙乱之处,"我刚刚给徐帆书记通了电话,正准备给您汇报一下有关情况。"

"什么情况?"

"从目前的降雨量来看,完全超出了我们之前的预测,也超出了昨天防汛工作会议布置的预防准备。"

"超出了吗?"突然间,杨鹏一股无名之火袭来,程靳昆说这样的话,事实上把昨天的会议成果和抗洪举措完全给否定了,杨鹏厉声问道,"哪里超出了?"

"杨省长,我这话没有别的意思,我们真的没想到,现在的雨确实太大了,历史上从来没有过。"程靳昆的语气一下子柔和了下来。

"先说你的情况,简单点,现在没有时间了。"

"我刚才给省长通了电话,把临锦的情况给他做了汇报,鉴于目前临锦的超强降雨,我把我和徐帆书记的想法也给省长做了请示,省长表示肯定。"

"什么想法?"

"为了减少损失,可以采取一切办法。"

"说具体的。"

"所有的水库,立刻全部开闸放水。"

"这就是你们现在的想法?"杨鹏忍无可忍。

"杨省长您听我说。"程靳昆也有些着急了,"目前最大风险来自五阳县蒙山的两座水库,即使马上开闸放水,对临锦市区和沿线乡镇县区也仍然具有十分严重的威胁。我们经过认真分析研究,并征求诸多专家意见,认为现在必须找到一个尽快解除这一巨大隐患的办法,我和徐帆书记碰头后,他给省委龚书记通了电话,我也同李铎省长通了电话,两位领导对这个建议没有提出异议。"

"什么办法?"

"在红旗水库上游老鹰湾截流分洪,这个地方是我们在很早以前就踩过点的,如果能尽快决定在这里分洪,那么下一步我们面临的威胁就会减弱很多。"

"李省长和龚书记什么意见?"杨鹏打断了程靳昆的话,径直问道。

"省长和书记的意见都一致,所有关于抗洪防汛的措施和决定,一律向您汇报。"

"那这个分洪措施,你们市委市政府已经决定了?"

"我和徐书记的意见一致,在决定之前,首先征求您的意见。"

"我同意。"杨鹏皱了一下眉头,"然后呢?"

"您同意就好办了,我们市委几个主要负责人,马上召开一个紧急会议,并邀请一些专家现场分析,尽快统一大家的意见,然后在最短的时间内,正式做出决定……"

"好了,我知道了。"杨鹏再次打断了程靳昆的陈述,"我现在就问你一句,这个决定你同意吗?"

"看会议的最后结果,如果大家同意,我个人没有意见。"

"我现在就只征求你一个人的意见,你同意还是不同意?"

"杨省长,这个决定太重大了,需要统一大家的意见。"

"我现在不管别人,就征求你一个人的意见,你同意还是不同意?"杨鹏嗓音不高,但此时已经是怒火中烧。

"杨省长,您说吧,您说怎么办我就怎么办。我们完全听您的,一切都按您说的办,决不打任何折扣。"程靳昆的声音突然铿锵有力,声声入耳。

"程市长,我现在是以全省防汛督察组和总指挥部的名义征求你的意见。"杨鹏不再说别的,直奔主题,"根据目前汛情的情况,指挥部决定立即在五阳县老鹰湾截流分洪,你同意吗?"

"杨省长,您怎么不早说?在老鹰湾截流分洪,是不是你们已经做出决定了?"

"没时间了,我只问你一句,同意还是不同意。"

"杨省长,我完全同意指挥部的紧急措施,我没有任何意见。下一步需要我们怎么配合,请您指示。"

"具体怎么配合,安监局、水利厅和应急办会给你具体建议。我现在只给你说一句,汛情非常紧急,非常危险,一旦出了问题,你我都是第一责任人。在这关键时刻,如果我们不担当,不主动,最终谁也逃避不了追责和惩罚。"

第三个电话杨鹏直接打给了市委书记徐帆。

和程市长一样,似乎一直在等着这个电话,徐帆一下子就接了。

"我是徐帆。"

"你给龚书记打电话了?"杨鹏直接问道。

"是,刚打过。"

"书记什么意思?"

"书记批评临锦了,我做的确实不够。杨省长,我现在向你承认错误,汛情前的一些人事安排,确实欠妥欠考虑。特别是有可能给这次汛情的防治带来重大风险,我已经请省委省政府对此予以严肃处理。"

"你给书记这么说了?"杨鹏一震。说实话,他没想到徐帆一开口就给他说了这么多。事实上,这些人事问题,杨鹏既没有给龚一丰书记说过,也没有给李铎省长说过。

"是。我觉得现在再不说,下一步就没有机会说了。"

"为什么?"

"水利厅王新成副厅长把情况都说了,对这次汛情确实大意了。这次灾情肯定会非常严重,我感觉这个责任必须由我来负。关键时刻不敢担当,我这个书记责任最大,对此我深刻检查。"徐帆说得十分沉重,杨鹏再次吃了一惊。

"徐书记,现在不是检讨的时候,你是书记,临锦的一把手。汛情当前,你这样的情绪,岂不是等于要撂挑子了。"

"那倒不是。"徐帆一下子振作起来,"我之所以给您这么说,就是要把我心里的话都交代给您。以后不管有没有机会再当这个书记,我都会竭尽全力干好工作。我这也算是给组织交心,下一步的工作您放心,肝脑涂地,在所不惜。"

"好,有你这样的话,我也就放心了,下一步如何安排、如何解决问题,我会让几个主管厅局主动与你联系,有什么问题,我们随时沟通。"

"好的,杨省长。我刚给程靳昆市长通过话,我们想马上做出一个决定,就是截流分洪,以最小的代价,把损失降到最低。我们也知道您在来临锦的路上,您来了我们就立刻召开一个会议,并征求您的意见……"

"好了,这个我已经知道了,我现在就只问你一个问题,对这个截流分洪的决定,你有意见吗?"

"我肯定没有意见啊。我刚才已经给市长说了,这件事情非同小

459

可,必须尽快做出决定,对此市委完全支持,但市长坚持还是要听听您的意见。"

"好的,你没有意见我就放心了。不过我要告诉你,这是我们指挥部做出的决定,与临锦市委市政府没有关系,你们只管协助执行就可以了,有什么问题,都是我的问题,这个责任由我来负,与你们没有关系。"

"杨省长,我不是这个意思……"

"就这么决定了。没有时间了,你立刻与下面接洽联系,否则真的要出大问题了。"

杨鹏放下手机,几乎没再考虑,就把电话打给了省长李铎。

省长的秘书接了电话:"杨副省长,稍等一下,李省长一直在等你的电话。"

"杨鹏你那里怎么样?还在路上吗?到临锦了吗?"省长一接过电话就径直问道。

"省长,快了,可大约还有二十公里。"

"注意安全,雨还是很大吗?"

"越来越大了,我们什么也看不见,能见度不到两米,现在时速十公里不到。"

"我记得快到临锦市的地段有座桥,你们到那里了吗?"

"还没有,我们已经接到通知了,说那座桥河水暴涨,有些桥面已经有洪水漫过,十分危险,不过已经有人在那里等我们了。"

"杨鹏你听着,千万不要冒失,如果有危险,立刻原路返回。这是省政府的决定,龚书记也是这个意思。"李铎省长的话分外关切。

"好的省长,我会酌情而定。"

"刚才靳昆市长给我通电话了,说了他们那里的情况,认为临锦措施得力,顶得住,请省委省政府放心,一定会坚持下去,以最小的代价换取这次抗洪的最后胜利。"

"李省长,临锦的汛情非常严峻,现在已经不是顶得住顶不住的问题,而是灾情有多大的问题。"

"他说了一个想法,想在蒙山河上游截流分洪,以减轻洪水对临锦的压力。"

"我们也是这个想法。"

"杨鹏,我批评靳昆市长了。"李铎省长的语气突然十分严厉,"他说的想法一是要向我报告,二是想让我知道他们正在努力,三是要征求我的意见。其实我也明白,他就是希望省政府能支持他的想法和做法。"

"他也给我说了。"

"他给你说什么了?"

"程市长说他给您打过电话了,也说了截流分洪的想法。"

"你怎么说的?"

"他说这个想法马上要征求班子成员和专家的意见,要尽快研究通过。还特别给我说,李铎省长说了,下一步凡是这类事情,直接找杨鹏报告。"

"他确实这么说了?"

"是。"

"那你是在替他说好话。"李铎省长的口气越发严厉,"好的,不说别的了,你现在给我打电话,有什么要说的?"

"李省长是这样,程市长和徐帆书记他们的想法,我也考虑过了,我已经紧急听取了几位专家和领导的意见,决定立刻在蒙山河红旗水库上游截流分洪,其他地方如有类似的情况,也一并这样迅速采取措施。"

"这是临锦市委市政府的决定,还是你的决定?"

"省长,这是我的决定。"杨鹏立刻毫不犹豫地回道,"已经没有时间,来不及了,防汛指挥部我也只征求了部分领导专家的意见,这个决定完全是我一个人做出的。"

"知道了,杨鹏,省委省政府同意你的建议和决定。"

"省长,这是我的决定,我只是向您报告,与省委省政府没有关系。"

"你的决定就是省政府的决定,也是省委的决定。"

"省长……"

"杨鹏你要记清楚,不论是灾情,还是突发事件,也不论是人事考核,还是我们的省市换届,如何保护和支持有担当、有作为、有责任感的优秀干部,这是各级党委政府的首要工作。否则,我们所有的工作都将没有任何意义,也没有任何价值。"

"我明白了,谢谢省长。"

"赶快去宣布你的决定吧。你也不用再给龚书记打电话了,我会把你的决定告诉龚书记。临锦的情况我还是清楚的,据我所知,红旗水库最多还能坚持两个小时,如果这两座水库同时垮塌,将会是临锦市的一场大灾难,也是我们省自新中国成立以来的最大灾难。"

四十六

杨鹏的越野车赶到临锦苍河大桥时,才发现山洪冲击这座桥的情况比通知说的更严峻,更加惊心动魄。

狂风阵阵,大雨如注,泥流滚滚,浊浪滔天。

桥上的两排路灯,在暴雨中显得十分昏暗,但整座大桥仍然看得十分清楚。

原先几十米的河床,现在突然扩宽了几百米之多。

八百多米的大桥,差不多有三分之一已经被淹没在洪水中。

大桥旁有两辆越野车在等着杨鹏。

冒着骤风暴雨迎上来的人居然是水利局代局长吴辰龙!

"杨省长,您不用下车,我就给您说一下。您在这里再等几分钟,我们的跨河缆索马上就架成了,这样您的车过桥就万无一失了。"吴辰龙打着一把雨伞,摇摇晃晃的,在狂风大雨中说话十分吃力。

看着吴辰龙的样子,本来一肚子恼怒的杨鹏一下子就软了下来。他本来想对吴辰龙怒斥几句,现在什么时候,你这个代理局长不在一线,跑到这个地方来接我,脑子里想的都是什么?

因为没听到杨鹏副省长回话,吴辰龙一直站在越野车外,手里的雨伞被狂风绷直,也就是这么一瞬间,身上已经被雨水淋透。司机把越野车车窗摇开了一个窄缝,即使如此,秘书小丁身上也被淋湿了一大片。见杨鹏省长没说话,吴辰龙继续在风雨中对车里大喊道:"杨省长,桥那边有个大桥管理处,咱们把车开过去,稍稍休息一下,喝口热茶,暖暖身子吧。"

一句话,又把杨鹏的火气激了起来。因为不好发作,便对小丁秘书说:"你问问他,他的车是怎么过来的?咱们的车现在马上开过去可以吗?"

小丁马上问道:"吴局长,你的车是刚开过来的吗?"

吴辰龙想也没想立刻答道:"是,我刚刚开过来的。"

"那我们马上开过去吧,再晚了,就更不好过去了。"小丁继续说道。

吴辰龙吓了一跳:"那可不行,千万再等一下,程市长交代了,必须确保杨省长的安全。市长说了,一定要万无一失。缆索马上就架好了,用不了多长时间。"

杨鹏想了想说:"你给他说,让大桥前边的那辆车闪开,我们马上过桥,不等了,不要让他再啰嗦了。"

"吴局长,我们马上过桥,你让那辆车让一下!"小丁大声喊道。

"杨省长,那怎么行呢!"吴辰龙似乎要哭出声来。

杨鹏对着吴辰龙使劲挥了挥手,厉声说:"听我的,现在过去肯定没有问题。再晚了,洪水只会越来越大,那时候我们就别想过去了。告诉他,马上让那辆车闪开,有什么问题,与他们没有关系。你让他们看看,桥那边不是正有车要开过来吗。"

远处的大桥中央,确实有两辆车开了过来。

"吴局长,快点儿把车让开,否则就来不及了,那边有好多事等着做呢!"小丁的嗓门一下子又高了许多。

"那我给市长打个电话吧。"吴辰龙突然显得惊慌失措,语无伦次。

杨鹏一下子怒了:"我会给程市长打电话,不要耽误时间了!开车,那辆车要是不动我们就绕过去!"

司机立刻开动了越野车,还没开到那辆车跟前,那辆车就已经让开了。

　　吴辰龙愣了一愣,朝那辆车扬了一下手,立刻钻进车里,跟在杨鹏的车后面,向大桥开去。

　　其实杨鹏已经看到,这座大桥还很坚固,桥中心水流湍急处,桥拱离水面还有相当距离。

　　现在形成的是第一波洪峰,大桥所承受的破坏力并不大,此时过桥危险性并不高。

　　这座桥是一座老式的拱桥,修建于二十世纪九十年代,钢筋结构,水泥建筑,稳固坚实,即使洪峰再大,也不可能被冲垮。除非是上游红旗水库突然垮塌,带来滔天洪水,才有可能冲毁这样的大桥。

　　越野车开到大桥中心区域,杨鹏让司机开得尽量慢一些。

　　滚滚洪水,发出令人心颤的吼声,即使隔着车窗,也让人感到惊心动魄。

　　杨鹏隔窗细细地打量着河床的宽度,计算着洪水的截面、水位和流速,大致估计出此时河道的流量应该在每秒七百立方米左右。这样的流量,目前看来对临锦市区的冲击并不是很大。

　　整个临锦市有四条河流汇聚通过,这条河流的流量应该是中等水平。由此也可以推断出,目前的汛情确实十分严重,如果这四条河同时以这么大的流量冲击临锦市区,那就很可能造成多方面的巨大风险。

　　如果蒙山的两座水库同时垮塌,同时冲进临锦沿线市区,那就会成为李铎省长刚才给他说的那样:"……将会是临锦市的一场大灾难,也是我们省自新中国成立以来的最大灾难。"

　　临锦市水利局老局长张亚明和蒙山水库管理站李皓哲他们到老鹰湾了吗?

　　心神不定的杨鹏,其实一直在等着他们的消息。

　　他们在这么大的雨中,首先要回到红旗水库管理站,制作炸药和工具,再找到相关的技术和工作人员,然后再从红旗水库崎岖的山路到达老鹰湾,再快也需要两到三个小时。

　　杨鹏看看手机,此时刚过两个小时。

他们现在到达哪里了？

分洪的准备就绪了吗？

那里一定是十分险峻的地方,也一定是行动十分困难的地方。

这么大的雨,漫天漆黑一团,如何寻找合适方位,如何置放炸药,如何通知附近住户,都将是一道道巨大的难题。

还有,红旗水库现在又是一种什么样的情况？

夏雨菲呢？

杨鹏下意识地看了一下手机,果然,夏雨菲又发来了三条信息！

  红旗水库仍然没有动静,感觉很乱,那个廖鸿飞主任好像着急了,但感觉他没有任何措施和办法,水库大坝泄洪道,现在还没有打开！！！

  还有一点,他们还是不让我们靠近,根本不听我们的任何建议！

  廖鸿飞主任说了,他现在只听一个人的,就是水利局的代理局长吴辰龙！

  杨鹏,你在哪里？

  据我们测算,洪水进水量已经超过了水库的排水量,但现在水库大坝的底孔下泄水道还没有全部打开！

  大坝的泄洪渠道也仍然无法使用！

  水面距离水库大坝只有不到两米了,已经没有时间了！

  杨鹏！！！

  谢天谢地！李皓哲和亚明局长赶过来了！

  水库的下泄水道全部打开了,大坝泄洪渠道也已经开始紧急施工！

  李皓哲和亚明局长带领着十几个人去了老鹰湾！

  他们说是你的决定,要在那里截流分洪！

  杨鹏你太棒了！！！！！！！！！！！

  但愿这一切来得及！

465

你还在路上吗？太危险了,据妈妈检测的数据,现在两个多小时的降雨量已经超过了四百毫米,接近历史最高值!

杨鹏看了一眼夏雨菲最后一条信息的时间,十五分钟以前。

这就是说,李皓哲和张亚明他们应该快到老鹰湾了。

杨鹏的越野车顺利地过了大桥,有惊无险。

大雨如注,没有任何停歇的意思。

夏雨菲说,根据她母亲梁宏玉教授测量的结果,两个小时的降水量已经超过了四百毫米!

这个信息太惊人了。

这就是说,如此大的降雨量,即使没有蒙山两座水库的危机,也一定会给雨区的安全带来巨大威胁和冲击。

"但愿这一切来得及!"

"杨鹏你太棒了!!!!!!!!!!"

居然给了十个感叹号!

她一晚上几乎都是在深深地为你杨鹏担忧和操心!

说实话,如果这次下来没有碰到夏雨菲他们,杨鹏你现在会是一个什么样子?

是不是也同徐帆书记一样?

甚至也会像程靳昆市长一样?

在巨大的危机下,自己浑然不觉,依然充满了自信和自得,觉得这一切的一切,一直会在自己牢牢的掌控之中。

你一定会为那些领导干部的每一句话、每一次汇报、每一次努力感到认可和满意,甚至会感到兴奋和激动,认为这些干部确确实实都是十分优秀的好领导,有担当,有作为,好钢要用在刀刃上,一定要想办法把这些经得起考验的好干部放到更重要的位置上。

多亏你这次提前下来,真正沉下来,才了解到这么多实情和真相。

车外的雨越下越大,车速依然在十迈左右。

杨鹏再次看了看手机,时间是晚上十一点整。

这时丁秘书默默地把他的手机给杨鹏递了过来。杨鹏大致看了一眼,都是在杨鹏通话的这段时间里,丁秘书手机上汇总的各方面的信息。

1. 临锦市十三个县区,包括临锦市,共有十二个地方发生洪灾,正在紧急疏散二十八万名群众。

2. 贯通临锦市区的腾沙河,超大洪水在临锦市区五龙大桥处,形成巨大漩涡,已经冲垮了五龙桥临街两个桥墩,同时冲垮了沿河大街,有可能冲击到地铁通道。如果穿透地铁通道,整个临锦市区的地铁将会全部淹没。

3. 临锦市数百座小型和大中型水库,几乎全部同时开始放水,有可能给全市的防汛工作造成严重困难和威胁。

4. 临锦市区内广场,处于低洼的五一路、解放路已经积水严重,造成数百辆汽车堆积漂移,给居民安全带来巨大风险。

5. 目前最需要的救生艇和皮划艇严重缺乏,紧急驰援省城及各市库存的救生设备,因大雨封路而被困阻。

6. 临锦市目前面临的最大问题是,缺少救生设备,灾民无处安置,干部没有救生措施,都在不断向上级部门紧急呼救并请求支援。

……

杨鹏还没看完,临锦市副市长李东百的电话就打了进来。

"杨省长,情况不好,临锦市区蒙山河地下通道进水了!"

"怎么回事?汛情这么严重,这条河下通道没有关闭?"杨鹏不禁一惊,大脑一蒙。这条河下通道杨鹏是知道的,之前还坐车下去巡查过一趟。通道很长,曾是一条战备通道,大约有五公里,平时车辆确实很少,但上下班高峰时段,河下通道的车辆还是很密集的。

"是,市水利局大意了,只封闭了河上几条大桥的通道,河下的通道可能因为平时通车量较少,就没有关闭。"

"河下通道进水有什么危险情况?"杨鹏怔怔地问。

"对河下通道本身暂时没有太大危险。"李东百副市长顿了一下,然后有些紧张地说,"现在的危险是,河下通道中估计有上百辆汽车被困在了里面。"

"上百辆！怎么有那么多？"

"估计会更多。"

"怎么回事？"

"因为河上面的大桥封闭了，好多人就选择了这条通道。"李东百解释道，"刚才水务处的人说了，估计下面的车辆不止这么多，甚至可能有几百辆。"

"几百辆！"杨鹏脑子里突然一片空白。如果真有几百辆汽车困在河下通道，那肯定是一场巨大灾难。河下通道，都是两头高，中间低，全程都在河流下方，这样的河下通道一旦进水，不论什么汽车想开出来都没有任何可能。

"杨省长，这个情况靳昆市长和徐帆书记已经分别给李铎省长和龚书记做了汇报，两人都被严厉批评，并要求立即给您汇报。请您尽快做出安排和拿出措施，靳昆市长和徐帆书记让我先给您报告一下，他们现在都准备立刻到事发现场。"

"他们到了现场有什么用！"杨鹏止不住一声怒喝。让杨鹏最生气的是，水利局的代理局长，竟然也不在现场，而是奉市长的命令，在大桥口等一个副省长的到来，"吴辰龙还在我屁股后面呢，大汛期间，我需要一个水利局局长给我拍马屁吗！如果真出了什么问题，这岂不是罪加一等！"

"杨省长，现在的情况很严重。"李东百副市长没有接茬儿，继续说道，"目前的问题，主要原因是蒙山河平时水流很少，河下通道出口处上方多年没有过水，有了毛病也不知道，现在大水一冲，就塌方了，河水一下子倒灌了进来。现在有数百工人在塌方处堵截河流，武警总队也正在赶来。因为塌方处地方不大，人再多也施展不开，紧急施工下虽然倒灌的水流有所减弱，但由于河下通道积水已经超过一米，下面的车辆已经无法发动，我们已经派了两个分队下去救援。"

"下面被困的人员是否已经有了伤亡？"杨鹏问。

"还没有消息，估计会有，但有多少，我们同两个小分队一直在保持联系。"

"现在还有什么别的办法？"

"杨省长,如果河水不再大涨,估计我们还能坚持两三个小时,否则下面积水一旦淹没整个通道,那后果将不堪设想。"

"两三个小时?"

"对。杨省长,我现在最担心的就是蒙山河上游的两座水库,还有截流分洪能否尽快实施,否则,真的会出大问题。"

"知道了!"

"杨省长,我刚刚给张亚明局长通过电话,他说,分洪截流马上准备就绪,就看您的决定会不会有变化。"

"你说呢!"杨鹏突然怒从悲来。

"杨省长,我们相信您!"

杨鹏正沉浸在一种莫名的悲愤和紧张中,手里的手机突然响了起来,把他吓了一跳。

水利局老局长张亚明的来电!

"杨省长!我是张亚明!"杨鹏一接通手机,就听到了张亚明扯着嗓子的呼叫声。

"我是杨鹏!"杨鹏也不由自主地大声喊道。

"这里是老鹰湾,分洪截流,全部准备就绪,杨省长,我们听您指示!"风声,雨声,和张亚明浓重方言的呼喊声汇聚在一起,显得异常激越和壮烈。

一时间杨鹏竟有些发蒙,从小到大,这种情景除了在电影电视上看到过,从来没有遇到过。一股说不出来的情绪,直冲心扉,他止不住地喊道:

"执行决定,立刻行动!"

"杨省长,谢谢您!谢谢!"

"谢谢你们!"

"李皓哲——杨省长指示,立刻行动,起爆!"

几秒钟后,几声沉闷的爆破声,从手机中陆续传来。

"杨省长,爆破开始了,请您放心,我们一定把截流后续工作做好,争取不给群众增加更多的危险和损失!"

老鹰湾是一个高地峡谷,蒙山河在这里急转了个弯,让这道峡谷像一只腾空盘旋的老鹰,因此被当地人命名为老鹰湾。

由于地势高,蒙山河床近乎在老鹰湾的半腰里。在这里截流分洪,自是最佳之地。

截流处河床很窄,河堤很薄,厚度大约十多米,只要炸开一道口子,瞬间就会让蒙山河如悬河倒泻,立刻成为一道浅浅的溪流,极大减弱洪峰对下游的冲击。尤其是对蒙山两座水库危机的解除,能以极快的速度起到立竿见影的关键作用。

尽管老鹰湾河堤的厚度只有十多米,但这里的河堤是由钙质黄泥形成的天然料礓石,质地坚硬而又极有韧性,要把这一道河堤炸开,并不容易。

主要是没有什么合适的炸药,平时要买强力炸药,很难得到批准,即使是一般炸药,要储存起来,也根本得不到批准。而现在临时调送炸药,又绝对来不及。只能用一种老办法,就是自制的土炸药。

土炸药并不难制作,硝酸铵肥料,加进适量木渣和煤油并搅拌,然后紧紧包扎成炸药包的形状,插进雷管就可以了。雷管虽然同样是违禁用品,但民用雷管在国有中型水库这一级的管理单位,还是可以自行封存一些。

这种炸药的制作,李皓哲和张亚明他们都很娴熟,因为平时水库障碍物的处理和水利工程的实施,经常会用到这种炸药。虽然是个老旧技术,但确实能解决很大问题。

其实李皓哲和张亚明他们在一个小时前就到了老鹰湾,主要是河堤太硬了,要把这些炸药深深地埋进大堤,同样不是一件容易的事情。

在狂烈的暴雨中,没有一个人用伞,也无法用伞,所有的人都裸露在暴风雨之中,他们知道,这是在与洪水争时间,在与洪魔抢跑,竭尽全力,用了将近一个小时才完成爆破河堤的所有工作。

准备工作完成后,张亚明局长立即同杨鹏副省长通话。

两分钟后,开始起爆。

一共四个起爆点,埋进去八个炸药包。

八个雷管,八条导火索。

四个起爆点,八个炸药包,这是前所未有的保险措施,目的只有一个,确保同时起爆。

但是天不遂愿。可能雨太大,炸药太潮,或者雷管失效,导火索熄灭了,河堤离河道最近处最核心的一个起爆点,居然哑火了!

一分钟过去了,没有爆炸,二分钟、三分钟、五分钟过去了,仍然没有爆炸。河堤被炸开了四分之三,就差这四分之一依旧纹丝不动。

两分钟又过去了,不能再等了,否则整个下游和两座水库危在旦夕,再晚了,即使截流成功,也就没有意义了。

张亚明说:"好了,你们等在这里,我过去看一下。"

李皓哲一把将张亚明拉住:"局长,我年轻,这事与您没关系。我过去看看,我学过爆破,这两年也经常搞爆破,怎么也比您强。"

张亚明使劲把李皓哲的手掰开:"你还年轻呢,我先观察一下就回来,如果有问题,你再上不迟。"

李皓哲再次拉住张亚明:"局长,攸关百万人生命,这样来来回回耽误时间。您要相信我,我再拿一个炸药包,过去在原处挖开塞进去就行,一点燃,肯定不会有问题,也用不了几分钟。不要再争了,我年轻,跑得也快,否则就真来不及了!"

张亚明想了一下,闭着眼睛,使劲点了一下头。

李皓哲果然跑得飞快,几个人在后面给他打着强光手电筒,远远看去,就像河堤上的一道闪烁的光影。

三分钟后,李皓哲就跑到了爆破处。

李皓哲看了看,然后低下头去,开始猛挖。

张亚明一行人都默默地看着,四周除了雨声风声,再听不到任何声音。

张亚明紧紧地攥着双手,两眼一眨不眨地盯着那个光影处。

突然间,张亚明的身子一下子僵直在了那里。

张亚明最担心的事情还是发生了。

砰一声惊天巨响,那个光影处突然一团烈焰腾空。

哑火了将近十分钟的导火索被李皓哲再次挖开的一刹那,突然复燃!

张亚明惊恐万分,眼看着那个熟悉的光影被强烈的爆炸声浪轰然崩推到了半空中。

张亚明想吼叫却怎么也吼不出来,一个拳头猛地砸在满是石块的山地上,他像一只受伤的豹子止不住地在地上翻滚起来……

四十七

蒙山红旗水库。

已经完全变了颜色的黄色水浪,正一波接一波地冲向水库大坝。

水库水面距离大坝顶端已经不到一米,整座水库岌岌可危,所有大坝上的维护人员都已经撤离大坝。

水库大坝左右一片混乱,有两个水库管理人员此时开始捶胸顿足,呼天抢地,失声大哭。

水库大坝泄洪渠道仍然没有打通,正在抢修之中。

大坝泄洪渠前年由于山体塌陷,整个被堵住了三分之一。由于工程浩大复杂,如果整体修复,需要维修资金数千万人民币。但每次市政府预算,都被更紧急更迫切的工程所代替。

一座老旧水库的大坝泄洪道,在一个十年九旱的县域里,算不上什么头等大事。民生工程条条要命,这样的工程只能延后再延后。

今年由于汛情预报,市政府经过年中增加预算,决定采用最简单的临时修复办法,直接把泄洪道打通,然后用水泥做成拱道,如果发了大水,这条通道暂时能泄洪即可。

总共需要两千多万,前期需要六百多万,于是就有了昨天廖鸿飞主任和施工队经理最终如何解决现金问题的争执和决定。

本应该立刻开始施工,但由于没有现款,于是施工时间被推到了第二天上午。

但出乎意料的是,超大汛情在当天晚上就这样迅猛地来到了眼前。

或者并不意外,只是他们认为根本不会有什么大的汛情,也根本不必当回事,但恰恰就来了这么一场百年不遇的超级洪灾。

施工队被连夜接到了水库,廖鸿飞主任下了死命令,不管用什么办法,拼死拼活也要把这条塌陷的泄洪渠道打通,让已经超过水库下孔水道排水量的洪水从大坝泄洪道排泄出去一部分,以减缓或者阻止水库整体垮塌的巨大风险。

在整个塌陷了的泄洪道内施工,危险同样巨大。

由于上下四周都是塌陷的碎石和泥土,要在这些碎石和泥土中打开一条通道,任何挖掘动作,都有可能带来再次塌方和沉陷。

保护措施已经用不上了,否则根本没有时间打通这几十米的通道。

在这样的一个通道里,任何机械也同样都用不上,一切都是手工,都是原始工具,还有的就是工人们的勇气和拼命。

工人们的身后就是那满满的一库超大洪水,水库的水平面已经远远高于泄洪渠道的底部。

泄洪口虽然一直封闭着,但也不知是哪里渗出来的水流让施工巷道里的积水不断升高。

整个施工进行到将近一半时,泄洪巷道里的积水已经将近一米高。

将近一多半时,巷道里的积水几乎齐胸。

所有的施工人员都整个泡在水里。

头顶上罩着一个简易的钢丝网,抵挡着随时可能掉下来的石块和泥沙。

七八个工人几乎光着身子轮番作战,钢钎、铁锹、大锤、石铲……

还有十几个工人往巷道高处为数不多的几个窗口运送抛掷挖掘出来的石块沙土。

大约距离巷道出口不到六七米即可打通的时候,施工现场的积水突然再次增高。

施工的工人即使踩在积水中的石块上,积水也高过腰部。后来紧急搬来两张桌子,工人踩在上面也半个身子仍然泡在水中。

积水越来越凉,凉得透心。

施工队长吴新民凭经验知道,这样透心凉的积水,绝不是什么好兆头。

473

一定是水库深处的水渗进来了。

大事不好,必须撤!

挣钱养家,保命为上!

一条人命现在可是无数的钱,他这个施工队长整个工程也就能挣个十万八万,若是一条人命搭进去了,那他这个队长无论如何也赔偿不了。

何况这个巷道里可不止一条人命。如果整个出了问题,那他这辈子都会搭进去。

如果他自己也跟着搭进去了,那他那一家人,上有老下有小,这辈子都没有指望了。

必须撤了!

一声令下,大家都拼命往泄洪渠道出口狂奔。

即使他这个队长不发话,也没人敢再干了!

在出口处,廖鸿飞睁大了眼睛,看着施工队员一个个丧魂落魄地冲了出来,还以为出了什么大事了。

等问清楚了,不禁勃然大怒!

"你们这帮东西,应人事小,误人事大,我一个工人每小时八百块的工钱都给你们预支了,你们他娘的给我临阵脱逃,你以为我们政府这些人都是傻×吃干饭的,天生就是上当受骗的!

"抓!一个也别想溜,如果真给我误了事,让水库大坝出了危险,看我下一步怎么收拾你们这帮王八蛋!"

吴新民队长哭丧着脸,大声叫屈:"你们要是敢进去看一眼我就立马认屍,那里面都让大水漫过头了,还咋干活?我们这些人跟钱有仇吗?一小时八百块,那么高的工钱谁不想挣!要是有一分把握,你们想想我们能舍得跑出来?现在里面的水都是透心凉,肯定都是库底渗出来的水,用不了几分钟,这水库肯定就垮了。我干了这么多年水利工程,这水库肯定没救了,如果不是有问题,就剩下六七米了,我就是再傻也不会这会儿撒手让他们跑出来!"

廖鸿飞越发震怒:"放屁!老子现在就站在水库上,你他娘的哪里看到水库没救了！今天我就跟你们这帮孙子一起站在大坝上，水库要是真的垮了，老子就陪着你们一块儿见阎王！养兵千日，用兵一时，到这会儿了，你们才想着吃白食有风险，真你娘的忘恩负义！就这么一个工程，给了你们那么多钱，一群白眼狼呀！我现在就把话挑明了，谁也别想跑！想活就一起活，要死就一起死！我现在也算你们中的一个，想活你们就跟着老子一起进去挖开泄洪道！现在每小时每人再加五百，打通了一起算，打不通我们就一起死！"

吴新民突然扑通一下子跪在了廖鸿飞前面，一边号啕，一边喊："主任啊，人心都是肉长的啊，我们都上有老下有小，我七十岁的老母瘫痪在床，小儿子今年才刚刚四岁，我要是死了，那他们怎么办？你们政府要是讲信用，承诺把我的孩子养大成人，给我的母亲养老送终，我现在就跟着你去死。我们马上签个合同，合同签了，我们要是不跟着你去，那就是你说的我们都是一群不孝之子，都是一群忘恩负义的王八蛋！"

廖鸿飞再次破口大骂："没良心的东西，你他娘的说的是人话吗！你昨天要是敢这么说，这种活儿还能轮上你！这次你们要是敢玩儿我，老子这辈子都不会放过你们！只要我在这里干一天，你们就一天也别想再在这里揽下活儿！"

……

就在双方僵持之间，水库的洪水一直不断地在迅猛上涨，库水汹涌地拍打着大坝顶端，发出瘆人的声响。

此时水库四周所有的沟壑都化成了道道激流，像一条条瀑布，直接狂泻进这座浩瀚的红旗水库。

也就几分钟的时间，水库的水面离大坝极限顶端大约就剩了十多厘米，尽管水库底端的几孔下泄水道都像爆炸一般喷出十几米高的水柱，泄水量已经达到极限，但由于洪水的进水量太大，蒙山河已经达到每秒将近六百立方米流量，水库四周的进水量至少也有每秒五十立方米流量，而水库的八孔下泄水道，下泄水量极限也就在每秒四百立方米左右。

即使上游老鹰湾截流成功，蒙山河老鹰湾到水库这将近十公里之遥的巨量河水,也还得全部冲进红旗水库。除了这十公里的巨量河水,还有这期间巨量的强降雨水,都得从红旗水库全部排出去。如果所有的水量都算上,以每秒八百立方米流量计算,把这些增加的洪水从红旗水库全部排泄出去,怎么也得再需要一个多小时!

而眼前的这座红旗水库还能坚持多久?以现在水位的上涨,撑死最多半小时就会水漫金山,而洪水一旦漫过大坝,只需要八九分钟就会把大坝彻底拉垮。

如果老鹰湾截流分洪成功,最快也需要四十分钟才能看到效果。

如果红旗水库在半个小时后垮塌,再加上四十多分钟蒙山河的巨量洪水,下游的蒙山水库现在还有将近五分之四的库水,红旗水库一旦垮塌,那么蒙山水库只能坚持十分钟左右,两座水库的洪水汇聚在一起,必将导致一场惨绝人寰的超大灾难!

无可阻挡,也来不及实施任何紧急补救措施!

现在所有的紧急措施,其实都只是在一个动员阶段,如此大的降雨和洪水,让上百万的人紧急撤出灾区,纯粹就是纸上谈兵。雷声大雨点小,灾区险区的百姓,即使听话,即使马上就行动,也来不及了,想跑也跑不了!

事实上,现在的临锦市委市政府,包括杨鹏副省长,还有省长省委书记,其实都在等待,都在期盼,也就是寄希望于这座红旗水库能挺住!

但是,能挺住吗?能吗?!

所有的等待、期盼和希望现在都押在红旗水库这座大坝泄洪渠道的打通修复上。

身在临锦的这几位主要领导,此刻都在坐卧不安、心急如焚地盘算着,预估着,等待着。

如果泄洪道始终无法打通,水库猛涨的洪水漫过大坝的概率,几乎百分之百,能逃过去的可能性完全为零。

两座水库的垮塌,将是临锦市前所未有的灭顶之灾,能逃过去的可能性也完全为零。

唯一的解救办法,就是尽快打通大坝泄洪道。尽快也只是一个祈祷词,所谓的尽快,就是决不能再超过半个小时。

半个小时内大坝泄洪渠道如果再打不通,那一切真来不及了。

水库泄洪渠道每座水库都有,这是水库必备的设计,也是水库在紧急的状态下唯一的自救办法。

大坝泄洪道设计的最高排水量为二百立方米每秒。

一旦打通,尽管不会立竿见影,但至少可以大大延缓库内洪水漫过大坝的时间。

现在水库的进水量不算别的,大概在六百立方米每秒左右,而水库现有的排水量在四百立方米每秒左右,加上泄洪道二百立方米每秒左右,差不多等于进出持平。

如果真能这样,也许就可以阻止水库洪水的继续上涨。按目前水库的危险度,虽然不能百分之百地保证水库的安全,但如果能坚持一至两个小时不垮,等到截流分洪效果显现,洪水进水量大幅减少,那水库险情就会大大减弱。

只要水库的积水不断下泄,不再上涨,那么水库垮塌的概率就会不断降低。

只要水库不垮塌,那两座水库的下游,上百万人的安危,无数建筑、工厂、学校、村镇,还有大面积的土地和庄稼,也就极可能转危为安,化险为夷,全部都会保住,全部都能获救。

真正是千钧一发,就这么一个平时不起眼的大坝泄洪渠道,此时却关系着整个临锦的安危和无数百姓的生死存亡。

对水库的安危与解救办法,此刻站在水库大坝上的夏雨菲和她在五阳县办事处的整个团队,心里都清清楚楚,心急如焚。

夏雨菲是在水利局接到市委办公厅的指令后,由水利局直接给廖鸿飞打电话,才真正走到了水库一线。

然而廖鸿飞并没有把这个纤细柔弱的女专家放在眼里,他连正眼也没瞧过这个所谓的董事长。其实廖鸿飞也明白,别说这个夏雨菲了,就是再大的专家现在也解救不了自己。能解救自己的人其实就是眼前这几十个浑身污泥的农民工,就是这个跪在自己身前、失声号啕的施工队经理吴新民。

看着此情此景,夏雨菲明白,现在必须做出决断了。

她原本想着给杨鹏或者其他领导打个电话,或者发个短信,但已经来不及,就算打通了也不会有任何作用。

因为即使杨鹏和其他领导接到电话,收到短信,他们也拿不出可以立即解决眼前危机的办法和措施。

就是省委书记此时发出指示,下面的老百姓也不可能立刻言听计从,俯首听命。

此时此刻,老百姓宁可相信一个村支书、一个付钱的小老板,也不会把你上面的领导当回事。县官不如现管,几千年如此,到现在好像还是如此。

夏雨菲明白,时不我待,只有挺身而出,力挽狂澜,与他们这几个人拼一把。她把脸上的雨水擦了一把,推开人群,很镇定地走上前去。只听她对着廖鸿飞和吴新民大声喊道:

"你们还在这里争什么等什么!现在还有时间吗!廖主任、吴队长,你们的孩子也在水库下面,你们的家、你们的父母妻子,也都在水库下面,现在是你们这样赌气的时候吗!你们真能什么都不管不顾了吗!即使自己想活,那现在还逃得了吗!现在还有逃的时间吗!如果二十分钟内还打不通泄洪道,水库下面几十万上百万人,包括现在大坝上所有的人,都只能跟着你们一起死,这你们还不清楚吗!"

面对如此一番痛斥,廖鸿飞和吴新民一下子都呆在了那里。也许这几句话说得太重了,刺激到他们内心的最痛处,过了好半天,廖鸿飞才回过神来:"夏专家你也看到了,是他这个家伙不想干了,我不这么收拾他又能怎么办?"

"但你们这样互相拆台、互相埋怨能解决问题吗!还是那句话,没有时间了,再延迟真的就来不及了!"

"那你说怎么办?"廖鸿飞终于软了下来。他当然知道自己这样做意味着什么,如果真出了问题,那他真的是插翅难逃,就算逃到天边也会被抓回来接受审判。

"我刚从你们施工的巷道里出来,我已经看过了,巷道里的积水不是水库里的积水,现在继续施工没有问题,你们必须马上进去全力打通巷道,就剩下六七米了,只要一起努力,用不了十分钟,打通巷道绝对没问题。"

"你怎么知道那不是水库里的洪水?"坐在地上的吴新民问道。

"我可以用我的生命给你做保证,现在巷道里渗出来的水,是山体里面的积水,不是水库里渗过来的洪水。山体里的积水,是清水、冷水。水库里的洪水是浑水,不会这么冰凉,这是常识。如果是水库里的洪水,那巷道里早就被淹了,你们还能跑得出来!"夏雨菲字斟句酌地说道。

听夏雨菲这么说,两个人面面相觑,一时无语。

夏雨菲继续大声喊道:"不能再等了!再等我们就得一起死!我们死了不要紧,还有山下的老百姓,还有我们的父老乡亲、妻子儿女,就算我们现在拼一把,那也值得!"

大坝上此时只有哗哗的雨声和瘆人的水声,所有的人都静静地站在雨里,默默地看着这个年轻的女人声色俱厉,慷慨陈词。

"你刚刚在巷道里看过了?"廖鸿飞终于问了一句。

"现在什么时候了,我为什么要骗你!"夏雨菲再次怒斥道,"你好好看看我们身上,这么多泥沙都是从哪里来的?你是蒙山管委会主任,现在还兼任水库管理站站长,水库已经到了这种危险程度,你身上还干干净净,就不怕老天爷发怒,天打五雷轰!"

廖鸿飞突然语塞,脸色骤变。这句话的分量太重了,作为一个男子汉,他一时无法接受。

"廖主任,现在必须马上决断,立刻增派几个人到巷道里去!巷道里没有那么危险,现在停止工作才是最大的危险。坐以待毙,连失职渎职都不是,根本就是惨无人道,祸国殃民!"

"胡说八道!"廖鸿飞终于发怒了,"看你年龄还没我闺女大,你有什么资格这么说我!"

"那你就下指示吧,我该说的都给你说了,这座水库到底能不能保住,就在你一念之间!廖主任,如果你现在还是做不了决定,那我们的人就进巷道了,让我们的人去完成任务!我向你保证,二十分钟之内,一定打通泄洪道!如有问题,我甘愿受罚!行不行,请你批准!"夏雨菲嗓音清脆有力,字字如刀。

廖鸿飞再次愣在那里,突然间,对着吴新民大声吼道:"吴新民,你他娘的还不如一个女人吗！你还是个男人吗！我现在再问你一次,你他娘的到底干还是不干?"

吴新民一直怔怔地愣在那里,听到廖鸿飞这么问他,一狠心站了起来:"一人再加五百,我们就进去！"

"好！一言为定,绝对没问题！"廖鸿飞大声回复。

"巷道已经很深了,我们的人数肯定不够了,能不能再给我们增加几个人手?"吴新民一边说,一边看了一眼夏雨菲身旁的几个年轻人。

"吴新民,扯你娘的淡！再说一遍,你去不去?"廖鸿飞勃然大怒,"你现在进去了,一切都既往不咎,该给你的我都会给你,不该给你的我也会给你！不到几米就打通了,打通了你就是个英雄！如果让你给耽误了,你家三辈子都是狗熊！现在要人没有,如果你真的需要,我就跟着你进去。实话告诉你,别看你是个什么狗屁队长,真要干起活来,老子一个顶你三个！马上回答我,去还是不去?"

见廖鸿飞发怒,吴新民也不再纠缠:"也好,有你跟着,也给我们壮胆,那就听你的。"

"我不会跟你,你们跟着我就行！"廖鸿飞突然怒喝了一声。

三分钟后,吴新民一队施工人马,重新集结在巷道口。

这一次,廖鸿飞走在最前头。

廖鸿飞人高马大,腰粗膀圆,身板壮硕,虎虎生威。

到了巷口,廖鸿飞大喝一声:"给我拿一根钢钎过来！"

吴新民吓了一跳,大概他根本没想到这个廖鸿飞主任真的要冲到巷道最前面,甚至还要干活,赶忙说:"主任你听我说,你和我们一起进去没意见,你要干活那可真的不行。你是领导,万一出了什么事,这可是天大的责任,我们可承担不起啊。"

"少废话！你以为我是泥捏的,纸糊的?"廖鸿飞大声吼道,"实话告诉你,我今天就是要让你们这帮东西好好看看,别以为我们这些当干部的就会吃吃喝喝,耍耍嘴皮子,你们干的这些活儿,我一样也不比你们差!"

"好吧好吧。廖主任,有话我得给你说到前面,到了里面,我是队长,你得听我的。家有千口,主事一人。尽管你是领导,但既然你要干活,那就得我说了算。"吴新民知道事关重大,他必须把丑话说到前头。

"那要看情况,现在是什么时候,谁说得对就听谁的!"廖鸿飞拿上钢钎,摆摆手,声如洪钟,"快点儿,没时间了,马上跟我走!"

"廖主任,刚才那个夏雨菲专家说了,巷道里的积水确实有点儿多,现在抽水也来不及。她说我们进去干活的人,身上必须都系上绳子,牢牢拴住,以防万一。"吴新民认真地说道。

"系上绳子,牢牢拴住?"廖鸿飞嗤之以鼻,想也没想便呵斥道,"怎么拴,往哪儿拴?什么时候了还这么婆婆妈妈的!专家说了那么多,就一句话说对了,如果误了事,我们谁也逃不了!一个个都得进监狱,十年八年也别想出来!到这会儿了,命有那么金贵吗!怕死的就别进来,我说得还不明白吗!快点儿,跟我走!真他娘的邪门了,一个百八十斤的大男人,还要让绳子拴住!"

廖鸿飞一低头,快速走进了巷道。

巷道里,越往里走积水越深,走到还没有一半,水就淹到了腰部。

廖鸿飞没有回头,也没有犹豫,划拉着积水,依然大步不停。

……

廖鸿飞是地地道道的农家出身。祖上往上数十辈子,都是鸡鸣而起,日落而息的纯正农民。如今的家族里,当官当到廖鸿飞这么大的,数来数去,连不出五服的伯父叔叔哥哥弟弟姐姐妹妹堂兄堂弟表姐表妹七大姑八大姨全算上,也找不出比廖鸿飞身份更高的一个来。

在自己的那个村里,廖鸿飞就像神一样的存在。从村长到支书,从耄耋老人到黄口小儿,都会对他恭恭敬敬,顶礼膜拜。一个市里的大干部,几乎就是全村的希望,村里人上学、就业、找工作、打官司,有廖鸿飞这样的一个官在外面,满村的人都有底气。

廖鸿飞当然能强烈地感受到这种气场和威势。

廖鸿飞在家里排行最小,人称老四。弟兄四人都出生在"文革"时期,因为孩子多,常年营养不足,也数廖鸿飞最小最弱。老大老二老三几个长到十六七岁时,每年打麦场,二百斤的麻袋,一扭屁股往下一蹲,胳膊一甩就能架到腰上,吭哧吭哧,健步如飞,到了大车跟前,一甩膀子就能把麻袋高高扔进车里。能一个人把麻袋扛进大车,在那些年就是一个小伙子成年的重要标志。

唯有廖鸿飞,到了十七八了,也扛不起这个麻袋,或者架起了胳膊揽不住,或者胳膊揽住了直不起腰,或者直起腰了走不动,或者走动了把麻袋扛不进大车里。一个打麦场上,上百个人看着,廖鸿飞总是让满场的人和弟兄几个取笑,也让廖鸿飞的父母脸上无光。

那几年,村里的红白喜事突然兴起了洋鼓洋号,廖鸿飞会敲大洋鼓,有一次就被叫了去敲鼓。白吃了一天饭,还挣了两包烟。回来觉得稀奇,偷偷点了一根,大口吸了起来,没想到几口下去,突然一个趔趄,扑通一声便一头栽倒在家门口的大树下晕了过去,整整在床上躺了两天一夜才算醒了过来,把一家人吓了个半死。

不过自那以后,廖鸿飞突然变得食量奇大,四两的高粱面发糕,一顿可以吃掉七八块。半截小子,吃死老子,吃得父母直瞪眼,吃得一家人那年缺了几个月的口粮。

狂吃狂喝的廖鸿飞,就像被唤醒了沉睡的生长基因,那一年从一米六一下子就长到了一米八,在弟兄四个里面,个头最高,力气最大,而且在学校体育最好,学习也最好,还当了班长。

第二年,廖鸿飞更是神勇无比,一个人夹着两个二百斤的麻袋,在打麦场上大步流星,稳如泰山,百米距离脸不红,气不喘,到了车前,哼哧一声,大麻袋都稳稳当当地甩到了车顶上,直看得满场的老老小小啧啧称奇,鼓掌喝彩。

两年后,满村的人里头,从古到今,出了第一个大学生,这个大学生就是廖鸿飞!

村长敲锣,支书牵马,满村都是鞭炮声,让廖鸿飞骑马戴花,在这个两千多人的村子里转了整整一大圈。

一直到今天,廖鸿飞也是村子里的奇迹,也是一家人的骄傲,也是弟兄几个和整个家族中一条顶天立地的好汉。

让廖鸿飞没有想到的是,今天这个顶天立地的好汉,居然碰到了他人生中第一道无法越过的大坎。

这道大坎在廖鸿飞看来,就像一座大山一样横在他的眼前。

就好像这些年他几乎天天晚上一遍接一遍做着的同样的一个梦,他一个人坐在考场里,眼看时间到了,考生们都交卷了,就剩了他一个人,还有好几道题怎么也做不完。每次醒来,好久好久才能确认这不是真的,这是在梦里。

不过廖鸿飞也明白,自己的梦其实就是鲤鱼跳龙门,跳过去了,那就会蜕变成一条龙,跳不过去,永远都只能是一条鱼。

今天的场景,突然再次让他感到了梦中的场景和气氛。

眼前这道大坎,如果他闯不过去,别说变龙了,只怕连鱼也做不成。

蒙山管委会,他当主任已经过三年了,也正在提拔的当口。村里人早就在传,说他要当县长。还有人说,如果运气好,这个蒙山管委会级别一提升,廖鸿飞自然而然就会升为正处级。正处级至少也算是个县长,将来如果调动,在市里当个局长什么的自然是水到渠成,瓜熟蒂落。

即将换届以来,廖鸿飞好事不断,喜事连连。他讨厌的上级一个个被调走,他喜欢的领导一个个被调来,就在前两天,自己莫名其妙就被兼任为蒙山两座水库管理站的站长!

这个位置虽然级别不高,但对管委会来说,那可是一个天大的利好消息。

守住了这两座水库,就算守住了两座聚宝盆,等于他的权力在蒙山扩大了好多倍!

真的是要风得风,要雨得雨。心情好了,看山是山,看水是水。

真的是运势来了挡不住。

这些天,廖鸿飞什么都想到了,偏偏没有想到会突然来了这么一场百年不遇的大雨。

说实话,这些年他在管委会当主任,最担心的恰恰就是没有雨,不下雨。最发愁的就是五月至八月,水库没有水。蒙山的雨季,一般都在九月十月,那时候的雨水,对蒙山来说,就像金子,就像钞票。别的地方是春雨贵如油,而在蒙山,则是秋雨贵如油,如果秋天雨季来了,两大水库满了,他一年的收成就有着落了。满满的两大水库水,就是他一年的底气和他这个主任的腰杆子!

可就这么一天之间,好像所有的一切全都翻了个个儿。明摆着的锦绣前程,突然换成了一地荆棘。

所有他喜欢的领导,一个个都变成了凶神恶煞。

所有让他敬仰的上级,此刻都对他怒气冲天,甚至破口大骂。

他就像从山顶一下子滚到了沟底。

眼前的一切,就像回到做了一遍又一遍的噩梦里。

所有的考生都交卷了,就剩下他一个人还在空荡荡的考场上挣扎。

此时巷道里的水已淹到廖鸿飞的胸口。

冰冷的积水让廖鸿飞喘不过气来,到了这会儿,他才明白这些民工为什么会突然发疯一般逃了出来。

但廖鸿飞知道,现在所有的人都可以再反身逃回去,唯有他不能。

而只要他不返回去,他身后的人也就不会逃。

在这些民工眼里,他是一个领导。

领导就是一面旗帜。

旗帜不倒,后面的人就不会后退。

身后两道电光照着他,也把窄窄的巷道照得昏暗阴郁。

哗哗哗哗的划水声在巷道里回响,也给大家带来壮胆的勇气和心劲。

廖鸿飞高高举着钢钎,这根钢钎足有两米长,二十多斤重。

有了这根钢钎,廖鸿飞在水里才能走得更踏实更稳健。

"娘的,老子今天就让你们都看看,我廖鸿飞不是狗熊,也一样是顶天立地的英雄好汉!"廖鸿飞突然在心里骂了一声,整个人顿时激动起来。

终于走到了巷道的尽头。

廖鸿飞也终于看清了施工的现场。

窄窄的巷道尽头,只能容一个人在这里打钎抡锤。

廖鸿飞回身看了一眼身后,大约有七八个人跟着进来。

廖鸿飞突然明白,在这样一个狭窄的地方施工,人越多也就越危险。

头顶的钢丝网罩,其实也就只能遮住一个人,巷道顶板如果整个坍塌下来,能保住一个人不被砸到也就是万幸了。

廖鸿飞突然觉得,吴新民说了几次一个小时得给他们八百块,实在是太少太少了。

这是拿命换来的钱,十几个人的工钱,还不如平时他们的一顿酒钱!

"娘的,等打通了,老子一定请他们到大酒店好好喝一顿!"这时廖鸿飞又骂了一句。只是不知道是在骂别人,还是在骂自己。

廖鸿飞立刻想清楚了,施工面有一两个人足够了。

这地方其实什么人也不需要,现场有他一个就够了。

能用的工具就是镢头、钢钎、铁锤,等到把碎石泥沙砸下来,再让一两个人过来运走就可以,现场根本不需要这么多人冒险。

"你们都给我退回去,现场一个人也不要,等有了碎石渣子,我喊你们的时候,你们再过来。"

吴新民听廖鸿飞这么说,不禁吓了一跳:"主任,这可不行,你是领导,这太危险了!"

"你要认我这个领导那就赶紧走开!没时间了,再拖延,水库塌了,你我都会是淹死鬼,三辈子也不好托生!快点儿,走开,都给我走开!"廖鸿飞一边说,一边在水中站稳了,连摇摇晃晃的桌子也不要,踩在一大块石头上,把大半个身子露了出来,这样可以让他容易发力。

"主任,他们几个离开可以,我说什么也不能走,我来陪着你。再说了,我身上系着绳子,万一有了啥危险也能帮你避一避。"吴新民说得很诚恳。因为这会儿他看到眼前这个廖鸿飞还真的不像是一个差劲的干部,这么危险的地方还能冲到最前面,竟然还怕连累了大家,不怕苦不怕累,还要把危险留给自己一个人。一时间,不禁分外感动:这个主任,还真算是一条硬汉子。

"滚!"廖鸿飞突然一声怒喝,"你他娘的聋了!让你离开就离开,如果耽误了大事,看我第一个不劈死你这王八蛋!别人不明白,你还不明白!滚!都给我快点儿滚!"

看着廖鸿飞凶神恶煞、一脸杀气的样子,吴新民再次被吓了一跳。吴新民明白,其实这都是自己应干的活儿,但事到如今,时间一分一秒地过去,再争执真的会误了大事。想了想,向后面的人摆摆手,都乖乖地退了回去,只留下自己一个人,在巷道拐弯处,给廖鸿飞打着两支手电筒,默默地看着廖鸿飞的一举一动。

此时廖鸿飞已经脱了上衣,光着膀子,站直了身子,抡起钢钎,开始发力。

廖鸿飞确实力大无穷,浑身是劲。他哼了一声,抡圆了,一钎下去,只见火花四溅,五厘米粗的钢钎足足插进去十几厘米!

廖鸿飞手脚利落,再拿起铁锤,猛砸了七八下,钢钎又扎进去了十几厘米,然后斜刺里把钢钎往下一砸,只听得整个巷道里嗡嗡作响,哗啦一声,足有两立方米的一堆石块泥沙塌了下来。

水花四溅,沙雾弥漫。

廖鸿飞没有一丝停顿,第二钎又哐当一声扎了进去!

紧接着第三钎!

第四钎!

第五!

第六!

用钢钎撬下来的石块泥沙全都落在了脚下,廖鸿飞一步一步向前踩了过去。

第七!

第八!

第九!

廖鸿飞此时力量奇大,速度很快。

第九!

第十!

……

突然扑哧一声,一道微微的雨气从钢钎处透了出来。

"嗨!你娘的,通啦!"廖鸿飞一声惊呼。

声音还没落地,他又一下插了进去,钢钎处陡然变成一个墨黑墨黑的大窟窿。

吴新民手里的两道手电光,透过黑黑的窟窿,直指夜空,深不可测。

吴新民也不禁欢呼起来:"……通啦!"

可是吴新民的第二声还没喊出来,他张大着嘴巴一下子凝固在那里。

眼前的一幕让他魂飞魄散。

整个巷道里的水突然汇聚成一道巨流,连带着巷道里的石块、泥沙、杂物,还有廖鸿飞,席卷而下,犹如一大摊坍塌的泥石流,猛然俯冲了下去……

四十八

杨鹏赶到临锦时,已经过了深夜十一点。

降雨仍是瓢泼盆倾,滂沱凶猛。

一个在市交通中心办公楼内临时组建的防汛指挥部,里面聚集了二十多个人。声音嘈杂,一片忙忙碌碌。四周几十块荧屏上,映显出整个临锦各地汛情的实况。

这里原本是指挥全市交通的监控管理中心,现在临时变成了全省防汛抗洪总指挥部。

杨鹏进来时,大厅里立刻安静下来。

截至目前,三个小时的降雨量已经接近五百毫米。

临锦历史记载最高降雨量是五个小时五百六十毫米。

临锦市区被洪水覆盖面积已经超过百分之四十,最深处已经超过一米,洪水仍在上涨中,降水量已经超过市区排水量,目前市区所有公路已全部封闭。

处于危险区域的地段和住宅区,部分群众的疏散工作已经开始,几栋楼房的危险系数已经达到了极度危楼程度。

流经市区的四条河流,已经全部超过警戒线,目前河水仍在快速上

487

涨之中。市区河水处于决口风险的堤坝有十余处,有三处处于极度危险之中。

整个临锦市,目前百分之九十以上的地域处于强降雨之中,被冲毁的公路有四十多处,铁路有十二处,整个临锦的交通基本处于封闭状态。

全市有十三个县区处于洪水覆盖之中,四个县区情况危急,被紧急疏散的群众已经超过六十万人。

蒙山水库下游区域目前正在紧急疏散群众,估计被疏散的当地群众和学校学生会超过四十万人。

老鹰湾截流成功,分洪区域现在已经紧急疏散十万多人。

据初步统计,蒙山河下游目前被淹没的学校有十三所,厂房八百多间,村庄六十多个,鱼塘、作坊、机房、买卖部、蔬菜花卉大棚三百多处,乡镇所在地几十处……

目前整个临锦市伤亡人数大约有一百七十多人,死亡人数估计占伤亡人数的三分之一。这个数字还会不断上升……

目前最令人担忧的是两个地方,一个是临锦市安丰江地铁站决口处,一个是临锦市蒙山河地下通道……

杨鹏副省长脸色铁青,默默地注视着荧屏中这两个地方。

临锦地铁是新建不久的现代化全新地铁。

投资巨大,整个系统全部处于城市中心。

地铁决口处,已经有数十辆机动车在附近等候。但由于洪水太大,河道完全变形,洪水直冲决口,致使决口仍然在不断扩大,而大量的机动设备难以靠近,也没有根本性解决办法,因此决口一直无法封堵。

如果决口无法封堵,整个地铁系统将会全部淹没在洪水中,这个投资三千亿的地铁系统将会完全垮塌,地铁上方连带的住宅区域大约有楼房上千栋,住户上万家,人口数万。这些资产也极有可能全部坍塌,而这只是最保守的估计。

汇报中还有一个让杨鹏无比震惊的数据,目前围困在整个地铁系统中的人员,至少还有一千六百人左右。这是一个非常可怕的数字,而且从目前看,这个决口如果不能迅速封堵,那么这些被困人员如何解救,现在看,几乎没有任何可靠稳妥的办法。

市区蒙山河地下通道,情况也一样令人感到惊恐无解。

蒙山河地下通道两个出口处,目前已经有近两百人在守候忙碌。据报告地下通道内仍有一百多辆汽车被困其中,截至目前,被救援上来的汽车只有四十多辆。地下通道中的上百辆汽车还找不到可行的救援办法,如果再迟延下去,整个地下通道百分之百会整个被洪水吞噬,这上百辆汽车将会完全被淹没在地下通道的积水之中。

现在的问题,一是没有救援设备,因为地下通道的积水,有的地段水深已经超过一米甚至将近两米,淹没的汽车无法发动引擎,而出口现有设备根本无法下去救援。二是整个地下通道多处渗水,但很多的渗水口目前仍然无法查清。地上河流大面积迅速拓宽的洪水河道,也增加了查清渗水口的难度。

最为危险的是,目前困在地下通道的群众估计有近百人甚至更多。这近百人可以说命在旦夕,正处于极度危险之中。如果再拖延下去,渗水处突然垮塌,地下通道随时会被洪水瞬间淹没。地下通道内的近百人将会全部罹难,无一能幸免。

这是目前整个市区汛情中最为紧急和严峻的两大险情。

关键是,现在还看不到解决的迹象,也还没有找到迅速缓解的方法。

杨鹏大致了解了总体情况后,突然意识到,这两处任何一个地方出现问题,都将是临锦市前所未有,无法承受的重特大灾情。

损失巨大,灾难深重!

而且没有任何人可以承担得起这样的责任,任何人都会被这些重大突发事件所压垮,包括省委书记、省长,包括自己,还有整个临锦市委市政府全体班子成员。

如果真的酿成重大事故,省市县的主要领导,必然都会被严肃追责和严厉处分,无一能幸免。

一失万无,杨鹏下意识地竟突然想起了自己那天在会上痛批的这句话。

杨鹏也突然明白,也许就在今天,自己人生中面临的重大险情和生死考验,同样正在步步逼来!

任何一步错误,或者任何一个闪失,都会让自己万劫不复,永无出头之日!

想到这里,杨鹏突然发问:"谁在地铁决口处负责?"

"李东百副市长。"现场的一个主任立刻回答。

杨鹏略略松了口气,紧接着又问:"蒙山河地下通道呢?谁在那里?"

"市安监局局长、市交通局局长,他们两个都在现场,他们都是市防汛指挥部副总指挥。"

"除了他们还有哪些人?"杨鹏明白这些都是领导,现在能解决问题的只能是一线专家和专业技术员工。

"最主要的专家除了我们这里有一些,大部分都在一线。"

"程靳昆市长和徐帆书记呢?"

"他们听说您到了,正准备往这里赶。"

"不要让他们过来,马上通知,让他们立刻到一线现场,告诉他们我也会马上下去。"杨鹏想都没想,立刻说道。

"好的。"

"李东百市长现在在哪里?"

荧屏中一阵扫描,立刻显现出李东百的位置。

荧屏中的李东百有些变形,正在跟几个人商量和争执。

没有撑伞,狂风大雨中也无法撑伞。李东百穿着一件简易塑料雨衣,满脸的雨水清晰可见。

"可以通话吗?"杨鹏问。

"可以,马上就能接通。"

李东百副市长接到杨鹏副省长对讲机里的通话时,愣了半天,没有想到这会儿自己会接到杨鹏的电话。

"杨省长,我是李东百。"

"东百市长,你现在直接告诉我,实话实说,这个威胁整个地铁的安丰江地铁决口,有没有可能封堵住?"

"……我们已经投进去一百多吨水泥麻袋了,还是没有明显效果。"李东百没有直接回答行不行,而是告诉杨鹏他们正在干什么。

"我也看到了,那样投掷,确实看不到明显效果。"杨鹏也实话实说,"现场还有哪些专家在场?"

"所有能用的专家都在,还有国务院督查组的专家也在。"

"他们还有别的办法吗,我看现在的情况不乐观。"杨鹏声音显得十分严厉,"东百你听着,什么办法都可以,我们要不惜一切代价,要什么就供应什么。"

"明白!但现在的问题就是还没有找到更好的办法。"

"但没有时间了,决口越大,封堵的可能性就越小。"杨鹏直接问,"现场的专家还有更好的建议吗?"

"梁教授马上赶到,说她有一个建议,但必须赶到现场。"

"梁教授?"

"就是临锦工学院的梁宏玉教授。"

"哦,知道了。她马上赶到吗?"

"对,她带着一个专家团队,估计再有五分钟就能赶到。"

"你没有在电话中给她说明情况吗?"

"说了,她说必须到现场,看清楚了,才能提供意见。"

"她是什么意见?"杨鹏问。

"她认为这样投掷有问题,必须下猛药。"

"那就听教授的,要什么给什么,再说一遍,不惜一切代价!"杨鹏突然恶狠狠地说,"你应该知道,如果这个决口堵不住,将会有什么样的后果!"

"明白!"

李东百放下电话不到三分钟,梁宏玉教授便赶到了现场。

在七八个强力射灯的照耀下,梁宏玉教授在决口处默默地看了足有两分钟。

安丰江巨浪滚滚,水势凶猛,一个漩涡接着一个漩涡,在地铁决口处泛起一个又一个的巨型水坑。

强风卷裹着大雨,吹打得人很难睁开眼睛。

梁宏玉教授整个身子完全靠近了决口处,直直地看着决口的水势。

轰隆隆的洪水声,低声咆哮,令人胆寒。

看过了汹涌的水势,梁宏玉教授又转过身来,对身旁的几个专家说了几句,大家一致默默点头。

李东百副市长直直地看着梁宏玉教授,一时还没有搞明白梁教授表示的是什么意思。

"有大卡车吗?"梁教授直接问李东百副市长。

"有。"

"多大的?"

"需要多大的?"

"最大型号的。"梁教授担心没说清楚,"载重量五十吨以上的。"

"应该有,我马上调。"

"水泥预制板有备用的吗?"

"多大尺寸的?"李东百好像明白了梁教授的意思。

"越大越好,只要大车能装下。"

"明白,最小号最大号的我们都有,马上调来。"

"大卡车能装多大号的,就装多大号的。"

"明白了,没问题!"李东百立刻回答。

"要快,大车需要十辆,六辆装满麻袋,四辆装满预制板。"

"好!"李东百立即给身边的人员发出指示。

"我说的这些都有吗?"梁宏玉疑惑地看着李东百副市长。

"都有,准备着呢。"

"太棒了,我还担心没有。"梁宏玉教授显得有些兴奋。

"前天开完紧急防汛工作会,我们就立刻准备了。"

"太棒了!还有,我担心这附近地面的承载力不够,有那种大尺寸大面积的钢板吗?"

"多厚的?"李东百看来同样有准备。

"两厘米以上就可以。"

"有三厘米的,每块面积十二平方米。"

"足够,有多少块?"

"要多少有多少,我们准备了两百块。"

"五十块足够。能马上运来吗?"梁宏玉教授没想到准备得这么充足。

"二十分钟以内就可以铺好。"

"太棒了!"

"大车呢?"

"布置了,半小时以内可以赶到。"

"太棒了!"梁宏玉教授一脸出乎意料的激动,好几次重复了这句话。当了一辈子教授,也许此时只有这三个字才能表达她内心的满意和感动。

大约三十分钟左右,一切准备就绪。

十辆载重量六十吨的八驱大卡,装满了麻袋和预制板,在洪水肆虐的河道决口处集结待命。

四辆装满预制板的六十吨大卡,要求在同一时间连车带预制板同时冲进决口处,而后六辆装满水泥麻袋的六十吨大卡,要连车带水泥麻袋再次冲入决口处,而后再由数百人把堆积在河边的数千袋水泥麻袋同时投入决口处,直到完全彻底把决口堵住。

这是最终的一个办法和举措,一旦失败,那将意味着这个决口再也无法封堵,要立刻抛弃所有封堵决口的措施,所有的救援机构和施救人员,一律转入地铁内部,以最大的牺牲力保群众减少伤亡。而这个投资数千亿的地铁系统将不复存在,完全报废。

梁宏玉教授对这样的速度十分满意,同时也意识到,前天杨鹏副省长召开的那个紧急防汛工作会议实在太及时太重要了,现在看来,意义重大,成效显著。除非,与会人员根本没有把这个会议当回事。

十名挑选好的司机此时已经发动了八驱大卡,轰隆隆的引擎声响,一时震天动地,完全压过了决口处的洪水声。

在凶猛的风雨中,河道两岸有近千工作人员默默地注视着他们。

他们必须让车辆在尽可能快的速度中,准确冲向河道决口处,在车辆冲进河道之前的一刹那,从驾驶室迅速跳出来,让这四辆六十吨大卡,如同一个并连起来的超大物件,作为一个巨型结构,横贯于决口之上,以便于后续动作阻挡并封堵住决口处汹涌而入的洪水。

而后的六辆大卡,也必须以同样的动作,把六辆整车同时投入决口处,以便将决口再度封死。

十几道强光直接对准决口处,还有十几道强光把铺在地面上的钢板照得明光锃亮。

每个司机身上都穿着救生衣,在强光下耀眼夺目。

指挥员拿着一个红色的电光棒,高高举起,而后一道红光划下,四辆装满水泥预制板的八驱大卡同时启动,一分钟之后,四个驾驶员几乎同时跳出车厢,无一失误,无一受伤。

四辆大卡几乎同时冲进决口处,在洪水激流中漂浮了不到五秒钟,便相继沉入决口中。

紧接着,指挥员又一道红色闪光,六辆装满水泥麻袋的八驱大卡,再次同时启动,直奔河道决口处。

这次是六辆大卡,明显比刚才的四辆大卡要拥挤,因为越靠近决口处,铺上钢板的路面也就越窄。

在瓢泼的大雨中,这样的路面和掌控这样的大卡车,需要极高的车技和灵敏度,同时更需要冷静的思维和准确的判断。

然而谁也没有料到的是,等到六辆大卡同时冲向一个方向时,车与车之间的距离也在逐步靠近。

等到大卡同时冲向决口处时,才发现中间的两辆大卡打开车门的距离已经不够了。也就是说,两辆车靠得太近,车门无法打开,即使打开,也无法跳车,无法脱身了。

六辆车跳下来五个司机,其中有一辆大卡的司机没有跳车!

看两辆大卡的车距,如果跳车,也许会有危险,但至少还有逃生的可能。但是,这个司机没有跳车!

也没有刹车!

如果刹车,也有可能让大卡停在岸边,但所有的人都看得出来,这个司机没有刹车!

这辆大卡与其他五辆大卡同时腾空而起,径直冲向决口。

即使在这个时候,这个司机也有可能逃生!

瞬间打开车门,人车分离,纵然人掉进水中,也有机会被打捞上来。

但没有看到这个司机采取任何行动!

岸上所有的人都惊呼起来,这个司机连人带车一同冲进了滔滔的洪水之中!

这是一辆新车,不存在车门打不开的情况。

司机是个车技熟练的司机,不可能头脑发晕,操作失误。

只有一个可能,他不想让这辆车停下来,也不想让这辆车阻挡住其他的车辆,或者,既然跳不出去,也无法人车分离,那就同归于尽,让八驱大卡更加准确无误地冲进决口!

只有几秒钟的思考时间,他选择了最后一种,拼死也要封住决口,也要保住困在地铁内的无数群众!

……

杨鹏副省长在指挥部也被荧屏上的一幕震惊了。

杨鹏的感觉,只有两个可能,一种是司机来不及往外跳,或者是跳不出来了;还有一种是因为不能往外跳了,如果往外跳,或者紧急刹车,会对这次行动造成严重影响,与其九死一生,毋宁舍生取义。

看现场的情景,只能是第二种。

没有任何打开驾驶门的行动,也没有任何刹车的迹象。

因为看到两车的距离,驾驶门肯定是无法打开的,即使打开也肯定跳不出来。

一个千挑万选车技精湛的司机,绝不会连这个也看不出来。

在这种情况下,原因只能是第二个。

也必须是第二个!

这是一个真正的英雄!

必须是,只能是!

杨鹏的眼眶突然湿漉漉的,这是他亲眼看到的,不容置疑,也无可置疑！

不到一分钟,李东百的电话打了过来。

"杨省长,梁教授说,这次行动基本成功。现在面临的问题,是救人,还是立刻投掷麻袋石块？请省长指示！"

杨鹏已经想到了这个问题,这是一个巨大的难题,必须立即决断,不可迟疑,也不容迟疑！

不到一分钟,杨鹏便发出了指示："按计划行动,立即投掷麻袋和石块,一分钟也不要迟疑,坚决堵住决口！"

"杨省长,有两位专家说,这个司机现在有可能还活着……"李东百迟疑了一下说。

"我知道,如果驾驶门不打开,司机不受重伤,司机至少可以有一刻钟的救援时间,但再等一刻钟,决口会被重新冲开,那时候,我们的牺牲会更大,损失也更大！这个司机既然选择了不跳,那我们就不能让他的意愿落空,不能让他白白牺牲！"

"……明白！"李东百突然失声恸哭。

杨鹏的眼泪也止不住地汹涌而下……

四十九

临锦市区蒙山河地下通道。

省安监局局长吴建国和水利厅副厅长王新成都已经赶到了现场。

市水利局代理局长吴辰龙和市应急办主任马飙也在现场。

情况十分严峻。

蒙山河地下通道大部分积水超过一米,一些低洼地段已经接近两米。积水的速度仍在不断加快,按目前的渗水速度,这条大约五公里长的地下通道在三至五个小时内将被全部淹没。

目前所面临的极为严峻的局面,也是所有问题的关键,就是无法找到其他真正的渗水处到底在哪里。

这个严峻的局面目前看来找不到任何可以解决的办法,因为五公里长的地下通道,上面覆盖着巨量洪水突然扩宽将近三公里的河道,这三公里宽的河道,任何一个地方,都有可能渗水漏水,发现了的被堵住了,没发现的仍然在不住地渗水,以至有可能突然坍塌,从而导致地下通道整体瞬间被洪水淹没。

目前地下通道中至少还有上百辆汽车被困其中,据报告已经有四十多人被救出,但至少还有上百人被困于地下通道之中。之所以判断还有上百人被困,是因为截至目前,尚有四十多个手机信号在求救!

手机信号最多时,除去被救上来的四十多个人,仍有一百多个信号在求救,经过几个小时,现在还有四十多个信号,这就是说,除去电量耗尽的手机,被水浸泡了的手机,应该还有上百个人仍被困于地下通道之中。

就算出了大问题,那么现在仍然活着,仍然困于地下通道的群众至少也有四十个!

这就是必须迅速驰援的最为重要的原因和目的!

但困难重重,整整耽误了一个多小时了,还是无法开始救援行动。

关键的关键,最为要命的是,面临如此绝境,竟然找不到可以迅速解决险情的救援措施和设备。

缺少救生艇!几乎没有!

特别是那种特制的,用于救险抢险的救生艇,一艘也没有。现有的只有那种用于公园湖泊游览的游艇,即使这样的游艇,因为公园湖泊被洪水冲垮,游艇大都被冲荡得无影无踪,能找到的,多数已经失去了抢险的作用,勉强能用的现在只有四艘!

缺少潜水设备!那种先进的具有高科技含量的自助推进式潜水设备,根本没有!

现有的潜水设备,都是市水利局市政水务处用于深井潜水打捞抢险专用的全封闭潜水装备。总共只有八套,其中三套由于老旧损坏已经无法使用。其余五套,能拿来的只有三套,另外两套由市政大厅封存,因为洪水围困,无法取出。据悉这个市政保管的应急库房,现有封存的所有抢险设备,由于洪水漫灌,已经全部被淹。

潜水装备,目前勉强能用的只有这三套!

杨鹏副省长站在指挥部里,听完汇报不禁急火攻心,悲愤填膺,对着市应急办主任马飙怒斥:"前天会议专门做了布置,要求——尽快落实,临锦市在会上当众做过保证,要确保所有应急设备在汛前全部到位,确保万无一失!这么重要的救援物资,为什么没有筹备?为什么!不知道这会产生什么后果吗!"

"应急物资我们都上报了,这些设备和项目都在报表内,但市财政局说这些款项都是预算外的开支,钱无法一步到位,所以一些贵重的应急设备都没有及时筹备。"市应急办主任马飙语速很快,直直地站在雨中,不停地抹着脸上的雨水。

"市长书记没有批示吗?财政局怎么敢有这么大的胆子!"杨鹏越加愤怒。

"市长批了,财政局没有落实。"马飙实话实说,这么大的事情,此时他不敢隐瞒。

"那你们没有报告市长吗?"杨鹏无法相信。

"报告了,程市长说,他会尽快想办法,让我们先按财政局说的办。"马飙毫不隐瞒。

杨鹏一下子明白了。他突然又想到蒙山管委会主任廖鸿飞的话:"什么……坚决落实,确保万无一失……其实都是空话假话。"

如果这是唯一的理由,那么最大的责任只能在你杨鹏自己!

因为你听信了他们的这些话,甚至认为他们讲得很好,很受感动!

你这个分管安全的副省长,说了那么多,开了这么紧急的会议,下面的市县领导,居然根本没有把你的会议要求当回事!

什么是最大的失职?这就是!

这时水利厅副厅长王新成突然发话了:"杨省长,马飙主任已经说清楚了,这个责任不在应急办。现在已经没有时间了,不能再等待了,请您指示,我们下一步如何救援?"

杨鹏幡然猛醒,现在还不是发火愤怒追究责任的时候,他当即问道:"说说你们的办法。"

"我们已经找到四个潜水员,十个游艇抢救人员,他们已经下去查看了现场。从现场勘查和救援的情况来看,被困的车辆车门绝大部分都被打开了,现在下去,还可以在地下通道找到被困的群众。"

"同意!那就立刻行动!目前的救援行动由你全权负责,有什么突发问题,不需要请示,可以自行决定。如果需要什么,可以直接给我打电话。"杨鹏斩钉截铁地说道。

"明白!"王新成副厅长厉声回答。

市应急办两个专家再次检查了一下游艇和潜水设备,一个专家检查后摇了摇头,久久无语。

四个潜水员全部是市水利局水务处的民工,十名游艇救援工作人员,也是清一色的民工。

"怎么回事?"王新成对着水利局代局长吴辰龙指了指这些人问。

"什么?"吴辰龙好像没有听明白王副厅长问话的意思。

"正式职工呢?都去哪里了?为什么都是民工?"王新成冷冷地继续责问。

"这个呀,一直就这样,现在机关行政人员指标卡得太严,没办法,紧要的地方只能招临时工解决。"吴辰龙结巴地回答。

"你就瞎扯吧!一个水利局上上下下几百号人,一个水务处几十号人,平时干的都是不紧要的事?特别是水务处,处处都是肥缺,有门道有背景的人都挖空心思走后门往里面挤,怎么现在一个人都不见了?"王新成一边查看设备一边对着吴辰龙冷嘲热讽,一肚子火气。紧急关头,刻不容缓,本来不想说什么了,但见到这清一色的民工,一个正式职工也没有,领导干部更是一个没有,不禁怒火攻心,义愤难平。

基本的常识和立场都没有的吴辰龙,这么关键的时刻,居然都没想到应该让干部上,让党员上,让正式员工上!连这个最基本的原则和要求都不会体现,都不知道表明的领导干部,别说良知了,连人性都没有!

情况紧急,来不及更换人员了,王新成也没再说什么。当设备检查完了,王新成对着这几个人说了两句话:"拜托各位了,老百姓不会忘记你们的!"

说完了,王新成对着一个年龄比较大的民工潜水员问:"您多大了?"

"不大,四十六。"这个民工气宇轩昂地回答。

王新成又问:"您干过潜水工作?"

"干过,去年下过一次水,六米深,我在下面待了八分钟,工作没问题。"民工依然一脸豪迈。

"好!"不知为什么,王新成突然间百感交集,"就这一次吗?"

"是!领导,您放心,我知道怎么干。"民工情绪激昂。

"这样吧,我是专门经过潜水培训的,海里、湖里、河里、井里我都下去过,我的经验肯定比您多。我也是临时决定,今天这第一趟我先下去看看,如果没有什么问题,您再接着来好吗?"王新成使劲笑了笑说道。

"您是领导,您不能下去!"民工着急地说。

"领导怎么不能下去?放心,我肯定可以,这个潜水用具,我比您熟悉,那些年,我们用的都是这种潜水设备。"王新成一边拿起潜水设备,一边对身旁的省安监局局长吴建国说,"吴局你听着,如果有什么事,我会立即通知你。我先下去看看,只有下去了,才好做决断,上面就你负责了。"

"王厅长,你是现场指挥,你下去怎么行!"吴建国一下子急了。

"你也听到了,杨鹏副省长刚才说了,现在这里我说了算。就这么办,没时间了。"王新成说到这里,一下子跳进游艇,然后不容置疑地一摆手,"出发!"

蒙山河地下通道设有四条车道,中间没有隔离,双向各两条车道。

双向四车道,由于没有隔离,所以地下通道显得并不宽。

大致判断,整个地下通道的宽度也就十四五米的样子。

根据设计,每条车道三点七米,加上两边的人行通道,总共是十五点八米,但实际要比这个数据窄不少,特别是一些低洼处,由于年久失修,路面显得更窄。

由于积水,整个地下通道看上去更低更窄。

地下通道修建于"文革"时期,所以不像今天的河下通道那样紧凑和明亮。

但以前的这种河下通道都有一个特征,因为是备战通道,所以通道上下都设计得很高。一般都超过了五米,大卡车通过没有任何问题,最高处,居然差不多八米。

游艇驶进地下通道,才知道积水比预想的更深。

地下通道森然无声,寒气逼人。通道中的灯光并没有熄灭,惨淡的电光映照着土黄色的积水,积水一晃一晃一波一波地冲击着通道两旁灰色的水泥墙壁,发出阵阵低沉的声响,让人不寒而栗。

游艇速度不快,因为进去不久,便能不断看到被困在水中的轿车、面包车,甚至卡车。

有不少车辆整个都被淹没在积水中了,一些面包车还能看到大致的轮廓。

大部分车辆都是被堵死的。各种型号的车辆,在水中灭火的原因、时点和低点是完全不一样的。比如轿车,大都被水淹到车轮中段,引擎就有可能立刻熄火;有的轿车,不管水有多深,只要车不停顿,引擎便不会熄灭;有的轿车,即使是防水轿车,也常常水一淹过车轮,引擎就会立即自动关停。所以,不管是什么型号的汽车,最让人感到可怕的,就是压在前面的车辆突然停车。尤其是在最危险的地段和环境中,前面的车辆一旦突然停车,那后面所有的车辆只能被全部卡死堵死,也就等于宣告你这辆车所有的优点和防水功能,瞬间全部报废。

在洪水中的这些汽车的主人,不管自己的车有多么的高档,一旦碰到这种情况,就必须立即做出决断,该弃车的就必须弃车,该逃命的就立即逃命。

让王新成副厅长感到欣慰的是,这些淹没在水中的车主大都弃车了。有不少车辆的车窗是从里面被砸开的,这些年的安全教育看来还是起了作用。

游艇驶进去快一公里了,还没有看到任何等待救援的人员。

不过王新成已经看到问题的源头出在哪里,这个地下通道两头都是最低洼的路段,积水至少已经有两米多深。而中间的一些路段,由于通道的顶端凹凸不平,有些地方已与积水相差不到一米。

那就是说,这样的积水段,水深已经超过了三米甚至更多。

501

这是一个非常可怕的情况。

在这样的积水中,一般逃出来的人,如果不会游泳,必死无疑。就是会游泳的,也不敢轻易做出决断,贸然向出口游去。

所有的被困人群,在这种紧急情况下,一般都会做出两个行动:一是打手机求救,二是等待救援。

在中国,在突发事件、灾难性事件来临时,老百姓对政府的期待,会远远超过自救的意愿。

人们决不相信政府救援不了自己,更不会相信政府会对群众见死不救。

当游艇驶进地下通道一公里左右的时候,王新成突然被眼前的景象吓呆了。

这是他们完全没有想到的情况,由于地下通道顶端的塌陷,整个地下通道的积水快挨着通道最顶端了!

游艇驶不过去,有的地段积水离地下通道顶端不到五十厘米!即使救援人员完全低下头,把整个身子都埋在游艇里,也能听到游艇和通道顶端水泥摩擦的声音。

面对这样的突发情况,王新成必须做出紧急判断,这样的路段有多长呢?如果超过一百米、二百米,甚至更长,他们究竟应该怎么办?也就是说,如果通道里还有被围困的群众,他们是否还会活着?而进去救援的这些工作人员,会不会面临巨大危险,是否还有可能再活着出来?是否还应该继续进去实施救援?

王新成立刻打电话联系地面:"建国局长,我是新成。"

"听到了,请讲。"

"我现在只问一件事,地下通道的手机信号还有吗?"

"还有二十多个!"吴建国立刻回答。

"能判断位置吗?"

"都很含糊,有的说在中间,有的说在两公里处。"

"他们现在的处境危险吗?"

"很危险,水越涨越高,有的地方已经淹到他们的大腿了!"

"大腿?"

"对!"

"明白了!"

王新成放下电话,立刻喊道:"出发,加快速度往里开!"

王新成明白,现在只淹到了大腿,那就证明这些被困的群众,目前处在地下通道的一个较高地段之上!只要还有高地,那就有希望!

杨鹏副省长看着水利厅王新成副厅长的游艇驶进了地下通道,不禁又是一阵激动。

杨鹏和王新成相识快二十年了,平时见面,很少有内外之别,上下之分。因为熟悉,说话也毫无遮拦。有什么就说什么,想说什么就说什么。

王新成给杨鹏说得最多的一句话是:"我就这样了,只要不出错,副厅长能干到退休就谢天谢地了。杨鹏你还年轻,好好干。我就等你长成大树,将来好在树下乘凉。"

然而今天,王新成居然二话不说,也不给杨鹏请示,就直接下去抢险救人。

这次的救援行动,谁都知道实在太危险了,进去了能不能安全回来,谁也心里没数。

蒙山河地下通道,"文革"时代的工程,洪水已经漫灌地下通道,积水普遍一点五米以上,不知道渗水口在哪里,没有必要的设备,一旦失控,这五公里的距离,想活着回来,几乎没有任何可能!

但作为现场指挥的王新成一声不吭,突然决定就直接下去了!

杨鹏知道这是王新成自己的决定,他完全可以不下去的。第一,他是现场指挥,不能下去;第二,他年龄大了,没资格下去;第三,他是省里连夜下来的领导,连续作战,一夜没睡,人太累了,不应该下去。

王新成说过:"我这辈子就这样了,什么想法也没有了,平平安安退休,就是最大的盼头。"

于公于私,他也真的没必要冒这么大风险下去。

所以看到王新成下去的那一刻,杨鹏不禁心头一震,久久无语。

一个干部品质的好坏优劣，一瞬间就看清楚了！

杨鹏突然明白，他现在不能等了，时间就是生命，王新成下去抢险给杨鹏的第一个感觉，领导干部现在唯一的职责就是，必须做最大的牺牲把群众救援上来！

杨鹏略一思考，立刻给身旁的秘书小丁说："马上联系省委龚书记的秘书，看龚书记休息了没有？"

没有十秒钟，杨鹏的手机响了。

龚一丰书记的手机！

"杨鹏，说话！"龚书记焦急万分直奔主题。

"龚书记，现在我请您向省军区求援，我们现在缺少水下救援物资。"

"市里没有吗？附近市县也没有？"

"市里应急设备不足，附近市县公路、铁路都被冲断了。"

"都需要什么？"龚书记说话十分干脆。

"四艘救生艇，二十套全封闭式潜水衣和浮潜设备。"

"还需要什么？"

"需要时间，请他们不要超过一个小时。"

"直升机运输？"龚书记没有任何迟疑。

"如果有运输机更好，那会更快。"

"空投吗？"

"空投最好，如果无法空投，我们直接到机场接机。我刚才问过了，现在我们的军用机场起降没有问题。"

"五分钟给你回话。"龚书记立即答复，而后没有停歇，又给杨鹏厉声说道，"杨鹏，省委知道你那里的情况很艰难，你要记住，保证人民群众的生命安全，必须尽到我们最大的努力。我们有制度优势，但制度优势只能体现在对人民负责的人手里！现在是对我们进行最大考验的时候，在老百姓的生死时刻，一定要全力以赴，不惜一切代价！"

"明白！"

王新成副厅长指挥着游艇紧贴着地下通道顶端,继续驶进去不到一百米便无法前进了。

地下通道的积水几乎贴近了最顶端,很多路段顶部已经完全被积水淹没,最窄的地方只有不到三十厘米。

积水到了这个程度,游艇根本无法再驶进一步了。

此时王新成他们趴在游艇里,连头也抬不起来。

好在这个地下通道是当年的备战通道,通道内的电力系统还是防水的,即使很多地段积水淹没了顶部,但大部分路段还有灯光。

王新成侧身看着惨淡灯光下的洪水,必须立刻做出决断,既然积水如此之深,那原来的设想就必须做出新的调整。

积水的速度比预想的确实要快,但看目前的水势,肯定不是那种河床垮塌造成的积水。应该还有时间,可以把那些困于地下通道中的人救援出来。

目前的关键是要找出他们的位置,只要找出他们的位置,就能知道应该采用什么样的措施和办法进行紧急救援。

不能再耽搁了,现在必须立即行动。

总共三副潜水器,其中一副是那种最简单的长管口鼻式潜水器,两副是那种全闭式面罩呼吸器。

王新成想也没想,把其中最简易的那一副潜水器拿在了手中,上下比试了一下,然后迅速地戴好,对另外两个人说:"你们俩最年轻,潜水工作也熟悉,跟我一块儿下水,不能再等了。"

没有人吭声,一来是积水太深,让大家万分紧张。二来是面对着王新成这么大的领导,他们也不好说什么。三来王新成厅长确实对潜水救援的活儿十分熟悉,一看套路,就知道他什么都懂。

没有人吭声,也就意味着大家都同意。

需要一起下水的两个也同样不吭声,也同样没办法吭声。现在这个阴森森的环境和氛围,他们太需要一个强有力的领导了。为了能把潜水衣穿合适,还让王新成给指导了一番。

每个人穿好潜水衣,又都拿了一个强力防水手电筒,身上都携带着一个工具包,包里有剪刀、钳子、铁锤,一应俱全。

每个人都用多层塑料布包裹着一个防水手机。所谓的防水手机也就是可以在水中浸泡二三十分钟,时间长了,依然会打不出电话。使用这样的防水手机,无非就是在尽可能的情况下用以汇报紧急情况。

总共用了十分钟,一切准备就绪。

其余的人和游艇,全都留在原地不动,除非有特殊情况。

王新成第一个跳入水中,其余两个紧跟着跳了下去。

水中似乎没有任何声响,三个人立刻消失在深深的浑水之中。

地下通道的积水时高时低。有的路段,没有积水的高度超过一米。有的路段,没有积水的高度不到二十厘米。

只有一段完全被淹没了,大约有三十多米。

王新成默默地计算着时间和距离,没有感觉到累,唯一强烈的感觉就是压抑。他甚至想象着,如果洪水完全占满地下通道,他们会有多长时间可以游出去。

他背负的潜水压缩空气储存罐是最小的一种,能用半个小时以上,一个小时以内。这是个陈旧的潜水设备,到底能储存多长时间的空气,他心里一点儿谱也没有。如果强力游泳时,花费的力气越大,空气用量也会越多,那这个空气储存罐的使用时间,估计不会超过半个小时。

正因为这样,王新成感觉时间过得很快,游出去的距离很短。

一百米肯定有了,好像用了差不多十分钟。

一百五十米,还是没有任何发现。

二百米,一切如旧。

水势仍然慢慢地上涨,这个感觉也同样非常强烈。

三百米应该有了,时间肯定有二十分钟了。

如果再没有发现,那他就会思考这个救援行动究竟应该如何进行,是否现在就让他们两个立刻折回,留他一个人继续前游。

快四百米了……

怎么办?

现在的距离至少在地下通道的中段,也就是两公里处。

如果还是没有发现,就必须回去了。

回去了,再从地下通道的另一个入口进入,那样心里就有底了。

因为那些还泡在水中的被困群众,决不会正好就站在二点五公里之处。

继续向前游……

肯定四百米了!

再游二十米,如果还没有发现,就必须回!

也就这一刹那,眼前一亮,王新成一下子呆住了。

眼前突然现出一段高地,似乎在半空中,大约有近百个人颤颤巍巍、哆哆嗦嗦地挤站在那里!

杨鹏接到王新成的电话时,手止不住地颤颤发抖。

总共八十七个人!

最让杨鹏吃惊的是,八十七个人中还有二十二名中考学生!

他们没有手机,手机被老师集体保管。因为参加中考辅导,集体乘坐一辆面包车,想连夜赶回城区学校。老师自己开车,手机存放在老师的车里,所以根本没人知道这些孩子一直被困在地下通道的积水中,时间已经超过整整三个小时!

对杨鹏来说,这真是一个爆炸性消息!

八十七名,其中有二十二名学生!

这也将是一个爆炸性新闻!

这个消息立刻就会传遍国内外,临锦市立刻就会成为国内外的焦点!

杨鹏倒不是担心媒体知晓会带来什么负面作用,而是对这个消息感到愤怒和庆幸!

假如不是有这么多车辆和人被困在地下通道,就这几十名学生被困在下面,而且也没有手机通话,那省市的领导还会下这么大决心在这里施救吗?

假如只有十几辆汽车,只有十几部手机在联系,还会得到这么高的重视吗?

甚至,只有一辆面包车被困在地下通道,这二十二个学生还能被及时发现吗?

想到这里,杨鹏突然感到背后阵阵发冷,不寒而栗。

别说二十二个了,就是十个八个,对你这个分管教育和安全的副省长来说,也是灭顶之灾,万劫难复!

再想到现在还在等着见他的市教育局局长汪小颖,更是感到不可思议。一个市教育局局长,在高考中考之际,怎么说免就被免了?然后就逼着这个教育局局长在这么严重的汛情期间,要见到分管副省长说明情况?

责任重大,但最大的问题还是出在用人上!

龚一丰书记的话,让杨鹏感到更加振聋发聩:"……我们有制度优势,但制度优势只能体现在对人民负责的人手里!"

假如,一直是张亚明担任市水利局局长,还会出现此时这种状况吗?

假如,一直是李皓哲担任水库管理站站长,还会出现蒙山、红旗水库那样的险情吗?

假如,李东百副市长一直有权有责、有位有威,还会有临锦市的洪水滔天,一触即溃吗?

……

"杨省长,我们现在需要十套以上全封闭潜水设备,需要救生艇,需要更多的潜水员。"王新成一接通手机便对杨鹏喊道。

"需要多少?"杨鹏直接问。

"越多越好!现在我们只有三套潜水设备,每次只能护送两个人!而看地下通道的情况,顶多还能坚持一个小时!一个小时内,我们最多只能护送十个被困人员!杨省长,我现在就和他们站在一起,我不能眼看着他们一个个就这样泡在水里,一直被淹没在水里,如果那样,我也只能和他们一样淹没在这里。我跑不了,也不想跑,我唯一遗憾的是,我这个水利厅厅长这辈子算白当了,下辈子做牛做马都还不完这些孽债!杨省长,只要能让他们活着出去,我就是死一百遍也值了!"

"放心吧,王厅长,设备二十分钟内可以到达!"

"二十分钟?"王新成在手机里喊了起来,"你没骗我吧?"

"什么时候了,我能骗你吗? 王厅长,今天你是大英雄!"

"……别妖魔我了,我算什么狗屁英雄!"王新成焦急地问,"那些设备在哪里? 如何能这么快搞到? 我知道的,应急管理处根本没有储备!"

"省军区龚一丰政委的请示,战区的命令,国务院应急办的救灾设备,现在已经飞抵临锦机场! 十艘救生艇、五十套水下救生衣、三十名潜水战士随机到达!"

"真的吗?"王新成再次喊了起来。

"真的厅长! 真的!"听到王新成异样的嗓音,杨鹏也止不住鼻子阵阵发酸。

"……谢天谢地,这半天我的遗嘱都准备好了……杨鹏你太伟大了! 这些年我还真小看了你! 今天你改变了我对你的所有看法,平时对你说的都是假话奉承话,今天我只喊一句心里话……杨鹏你还得高升! 我他妈的真是瞎眼了,没看出你会是个正经的好领导! 像你这样的领导有一个也是老百姓的福分!"平时桀骜不驯的王新成突然在电话里止不住地呜呜哭了起来,"杨省长你不知道,看着那些发抖的孩子,真把我难受死了,我他妈的这个水利厅副厅长,让这些孩子这些人这样遭罪,算他妈个什么东西……"

……

五十

凌晨五点多的时候,超强降雨突然减弱,连续七个多小时的强降雨,降雨量早已超过历史最高值,八百一十毫米!

一个小时之后,降雨基本停止。

空中依旧阴云密布,水汽漫天。虽然不下雨了,但站在室外,一分钟之内,依旧会满脸淌水,浑身湿透。

雨停了,洪水却似乎越来越大。

流经临锦市区的四条河流仍然巨浪滚滚,发出阵阵吼声。

临锦市市区广场,早已浊浪滔天,成为一片汪洋大海。

市区内飞驶的救生艇和在洪水中四处漂移的汽车随处可见。

最让杨鹏副省长感到不可思议的是,市委市政府办公大楼,完全被水围困,最深处竟然达到一点五米以上,车辆根本无法行驶,又没有救生艇,连公园的游艇都找不到,这几个小时,徐帆书记和程靳昆市长都被困在办公大楼中,一直无法出来,更不用说到现场指导工作了。

让人难以理解的是,市委市政府办公大楼是前两年建起来的新址,当时的设计居然让办公大楼建在市区低洼处,排水系统看来也是一团糟,否则不会让市政广场成为一个市内湖泊。

好在其他市委市政府的办公系统都在正常运转,并没有造成更大的困难和问题。

市区安丰江地铁决口已经被牢牢封堵,尽管还有流水进入地铁,但已经对整个系统不再造成威胁和危险。可以说,如果不出意外,整个地铁被淹没的巨大风险已经不复存在。

地铁内的近两千人都已经被救援到地面。

地铁最深处的积水有三米左右,已经动用了所有的抽水设备,这些积水将会在两天内全部清理干净。积水不会给地铁的设施造成严重危害,也不会给地面的建筑造成重大威胁。

据估计,整个地铁站内受伤人数可能会有数十人,死亡人数应该是在个位数之内。

蒙山河地下通道的情况也完全好转,在地下通道被完全淹没之前,被困于地下通道的八十七个人已经全部获救。

目前完全被淹没的地下通道内大约有将近两百辆汽车,具体伤亡人数估计也会有数十人。究竟还有多少人没能获救,王新成副厅长根据各方面的数据估计,应该在三十到五十个人之间。

也就是说,地下通道内死亡人数有可能达到五十人左右。

蒙山水库和红旗水库截至目前运转正常,再没有出现可能造成水库垮塌的威胁和险情。

蒙山河老鹰湾截流分洪,形势基本平稳,初步统计,分洪区总共有十二人死亡,四十八人受伤。

蒙山水库和红旗水库下游,根据目前的统计报告共有二十一人死亡,一百三十八人受伤。可能这个数字还会进一步上升,但不会有更大的突破和更为严重的情况。

整个临锦市,目前总共死亡人数大约在一百人之内。

或许会更多,或许会减少。

最大的不确定性还是在蒙山河地下通道之中。

所幸的是,临锦市区的旧楼危楼没有一处倒塌。

被转移人群的临时住地,比如体育场、商场、宾馆,也没有一处发现险情。

如果这些地方出现问题,后果将不堪设想。

这真是不幸中的万幸。

看着眼前这些数据,杨鹏静静地坐在指挥部旁的一个办公桌旁。

经过一整夜的奋战,指挥部大约有一半的工作人员都伏案睡着了。剩下的一半都静静地注视着荧屏,仍在坚守和监视之中。

身旁的秘书小丁也静静地趴在那里睡着了,正发出轻轻的鼾声。

杨鹏看看时间,整整五天五夜没有睡过一个囫囵觉了。

杨鹏此时此刻毫无睡意,脑子也少有地清醒。

杨鹏突然想到了以前一个老领导给他说过的一句话:"自助者,天助之;自救者,天救之。中国最难干的领导其实是一把手,孰好孰坏,孰优孰劣,一旦当了一把手,是不是帅才,有没有凝聚力、号召力,立刻就会让人看得清清楚楚。所谓的自助、自救,就是敢于为下级负责,能够为下级担当。你不为下级负责担当,下级凭什么为你负责担当?优秀的领导,又能干又有水平的一把手,能让班子里所有的人都干得舒畅痛快,心劲十足,否则你根本就不是一把手的料!当上了也肯定是一地鸡毛,散了人心……"

实话实说,这几天,杨鹏虽然是个副省长,但干的这些活儿,明摆着都是一把手的工作。

那么自己干得究竟怎么样?称职吗?合格吗?说得过去吗?能说

好吗?还能让人满意吗?或者,你的这几下子,让人感觉还过得去吗?

王新成副厅长刚才也说了,平时给你说的那些都是假话、奉承话。那么,到现在了,到底什么是假话、奉承话,什么才是心里话,你能分清吗?

这么大的水灾,死伤百人,你这个分管安全的副省长,应负有多大的责任?换届之际,又会有多大的负面影响和副作用?

力挽狂澜,你做到了吗?哪怕是一丁点儿的努力,老百姓能感觉得到吗?

杨鹏想来想去,不论怎样评价,至少有一点,尽了自己的努力了,至少没有造成重大的失误和完全错误的决策。

明里暗里,私下公开,大家都在旗帜鲜明地支持你。

上面有书记省长,有更多的领导;下面有那么多基层干部,你没有让他们失望。

最最关键的是,你一直及时地在发现问题、解决问题。在极端危机发生的时刻,没有被蒙在鼓里,没有延误战机,避免了有可能造成的重大损失和灾情。

这一切,也许都缘于两个人的及时出现——任月芬和夏雨菲!

如果没有任月芬的嘱托,这次没有下来,那就绝对不会发现下面这些隐藏的问题和困局。

如果这次没有下来,没有遇到夏雨菲,也许,你很可能还像过去那样,对下面的实际情况一知半解,甚至一无所知。以至于在重大灾情即将出现之际,你什么也不知道,什么也不了解。更不用说能及时地做出什么准确的判断和重大的决策了。

特别是夏雨菲、夏雨菲的母亲与夏雨菲的团队,还有那个一直在等待着夏雨菲的李皓哲,一直受到夏雨菲肯定的老水利局局长张亚明。

没有他们提供的这些一线的信息和及时的提醒,就不会有李东百,不会有王新成,不会有那场紧急防汛工作会议,也不会有对徐帆书记和程靳昆市长的及时沟通和纠正。

每一步都这么惊险,每一步都这么准时,每一步都这么惊心动魄。

多亏了夏雨菲。

……李皓哲!

李皓哲的情况夏雨菲知道了吗?

杨鹏突然想到整整一晚上了,居然没有再翻看手机信息,尤其是一直没有翻看夏雨菲的微信。

杨鹏赶紧打开手机,居然还有电,手机一直处于强有力的待机状态。

一打开微信,第一个看到的就是夏雨菲的信息。

> 杨鹏!告诉你一个消息,红旗水库的泄洪道打开了!!!
>
> 目前水库情况正趋于稳定,至少现在看来水库垮塌的风险已经大大降低,我估计如果再能坚持半个小时,库内积水就会大幅下降!
>
> 杨鹏感谢你,也感谢张亚明局长和李皓哲!
>
> 杨鹏,我爱你们!
>
> 廖鸿飞主任可能出事了!他被泄洪道内的积水和泥沙一起冲走了!
>
> 但愿会有奇迹发生!如果廖鸿飞有什么错,那并不全是他个人的问题!在最后的时刻,他一样是个英雄!
>
> ……

这是三个小时以前的微信。这个信息让杨鹏十分震惊,当时他只得到简短报告,说是红旗水库险情得到控制,危险基本解除,根本不知道廖鸿飞主任被洪水冲走了!

夏雨菲说他一样是个英雄,看来在关键时刻,廖鸿飞还是发挥了应有的作用。

> 杨鹏!降雨量已超历史纪录,六个小时的降雨量,达到了七百四十毫米!
>
> 这将对临锦市区造成重大损害!
>
> 杨鹏!目前必须注意洪水对临锦市区的冲击,临锦市有四条河流汇聚,如果不采取紧急措施,将会对临锦市区的地下通道、地

下过道、地铁系统,还有所有的大桥,都造成前所未有的冲击和损坏,重点要注意这些地方!!!!!

这也是三个小时以前的微信,夏雨菲把所有会出现的情况全都告诉他了,事实证明,情况确实如此,判断完全准确!

杨鹏,请注意,紧急情况!!!

可能有二十多个学生被困在地下通道中,这是教育局局长汪小颖告诉我的,这二十多个孩子没有手机,估计你们收不到这方面的呼救!

杨鹏,学生一个也不能出事!一个也不能!决不能!!!

这也是三个小时以前的微信,夏雨菲发出信息时比杨鹏得到信息时提前了两个多小时!

杨鹏,那个驾车冲入地铁决口处的司机叫吴振海,他的妻子和儿子都被困在了地铁中,为了家人,他拼了!

他本来可以刹车,但他不想坏了大事,妈妈说了,这个司机是真正的英雄,为了亲人,视死如归!

杨鹏你做得对,不能让英雄白死!

我个人觉得,临锦市应该给吴振海立碑!

杨鹏再次惊呆了,司机驾车冲入决口处不到二十分钟,夏雨菲就给他发来了这条信息!

杨鹏,五阳二中建在泄洪渠道上的新校舍完全被洪水吞没摧垮,所幸数百名学生被及时转移,目前只有几名职工伤亡。

这条消息是两小时前发来的,仍然看得杨鹏惊心动魄。

杨鹏,雨量减弱了,据统计,降雨量已经超过八百毫米!

这是一场可怕的降雨!你一定要百倍注意,这么大的降雨量,雨后的危险性比下雨时更可怕!

大面积的建筑物倒塌,将会在雨后陆续出现!千万不要松懈,千万不要丧失警惕!

杨鹏,你是副省长,老百姓的贴心人,你要做个好领导!

这条信息是一个小时前发过来的。

杨鹏不禁一震,这个提醒太重要了!

是的,学过气象学的杨鹏对此十分清楚,小时候在农村也经历过。尤其是在乡下,大面积的房倒厦塌,都是在雨后两三天发生!中国北方土质疏松,大雨过后,土质渐渐酥软,而后那些有问题的建筑和土质工程,就会发生诸多意想不到的倾覆和垮塌。

杨鹏,听说李皓哲出事了,是吗?
杨鹏,你怎么样?还好吗?为什么一直不回复?
李皓哲到底怎么了?你一定要告诉我实情。

这条微信是夏雨菲半小时前发出来的。

这就是说,截至目前,李皓哲的事情她还不知道!

李皓哲已经壮烈牺牲。

炸药的导火索因为雨水,十多分钟也没有点燃雷管,等到李皓哲刨开土层,炸药再度裸露出来时,导火索突然复燃,引发三大包炸药同时起爆。

李皓哲被巨大的爆破力炸飞到十数米之外,当场身亡。

李皓哲的遗体是在一百多米外的排洪渠道旁发现的。

发现时,李皓哲已经面目全非,没有任何生命体征。

李皓哲是抢险工作中第一个牺牲的公务人员。

一个以身殉职的烈士。

一个英勇悲壮的人民卫士!

在夏雨菲发出微信之前,没有人告诉她这一噩耗。

在这样的时候,也不会有人忍心把这样的消息透露给她。

也许,目前只有你杨鹏给她透露这个消息比较合适。

真的合适吗?

杨鹏突然意识到,也许任何人都合适,而只有自己在此时给她透露这个消息最不合适!

杨鹏看看时间,夏雨菲现在知道这个消息了吗?

515

杨鹏的手机一阵振动。

徐帆书记的电话。

"杨省长,太感谢您了!如果没有您亲临指挥,临锦的娄子可真捅大了!"徐帆书记一接通电话就激动万分地说道,"市领导们都说了,这次是您拯救了临锦,拯救了数以万计的百姓。说句心里话,如果没有您,我这个书记肯定当不成了!"

杨鹏本来想客气一下,没想到徐帆书记会是这副口气,话语中带着哭音,一时竟不知道该怎么回复。想了一下,既是表扬,也是批评,他说道:"书记你在说什么呀!临锦市的干部群体表现得非常称职,关键时刻都顶住了!没有失职,没有逃兵!还出现了好几个英雄人物,这都是我们市委市政府应该好好表彰和总结的优秀事迹!"

"谢谢杨省长表扬。"徐帆的语调十分认真。

"徐书记,现在还不是表扬的时候。我刚才接到专家的提醒,此时雨虽然停了,后续是否还有强降雨,专家们正在密切监视和评估。现在最大的危险和威胁是雨后的民舍、厂房、作坊、学校,包括城区的旧房、危房和正在旧城改造的建筑,一律要密切关注,严防雨后成片倒塌出现大面积新的灾情和事故。"杨鹏副省长努力复述着,几乎把夏雨菲刚才提醒的内容全部给徐帆书记叙述了一遍。

徐帆很认真地听着,直到杨鹏说完了,好半天还在等着杨鹏的指示:"还有吗?"

"书记,我刚才说的这些工作都是目前最主要的工作,其他需要做的工作,我们当领导的有很多可能根本想不到,也考虑不到。你和市长,还有其他市领导干部,应该马上组织一批专家和基层干部,在天亮前立刻到各个灾区现场办公,把真正隐藏的问题、急需立刻办理的问题、受灾群众急需解决的问题,尤其是可能发生的次生灾害,都一个一个检点出来,一个一个尽快解决。特别是对死伤的群众,一定要及时安顿和救助。还有,伤亡数字有多少就是多少,决不能谎报少报,更不能不报瞒报。现在是新媒体时代,如果出现这些问题,一旦被发现,你知道对我们会有什么后果。我们政府的公信力立刻就会被摧毁,从根本上失信于民。要想再让老百姓相信政府,即使花费几倍几十倍的努力也很难做到完全恢复。我们一定要提前给干部们讲清楚,现在既是在大灾之中,又是在换届之前,谁要是由于谎报少报、瞒报不报影响了政府的公信力,我们一定会严肃处理,严惩不贷!"杨鹏不加犹豫,一口气就说了这么多。

"明白,杨省长您放心,这样的低级错误,在临锦市委市政府决不会再出现,否则我们一定坚决追责,该免的免,该撤的撤,决不手软,决不含糊!"徐帆好像一下子恢复了原有的气势,厉声说道。

"程市长呢?"杨鹏问,这也是告诉徐帆,灾情发生以来,程靳昆市长一直没有同省抗洪指挥部联系过,杨鹏在监控室里也始终没有看到市长。

"杨省长,我们刚刚通过话。您肯定也知道了,我们一直被困在洪水中,现在政府大楼四周的积水还在上涨,救生艇一直没有,刚刚听说指挥部给我们拨过来一艘。程市长一直在自责,认为这次汛情确实准备不充分,所有出现的问题,他是第一责任人。要不是省委省政府的支持,要不是您现场指挥和调度,临锦市这次一定是大灾大难,伤亡惨重。"徐帆的口气再次沉重起来。

"我说过了,现在不是自责的时候。徐书记你马上告诉他,我刚才说的那些建议,这次千万不要再拖了。亡羊补牢,犹未为晚。截至目前,我们的抗洪还是有成效的,大家的努力,老百姓应该是认同的。估计再争取十几个小时,等到洪峰过去,如果不再出大的灾情,这次防汛抗洪应该还算是成功的,大家的努力也是值得肯定的。"杨鹏竭力地说着更合适的词汇,在目前这种情况下,既不能再严厉,也不能再表扬。一句话,还是要继续鼓劲,让大家继续努力。

"明白了,再次感谢杨省长您的肯定。"

"还有什么其他情况?"杨鹏问。他知道徐帆此时打来电话,一定是有话要说。

"杨省长,李皓哲的情况您知道了吧?"

杨鹏的心情立刻沉重起来,他也没想到徐帆书记问的是这件事,想了想,问:"李皓哲的遗体拉回来了吗?"

"刚刚拉回来,我过去看了一下,脸面基本看不清楚了。"听得出来,徐帆的情绪十分悲怆,"……我给殡仪馆说了,要他们尽最大努力恢复原貌。"

"有必要吗?"杨鹏顿时悲伤起来。

"杨省长,群众知道这个情况后,肯定会有很多人来悼念,李皓哲的亲朋好友也一样,大家都想再看他最后一眼,我们不能就这样把他包裹在纱布里。"徐帆十分自责地说。

"这个消息大家都知道了吗?"

"还没有公布。现在还不是时候,我已经给下面的人说了,暂时不要给任何人宣布这个消息。"

"李皓哲的父母呢?"

"也没有通知,等灾情过去以后,我亲自去看看他的父母,把这个消息当面说给他们。"

"好吧,我也一起过去。"

"知道了。"

"我知道他还有一个姐姐,还有其他亲属吗?"

"……不清楚,我已经让人了解去了。"

"亲朋好友呢?"

"我知道的大概就一个。"

"谁?"

"我给您说过的。"

杨鹏一下子沉默了良久:"夏雨菲吗?"

"是,夏雨菲。"

"你通知夏雨菲了?"杨鹏问。

"还没有,她一直在发短信问我。"

"那就是说,目前知情的人都没有告诉她?"

"应该是。知道的人也不多,现场的人也都不愿意相信李皓哲真的已经牺牲了。"

"知道了。"

"随后再通知夏雨菲吧。"徐帆轻轻地说。

"好吧,就按你说的办。"

"杨省长,到时候还是我们一起告诉她吧。"

"好。"

杨鹏强压着让自己的情绪平静下来,但眼泪还是慢慢地流了出来。

杨鹏自己也记不清了,短短几个小时让他流泪的事情太多了。

然而这一次杨鹏怎么也止不住,放下手机时,已经泪流满面。

这一次,是锥刺般的心痛。

如此剧烈,久久无法平息。

杨鹏突然想找个地方放声痛哭一场。

……夏雨菲!

五十一

清晨五点左右,五阳县铁矿尾矿库区。

虽然已是夏天,但这里还是冷风飕飕,气温大约降到了六七摄氏度。

五阳铁矿尾矿坝横跨在两座山峰之间,在冷风中,这个庞然大物更加让人感到整个山谷深不可测。四周水汽弥漫,漫天都是细密的雨雾。

大雨之后,山谷内漆黑一片。

黎明前的黑暗,太黑了,伸手不见五指。

除了风声和水声,什么声音都听不到。这个节气,通常有彻夜鸣叫的布谷鸟叫声,还有响彻遍野的各种昆虫的叫声,可现在全都静默了,似乎都还蛰伏在刚刚过去的暴雨的氛围之中。

在漆黑的夜幕中,一座深不可测的尾矿库,犹如一座孤峰突起的大型水库,壁立千仞,高耸峡谷,被卷裹在低沉的云层之中。

在这座庞大的尾矿库下端靠近山腰处,从房子里,突然流露出一束刺眼的灯光。一个有点瘸腿,年龄大约四十多岁的中年汉子,慢慢走了出来。

吴勤尧——矿区的中年工人。因为年轻时在采矿中身负重伤,四根肋骨,一条大腿,一只胳膊均粉碎性骨折。经抢救,大难不死,伤愈后,除了大腿有些后遗症以外,生活上并无大碍,平时饮食起居,尚可自理。但自此以后,由于无法下矿进行重体力劳动,便在工地上干些轻活。虽有劳保工资,但因为身有残疾,一直未能成家。没有家室,父母也过早去世,因此就以矿为家,常年在矿区生活。平时除了在矿上干一些力所能及的临时工作外,有时也会挣点临时性的额外工资。

前几年,雨润公司在五阳矿区设立了办事处后,发现了吴勤尧这个半残疾的工人。年龄并不大,日常处事稳重,品行端正,为人忠厚,干活实实在在,兢兢业业,于是就雇用了他,给了他一份常年性的工作:驻守监视这座尾矿库。

这两年,由于尾矿库的异常越来越多,雨润公司还专门给吴勤尧设立了一条手机专线,给他买了两部手机,一个专用的手机充电设备,以便于他随时报告尾矿库的情况。其中一部手机,可以直接打给雨润公司的董事长夏雨菲。

下了一晚上的暴雨,吴勤尧终于看见雨小了,赶紧穿了件雨衣,出来看看尾矿库有没有什么情况。

其实吴勤尧根本就没有睡着。这两年,他恪尽职守,每天不分白天黑夜,有时间就到尾矿库四周细致查看一番,一分钟也不敢大意。吴勤尧明白,对他来说,这座尾矿坝的安危,比任何事情都重大,都让他整日惶惶不安,须臾不得掉以轻心。

他这些年的劳保加上临时打工每月的工钱,算在一起,也没有雨润公司给他的工资高。

还有让吴勤尧终身感激的是,自从有了这份工作,他才真正感到自己活得像个人。

是雨润公司让他尝到了当家做主的滋味,而这座尾矿库也就成了他的命根子。

这个命根子,吴勤尧是实实在在地用生命在维护。

这么多年,吴勤尧见过两次夏雨菲董事长,一次是找他谈话,一次是请他吃饭。

说是找吴勤尧谈话,其实就是给他讲条件讲要求。对吴勤尧来说,这是他人生中第一次见到这么大的老板同他面对面地慎重说事。

一个那么精干的女董事长,那么和蔼,那么温暖,问长问短,总是不断地问他,你给我们干的这项工作很重要,你有什么要求和条件吗?

吴勤尧好半天反应不过来,不是说要给自己说要求和条件吗?怎么翻来覆去地问自己有什么要求和条件?愣了好半天才说:"没有啊,没有没有,什么也没有,你们让我怎么干我就怎么干,保证不偷懒,不误工,不偷奸耍滑,有什么情况,立刻在第一时间报告,如果有重大情况,就直接给董事长报告。"

夏雨菲董事长一直笑盈盈地认真听他讲,等他说完了,就对吴勤尧说:"不是说这个,是说你干这样的工作很辛苦,需要我们给你做点什么吗?"

吴勤尧还是有些不明白,一个劲地解释说:"不需要不需要,白天晚上,我都会在尾矿库上下不断检查,不管出了什么问题我都会及时报告。董事长放心,我不会弄虚作假,不会吊儿郎当,一定老老实实,好好工作。"吴勤尧生怕老板不用他,当然也希望老板能多给他一点儿工钱。

夏雨菲董事长见吴勤尧这个样子,知道了他是个实在人,也不懂讲什么个人条件和要求,于是就直接说:"我们觉得你住的那宿舍离尾矿坝挺远的,来回一趟几里地,想在尾矿坝附近给你建座小房子,白天晚上都可以在那里休息,可以做饭,也可以洗澡,再给你装台空调,夏天凉快一些,冬天暖和一些。除了这些,你还有什么想让我们解决的?"

吴勤尧终于明白了董事长的意思,愣了好半天才赶紧说:"不要不要,咱这地方夏天没那么热。冬天冷得厉害了,山上有的是干柴火,取回来烧一烧就行了。我们老家都这样,根本用不着什么空调。还有,也不用盖房子,我在这附近找到了一个小窑洞,我都看过了,挺严实的,住在里面,冬暖夏凉,还能做饭,方便得很,根本不用盖什么小房子。"

夏雨菲听吴勤尧这么说,也就不再说什么,想了想,便说:"你这两天考虑了吗?你看我们给你多少工钱你觉得满意?"

吴勤尧又愣在了那里,憋了好半天也不知道该怎么说。最后,他脸红红的说:"这几年在这里,劳保费一个月两千多,平时打零工,每月差不多也能挣个一两千。这样吧,你看我日后就在你这里干活,不用再打零工了。如果你们这里真的能长时间雇我,那就给我平时打零工差不多的钱就行了。"吴勤尧说到这里,担心公司觉得他要的工钱太高,又小心翼翼地补充说,"如果你们觉得多,少点也行,就一千五吧,你看行不行?"吴勤尧说的是实话,零工其实有时候有,有时候没有,在这里干活不重,而且月月都有,即使少给点儿也行。

夏雨菲董事长默默地看着吴勤尧,让他更加不自在起来,他正准备再解释一下,没想到夏雨菲很认真地说:"老吴,我们都了解过了,知道你的工资低,也给公司说了,让公司给你的劳保再增加一些。你在这里的工钱呢,我和公司已经商量过了,一个月基本工资三千块,生活费再给你补助两千块,还有一千块钱的交通补助,平时进城买点东西,也不会误事。你看这样可以吗?"

吴勤尧愣在了那里,似乎没听懂董事长在说什么。这个数字实在太大了,他想都不敢想。如果能挣这么多,他甚至可以考虑娶个媳妇成个家。老母亲病重的时候,有一句话让他难过了好多年:"勤尧啊,想让娘死得安生点儿,就早点儿带个媳妇回来吧。"

那时候,吴勤尧还没有伤残。一个打工仔,工资低,家里穷,父母都有病,祖辈都是农民,哪有什么钱能娶得到媳妇。再到后来,父母双双病亡,自己又受了重伤,弟兄几个分家,只剩了一孔旧窑洞。常年不回家,窑洞也渐渐无法再居住,只好一个人常年在矿上生活。到了四十岁,觉得这辈子就这样了,哪想到会碰到这样一个雨润公司,说他人品好,干活实在,给了他这样一份工作。吴勤尧本想着能挣到一两千就心满意足了,做梦也没想到能给这么多。

吴勤尧怔怔地看着夏雨菲董事长,什么话也说不出来,只是下意识忙不迭地连连点头,直到从公司的办公室出来时,还沉浸在一片懵懂之中。

这个董事长说的都是真的吗?

没有多久,那个小房子就建成了,果然能洗澡,能做饭,有空调,有电话,而且确实给了他两部手机。

再到后来,一直等到他第一次领到那么多的工资时,吴勤尧才明白这个夏雨菲董事长才是他这辈子真正的恩人和当家人。

那时候吴勤尧就暗暗发誓,这辈子就交给这个公司了,自己这么个残疾人,若要做出对不住公司的事,连自己的八辈祖宗都对不住。

第二次,是董事长请他吃饭,那天吃饭的有好几个客人,个个西装革履,红光满面,不是经理就是总裁。就吴勤尧一个人一身布衣,满脸黢黑。夏雨菲董事长让他坐在她的旁边,给别人介绍说老吴是我们公司的高级职工,是雨润公司尾矿库监管站的负责人。

吴勤尧平时极少喝酒,也从未吃过这样的饭局。在村里的红白喜事上,也就喝过那么一两次,每次也就喝那么两小杯。在饭局上见别人都拿着酒杯敬董事长,便给自己也满满倒了一大杯,学着别人的样子给夏雨菲董事长说:"董事长,你放心,我一定能干好,这些天我每天只睡五六个小时,整天就盯在尾矿坝上,尾矿库就是我的家,这个家是你给我的,我这个人也没啥本事,一辈子就给公司做牛做马,报答你的恩情。"然后一大口就把一大杯酒喝了下去。

吴勤尧这辈子第一次醉倒在酒桌上,被人扶回屋里时,依然醉得不省人事。

半夜里醒来,吴勤尧做的第一件事,就是在尾矿库转了一大圈。他一边走得跌跌撞撞,一边哭得稀里哗啦。

大半夜里,整座尾矿库和整个山谷里,到处都回荡着吴勤尧的哭声。就像一个孩子,即使在母亲的灵前,吴勤尧也没有这样哭过。

这大半夜的暴雨,吴勤尧一分钟也没有合眼。

夏雨菲董事长给他说过,下雨的时候,一定要密切关注尾矿库的情况。因为在这样的天气里,尾矿坝最容易出事。

尾矿坝出事之前,会有很多的征兆,这些征兆会有什么样的表现,吴勤尧都记得清清楚楚。

平时白天的时候,尾矿库一片繁忙的景象。机声隆隆,泵站轰鸣,尾矿库光华的表面反射着鲜亮的光芒。

到了晚上,一切都立即平静下来,尾矿坝四周陷入一片沉寂,山谷四处的鸟叫虫鸣,更加让这座巨大的尾矿库显得规模巨大,高耸入云。

白天，吴勤尧常常在尾矿库上上下下走动检查，仔细地观看着尾矿坝上的每一道细微的裂缝处，每一处凹凸不平的褶皱区。

一到了晚上，吴勤尧很少有脱衣就寝的时候。尾矿库里的每一处响声，尾矿坝上的每一个动静，都会让他忧心忡忡，彻夜难眠。

公司的人给吴勤尧讲了，老吴啊，这座尾矿库几十年了，一旦出了问题，里面的矿渣和废料，能把下面的几个村子活埋了，你可千万要小心啊。

还有公司里几个时常送东西过来的年轻人，不时地对吴勤尧说："老吴啊，咱们夏董事长对你可放心啦，说只要你在这里守护，这座尾矿库就不会有问题。"

越是这样，吴勤尧的责任感就越强，心里的负担也就越重。

就像今天晚上，他听着外面的瓢泼雨声，胸腔里就像山上的流水敲打在屋檐上一样，咚咚咚地响个不停。他活了四十年，从来没有见过这么大的暴雨，真的像老人们说的那样，天塌了！

好几次吴勤尧都想冒雨出去看看，但一开门就被让人窒息的风雨堵了回来。

好几个小时过去了，雨总算渐渐小了下来。

外面的水流声和风声依然十分强劲，靠近房屋的尾矿坝上的流水仍像瀑布一样，吴勤尧坚持了两分钟，再次退回屋子里。

五分钟过去了。

十分钟过去了。

半小时过去了，吴勤尧终于再次出现在门口。

强光下，一片水雾像一道道高墙。细密的雨点，砸在脸上像刀割一样。

这次吴勤尧很坚决地站在雨里。一个强烈的感觉告诉他，现在才真正是用他的时候。

今晚这场大雨很不寻常，公司里一定在等着他的消息。还有，别看这么晚了，夏董事长肯定没睡，也一定在等着他的消息。

吴勤尧早就明白，如果尾矿库垮了，那这个矿区的雨润分公司也许就不存在了。

雨润分公司不存在了,就算董事长对他再好,他也不可能再在这个公司干活了。他这一个月的几千工资,还有时不时的各种福利、这辈子住过的最好的小房子,也一样都不存在了。

他要保住这个公司,就一定要看好这座尾矿库。

还有,吴勤尧知道这座尾矿库与夏董事长有着千丝万缕的联系,要保护好这个公司,保护好恩人夏董事长,就一定要保护好这座尾矿库。

平时踩得光亮的小路很滑,一不小心就会摔一个跟头。

吴勤尧的腿不利落,但很有力量。

风雨中,吴勤尧走得很慢,但每一步都迈得很坚实。

手电筒是最先进的那种强光电筒,一扫一大片。

吴勤尧的眼力很好,只读过六年书,上初中的时候,爸爸妈妈相继病倒,他就辍学了。不管老师怎么动员,学校怎么催促,他就是不想学了。学习不好,家里事多,他不能看着爸爸妈妈躺在床上没人照顾。

不看书,学习差,常年在地里放牛放羊,吴勤尧的眼睛一直是一点五的视力。后来有一次航校特招时,他的视力居然达到了二点五,如果不是学习不行,他说不定就上了航校。

雨润公司雇他查看尾矿坝,也有一条就是看中了他的眼力。

整个五阳铁矿,考察了解了上百个老工人,视力能保持在一点五以上的,就吴勤尧一个。

即使是在夜里,借助强力电筒,五百米开外有什么异样,吴勤尧立刻就能辨识得清清楚楚。

今天晚上的能见度太低了,低沉的云层,厚厚的雨雾,强力手电筒打过去,十多米之外基本上就什么也看不到了。

吴勤尧明白,就这样随便看看,那这样的巡查和观测肯定没有任何意义。夏董事长给他说过,五阳铁矿这座尾矿库,已经有好几十年的历史,很老很老了。中间维修加固过很多次,因为这两年铁矿石不断涨价,这里又发现了新矿床,产量越来越高,尾矿也越来越多,所以这座尾矿库的容量也越来越大。

这座尾矿库的尾矿和废料,对雨润公司是个宝库,但尾矿库的安全,对雨润公司和尾矿库下面的几个村子却是个重大威胁。

这两年,尾矿库的维修,还有尾矿库下面几个村落、集贸市场,以及那个当作宿舍的旅馆的移置问题,地方和矿上一直在扯皮。地方上要让矿上多出钱,矿上也想让地方上多出钱,一直扯到现在,还是没有扯出来个到底该怎么办的说法和协议。

这些,吴勤尧都知道。

吴勤尧也明白,他一定要把这座尾矿库看好了,只要这座尾矿库不出问题,雨润分公司就不会有问题,还有五阳铁矿也不会有问题。他们没有问题,那自己期盼的日子都会成为现实。

尾矿坝的每一处,几乎都布满了吴勤尧的脚印。

今夜路太滑了,这座一百多米高、六十多米宽的尾矿坝,平时吴勤尧转一圈,爬上爬下,顶多也就一个小时。在尾矿库的四周查看一遍,两个小时足够了。但现在,平时的那些踩了无数遍的脚窝和台阶,都变成了难以攀爬的险地。从小屋子爬到尾矿坝的中端,就用了整整半个小时。

没有发现什么异常,一切都还是原来的样子。

天气很冷,让吴勤尧不住地浑身打战。

从中端看尾矿坝的顶端,看不出有什么变化。

此时吴勤尧身处尾矿坝的右方,放眼向左看过去,在耀眼的灯光下,大半个坝体还像往常一样平整光洁。一夜的大雨,让尾矿坝在强光下显得光亮一片,看不出有什么反常的地方。

雾气太重了,也就能看到三十米开外,再往里看,就看不大清楚了。

应该不会有什么大问题,吴勤尧默默地思忖着。老天爷保佑,千万别出什么事情。

确实太冷了,风也越来越大,雨衣被风吹得像一个大气球。没想到会这么冷,风吹得脸上、脖子上,还有握着电筒的手指竟然像冬天那样冻得生疼。

还过去查看吗?风雨飘摇中的吴勤尧有些动摇了,他看了看尾矿坝的下端,几十米高处,像趴在悬崖上一样,如果一不小心滑倒摔下去,就算摔不死,也得丢半条命。何况自己的腿还有毛病,如果再摔坏了,说不定连日后的饭碗也保不住。

那就回吧。等到天亮了,再出来查看不迟。

吴勤尧向下移动了一下步子,刚动了一下,立刻又停在了那里。

他突然又想到了夏雨菲董事长,灯光下,仿佛看到夏董事长那张温和的笑脸,还有第一次找他谈话时的情景。

温馨如初,历历在目。

人要有良心!人没良心,活着还不如一头猪!吴勤尧止不住地骂了自己一句。

就算自己摔坏了,吴勤尧相信夏董事长也不会对他不管不顾。

养兵千日,用兵一时。现在就看你的了,吴勤尧,这么重要的时候,你想缩回去,还算是个人吗!

吴勤尧只犹豫了两分钟,就坚定了决心。他给夏董事长说过的,不会偷奸耍滑,不会弄虚作假,一定会好好干。

吴勤尧只用了十几分钟,就爬到了尾矿坝的顶端。

绕着大坝走到了另一头,一切正常。

吴勤尧明白,尾矿坝最危险的地方是在尾矿坝的下端。

看看时间,清晨五点多了,虽然是在山谷里,但东面厚厚的云层里,已开始透出亮光。

吴勤尧在大坝上一分钟也没有停留,便从大坝的左边往下移动。

往下移动,比往上爬要困难得多。

陡峭狭窄的阶梯又湿又滑,每一步都是那么艰难。冷风阵阵,整个身子紧贴在阶梯上,一只手死死地抠着崖壁,一只手紧紧地握着电筒,无论哪只手失手,都会是一场灾难。

往下几步,就停一停,看看尾矿坝面上有没有与平时不一样的地方。

这些地方吴勤尧太熟悉了,每一个地方他都记得清清楚楚,任何细小的变化,都能感觉得到,而且绝不会有任何差错。

越到下端,风声越大,天上的黑云渐渐在开裂,细密的雨星少了,变成了时不时的大雨点,砸在脸上、眼睛上,让吴勤尧不时地眯缝起眼睛。

快到尾矿坝最下端的时候,吴勤尧突然像被石头砸中了一般,差点儿没从阶梯上滑落下去。

顺着电筒的强光,他看到了尾矿坝上一块隆起的褶皱。细细密密的褶皱,犹如蚯蚓在地下隆起的虚土。

吴勤尧像是不相信似的走近细细看了一眼,立刻吓了一跳,这不是一块皱褶,而是一片!

一大片!

吴勤尧把电筒光移过去,好大一片!

三四米宽,五六、七八、十几米长!太长了,吴勤尧似乎没看到头!

吴勤尧差点儿叫出声来,这个情况正是夏董事长告诉他无数遍的最危险的征兆!

吴勤尧往下又看了一眼,一松手,刺溜一声,一下子滑出十几米。

脸上、手上、胳膊上,瞬间,全是伤口和泥巴。他死死地把手电筒握在手里,滚了好几圈,手电筒还牢牢地握着。满身湿淋淋的,分不清是泥水还是血水。

滚了几滚,一挺身子居然奇迹般地站在了那里。

吴勤尧一下子就站到了尾矿坝的最底端!

在电筒的强光下,他再次看到了更大面积的皱褶,翻卷的松土,就像刚刚犁过的一片农田!

吴勤尧再次惊叫起来。

不好,尾矿坝真的要出事了!

他突然趴下来,侧过身子,把整个耳朵完全贴在大坝上,仔细地听了两分钟,又猛地跳了起来。

吴勤尧僵直地站在那里,又对着整座尾矿坝怔怔地看了两分钟,突然像疯了一般在自己的背兜里掏起来。

也就是几秒钟时间,吴勤尧掏出了一部手机!

一部崭新的手机,这是公司给他配备的专用手机。

以防万一,这部手机吴勤尧从未用过。

手机里只存着一个号码。

出现重大情况时,立刻直接打给一个人。

夏雨菲董事长!

五十二

杨鹏副省长像被什么吓了一跳,一个愣怔突然醒了过来。

什么声音?像是远处的惊雷,又像是屋内的震颤,蒙蒙眬眬中,杨鹏的意识一时还没有恢复过来。

良久,杨鹏才意识到,是手机振动的声音。

太困了,竟趴在桌子上睡着了。

看看时间,六点十分。

睡了刚刚二十分钟。

杨鹏猛然一个激灵,赶紧拿起电话。

这个时间的电话,一定有天大的事!

谁呢?

杨鹏看了一眼,再次吃了一惊。

夏雨菲!

杨鹏立即接听。

"……杨鹏,你在哪里?"夏雨菲的声音急切而又慌乱。

"我在临锦,指挥部。"杨鹏完全清醒了。

"五阳铁矿尾矿库,情况紧急,估计在三十分钟到一个小时之间,将会全面坍塌!"

"你在现场吗?"杨鹏一时反应不过来。

"我正在往现场赶,大约十分钟内赶到。"

"就是我们上次见到的那座五阳铁矿尾矿库?"

"对。"

"三十分钟到一个小时之内,怎么测出来的?"

"我们现场有人值守监测,据现场查看到的情况,所有垮塌前的征兆都已经显现,整座尾矿库一小时之内必垮无疑!"

杨鹏一下子呆住了,他见到过这座尾矿库的规模,也知道尾矿库垮塌将会造成什么样的巨大险情。如果垮塌,下面的三个村落、一个集贸市场,还有一个规模不小的旅馆。最少也有两三千人,如果不及时撤出,那将会是一场真正的灾难!

杨鹏想到这里,急忙嚷了一句:"雨菲,这不是小事,你能确定在一个小时内必垮无疑?"

"确定!"夏雨菲立即回答。

"雨菲你再冷静一下,还有没有其他的预判和可能?"杨鹏又砸了一句。

夏雨菲没有回答。

半分钟后,夏雨菲发来了一条语音。

> 杨鹏!所有的险情都出现了!尾矿坝下部已经大面积突起,尾矿库内的垮塌声听得清清楚楚,尾矿库两旁的山崖上已经多处倾斜、爆裂,坝底的渗水四处可见。杨鹏,你还没有睡醒吗?作为一个副省长,你不知道着急吗!尾矿库下面有几千人哪!这么大的事,难道我疯了!你醒醒吧,请不要怀疑我的专业,没有时间了!

夏雨菲在电话里几乎嘶喊起来。

杨鹏一个愣怔,说不出话来。他没想到夏雨菲的反应会这么强烈,情绪会这样激动,一时间也不知道该说点儿什么。

手机里继续发出震耳欲聋的声音,夏雨菲在竭尽全力地呼喊着:

> 杨鹏,为什么不吭声,你醒醒好吗!我没有时间给你打电话了,只能给你发语音。我已经给旅馆和集贸市场,还有三个村子都打了电话,目前只有一个村子里的支书接了电话,其他所有的手机都没打通!我们分公司所有的人都下去通知人去了!五阳铁矿的矿长和董事长直到现在还没有开始行动,这太危险了!昨晚下了一夜大雨,大家肯定都累了,越是这样就越危险,两个村支书的手机居然都关着!还有你的手机,我打了四遍才把你打醒!你必须

马上给五阳铁矿和五阳县委书记直接打电话,让他们紧急动员起来,让老百姓马上撤离,一分钟也不要耽误!还有,今天是逢集日,集贸市场七八点就会有摊贩占地方。旅馆里住的人肯定会有很多,还有不少中考学生也临时住在那里。如果尾矿坝垮塌了,十几分钟内,这些人都会被矿渣泥石流掩埋,一个也跑不了,一个也出不来!没有时间了!与你通话又过去了五分钟,真的来不及了!杨鹏,不要给书记市长打电话,你直接给下面打,必须马上打,真的没时间了,快!一秒钟也不要停留,立刻行动!我到了,杨鹏!你快点儿吧……

杨鹏一直愣在那里,等到手机里没有声音了,才突然大声喊了起来:"夏雨菲,那么危险,你要去那里干什么?快回来,我会马上给他们布置,不需要你冒那么大危险到现场!回来,不要下去,马上回来……"

手机里没有任何回音,猛然间杨鹏才意识到,这不是通话,电话不知在何时已经挂断,这是夏雨菲发给他的语音。

夏雨菲正在用最简单最省时间的方式告诉他情况十万火急,必须立刻采取行动!

杨鹏第一个电话直接打给了五阳铁矿李明亮矿长。

李明亮的手机立刻就接通了,但李明亮似乎好半天也没意识到给他打电话的人是谁:"你好,请讲。"

"李矿长,我是杨鹏。"

"杨鹏?……你说,什么事?"

"尾矿库有紧急情况,请你马上安排抢险队伍,立刻派车到尾矿库下游的集贸市场,紧急疏散当地群众,重点是三个村庄,还有那个旅馆……"

"等等,你是谁啊,别嫌我说话不好听,现在是什么时候啊,散布这样不经核实的消息,会给社会造成不必要的恐慌情绪……"

"李明亮,我是副省长杨鹏!你是不是还没有睡醒!"杨鹏不禁勃然大怒,突然一声怒喝。

"……啊!杨省长,抱歉抱歉,我正在刷牙,昨晚忙了一夜,正准备吃点东西……"

"现在什么时候了还有心思刷牙吃东西！夏雨菲没有给你打电话吗！"杨鹏愈发怒不可遏。

"杨省长，你先别生气，雨润公司那个老板确实给我打电话了，我已经派人去尾矿库了，估计已经到了，正在核实情况。我一直在等他们的电话，如有异常，我会立刻给你报告，也会立刻采取措施。还有，雨润公司雇的那个工人，其实就是个半文盲，什么也不懂。我了解这个人，他就是我们矿上的残疾工人。他反映的情况，说实话，也未必完全可信。"李明亮大概没想到杨鹏会发这么大的火，慌忙解释道。

"瞎扯！现在我给你打电话，不是与你核实情况，而是给你发布指令！请你立刻放下手头所有事情，通知所有能通知到的人，一是采取一切手段，不惜一切代价，立即就近展开抢险行动！二是运用所有的通信手段，紧急通知危险区域所有能通知到的群众立刻疏散离开！最后再加一条，如果有谁延误时机，造成重大损失，将等同违法犯罪，坚决严肃处理！"

"是！杨省长！"李明亮立刻回答，"你放心，我会马上按你的命令布置下去，放心省长，采取一切手段，不惜一切代价！"

杨鹏第二个电话打给了五阳县委书记陈宇刚。

陈宇刚一秒钟就接了："杨省长，我是宇刚。"

"尾矿坝的情况知道了吧。"

"知道了，我已经给镇党委书记和镇长都布置了，他们目前正在去现场的路上。"

"没打电话吗？现场很危险。"

"他们知道，但有两个村的支书和村主任都联系不上，只能到村里直接采取行动布置任务。他们把扩音喇叭都带上了，还有派出所的警车和警报器，也都一起出发了！"

"人多吗？"

"就三个人，镇长、书记，还有派出所所长。"陈宇刚果然非常了解情况，"情况危急，多一个人也不行。本来镇长、书记去一个人就行了，但他们都坚决要去现场。"

"多久了？"杨鹏看看时间，六点三十五分。

"有十分钟了。"

"有联系吗？"

"一直在联系，村里的群众也有其他的人正在联系，估计有群众已经开始疏散了。"陈宇刚回答得干净利落。

"夏雨菲刚才说，尾矿坝可能在三十分钟到一个小时内垮塌。现在已经过去了快半小时，非常危险了，必须让他们尽快行动。特别是那个集贸市场，据说旅馆里住着很多外来的商贩。"

"我刚问过，外来的商贩大约有七十多家，本地商贩有四十多家，现在正在一个一个通知，让他们立刻只身离开，所有的货物包括牛马驴骡，一律不能带离同行。"

"很好！"杨鹏听了，略略有些放下心来，想了想又说，"夏雨菲也在现场，估计现在就在旅馆附近，说是那里还有几十个学生也居住在附近村里的简易民房里。"

"是的，这个我也了解了。"陈宇刚立刻回复道，"大约有六十多个初中学生，夏雨菲也是刚刚知道这个情况。对孩子们的救援，已做安排，我们会尽全力争取把孩子们安全转移出来！"

"好的，让他们注意安全，决不能让任何一个人出问题。"

"是！"

"继续保持同他们的联系，有问题随时给我打电话！"

"好的！"

杨鹏刚放下手机，又是一阵强烈的振动。

夏雨菲！

杨鹏一惊，立刻接了电话。

手机里一片忙音，没有声音。

怎么回事？

再一看，夏雨菲的微信在不断跳动。

打开微信，居然有一长溜儿语音信息！

533

杨鹏,我到现场了,再次告急,半小时之内尾矿坝必垮无疑!现在唯一的期盼就是大坝能多延迟一些时间!

　　垮塌开始了,尾矿坝已经明显有开裂的迹象!

　　杨鹏,你给他们打电话了吗?让他们用一切办法,尽快通知到尾矿库下方危险区的每一个人!别的办法都没有用,只有这一个办法,尽快通知!大范围通知!命令式通知!

　　我们在村子里,看到村子里的人都在疏散转移,但大包小包,村民们携带的东西太多,你一定要让他们尽快逃离现场,什么也不要带,什么也不能带,千万千万!

　　杨鹏,我们来到的这个村落,居然只有几个村民在转移,大部分村民都不当回事!说这个村子位置高,洪水淹不着,几千年了,这里都平安无事。让上面尽快通知他们,这不是洪水,这是尾矿库垮塌,比洪水可怕一百倍!

　　杨鹏,这个村里,还是一点儿动静也没有,村里的干部都到哪里去了!还有,村里的大喇叭呢?赶快通知啊!我们正在一个院一个院地查看催促,但村干部一个也没看到!

　　……

手机里的声音到这里戛然而止。

杨鹏看看时间,六点四十六分。

他忧心如焚,思绪轰鸣。

此时杨鹏脑子里完全是夏雨菲急切的嗓音,想象着此刻村里的情景,他突然觉得,有一个好的乡镇干部和村干部,实在太重要了!

现在自己该怎么办?又能怎么办!

你一个副省长,总指挥,坐在指挥部里,面对着重大险情,此时此刻竟然束手无策!

面对重大突发事件和重大灾情,极限时刻,能够快速解决问题的关键是什么?除了人民的齐心协力和全力配合,再者就是干部,也必须是干部!

干部的素质、学识、能力、水平、经验、忠诚、胆魄、敏捷度等等,构成了一个干部群体的整体执行力。所谓的政令不出政府门,就是有令不行,有禁不止,政令不通,令行不止,整而不治,禁而不绝等所有问题的集中爆发点,这种种劣行恶性循环的结果,一旦有了大灾大难,大事要事,必然是阳奉阴违,欺上瞒下,偷天换日,祸国殃民!

就像今天这样的一个时刻,政府有没有执行力,领导有没有号召力,干部有没有战斗力,基层有没有推动力,立刻一目了然,清清楚楚!

卓越的将士人人赞颂,人人期盼。但历史给出的最多的经验教训,每当大难当头,大战在即之时,国门之下却是良将奇缺,贤吏旷无!聚集在眼前的则是一堆庸碌之人,逢迎之辈!

纵然身居高位,大灾临头,又奈之若何!

无能为力,无计可施,力不从心,力所不及……

杨鹏接连又打了几个电话,知情的都占线,不知情的仍然毫不知情。

基层干部的优劣高下,关键时刻,同样一目了然,清清楚楚!

怎么办?又能怎么办!

手里的手机再次振动起来。

徐帆书记。

杨鹏停顿了一下,又立刻接了。

"杨省长,我是徐帆。"

"看到了。"杨鹏有些木然地应了一声。

"刚刚接到报告,说是五阳铁矿尾矿坝可能要出事。"

"你们都采取了什么应急措施?"杨鹏突然火冲心头,都大灾临头了,才刚刚接到报告!

"杨省长,事关重大,我刚刚和市长商量了一下。"徐帆书记语速很快地说道,"第一,要求五阳铁矿立即核实情况,如果有问题,立刻向您报告,并尽快安排救援行动。第二,马上通知五阳县委县政府,让他们立刻做好准备,尽快通知到尾矿坝下的乡镇和村委会。第三,立刻委派市安监局和水利局负责人赶赴五阳尾矿坝实地监测,评估尾矿坝垮塌可能出现的灾情和问题。第四,对群众的生命财产安全,要尽一切努力,把损失降到最低,要确保人民群众……"

徐帆书记有条不紊,层次分明,缜密细致,头头是道的报告,杨鹏越听越火。这样的汇报,若是在平时,若是在杨鹏不知实情的情况下,肯定会大加赞赏,确实是工作扎实,准备充分,严肃认真,及时得力,有责任,有担当,心里也一定会感到十分满意,以至十分感动,立刻就会积极充分肯定,大加鼓励支持。但现在,却让他感到如此的滑稽荒谬,虚伪造作,表面上看忠于职守,兢兢业业,其实根本就是摆样子,走过场,玩花活,欺上瞒下,逢场作戏!

杨鹏一边听着徐帆的汇报,一边打开微信,又听到了夏雨菲发来的几条语音。

> 杨鹏,据报告,尾矿库两边的山体已开始破裂移动,大面积的滑坡迹象明显,很多地方的石块和泥土开始滑落。尾矿坝已经支撑不住了!

> 尾矿坝底部已经开裂,大量泥浆在喷涌,尾矿库有剧烈的声震,估计还有五至十分钟!

杨鹏呆呆地听着,愣着,夏雨菲嘶哑的呼喊声,和徐帆书记的说话声搅在一起,显得古怪而又揪心!

> 杨鹏,立刻通知他们!不要再派人过来了,来了更危险,也没有任何意义!村里的干部终于出来了,大喇叭有声音了,大家都在四处喊话,拼命通知!我们的手提话筒起了很大作用,可惜预备得太少了。你也直接通知他们,让他们通知所有的村民立刻往两旁的山顶上跑,不要回头,不要停留,没有时间了,再不跑,大家都会被活埋的!

这里的几十个学生全部都找齐了,你不用担心,我一定会把他们带到安全的地方!尾矿坝已经开裂了,估计还有几分钟的时间!

杨鹏!尾矿坝已经垮塌了,估计还有两三分钟的时间!声音很大,像是地震!大部分村民应该都转移出来了,但估计还有很多没撤出来,来不及了!

杨鹏!我已经看到了尾矿坝垮塌扬起的粉雾,天啊……

手机里的声音一下子静止了!

时间是七点十二分。

五十三

一个小时左右,杨鹏副省长接到了省安监局发来的尾矿库垮塌后的初步评估报告。

一个半小时之后,杨鹏接到了临锦市委市政府给省委省政府关于五阳铁矿尾矿库垮塌灾情情况的紧急报告。

两小时之后,省防汛抗洪指挥部将五阳铁矿尾矿坝坍塌损失情况的书面报告递交给了杨鹏。

两个半小时之后,省汛情督察领导组将省委省政府关于五阳铁矿尾矿坝坍塌事件的正式报告摆在了杨鹏的临时办公桌上。

三个小时之后,国务院督查组有关临锦市五阳县铁矿有限公司尾矿坝垮塌事件的紧急报告也递给了杨鹏。

杨鹏明白,国务院督查组的报告此时肯定上交给了党中央和国务院,说不定已经摆在了中央领导和国务院领导的案头。

几乎所有的电话都消失了,全都变成了紧急公文。

丁秘书的手机在不停地响,上上下下都在按部就班,照本宣科,一切都似乎恢复了常态。

天空仍然阴云密布,但风弱了,雨住了,据气象报告,超强雨带已经南移,并逐渐减弱,汛情基本过去了。汛情带来的灾害和后遗症,都在快速地救援和整治之中。

五阳铁矿尾矿坝垮塌成了目前需要紧急救援的最大灾情。

尾矿坝垮塌造成库内上百万立方米尾矿渣、废料、泥沙和尾矿积水共振,形成一道从天而降的巨型泥石流,狂泻而下,在十分钟之内,覆盖掩埋了山谷内数百米宽、数公里长的地带。

泥石流最深处达数十米,三个村落、一个集贸市场、一座办公大楼、一处集镇旅馆,完全被泥石流摧毁淹没。

据统计,现有登记居住人口大约有二千四百多人。现场紧急疏散撤离出来大约有一千八百多人,尚有近六百人失踪失联。

六百人!

这个数字让杨鹏瘫坐不起。

根据一些网传的各种视频和小道消息,失踪失联人数远远超过这个数字,有些带有视频疯传的信息,说掩埋人数至少超过两千人!

杨鹏久久地笼罩在一种窒息的氛围之中,如果死亡人数真有这么多,别说两千人了,就是一千人,他这个主管副省长就是不拘捕,不判刑,至少也得撤职革职,严肃查办!

即使六百人,那也同样是一个恐怖的数字,这将会让他万劫不复,抱恨终天,将会成为他一生中的奇耻大辱!

现场到底是什么情况?

脑子里突然又响起了夏雨菲嘶哑的呼喊声。

夏雨菲呢?

杨鹏慌忙打开手机,夏雨菲的微信里,空空如也,一片空白!

怎么回事?

如果夏雨菲处于安全之中,绝不会没有任何信息!

手机没电了?

不可能!以夏雨菲的机智和经验,在这么重要的时刻,绝不会让自己的手机没了电!

杨鹏立即拨打了夏雨菲的手机,手机居然开着!

但是无人接听!

杨鹏连续拨打了四五遍,依然无人接听!

杨鹏目瞪口呆地站在那里,一动不动。

现在,只有一种可能:

夏雨菲出事了!

临锦市程靳昆市长接到水利局代局长的电话时,市政府正在召开紧急常务会。

议题只有一个,汇报各地的受灾情况和救援情况,以及需要尽快解决的应急物资和重大困难。

正在汇报情况的是市安监局局长韩翔宇。

韩翔宇也是一个老局长了,在安监局工作了二十多年,担任局长也有七年多,对市安监工作非常熟悉,也十分内行。

韩翔宇汇报的内容是整个临锦市区的安全情况,以及五阳铁矿尾矿坝垮塌将会出现的伤亡问题、救援问题,包括污染问题。

程靳昆市长当场打断了韩翔宇的话,让他汇报这几年临锦市有关部门和省钢铁集团五阳铁矿公司几次谈判的情况和结果。

韩翔宇局长感到吃惊,他没想到市长在紧急常务会上会问他这个问题。他想了想说:"程市长,这些情况我们都有详尽记录,我回去后会尽快整理出一份书面资料送给您。"

"我现在就想了解一个情况,这两年我们一共谈判过几次,主要分歧是什么?这是个大事情,今天常务会,也让大家都能了解一下。"程靳昆坚持说道,"还有,安监部门对这座尾矿库的安全问题,是否给他们做过警示和报告。"

韩翔宇一下子明白了程靳昆市长的用意,便加快语速汇报说:"这些年,市安监局参加过的谈判一共有五次,省安监局参加的谈判一共有两次。主要内容就是尾矿坝下方的住户应该尽快全部移居安全地带,分歧是资金问题。五阳铁矿希望与我们各自分担一半费用,我们认为费用应该由五阳铁矿全部负担,同时还应该承担住户的相关损失。因为分歧太大,所以一直没有结果。至于五阳尾矿坝的安全问题,我们已经多次给五阳铁矿提出过,一个是尾矿库的使用年代太久,尾矿坝的安全隐患非常明显,这几年五阳铁矿所采取的修复和补救措施也不符合安全规定和要求。一是没有及时修复尾矿库的排水系统;二是没有及时修建新的尾矿库,一直继续使用早该报废的尾矿库;三是尾矿库在坝体加固工程中,违规采用黄土打夯的办法……

就在这个时候,程靳昆市长的秘书悄悄走了过来,说:"市长,水利局吴辰龙局长说有要事给您报告。"

程靳昆一愣:"他现在在哪里?"

"他和五阳铁矿矿长一起,就在溃坝现场。"

程靳昆也没给在场的人打招呼,拿起手机离开会场走进了会议室一旁的一个小客厅,随手关紧了房门。

"什么情况?"程靳昆声音不高,但十分严厉。

"程市长,我是吴辰龙。"

"说话!"

"我刚刚在现场转了一圈,大致了解了一些情况。"吴辰龙赶忙说道。

"什么情况?!"程靳昆厉声怒喝。

"是这样,市长您先放心,情况没有他们给您报告的那样严重。"吴辰龙很认真地解释说,"首先是死亡人数不会有那么高。主要是因为我们提前采取了紧急措施,提前及时直接向县乡领导发出警报,市县乡镇的干部也都非常负责,非常快速,十分及时地疏散了当地的村民和住户。在尾矿坝垮塌之前,绝大多数群众都已经撤离了现场。"

"你说的是真的吗?我怎么没有接到这方面的报告?"程靳昆不相信地问。

"真的!市长,这么重大的事故,谁敢给您说假话啊!当时事发突然,情况紧急,哪有多余时间给您报告啊。"

"好,继续说。"程靳昆表示肯定地说了一句。

"第二,现场已经有七百多人在救援,五阳铁矿有四百多工人,乡镇组织的抢险人员有一百多,还有两百多当地的居民。另外,附近县区的武警和民兵大约有五百多人正在赶来。"

"现在最需要的都是什么?"

"一些小的问题,我都会尽快解决,我不会打搅您。一些大的问题,需要好几个部门联合解决的问题,我只能给您说。"

"都需要什么?说吧。"程靳昆的口吻顿时缓和了下来。

"矿长说了,需要挖掘机和推土机,估计还有一些幸存者,在黄金救援七十二小时之内,还应该是以手工救援为主。由于汛情严重,抽调人力非常困难,所以现在最需要的是大量的有经验、有体力、有纪律的施救人员。还有,需要大量的热熟食物和瓶装水,还有服装被褥,这里太冷了。两边的山头上现在住满了撤离的村民,而且大都是老弱病残,也需要紧急帮助。"

"这没问题,马上就布置安排。"

"国家安监局的领导马上来现场,这是我刚刚从矿长那里得到的消息。"紧接着,吴辰龙再次压低声音说,"据说中央领导都知道了,很快就有批示,很严厉。市长,你要做好各方面的准备。"

"嗯?这么快?"程靳昆停顿了一下,"知道了。不过这些你不用管,你现在最重要的事,就是把市委市政府应该做的事情都做好、实施好、安排好。凡事都直接向我汇报,不管任何时候。"

"明白,我会一直盯在这里,市长您放心,绝对不会有任何问题。"吴辰龙口气坚决,满怀信心。

"辰龙,你给我说实话,你怎么知道伤亡不重?"程靳昆压低了声音问。

"我刚才看了一下,整个现场只看到五六具尸体。"

"那怎么能说明伤亡不重?"

"市长,这是尾矿形成的泥石流,推力很大,我刚才看到很多房子和一座办公大楼,整体被推移了好几百米,都没有散架。如果确实有大量伤亡人员,至少也会有很多被泥石流推移到边缘。但现在就看到五六具,足以证明伤亡人数不会很大。"吴辰龙很认真地分析说。

"这个说法很牵强,没有什么说服力。"程靳昆立刻否定了吴辰龙的说法。

"市长,还有一点,我刚才让人在当地移动、联通、电信几个部门联系了一下,以他们调查的结果,真正失联的移动电话,包括没有开机的手机,加起来不足四百,而现在一机双卡的用户很多,如果有百分之三十用户是一机双卡,那至少也会再少一百多。如果算上那些紧急撤离出来的一千八百多人,这些人中间如果有百分之十的人没有带上手机,那么死亡人数撑死了也就不到一百人。我个人感觉,最多就四五十个人,如果乐观一些,有二三十个就已经很多了。"

"嗯。"程靳昆哼了一声,没肯定也没否定。

"市长,我给您打这个电话,就是希望您能安下心来。我说的都是实话,都是我亲眼看到的,请您一定放心。"吴辰龙斩钉截铁地说。

"不错。"程靳昆终于肯定了一句。

"程市长,这次县乡领导表现很好,还有五阳铁矿的几个领导,都非常勇敢,连夜冲进村里、集贸市场和旅馆,如果没有基层领导的出色表现,那这次溃坝的后果就太严重了。"

"你好好考察一下,下一步总结时,一定要对这些优秀干部予以表彰奖励。要重奖!能重用的就重用,能提拔的就提拔。"程靳昆不禁有些激动。

"是!市长,我一定把情况了解清楚。"吴辰龙声调也高亢起来。

"辰龙,如果这次溃坝事件损失确实不大,那你就立了首功大功。这些日子,很多人对你有不同看法,我都顶住了。这次溃坝若能挽回重大损失,就算你前期工作有不妥之处,对你有不同意见,那这次溃坝事件,你也应该算是将功补过,用事实证明了自己,仍然是我们应该提拔的优秀干部……"

杨鹏副省长的越野车刚刚出城不到十公里,就接到了徐帆书记的电话。

此时厚厚的云层正在渐渐开裂,天色已经大亮。

高速路已经解除交通管制,大部分路段可以正常行驶。

高速公路两旁的灾情随处可见,洪水所过之处,沟壑纵横,墙倒房塌,残垣破壁,触目惊心。

安监局报告说,汛情造成的直接经济损失,初步统计高达上百亿人民币,此数字应该不虚。

即使是已经解封的高速路上,有些地段洪水漫过留下的淤泥仍有几厘米厚。看得出来,如果洪水冲垮了高速路,那这条通往五阳县的交通要道基本就等于瘫痪了,那些大型救援设备将很难及时运送到现场。

徐帆书记的电话只有一个意思,据五阳铁矿溃坝现场报告,人员损失情况并不严重,希望杨鹏副省长暂时不要去现场,那里的情况依然十分危险,因为整座尾矿库只坍塌了五分之一的总库容量,此后随时有可能继续垮塌。

"人员损失情况并不严重?"杨鹏没想到徐帆书记会下这样的结论。

"是,这是程靳昆市长刚刚告诉我的,直接从现场来的消息。"徐帆十分认真地说。

"依据是什么?"

"第一,县乡干部的行动非常及时,非常果断,非常给力。第二,救援行动十分科学合理,充分利用手机的普及化和现代通信的快捷化,大大加快了救援行动的开展。第三,尾矿库这几年在市委市政府的积极监管下,五阳铁矿对尾矿库进行了几次加固工程,这对延缓尾矿坝垮塌也起到了一定作用。第四,去年和今年,县乡政府加强了对当地居民尾矿库坍塌的风险和警示教育,增强了居民的防控意识……"

听着徐帆书记的报告,杨鹏心里不禁感到阵阵悲凉。过去觉得徐帆书记讲话逻辑性很强,总结能力也十分突出,打心底里觉得这样的书记确实非常优秀,但这两天听徐帆书记的讲话,感觉却完全不一样,空洞无味,虚张声势,几乎全是套话空话。于是仍然和上次一样,没等徐帆说完,杨鹏忍不住打断了他的话,直接问:"县乡干部和五阳铁矿的领导,他们是怎么提前得到预警的?谁告诉他们的?"

"这我了解过了,一是五阳铁矿每天都有专人值守,白天黑夜轮流值班,所以能及时发现险情和问题。二是这几个村委会晚上也都有民兵值班,已经形成一个制度,坚持了很多年。三是县乡政府建立了直通专线,一旦发现情况,立刻就能直接通知到住户。"徐帆书记再次有理有据,振振有词。

"这些是你自己总结的,还是他们给你汇报的?"杨鹏问得很不客气。

"杨省长,这些都是我们当领导的基本功,凡事不调查就没有发言权,我在市委常委会上,也多次强调,不调查不发言。这次事情很大,县里乡里还有五阳铁矿的领导,我都问过了,都是我亲自了解的。我感觉这起溃坝事件,上面肯定要调查追究,我给市委几个领导也布置了,让大家一定要沉下去,到一线,彻底把情况了解清楚。"

"那你是怎么得出的结论,这次伤亡情况并不严重?"

"省长,刚刚了解到的啊,千真万确,绝对没有人敢在这个问题上给我撒谎!他们在现场亲口给我说的,程市长也接到了现场的电话,目前查明的伤亡人数总共加起来不到十人。"徐帆直截了当,无可置疑。

"安监局刚刚给我报告,现场死亡人数已经达到二十七名,你的伤亡不超过十人的数字是什么人统计出来的?"

"……哦!"徐帆吃了一惊,"二十七名?有那么多!"

"失踪失联人数六百多,这其中还包括六十六名学生,没有人给你报告吗?"杨鹏明显是在质问。

徐帆也许被刚才的死亡数字吓蒙了,一时竟有些结结巴巴:"……他们说了,电信部门……一机双卡的用户很多,还有,很多急忙撤出来,没有来得及带手机的人也会很多……怎么会有二十七名了?还有……六十六名学生!……杨省长真的吗?"

"及时发现险情的是夏雨菲雇用的工人,清晨五点多,大雨刚刚结束就冒着巨大危险出来勘查,提前发现了尾矿坝的异常情况。夏雨菲和雨润公司的工作人员,几十个人同时行动,提前给县委书记、县长、矿长、乡党委书记、乡长、两个村支书,还有我,都及时打了电话,这才避免了一场巨大的灾难,哪有你说的那些一二三四,给你说假话的这些人,不是受骗者,就是骗人者!"杨鹏终于忍不住了,悲愤交加地数落了一番自己相信了这么多年的好朋友好同事,自己一直都十分信任、十分理解的徐帆书记。

"……夏雨菲?杨省长,我一点儿都不知道,也一直没有人给我报告这件事!夏雨菲现在在哪里?"

"在六百多名失踪失联的人员里面,跟她在一起的还有那六十六名学生!"

五十四

梁宏玉教授背着父亲,悄悄给杨鹏副省长拨打了一个电话。

"杨鹏省长吗?"

"梁教授,我是杨鹏。"

"你在哪里?"

"我在去五阳铁矿的路上。"

"尾矿库溃坝的事?"梁宏玉径直问道。

"是。"

"有件事我得向你打听一下。"

"梁教授您说。"杨鹏的口气十分平和。

"这两天夏雨菲与你有联系吗?"

"……有。"

"最后一次是什么时候?"梁宏玉的语气很急促。

"……七点十二分。"

"七点十二分!就是尾矿坝垮塌的那个时间?"梁宏玉顿时紧张起来。

"是。"

"七点十二分之后呢?"

"……梁教授,情况是这样……"

"杨省长,您给我说实话,夏雨菲是不是出事了?"梁宏玉一下子打断了杨鹏,直接问道。

"……我觉得夏雨菲不会出事,她给我说了,她和学生们在一起,她一定要把这些孩子带到安全的地方。"

"那你们一直还有联系吗?"

"我一直在给她拨打手机,她的手机一直是开着的。"

"有联系吗?"

"还没有。"

"我们也一直在打,她姥姥姥爷已经打过几十遍了,一直没有人接。"

"是,这证明她应该没有问题。"

"什么也证明不了! 杨省长,你给我说实话,我需要她的真实情况。"梁宏玉的口气突然显得十分绝望,"你不必瞒我,尾矿坝坍塌,凶险无比,快速猛烈,没有人逃脱得了!"

梁宏玉教授的话让杨鹏一时语塞,好半天没有回复。

"杨省长,到底怎么了? 给我说实话有那么难吗!"听不到杨鹏的回话,梁宏玉顿时泪如雨下。

杨鹏大吃一惊,立刻回复说:"梁教授,我说的是实话,夏雨菲现在没有任何出事的消息和迹象。溃坝现场现在已有上千人在实施救援,我们的大型器械也正在往那里运送。如果夏雨菲真出事了,我怎么会瞒您!"

"什么都没有用,我了解过所有的尾矿库坍塌事故,尾矿残渣形成的泥石流,不是洪水,也不是黄土,一旦被覆盖掩埋,任何生还的可能和机会都没有……"此时梁宏玉肝肠寸断,泣不成声。

上午九点多。

临锦市夏雨菲的家门口。

夏雨菲姥爷梁志成身穿一身夺目的将军服,笔挺地站着,迎候着即将到来的几位要客。

门口喇叭声声,一溜儿锃亮的军车驶过,不一会儿从车中走下来几位军人。

来的是临锦地方驻军的几位高级军官。

他们是被省委常委、省军区司令李尚华少将紧急通知过来的。

少将高明远师长。

大校李文捷副师长。

大校马高成政委。

三名上校团长。

四名中校副团长。

梁志成一一握手,一一敬礼。

等到大家到了客厅,才发现一个偌大的圆桌上,已经摆满了菜肴。

高明远少将五十岁出头,是当地的驻军司令。临锦市有一位蛰居了多年的老将军,他今天第一次听说,第一次见到。

"梁将军,您今天怎么了,这么早就请我们来吃饭?"高明远少将确实没想到第一次见面,会是这样的一个场面。

"哈哈!"梁志成仰头大笑一声,"人老啦,心里压不住事,也顾不得礼节啦,这么早把你们叫来,主要是着急啊。高司令、李师长、马政委,还有各位,你们坐,坐吧,坐下来我再给你们说事情。"

桌子很大,菜肴一看就是饭店订做的,色香味俱佳,满屋子飘香。

梁志成坚决要让高明远少将坐上桌,高明远不肯,哪想到梁志成十分坚决,就只坐在最下座。

高明远看着老将军态度坚决,执意坚持,很快就清楚这位老爷子一定是有大事要讲。也就不再推让,一挥手让大家都服从安排。

等到大家一一入座,老爷子从旁边的桌子上搬出一坛子酒来,哐当一声放在饭桌上:"各位不要笑话,这是老夫当年告老还乡时,杨得志将军专门送给我的一坛子老白汾酒。杨司令说这酒是他当年在山西抗战时,在山西吕梁打游击,当地的老乡直接在杏花村给游击队拉过来的上等好酒。这些酒他攒了几十年,最后就剩了两坛,全都送给了我。我八十岁生日时,喝过一坛,还有一坛,本来想等着我的外孙女结婚时再喝。但今天的事情比任何事情都大,我必须现在就拿出来,请你们一定尝尝!"

高明远点点头,知道事关重大,也不再客气,道一声:"谢谢老将军!"

梁志成老爷子坚持要自己斟酒,并嘱咐大家谁也不要动。

高明远少将再次发令:"听老爷子的!"

偌大的酒杯,梁志成一个一个倒满了,又一个一个端给每位客人。

"高司令、李师长、马政委,还有各位团长副团长!时间紧急,恕

547

我这么早就把大家叫来。这些年隐居在家,从不敢叨扰各位,也从不认识大家。省军区的李尚华司令是我当年战友的侄子,事情紧急,所以就让李尚华司令把大家喊了过来。"梁志成说话声如洪钟,铿锵有力,说到这里,便给大家深深鞠了一躬,"请大家一定谅解,多多抱歉了!"

"老将军有话直说,您是前辈,千万不必客气!"高明远少将急忙说道,"只要是我们能办的事,就一定全力争取,老人家您放心就是!"

"好,谢谢!"梁志成说到这里,情绪顿时激昂起来,"这两天临锦大雨,处处受灾。部队救援群众,四处奔波,大家一定是冒雨奋战,人困马乏。但是,就在今天早晨,大家也一定接到了任务,临锦五阳县的一座铁矿尾矿库突然垮塌,数千人受灾,数百人失踪,现在这起事故,成了政府的头等大事,也成了老百姓关注的第一要事。"

这时高明远插话说:"是的,我们已经接到通知,要求紧急前去救援,第一批战士五百多人已经出发,估计现在已经到了现场。"

"谢谢!谢谢!"梁志成突然眼圈一红,"给大家说实话,之所以紧急把大家叫来,是因为失踪被埋的几百人里面,还有我的外孙女!她叫夏雨菲,今年三十四岁,还没有结婚。我这辈子就一个女儿,女婿前几年因病去世,就剩了我和老伴,还有我的女儿和外孙女。给大家说实话,我的外孙女就是我的命根子,如果她出了什么事,我余下的时间,真的就什么盼头也没有了!"

"老人家,我们明白了!我们一定会全力以赴,尽快加大援助力量!"高明远终于清楚了梁志成老将军如此隆重接待他们的原因,赶忙说道。

"高司令,我女儿是临锦工学院的水利工程教授,她说了,铁矿尾矿库垮塌与一般的滑坡和水灾不一样,一旦被埋住了,就算有什么遮拦,也没有什么七十二小时黄金抢救时间,二十四小时内必死无疑。现在已经垮塌了两个多小时了,能救援的时间会越来越少。我女儿还说,这个尾矿库造成的泥石流,大多是矿渣和泥沙,现在刚刚垮塌,又是大雨过后,机械救援,危险大,效果也不好,甚至还会让掩埋在下面的人二次受伤。最有效、最快捷的办法就是人工抢救。"

说到这里,梁志成对屋子里喊道:"宏玉,你和你妈出来吧!"

这时高明远说道:"您已经说清楚了!我们现在就立刻回去动员部队所有指战员,一个不落,全体出动!"

这时梁宏玉教授搀着母亲已经走到了桌前,梁志成继续大声说道:"我们一家三口,拜托大家了!我替那几百个失踪的人员,替和我家外孙女在一起的几十个孩子,替我那外孙女,拜托了!谢谢!"

这时梁志成端起大酒杯高声道:"敬你们!"然后咕咚咕咚几下,一大杯酒便一饮而尽。

一家人都深深地鞠了一躬。

"生要见人,死要见尸,拜托你们了!"梁志成满眼通红,一把老泪,"高司令,你们喝啊!别辜负了老将军给我的好酒!"

"好!老将军,我们喝!"高司令一仰脖子,一大杯下去,眼圈也红了起来,"前辈放心,来之前,我们已经接到了战区的通知,部队七千军人,立刻全部出发!"

杨鹏副省长赶到五阳县铁矿溃坝现场时,已有三十二名遇难者。前后获救者已经增加到十八名,其中轻伤六名,重伤九名,濒危三名。

现场救援人员有近两千人,县市医院的救护车也有几十辆,挤满了附近的公路和空旷地带。大型救援车也在陆续开来,四处一片轰鸣声。

溃坝形成的泥石流大约有七公里长,最宽处六百多米,覆盖最深的地方有将近二十米,绝大部分都超过了两米。

有目击者称,很多遇难者,一开始都漂在泥石流上面,但因为无法施救,只能眼看着他们在挣扎中渐渐消失。

遇难者的尸体已经被放入深黄色的裹尸袋,等待着被验证、被认领,现场有不少家属失声号啕,哭声此起彼伏,在四周嘈杂的救援声和机械的轰鸣声中显得悲怆凄厉,分外刺耳。

杨鹏的眼圈一下子又红了起来。

随着阅历的增长,虽然见过的哀伤悲痛的事多了,心却愈发柔软,遇到难过的事情,眼睛便止不住湿了。

何况这么重大的事故!

让杨鹏略感慰怀的是,这些遇难者和受伤者里面没有一个是学生。

当然也没有夏雨菲。

杨鹏想了想,再次拨打了夏雨菲的手机号码。

仍然是通的!

尽管杨鹏已经给夏雨菲的家人和公司打过招呼,如果没有其他消息,不要一直拨打夏雨菲的手机,如果没电了,那就什么信息也没有了。

杨鹏很快挂了,想了想,立刻给国务院督查组应急办打了一个电话。

接电话的竟然就是在紧急防汛抗洪工作会议上讲话的副组长齐肖远。

"杨副省长你好!"

"你好,齐主任。"杨鹏突然十分感动,就开了那么一次会议,没想到齐肖远竟然把自己的号码和名字全都记住了。

"你在现场吗?"齐肖远问。

"是,我在现场。"

"我们督查组马上就到,下午省委龚书记和省长李铎陪同国家安监局王局长也一起赶到。"

"知道了,我也是刚刚接到通知。你们在赶赴五阳的路上?"杨鹏问。

"是。这么大的事故,怎么能不尽快赶过来,现在全世界都在关注五阳溃坝事件。"齐肖远依然快人快语,"杨副省长,有什么事?"

"十分紧急的事情!尾矿库溃坝事故中有一位女同志带着六十六名学生紧急撤离,目前没有任何她和学生们的消息。她的手机现在还开着,但没有人接听,我们想尽快找到这部手机的位置。这是应急办可以查办的事情,希望能获得有关部门的同意和协助,并得到大力支持,尽快找到这部手机的位置!"杨鹏的语速很快,一口气说完这些话。

"你算找对人了!我就是负责这方面工作的联系人。我也带了这方面的任务,已经给有关方面打了招呼,事关重大,人命关天,目前已经是全线绿灯。你告诉我电话号码,放心,马上就办!"齐肖远回复得十分痛快,坚定有力。

"太好了,太感谢了!"杨鹏心头一热,连连道谢,"谢谢主任!谢谢!"

找到夏雨菲手机的位置时,当地驻军第二批三千名官兵正好赶到。夏雨菲手机的位置竟然在靠近尾矿库附近的一个山坳里。

此处是距离尾矿大坝坍塌的最近位置,也许正因为如此,这里遭受泥石流摧毁的冲击力最小。这个地方,在尾矿坝垮塌时,一般人绝不会选择——离垮塌大坝太近了!

但这里,恰恰是最有可能避险的地方。

……你醒醒吧,请不要怀疑我的专业,没有时间了!

杨鹏回想着手机里夏雨菲的呼喊声,按当时的情况,她选择的逃生路线应该是最安全、最合理、最快捷的。

这里离被淹没的那个村子只有不到三百米,如果不是下雨湿滑,山路泥泞,快步十分钟内赶到没有问题,如果再快一些,就可以直接走到尾矿库附近两旁的山谷上,完全避开泥石流的冲击。

这个地方,因为距离尾矿库很近,所以交通方便,视野开阔,尤其是路面坚实宽敞,不像山上的那些小路,崎岖陡峭,又窄又滑,要想让几十个孩子躲开溃坝,爬上山去,几乎没有可能。

这条路线一定是夏雨菲提前想过很多遍的第一逃生选择。

手机覆盖在大约两米以下。

这个深度还算幸运。

不会完全隔绝空气,也不会过重挤压。

但是,不管什么样的位置,什么样的防护,又有谁可以在这么深的尾矿渣下面存活?

夏雨菲和六十六个孩子,会一起被掩埋在这两米深的矿渣下面?

杨鹏看到这个现场,顿时陷入了深深的绝望之中。

他看着身后等待他发令的几百名官兵和工程人员,突然心乱如麻,脑子里一片混沌。

也就是这个时候,他看到一个胡子拉碴的四十岁左右的中年人摇摇晃晃地向他走过来。

"杨省长!谁是杨省长?"

这个跌跌撞撞,连爬带滚冲过来的人,一边走一边喊道。

"谁是杨省长?我要见杨省长!"

杨鹏定睛一看,这个中年人身高大约一米六左右,身体健壮,膀大腰圆,只是走路一拐一拐的,明显是个残疾人。

杨鹏没有见过此人,这个人显然也不认识他。

杨鹏等这个人走近了,刚想说话,身边的一个人指指杨鹏说:"这就是杨省长,你是谁?"

"我叫吴勤尧,尾矿库监测员。"吴勤尧对着杨鹏说道,"杨省长,我就是夏雨菲董事长雇来看管尾矿库的,这里我熟悉。"

"你就是老吴。"杨鹏一下子想起来了,当时夏雨菲在手机里给他说过这个人。

"对,我就是老吴。"吴勤尧飞快地说着,紧接着大声问道,"杨省长,听他们说,夏雨菲董事长他们就在这下面埋着?"

"应该是,我们测出来了,她的手机就埋在这下面。"

吴勤尧愣了一下,突然放声大哭起来:"杨省长,杨省长,夏董有救了!夏董知道这里,好几次来过这里,夏董一定还活着!我说嘛,好人必有好报,夏董事长这么好的人怎么能出事呢……"

吴勤尧一边喊着,一边泪流满面。

"杨省长,这下面有个窑洞,是我刚来时住过的,结实得很,门口我都用石块砌了大门,里面有十几米深……"

杨鹏心里一阵猛颤,一把抱住坐在地上哇哇大哭的吴勤尧:"老吴,你说的窑洞就在这下面?"

"十几米深的一个窑洞?"杨鹏简直是在声嘶力竭。

"是,很深的一个窑洞,前面能做饭,能放柴火,后面有个土炕,我在里面睡了好几个月!"

"就在这下面?"

"就在这下面!我住过的地方,董事长菩萨心肠,给我盖了房子,非让我离开这里。杨省长,夏董一定就在这下面,一定在下面……"

吴勤尧一边喊叫,一边哭得满脸是泪。

杨鹏也满眼含泪,看着这个满身泥沙,疯了一样的吴勤尧,立刻明白,世界上最不想让夏雨菲出事的人,老吴一定是其中的一个!

……

吴勤尧所说的窑洞顶端其实不到四十厘米就挖出来了。

杨鹏一阵激动,没想到窑洞被掩埋得这么虚浅!

尾矿渣几乎是干的,因为积水都随着第一波尾矿形成的泥石流倾泻下去,剩余尾矿的水分已经很少很少了,即使是沉淀的雨水,也大部分被过滤掉了。

所以镐头砸下去,轰隆就是一个大窟窿。再一镐头下去,又是哗啦一片。

人多手多,松动起来的矿渣,立刻就被四周的人群给挖走了。

没用多久,就看到了窑洞顶部的轮廓。

所有的人都激动得呼叫起来。

一个小时之后,多半个窑洞都显现了出来。

果然是石砌的窑门,还有门口被扭曲了的木门。

由于尾矿渣的挤压,大半面窑洞完全陷了进去,但看得出来,这道石砌的窑门,稳稳地挡住了泥石流的冲击,没有让致命的矿渣和泥沙涌入并整个把窑洞掩埋。

窑洞不宽也不高,再加上一道石砌的窑门,让这孔窑洞成了一处最安全的避难之地。

没有窗户,门口又几乎被泥沙堵死,听不到窑洞里面有任何动静。

就在这个时候,吴勤尧猛地跳了下来:"你们都散开,这里我熟悉,都听我的,我来!"

杨鹏示意大家听从老吴的指令,都纷纷散开,让老吴一个人走上前去。

吴勤尧没有用任何工具,只戴着一双手套,往窑洞口看了一眼,立刻小心而又用力地在门口刨了起来。

一刻钟之后,整个大门都被刨了出来。

里面还是没有任何动静。

吴勤尧依然发狂一般地刨动着,两只手套早已烂透,泥乎乎,湿漉漉,分不清是水还是血,但他没有丝毫停顿。

一块脱落下来的石块死死地堵着窑门,吴勤尧奋力地一下子把石块抱了起来。

众人接过,好沉!

再挖,吴勤尧更加用力!这时看清楚了,他两手血迹斑斑,仍在猛刨!

猛然间,门口露出了一双胶鞋!

杨鹏心头一沉,这分明就是一双女鞋!

手机!

胶鞋旁,一个布满了泥沙的手机裸露了出来!

夏雨菲的手机,没错!

吴勤尧继续疯了般猛刨。

一条裤腿又露了出来!

这次更清楚了,女裤!

再刨!

越刨越深。

越刨越宽。

窑门终于完全挖开了,随着吴勤尧把泥沙堵实了的门板轻轻移开,窑洞内一阵哭声突然传了出来!

在黑黑的窑洞深处,杨鹏看到了一双双闪亮惊恐的眼睛!

孩子们都活着!

只有夏雨菲倒在地上!

一块硕大的石头整个砸在夏雨菲的后脑上,她苍白的脸上泅出道道血痕,整个人倒在一片血泊之中……

五十五

四十分钟后,杨鹏拨通了国务院副秘书长任月芬的手机。

"情况怎么样?"任月芬开口便问。

"非常严重。"

"伤亡情况?"

"现在死亡人数四十一人,受伤人数二十一人。也有好消息,夏雨菲找到了,还有六十六个孩子,十四个村民。"说着,杨鹏不禁哽咽。

"已经知道了,我一直在等你的电话。"任月芬的话里听不出任何情绪的波动,"我刚刚与夏雨菲的母亲通过电话。"

"夏雨菲的伤势很重,孩子们说,夏雨菲坚持到最后一个进来,用窑洞内的大石块堵住了窑门,还找到两根树干把窑门死死撑住。因为尾矿坝垮塌速度太快,冲击力太大,还没来得及放手,就一下子被一块大石头砸倒了。"

"主要是窑洞里太挤了,越靠外的越危险,夏雨菲是最后一个进来的。"任月芬接着说道。

杨鹏愣住了,任月芬已经什么都知道了!

"秘书长,我现在打电话紧急向你求援,经初步诊断,夏雨菲胫骨、腓骨、股骨骨折,左脑撞伤,颅内出血,急需做手术。我们这里还有大批伤员需要救治。"

"我知道了。"任月芬接着说道,"已经安排了一批国内最好的骨科大夫和神经外科大夫,还有其他方面的一些专家,十二点的航班,两个半小时后即可到达临锦市医院。"

杨鹏再次愣住,没想到任月芬的办事速度会这么快!末了,他抽泣着说了一句:"月芬……谢谢你了!"

"还有什么?"此时任月芬语气冰冷,似乎在强压着怒火。

"这次灾情和这起重大事故,我有不可推卸的责任。"

"……杨鹏你真扯淡!到这会儿了,你还给我说这种没用的浑话!"任月芬好像憋了半天没憋住,一下子爆发了,"你一个堂堂大男人,副省长,连一个夏雨菲都没能保护住,我真替你脸红!"

"……月芬,是夏雨菲保护了我,没有她,这次的大娄子,真要捅破天了。"

"你能这么说,还像句人话!"任月芬仍是怒火中烧,不依不饶,"只这一个窑洞里,夏雨菲就挽救了八十个人,其中还有六十六名学生!别的不说,如果这六十六名学生真的出了问题,就等着接受纪检委的审查吧!"

"……这个我知道……"

"你知道什么!你在临锦住了将近一个星期,还开了一个紧急会议,都采取了什么措施,都有什么效果!省委省政府给你那么大的临场决断权,你又做了什么!不痛不痒,一团和气,念念稿子,走走过程,四处讨好,相互表扬,谁也不想得罪,这样的官员狗屁不是!到了基层,不能站在老百姓的立场上,不能为老百姓说话办事。发现问题,遇到困难,不敢真刀真枪,硬碰硬,不能冲锋陷阵,刺刀见红,就这么混在官场里算个什么!下午你们的几个上级领导都会到现场,你要还是这种熊样子,唯唯诺诺,谨小慎微,瞻前顾后,缩手缩脚,什么真话也不敢说,什么问题也不敢指出来,表面上看,把什么问题都往自己身上揽,觉得这才是维护大局,敢于担当,其实根本就是沽名钓誉,粉饰太平!再这样下去,就等着老百姓对你的审判吧!什么是教训,教训就是你,你就是最大教训!"任月芬的怒气排山倒海,铺天盖地,说出的话连珠炮一般,劈头盖脸,毫不留情,直骂得杨鹏什么话都说不出来。

"没主见,没魄力,窝里窝囊,害人害己,还要害了夏雨菲!杨鹏我实话告诉你,别的不说,夏雨菲这次要是有个三长两短,我们从此一刀两断!这辈子到死也不会再认你这个同学!"

哐当一声,电话被任月芬猛地一下子挂断了。

杨鹏僵立在那里,好久没有动一动。

杨鹏接到省长李铎的电话时,正是下午一点。

所有在现场的人都是盒饭,大家刚刚吃过。

七千多驻地官兵,六千多民兵,还有当地干部群众和五阳铁矿工人大约三千多名,总共近两万人参加了在溃坝现场的紧急救援。

放下盒饭,没有停留歇息,人们又立刻开始了一刻不停的紧急救援。

数十辆吊车、挖土机、铲土机也都参与了进来,现场的轰鸣声惊天撼地,震耳欲聋。

杨鹏浑身泥浆,满脸沙砾,利用吃饭的时间,他四处查看,到处翻找,搜集着各种数字和一手资料。现场的干部职工,如果不打招呼,没人知晓这个脏兮兮的高个子是副省长。

任月芬的一番话,终于把他骂醒了。

也只有任月芬才会这么痛骂自己!

不敢把实质问题揭露出来,不敢真刀真枪,不能切中要害,就是最大的欺骗,就是最大的恶!

自作自受,害人害己!

一针见血!

杨鹏一边整理资料,一边查看着现场,一边想着自己究竟应该怎么汇报。

所有的一手材料都必须掌握在自己手里,也就是说,必须要把所有的真相都完完整整地摆在桌面上。

秘书小丁把手机递过来的时候,悄悄给他说了一声:"李铎省长的电话。"

杨鹏看了一眼丁秘书,突然发现,丁秘书的胡子居然老长老长,胡子拉碴的样子,像个小老头。同时也立刻意识到,自己的模样,一定也和小丁相差无几。还有,整整一天了,居然没有给省长打过电话。

"省长好!"杨鹏一边把手上的泥浆在身上擦了一把,一边问候了一声。

"杨鹏你辛苦了!"李铎的声音十分温和亲切。

"省长……"也许是整整几天没有听过这样的话了,杨鹏眼里的泪水顿时汹涌而出。

"我听说了,情况非常严重。"

"是的,省长。非常严重。"

"现在的伤亡人数,还有最终你估计的伤亡人数,大约是多少,实话实说。"李铎轻轻地问。

"现在的遇难人数四十九,受伤人数三十一,失踪失联人数二百一十四。遇难人数最少估计一百四十左右,最多估计大约在二百六十左右。"杨鹏如实回答,这也正是他一直在估算的数字。

"最少一百四十吗?"

"是。"

"现场全部清理完毕,估计需要多长时间?"

"至少一个星期。"

"知道了。"李铎沉默了,片刻又问,"死亡人数有可能会更多吗?"

"有可能。据报告,五阳铁矿矿长和市里的有关领导,把二十多具尸体隐藏起来了。"杨鹏压低声音说道。

"你觉得有可能吗?"

"有可能。"

李铎省长又沉默了片刻:"立刻找五阳铁矿矿长谈话,就说是我的意思,如果有人敢隐瞒数字,那等待他的就是牢房,一辈子也别想出来!"

"明白。"

"杨鹏,我和龚一丰书记,还有国家安监局王局长、水利部丁副部长此时都在路上。我们到了就立刻到现场勘察,在现场听取简单汇报,然后就在附近召开重大事故紧急调研和救援会议。"

"我已经接到通知了,正在附近的乡政府筹备会场。"杨鹏如实回答。

"这个会议由谁来汇报,谁来主持,你考虑了没有?"

杨鹏没想到李铎省长问的是这个,略一思考:"按规定应该是您主持,我和徐帆书记、靳昆市长汇报。最后由龚书记和国家安监局王局长总结讲话,您和龚书记两个领导的讲话稿我们正在准备。"

"不行!"杨鹏刚一说完,立刻就被李铎省长否决了,"我和龚书记都不讲话,还有,国家安监局王局长说,他也不讲话,就宣读中央领导的批示。"

"省长,我听您的。"

"我也不主持。你主持,你汇报,所有现场汇报的参会人员由你来定,别人一律不得插手,也无权插手。"李铎的语气不容置疑。

"那徐帆书记和程靳昆市长呢?"

"他们的书面报告我们都已经看过了,他俩就不参与汇报了,如果有新的情况,可以补充几句。现在是非常时期,汇报时间不能超过一个小时,简明扼要,直奔主题,直面问题,直言不讳,直切要害,多让现场的专家代表和救援人员发言,必须说实话,讲实情,虚话套话坚决不说。"

杨鹏一时无语,多少年了,所有的重要会议,还从没有过这样的安排:"省长,这合适吗?"

"只能如此,必须如此!记者也都在现场,一律公开。如此重大的事故,几百人的伤亡事件,稍有疏漏,立刻就会对全局产生重大影响。你主持,你汇报,这是我和龚书记的一致意见,安监局王局长也同意。"

"必须说出事实和真相,半句假话也不能说。凡是到场的人员,都必须认认真真,实实在在,把尾矿库垮塌的经过以及救援的情况,分毫不差地如实汇报出来。杨鹏,会议的内容是要记录的,要报中央的,中外记者也在现场,不容许任何的掺假造假,绝不能有半点儿含糊。尤其是证据,有记录的证据,强有力的证据,实事求是的证据,我们要让所有的人都能看得清清楚楚,听得明明白白!在这种场合,谁要是继续说假话说空话,那我们将会在全世界面前一败涂地,等于这场事故我们都是肇事者,都是被审判者!"

"省长,明白了!"

下午四点左右,遇难者人数已经增加到了五十六名。受伤人数越来越少,只增加了四名。

天气正在好转,天上依旧乌云滚滚,但明显看得出来,大雨已经结束了,空中很多地方时不时有阳光透射下来。

现场勘察结束后,立刻在乡政府的一个会场里,召开了有关五阳铁矿尾矿坝溃坝重大事件及临锦重大水灾紧急调研和救援工作会。

559

说是一个会场,其实就是一间教室那么大的房子。

会场里挤得满满当当,将近百人。分不清主桌副桌,不摆牌子,也没有水杯。

秘书、司机、警卫人员、办公人员,全都在会场外面站着。

会场里大致分了几个部分。

国家安监局王育山局长、国务院水利部丁项飞副部长、国务院督查组全体成员。

省委书记龚一丰、省长李铎、副省长杨鹏、省安监局局长吴建国、省水利厅厅长杨方敏、省水利厅副厅长王新成、省教育厅厅长张傅耀。

临锦市委书记徐帆、市长程靳昆、分管安全水利的副市长李东百、分管教育的副市长刘绍敏、市水利局代局长吴辰龙、原水利局局长张亚明,还有安监局局长、水务处处长。

五阳县县委书记陈宇刚、县长马三韦。

市县电信局负责人。

救援专家七人。

救援医生五人。

雨润部门经理刘燕楠,还有小刘、小姜几个年轻人。

五阳铁矿矿长李明亮、胡总工等几个人。

雨润公司雇用的五阳铁矿残疾工人吴勤尧。

除了这些人以外,还有不少杨鹏没有见过面的。

省市包括中央媒体的记者,总共有二十多名。

会场静悄悄的,气氛十分沉重。

所有的人都阴沉着脸,默默地听着会议的发言和分析。

没有套话,没有空话。

连"各位领导"这样的话都没有。

开门见山,实话实说,每个人的发言时间都在五分钟左右。

国家安监局局长王育山、水利部副部长丁项飞,还有一些专家神色严厉,时不时插话询问,都是要害问题,毫不客气。

杨鹏脸色苍白,满脸胡楂,一身泥浆,湿漉漉的衣服此时都干贴在身上,深黑的衣服整个变成一身土黄色。

会议开到这个时候,杨鹏才终于明白省长让自己主持的真正用意。

所有发言的人,都由你自己选,自己定。这就避免了假话真说,或者真话假说,尤其是避免了那些有可能出现的混淆视听的假话和谎话。

第一个发言的是李东百副市长。

临锦安丰江地铁决口事故的起因和伤亡人数。李东百基本都是在说数字,目前死亡二十三人,失踪十一人,受伤六十八人,其中重伤二十五人。

主要原因,流经临锦市区的安丰江堤坝,一是工程质量差,二是堤坝的设计没有经过专家测算和周密调研。安丰江平时水流和缓,一旦洪水泛滥,就会因地势产生巨大回流,直接冲击江边堤坝。这次洪水远超历史纪录,堤坝在一个小时之后就被完全摧垮。破坏面积达到七千多平方米,长度将近一千米,连堤坝附近的一栋居民楼也被冲垮。这也是城市河流堤坝建设的通病,只求省钱,只求表面美观,但防汛功能极差,教训深刻。三是地铁站选址错误,因为要把安丰江作为一个景点,所以没有按照应有的安全规定,最终在靠近安丰江的地点选址,设计了地铁出口,这就给这次决口事件埋下了重大隐患。

这时水利部副部长丁项飞插话问:"安丰江堤坝修建几年了?"

李东百副市长立刻回答:"四年零三个月。"

"程靳昆市长,是这个时间吗?"丁项飞转向程靳昆问道。

"是。"程靳昆也立即回答。

"地铁站出口呢?什么时候竣工的?"丁项飞副部长对着程靳昆又追问了一句。

"前年国庆节。"程靳昆如实回答。

"李东百副市长说的这些原因你认可吗?属实吗?"

"认可。"程靳昆顿了一下,"……属实。"

"我也问一句,这两个工程当时承建时,就没有专家论证吗?"安监局王育山局长插话问了一句。

现场一片沉默。

"也没有专家提出过异议和建议吗?"王育山局长步步紧逼,"临锦市委市政府的班子主要成员都在,你们都是当事人,说话!"

依然一片沉默。

"没有吗?这么大的一个临锦市!"王育山局长显然十分不满。

一分钟后,杨鹏脸色阴沉地回答说:"王局长,这件事我调查过了,这两个工程曾先后有多名专家提出过这些隐患和问题,也有专家直接给市委市政府递交过书面报告,但始终没有下文,也没有结果。"

"是吗?"王局长直接向程靳昆问道,"市长,是这样吗?"

"……我回去查一下。"程靳昆大概从未经过这种场面,声音顿时低了下去。

"已经调查过了,我手里有一手材料。"这时杨鹏又砸了一句。

第二个发言的是省水利厅副厅长王新成。

临锦市城区蒙山河地下通道突发事件。

截至目前,死亡人数三十六人,失踪十七人,受伤四十二人,重伤七人。

报完数字,王新成看了一下现场,然后十分沉痛地说:"我本来准备了一个稿子,但杨鹏副省长告诉我,不要穿鞋戴帽,添枝加叶,套话连篇,耽误时间。所以这个稿子我不念了,我现在就直接说一点,我个人认为,这一重大灾情根本就是一场人为的重大事故,完全是由于疏忽职守,疏于管理造成的。晚上这场大雨已经到来之际,蒙山河四座跨河大桥已经全部封闭了,这条地下通道竟然还在通行。结果造成了无数急于过河的车辆,全都集中到了这个地下通道。为什么这条通道没有及时封闭?一个主要的原因,就是这条地下通道是收费通道。晚上九点以后,通行费加倍,致使这条地下通道在四十分钟之内,涌入了数百辆汽车。即使如此,管理人员仍在收费,根本没有封闭通道。当主管领导发现问题的严重性时,地下通道由于堵车,导致两百多辆汽车无法撤出通道,最终酿成这一重大伤亡事故。"

王新成说到这里戛然而止,突然沉默了。

"说完了?"水利部副部长丁项飞看了一眼王新成问。

"是,我的发言完了。"

"老王,那地下通道的渗水问题你怎么看?"丁项飞显然同王新成很熟悉。

"当然也有问题,但我觉得这是次要问题,如果地下通道及时封闭,根本就不会发生这么大的事故。"

"地下通道渗水是什么原因?"丁项飞副部长坚持要问。

"第一年久失修;第二收费创收;第三这些年蒙山河几乎断流,通过市区的河道两旁,违章建了很多游乐场和特色饭店,任意在河道上打桩深挖,这就给地下通道带来严重危害。洪水一来,特别是这场超大洪水,四处开裂渗水就成了必然的结果。丁部长,我国北方很多城市都存在这样的河流地下通道,问题很多,隐患很大,需要全面排查,认真治理。"王新成坦诚回答。

丁项飞点点头,不再问话。

"你感觉地下通道的这些失踪人员,生还的可能性有多大?"王育山局长再次插话了。

"如果失踪的这些人确实是在地下通道,那就没了任何生还的可能性。我们今天六点之前反复察看过多次,地下通道在五点四十分左右,就已经全部被水淹没了。"王新成回答得非常详尽。

"还有,这条地下通道的管理单位是哪家?"王育山局长再次问道。

王新成愣了一下:"这个我确实还不知道。"

现场突然一阵沉默。

"没人知道?"王育山局长显得十分诧异。

"我了解过了,是市交通局和市水利局两家共管。"杨鹏说话了。

"嗯?有这样的事?"王育山厉声问道。

"确实是这样,这也是一个多年没有解决的问题。"杨鹏直言不讳。

"这么混乱的管理,就没有提出异议吗?这是一条会出人命的地下杀人通道,这么大的市委市政府,就没有人讨论过?"王育山局长显然是愤怒了。

"局长,我调查过了,这个隐患不仅有基层领导提出过,市里的一批专家也多次指出过这个问题,但一直没有得到回音,有几个专家还专

563

门写过紧急报告,也一直没有下文。"杨鹏毫不掩饰,也毫不忌讳,"市水利局老局长张亚明在今年三月专门给市政府打过报告,要求立即完全关闭临锦市区蒙山河地下通道,停止运营,彻底重修,以免产生重大事故隐患,但一直没有得到答复。"

"徐帆书记、靳昆市长,还有李东百副市长,你们收到过这样的报告吗?"李铎省长问。

现场又是一阵沉默。

"没听到吗?"李铎省长突然大声质问了一句。

"李省长,三月份我刚到临锦,实在想不起有过这样的报告。"徐帆书记回道。

"那你们两位呢? 靳昆、东百?"李铎省长直直地盯着两个正副市长。

"我收到了,在政府常务会上也提到过这个报告。"李东百副市长回答说。

"程市长?"李铎省长的声调十分难听。

"……我肯定是收到了。我正在想原因,为什么当时没有采纳这个提议。"程靳昆市长终于说了这么一句。

"这个报告现在在哪里?"李铎省长又问道。

"这个报告我已经收集到了,包括一些专家的文字资料。"杨鹏副省长再次回答道,"张亚明老局长说他那里还有留存的报告。"

现场再次沉寂起来。

"好了,继续汇报。"李铎省长终于说了这么一句。

五十六

最后一个总结性发言汇报的是杨鹏副省长。

之所以是总结性发言,是因为前面几个汇报发言的几乎全面概括了这次灾情的各个方面。

这次汛情造成的总体损失情况:包括蒙山水库和红旗水库在内的

两百多座水库的受灾和损失情况、包括老鹰湾在内的三处截流分洪的成效和得失情况,以及包括临锦市在内的十三个县区的灾情现状和救援情况。

临锦市整个市区截至目前伤亡情况:遇难人数一百五十三,受伤人数六百二十四,失踪失联人数八百五十九,直接财产损失大约在一百亿以上。

死亡人数仍在不断增加的是五阳县铁矿尾矿库溃坝事故。目前救援清理出的受灾面积不到受灾总面积的十分之一,但死亡和失踪人数已经占到了整个临锦市和所有灾区的一半以上。

截至目前,死亡八十三人,受伤四十二人,失踪失联四百五十二人。

随着紧急救援的展开,死亡人数仍在不断上升。

汇报到这里,王育山局长插话问:"失踪失联人数你们是怎么统计出来的?"

"一是乡政府在这三个受灾村庄现有家庭中统计的结果,二是集贸市场管理单位经过反复核查统计的结果,三是市县两家电信局共同查寻核实的结果,四是旅馆经理反复计算的结果,还有其他方面的统计核实,目前仍在继续进行中。我们与省市电信局等单位也进行过联系,目前看,这个数据的误差率不大,但整体数字是不是都在这场溃坝事故中失踪失联的,应该有一定的空间。"杨鹏回答得十分谨慎。

"一定的空间是什么意思?"王育山局长的脸色一直严肃阴沉。

"我们刚才做过测算,集贸市场的人数大约占三分之一,这些来此做生意的人员里面,一机双卡,或者使用两个手机的,大约能占到百分之三十左右。在三个村庄的村民中,一机双卡,或者持有两个手机的占百分之十左右。由于当时尾矿坝垮塌时间紧急,村民和当晚住宿在集贸市场的人员,来不及带上手机的能占到百分之二十左右。这些失踪失联人员是不是都掩埋在这片尾矿泥石流之中,应该有一定的空间。"杨鹏副省长字斟句酌,回答得极为认真仔细。

"你给我一个大概的数字,这次溃坝,丧生的总人数可能会有多少?"王育山局长直接问道。

"最低一百四十左右,最高二百六十左右。"杨鹏直接说出了数字。

"灾区总人数是多少?"王育山局长在本子上记了一下,接着问道。

"两千三百人左右。"杨鹏回答得很快。

"那就是说,在溃坝之前,有两千多人紧急撤离了现场,及时获救?"王育山局长再次问道。

"是。"

"知道了,继续吧。"王育山局长说了一句,低头又在本子上记了一笔。

杨鹏说完统计数字之后,开始分析汛情和溃坝造成的特别重大灾情的具体原因。

"首先我必须说清楚的是,这次防汛工作和溃坝事件造成的重大损失,作为主管安全的副省长,我负有直接的、不可推卸的重要责任。我说这样的话,不是套话、假话,更不是想掩人耳目,文过饰非。我这次到临锦调研,在一个星期以前,就有专家直截了当地给我指出了蒙山水库和红旗水库存在的重大隐患,同时还有专家给我十分详细地反映了五阳铁矿尾矿库随时可能发生的巨大风险。我调研回来后,虽然在全省抗洪防汛紧急工作会议上提出了这个问题,但并没有对这两个重大隐患和问题采取任何坚决严厉的措施。在会中和会后我也给徐帆书记和程靳昆市长反映了这些问题,但并没有直接发布指令,责令他们必须立即整改和采取措施。事实上,我的这种轻描淡写、雨过地皮湿的工作作风,完全是敷衍了事,放任自流。我觉得和徐帆书记是多年的同事及朋友,认为程靳昆市长也是一个工作经验丰富、威望很高的领导干部,因此对他们不想批评,也不愿意批评,事实上是根本没有批评、不敢批评。换届之际,他们都是省委委员,都是影响自己选举的投票人,所以对他们的问题,对市委市政府存在的工作缺失,特别是如何防范这次即将到来的重大汛情,表面上看措辞严厉,声势浩大,事实上纯粹就是走过场,搞形式。对如何实施会议要求,根本就是会议传达会议,文件落实文件。特别是在我召开会议的前一晚,临锦市水利局局长张亚明、蒙山水库管理站站长李皓哲,连夜找到我的住所,向我反映了这次临锦防汛工作的不得力、对存在的重大隐患不重视、对全市的防汛工作没有积极采取措施等问题,但我并没有及时给市委市政府提出任何整改的意见和批评。更让我感到痛心的是,这两位干部因为向我反映问题,有人趁机打小报告,造成恶劣影响,市委市政府以换届前进行人事调整的名义,在汛情即将到来的前夕,免去了这两位干部的职务。甚至以不听指挥,擅自在水库放水的罪名,把水库管理站站长连夜拘押。听到这个消息后,我当时只是找到徐帆书记了解了一下情况,并没有指出这属于打击报复,是违反党纪的恶性事件,属于临战换将,是必将危害全局的重大错误。徐帆书记当时给我说,他与程靳昆市长在工作上相互支持,双方配合得一直非常融洽,因此他对市政府的提议是同意的,并对我说,这样的事,不会影响大局,不会对防汛工作产生任何负面影响。我当时不仅没有指出这种想法是凌驾于组织之上的错误,这种做法是对党的原则的无视和背离,而是最终默认了这种结果。回到省城后,龚书记和李省长看到了我工作中的懦弱性,一边严厉批评了我,一边给予积极鼓励,并让我担任了权力更大的督察领导组组长。但今天看,我的过失,造成了防汛工作上的全面被动,也酿成了今天的重大损失……"

王育山局长这时说话了:"有这样的事情?在大汛到来前夕,把水利局局长和水库管理站站长免职了,还把站长给拘押了?"

"是。"杨鹏副省长看着王局长严厉的面孔,直接回答。

"市长、书记,你们两个,说说这是怎么回事。"王育山局长怒火中烧,脸色越发阴沉起来。

"局长,杨鹏副省长说的没错,后来虽然改正了过来,但造成的过失已经来不及挽回了。"徐帆书记站了起来,对这件事当场予以承认。

"市长呢?"王局长既诧异,又愤怒地问。

"是,我承认,这是个错误。"程靳昆市长也站了起来,"但对他们的免职,局长,这确实是换届前的需要,对此我同书记也认真商量过。至于对李皓哲站长的处理,我是听信了下面的反映,这完全是一个错误……"

"诡辩!"李铎省长终于发怒了,一声断喝,"你们两个都给我闭嘴,不要再说了!这是错误吗?品行低劣!真为你们丢脸!"

现场一下子陷入沉寂。

良久，王育山局长问了一句："张亚明局长在这里，李皓哲呢？"

杨鹏眼圈红了一下，立刻又止住了，抬起头来，努力让自己平静地说："他在老鹰湾截流分洪爆破时，当场牺牲了……"

"牺牲了？"王育山局长震惊万分，"你们报告上写的在老鹰湾截流时，为争取时间，两次参加爆破，当场牺牲的就是李皓哲站长？"

"……是。"杨鹏终于忍不住地哽咽了一下。

现场再度陷入沉默。

杨鹏的汇报大约用了三十分钟。汇报即将结束时，他渐渐激动起来："汇报前，李省长要求我汇报时不说套话，不提任何在这场灾情中肯定自己的内容。但今天我还是要汇报两个人的英雄事迹。一个是李皓哲，如果没有他的牺牲，如果截流分洪再延迟十分钟，红旗水库和蒙山水库很可能接连垮塌，水库下游沿途县区，整个临锦市区，数十所学校，上百万人的安危无法保证，造成的损失将无可估量……我请求组织还他一个公道，还他一个清白，公布他的英雄事迹。"

龚一丰书记立刻回答："我看过你们的报告了，我和省长完全同意你的意见。我也代表省委省政府，请求王育山局长和丁项飞部长把李皓哲的事迹向党中央国务院汇报。"

"同意。"王育山局长回答。

"他也是我们水利战线的英雄，我回去后也会向水利部汇报，号召水利系统向李皓哲同志学习！"丁项飞副部长补充道。

会场沉默了片刻，杨鹏继续说道：

"还有就是临锦雨润公司的夏雨菲董事长。我这次到临锦调研，如果没有见到她，没有得到她的提醒和建议，没有得到她的及时告诫和警示，那么这次洪灾，这次溃坝事故很可能将会是另一番情景。刚才王育山局长问我，尾矿坝灾区共有多少人口，我说有两千三百多人，事实上，如果没有夏雨菲的提前紧急报告，这两千三百人几乎没有人能够逃离现场，现在的伤亡数字、失踪失联的数字将会高出好多倍。"

"你说的夏雨菲，就是上次我们来临锦，现场为我们解说的那个年轻的女董事长？"王育山局长问。

"是。"

"那她应该是这方面的专家啊,她的提醒和警示应该是正常的,而且你们还是校友,是吗?"王育山局长看来对夏雨菲的印象很深,什么都记得,什么都清楚。

"是的,我们是校友。"

"那你说说她的情况,简单一些。"王育山局长看看时间,说了一声。

"好的。"杨鹏一边说,一边掏出自己的手机,说,"我是在来到五阳县的第二天遇到她的,也是离开校园十年后第一次见到她。她当天就在水库现场给我说到了水库存在的隐患,而且这种隐患是普遍的,风险很大。她给我发了第一条信息。"

这时杨鹏对着手机念道:

> 杨鹏,昨天晚上我一夜没睡,觉得还是应该告诉你实情。你是主管安全的副省长,责任重大。红旗水库大坝泄洪道一直没得到修复,这是威胁到整个临锦市安危的一个重大隐患。在重大汛情即将到来之际,这个隐患一定要尽快解决。市里的领导和这里的负责人员,到现在也没有意识到这一点,你必须尽快告诉他们,也只有你能说动他们,让他们警醒起来。
>
> ……

这时杨鹏又补充说:"这个信息的时间是在汛情发生的五天前。"

说完了,杨鹏继续念道:

> 杨鹏,我妈妈一直要见你。她是临锦工学院的水利工程教授,也是水利部认定的水利专家,是临锦市水利建设和气象方面考察点的主要负责人。她希望给你反映一些情况,十分紧急,她知道你在五阳,已经连夜赶过来了,一直在这里等着你。除了两座水库的问题,还有五阳铁矿尾矿坝存在的重大隐患问题。你一定要抽时间见见她,现在只有她会给你说真话,不会只报喜不报忧。

这时杨鹏又说道:"这是夏雨菲在汛情发生四天前给我发来的信息。"

杨鹏并没有停顿。继续念道:

杨鹏,这次汛情凶猛而紧急,你不能让下面大大咧咧不当回事!你看看下面这些人,根本没有人把即将到来的重大汛情当回事!这非常危险,太危险了!你要是管不了,那就尽快给省长书记报告情况,否则真的要出大事!

杨鹏再次解释说:"这是汛情发生二天前发给我的信息。"

杨鹏,张亚明局长和李皓哲,都去找了你,都向你反映了存在的重大问题,你准备如何解决?他们反映的问题,我是同意的,专家们也是同意的,妈妈让我告诉你,如果不解决,将会有严重后果!你没有收到我的信息吗?杨鹏!

杨鹏,刚刚得到消息,他们把张亚明局长给免了!把李皓哲给抓了!你知道了吗?他们是给你反映问题,说的都是事关党和国家,事关政府和老百姓安危的大问题,为什么?你知道了吗?如果知道了,你为什么不说话,为什么不制止!你知道这种做法,会产生什么严重的后果吗!杨鹏,你要马上向省委省政府报告!马上!

念到这里,杨鹏停顿了一下,把手机扬了扬说:"这是夏雨菲在汛情到来前给我发来的信息。"

杨鹏,我妈妈让我转告你,这次汛情的降雨量很可能突破历史极值,对临锦的防洪能力将是一个巨大考验。

……太危险了,红旗水库的泄洪渠道,现在还没有开工修复!

蒙山两座水库,直到现在仍然看不到任何防护行动和举措,此时静悄悄的,没有任何动静。

……

杨鹏,按照一般的常识,应该放水泄洪了!

……

刚刚兼任水库管理站站长的廖主任,在水库一旁转悠了几分钟就回去了,没有发布任何指示。

……

杨鹏,你现在必须告诉他们,命令他们,如果再不行动,很可能就来不及了!!!

……

"这都是夏雨菲给你发来的信息?"水利部副部长丁项飞突然插话问道。

"是的,时间,内容,每一个字,每一句话,都在我的手机上,没有人篡改得了。"杨鹏回答说。

"还有吗?"王育山局长问,"如果还有,继续往下念。"

"好。"杨鹏回答,"下面是汛情期间,尾矿坝垮塌之前的信息。"

杨鹏!告诉你一个消息,红旗水库的泄洪道打开了!!!

目前水库情况正趋于稳定,至少现在看来水库垮塌的风险已经大大降低,我估计如果再能坚持半个小时,库内积水就会大幅下降!

杨鹏感谢你,也感谢张亚明局长和李皓哲!

杨鹏,我爱你们!

廖鸿飞主任可能出事了!他被泄洪道内的积水和泥沙一起冲走了!

但愿会有奇迹发生!如果廖鸿飞有什么错,那并不全是他个人的问题!在最后的时刻他一样是个英雄!

……

杨鹏!降雨量已超历史纪录,六个小时的降雨量,达到了七百四十毫米!

这将对临锦市区造成重大损害!

杨鹏!目前必须注意洪水对临锦市区的冲击,临锦市有四条河流汇聚,如果不采取紧急措施,将会对临锦市区的地下通道、地下过道、地铁系统,还有所有的大桥,都造成前所未有的冲击和损坏,重点要注意这些地方!!!!!

……

杨鹏,请注意,紧急情况！！！

可能有二十多个学生被困在地下通道中,这是教育局局长汪小颖告诉我的,这二十多个孩子没有手机,估计你们收不到这方面的呼救！

杨鹏,学生一个也不能出事！一个也不能！决不能！！！

……

杨鹏,那个驾车冲入地铁决口处的司机叫吴振海,他的妻子和儿子都被困在了地铁中,为了家人,他拼了！

他本来可以刹车,但他不想坏了大事,妈妈说了,这个司机是真正的英雄,为了亲人,视死如归！

杨鹏你做得对,不能让英雄白死！

我个人觉得,临锦市应该给吴振海立碑！

……

杨鹏,五阳二中建在泄洪渠道上的新校舍,完全被洪水吞没摧垮,所幸数百名学生被及时转移,目前只有几名职工伤亡。

杨鹏,雨量减弱了,据统计,降雨量已经超过八百毫米！

这是一场可怕的降雨！你一定要百倍注意,这么大的降雨量,雨后的危险性比下雨时更可怕！

大面积的建筑物倒塌,将会在雨后陆续出现！千万不要松懈,千万不要丧失警惕！

杨鹏,你是副省长,老百姓的贴心人,你要做个好领导！

念到这里,杨鹏停了下来,静静地等待着几位领导和与会人员的反应。

会场静悄悄的,听不到一丝声响。

良久,王育山局长问:"还有吗？"

这时杨鹏顿了一下说:"局长,下面都是夏雨菲在尾矿坝垮塌前发来的语音,有些敏感的内容,还需要在现场放出来吗？"

"放！这么有责任感的董事长,会有什么敏感的信息！"王局长突然怒喝起来。

"放出来吧！"龚书记也点点头对杨鹏示意。

"好的。"杨鹏十分自责地说,"在六点十分,夏雨菲打了四遍电话终于打醒了我。她告诉我在半个小时到一个小时之内尾矿库就会垮塌。快到现场时,为了节省时间,给我发的一直都是语音。"

杨鹏看了看手机,把手机对准眼前的扩音器,按下了播放:

……杨鹏!所有的险情都出现了!尾矿坝下部已经大面积突起,尾矿库内的垮塌声听得清清楚楚,尾矿库两旁的山崖上已经多处倾斜、爆裂,坝底的渗水四处可见。杨鹏,你还没有睡醒吗?作为一个副省长,你不知道着急吗!尾矿库下面有几千人哪!这么大的事,难道我疯了!你醒醒吧,请不要怀疑我的专业,没有时间了!

……

杨鹏,为什么不吭声,你醒醒好吗!我没有时间给你打电话了,只能给你发语音。我已经给旅馆和集贸市场,还有三个村子都打了电话,目前只有一个村子里的支书接了电话,其他所有的手机都没打通!我们分公司所有的人都下去通知人去了!五阳铁矿的矿长和董事长直到现在还没有开始行动,这太危险了!昨晚下了一夜大雨,大家肯定都累了,越是这样就越危险,两个村支书的手机居然都关着!还有你的手机,我打了四遍才把你打醒!你必须马上给五阳铁矿和五阳县委书记直接打电话,让他们紧急动员起来,让老百姓马上撤离,一分钟也不要耽误!还有,今天是逢集日,集贸市场七八点就会有摊贩占地方。旅馆里住的人肯定会有很多,还有不少中考学生也临时住在那里。如果尾矿坝垮塌了,十几分钟内,这些人都会被矿渣泥石流掩埋,一个也跑不了,一个也出不来!没有时间了!与你通话又过去了五分钟,真的来不及了!杨鹏,不要给书记市长打电话,你直接给下面打,必须马上打,真的没时间了,快!一秒钟也不要停留,立刻行动!我到了,杨鹏!你快点儿吧……

虽然,当时就已感受过夏雨菲的呼喊带来的震撼,但今天重新放出来,杨鹏再次受到巨大冲击,泪飞如雨。

放到这里,突然没有声音了,书记省长,还有王局长和丁部长,都怔怔地看着杨鹏,也同样陷入一种前所未有的震撼之中。

573

"没了?"良久,龚书记问了一句。

杨鹏没有说话,又在手机上按了下去。

夏雨菲清澈撕裂的呼喊,突然弥漫在会场四周:

……

杨鹏,我到现场了,再次告急,一个小时之内尾矿坝肯定会垮!现在唯一的期盼就是大坝能多延迟一些时间!

垮塌开始了,尾矿坝已经明显有开裂的迹象!

杨鹏,你给他们打电话了吗?让他们用一切办法,尽快通知到尾矿库下方危险区的每一个人!别的办法都没有用,只有这一个办法,尽快通知!大范围通知!命令式通知!

我们在村子里,看到村子里的人都在疏散转移,但大包小包,村民们携带的东西太多,你一定要让他们尽快逃离现场,什么也不要带,什么也不能带,千万千万!

……

杨鹏,我们来到的这个村落,居然只有几个村民在转移,大部分村民都不当回事!说这个村子位置高,洪水淹不着,几千年了,这里都平安无事。让上面尽快通知他们,这不是洪水,这是尾矿库垮塌,比洪水可怕一百倍!

杨鹏,这个村里,还是一点儿动静也没有,村里的干部都到哪里去了!还有,村里的大喇叭呢?赶快通知啊!我们正在一个院一个院地查看催促,但村干部一个也没看到!

……

杨鹏,据报告,尾矿库两边的山体已开始破裂移动,大面积的滑坡迹象明显,很多地方的石块和泥土开始滑落。尾矿坝已经支撑不住了!

尾矿坝底部已经开裂,大量泥浆在喷涌,尾矿库有剧烈的声震,估计还有五至十分钟!

杨鹏,立刻通知他们!不要再派人过来了,来了更危险,也没有任何意义!村里的干部终于出来了,大喇叭有声音了,大家都在四处喊话,拼命通知!我们的手提话筒起了很大作用,可惜预备得太少了。你也直接通知他们,让他们通知所有的村民立刻往两旁的山顶上跑,不要回头,不要停留,没有时间了,再不跑,大家都会被活埋的!

……

这里的几十个学生全部都找齐了,你不用担心,我一定会把他们带到安全的地方!尾矿坝已经开裂了,估计还有几分钟的时间!

杨鹏!尾矿坝已经垮塌了,估计还有两三分钟的时间!声音很大,像是地震!大部分村民应该都转移出来了,但估计还有很多没撤出来,来不及了!

杨鹏!我已经看到了尾矿库垮塌扬起的粉雾,天啊……

语音中,轰鸣声、嘈杂声和夏雨菲的嘶喊声交杂在一起,此时此刻,让现场所有的人如身临其境,惊心动魄。

五十七

等到会议结束,吃过晚饭,已经快九点了。

杨鹏副省长和王局长、丁副部长、龚书记、李省长等人,一直相跟在一起。

会议上,几位领导大都简单讲了几句,最后是王育山局长传达了中央领导的批示精神,做了个简单总结,布置了一些任务,讲了几点要求,当杨鹏宣布会议结束时,就七点多了。

程靳昆市长和徐帆书记都没有讲话,也没有让省长书记讲话。

王局长和丁部长也没有再问他们什么问题。

徐帆书记和程靳昆市长大概这时候才感觉出来,他们提交的报告,其实都是在自拉自唱,夸夸其谈。省委省政府决策果断,措施得力;杨鹏副省长对省委省政府的要求能够积极落实,及时安排,对市委市政府的抗洪和救援工作起到了重要的推动作用;临锦市四大班子成员和广大基层一线干部,齐心协力,沉着冷静,临危不惧,奋不顾身,避免了更大的群众伤亡和财产损失。现在看,他们的报告,整个都是在自卖自夸,自吹自擂,除此之外,全是套话,空话,假话,谎话。

他们两份基本相同的报告,等于挖了两个大坑,让自己陷进去了,再想跳出来,已经没有可能了。

晚上吃的还是盒饭,几位领导聚在一起,互相交谈的时候少,沉默的时候多。

吃完饭,王育山局长和丁项飞副部长把龚一丰书记和李铎省长叫了过去,在一起交谈了大约有一个小时。

王育山局长和丁项飞副部长一行,决定连夜回京汇报情况。随后他们还将随同分管安全的国务院副总理很快再来临锦。

此时此刻,五阳尾矿库溃坝事件已经成为全世界的重大新闻和聚焦点。

临走的时候,龚一丰书记把杨鹏副省长单独叫了过去。

乡政府一间很小的办公室。

两个人近距离地面对面。

龚一丰书记进来就说:"王局长刚才表扬你了,今天你的汇报实事求是,证据充分,敢于直面问题,一点儿也没掺假。"

"书记,我的责任确实很大,我请求组织对我进行严肃处理。"杨鹏直截了当地说。

"别想那么多,这两天你就盯在这里,所有的救援工作,由你全面负责。"此时,龚一丰书记的脸上看不到任何表情。

"好。"杨鹏点点头。

"刚才已经决定了,我们回到省里,马上采取措施,立刻对五阳铁矿矿长进行审查调查,鉴于他的失职渎职行为,以及他对溃坝死亡数字瞒报的恶劣行为,将会很快移交司法处理。"

"确实瞒报了?"

"你同他的谈话非常及时,在会上他也受到震撼和教育,会议结束后,就承认了,还递交了一份检讨书。"

"他当时死活不承认,说得十分坚决。"杨鹏对这个结果有些吃惊,"瞒报了多少?"

"二十一个。"龚一丰书记的脸色分外阴沉,"他说这些死者都是他的职工,他提前把他们转移到另一个地方了。经查证,根本就是撒谎!"

"能做出这种事,不会是他一个人吧?"

"你说对了,还有市水利局代局长吴辰龙。"

"哦,胆子也太大了。"杨鹏倒吸一口冷气,真的没想到,吴辰龙竟会如此胆大妄为。

"对临锦市的问题,省委下一步将会全面调查,严肃处理。"龚书记十分愤懑地说,"现在溃坝死亡人数已经升到一百一十三人了,事故特别重大,性质特别严重。"

两个人一下子都沉默起来。

良久,龚书记抬起头来,又说:"告诉你一个消息,夏雨菲的手术很成功,但危险还没有解除。"

"……我也听说了。"

"杨鹏,夏雨菲了不起,是个顶天立地的巾帼英雄!"说着,龚一丰书记站了起来,"这是王育山局长刚才说的,他回去后要认真给中央汇报。"

"书记,如果没有她,我们的损失将会极其惨重。"杨鹏也站了起来,"因为她的行为,我必须说实话,说真话。"

"说得对,这些为国为民舍生忘死、赤胆忠心的人,我们绝不能对不起他们。如果这样的人得不到社会的关注和尊重,却被一片谎话和假象所遮掩,那我们这个国家还有什么希望!"

"书记,您说得太对了,如果我这次没有下来,没有遇到她,确实会一直被蒙在鼓里。"

"她不仅挽救了几千人的性命,也挽救了省委省政府的形象。有这样的一批人,才有可能不断提升党和国家的声望,不断提高人民对政府的信任和期待!"

杨鹏不禁被书记的话震撼了,是的,如果自己这次没有下来,仍然还像过去那样浮在上面,像夏雨菲这样的人,一定不会有人知道她的不凡与无私。大灾过去了,一切仍旧和过去一样,表面上光鲜亮丽,其实内里和尾矿坝一样已经濒于垮塌了。

"我和省长今晚也连夜赶回去,有什么情况,我们和你随时保持联系。"

"书记放心,清理完毕以前,我会一直盯在这里。"

"有时间去医院看看夏雨菲。"

"好的。"

"我已经给省市医院都打过招呼了,最好的医生、最好的医院,市里不行去省里,省里不行去北京。"

"做手术的就是北京的大夫。"杨鹏轻轻说了一声。

"关键是医疗设备和设施。"

"明白,我争取明天就去看她。"

"我过两天再来时,也会去看她。"

送走王育山局长和丁项飞副部长一行,再送走书记省长,已经晚上十一点多了。

徐帆书记和程靳昆市长也回了临锦。明天一早他们要召开市委常委扩大会议,专门传达今天的会议精神。

二人与杨鹏告别的时候,态度都显得十分谦恭紧张,不断地说一定要认真反思,认真总结,等有时间了一定认真汇报和检讨。

溃坝现场仍然有八千多人在清理救援,各种问题接踵而至。等到杨鹏把问题处理完毕,再在现场查看了一番,回到乡政府准备的住宿房间时,已经凌晨一点多了。

算算已经三天没有睡觉了,但此时此刻没有丝毫困意,脑子里全是今天会场上的严肃情景和溃坝现场的机械轰鸣。

看了一下时间,才发现已好久没有看手机了。

一条微信十分醒目刺眼。

任月芬的微信!

>杨鹏,知道你在忙,一直没有与你联系。不管多晚,看到微信后,立刻给我回个电话。

杨鹏再次看了一下时间,快凌晨两点了,任月芬还在等着?

杨鹏小心翼翼地拨了过去,任月芬马上接通了电话。

"杨鹏,你还在五阳吗?"

"是。"

"手头紧急的事情都忙完了?"

"刚刚从现场回来。"

"现在有时间了?"

"秘书长什么事?"杨鹏感到任月芬一定是有什么要紧的事。

"今天夏雨菲的手术很成功,但到现在仍然处在昏迷之中。"

"我听说了。龚书记、李省长和王局长他们都十分关心。"

"医生给我说了,夏雨菲的脑部手术下午两点就完成了,因为是大面积颅内出血,脑部充血也很严重,手术完毕后,如果二十四小时之内清醒不过来,有可能陷入不可逆昏迷状态。"

"什么是不可逆昏迷状态?"杨鹏一惊,"就是醒不过来了吗?"

"是。"

"那怎么办?"杨鹏愣住了。

"医生说,夏雨菲很年轻,要是有一些良性刺激,可以促进脑部组织的记忆唤醒和功能恢复。"

"良性刺激?"

"就是亲情疗法,夏雨菲的亲人、恋人或者一直思念的人,与她说说话,聊聊天……"

"我吗?"

"杨鹏,是你,我知道你们的事。今天下午手术结束后,夏雨菲的妈妈和姥姥姥爷都一直在病房里,据说有效果。"

"你说我现在就过去吗?"

"手术已经过去十多个小时了,二十四小时黄金期。"

"好,我听你的。"

"我听他们说了,今天下午你在汇报会上放了夏雨菲的语音,我感觉她心里一直有你,她在尽所有的力量维护你、保护你。"

"……我也有这样的感觉。"杨鹏嗫嚅了一声。

"但是你配吗!"任月芬的话突然像石头一样,恶狠狠地砸了过来。

"……月芬,你说得对……"杨鹏突然想大哭一场。

杨鹏赶到市医院时,将近清晨五点。

医院里很静。

夏雨菲是在住院部最高一层的重症监护室。

小丁眯了一路,但一到临锦市医院立刻就恢复了精神。

杨鹏根本没有动嘴,就很顺利地来到了监护室。

重症监护室有两个护士在值班,夏雨菲的母亲和姥姥姥爷都在监护室一旁的临时休息室休息了。

小丁对一个护士说:"北京的医生耿主任说了,让我们领导现在来这里见见夏雨菲。"

"你们领导?"护士可能是临时换班过来的,瞅了一眼胡子拉碴的杨鹏,不知道是怎么回事,"现在不是探视的时候,领导也不行。耿主任刚刚休息了,等耿主任起来再请示吧。"

"说好了的,就是现在。"小丁强调了一声。

"给谁说好了? 不行。"

小丁正要再争辩,重症监护室门口突然跑过来一个人。

雨润公司的部门经理刘燕楠!

"省长您好!"

"你好燕楠。"

"是任月芬大姐让您过来的?"

"对。"

"我知道了。"这时刘燕楠转过身,一把拉过护士,悄悄说道,"这是耿主任特意安排的。知道这个杨省长是谁吗?"

也许是医院太安静了,刘燕楠的声音虽然很低,但杨鹏却听得清清楚楚。

"谁?"护士诧异地问道。

"他是夏董的校友,初恋。"

"啊?是吗?"

"让他与我们夏董说说话吧,她肯定能听得见。"刘燕楠突然抽泣起来。

……

重症监护室并不宽敞。

夏雨菲静静地躺在一张布满了各种管子很大很宽的医疗床上。

除了两旁的过道,整个房间几乎被各种仪器占满了。

夏雨菲全身被白纱布裹得严严实实。

头上也被纱布缠绕得只露出一张脸。

夏雨菲静静地躺着,除了微微的呼吸,听不到其他动静。

在病床旁的一把简易椅子上,杨鹏静静地坐了下来。

护士没再说什么,检查了一下仪器,然后轻轻地离开,又轻轻地关上监护室的房门。

病房里突然安静了下来。

这么多年,杨鹏第一次这么近距离地端详着夏雨菲。

脸上的瘀青十分明显,整个脸部都微微肿胀着。

即使如此,依然是一张十分生动的面庞。

与他记忆中的夏雨菲并没有太大变化,与他想象中的夏雨菲也没有什么变化。

清丽,洁净,含蓄,委婉。

这是曾让他陶醉而又日夜思念的那张脸。

历历在目,夏雨菲第一次与他对视的样子,细柳如画,碧水含春,他一下子就沦陷了。

言犹在耳,夏雨菲第一次同他说话的口吻,静语似水,脉脉如丝,无数个日日夜夜都在他耳畔萦绕。

他无法想象母亲去世时,夏雨菲和她母亲,还有姥姥姥爷一起来到老家吊唁看望,并给他留下了一笔不菲的救急挽金。

那一笔钱,让他还清了母亲看病的债务,并让母亲有了一个体面的葬礼。

为什么就不联系了呢?

杨鹏眼前突然显现出夏雨菲在木船上那满是泪水的脸:

……我就是想让你知道,我一直在等你……

还有让他几天来一直无法忘怀,振聋发聩的那一句:

……杨鹏,你都已经是副省长了,就算你当了更大的官,老百姓不认可你,又有什么价值和意义!

……

在他最困难的时候,那种倾心的鼓励:

……杨鹏,你是一个农家的孩子,祖祖辈辈都生活在社会最底层。想想现在,你已经是一个几千万人口大省的副省长了,你还有什么放不下,还有什么可迁就的?只要你行得正,坐得端,任何人都阻止不了你,也没有任何可担心的。

你在我心目中一直很高大,很勇敢。

我现在想看到的是一个更强,更帅气,不屈不挠,顶天立地的你。

……

还有尾矿库垮塌前那撕心裂肺的喊声:

……杨鹏,你还没有睡醒吗?作为一个副省长,你不知道着急吗!尾矿库下面有几千人哪!这么大的事,难道我疯了!你醒醒吧……

即使在千钧一发的时刻,还在不顾一切地安抚他:

……

这里的几十个学生全部都找齐了,你不用担心,我一定会把他们带到安全的地方!尾矿坝已经开裂了,估计还有几分钟的时间!

……

想到这里,杨鹏止不住泪如泉涌。

紧接着,他终于忍不住地呜咽了起来。

他不知道该说点儿什么,又能说点儿什么。

任月芬那句像石头一样的话,又直直地砸了过来:"……你配吗!"

"……雨菲,任月芬骂得对,我不配,我确实不配……"杨鹏止不住地抽泣着,几乎喘不过气来,"……对不起,雨菲,真的对不起……这么多年了,我一直想对你说这句话……我不值得你等。雨菲……这些天,我每天……都自责……我就是个小人,是个伪君子,我……太卑劣了,其实,我本可以等你……只要去找,就一定找得到你。……见到了副部长,说到了他的女儿……我不好拒绝,……就同意了,其实……这并不是我的初爱……我害了自己,也害了别人……任月芬骂得对……没主见,没魄力,窝里窝囊,害人害己……还害了你,还有李皓哲,他是一个真正的男子汉,一个好小伙子……我没有保护好他,本来是能保护的……是我太自私,太无能,真的是害人害己……雨菲……对不起,这次大灾,如果没有你……我肯定会一错再错,什么也想不到,什么也做不到……真的对不起,雨菲……你千万要好起来……雨菲,你一定要好起来……"

……

杨鹏抱着脑袋,吭哧吭哧地哭得悲恸欲绝,泣不成声。

这些天的压抑和悲愤,一瞬间全都发泄了出来。

也许只有在这样的时刻,在这样的氛围里,在这样的恣情纵意之中,他才找到了真正可以倾诉的对象。

身旁的手机一直在振动,等稍稍平静下来,杨鹏打开了手机。

妻子的好几个未接电话,还有她的一个信息:

杨鹏,你在哪里?为什么不接手机?等了你一晚上也没有等到你的电话,我好害怕。今晚所有的电视都能看到你,新闻频道一遍又一遍播报着溃坝的消息。杨鹏,一家人都在担心你,一看到你的样子我就忍不住掉眼泪。妈妈这两天一直在家照顾孩子,孩子也整天盼着你回来。杨鹏,你一定要多多保重,如果有了什么问题,就回家吧。只要有你在,我什么都不在乎。看这几天的新闻,你的压力太大了。我突然觉得好难过,这些年我是不是从来都没有真正关心过你……还有那个夏雨菲,现在所有的人都在传颂着她的事迹,她太了不起了,多少人都被她感动得哭了。她现在怎么样了?听说她被紧急送到医院做了手术,一直没有醒来,她还能好起来吗?杨鹏,你一定要想尽一切办法救活她。现在省内省外无数人都在等着她的消息,老百姓都在为她祈愿祝福……
　　　　……

看到这里,杨鹏的眼泪止不住再次汹涌而出。
心如刀割,痛心入骨。
也不知哭了多久,杨鹏慢慢抬起头来,再次看到夏雨菲时,突然止住了哭泣。
杨鹏看到夏雨菲的眼角有两颗晶莹的泪珠,渐渐地越聚越大,而后悄无声息地滚落下来……

尾　声

五天之后,溃坝现场终于清理完毕,遇难人数总共一百七十六人。
包括这次洪灾,死亡人数总共二百六十七人。

经国家安监局调查,并经省委省政府研究决定:
免去徐帆的市委书记职务。
免去程靳昆市委副书记、市长职务。
一同被免职的还有其他副局级干部三名,正处级干部八名,副处级干部十一名,正科级干部八名,副科级干部十三名,总共四十三名干部。

临锦市水利局代理局长吴辰龙等三十二名处级、科级干部被撤职。

临锦市副市长刘绍敏、教育局局长汪小颖等六十四名干部被记大过、记过和严重警告处分。

五阳铁矿矿长李明亮等十四人被拘捕并移交司法处理。

经省委研究,并报中央批准,免去杨鹏的副省长职务,任命杨鹏为省委常委,临锦市委书记,主持临锦市委换届工作。

任命水利厅副厅长王新成为临锦市代市长。

夏雨菲的伤势正在迅速康复之中。

李皓哲、吴振海、廖鸿飞等七人被授予烈士称号。

尽管廖鸿飞有较大争议,但在杨鹏书记的力争下,最终仍然被列入烈士名单。

他们七人择时将进行全市公祭。

晚上快十二点了,杨鹏身旁的座机突然响了起来。

红机。保密电话。

杨鹏立刻拿了起来。

任月芬的电话!

"杨书记好!"

"别寒碜我了,秘书长。"杨鹏没有笑,也不敢笑。他现在谁也不怕,就怕党校这位老同学任月芬。

"长话短说,告诉你一个重大消息。"

"哦!"

"估计你明天一早就会得到通知。"

"我的吗?"

"你的消息我才不会给你说呢。"

"真有重大消息?"

"告诉你,中央决定,总理不去临锦了。"

"这算什么重大消息。"杨鹏不禁有些失望。

"中央决定,总书记要去临锦!"

"啊!"

"时间就在这个月内。"

"这个月内,真的吗?"

"这么大的事我会骗你?!"

"没有几天了啊!"

"对,时间很紧。还有,总书记去临锦,这也就是说,你们省可能还会有更大的人事调整。"

"……明白了。"

"副总理这次也陪同一起去。"

"真是天大的事啊!"杨鹏有些发蒙,"老同学,这次你一定要帮我,你说我该怎么准备?"

"还是上次给你说的那些,要说真话,讲实情。"

"总书记都要去哪些地方? 我该选哪些地方?"

"这你别问我,我又不是临锦市委书记。"

"别吓我,我今晚肯定睡不着了。"

"你睡不着关我什么事。"任月芬又砸了一句,紧接着话音突然又柔和起来,"有件事你看我给你说呢,还是不给你说?"

"又有什么事!"杨鹏再次被吓了一跳,"我这些天真的夜夜失眠。"

"有关方面整理了你在这次灾情中的情况和表现,成绩、问题、优点、缺点,长处和不足,你说,我该不该让你看看?"

"……有关方面是哪里?"

"别装傻,你懂的。"

杨鹏默默地怔在那里,不知道该怎么回答。

……